乌泥湖年谱

方方 著

人民文学出版社

图书在版编目（CIP）数据

乌泥湖年谱/方方著. —修订本. —北京：人民文学出版社，2018
ISBN 978-7-02-014470-9

Ⅰ.①乌… Ⅱ.①方… Ⅲ.①长篇小说—中国—当代 Ⅳ.①I247.5

中国版本图书馆CIP数据核字(2018)第187360号

策划编辑	杨　柳
责任编辑	刘　稚
装帧设计	刘　远
责任印制	任　祎

出版发行	人民文学出版社
社　　址	北京市朝内大街166号
邮政编码	100705
网　　址	http://www.rw-cn.com
印　　刷	三河市宏盛印务有限公司
经　　销	全国新华书店等
字　　数	437千字
开　　本	880毫米×1230毫米　1/32
印　　张	17.5　插页3
印　　数	1—10000
版　　次	2000年9月北京第1版
印　　次	2019年2月第1次印刷
书　　号	978-7-02-014470-9
定　　价	49.00元

如有印装质量问题，请与本社图书销售中心调换。电话:010-65233595

青青子衿,悠悠我心;但为君故,沉吟至今。
明明如月,何时可掇?忧从中来,不可断绝。
月明星稀,乌鹊南飞。绕树三匝,何枝可依?

——魏·曹操《短歌行》

楔子:关于乌泥湖的说明

一　乌泥湖的地理环境

在我的印象中,乌泥湖位于汉口的西北方向。

我为了证实自己的印象,便找出一本商务印书馆所出关于湖北的《地理词典》查看。这本书是我公公送给我的,他是该书的主编。但令我惊异的是,书上认为,乌泥湖在汉口的东北方向。我对此颇为不解,因为从地图上看,乌泥湖无论如何也是在西北部的。而且我小时候写作文时,一直说"我的家位于汉口西北大门的旁边"。我想问问我公公,只是这时的他已经九十多岁了,他不会记得究竟是汉口东北部还是西北部有一个名叫乌泥湖的地方。于是我想,我的直觉毕竟不如编书的学者可靠,所以,便依了书中所说,让乌泥湖在汉口的东北方向。

乌泥湖应该算是汉口著名的后湖的一个部分。后湖并不是一个湖,而是一群湖泊的名字。其实往更远一点的年代说,汉口当年都是沼泽和水泊。乌泥湖想必就是这些水泊中的一个。

一个被我们称为郗婆婆的老人总是说,她的爷爷以前告诉她,这湖下面的泥乌黑乌黑的,像煤一样,所以就叫乌泥湖。但湖里的水却是极清亮的,里面的青鱼尤其肥硕。每年冬天,都有好多渔人前来捞青鱼,说是乌泥湖青鱼腌制以后,肉色嫩白,极是好吃。后来汉口慢慢成为了繁华都市,人也越来越多。人们与水争地,湖泊便渐渐地干了。乌泥湖在人水相争中落败下来,成为一片长满着青草的陆地。从此,乌泥湖便不再是湖,而只是一个地名。

郝婆婆家的房子几乎就是盖在以前乌泥湖的湖心。她家的后门有一个小小的水塘，塘里漂满着浮萍，四周则长满水草，有一两棵柳树垂在那里。不知那是不是乌泥湖最后的水面。

后湖在乌泥湖北面。乌泥湖退水为陆后，后湖依然荡着它的水波与人对抗。后湖的莲藕是汉口人最喜欢的一道菜。把它和猪骨头煮在一起，汤色清白，浓香扑鼻，莲藕入口即化。后湖便因了这些莲藕而形成一个个像样的村落。

我上中学的时候，曾经多次由学校组织去后湖公社挖鱼塘。顶着朔朔的北风，我们脱去棉衣，挽起裤腿，站在一片烂泥地的旷野中，等着男生们用锹挖出稀泥装满我们的簸箕，然后我们便挑着这稀泥一摇一晃地走到远远的一个废弃的坑边，将稀泥倒在里面。我一直很奇怪，为什么守着这么大水面的后湖还要让我们学生来挖鱼塘呢？后来才知道，曾经如珍珠一样撒在后湖四周的湖泊都如同乌泥湖一样，被人逼退，变成了菜园。湖泊的锐减，使得好食湖鱼的武汉人的餐桌上，已难闻鱼香。政府便决定挖掘人工鱼塘，以解决武汉人吃鱼的问题。事情总是这样奇怪，人好不容易把鱼赶走了，然后又花费更大的工夫再把它们请回来。

在后湖和乌泥湖之间，夹着新江岸火车站。据说芦汉铁路汉口段最早就是从这里动的工。铁路线纵横交错地爬出很大一块面积。夜晚的时候，我们能听得到那里的调度员用懒懒的声音在高音喇叭中调度车辆。火车的鸣叫声亦拖着长长的尾音，穿越过那里唯一的一条能通公共汽车的二七路，从乌泥湖的上空柔和地划过。

乌泥湖的西边是一个部队营房。营房的面积十分之大。隔着墙，我们总能看到那些绿衣的军人们来来往往。他们肤色红润，体魄健壮，每一个人都是我们崇拜的偶像。上小学的时候，营地曾经派来些解放军做我们的辅导员，这使得我们常常有机会走进那座营地。现在这个营地成为了二炮的一个学院。

有一次我们在学校种植的水果有了收成,于是由少先队大队组织了几个中队长,从每一种水果中挑选出一个最好的来,装在果盘里,然后打着队旗送到解放军的营地。我是其中代表之一。那是我第一次参观解放军的宿舍。记得当我看到了他们叠得方方正正有棱有角的被子时,感到非常吃惊。回家后,我整整练了一个月,学会了如何把被子叠得漂亮。直到今天,只要我想,我的被子总能叠得美观如同艺术品。

　　但是,更多的时候,我们是倚在营房的墙头上,看里面的人们操练。有一回,我的一个同学雪茹说,我们会不会亲眼看见那里面出现一个王杰?那是我们坐在营房的墙头上,唱着《王杰和雷锋一个样》这支歌时挑起来的话题。我们曾经围绕这个话题讨论过很久。然而,我们始终没有机会看到这个场面。雪茹便说了一句让我觉得她非常有水平的话。她说:看来王杰太少了。

　　乌泥湖的南边以郗婆婆的房屋为界,便是郊区农村。在郗婆婆的小屋旁,除了那个小小的池塘外,同池塘相连的是一条长长的河沟,河沟上有一座小小的独木桥。桥面上破了几个洞,没有栏杆,走过它时,常常令我感到害怕。水塘、河沟、稀疏的树木以及独木桥都同郗婆婆的屋子和谐地融在一起,一眼望去,满是田园风光。

　　跨过小桥便进入农村,这就是蒲家桑园。从我家的窗口可以望得见这个村庄的屋顶和它不时升起的炊烟。我有许多的同学住在这个村子里,但我除了去过他们的村口,也就是刚刚跨过那座小木桥,就再也没有往纵深去过。

　　村子里有许多的狗和满地的鸡屎。在村里跑来跑去的小孩子也都一个个脏兮兮的,鼻孔下面多半都吊着些鼻涕。我得承认童年和少年时代的我,因为家境较为优裕,往往会身不由己地摆出些小姐派头。我从来都没有到班上那些农村孩子家串过门,所以,至今我的脑子里没有一点蒲家桑园村里的印象。所知的星星点点只是:这一带曾经都是一个蒲姓地主家的土地。环绕他家地界的全是桑树。因此,当地人都管那里叫蒲家桑园。解放后,姓蒲的一家都逃走了,地也分给了穷人。蒲家桑园在我记事的时候,便被称作了蒲家桑园大队。

村里的人大多姓蒲。蒲家地主的侄儿还住在村里,他替他的堂兄戴上了大地主的帽子。而他实际上曾经是武汉大学的一个进步学生,毕业后一直在汉口教书。有一天他不知深浅地回家看望母亲,恰恰遇到村里的干部批斗地主,找不到他哥哥,便顺手抓住了他。说好批斗完还让他回汉口教书,但不知何故阴差阳错地竟没有让他走人,于是他便成了蒲家的地主分子。他每天拉长着脸跟着村里人下地干活,一天天地被沉重的农活和沉重的心事压驼了背。他的小儿子同我的小哥哥是同班同学。大家提起他什么事,都不说他的名字蒲海清,而是说"驼背的儿子"。

蒲家桑园的农民都是菜农。他们的菜地呈半包围的形态环绕着我们居住的乌泥湖。我们如果要上街,就必须沿着他们的菜地行走很长的一段路。但蒲海清也就是驼背的儿子说,村子北边的菜地即包围着我们乌泥湖宿舍的那一片,只是他们村土地中很少的一点点,而村子南边还有很大很大一片地。在油菜开花的季节,刮风时站在田边,可以看到一层一层金黄色的浪从远处滚滚而来,那一刻你就忍不住想往后退,恐怕浪头会扑上脸来。他的这个形容给了我很为深刻的印象。每次我看到大片的油菜花时,都会情不自禁地想起蒲海清站在我家走廊上,一边挖着鼻孔里的鼻屎一边同小哥哥说过的这番话。

与蒲家桑园紧靠的地方亦属于部队。这支部队并未见多少人马,从它的大门经过,可远远望见里面有着一排排低矮的房屋。似乎从来也没有听说谁进到里面过,亦没有人去猜测它为什么存在。直到1967年的一天,突然涌出一些人到里面抢枪,于是人们才恍然,原来这个守得严严实实的地方是个军火库。那一天,我上初中的小哥哥正好路过那里,他跟着人跑进去捡了一把枪回来。他曾经把这支枪藏在我家厕所里很长的时间,但终于被我发现了。他为这支枪写过许多次交代材料。

乌泥湖的东边成分有些杂乱。除了我们的乌泥湖宿舍外,有一大片敞开着的田地。地里开放着无数的野花,还长着许多马齿苋。有这个印象是因为三年自然灾害时,我跟着我的二哥一起去找过这种野菜。现在回想起来,它并不好吃,但它的小叶子肥厚肥厚,有一种特别的好看。野地的边缘立着一座碉堡,不知道是什么时代留下来的。碉堡旁立着一个勘测队留下的矩形的水泥标识。那是我们常常玩耍的地方。

在野地上没有盖仓库的时候,站在勘测标识的水泥墩上,可以远远地望见更东边的地方竖着另外一座碉堡。这座碉堡和一条稍宽一点的石子路连接在一起。我记得它最初的路名似乎就叫蒲家桑园路,后来被改为工农兵路,这个路名一直沿用至今。许多年后,我乘车经过工农兵路,发现这条我曾经了如指掌的路已经变得十分陌生,我甚至指认不出一个我所熟悉的地方。

与工农兵路旁边的碉堡面面相对的是一个大粪坑。我们出门往往走到大粪坑处便向右手拐弯,从这里一直可以走到黄埔路,然后便进入到繁华的城市中心。

乌泥湖大概就处在这样的位置上。往东更远一点,有着著名的二七纪念碑。从那里再向南一点,便是长江流域规划设计总院的机关所在。因为它的存在,才赋予乌泥湖这个平平淡淡的地方丰富而厚重的经历,也才使得乌泥湖的命运嵌入了整个时代的命运之中。

二 乌泥湖的人间历史

乌泥湖化湖为田后,四周一直是零零星星的沼泽和野地,人烟稀少。清朝时,湖边修起了一座庙,庙里供着一个无精打采的菩萨。小时候我听说供的是关公,可也有人说不是关公,是观音娘娘。这两个人物形象相去甚远,究竟是谁,不得而知。庙里原本有一个和尚,说是从黄梅东山五祖寺上下来的。和尚每天都敲敲钟磬,清早出来打扫一下院落。他平平静静的面孔和淡淡泊泊的生活,引起附近一些人的兴趣,人们对他有了一些关注,于是香火就旺了起来。可是和尚还没有来得及等小庙香火旺出一点名气,就在一天突然失踪了。郗婆婆说,她爷爷讲那个庙的事情时,对那和尚只说过一句话:那是个真和尚呀。没有了和尚的小庙香火萦绕了一些日子,便又随风散去。那庙后来被人叫做"乌空庙"。不知道早先有和尚时,是不是也叫的这个名字。乌有和空无,意思重复,加重这种意思也不知有什么样的意味,只是对于一座清冷的寺庙来说,这么叫着也还恰如其分。

在有了乌空庙之后的一段时间里,乌泥湖有过什么样的更多的故事,我不太清楚。只知道这里属于汉口的东北大门,是一个兵家常争之地。这里曾经打过很多的仗,近代历史上颇为悲壮的阳夏保卫战便在乌泥湖摆开过战场。书上说,武昌起义后的革命军,一直打到了江北的乌泥湖,占领了乌空庙,将清军赶到了几乎出了汉口地盘的滠口地带,然后就守在了乌泥湖这个地方。冯国璋率领着北洋军打过来时,乌泥湖便成了炮火连天腥风血雨之地。成千的人望着这个名为"乌空"的破庙怅然而死,鲜血很轻易地染红了乌空庙周围的河沟。也许死去的人们在最后合上眼睛那一刹,会突然明白横在他眼前的"乌空"的含义。

乌泥湖四处曾经遍布着碉堡。直到1962年我上小学后,依然有三座碉堡散立在附近。除了我所提到过的两座外,另有一座立在我就学的小学校园里。小时候,虽然天天都见到碉堡,可因为到底是生活在平静和安宁之中,与欢笑和幸福相伴着,便从来就觉得战争距离我们很远很远。现在想起来,其实在那时,战争也就刚刚过去不几年。

1955年春天的一个日子,突然有几个不速之客来到了乌泥湖。他们默默地走在这一大片水泊和荒草交错铺展的野地里,不时地望望因土地空旷辽阔而显得低矮的天空。天空中有几片浮云,浮云缱绻着,令空荡荡的天空生出一些妩媚。残破的乌空庙在这片天地中显得孤独而渺小。

一个小个子的中年人说:"就在这里吧。"

随行的一个青年人说:"这里简直像个风景区。"

小个子的中年人没有接他的话,只是放眼环视着在风中倒伏的荒草和荒草丛生的水塘边几株绿色葱茏的树。他忽然说:"前不见古人,后不见来者,念天地之悠悠,独怆然而涕下。"

随行的另一个戴眼镜的青年人说:"陈子昂的《登幽州台歌》。"

小个子中年人笑了:"这是我最喜欢的诗。它给人以时光流逝、空间辽阔和灵魂孤独的三种感受,就像我们现在所要做的事。三峡是前无古人的,是后无来者的,是在天地悠悠之间的一项伟大工程,它因为太伟大而更显孤独,有一点高处不胜寒的意思。"

戴眼镜的青年人说:"我明白了。可是情绪上是不是太悲愤了一点?林院长作报告一讲三峡,就神情飞扬,眼睛发亮,兴奋得不得了。"

小个子的中年人同意了他的观点:"你说得很对。古人们那种'小我'的心情和今天我们追逐大事业的心情是绝然不同的。我想应该这样改写一下:'前无古人,后无来者,念天地之悠悠,独慨然而屹立。'这就是我们的三峡。"

几个同行人都笑了起来,先前说话的小青年说:"皇甫工的脑子来得实在太快,快得我们有些跟不上去。"

笑声在无人的旷野里回荡了很久。乌空庙土墙上的灰粉在这朗朗的笑声中簌簌地脱落。

几个月后,测量的队伍便来到了乌泥湖。乌空庙在瞬间即被拆毁。这片人烟稀少的土地上,出现了一片工地。工地被竹篱笆围了起来,仿佛围起自家的院落。蒲家桑园的村民们常常扒着竹篱笆朝里观看。当他们中的第一个人看见野地里渐渐盖高了的红砖楼房时,惊喜得在村里奔走相告,说是乌泥湖也有楼房了。

我想,乌泥湖真正的历史,是应该从这红砖楼房盖好之后才开始的。

三　乌泥湖宿舍修建的背景

说来真是一个长长的话题。这个话题关系到中国最大的一条河流——长江,关系到世界上独一无二的长江风景——三峡。这个美丽的峡谷和它镶嵌着的江河,应该说是乌泥湖最大的一幅背景。

在文学家眼里,山川河流都是风景。面对如画的景致,他们往往会情不自禁,手舞足蹈,激情飞扬,并将这些迸发的情绪写成诗文。郦道元过三峡说:"自三峡七百里中,两岸连山,略无阙处,重岩叠嶂,隐天蔽日,自非亭午夜分,不见曦月。每至晴初霜旦,林寒涧肃,常有高猿长啸,属引凄异,空谷传响,哀转久绝。故渔者歌曰:'巴东三峡巫峡长,猿鸣三声泪沾裳。'"李白过三峡时也说:"江带峨眉雪,川拱三峡流。"杜甫过三峡则说:"高江急峡雷霆斗,古木苍藤日月昏。"白居易说:"万丈赤幢潭底日,一条白练峡中天。"

同样的风景在科学家眼里,就不仅仅是这些了。

1945年,美国著名的坝工专家萨凡其来到了三峡。站在悬崖边,他看到急湍的江水在美丽的峡谷之中奔腾而下,白浪在绿荫中翻飞。所有扬起的水头都让他激动万分,不是为这世界上最独特的山水风景,而是为世界上竟然有一个这么好的高坝坝址。他以一种抑制不住的兴奋到处跟人说:"从防洪、灌溉、航运、发电方面看,任何一个方面的效益,都值得做三峡大坝。世界上没有这么好的地方,这么好的机会。坝址在中国的中心,这真是上帝对中国人的恩赐。它不仅关系到中国的繁荣,确实可以认为它是一项国际性的伟大工程。"他还说:"如果上帝给我以时日,让我看到三峡工程变为现实,那么,我死后的灵魂一定会在三峡上空得到安息。"

我不知道多少人被萨凡其的激情所感染。我只知道,从此以后,许多许多的人,都拥有了如同萨凡其一样的梦想,无数次地行走在萨凡其曾经走过的峡谷里,亦无数次看着奔腾的江水而激动万分。

他们依然不是为了风景,而是为了修一道拦截它的大坝。

一九五〇年,中央人民政府为治理长江,成立了长江水利委员会。委员会曾设有三局两处:长江上游局(重庆),长江中游局(武汉),长江下游局(南京)以及洞庭湖和荆江两个工程处。

一九五三年,毛泽东主席视察长江,在听取了关于长江问题的汇报后,将手掌连连劈向地图上的三峡:"费了那么大的力量修支流水库,为什么不在这个总口子上卡起来,毕其功于一役?"

一九五四年,滔天的洪水几乎吞没了沿江的所有中小城市。长江中游重镇武汉在全民日以继夜的殊死守护中侥幸平安,所受的损失惨重得超出人们的想象。

一九五五年,为了集中力量进行长江的规划工作,长江水利委员会撤销了上、中、下游三个工程局和洞庭、荆江两个工程处。将三局两处的大部分人先后调至武汉。

一九五六年,长江流域规划设计总院成立。它属国务院建制,由水利部代管,以方便协调各部委及沿江省市开展长江流域综合利用规划工作。这一年的初夏,毛泽东在武汉畅游长江后,写下了"更立西江石壁,截断巫山云雨,高峡出平湖"的诗篇。毛泽东对三峡的激情和向往,令那些正摩拳擦掌意欲修建三峡的工程师们一片狂喜。

这一年的夏天,苏联航测队一百余人,连同飞机十多架,前来我国,分南北两线进行长江流域的航空测量工作。

长江流域规划设计总院机关办公楼在汉口一个不起眼的地方一幢幢地树了起来。方圆十几里内,几乎没有比这些大楼更漂亮的建筑了。院内种植着各种花草树木,洁净美丽如同花园。院内的知识分子更是堆成山,随便抓一个来问问,不是留洋博士,也是出自国内名牌学府。在那样的时代里,除去大学校园,几乎没有任何一个机关拥有那样多的高级知识分子。

三局两处的人纷纷从外地调入武汉。起初,他们都过着单身生活,凭着理想和热情,忘我工作。然而修建三峡并非短期的事情,在夜深人静的晚上,他们也感到了孤独和寂寞。于是,把家属接来便成为必然,为每一个家庭准备居住的宿舍也成了长江流域规划设计总院的大事之一。于是,乌泥湖便带着荒野里清新的空气在如此的背景下进入了决策者的视野。

四 乌泥湖宿舍的十幢小红楼

乌泥湖宿舍动工于一九五五年,完工于一九五六年。先盖好楼房,安置好高级工程师后,发现住房不够,工人和一些普通的技术人员也需要宿舍,于是才又加盖了平房。平房当时被叫做"简易宿舍",既是简易的,房子便盖得有些随便。没有用砖,仿佛是竹篾片和泥土相夹着砌就。房间屋顶没有天花板,两家人合着用一个厨房,并且自来水龙头都在户外。

平房大约有十几排,每排都住着十来户人家。因房子是随人口的增加陆续加盖的,所以平房的门牌号一直十分混乱,连住在平房的人自己都弄不清楚他所居住的房子到底应是第几排第几号。

楼房就不同了，它的布局显然被人精心设计过。十幢红色的小楼按照天干的次序"甲乙丙丁戊己庚辛壬癸"而定，称为"甲字楼""乙字楼""丙字楼"等。据说，以后如果再加盖了楼房，便可把地支次序引进去，比方"甲子楼""乙丑楼""丙寅楼"等。这样，按干支次序排列，至少可以盖六十栋楼。

我总怀疑这楼名是那个曾经吟诵过陈子昂诗的皇甫工所命名，因为他的气质中有一种特别的浪漫。皇甫工本人的名字叫皇甫白沙，原是一个地位颇高的工程师。依着工程部门的叫法，应该叫皇甫工程师，简称便是"皇甫工"。以后他在总院做了副院长，却仍然让人们称他为皇甫工。他说只有工程师才是我永远的职业。他说这话时还没有想到事情会有另外的可能性。皇甫工后来也住进了乌泥湖。我见到他的时候，他已未老先衰，一个人孤零零地住在癸字楼。他依然小小的个子，声音温文尔雅，如果你凑上去同他说话，他还是会怀着他的那份浪漫，对你讲一些富有诗意的事情。他几乎是最早被打成右派的人。

乌泥湖宿舍有一条白色的石子路，这条小路将宿舍区分为路东和路西。路西的从甲字楼到癸字楼的十栋楼围成一圈，中间空出一个篮球场并兼做露天电影场。每一幢楼前都种着低矮的冬青，在竹篱笆墙和楼房之间的空地上，种着些竹子。整个宿舍的设计思想，都散发着一股淡淡的书卷气息。这种追求雅致的情调同篱笆外的田园景色形成鲜明的对比。当然，这种情调并没能维持多久，似乎只过了两三年，它便颓败。最先败掉的就是竹子和矮冬青。

楼房为两层，按四户人家住一栋设计，楼上两家，楼下两家。每家有两间朝南的正房，每间房各有二十平米，其中紧靠楼梯的两个房间都各有一个约两平米的大壁橱。房间里都铺着地板，地板上涂着朱红色的油漆。每间屋子的墙上都开着两扇大窗子，窗子的木头十分坚硬，涂着与地板一样的朱红色。

厨房设置在北面,与房间相对。厨房面积大约也有十二个平米,在我印象中很大。因为在后来房子住得挤的时候,家里一来客,我们便会在厨房里拉上一张小床。而同时,那里面还放着两张充当案板的桌子以及砌在窗口边的两座炉台和水池之类。在我后来住过的房子中,再也没有比它更大的厨房了。

厕所夹在厨房和房间一侧,里面分为大便池和小便池两间,中间有刷着乳白油漆的木板相间隔。厕所的窗子开得很大很低,这是大家对这幢房子最不满意的地方。因为窗子大而低的缘故,上厕所时站起身来系裤子,很容易被隔壁一幢的人看到。如果恰恰那边也有人在上厕所,也站起来系裤子,纵是隔着十米左右的距离,仍然会令双方感到尴尬无比。当然,也因为窗子的大而低,光线便非常之好,这就使喜欢如厕阅读的人大为快意。

楼房最让人开心的是它宽大的走廊。走廊朝北,如果是楼上,走廊上便围有木制的栏杆,栏杆柱子呈正方形,有板凳腿那么粗,每一面都刻着两道柔和的凹槽,做得十分考究。整个栏杆都涂着紫红色的油漆,一溜一百来根等距离拉开,十分漂亮。回想起来,走廊大约有十米多长,三米多宽,并列放两张乘凉的竹床,中间还能空出过道。男孩子们能在走廊上骑自行车和溜冰,女孩子们则常常在走廊上跳房子以及踢毽子。楼下的走廊除了没有栏杆外,其他都同楼上一样。每一栋楼的走廊都是这一栋的住户们娱乐的地方。

在乌泥湖宿舍楼房和平房之间,有一座水文站的院子。在水文站对面,还设有一支物勘总队。水文站和物勘总队的青年们总是喜欢在中午或黄昏的时候,来到操场上进行篮球比赛。这时候乌泥湖楼房差不多所有的家属都成了他们的热情观众。大家站在自家的走廊上或扒在窗口,使劲地为他们喝彩。

每次比赛时,水文站总有一个姓宗的青年人,摇着轮椅来到操场。他白净瘦削,看球时喜欢同他身边的女孩子们逗笑。宿舍里好多小孩子都暗中叫他"宗媚子",这个绰号很有鄙视之意。其实这个姓宗的年轻人是在修建水电站时因工伤致残,腰部以下全都废了。长大以后,想起他四下同女孩子逗笑的神情,方觉出那神情里其实潜伏着无尽的哀伤。

夏天的夜晚,操场上便摆满了床。环绕操场的十栋楼房中,每一栋都有人搬出床来在那里过夜。人们手上的大蒲扇发出哗哗的声音,月光下有人在说笑,亦有人拉开嗓子唱歌。间或会有一支口琴曲远远地传来,引起几秒钟突然的静场。最初的时候,吵架并不多,人们相处得颇为和谐,但后来就不行了。为什么不行了?说起来也是一言难尽。

这一切,都是从一九五七年开始。

附：乌泥湖宿舍地形图

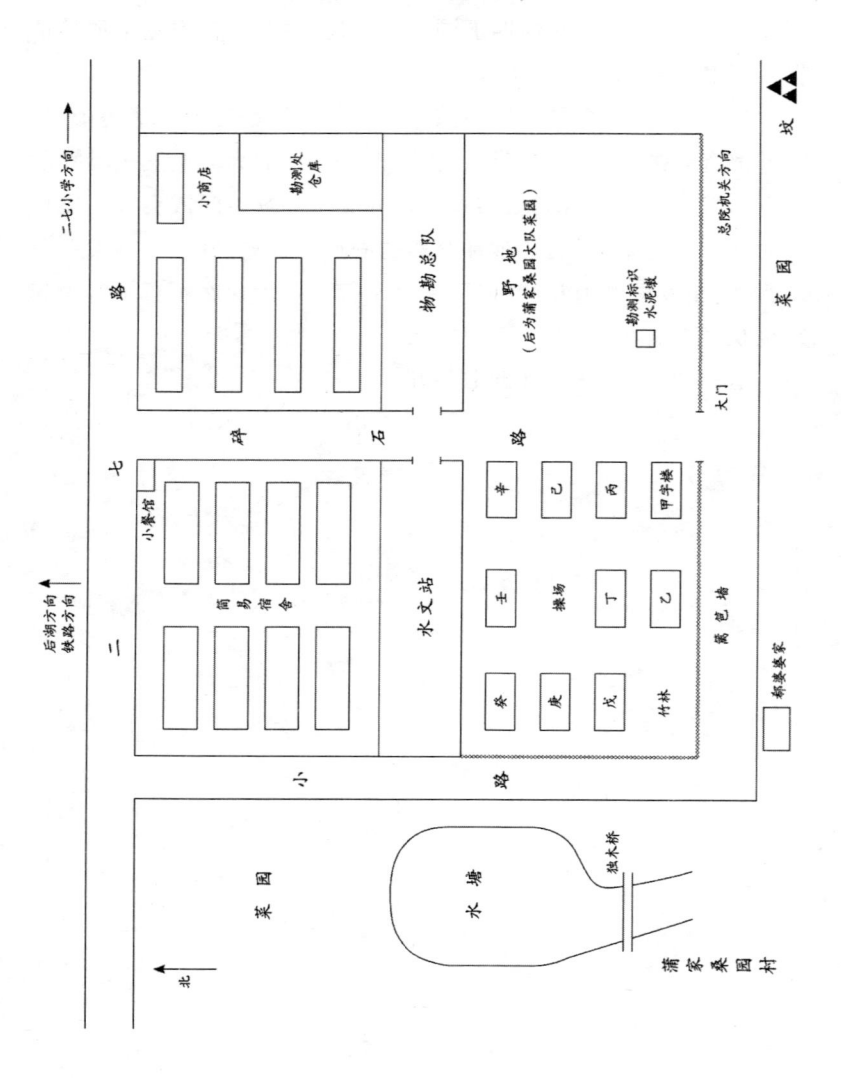

1957 年

白云飘飘舍我高翔,
青云徘徊为我愁肠。

——晋·傅玄《云歌》

一

天寒地冻,雪片在风中无序地飞舞。泥路两边的菜园,渐次地呈现白色。雪敷在坑洼不平的泥土上,看上去显得灰白斑驳。丁子恒和苏非聪一起往乌泥湖去看房子。风很大,把雪一阵阵扑打到脸上,凉气逼人。

乌泥湖的房子是新盖的,据说美丽舒适。年前就已有许多人家搬了进去,但却一直没轮上丁子恒和苏非聪。丁子恒和苏非聪从南京下游局调来汉口已有两年,虽说有单间宿舍可住,有食堂可饭,但每逢公休和节假日,依然感到寂寞难挨。隐忍不住心头之火,两人便跑去找副院长皇甫白沙发脾气。口气大大地表示了"此处不留爷,自有留爷处"的意思。

皇甫白沙笑了,说:"大老远跑来建三峡,没分着房子就回去?有何颜面去见江东父老?"

两个发脾气的人愣了愣,一时不知说什么好。当年由南京一路逆水而上汉口时,是何等的豪情满胸?此番回去,于家人亲朋又如何解释?皇甫白沙见此,就又笑,说:"我知道你们。没房子可以,没太太就不可以。是不是？"

丁苏两人便松了口气,也笑了,觉得心里想的恰是这个。笑完苏非聪说:"高见高见。我们没房子可以,没太太就不可以。可太太没我们可以,没房子就会不可以。"

丁子恒觉得苏非聪这番绕口令绕得有趣,便也接了上去。丁子恒说:"不让太太住好,太太就不会让我们吃好,这也是大大的不可以。"

皇甫白沙笑得哈哈响,声音大得能把涂在墙上的白粉灰震落下来。

出了门丁子恒和苏非聪分析了半天这笑声于他俩是否吉利。第二日房管处便有电话到总工室,说是让丁子恒和苏非聪去拿住房证。两人均分在了乌泥湖宿舍的丁字楼楼上。丁子恒住二楼左舍,苏非聪住二楼右舍。丁子恒和苏非聪拿得证后欢天喜地,便说皇甫白沙那通震人耳朵的笑分明表现了皆大欢喜四个字。

乌泥湖距总院机关约有四十分钟的路程,几近郊区。房屋渐少,菜地愈多。人稀地旷,便有风雪愈加大了的感觉。丁子恒和苏非聪都没拿伞。丁子恒穿着件黑呢大衣,脖子里绕一条羊毛围巾。苏非聪则穿了件驼绒便装薄袄,薄袄外套着皮裘。两人着装均有些洋派,过往的一些挑担子农民抑或小贩什么的,便忍不住地会多看他们几眼。这种眼光难免不让丁子恒和苏非聪心生得意,下巴更高地扬了起来,行路时越发显出一副大模大样的潇洒。

苏非聪说:"苏学士在下毛毛雨时说'何妨吟啸且徐行',此番顶风冒雪,你我可谓'何妨谈笑且徐行'呀。"

丁子恒说:"可用'漫天风雪任平生'作结。"

苏非聪大笑,说:"好好好！结得好。"

正说时一座寺庙仿佛被风吹刮而来,突然就落在了他们的眼前。丁子恒说:"咦？一座寺庙。"

苏非聪脱口而道:"哦！两个和尚。"

丁子恒想想两人这两年来的单身生活,亦隐忍不住,大笑起来。苏非聪说:"如何如何,这可是天下绝对呀!"

高悬于门楣上的"古德寺"三个字在风雪中散发着黄灿灿的光泽。寺庙围墙高深莫测,墙里的树上均已盖上厚厚的雪层,只是浓绿的树枝却依然伸出墙外,努力展示其原色。

苏非聪说:"早怎么没发现这么个好去处?枉做了两年假和尚。早知此处,不如来这里同他们做伴。"

丁子恒便笑道:"这得问问苏太太愿意你做真和尚还是假和尚。"

苏非聪说:"假亦真来真亦假。做了两年假和尚,方知真和尚之苦,而且苦得是有口难言呀。"说完,两人站在寺门口朗声大笑。

一个灰衣和尚从寺里走出,翻着眼皮望了他们一眼,面无表情地说:"不要在此喧哗。"丁子恒和苏非聪便赶紧正色,面面相觑几秒,一裹衣领,急步而去,仓皇有如逃跑。

按房管处人士指点,寺庙过后,须经三个水塘,两座军营,然后便到一小十字路口。路口右侧有一碉堡,左侧有一大茅屎坑。由大茅屎坑往左拐,经过三座排成品字形的坟包,再行上一百来米,拐弯即可见乌泥湖宿舍。丁子恒恐迷路,把路径提示都写在纸上,过了寺庙便开始数水塘。水塘间隔很近,水面上结了薄薄的冰层,残败了的荷叶便顶着厚厚的雪,趴在冰层上。军营在水塘后面,立着高高的围墙。墙上还有铁丝网,铁丝的网结上压着一簇一簇的雪,黑白相映得有些刺眼。丁子恒和苏非聪便有些压抑感。

苏非聪说:"这一带是不是汉口的军事要地?"

丁子恒说:"看起来好像是。"

说话间,两人便同时看到了碉堡。碉堡有一层楼高。圆形。墙颇厚。绕墙壁一圈,皆可见有高低不平的方形枪眼。碉堡里面很臭,显然被人当过临时厕所。外墙上,胡涂乱抹着许多的字。丁子恒和苏非聪便围着碉堡考察似的观看起上面的字来。几乎同时,他们看到了一句话:"娘,我只有死在这里了……"每个字都仿佛用尖刀尽可能深地刻在壁上。在"娘"字的刻缝里,涂着乌黑的颜色。苏非聪说这显然不是颜色而是人血。他话音刚落,丁子恒便有晕眩感,他急促地走到路边一棵树下,倚着树拼命地让自己平静下来。

苏非聪忙追过去问:"丁工,你怎么了?"

丁子恒好一会儿才说:"我晕血。"

苏非聪就笑了,说:"咦,看不出你倒有妇人之仁。"

丁子恒有些不好意思,却什么话也没有说。

经过大粪坑后,全部的路程只需五分钟。拐过一个小弯,乌泥湖宿舍的小楼第一次摊开在丁子恒和苏非聪眼前。他们俩忍不住高叫了一声:到家了!

在白茫茫的一片雪野里,那一幢幢红色的楼房真是艳丽明媚得很。

二

春天到来的时候,丁子恒和苏非聪分别将家属从南京和扬州搬到了乌泥湖。

丁子恒的太太叫雯颖,比丁子恒小五岁。人长得娇小玲珑,眼睛黑亮黑亮,鼻梁高直,开口说话,两排牙齿有如排列整齐的两排珍珠,晶莹剔透,很轻易地使人感到她有一股天然美人气。丁子恒当年在北京读书,一次放假回宁,在表妹家见一女孩捧着一本书一边看一边落泪,甚觉奇怪。问表妹,知是她的同学,喜欢读石评梅的诗,落泪是因为石评梅和高君宇二人凄恻的爱情故事。丁子恒当时二十出头,从未接触过女孩子,情感难免粗糙,听罢便当着表妹的面大大讥笑了女孩子一通。气得表妹赌气不理他,见了他的面便翻白眼。晚上,那女孩也留在表妹家用饭,丁子恒在饭桌上才正面看清了她的脸。一看便有如电击,人就发呆了。一呆好几天,不知道自己该如何是好,心里眼里全都晃着那女孩子的影子。于是只好买了些表妹爱吃的零食,狼狈万分地求表妹帮忙。表妹原本表示一辈子不理睬丁子恒的,可接下零食后,吃得高兴,觉得还是有必要助自家表哥一臂之力,便邀了女孩子和表哥一起去玄武湖划船。玄武湖是何等美丽,风掠过,水面如绸缎皱起,小船便从绸缎上轻滑而过,真正是一个让人滋生好心情的去处。心情一好,便唱歌。丁子恒会唱的歌不多,但他嗓子好,能把歌唱出几分味道来,这就有过人之处。而女孩子会哼许多的歌,却五音不全,唱不出口。唱不出歌来的自然羡慕和钦佩唱得出来的。这样,丁子恒便以他的强项,战胜了女孩子的弱项,一个回合下来便成赢家。这女孩子便是他现在的太太陈雯颖。两人好后,丁子恒曾笑说他对雯颖是"以笑开头,以爱结尾"。雯颖先前并不知笑她的事,待知有这么个起因后,便直嚷着要跟丁子恒分手。丁子恒一派大家风度地双手交叉抱胸,笑说道:"你说的是真话吗?"一句话顶得雯颖无言以对,嚇嚇嘴只好作罢。丁子恒大学毕业后,两人便结了婚。到搬入乌泥湖,这个婚姻已经进入了它的第十五年,孩子也已经有了四个,两人真情却依然如旧。

  雯颖一到乌泥湖,便喜欢上这个地方。早上推开窗户,新鲜空气如潮涌来。倘放眼向外望去,篱笆墙后蒲家桑园村里的炊烟袅袅地升起在蓝色天空之下,鸡鸣和狗吠的声音亦隐约可闻。乙字楼和戊字楼夹角处的竹林被太阳光照得绿意深浓,若有风,便发出飒飒的响动,有如吟唱。丁字楼的对面是乙字楼,丁字楼朝南的窗口正对着乙字楼朝北的走廊,乙字楼上的孩子笑闹着跳绳跳房子什么的便全在丁字楼人家的眼底。楼上的老奶奶经常呵呵呵的与孙子逗笑,一听便知嘴里没牙。雯颖想,这里是多么有趣呀。

  雯颖每天早上起来,先打开炉子,烧一壶开水,替丁子恒冲上牛奶并沏好茶。丁子恒好喝红茶,滇红是家中必备。当茶和牛奶均在桌上冒着热气时,雯颖便开始叫起床。丁子恒有赖床的毛病,不到最后时刻决不爬起。迫于上班的无奈不得不起时,且要三呼"大丈夫岂惧起乎?",喊完才见行动。每逢此时,先他一步起来的孩子们便都相互窃笑。待家人潮水般涌出门后,两个小孩子亦摇摇摆摆上走廊玩耍,雯颖方开始做家里的清洁。

虽有两间大房,家具却很是简单,都是总院配给的。丁子恒在搬来的第二天去后勤处办的借用手续,共配得一张双人床,一只五屉柜,一张写字桌,一张方桌,四只方板凳和两把椅子。每件家具上都钉有一块小铜牌,上面写着"长江流域规划设计总院"。丁子恒原本还再想借一张床,可后勤处的人无论如何也不给。一个办事员噘噘嘴说工人连房子都没有得住,你们住新房还配家具。给自己要了床,还给孩子要。工人就不是人?工人家的孩子就不是孩子?话说得颇重,气得丁子恒当即把脸色挂了出来,却无力反驳。心想,离了我们工程师,工人能用土堆起个三峡大坝吗?

回来诉诸雯颖,雯颖说算了,孩子这两天先睡在地板上,过两天去街上买张床就是了。工人们也是蛮可怜的,前面简易宿舍,自来水管都在屋外,淘米做饭洗衣用水都是好多人家共用。厕所也没有,全都得上外面公共的。乙字楼上的沈太太说,那边的屋里还没有天花板,老鼠在梁上跑来跑去。说得我好害怕。经雯颖这么一说,丁子恒心想,也是。自己独住两间大房,一家独用一厨一厕,工人和技术员住在简易宿舍里,心里自是不平。如此,让他们说几句怪话又有什么了不得呢?这么一想,气也就顺了。

丁子恒和雯颖共有四个小孩,三男一女。男孩子从大毛二毛一直叫到三毛,待叫四毛时,生了个女儿。女儿生下后,小脸红扑扑胖嘟嘟的。全家沸腾了,丁子恒和雯颖更是喜欢得不行,两人都不愿她随着男孩子再叫四毛。刚会说话的三毛指着妹妹的小胖脸说:"嘟嘟。嘟嘟。"大约是想说妹妹胖嘟嘟的意思。丁子恒说:

"有了有了,妹妹就叫嘟嘟好了。"这样,女孩子便叫了嘟嘟。

这一年三毛四岁,嘟嘟两岁。用丁子恒的话说,他们是跟在雯颖屁股后面的两只小肥狗。大毛已读到五年级,二毛正读着三年级。雯颖把他们转到了附近的二七小学。

初去转学,雯颖和大毛二毛都不明白这所学校为何叫"二七"。办手续时,经校长解释,方知道著名的二七大罢工就是在这一带举行的,烈士林祥谦亦在附近英勇就义,二七纪念碑耸立在学校的一侧。为纪念二月七日,便将学校起名为"二七"。雯颖听罢,肃然起敬。

大毛和二毛在南京时就是好学生,教导主任一见学生手册上密密的红五分,便眉开眼笑。安排了班级,雯颖领着大毛二毛一起参观了学校。学校颇大,校舍亦颇多。令雯颖惊异的是校园内竟有三处果园。果园里种着石榴树桃树梨树以及橘子树等,桃树正开着花,红红的,格外明媚。而令大毛二毛亢奋的却是隐于树林之中的一座碉堡。两人立即设法爬上了碉堡,模仿着电影里的人,以手代枪,"哒哒哒"地射击起来。

学校的一切都令雯颖满意。一星期后,大毛和二毛便都正式地上学去了。

雯颖操持家务并不是一个很能干的人。在南京时,一切均有保姆陈妈相帮,所以,雯颖不太会织毛衣,不太会洗衣服,菜也做得不太好。雯颖跟刚认识的邻居苏太太魏婉娴说,幸亏丁子恒自己也是一个马虎汉,在外业队待的时间也长,粗日子过惯了,也就从不挑剔她。否则,要是像你家苏工这样吃穿考究,过日子精细,我真是不知道怎么对付才好。

魏婉娴便笑嘻嘻地告诉她:"这你就错了。他会在经营他自己的吃穿时,把家里的所有都经营起来。"

雯颖一时没有领会她的意思。

雯颖不会操持家务,但颇能结识邻里。她一下子就认识了好

21

些人,当然,也有一些原先在南京时就面熟。于是她便有了些朋友,像乙字楼上左舍的沈太太张雅娟,甲字楼上右舍的吉太太马茹琴,戊字楼上左舍的洪太太董玉洁,等等,一说话起来都带着南京腔,再聊起来,方记起以前在下游局家属会上早都见过,也就自然而然地熟了。有了熟人,许多原先令人发愁的事就变得好办了起来。吉太太马茹琴告诉她,只要交两毛钱,煤店的吴师傅可以送煤到楼上。沈太太张雅娟为雯颖介绍认识了篱笆墙外茅屋里的郗婆婆,从郗婆婆那里不光能买到特别新鲜的蔬菜和鱼,并且还可托她帮忙找洗衣妇。

郗婆婆为乌泥湖很多人家介绍过洗衣妇,当雯颖找她介绍时,她自然也一口应承了,当天便从蒲家桑园村领了一个女人来到丁字楼。郗婆婆说:"这是驼背他老婆。家里虽是地主,但大手大脚,做事蛮麻利的。"

雯颖忙说:"行,行。一个月给多少钱?"

郗婆婆说:"她家里穷得叮叮当当,要钱补贴。你们城里人钱多,就大方一点,一个月给两块吧。"

雯颖原打算出四块的,见郗婆婆只要两块钱,就忙答应着说:"好的,好的。如果多洗了几床被子,我还可以加到三块。"

郗婆婆脸上立即就多了一些温情,她望着雯颖笑了笑,脸上的皱纹拉扯开来,一直漫到脑后。郗婆婆说:"你是个好心人呀,你是个好心人。"

雯颖便笑笑,说:"谢谢您老夸奖。您老今年高寿?"

郗婆婆又笑了笑,说:"不高不高,明年满五十了。"

雯颖吓了一跳,她心里想着郗婆婆起码也近七十,没料到她连五十都没满。郗婆婆说:"苦人呀,一年得做两年的事,一年就得抵两年活,哪能不老?"

雯颖便连连叹息着,一时不知道说什么好。郗婆婆说:"看你们院子里的女人,一个个走出来水灵灵的,都像二十几岁,上前一问,个个都过了三十。甲字楼上的金妈妈——她家的衣服是我洗的——看上去跟我大丫头差不多,那天我送衣服,跟她摆起,你说她多大?跟我同年,还比我大三个月。啧啧,真不晓得她是怎么养的。"

雯颖说:"真的?金妈妈跟你同年呀?我以为她顶多也就跟我差不多哩。"

雯颖是见过这个金妈妈的。她说着一口北京话,高挑儿身材,皮肤很白,走起路来,风摆杨柳般,有一种特别的妩媚。雯颖第一次见她,是在总院医院门口。雯颖去开点常用药,以备万一。金妈妈正挂号,她穿着一件平绒旗袍,旗袍外另套了海蓝色呢大衣。脚下的皮鞋小巧精致,一看就知道不是大路货。她的衣着引起雯颖的注意。雯颖想,这是什么人,怎么还这么老式打扮?再一次见她便是在乌泥湖的小路上,雯颖始知原来她就住甲字楼上,是总工办副老总金显成的太太,姓叶,满人。倘在清朝,就是个格格。雯颖想,这可是养也养不出来的富贵气呀。雯颖没跟郗婆婆说这些,只是心里叹道,简直没法比呀,劳动人民好辛苦。

一个家被雯颖在一个星期内就治理顺了。雯颖在带三毛和嘟嘟去野地里散步时,还扯回来一把野花插在嘟嘟废弃的奶瓶里。野花虽不像玫瑰牡丹之类能开放得很华丽,但野花也有野花的神气。小小的缤纷的花朵很有精神地从瓶子里向外伸展,给亮亮堂堂的屋里注上一股清新。丁子恒回家一看,眼睛就发亮了,四肢很是舒适地往床上一躺,心说有雯颖的家是多么的好啊。

三

苏非聪比丁子恒早到一星期。当丁子恒拖儿带女地走上楼来时,苏非聪已经把家庭所有的一切都安排妥当了,甚至连周边情况也一一摸了个清楚。比方银行和菜市场都在头道街,米店在连城街,邮局在二七纪念碑对面,小学则在纪念碑的右侧。而中学,在古德寺旁边,校舍很是气派,就叫古德寺中学。苏非聪说在头道街还看到一座小小的天主教堂,与它遥遥相望处,是一座清真寺。寺外的围墙下,常有些身着黑棉袄,头戴白布帽的男人笼着手坐在墙根下晒太阳。

苏非聪在丁子恒搬来的当晚跟丁子恒讲述这些时,丁子恒一边听一边用笔勾画着草图,然后问了句很可笑的话。丁子恒说:"你比我住得远,怎么会早到了呢?"

苏非聪怔了怔,也用一种很可笑的方式回答说:"我家比你家少一口人是不是?这样船轻一点,走得要快些。"这一问一答,令站在一边的两个女人雯颖和魏婉娴笑弯了腰。

苏非聪的父亲是个哲学家,苏非聪便常常好说些虚无缥缈的话,以示未忘其本。但在丁子恒眼里,苏非聪这人特别能干。住单人宿舍时,苏非聪房间里总能保持得干净整洁,而丁子恒房间里却从来都是乱七八糟。苏非聪洗的衣服连女同志都说的确不错,而丁子恒因洗衣服听到的最好一句话也只是"不敢恭维"。丁子恒还知道苏非聪很会炒菜,年节偶尔聚会时,他用一只小小的煤油炉,就能弄出好几个有模有样的苏州菜,每次都能把一群从南京下游局调来总院的单身汉们吃得眼睛发直。

丁子恒对他的这些本事总感到莫名其妙。说你也算是苏家的少爷,怎么十八般武艺样样会呢?

苏非聪似笑非笑道:"你在家是丁太太伺候,我在家是伺候苏太太。你我有着本质上的区别。"

丁子恒说:"我还是不明白。"

苏非聪便有些无奈地说:"她那个小姐的派头比我这个少爷的派头要大,明白了不?"

丁子恒依然不懂。苏非聪急了,说:"你这人真木呀。我就靠这才把她追到手的。"

丁子恒方才恍然。恍然过后又生疑惑，心说自己追雯颖不也就是唱了几支歌吗？难道苏太太家要女婿会洗衣做饭才行？

事隔许久，两人一次中秋节无事闲聊，丁子恒才知道，苏太太魏婉娴乃是大家小姐，幼时随做官的父亲迁至北京。魏婉娴生得明眸皓齿，活泼可爱，弹得一手好钢琴，歌亦唱得如莺啼燕啭。苏非聪与其兄魏以是同学，常出入于魏家。对魏家这位小姐仰慕得几近发痴，但魏小姐却爱上了一个诗人。诗人虽然穷困潦倒，却能每天热情洋溢地给魏婉娴写情诗。魏婉娴每逢收到情诗便兴奋得两腮发红，急急忙忙地换上衣裙去与诗人约会，对有事没事常来家里的苏非聪总是爱理不理。魏家虽对诗人反感万分，可对苏非聪亦无兴趣。魏老先生认为诗人固然不行，可苏先生神采飞扬，有聪明过人之气，多半难为世间所容。既不易为世间所容，女儿嫁与他必不幸福。苏非聪得知这一评价，进出魏家时便拼命收敛自家才华，尽可能露些俗相。魏以见苏非聪爱得有些悲壮，便有意成全这事，私下里替苏非聪出主意说光这还不行，最好能在关键时候露一两手，显示出妹妹嫁给你之后必定很享福，如此方能大功告成。苏非聪经此点拨后，便在家中跟女佣学艺。先学会了洗熨衣服，而后又学会了几样苏州菜。也是老天要帮他，有一天魏家请客，客从东瀛来，老家却是苏州。离家许久，极想吃家乡菜，偏偏魏家会做苏州菜的厨子回家去了。苏非聪那天恰来找魏以，魏以见之大喜，忙对苏非聪说机不可失也。于是苏非聪以他全部的才能做出了三道苏州菜。客人吃后大喜，魏老先生亦大喜，想起厨子并不在家，便问这菜是谁做的，竟是比厨子做得更好吃哩。魏以这才把苏非聪亮了出来。魏老先生闻之大惊，打量了半天苏非聪，方说："看你脸上锐气逼人，内里竟有谦恭气色？"魏以便作一副嘲弄脸色说："他呀，不光喜欢下厨做菜，还喜欢自己洗衣熨衣哩。谁做了他的太太就活该享福了。"魏老先生当即便长长地"哦——"了一声。从此以后，便有心要把女儿嫁给苏非聪。那魏小姐跟诗人往来一阵子,也没了新鲜感。一则诗人总有些与常人相悖之处,比方蓄长发穿破衣不洗澡之类,都让魏小姐不习惯。二则情诗也读得腻了,好看的词句也有限,颠来倒去就那么些东西。于是约会的兴趣便大大减少。倒是常来家中小坐的苏非聪不时说些笑话以及陪她看几场电影,令她十分开心。这么开心来开心去,心里也有了些意思。一天看完电影回来,走在路边的树荫下,苏非聪心怀鬼胎地搂抱了魏小姐。魏小姐并未反抗,高高兴兴地接受了他的搂抱,甚至大胆地献了吻。苏非聪方晓得他已经把诗人打得一败涂地了。

丁子恒在听苏非聪说他这段故事时,哈哈大笑,笑完便叹息自己同雯颖的经历未免简单。苏非聪说:"朋友,你就别叹息啦。我这浪漫过后是后患无穷。只要我回家,一定是我下厨做菜,太太的裙子和我的衬衣,也得我亲手来熨。太太说'这可是你亲自跟我爸爸保证的哦'。我真是悔之不及呀。"说完自己也跟着丁子恒哈哈大笑了一通。

苏非聪和魏婉娴有三个孩子,都是女儿。老大静雅与大毛同班,正读五年级,老二静宜则比二毛高一级,上四年级,老三静沁已经满了五岁。丁子恒搬来的第一天,因为船是下午靠岸,所以一家人坐着三轮车拉着行李抵达乌泥湖时,天已黄昏。雯颖要搭炉子烧饭已不可能。虽然丁子恒再三表示已经准备好了晚餐的面包,但苏非聪仍然力邀丁子恒一家人同他家一起随便进一顿晚餐。饭还没煮好,小孩子们便已经都打得火热了,仿佛早已是多年的老朋友。

苏非聪挽起衣袖下厨做菜,魏婉娴便坐在屋里陪丁子恒和雯颖喝茶闲聊。魏婉娴穿着一件玫瑰红色的开襟毛衣,白色的衬衣领子翻在毛衣外面。长头发被盘成发髻,高高地堆在头顶。魏婉娴眼睛和眉毛都显得细长,皮肤很白。说话时,两只手喜欢在胸前比画,十指纤纤的,动作十分优雅。当下雯颖便忍不住赞道:"苏太太,你好美呀。"

魏婉娴眉毛高高地一扬,说:"是吗?可我正想这么说你呢。"

夜里苏非聪躺在床上跟魏婉娴闲聊,说想不到丁工的太太竟是如此美人。魏婉娴便说喂喂喂,你眼睛又不老实了?

苏非聪笑说:"我说她美,可并没有否定你也美呀!你吃的哪门子醋。"

魏婉娴说:"我可比不上人家。"

苏非聪说:"这话可是你自己说的哟。叫我说呀,你们两人是不同的类型。丁太太属于素朴而天然的美丽,而你则是华丽而精致的美丽。"

魏婉娴忙说:"那你喜欢哪一种美丽呢?"

苏非聪心中暗笑,觉得女人是世上最适于拿来开心的一类。嘴上却一本正经说:"像我这样受过高等教育的,当然比较喜欢后一类的了,要不费那么大的力气追你干什么?还要辛辛苦苦给你烧菜。丁工可是一辈子不下厨房的。"

魏婉娴于是就高兴了起来,说:"明天早上我起来给你煮牛奶。"

说是这么说,次日一早仍然是苏非聪自己起来给自己煮牛奶。非但如此,还为上学的静雅和静宜准备下了早餐。

魏婉娴同雯颖成为很知心的朋友,起因却不是初次见面的那顿晚餐,而是乙字楼下左舍的刘妈妈。

刘妈妈叫许素珍,她丈夫刘景清是勘测室的工程师,从洞庭湖工程处合并来汉口的。许素珍原本一直住在湖南汨罗乡下,直到刘景清分到乌泥湖的房子一家人才团聚。许素珍没上过学,刘景清不在家时,便常常上楼来请魏婉娴或是雯颖帮她看信或者写信什么的。许素珍人爽直,说话高声大气,一口乡音,尤其好议论宿舍里发生的事情。偏她脑子不是十分有条理,往往张冠李戴,常常惹得雯颖和魏婉娴笑个不住。那天许素珍抱着她的小儿子五虎爽爽朗朗地笑着从楼下上来串门,站在走廊对雯颖说今天天气好,下午是不是一起到古德寺去看看。叫上苏妈妈,把静沁和嘟嘟也都带上,顺便给小伢子们抽个签,看看将来前途怎么样。前面郗婆婆说过古德寺的菩萨最灵了。

雯颖一听这话便笑。雯颖是在教会学校长大的,从不信菩萨,更从未想过要去抽签。许素珍从雯颖的笑意中看出她的意思,赶紧摇着一只手,显出几分紧张地说:"有什么话,千万莫讲出口,菩萨会听到的。菩萨个个都是千里眼顺风耳,哪个有什么不恭敬,他全都听得到。他会让报应一个一个跟着来的。"

雯颖的笑意就更浓了。她说:"菩萨有这么小心眼?"

许素珍急得跺脚:"你还说!你还说!"

这一刻魏婉娴听着她俩的对话,也笑盈盈地从屋里出来。魏婉娴说:"菩萨哪里是小心眼呢?简直是没心眼哩。他让几个好人得到善报?又让几个坏人遭到恶报?我们苏非聪说了,菩萨就是用来哄人的,把人都哄成阿木林,呆脑子一个。"

没等魏婉娴说完,许素珍拔腿就走,且走且说:"我不沾你们,这个话跟我没关系。以后菩萨怪罪,你们也莫怨我。我心里是敬菩萨的。菩萨保佑菩萨保佑。"

见许素珍如此紧张,雯颖和魏婉娴便都哈哈地大笑起来。魏婉娴甚至把眼泪都笑了出来。笑完说:"她真好玩呀。"

雯颖说:"乡下的女人好多都敬观音菩萨。不过,我总觉得她们不光是拿菩萨当上帝,还把菩萨当成好朋友,自己心里的什么话都去跟菩萨说。"

魏婉娴对雯颖此说显得很不屑地笑笑,说:"菩萨嘛,不过是人用黄泥糊出一个想当然的东西,用来自欺和欺人的。我在女子师范读书时,还专门写过一篇文章,叫《女子解放,砸碎菩萨》。"

雯颖早知魏婉娴是女子高师毕业,但却没想到她还写过文章,不觉心里生出几分敬意,便问:"发表在哪里?"

魏婉娴不好意思地笑了笑,说:"没发表。我拿给我家苏非聪看,他一边看一边哈哈大笑,说砸了菩萨,女子还是解放不了。百年之内,谈女子解放,都只能是空谈,你就别做这个梦了。我叫他说得生气了,就抓过文章撕掉了。"

雯颖听她这么一说,忍不住又笑了起来。魏婉娴在雯颖的笑声中说:"当时我觉得他是因为大男人主义才说这个话,可是现在……你看我们两个,原来都好好地当着老师,为了跟着丈夫就都丢了工作,事业就变成了做家务。"她说着不由得轻轻叹息了一声。

这声叹息竟撞得雯颖脑子里嗡的一声。她不由望着窗外淡淡的云天,云天中一只鸟儿正在飞翔。雯颖心想,可不是!

魏婉娴脸上的怅惘便有些浓了。一忽儿,她低低地吟出一首诗:"我依稀是一只飞鸿,在云霄中翱翔歌吟;我依稀是一个浪花,在碧海中腾跃隐没;缘着生命的途程,我提着丰满的篮儿,洒遍了这枯燥的沙漠。"

雯颖惊喜道:"这不是石评梅的《青春微语》吗?"

魏婉娴怔了怔:"你也喜欢石评梅?"

雯颖说:"我怎么会不喜欢呢?她差不多是我的偶像哩。'……君宇,我无力拖住你迅忽如彗星之生命,我只有把剩下的泪,流到你的坟头,直到我不能来看你的时候。'我第一次读到石评梅这个碑记的时候,在丁子恒他表妹家,我读完就哭得跟泪人似的,丁子恒正好来看他表妹,结果莫名其妙地看见一个女孩子坐在那里哭,他觉得这个女孩太有意思了,就跟我好了起来。"

魏婉娴笑了,她想起她初恋时,总是跟着诗人到陶然亭去看石评梅和高君宇墓碑的事。雯颖眼前亦仿佛出现当年在好友家里哭泣的情景,也禁不住笑了起来。笑过后,两人都不说话,心底却都觉得彼此被一种什么东西联系了起来,有一种温温暖暖的感觉。

那之后,魏婉娴和雯颖在一起便总能很真心地讲述自己或是议论别人。如此,日子就不那么寂寞了。

四

一连数日都淅淅沥沥地下着雨。从乌泥湖走到机关,鞋上沾满了泥。办公大楼门口一块棕色的麻毡垫子,原本专供擦鞋底之用,这一刻却因人人脚上都有稀泥,垫子已经变得奇脏无比,鞋底再到上面去擦,反倒弄得更脏。好多人低头见此,便绕过毡垫,径直走进办公室,弄得办公室的地板上,都是斑斑点点的泥浆。

丁子恒和苏非聪一前一后走进办公室。两人虽是毗邻而居,又是同一办公室,平常上班却并不相邀同行。偶尔路遇,几句问候后,自有一人加快步伐,另一人放慢脚步,拉开距离,各走各的。有一个住在简易宿舍的水电工曾经来丁字楼改装自来水管,认得丁子恒,也认得苏非聪,上班路上几次见他们如此这般,深为怪异,便在水电组将这事儿拿出来说笑了一番。水电组的工人们亦都称奇,纷纷笑说,这些知识分子真不知道哪来这么些怪毛病。这话拐着弯传到雯颖耳朵里,雯颖说给丁子恒听,丁子恒亦笑说,他们工人哪里懂得独行之趣呢。

苏非聪进办公室时,丁子恒刚擦完自己的桌子。苏非聪顺手接过丁子恒的抹布,又低头看看地板上的泥迹,叹道:"完全应该有一个清洁工人每天早上来把这里打扫一下的。当年,我的办公桌上只要有一丁点灰,那个干活的杂工至少要扣掉半天的工钱。"

丁子恒笑道:"当年是当年,现在是现在,好汉不提当年勇。只要想想两年前在外业队勘探的日子,现在就是桌上糊一层泥,我也觉得没什么大不了的。"

苏非聪亦笑了,说:"那倒是。我在外业队时常常住在农民的家里,每天早晨上厕所,被我视为人间第一痛苦之事。"

丁子恒说:"不过,无论如何,也应该有人负责清洁办公室的。如果苏联专家今天突然跑来,看见这地板,该有何感想?"

苏非聪笑道:"这就不用你操心了。他们来之前,自然会有通知,也自然会有人来关心这地板了。"

同办公室的王志福听他们俩说笑了几个来回,毫无动手清洁环境之意,倒是各自倒上一杯茶水,坐了下来。王志福便从自己桌前站起,一边往外走,一边隐忍不住道:"你们这些知识分子呀,有这工夫高谈阔论,怎么就不能拿个拖布把地板拖拖干净呢?"他说着便出了门,转身拿着拖布进来,三下五下便将地板拖得干干净净。

苏非聪和丁子恒两人顿时面面相觑,颇有几分尴尬。

王志福是春节前才从水文室调来总工程师办公室的。他原本是木工,因心灵手巧,搞了好几项技术革新,连续几年当上了劳动模范。院里便有意要培养他,欲将他作为调干生送到清华水利系学习。偏偏他的老婆在那期间正好生孩子难产,老公公忙着为媳妇找医生时一下子中风瘫痪在床。虽说王志福表示可以克服困难,但院里还是替他着想,把入学时间推迟了一年。为了让王志福在上学前夕多了解一些实际,便让他先来总工室,给总工程师吴思湘做助理。

王志福拖完地去放拖布时,苏非聪对丁子恒低声道:"我们两个的思想到底还是不如他们党员呀。"

丁子恒说:"是呀,他说得倒也不错。只是他一个工人,怎么能用这种教训的语气跟我们说话呢?"

苏非聪笑道:"你怎么还这么夫子气?"

丁子恒正要说什么时,王志福返回了办公室。苏非聪朝着王志福说:"辛苦你了。"

王志福说:"我跟你们不一样,做这点事我觉得算不了什么。"王志福的语调有些让人别扭,丁子恒没再说什么,但他在心里却对王志福有几分不悦的感觉。

下午,苏联古比雪夫水电站总工程师马雷谢夫在俱乐部作世界高坝会议及古比雪夫水电站的报告。丁子恒有些兴奋。丁子恒对苏联人一直有一种佩服之感,但苏非聪却不以为然。苏非聪总说苏联人比较笨,他们做的东西傻大笨粗,无法与欧洲人的相比。丁子恒知道苏非聪的见识比自己广,说得或许有道理,但他却不会轻易放弃自己的观点。丁子恒这两年一直在学俄语,他觉得既然苏联专家前来帮忙修建大坝,就应该读一些有关苏方水电站的资料原文。像马雷谢夫这样的报告,丁子恒是绝对不会放过的。

苏非聪笑道:"你对苏联老大哥还真崇拜得可以。"

丁子恒说:"苏联专家的工作作风比我们的好。我总觉得这才是一种真正的科学精神。就拿德米特列夫斯基组长说吧,有一回,突然问技术处的李工,说你最近是不是身体不太好呀?李工被问得莫名其妙,说没有哇。德米特列夫斯基组长说,既然身体是好的,为什么三天的事情要用五天时间去做呢?李工当时别提多难堪。这是我亲眼看到的。以这样的作风来做事,我相信什么事情都做得成。"

苏非聪说:"但他们未免死板。"

丁子恒说:"何以见得?"

苏非聪说:"在选择坝址问题上,可以充分证明这一点。"

丁子恒说:"这我知道。可这是两回事。对坝址的选择和工作的作风是两种不同性质的东西。"

苏非聪又笑了:"可我们的工作作风选出了三斗坪那样绝无仅有的坝址,而他们却不敢走出萨凡其的阴影。萨凡其说南津关是个好坝址,他们就认为萨凡其是世界著名的坝工专家,你们凭了什么要改变他的方案?而南津关喀斯特现象严重却是明摆着的事。这说明什么?说明他们墨守成规,不敢创新比我们更甚。因为创新一旦出了差错,他们有责任,而依了萨凡其的提议,一旦出事,顶在前面的是美国人萨凡其。"苏非聪说到这里,语调便有了几分讥讽的意味。

丁子恒想了想,觉得苏非聪说得有理,却不知如何回答他。便说:"在坝址问题上,我也不太赞成苏联专家所选。但在工作作风上,我却觉得应该像他们那样,一个人要顶一个人的用。像我们这样,一半人做事一半人闲,最终是难以成事的。"

丁子恒在听马雷谢夫的报告时,心里一直想着苏非聪的话。丁子恒和苏非聪同为清华毕业,苏非聪高丁子恒两个年级,也算前后同学。两人先后从下游局调来汉口,都是在外业队干了好长时间,才进入总工程师室。因经历及家庭背景都颇为相似,故而对诸多事情的看法也容易接近,于是感情上就多了几分亲近。尤其是成为邻居后,两家太太亲如姐妹,关系便更显得密切起来。丁子恒属书生型之人,只知业务而不通世事。苏非聪则不然。丁子恒总觉得苏非聪看问题有一种特别的穿透力。不知是因为其父是哲学家的缘故,还是他天生目光敏锐。总之什么事情,但经苏非聪分析,丁子恒便觉得心里透亮。有一回,丁子恒为了得到组织的信任,将自己同两个美国朋友通信的事交代了出去。苏非聪得知,长叹一口气,说:"你本是为了让人相信你,可你这么做了,从此就不会再有人相信你了。"丁子恒听此言心里一惊,而后又将信将疑。结果是原本是团结对象的丁子恒在无数次会议上被当成重点批评对象,就连在办公室里看书回宿舍晚了,也是严重缺点之一种,被提上桌面,强令检讨。提意见的人多是初、高中生,工作时,千也不会,万也不会,恨不能半小时就去找丁子恒请教一次。而一开会,一个个便都翻了身似的,对丁子恒一脸严正。自那以后,丁子恒方对苏非聪之言服气已极。苏非聪笑他道:"说你自找吧?"丁子恒只有无奈地摇摇头,心中却暗想,与苏非聪比,我真是庸人也,所谓庸人自扰呀。

马雷谢夫的报告讲得极好。只是开头部分翻译太差了,翻译出来的术语让人听得云里雾里。后来,有人递了纸条,便换了翻译。丁子恒认出了这个新出场的翻译是住在乌泥湖庚字楼上左舍的陈杞。丁子恒为三毛上幼儿园的事去找过他的妻子姜心敏园长。陈杞翻译得流畅多了。他站在台上,风度翩翩的。一条丝巾绕过脖子,被白色的衣领衬托着,格外醒目。陈杞脸上始终挂着从容不迫的微笑,丁子恒对他这种儒雅之气很是欣赏。

坐在丁子恒后排的两个人低声地议论着陈杞。一个人说他是总院俄文翻译的第一块牌子。另一个人说他夫人姜心敏的母亲是以前的白俄贵族,陈杞是姜心敏的表兄,父母双亡后,被姜家收养,自小就说得一口的俄国话。丁子恒想,原来如此。

下班时,雨仍然淅淅沥沥地滴着。天空灰蒙蒙的,新抽芽的树叶经水洗后青翠碧绿,只是与庞大的天空相比,这点色彩太稀太少,无论如何也压不住它背景的灰暗。丁子恒在关闭办公室的窗子时,望着随风飘动的雨线,心中一动,苏东坡的一句词立时映入眼前:"殷勤昨夜三更雨,又得浮生一日凉。"他想,改成"殷勤今朝丝丝雨,又得浮生阵阵忙",倒也有趣。

王志福走过来说:"丁工,吴总请您去他办公室一下。"

丁子恒应答着将窗子关好,见王志福一副等他同往的样子,便随意地问道:"还有什么事?"

王志福没有回答,反问道:"丁工,您这次下去搞土壤调查能不能带上我?"

丁子恒对此问话有些吃惊,说:"吴总要我下去搞土壤调查吗?"

王志福说:"是的。您能带上我吗?"

丁子恒有些不悦,说:"我没有办法回答你,因为我现在还没有弄清楚是怎么回事。"

王志福说:"如果弄清楚了,您能带我下去吗?"

丁子恒说:"我不能答复你,一切都由吴总决定。"

王志福说:"您可以向吴总提议呀。"

丁子恒说:"我没有提议的理由。"

王志福说:"怎么没有？就说这个年轻人好学,让他跟着锻炼锻炼。这还不是最大的理由吗？我知道我到总工室来,你们都瞧不起我,因为我只是一个初中毕业生。但是华罗庚也没有上过大学,我想我会用华罗庚来激励自己,拼着命追上你们,让你们最终服气。"

丁子恒有些烦,却又不好发作,只好说:"看情况吧。"

他说完也不望王志福一眼,便向外走。王志福跟在他身后大声道:"丁工,我知道您是有真本事的人,我就想跟您学。"

丁子恒一怔,继而有些感动。他喜欢听这样的话,这样的话令他心里生出一种终于被人认识的愉悦。于是他回过头来,用一种和蔼的语气说:"我尽量跟吴总提吧。"说完心想,这个年轻人有点狠劲,如此心态,成则辉煌灿烂,败则一塌糊涂。

总工程师吴思湘的办公室在大楼的尽头。走廊的灯坏了,于是那尽头便仿佛笼罩在阴影之中。吴思湘毕业于上海交大,曾经留学美国,拿了博士学位后,便在战时的美国生产局工作。有一天,他突然看到了萨凡其为中国三峡所写的《萨凡其计划》,这是世界上最大的水利工程计划。吴思湘当即激动得难以自制,一个月后便回到了祖国。当一九四六年萨凡其再次来中国看他久久难忘的三峡时,吴思湘已在国家资源委员会有了一份职业。萨凡其的三峡修坝热情有如旋风,席卷起所有同行的激动,三峡工程便在这股旋风下拉开了帷幕。经萨凡其的建议,中方四十六名工程人员到美国的丹佛参加三峡工程的联合设计,吴思湘是其中之一。只是正当他们在美国紧锣密鼓地工作时,中国自己的内战却使得三峡工程不得不被迫放弃,中国工程师们全部返回中国。吴思湘心里悲凉如水,他怅然地望着丹佛四周连绵的群山,心想,他这一生或许已不再有机会修建三峡了。

然而只不过十年光景,他便成为长江流域规划设计院总工程师办公室的老总,再一次把三峡的帷幕拉了开来。吴思湘自然特别珍惜这次机会,他觉得虽然有太多的政治活动占用了时间,可照眼下的速度进行下去,壮丽的三峡大坝在他这一代人手中建成仍是必然。作为水利工程师,参与修建这个世界上最为宏伟的工程,那真正是有了一生的辉煌。吴思湘甚至想,在大坝建成那天,他或许会郑重地向共产党递交他的入党申请书,以表示他对共产党的感激之情。他曾经把这个想法说给皇甫白沙听,皇甫白沙哈哈大笑了一通,然后说:"你要是以这样的动机来加入我党,你以为我们就会要你吗?"吴思湘不明白他为何这样说,反问了一句:"为什么不要?难道你们不希望我成为你们中的一员吗?"皇甫白沙依然是笑,却没有再说什么。吴思湘最终也没有弄清皇甫白沙的话是什么意思。

丁子恒走进办公室时,吴思湘正核对一张图纸。丁子恒进门说:"吴总,你找我?"

吴思湘一指对面皮椅,说:"坐一下,稍等我三分钟。"

丁子恒坐在吴思湘对面,心想今天吴总会怎么跟我谈话呢?丁子恒对吴思湘的印象并不太好,他总觉得吴思湘性格优柔寡断,说话办事黏黏糊糊,除了资格比较老以外,实在不适宜做总工程师。有时听他绕来绕去说了许多话,却根本不知道他究竟想说什么。而上级派下的事,不管是不是与总工办的工作相悖,他都一丝不拉地派下去做。苏非聪常在背后嘲笑他,说他脑子里是一团乱麻线,抽着哪根就是哪根。丁子恒觉得这个比喻颇为传神。这一刻,丁子恒想,都下班了,怎么又抽出个麻线头呢?

吴思湘放下笔即开口,说:"丁工,找你来,是有项重要的工作交给你。"

丁子恒说："还是土壤调查吧？去年我不是去过了吗？"

吴思湘说："根据整个长江流域规划的需要，要在明年年内完成七个大型灌溉区的土壤调查。这七个地区又以四川盆地和江汉平原两个地区为主，因为这两个地区都在大型水利枢纽附近。江汉平原你们去年已经将大部分地方跑到了，今年主要搞四川盆地。四川土壤调查工作量大，共有七万九千平方公里，实际上还可能不止这么多。"

丁子恒说："吴总，我去不太合适吧？土壤专业并非我之所长。"

吴思湘说："这个我知道。但据中科院土壤专家们说，去年那批人中，就你对业务最熟悉。"

丁子恒急说："那也是我临时抱佛脚，怕自己一窍不通，出洋相，出门前才找了些书来读了读。"

吴思湘说："总院奇缺土壤方面的专家，不管怎么说，你算是个骨干。这次到四川，四川方面有好几家参与，属于联合调查。调查项目也是综合性的，不但能满足流域需要，同时也要满足农业和林业方面的需要。那边的同志们据说大都是中等技术学校毕业，并没有多少经验，所以，我们这边必须派业务骨干。这次调查总队的总队长由中科院的两位专家担任，同时设立了两个技术队长，你是其中之一。"

丁子恒呼道："My God！"

吴思湘笑道："上帝会与你同在。我倒觉得这时候出门真还不错。"

丁子恒说："为什么？"

吴思湘说："这些日子，机关里用大量时间搞大鸣大放，开会讨论，据说下一阶段还要开更多的会。我们搞工程的人，开那么多会干什么呢？不如出门做点实在的事。"

吴思湘一席话竟让丁子恒心头一亮,他想,可不是。

丁子恒正欲告辞,突然想起王志福的请求,于是他说:"王志福想跟我一起下去,我觉得这个青年很好学……不知道是否可以……"

吴思湘望着他,片刻才说:"你觉得他跟你去合适吗?"

丁子恒怔了怔。吴思湘又说:"如果我是你,我就会收回这个提议。"

吴思湘的话说得意味深长,丁子恒突然有一种毛骨悚然之感。他想也没想,便极快地说:"那我就收回吧。"

出门时,他觉得他有些对不太起王志福。

五

丁子恒出差的第二天,天便晴了。一晴好几天,天气暖洋洋的。大毛、二毛、静雅、静宜以及乙字楼下刘景清家的孩子刘一狮、刘二豹、刘三熊七个人一起到解放公园玩。出门玩的动议是大毛和刘一狮提出来的。雯颖起先有些不放心,许素珍说:"没关系的,我家一狮和二豹上个月就自己去玩过。"这一说,雯颖也觉得该让大毛闯闯去,便同意了。大毛和一狮并不想带静雅和静宜两个女生,于是两个女孩便回家伤心地哭。魏婉娴只好出来向男孩子们提出请求。大人的面子不可驳,男孩子们便同意了。四岁的三毛和刘家的四龙也吵吵着想去,但被大人们毫不留情地驳了回去,这两人便一头一个地坐在走廊的地上,仿佛比音高似的大哭了一场。

七个小孩,大毛最大,便做了总领队。一狮次之,就做了大毛的副手。最小的是刘三熊,刚上小学一年级。这天的游玩本来一切都顺,在公园捕了些蝴蝶,玩了官兵抓强盗。刘家老二二豹与苏家老二静宜为一片树叶吵了一架,一狮和静雅分别为着自己的弟弟妹妹加入了争吵。但在领队大毛严厉的镇压下,也就大事化小,小事化了。

太阳开始下山时,他们一路唱歌回家,歌声很不整齐,但心情特别愉快。经过蒲家桑园路边的水塘,大毛看到塘中有一个小岛。小岛距岸边约一米多远,上面碧绿一片。大毛目测了一下,认为凭他的跳跃能力他可以跳到岛上。如此,就等于这个小岛成为了他们的领地。这个理论让其他几个小孩都兴奋起来。一狮说占领了这个岛后,就可以叫它为丁刘苏岛。因为是姓丁的姓刘的和姓苏的人发现的。静雅说,这么叫太拗口,不如就叫乙丁岛。因为是乙字楼和丁字楼的人发现的。静雅的乙丁岛得到一致的认同。

大毛决定由他和一狮两人跳上岛去,在岛上插一块牌子,写上乙丁岛三个字。静雅表示她也要上去,因为岛上不能没有女生。三熊大咧咧地说:"是呀,没有女生,以后岛上就没有妈妈。"

静雅立刻打了他一巴掌,说:"不准说不要脸的话!"

大毛对静雅的要求还是同意了。首跳是大毛,他后退了十几米,准备助跑起跳。一直都未出声的二毛突然说:"哥哥,这个岛恐怕不能跳吧?"

大毛说:"你懂什么?就你是胆小鬼。"

一狮亦鄙夷地瞥二毛一眼,说:"二毛,又没让你跳,你怕得那么厉害干什么?"

二毛说:"我想那会是个浮岛哩。"

二毛的话音未落,大毛业已冲过来起跳。他跃起之后,只听得"扑通"一声,绿色的小岛上被砸出一个洞来,大毛落进了水里。大毛在水里拼命挣扎,手和头在漂浮的水草中一会儿上升一会儿下沉。岸上的孩子都傻了,静宜竟呜呜地哭了起来。二毛浑身一紧,突然掉转身,对着马路放声喊了起来:"救命呀!快来人呀!救命呀!救我哥哥呀!"

一个骑着自行车的青年恰好路过,立即甩了自行车跳进池塘,

39

几下子游到大毛身边。这时大毛已经开始下沉,青年一头钻进水里,双手将大毛托出水面。岸上的小孩见此一个个破涕为笑,使劲喊着:"加油!加油!"

被救上岸的大毛在青年的帮助下,哇哇地吐出一些水。在春天的风中,他被冻得哆哆嗦嗦。二毛喊了他一声:"哥哥。"

大毛看了他一眼,面色惨然地说了一句话:"妈妈一定会骂我的。"

浑身湿淋淋臭烘烘而又有些失魂落魄的大毛出现在雯颖面前时,雯颖吓了一大跳。她一边烧热水让大毛洗澡换衣,一边询问出了什么事。大毛一声不吭,低着头一件件地脱着衣服,怎么问都不答话。

雯颖只好出来问二毛,二毛便一老一实地把前因后果告诉了雯颖。说完还补了一句:"妈妈你可千万别生气,哥哥他真的很勇敢,我应该向他学习。"

雯颖说:"这种勇敢有什么意义?你还想跟他学?"

雯颖说完,想想这事,不禁有些后怕。投射在屋里的夕阳已退了出去,天空开始发灰。恍然有尖锐的小孩叫声穿透黄昏的灰色,刺激着雯颖的耳朵。她不觉浑身发软,颓然坐在了床边。正在床上玩耍的嘟嘟爬过来抓扯着她的头发,她竟没有理会。

洗完澡的大毛垂头丧气地站在雯颖面前。望着妈妈忧伤的面容,他突然觉得心里难过,有些想哭。只是三毛和嘟嘟绕着他的腿转圈子,两人都笑得咯咯咯的,他不好意思在弟妹面前哭泣,便只好把想要流出的泪忍了回去。大毛说:"妈妈,我错了。"

一向神气活现的大毛,此刻大垮垮地套着爸爸的一件绒衣,露出一副无精打采的样子。雯颖的心疼之情油然而生。雯颖说:"大毛你做事向来稳稳当当的,今天怎么这么冒失呢?"

大毛说:"我不知道。"

二毛赶紧说:"不怪哥哥,是鬼使神差。"

雯颖喝了二毛一声,说:"学了几个烂词,就会瞎用!"

二毛说:"是救哥哥出来的那个大哥哥说的。他说,要是妈妈骂你,你就说是鬼使神差,不是你的错。"

雯颖这才想起还有一个救了大毛的人。雯颖说:"那个救你的人是哪儿的,你们知道吗?"

二毛说:"我知道,他是己字楼下的林大哥,他叫林问天。"

大毛说:"他是个大学生。"

晚上,雯颖带着大毛上己字楼林家去致谢。去时她想,得送给那孩子一件礼物才是。天已黑尽,商店均关了门,雯颖便打开抽屉,找出一支丁子恒当年送给她的关勒铭笔。

雯颖拉着大毛的手正欲下楼,许素珍抱着五虎从楼下上来。许素珍说:"告诉你,我替你问了,林家那孩子是水文室林工的大儿子。林工叫林嘉禾,也是下游局调来的,恐怕你们都认得的。他太太叫邢紫汀,是总院俱乐部的艺术指导,歌唱得好得不得了。这个林问天是老大,在武昌上大学,家里还有两个女儿,一个比一个漂亮。"

林问天已经回了学校。林嘉禾夫妇对雯颖的拜访感到莫名其妙。直到雯颖把她的来意详细说过,他们才恍然大悟。邢紫汀说:"怪不得问天一身湿淋淋的回来。他爸爸问他怎么回事,他只说不小心掉到池塘里了,想不到这孩子竟干了这么件大事。"

雯颖说:"谢谢你们教育了这么好的孩子,要不,我家大毛还不知道会怎么样哩。"

林嘉禾说:"不必客气。这也是他凑巧碰上了,如果他不碰上,别人也碰上也会这么做的。"

林嘉禾的话说得极其自然,诚恳。雯颖听了觉得很感动。她想,他们能培养出这么好的孩子,肯定是因为他们做父母的身教在先啦。雯颖突然就觉得林家给了她一种很好的感觉,同他们交谈,仿佛能生出一种心息相通的意味。她便应邀小坐了一下。

林家室内陈设的雅致,是雯颖在乌泥湖其他人家没见到过的。除了钢丝弹簧床精致的床架尤为显眼外,一对单人皮沙发亦颇有气派。窗帘是双层的,内层是白色薄绸,上面有一些镂空的牵牛花图案,外层是浅咖啡色平绒,一直垂到地面。靠窗的白墙上挂了一幅油画,画上宁静的风景给屋里平添几分温情。雯颖忽然觉得那风光有些眼熟。

邢紫汀见雯颖的目光停在画上,便笑道:"见笑了,这是我画的。嘉禾喜欢,就挂在了这儿。"

雯颖大惊:"你画的?"

邢紫汀说:"我年轻的时候跟着嘉禾逃难到贵阳,在花溪住了些日子。那里的风景如画,我又闲着没事,就画了这幅画。"

雯颖说:"怪不得我觉得风景好眼熟。你真了不起。"

林嘉禾说:"你去过花溪?"

雯颖说:"是呀。抗战中,我随我丈夫到贵阳,在那里住了半年,然后我们就去了云南。"

林嘉禾说:"你丈夫是?"

雯颖说:"他叫丁子恒,在总工室。"

林嘉禾讶异道:"噢,原来你是丁工的太太呀!"

雯颖说:"你们认识吗?"

林嘉禾说:"在下游局时,彼此倒也不熟。来这边后,被规划室的李工介绍加入了农工民主党,常在一起开会。这一来就很熟了。"

雯颖听罢很高兴,说:"等丁子恒回来,让他当面谢你。"

雯颖告辞时拿出了那支关勒铭笔,请林嘉禾夫妇转送给林问天。林嘉禾执意不收,几经推让后,雯颖执意道:"如果你们不收下,我就送到林问天学校里去。"林嘉禾夫妇无奈,只好接了下来。

夜晚睡在床上,雯颖还在想,原来他们也是从南京来的,原来他们也去过贵州，原来他们跟子恒是一个党派的，原来这个世界上居然也有不少人经历相似。

六

总院一封电报在路上走了六天，才到丁子恒手中。电文说：火速返院整风。这时的丁子恒早已开始想家，拿了电报，心里暗自大喜，当即便请了假。待丁子恒乘车搭船抵达汉口时，天气已经呈现出夏意。

丁子恒肩扛行李径直去了机关。他到总工办向吴思湘大致汇报了一下土壤调查情况以及与中科院土壤专家合作中的问题，然后询问整风进展。吴思湘说，这次整风学习气氛非常之好，提出了很多问题。尤其《人民日报》的社论发表后，大部分党外人士都积极参与了这次整风。大家不光给共产党提了意见，也对自己的工作进行了自我批评。都说每一次讨论皆是对自己的一次教育。

丁子恒说："这不是跟平常讨论的那些也差不多吗？"

吴思湘说："并非如此。看来这次共产党是认真的，真正把大家的激情调动起来了。我觉得机关里的知识分子从来没有像今天这样焕发热情，共产党这次整风真是太了不起了。他们在上面把领导工作搞好，我们在下面把具体工作做好，上下一致，天下有什么事做不成的？三峡大坝的修建也指日可待。我这里有些近期的报纸和上级下发的材料，你可以拿回去看看。我相信你到会场就会投入进去。"

丁子恒对吴总的这份激情颇觉惊讶，他说："是吗？"

晚上，丁子恒破例去了苏非聪家。他们虽是紧邻，两人既是校友又同在一间办公室里工作，但彼此却绝无串门习惯。丁子恒在吴思湘所给的一堆近期报纸及材料中，看到了《人民日报》五月一日的社论《中国共产党中央委员会关于整风运动的指示》和费孝通发表在《人民日报》上的《知识分子的早春天气》,他有些震惊,又有些激动。对于前者,他想,共产党终于愿意听我们说点心里话了,这是盼望了多少年的事呀。对于后者,他觉得文章写出了他内心深处的东西。丁子恒想,不知道苏非聪是怎么看待这次整风的。

丁子恒往苏家走时,在走廊上遇到魏婉娴。丁子恒说:"苏太太,苏工在家吧?"

魏婉娴说:"在家哩,正在翻译他那本书。"丁子恒的脚步便顿住了。

魏婉娴说:"找他有事吗?我叫他去。"

丁子恒说:"你问问他我现在可不可以同他聊一下?如果他正忙,换个时间也可以。"

魏婉娴说:"没关系的。他那本书,早一点晚一点翻译都一样。"

苏非聪闻声而出,笑着说:"来来,进来坐坐。我也是没事干,找了本书翻翻,聊以度日。怎么样,你这次下去,田野风光优美乎?"

丁子恒边进门边说:"风景如画,只是埋头看土,无暇顾及矣。要说这种土壤调查工作绝对是应该做的,而且越早越好。只是成天在乡下跑,人都快变成土了,百事不晓,所谓'山中无历日,寒尽不知年',就算第三次世界大战爆发恐怕我们都不会知道。所以吴思湘跟我大谈一通整风运动如何令人激动,我是丈二金刚摸不着头脑,实在有点'不知有汉,无论魏晋'的感觉。"

苏非聪家的陈设跟丁子恒家差不多,都是大人一间屋,小孩子一间屋。所不同的是苏非聪家全是女孩子,墙上便东一张西一张地贴了些女演员的像。

苏非聪说:"坐。"然后一指墙说:"这都是她们的偶像。我不明白这些人有什么好崇拜的。让她们崇拜一下科学家,她们偏不。"

丁子恒笑说:"这就是男孩子和女孩子不同之处。我家大毛二毛对科学家和解放军特别有兴趣。倒是三毛,在南京时天天看保姆刷马桶,看得上瘾了,说是长大了就要刷马桶,'咕咚'一下洗洗刷刷就干净了。"

在一边玩着毛线翻叉叉游戏的静雅静宜全都咯咯地笑得趴在了床边。丁子恒想起三毛天真可爱的样子,也忍不住跟着她们一起笑。

苏非聪说:"你家三毛呀,真是个人物。只要他一开口,不管说什么,都讨人喜欢。"

只比三毛大一岁的静沁说:"他才烦人哩,他抢我的糖吃。"

静宜说:"你才烦人哩,你总是欺负三毛,还要三毛喊你姐姐,你算是个什么姐姐呀。"

静沁说:"你又不是三毛的姐姐,你总是护着他,就是想要二毛哥哥告诉你做算术。"

丁子恒见两姐妹为个小小的三毛争吵起来,觉得小孩子们实在是有趣。苏非聪说:"小人国的战争是连环战,连劝架都劝不清,只有采取强权政策。好了,都不许闹了。谁再开口,明天的糖果全部取消。"静宜和静沁立即都紧闭了嘴巴。

丁子恒说:"想不到你还有几下子。"

苏非聪说:"我的能力范围也就是管管家里三个小女子。你怎么样?电报叫你回来整风?"

丁子恒说:"是呀。我还不太清楚怎么回事,所以想到你这里了解一下。"

苏非聪说:"正像吴思湘说的,可谓激动人心。看来共产党是要听大家讲真心话了。解放以来,可以说真正谈得上一点民主的就算这次了。我父亲来信说罗隆基在政协会上对一些老式的知识分子有一段精辟的分析。说是知识分子的知识既然达到了高的水准,他的年龄也必然活到了老的阶段,他就是中国旧社会所谓的士大夫阶层中的士。中国的士对政治亦有他积极的一面,比方说,'以天下为己任''天下兴亡,匹夫有责'等等。士从来都不是甘心寂寞、不问世事的人,就看他的上司怎么能够发挥他积极的一面为国家服务。中国旧社会的士有这样一套传统观念:'以国士待我者,我必以国士报之;以众人待我者,我必众人报之'。合则'士为知己者死',不合则'士可杀不可辱'。几千年封建社会的统治者,对这类自高自大的士,都有一套领导艺术,就是所谓'礼贤下士''三顾茅庐'等等。旧中国的士,愿做脱颖而出的毛遂者少,愿做隆中待访的诸葛亮者多。若得三顾茅庐,必肯鞠躬尽瘁。罗隆基的话大意如此。仔细想想,你我这般人的心态可不就是这样?本事是有一点,可酸架子也摆得不小,真是入木三分呀。"

丁子恒想想,确乎如此。我们总是觉得共产党官僚主义,只看重党员,不管我们干得多好,依然是拿我们当外人。可从来也没有想过,自己仗着有点本事,就摆一副臭架子等你来"顾"我。现在人家共产党主动站起来检讨自己了,我们这些人还不该回头想想自己的行为吗?丁子恒想过即说:"说起来也是。其实才建国几年,人家也得有一个适应过程,对他们要求太高也不公平。我们虽然读了些书,可未免小家子气重了些,共产党到底是大家风范,人家做到这一步,我们也实在是没话可说。"

苏非聪说:"是呀。开始整风时,我还不太信,心想,又玩什么花头精。可是整风运动一深入,真觉得自己是小人之心。总院领导几次到我们总工室,谦虚得我都不好意思开口。想来想去,自己的毛病也绝不比那些党员少。结果以前一肚子的意见,真到可以说的时候,反而没有了。"

丁子恒说:"我也是呀。听吴总和你这么一说,倒觉得原先满腹意见都消解掉了。我想恐怕我们想要的就只是一份'看重',其他别的都可以克服。"

苏非聪说:"话也不能这么说。当提的问题还是要提,特别是工程技术上反映出来的事情还是应该说说。比方进材料浪费太大,都是国家财产,能省为什么不省?还有些重要的技术岗位,应该以业务水平高低来选用人,而不能只以政治水平为准,你说呢?"

丁子恒连声道:"对对对,存在的问题,也应该实话实说。"

因为与苏非聪的一席谈话,丁子恒的心情甚是振奋。这天夜里,他竟一夜未眠,躺在床上辗转反侧。他想,其实我一开始对共产党是十分敬仰的,可后来,见有些党员干部自以为是,好处都要自己得着,才对共产党多少有了些意见。现在想来,其实那无非是少数党员个人的问题而已,怎么能怨在共产党身上呢?不是共产党解放全中国,哪有现在这样的和平时期得以安心搞水利建设?虽说前些年有些事并不顺心,可是国民党时期就顺心过吗?所以,丁子恒想,自己过去对共产党的要求看来也是苛刻了一点。现在共产党诚恳地面对我们,希望我们提意见,以帮助党来改正自己不足之处,这种姿态足可解开过往的心结。丁子恒觉得自己对共产党充满了信心,根本就没有什么意见好提。他想,到会上,不如就这么说好了。

七

一九五七年五月十四日,总工室整风讨论记录:

召集人:吴思湘、金显成

记录员:柴启燕

旁听:副院长皇甫白沙、政治部主任谢森宝、宣传处处长肖纪总工会主席张成中

吴思湘(总工程师):在这一段时间里,我心情十分激动。共产党如此真诚地请我们提意见,实可谓大家风范。其实,共产党之伟大,于这几年国家的飞速发展中,一眼可见。现在我谈谈我自己

的想法。

解放后，我是有明哲保身的打算，以第三者的态度看现实，不是工人阶级立场。思想上很矛盾，并且很空虚，不愿自己努力跟上去，不愿丢掉旧的想法，怕人说投机。因此在工作上不主动。第三者态度就是明哲保身，不求有功，但求无过。对组织不敢靠拢，对党员也看不起，认为他们是靠组织吃饭，而不是靠本事吃饭。总是认为一个社会应该倚重有本事的人才能进步，而不是倚重有组织的人。经过几次运动和学习，有了些变化。尤其肃反后，自己对党的认识提高了一大步，觉得思想改造很有必要。建设社会主义，必须要有"主人翁"思想，而不能只抱有"作客"思想。我的缺点很多，主要表现在：第一，不善于联系群众，对群众思想也很少关心，很少同群众交谈，认为那是党的事，与我无关。第二，好面子，做老好人，对不正确的事喜欢睁一只眼闭一只眼。第三，自己政治学习不够，毛主席写的许多文章都没有看过，马克思恩格斯列宁的文章一篇也没有读过，心里的基本想法就是自己是搞技术的，看这些也看不懂，不如看看技术资料，也许修水电站时用得着。这看来是不对的。

皇甫白沙（副院长）：不是看来不对，而是肯定不对。

吴思湘：对对对，肯定不对。我一定改。下面谈几个院里存在的问题：第一，院领导有贵远贱近作风，对于别人提的意见，采用两种态度。比方，苏联专家提的意见就总认为是正确的，而对中国专家提出的意见不光不重视，甚至怀疑其能力。同样的问题，中国专家提出来便行不通，而通过苏联专家瓦西连柯提出来，立刻就采纳了。这是什么作风？第二，院领导明是非、辨真理的能力差。无论在工作或生活中，以及有些摩擦事情的处理上，群众和党员之间，从来没有公平过。第三，既不鸣也不放。整风这么长时间了，院领导鸣放过什么？

苏非聪（工程师）：对苏联专家过分依赖是缺乏民族自信心的

表现。但是我们自己也不够积极,我们这里留学欧美的是多数,很多人在心里都这么想,既然你们请了他们,那就让他们搞好了。苏联专家对坝址判断不准,大家也不吭气,有从旁看笑话的倾向。院领导明知大家有这些想法,却也不去沟通。现在的领导架子也大,有几个人跟技术人员交朋友了?他们知道技术人员都在想些什么?工作作风还不如解放初期时。

董凡(工程师):党员和非党员中间有距离,可以说有一道墙。非党员也有自卑心理,觉得自己不是党员,做什么事上级都不会信任。所以有些非党员的处长科长,什么事都不敢做主,动不动就要去找党。

潘心源(工程师):解放初时,见党员个个艰苦朴素,我们非常佩服。现在呢,许多党员都蜕化了,好像觉得这江山是自己的,你们这些人算什么?看到有些党员做坏事,比方个人作风不正、多吃多占这些事,谁敢提?谁不怕打击报复?肃反时我是被整得厉害的一个。整了也白整,一个人被冤枉的痛苦,真是受不了。而领导不是想帮助你把问题搞清楚,反倒是想办法给你找一个罪名来肯定他们的所作所为不错。按着这样的逻辑,全中国人都可以找出罪名来。

董凡:在生活待遇方面,可以在同级的党员和非党员中做个调查,党员工程师生活上有什么样的条件,而非党员工程师是什么样的条件?就连借家具,党员都比非党员要多好几件,这样的小事都不能同等对待,更何谈其他?

金显成(副总工程师):院里宗派主义肯定是存在的。比方在北京水电局看丰满电站的材料,一定要党团员去要才给,这是什么意思?而听报告会,群众就必须参加,一些高级党员就可以随便不参加,这也不对。救济费多发给老干部,他们薪水本来就高,怎么还要领救济?

丁子恒(工程师):内业外业生活太不平均。外业队工程师工

49

作辛苦,待遇又低,有些内业的人还看不起外业的人,觉得没本事才去外业队,这简直是一种可笑的想法。叫内业的人到外业工作试试,他根本就担当不起来,而叫外业的人到内业来,每一样研究都能接着去做。所以,都是工程师,内外应该一致对待。

邱传志(工程师):同是一个院的人,外勤费也不一样。大门森严,而后门洞开。认识的人就开得高,不认识的人就压得低,哪有规矩可言?

张云庭(工程师):我觉得整风计划和动员是脱节的。叫畅所欲言,可是只扯一些本单位的房子问题救济问题,这算什么整风?应该谈大一点的事。下面我要说的是,一、科学进军叫得响,执行起来有偏差。科学进军只知道依靠几个党团员,而没有依靠老工程师。二、工作作风拖拉。长江防洪标准至今未定,总工室没有起到集体领导作用,各位老总也不统一思想,应该解决的技术问题没有得到解决。总工程师和专家是什么关系?七个专家七个观点,听谁的?三、工作制度和工作关系不明确,对技术太不重视。有人说我们院是一个梁山泊,好汉太多,不能发挥作用。叫我看我们还不如梁山泊。梁山泊分工好,大家称兄道弟也团结。四、肃反遗留问题为什么拖到今天也不解决?领导高高在上,你上门去找他他都不理。五、政治学习过于呆板,枯燥,走形式。这样学,能起到什么作用?徒增反感。六、院里对沿江各省失去信用,一未完成任务,二未培养人才,这怎么能不使各省失望?七、宗派主义亟待解决。院里有多少派?内业、外业、上游局、下游局、荆江工程处、党员团员、技术人员,等等等等。形成这些宗派,院领导有责任。我就讲这些。

邱传志:可用两句话概括:上面是官僚主义,下面是宗派主义。

皇甫白沙:听了大家发言,我也很受教育。我们的许多工作的确没有做好,正如邱工所说,官僚主义严重。同时,对知识分子尊重也很不够,过于保护和信任党员,而忽略了应该一视同仁。今天大家提出来这些问题,正是基于对党的信任,是希望党能听到大家的声音,以便改正。

八

民主党派的整风活动多是安排在晚上。

丁子恒刚加入农工民主党并没多久,是他的大学同学规划室李琛明死活把他拉进去的。丁子恒几次会开下来,始知开会无非学习讨论,外加东扯扯西拉拉,无甚意义。他原本对政治呀、党派呀什么的就没有兴趣,如此见识一番后,更觉索然。于是但逢有会,便脚底抹油,溜之乎也。而这次,丁子恒想了想,觉得事关重大,便去了。

会议开始了好一会儿,林嘉禾才进来,丁子恒忙热情招手示意。两人平常虽然认识,但也只是点头之交,并无私人往来。发生大毛落水事件后,远在四川的丁子恒给林嘉禾写了一封热情的感谢信。从情感上,他觉得同林嘉禾之间多了一份亲近。

林嘉禾搬了椅子坐在丁子恒附近。林嘉禾说:"信我收到了,干什么那么客气?"

丁子恒说:"你儿子救了我家大毛一命,哪有不谢之理?"

林嘉禾说:"你和你太太都太客气了。好了,这事就到此为止了,我们都别再提,免得我儿子把一件天然应该做的事情当成自己了不起的事迹,容易令他自骄。"

丁子恒惊异地看了他一眼,想了想,方说:"怪不得你家孩子都教育得那么出色。"

林嘉禾说:"过奖了。你搞土壤调查去了? 情况怎么样?"

丁子恒说:"工作倒好做,只是中科院那些科学家太难打交道。本来同中科院方面商量好,由我们总院领导,他们那边的王先生和刘先生分别任正副总队长,我们派技术队长。说定后,就正式

51

宣布了'长江流域规划设计总院土壤调查总队'成立,并且正式行文通知了有关单位。可两位科学家不干了,提出抗议,说土壤总队不应该冠以我们设计总院的名字,这是不尊重科学家的行为,要求我们这边道歉。扯来扯去,在林院长直接过问下,只好上门道歉、改名,去掉'规划设计院'五个字,改为'长江流域土壤调查总队'。科学家们满意了,可这个总队成了一个超然机构,不属于任何一家管束了,有事都不知道找谁请示。两个科学家动不动就说,这个事不该由我们负责吧。我都不晓得下一步再怎么合作。幸亏叫我回来整风。"

林嘉禾说:"中科院那些人,就爱拿大,总以为自己才是科学正宗,其他都是杂牌军,是乌合之众。我们处也都说他们有沙文主义倾向。"

正说时,主持人李琛明大声道:"谁是沙文主义?林工,有话大声谈出来。"

林嘉禾怔了一下,笑道:"将我军了。好,那我发言吧。"

林嘉禾是安徽人,一口绵软的安徽话,说得如歌如吟。林嘉禾谈了四个问题。第一是统战工作做得不好。共产党发展党员多是青壮年,而民主党派却是老年人为多。有活动都只见"党工团",而不见"民主党派",谈不上长期共存。第二是宗派主义,将党员非党员两种对待,就连分房子分家具都不能同等待遇,是党员就分得好,而不是党员就入另册。三是党员干部的水平太差,而且没有什么教养,应该加强文明礼貌的学习。四是对知识分子很不信任,太伤自尊心。

林嘉禾这一说,又引起了丁子恒的共鸣。他想,太对了,哪怕是在工程师提级问题上也极不公平。非党员明明应该提为五级的,却只提成六级。而党员呢,只能提为六级的,却可以提成五级。所以一些人拼命要入党,并不是心里真的信仰这个党或是加入进去以便多做贡献,而是因为入了党就能有诸多好处。丁子恒想到此,觉得这个问题的确可以说一下。

这时李琛明开始发言了。李琛明说:"林工的话给我很大的启发。在我们机关,入了党,就好像有了特权,就能居高一等。无论分房子,发放救济金以及其他实惠的事情,都是党员为主,这是不公平的。另外,机关上层领导官僚主义作风也很严重,上下不通气,也不关心群众的工作和生活,高级党员许多政治学习也都不参加。谁给他们的特权呢?还有,机关好大喜功现象也很严重。抓这么多人来这里,拉开这么个大摊子,可是真正值得一干的事情有多少呢?像我们这样科班出身的工程师,如果在省水利局,个个都是宝贝,在这里呢?谁也算不上什么。常常闲极无聊。问问在座各位,哪一个不会打百分打桥牌?为什么都会?不就是没事干以此消磨时间嘛!"

李琛明的话一字一句,铿锵有力。大家纷纷说道:"是呀是呀,可不是吗?"还有一个人说:"周副院长隔天就到保卫处打牌,作为高层领导,这像什么话?"丁子恒认出他是枢纽处的工程师赵自强。一个女声说:"多亏他只去保卫处,要是他多往各办公室走几趟,谁受得了呀!"

人们便都笑了起来,丁子恒亦觉得说得有趣。说此话的是总工室的技术员柴启燕。丁子恒想起每次周副院长去总工室,站在一边唾沫横飞地说些什么且不时往地上吐痰时,柴启燕必定找个"林院长找我谈话"之类的理由出门避难。有一回她说着林院长找她而意欲离开时,周副院长说:"这回你的由头没找好,林院长今天早上去北京了。"一时令柴启燕满脸通红,乖乖回到自己桌前坐了。周副院长七扯八拉不知所云地说了半个多小时,最终要走时朝着柴启燕一笑,说:"知道不?林院长哪也没去,正在办公室喝茶哩。"说罢扬长而去。不光柴启燕,整个总工室的人都目瞪口呆。最后总工程师吴思湘说:"人家老革命,跟日本鬼子和国民党不知斗过多少智,就你这小把戏,他还看不透?算周院长为人大度,不跟你计较,换个心眼窄的,你还有什么好日子过?"丁子恒想起这些忍不住也笑出了声。

水文室的田工笑完说:"亏他们保卫处的人能忍受得了周副院长。他每次到我们办公室,我们都吓得不得了,道是何故?他老人家说几句话,就要往地上吐两口浓痰,揪一把鼻涕,真是令人作呕。"

施工室的李工说:"在我们处也一样,衣服邋邋遢遢的,领子和袖口脏得啦,没得话讲,也不晓得他老婆是怎么弄的。我们外人说也不好说,可实在是不舒服。"

林嘉禾说:"他是干部中没有教养的典型人物。他这个样子,叫我们怎么能看得起他?我要是林院长,早要他到工厂当工人去了。林院长这个人也怪,对别人都要求严,偏偏对周副院长宽容无比。"

勘测室的程工说:"周副院长自己也说自己是个大老粗嘛。他当兵出身,没什么文化,叫他文雅他也雅不起来。"

李琛明说:"既没文化,就该到一个没文化的地方待着,凭什么来领导我们这些有文化的?"

李琛明一句话,仿佛又挑起一个小高潮。众人七嘴八舌地说:现在就是没文化的领导有文化的,没水平的领导有水平的,诸如此类。会场一阵嗡嗡之声,有如蝇虫聚会。

丁子恒觉得所有的话都讲得颇有道理,尤其对周副院长做派的斥责,他亦有同感。丁子恒曾经在家私下跟雯颖说,看见那个周则贵他就恶心得反胃。但是,当人们纷纷点名道姓批评一些领导以及放肆讥笑他们时,丁子恒又觉得哪里好像不太对劲了。于是整个晚上,他一直是微笑着听人说话,自己却什么也没有说。

九

　　一般情况下,丁子恒都在总院机关食堂吃午饭。机关食堂分为甲灶和乙灶,普通职工和家属均吃乙灶,高级工程师和领导干部大多吃甲灶。因服务对象不同,甲灶伙食比乙灶好是显然的。丁子恒对机关后勤意见颇多,但他却从未对甲灶的伙食有过不满。

　　甲灶设在一座单独的红房子内,位于机关花园一侧,前后绿树成行。面积不大,但却窗明几净,每个窗台都放着用小罐培植的常绿植物。在浅黄色明亮背景陪衬下,那一小团绿永远炫耀着一种盎盎生机。四周的墙壁上贴着几幅儿童画,画上的孩子们皆胖乎乎,一派坦然地绽开笑脸,分外可爱。初见画时,丁子恒甚觉奇怪,不知何故大人食堂里要张贴小孩们的画。后来听苏非聪说,甲灶食堂管理员是个女的,随丈夫由上游局调来。她是幼师毕业,曾经做过幼儿园老师。张贴这些画的理由是:当你们看到这些孩子们时,就仿佛看到了自己的孩子,你们要为你们自己的孩子好好吃饭好好生活。先前没听说这种理论,丁子恒也不觉得怎样,听了这一说后,丁子恒吃饭时,果然便有欲望想要看看画上的孩子。其中有几个胖娃娃特别像他家的三毛和嘟嘟,一旦看着他们,他内心便会生出些许温情,这些温情又一点一点地将他内心有过的烦躁排遣而去。于是丁子恒想,这个女管理员很不简单呀。

　　这天丁子恒买过饭后,见苏非聪独自坐在一张桌上吃饭,便走了过去。丁子恒说:"今天下午还要整风学习吗?我上午去资料室了。"

　　苏非聪说:"王志福已经通知了,不能请假。"

　　正说时,一个风姿绰约的女人端了盆君子兰走到一扇窗口。苏非聪突然低声道:"看,这就是甲灶管理员。"

　　丁子恒不禁扫过一眼,一瞥之下便觉得她很脸熟,说:"好像在哪见过?"

苏非聪说:"她就住庚字楼二楼右舍,她丈夫是勘测室的。姓姬。"

丁子恒说:"姬宗伟?不会吧,我印象中,姬宗伟总有四十左右了,她却这么年轻,好像不到三十哩。"

苏非聪便笑了,说:"怎么,嫉妒呀?人家有本事呗。"

丁子恒亦笑了,说:"我才不嫉妒哩,我家雯颖比谁都强。不过,这女管理员真还能干,把这个小食堂布置得多可心呀。"

苏非聪说:"听说她很风流哩。她丈夫长年在外业队,她跟行政上好几个男人往来密切,多头关系,她全能处理得游刃有余。"

丁子恒有些诧异,说:"怎么会这样?这对姬工也太不公平了。我跟姬工很熟的,他是个很有趣的人。"

苏非聪说:"那又怎样?有趣也是在外面,他的女人也享受不到。"

丁子恒不悦道:"男人做事业哪能成天在家?如果丈夫不在家是个理由,那多少人家的妻子都可以不守妇道?我对行政科那些人最讨厌了,人家在外面栉风沐雨,辛辛苦苦,他们在家里舒舒服服,不去照顾人家的家属,倒去冒犯。真可恶之极。"

苏非聪说:"我说你有外业心结是不是?人家这也是周瑜打黄盖,两厢情愿嘛。"

丁子恒说:"我只是替姬工委屈罢了。算了算了,不说这些脏事。"

丁子恒突然想起整风时,自己曾在一瞬间产生的不太对劲的感觉。他想苏非聪看事情总能入木三分,或许他能剖析出缘故。于是他便放下碗,把自己在整风中的感觉说给了苏非聪听。苏非聪怔了怔,说:"是吗?你竟有这种感觉?"丁子恒说:"只是刹那间出现的。"苏非聪说:"你这倒提醒了我,我要想一想。"

一连好多天,都不停地开整风会议。不是民主党派开会,便是总工室里开会。总工室云集着一群旧式知识分子,总院党委十分重视这里的讨论,不时有领导前来旁听,有一天甚至林院长也来了。林院长叫林正锋,曾经在北京大学上过学,后来参加了革命。虽然只是一院之长,可社会地位和行政级别却一点不比省长低。林院长在整风讨论中也发了言,可他却绕开整风话题,大谈了一通三峡。特别讲述了去年毛泽东主席来武汉,畅游完长江后,专门把他找去谈三峡的过程。林院长讲述时显得激情飞扬。他说毛主席最后还对他说,你能不能找一个人来替我当主席,我来给你当助手,跟你修三峡去。这番话几乎让总工室所有的工程师们都激动不已。大家纷纷说连毛主席都想跟着林院长修三峡,我们这些人能有如此机会,真是三生有幸呀。

但是在林院长走了之后,总工室最老的工程师邱传志却提出一个尖锐的问题:三峡工程是一个耗资巨大的工程,以我们目前的国力和目前的技术水平,是否有能力承担得起这项工程?林院长再三再四要求上三峡,是不是有好大喜功的倾向?是不是因为毛主席对三峡有兴趣,便投其所好?

这个问题令总工室所有人都心头一震。丁子恒的脸立即发白了,浑身不禁发紧。倘若邱工提出的这些问题成立,他们这些人从天南地北汇集于此,披星戴月所做的一切事情,又算个什么?

苏非聪说话了。苏非聪说:"邱工你错了。如果国家决定上三峡,那么就会想尽一切办法解决资金问题的。哪怕三五个省的人饿肚子,也不会短缺三峡的。一个工程开工一半而因资金短缺导致停工的事,在资本主义社会有,但在社会主义社会里不会有,也不允许有。不说别的,光是这个面子无论如何也会顾及到的,否则岂不是让资本主义看了笑话?至于技术问题,就看在座的我们各位了。难道我们认定自己的技术能力不如外国人?吴总在美国待过许多年,吴总您说说?"

吴思湘说:"以中国人特有的聪明智慧,技术上不会有问题。我最担心的倒是原材料本身的问题。"

苏非聪说:"要说林院长,虽然是个多血质的人,容易激动,或者说,还有点神经质,但他也不至于拿几千人的心血、几百万人的安危去邀功领赏。而原材料,吴总,也不必多担心,到时候全都可以解决得了。我们这几千个工程师都是货真价实的,还能弄不出世界先进的东西出来?"

邱传志淡淡一笑,说:"个人的智力倒是没有问题,只是总这么一天天开会,智者也会变成愚者。"

王志福说:"邱工,你这是什么意思?开会也是帮党整风,整风也是要让大家提高思想觉悟。觉悟高了,什么技术难关攻不下来?"

邱传志不说话了,他显得有些难堪。丁子恒看不过去,更兼他颇不喜欢这个王志福,心想你年纪轻轻,说话大口大气做什么?丁子恒说:"小王,你是党员吧?传达文件不是说党员尽可能不要发言吗?"

王志福说:"我不爱听你们说的这些话。你们这些人总是对我们党不满。"

苏非聪说:"谁说我们对党不满了?这不是响应毛主席的号召给党提意见,帮助党整风吗?毛主席还说意见提得好哩,如果不提,官僚主义就会越来越严重。"

这次,只有王志福的发言令大家略有些不愉快。

便是这天的晚上,苏非聪上丁子恒家来小坐了。苏非聪说:"我怎么也突然有了你说的那种不对劲的感觉呢?"

丁子恒惊讶道:"是吗?是一种什么样的感觉,你能说得清楚吗?"

苏非聪说:"怎么说呢?总觉得有些过火了。像老潘和老邱他们,又翻起了三反五反时的老账,把院领导一个个点着名骂了一顿。董工和孙工,就只知道为自己要房子。张工更过分,不断讲自己当年在海南时,有小汽车有小洋楼,做的事还没现在这么辛苦,现在天天都在办公室上班,却什么都没有了。你说这些人解放这么多年来怎么什么也没学会?天天叫嚷没给他民主,这回真给了他,他却懂也不懂民主是什么。民主是让你们攻击个人么?肚量再大的领导,你攻击了他羞辱了他,他焉能不恼火?像周则贵,听说他已经在院办公室拍了桌子。其他领导想必心情同他一样,万一他们都恼羞成了怒,心说,给你们一根棒子,你就把主人往死里打,我何不把棒子收回来,打你一顿呢?这样一来,你受得了吗?"

丁子恒想了想,说:"你讲得有道理。不过是不是也有些多疑了?整风骂得是有些过火,但共产党也不至于像你说的那样,收回棒子,反过来再朝这些人打下去吧?"

苏非聪说:"不。已经有不少提议,特别你们那些民主党派的,没脑子,乱叫什么要搞多党执政,这不明摆着让共产党下台?照我看,就这么一直敞开着鸣放下去,没有控制,话只会越说越过头。记住中国人的哲学思想,欲速则不达,还有一句,物极必反。"

丁子恒有些迷茫,说:"《人民日报》不是说知无不言,言无不尽;言者无罪,闻者足戒;有则改之,无则加勉吗?"

苏非聪怔了一下,说:"我不知道应该怎么表达,就像你说的,觉得哪里不对劲了。"

苏非聪走后,丁子恒手头上的事做不下去了,脑子里盘桓的尽是苏非聪所言,他情不自禁地在房间里踱来踱去。正和嘟嘟坐在床上玩耍的三毛奇怪地看着来回踱步的丁子恒,突然,他一骨碌下床,把门后嘟嘟的痰盂端到丁子恒跟前,着急地叫道:"爸爸,爸爸,给你尿尿。"

丁子恒停下,不知三毛什么意思,便用脚尖在他屁股上轻轻踢了一下,说:"干什么呀,三毛?"

三毛说:"三毛要撒尿,不敢撒裤子上,怕妈妈打,就像爸爸一样走来走去。爸爸一定也是这样。"

一句话令丁子恒仰头大笑。他的身体靠在了桌边,桌子为笑声所震,发出吱吱的声音。正过来欲把三毛抱上床的雯颖,亦笑得岔了气一样,软着身子坐到床上。隔壁房间做作业的大毛二毛闻声而来,连连地问着发生了什么事。

三毛手里掂着痰盂莫名其妙地望着大家,不明白这有什么好笑之处。丁子恒一弯腰接过三毛的痰盂,大声说:"噢,还是三毛明白爸爸。爸爸就是要撒尿尿了。走,我们撒尿去。我用厕所,你用痰盂好不好?"

三毛高兴地说:"好咧!"

乌泥湖楼房的卫生间被乳白色的板壁一隔为二。一间是男式小便池,一间是男女共用的大便池。大便池又分为两种,右舍是坐式马桶,左舍则为蹲式。不知道房屋设计师出于什么样的设计思想,觉得有必要把卫生间设置成不同样式。丁子恒家住左舍,故而只能有蹲式的便池可用。这对于坐惯了马桶的丁子恒来说,是一种折磨。因为他喜欢坐在马桶上一边看书一边悠闲地大便,深感这是一种最富乐趣的人生享受。而蹲式便池,一本书没翻几页便腰酸腿麻,而享受的感觉却因这酸麻而骤然消失。丁子恒长叹说,左舍厕所的设计是乌泥湖楼房最大的败笔。

丁子恒把三毛连痰盂一起放在大便池的台阶上。三毛坐在痰盂上,跷着两只小腿,只嘘嘘几下,便撒完了尿。他没有起身,坐在痰盂上听丁子恒站在小便池撒尿的唰唰声。听得有趣,便拍手唱了起来:"爸爸撒尿响,当军长;爸爸撒尿臭,当教授。"

丁子恒走出来,抱起三毛,拍了拍他的屁股,笑道:"什么狗屁歌!"

三毛笑了,脸上有如开放的花儿。三毛说:"爸爸好笨哦!我属蛇,应该是蛇屁!"

丁子恒恍然道:"哦,原来如此!"

丁子恒再回到房间时,发现适才纷乱的心已经复归平静。他心里轻叹道,倘若人人都像三毛这般单纯就好了。叹后又想,人和人是不相同的。有人适宜于这,有人适宜于那。我本就不是一个懂政治的人,只适宜同单纯的人和事物打交道。那些难以明白的事理,就让它不明白地存在又有何不可?我何必非要去弄明白它?一切听其自然不是更好?

这么想着,丁子恒倒也轻松起来。夜里睡得很好,甚至不觉自己有梦。清早醒来,透过窗帘缝隙,望着窗外明朗朗的天,他伸了伸懒腰朗声念道:"万事到头都是梦,休休,明日黄花蝶也愁。"

十

整风的会议依然没完没了,丁子恒很快就有厌倦之感。从四川带回来的资料也没有时间整理。会上颠来倒去说的话总是那些,重复再重复。丁子恒想,政治,这是多么乏味的事啊。

这天早上,丁子恒刚刚走出乌泥湖宿舍,忽听身后有人叫他。回头一看,见是规划室的吉迪成。吉迪成住在甲字楼上右舍,在江汉平原土壤调查时曾做过丁子恒的副队长。丁子恒说:"早,吉工。"

吉迪成说:"早呀,丁工。说你又去四川搞土壤调查去了?"

丁子恒说:"是呀,派到头上,不能不去。现在只是临时回来参加整风的。"

吉迪成笑道:"你们室整风进展得怎么样?"

丁子恒说:"反正总是开会,大家都争着发言。时间长了,发来发去,也都是些差不多的话,花去了好多时间。有时我想,还不如留在四川做点实实在在的事情哩,那更适合我。"

吉迪成显得有几分惊异,说:"哦,你真这么想?"

丁子恒说:"怎么?"

吉迪成说:"唐白河一带土壤要补查,让我领队。可我是我们室整风运动的骨干,走不开。室里正在跟总院交涉,要求换人。你可愿意去?"

丁子恒说:"多长时间?"

吉迪成说:"大概一个月左右。带上五六个人,边调查,边做培训,顺便带出几个土壤方面的专业人才来。"

丁子恒说:"我去调查可以,但让我带专业人才,恐怕难以胜任。"

吉迪成笑道:"可去年在沙市,你连着讲了几场土壤与水利关系的专业课,谁不说你讲得好?说真的,如果我去不了,还只有你最合适哩。"

丁子恒有点犹豫,说:"我要想想。不过,四川那边我还没搞完哩。"

吉迪成说:"那边没有一年半载哪里能完?唐白河只是一个扫尾而已。你做完这边的,也误不了那边的。怎么样?也算帮我一个忙。"

丁子恒的脑子急剧地转动起来。他想起那些永远开不完的会议,想起自己坐在桌前呆望窗外而时间却从身边悄然流逝的情景,然后说:"如果吴老总同意,我想……我问题不大。"

整整一个白天,并没有人找丁子恒谈唐白河的事。及至下班,办公室的人走得差不多了,丁子恒亦开始收拾桌面,吴思湘走了过来。他神情颇为忧郁,浑身都散发着无精打采的气息。他走到丁子恒桌前,说:"丁工,到唐白河土壤调查是你自己提出的?"

丁子恒说:"也可以这么说吧。"

吴思湘叹息一口,说:"你这样做很聪明。去吧去吧,没有比现在出差更合适的时候了。"

丁子恒怔了怔,问:"为什么?"

吴思湘说:"你听我的不会错。"

吴思湘说罢便往外走,走至门口,突然回过头来,说:"丁工,你我都是靠技术吃饭的人,这时候出差对我们这种人来说是最好不过的事。可惜,我没你那份福气。"

丁子恒呆望着他的身影消失在墙后,心想,吴总怎么了?他这话是什么意思?

丁子恒出发那天早晨,苏非聪递给他一张《人民日报》。苏非聪说:"有篇社论,我建议你在路上看看。记得我跟你说过的话吧?这样下去,主人焉能不举起棒子?"

丁子恒瞥了一眼标题:《这是为什么》。他把报纸往包里一塞,说:"好的。"

汽车当天就到了唐白河。他们找当地水文站借了两个房间,作为临时住处。丁子恒把行李铺开,床板有些发潮,便顺手抓了张报纸垫在下面,然后拿了条毛巾走到河边。

河水很清亮,足可洗净一路征尘。整整一天,汽车在乡村的公路上颠来颠去,车窗大开着,灰尘迎面扑来,同身上的汗水搅在一起,感觉黏黏糊糊的。用手掌往胳膊上抹一下,一条条的黑泥便搓了起来。丁子恒三下两下洗完脸,又把胳膊浸泡在水里。这时他看到了映在河面上的夕阳。夕阳通红通红的,一波一波地浸染着河面。瑰丽的色彩竟使丁子恒感到激动,于是他站了起来,向远处眺望。

原野里的绿色铺天盖地,很是舒展地在黄昏的风中波动。泥土的清香扑鼻而来,这份香气早已为丁子恒所熟悉,闻之顿有浑身一爽的感觉。和谐美丽的大自然,以它的温馨和素朴悄然洗去生命中的倦意。河水无声地流淌,在夕阳照耀下,宁静而安详。河对岸的村庄正升起炊烟,狗吠的声音亦远远地越过河来。沉浸其中,丁子恒有些迷醉。夕阳一点点下沉了,随风摇荡的杨柳如扬起的手臂,挥手将最后的阳光送入云层,然后又如扫帚,把斑斓云霞一块一块抹去,最后则化为千万支画笔,融炊烟和暮霭为一色,渲染在天幕上。丁子恒想,什么是永恒？只有自然啊。同永恒的自然交织在一起的是什么？是人对它的欣赏和欣赏过后的愉悦。

晚上吃饭时,丁子恒精神很好。他对土壤队另外五个人说:"我这次除了带领大家进行土壤调查外,还有一个任务就是为院里带出一批土壤调查的行家来。所以,今后每星期一三五晚上,我给你们上课。我大概从水利与土壤的关系、土壤与土壤形成、土壤与农业、长江土壤形成的自然条件和特性、长江土壤基本特征、水利土壤改良特征以及水利土壤改良有利条件这七个方面来讲课,我希望你们有所准备。另外,请做笔记。如果晚上没有听懂,白天工作时可以再问我。"

五个队员纷纷说,知道了。出来时领导都交代过,丁工搞过多次土壤调查,对长江土壤特别了解,跟您工作可以长很多知识。

丁子恒问:"顺便问一下,你们都是什么学历？"

五个人中有三个人是中专,一个是高中,最年轻的那个小伙子是大学。丁子恒便问:"你是哪个大学毕业的？学的什么专业？"小伙子答说读的是清华,学的就是水利。

丁子恒便有些诧异,说:"你学水利为什么要改学土壤？"

小伙子说:"听吉迪成吉工说,丁工是老清华的,学识渊博,学哪行就能成哪行的专家。我想成为丁工这样的人,所以,就要求下来,好跟丁工多学点东西。"

丁子恒听了此话很是吃惊,而后又有些感动。他想了想,说:"你错了,在土壤方面,我只是半桶水,我虽然要给你们讲课,可我也是一边学一边讲。你不可轻言'专家'二字,那是需要真学问垫底的。你叫什么名字？"

小伙子说:"我叫陈远南。"

丁子恒对大家说:"好,在这一个月里,陈远南是你们的学习小组长。"

晚上睡觉时,丁子恒想起苏非聪塞给他的那张《人民日报》,便挑亮煤油灯,在包里翻找,找来找去,竟找不见。丁子恒突然想起自己很可能已将那报纸垫在铺下防潮,心中暗道:苏工,对不起了。

因为下雨,乡间道路四处不通,唐白河土壤调查队只能走走停停,这么一来调查工作便延误了半个多月。大多的时候,他们借居在村里,逢上天气恶劣,一住就是几天。丁子恒常跑工地和野外,早已习惯如此生活。闲时他除讲课外,便自写工作笔记或给雯颖写信。丁子恒写信总是很长,那一刻,他感觉是正在同雯颖聊天。同时,他还带了俄文书与字典,他不想让时间从自己身边白白走过。陈远南的英文底子不错,他见丁子恒学俄文,便也想学。丁子恒喜欢好学上进的年轻人,见他如此,也就十分乐意做他的俄文老师。

反右的风声隐隐传来,但因消息闭塞,丁子恒始终不明白到底怎么回事。好容易七转八转收到雯颖的来信,信上却从来只谈鸡零狗碎的事,什么大毛考试一百分,二毛学习太好,学校建议他跳级,三毛应该进幼儿园了,嘟嘟会背一首唐诗,诸如此类。这些内容虽然令丁子恒倍感亲切,但却无法令他知晓天下究竟发生了什么事。丁子恒每次看完信,都会遗憾万分地想到,妇人就是妇人,丈夫孩子便是一切,天下其他事情再大都不在她眼里。

丁子恒完成任务回家时,酷热的夏天业已接近尾声,只剩得最后的闷热煎熬着人们。因为车到得晚,丁子恒走进乌泥湖宿舍时,人们已经出来乘凉了。夏天白日漫长,太阳下了山,但天却仍然明亮。宿舍大门的竹篱笆下稀疏地坐了些人,他们手持大蒲扇,三个一组两个一对地闲坐一起。时有小孩子窜跑过来,发出一些只有他们自己才明白的叫喊。丁子恒欲在他们中间发现大毛或者二毛,他想要见到他们的心情忽然迫切起来。可惜跑动的孩子大小均差不多,远远的,他几乎看不出谁是谁来。

但丁子恒见到了坐在篱笆下的吉迪成和他的太太。他经过时便叫了一声:"吉工,乘凉呀?"

吉迪成抬头望了他一眼,又四下张望了一下,方说:"回了,丁工?"

丁子恒说:"本来老早就完了的,可是天老是下雨……"

吉迪成突然打断他的话,神色黯然道:"当初我若自己去就好了。"

丁子恒惊异地:"怎么了?"

吉迪成淡淡一笑,说:"你明天就会明白。对不起,我没空跟你讲,我还有点事要办一下。"说罢便拔腿往甲字楼走去。

丁子恒先是莫名其妙,想起一个多月前吉迪成热情洋溢动员他去唐白河的情景,又有些恼怒。他想,怎么回事?神经病吧!

丁子恒的归来,令雯颖大为高兴。趁丁子恒吃饭的时间,便不时地说大毛如何小学毕业了,二毛如何从三年级直接跳级到五年级,三毛如何摔碎了碗,嘟嘟如何跑步跌跤。丁子恒一边咀嚼,一边静静地听她讲述。心里却在想,做女人多轻松多惬意呀,这样的事情都能让她们兴奋。

丁子恒问:"反右是怎么回事?"

雯颖的神情立即神秘起来。雯颖说:"弄不清楚。说是有右派反党,现在天天都在批判他们。听魏婉娴说你们室里有好几个,连吴老总都是。"

丁子恒大惊,碗都落在了桌上。他说:"真的?"

雯颖说:"魏婉娴是这么说的,我也没问怎么回事。你等下问苏工好了。"

剩下的饭菜立即味同嚼蜡。雯颖再讲述孩子们的故事,丁子恒亦没心思去听。他想,出门一个多月,究竟发生了什么事呢?还真如苏非聪所说,棒子举起来了?

丁子恒放下碗,急不可耐地上苏家去。苏家无人,似全家出外散步了。丁子恒只好悻悻而回,心说,什么时候了,竟有闲情散步?然后又想,他们反他们的右派,又关我何事?吴老总当老总本就力不胜任,撤他下来也不为过。这么一想,也就觉得所有的事都算不了什么事。

丁子恒一派从容地洗澡,完后又应三毛要求,把他往天上抛举了十次。想要抛举嘟嘟,嘟嘟却不敢,吓得往妈妈怀里乱钻。

三毛高兴地叫喊道:"妹妹的十下让给我!"丁子恒只好把三毛又抛了十次。三毛开心地大笑,声音如风吹铜铃。丁子恒刚换过的汗衫在这悦耳的铃声中又湿透了。

十一

早上上班,丁子恒出门便见到苏非聪。两人未像平常一样独行,而是一起走出了乌泥湖宿舍。出了大门,苏非聪说:"这趟跑得怎么样?"

丁子恒说:"不停地下雨,动辄被困在乡下。"

苏非聪说:"要知道多少人都宁愿如你一样被困在乡下啊。"

丁子恒听出他话中有话,便径直问:"反右是怎么回事?"

苏非聪长叹一声,说:"虽在预料之外,但俱在感觉之中。"

丁子恒说:"就是你说的举棒子了?"

苏非聪说:"恐怕远不止这些。你走之前,我不是让你看了《人民日报》吗?"

丁子恒说:"我把报纸用了,没来得及看。"

苏非聪说:"真是错过一篇大文章。"

丁子恒说:"吴总是怎么回事?"

苏非聪说:"凡在开会发言时提过严厉意见的人,多半都得过关,吴总亦如此。不过最要命的还是邱传志和张云庭,以我之见,

67

他们多半在劫难逃。"

丁子恒惊愕道:"真的?那会把他们怎么样?"

苏非聪说:"很难预计,但绝无好结果。"

丁子恒说:"怎么会这样?"

苏非聪说:"怎么会这样,只有天知地知,你我他全不知。幸亏我天生敏感,没多说什么。你呢,左出一趟差,右出一趟差,全出得恰到好处。"

丁子恒一声苦笑,说:"是呀,真得谢谢吉迪成了。"

苏非聪说:"但是他却让自己'骨干'成了砧上之肉。真是没有后眼呀。"

丁子恒吃了一惊,说:"他出事了?"

苏非聪说:"像他那样,好说话好冲动好出风头,怎么会没事?"

丁子恒想起昨晚吉迪成脸上的黯然神色,心里竟涌出许多的内疚。

一进总工室,丁子恒便感到反右斗争的气氛。虽然大家见面时一如以往,脸上皆挂着笑容,彼此皆客气地问候。但在笑容背后,是全然可见的紧张和谨慎。邱传志面色苍白,不停地咳嗽,见了丁子恒也不说话,只是点点头。张云庭则哭丧着脸,尽管他的办公桌紧靠窗口,蓬蓬张开的绿荫几乎笼罩他的桌子,显得十分凉爽,可他依然大汗淋漓。他不时地擦汗,不时地用一把芭蕉大扇哗哗地扇动。那一下一下的急剧动作,透露出他心里的惴惴不安。

丁子恒坐在桌前,开始着手整理唐白河土壤补查材料。四周的气氛十分压抑,令人觉得办公室里没有了正常的呼吸。只有王志福不时地到这个人桌前问一个英文单词,又到那个人桌前讨一个数据,弄明白后,便略带夸张地长"噢——"一声。若是平常,丁子恒会极其厌恶他的这份做作。而现在,丁子恒想,幸亏有个王志福,是他把一个令人窒息的空间搅动得尚存一丝生气。

午饭前,丁子恒拟好一份提纲,去找吴思湘汇报这一个月的工作情况。天很热,吴思湘的办公室却大门紧闭。丁子恒不知吴总是否有事,他应不应该进去。正犹豫时,他感觉似有人在观察此处动静,心里便惊得一跳,暗想可别没事惹出事来,便赶紧敲了一下门。

门内传出吴思湘的声音:"进来。"

那声音有气无力,仿佛大病在身。丁子恒只觉一阵寒气扑上心来。他推开门,说:"是我,吴总。"

吴思湘面色灰暗,办公桌上的烟灰缸里已堆满烟头。屋子里青烟缭绕,每一寸空气都散发着难闻的气息。他明显瘦了许多,下巴也已经尖了,原先令他气质儒雅的金边眼镜便有点大而无当地架在鼻梁上。见他如此这般,丁子恒心里百味翻腾,竟不知道说什么才好。

吴思湘放下手上的笔,微一抬手,低语般说:"坐。"丁子恒机械地在他对面坐下,顿了顿,方开口说话。他觉得自己声音喑哑,有如犯错的小学生。他想要放大声音,但却放不出来。丁子恒说了唐白河土壤补查的总体情况,他原本准备得很细,可透过弥漫的青烟,他发现吴总并没有仔细听讲,脸上满是心不在焉的神情。丁子恒突然意识到这不是说唐白河的时候,就立刻停了下来。

吴思湘在他停顿了好几分钟后才意识到没人在说话。他苦笑了一下,说:"你一定想到了,这不是说唐白河的时候。今天晚上轮到批判我,我正在写交代材料。"

丁子恒没想到吴思湘会说这番话,不由一怔,然后脱口而出:"怎么弄成这样?"

吴思湘叹道:"这是你我的迟钝,其实应该想到会是这样。"

丁子恒说:"怎么讲?"

吴思湘淡淡一笑,说:"没有加强政治学习,思想觉悟不高,立场站得不对。总归还是自己有问题,才会有这样的结果。你比我年轻,以后一定要吸取教训,加强政治学习,千万谨慎,向党靠拢才是。"

吴思湘还语无伦次地讲了一些关于如何政治学习的话,他的声音很低沉,语气颇为悲观,令丁子恒的心一直往下沉。出了吴思湘的办公室,直到走进甲灶食堂,买了饭坐在桌前,他的心情还没有缓解过来。他甚至没有去张望贴在四周墙上眯眯而笑的胖娃娃们。

月光如水的夜晚,机关大院内一层层的树荫,把月光碎银一般揉得一地。蝉有一声无一声地叫着,角落里的蟋蟀接连不断地应答。繁星满是的天空里,看得出银河的姿态。远远的地方,偶有干雷的吼声传来。几乎无风,空气黏稠得仿佛捏得出水。永恒的大自然时常会露几分顽劣,它让自己漂亮宁静,却并不让人舒适安怡。

会议室里的人们都出着大汗。一架老式电扇摇摇晃晃地转动,即使坐在它近旁的人也未觉得有风吹过。吴思湘的发言便在这凝固的空气中浮动。

"我是一个资产阶级家庭出身的人。我曾祖父是盐商,曾经跟北洋军阀有过勾结。我父亲虽然早逝,但我的叔叔却在国民党那边做了将军。我就是在这样反动的家庭背景中成长起来的。因为我是我父亲的三姨太所生,自小心理上就有自卑感,一心想往上爬,以求得一份自尊。大学毕业后,我到美国留学。偶然看到萨凡其的报告,认为这对自己是个建功立业的机会,所以当即回国。回国后,利用家庭关系到资源委员会工作。解放时,一些朋友都纷纷出国,我觉得到外面并没有我施展抱负的机会,天下没有第二个三峡,所以我就没有走,一心等着三峡工程上马的机会。当林院长找到我,希望我来这里工作时,我真庆幸自己这一宝押对了。以我的学历资历,三峡工程必然会有我一个重要的位置。所以,正是仗着这些想法,我平常既不好好学习政治,也没有积极地靠拢党组织。相反,总是对党有牢骚。开展整风后,我认为这是我攻击党和院领导的大好时候到了,便不顾一切地大放厥词,说了许多反动的话,犯下了滔天罪行。也让我的资产阶级思想的本质暴露无遗,对不起党的培养也对不起院领导的信任。我愿意为我所犯的罪行,接受任何惩罚,只是希望三峡工程开展时,还让我做一点力所能及的事情。"

吴思湘的声音一直很低,平平的,没有起伏。说到最后,让人觉得他正吞咽着眼泪。丁子恒的心仿佛被一只手揪扯住了,一阵阵地疼。他平常并不喜欢吴思湘,而这一刻,他却深深感到做一个吴思湘是多么不容易。

吴思湘说罢,大家即轮流发言。第一个开口的是王志福。王志福说:"吴思湘虽然表面作出沉痛的样子,但他的发言完全是企图蒙混过关,有很多的事情他都没有交代。有一次,他在看《光明日报》时,见一篇反动文章很合他的意,就得意扬扬地说:《光明日报》就是好看,连毛主席都不喜欢看《人民日报》而喜欢看《光明日报》。吴思湘,你是不是说过这个话?"

吴思湘的脸变得苍白,他无力地说:"我是说过这个话,可是我不知道这个也要交代的。"

董凡说:"吴思湘认为自己是靠本事吃饭,而党员却是靠组织吃饭。又认为社会进步应该是依靠有本事的人,而不是依靠有组织的人。这是什么意思?这不是明摆着要把党的领导把党员的作用统统取消吗?吴思湘从来就看不起共产党,也看不起党员,这是他亲口说的。"

孙昱说:"吴思湘一向自高自大,看不起别人,尤其看不起党员,对院领导从来都不满意。并且,他自以为是留美的,水平高,因此从心里看不起苏联专家。根本的问题就在于,他是站在资本主义立场上,看不起社会主义国家的专家。"

柴启燕说:"吴思湘还攻击院领导,说院领导不鸣不放,企图挑拨群众和领导的关系。"

潘心源说:"吴思湘从来不读毛主席的文章,也不学马列主义。他自己也承认,他连一篇马克思的文章也没有读过,因为他觉得搞技术的不需要读这类书。这是什么思想?"

此类发言,一个接着一个,热烈仍如整风时一般。这场面简直有如重锤砸在丁子恒头上。尤其董凡举出的吴思湘言论,单独看似乎确应批判。类似话吴思湘也的确说过,但吴是在坦陈自己过去的错误想法时说的这番话。他是完全否定自己这些想法的,怎能抽掉他原来说话的背景不提呢?丁子恒觉得这对吴思湘不公平,吴思湘应该自己作出辩解。他看了看吴思湘,却见他低着头,一语不发,一只手不停抹着额上的汗。在他的头顶上,一绺白发随着他的头抖动着。丁子恒看着那绺抖动的白发,心里深深感到迷茫,他想,这都是怎么啦?

这一刻苏非聪开了口。苏非聪说:"吴思湘,大家都讲了这么多,是不是这么回事?你说呀?万一有人讲错了,你不要害我们听个错的。"

吴思湘慢慢地把头抬了起来,仿佛脖子被重物所压,他抬头的过程十分艰难。吴思湘说:"我应该怎么说呢?我说社会进步应该依靠有本事的人而不是依靠有组织的人这句话,是我以前的错误想法,我已经改过了。我没有看不起苏联专家,我只是觉得无论苏联专家还是中国专家提出的意见,院里应该一视同仁。当然,我并不是想为自己辩解,自己大鸣大放过了头,充分暴露了自己的反动本质,受到批判也是理所当然,我没有什么好说的了,希望同志们继续批判。"

王志福说:"你口口声声说不是想为自己辩解,可我看你的每一个字都是在为自己辩解。以我对吴思湘的了解,他就是一个地道的右派分子,是唯恐共产党不倒台的反动派,对工农干部他一贯仇视。比方我来总工室后,他明知上级领导是要培养我,才把我放在这里,但他却只是让我打打杂,不让我接触重要的工作。连丁工强烈要求我跟他去四川进行土壤调查,也被他拒绝了。为什么?因为我是党员,他根本就看不起党员,他的阶级本质决定了他必然要采取这种方式来对待我。"

丁子恒不觉一怔,他忙说:"对不起,我想说明一下,我并没有强烈提出要你跟我到四川去,你是不是弄错了?"

王志福说:"我怎么会弄错?我在门外都听到了。丁工,我从心里感谢你,你是愿意对工农干部友好的。但是我痛恨右派分子吴思湘,他同我是两个阶级的人,我们这两个阶级是势不两立的。"

丁子恒颇为慌乱,他还想解释。吴思湘朝他望一眼,说:"丁工,你不用解释了。王志福同志说的没错,我接受他的批判。"

批判会就这么一直开到十点才散会。从会议室下楼出来,几乎无人说话,只听得脚步声和沉重的喘息。出了大楼,这些喘息方融化在大自然中。

位于三楼的总院领导办公室还亮着灯光,里面传出激烈的争吵。"不能这么搞。这都是高级知识分子,是人才,社会主义建设必须依靠他们。他们提意见也是出于善意,出自真心的,是想让我们党能更好地领导这个国家。如果有不妥的地方,顶多是方式不合适,或者过了一点头,不能曲解了他们。更何况,是我们要他们放开来说的。"刚走出办公楼的丁子恒一行听罢莫不心头一震,竟不约而同地停下了脚步。苏非聪在丁子恒身边低语道:"好像是皇甫白沙。"

另一个声音亦响起来:"叫他们放开说未必就可以瞎说?心里不反动就说得出那些反动话?连老子爱吐痰爱打牌也成了他们攻击的靶子,这些人就是毛主席说的大右派,他们天天盼望变天,去过他们以前过的那种资产阶级日子。把这些人全部干掉,咱的三峡大坝照样能修好。要是离了他们修不成三峡,咱就不修好了,也不能让他们变天的阴谋得逞。他们看我不顺眼,我还看他们不顺眼哩,都是些什么东西!我们打江山时,他们吃香喝辣,我们打完了,他们还是吃香喝辣。认得几个外国字就这么了不起?什么人才不人才,叫我看全他妈狗才!"丁子恒们又是心头一震。不难听出,这是被他们一群人大大嘲笑过的副院长周则贵。

走在回家路上,丁子恒内心很沉,他的脑子一直被周则贵的话所纠缠。他想,真如周则贵所说,我还待在这里干什么?

这天晚上,丁子恒心有所动,竟翻出陶渊明的《归去来兮辞》,长读不已。

归去来兮!田园将芜胡不归?既自以心为形役,奚惆怅而独悲。悟已往之不谏,知来者之可追。实迷途其未远,觉今是而昨非。舟摇摇以轻飏,风飘飘而吹衣。问征夫以前路,恨晨光之熹微。乃瞻衡宇,载欣载奔。僮仆欢迎,稚子候门。三径就荒,松菊犹存。携幼入室,有酒盈樽。引壶觞以自酌,眄庭柯以怡颜;倚南窗以寄傲,审容膝之易安。园日涉以成趣,门虽设而常关。策扶老以流憩,时矫首而遐观。云无心以出岫,鸟倦飞而知还。景翳翳以将入,抚孤松而盘桓。归去来兮!请息交以绝游;世与我而相违,复驾言兮焉求?悦亲戚之情话,乐琴书以消忧。农人告余以春及,将有事于西畴。或命巾车,或棹孤舟。既窈窕以寻壑,亦崎岖而经丘。木欣欣以向荣,泉涓涓而始流。羡万物之得时,感吾生之行休。已矣乎!寓形宇内复几时,何不委心任去留。胡为乎遑遑兮欲何之?富贵非吾愿,帝乡不可期。怀良辰以孤往,或植杖而耘耔。登东皋以舒啸,临清流而赋诗。聊乘化以归尽,乐夫天命复奚疑!

复读复品,脑海间竟有田园画面浮出。田园仿佛过滤器,将丁子恒心中的烦闷一滤而尽,是夜竟未失眠。次日见了苏非聪,说与他听,苏非聪笑笑,说:"这倒是个好法子。狗才就是狗才,为自己找个消气工具也那么雅致。"

丁子恒听苏非聪如此一说,不禁亦笑了起来。

十二

一场雨后,秋风便一阵阵扬起,将枝头的盎盎绿意一扫而尽。乌泥湖周边菜园的青菜已收割一尽,丢下遍地黄叶,沤在雨水浸湿的园中。野地上曾经绿茵茵的青草亦褪去本色,呈现出一片枯黄。萧瑟秋天就这么到来了。

反右斗争局势已日趋明朗。总院机关里,灰脸低头、只走路不说话的人,十之八九会是右派。总工室邱传志因急性黄疸肝炎住进了医院,每一次批判会,都由一个护士送他过来。因为害怕传染,大家都离他远远的。邱传志便总是蜡黄着脸,孤零零坐在一角。偶有几丝从窗口吹入的秋风,悄然撩开垂在他脸上的白发时,便能看到他满脸的凄惶。他认真地听着越来越尖锐的批判言词,一句也不辩解,只唯唯诺诺地认罪。

民主党派的会议亦开得紧锣密鼓。林嘉禾和李琛明当初的发言曾作为样板登过整风简报,而现在,自然又成了他们反党反人民最有力的材料。一场场的批判会如同秋天里一场接一场的风雨,不歇气地袭击他们。李琛明一夜之间白了头发,而林嘉禾眼里的血丝,几个月都褪不下去。

丁子恒面临着莫大的考验。无论读多少"归去来兮"以令自己内心平静,他都无法回避这个考验。这便是:他必须发言。因为所有参加批判会的人都必须发言,这是一个立场问题。

在总工室批判邱传志和张云庭时,丁子恒因平常与他们交往甚淡,人云亦云地作些不关痛痒的发言倒没什么,然而在民主党派的讨论会上,他却实在无法对李琛明和林嘉禾开口。一个是他多年相知的老同学,一个是他从心里颇为欣赏的同仁。更重要的是,他并不知道他们有何反党行为,他觉得他们无非说了点实实在在的话。或许这些话有所不妥,但都是善意的。他们都是真君子,丁子恒想,这一点他可以用人格担保。

头两次会议,丁子恒像平常一样,并不多话。但是,第三次的会上,便连续有几人放下李、林二人不谈,而点了他。说他是温情主义,只因与右派有私人交情,便在大是大非面前三缄其口,不揭发不批判。有些同志尚能王顾左右而言他,而他丁子恒连这一点都做不到。是否和右派心息相通,彼此有什么默契?

丁子恒百口莫辩。他知道自己再不开口是不行的了。一连几天他都犹如在火中煎熬,晚间在家,便来回地在屋里踱步。因心意烦乱,踱步的节奏急促而沉重。有一天,住在楼下的人家受不了他没完没了的脚步,竟对着他家窗口喊叫起来:楼上的,能不能停下来!

停下脚步的丁子恒躺在床上,长夜不眠。他的痛苦使得全家人惴惴不安,连三毛都不敢凑近,只隔着老远呆望着神情憔悴的爸爸,不知世上发生了何等大事。

这天,丁子恒终于发言了。说话前,他望着窗外一棵黄叶已然落尽的梧桐,伤感地想,良知便是这一片孤独的树叶,秋风吹起,想不坠落都不行。那么就让今日的秋风把我的良知吹落吧。

丁子恒批判林嘉禾和李琛明的发言,虽不算尖锐凶狠,但他也的确不敢和风细雨。他用没有任何感情色彩的语调,批判了林嘉禾,说林嘉禾有一次发言中曾经谈过四个问题,其中有三个是反党言论。林嘉禾在整风中抛出这些反党言论,正说明了长期以来他对党都是不满意的。这必然有其历史原因,应该从他的阶级根源挖起。而在批判李琛明时,他作了一个揭发,他说李琛明曾同他说过,刘邦和朱洪武得天下后大杀功臣。而现在,功臣这样多,若不能杀,又该怎么办?

丁子恒未曾料到,他的这个揭发,竟引起剧烈反应,对李琛明的批判当即升级。这句话成为他的重要罪证之一。如此后果,令丁子恒心乱如麻,他恨不能咬掉自己的舌头。两个最可鄙的字从辞海里跳到他的眼前:出卖。他自己被这两个无情之字震撼得目瞪口呆。他甚至不敢去想历史上扮演这种角色的人都有怎样一副嘴脸。他只能如一个神经错乱者一般,不间断地想着同一句话:怎么会这样呢?怎么会这样呢?

批判会后的第三天,他在路上迎面碰到李琛明。他欲上前向李琛明作个解释。虽然主动同李琛明说话,在丁子恒来说,也是风险,但丁子恒还是决定冒此一险。他想,这比他无时无刻地经受良心折磨要好。然而,李琛明对走到面前的丁子恒却未予理睬,他把头微微一扭,不屑地看他一眼,扬长而去。

这道目光充满蔑视和厌恶,有如一把犀利尖刀,直插丁子恒的心灵,将他的自尊切割得鲜血淋漓,令丁子恒永生难忘。李琛明的身影已经消失在路的尽头,丁子恒却仍然失魂落魄地站在那里,远望他的离去。丁子恒知道,这道目光将永远同他的噩梦纠缠在一起了。

这天上午,吴思湘通知丁子恒到汉口饭店开一个三天时间的会议。丁子恒问他是否去?吴思湘摇了摇头,说:"我的批判会还没有完。"然后又说,这是沿江十三省水利部门的联席会议,内容有三,一是水土保持,二是防洪排渍,三是农业灌溉,非常重要。必须做详细记录,以便回来传达。此外,丁子恒在会上要将江汉平原土壤调查情况对大家作一个汇报,并接受会议代表们的咨询。

丁子恒深深松了一口气。他想他可以离开那些批判会,离开令他心惊胆战的氛围了。于是他鼓着勇气向总院提出,需要时间准备汇报的材料。院里同意他在会前一个星期集中精力整理材料。

丁子恒在院图书室一个僻静的角落,待了整整一个星期。其实,他对资料了如指掌,深信自己即使没有任何资料,也能对所有咨询对答如流。但是,他却宁愿坐在这幽暗的一角,以一种消磨时间的心态,来整理他所熟知的一切数据和文字。微黄的灯光下,资料架一排一排向后延伸,纸张和灰尘混合着散发出一股令丁子恒熟悉的气息。嗅着这种气息,他内心生出踏实之感,就仿佛进到了他最应回去的家园。这个家园宁静平和,足可令他疲惫的身心停泊其中,憩息,以及修复。

他知道逃避并不是一个很好的方式。但他的确没有更好的法子离那个火气冲天的批判会更远一点。虽然肃反以及打老虎运动他也都经历过,但却没有哪一次的气氛像这次一样令他倍感紧张和不安。他对这样隔三岔五的政治运动感到深深的厌倦和腻味。他不知道非要让自己卷入这一场场政治运动中,于国于党以及于他自己又有什么意义。对于他来说,这是一个十分费解的问题。他常想,让那些懂政治的人去搞政治,让我们搞技术的人来修大坝;他们保证红色江山永不变色,党的政权日益巩固,我们保证江河洪水永不泛滥,工厂农村有电有水;他们维护国家的和平和安宁,我们进行国家的建设和发展,彼此各就各位,各行其是,这不是很好吗?

但却没有其他人如丁子恒一般去想。

三天的会议很快结束。会议最后一天,林院长去了。出乎丁子恒的意外,吴思湘同林院长一起到了会场。丁子恒有点兴奋,生出一种好人得救的感觉,便情不自禁地朝吴思湘招了招手。吴思湘瘦得发尖的面孔上浮出笑容,他带着这份久违的微笑,向丁子恒示意了一下。林院长作了热情洋溢的发言,谈治理长江,谈三峡未来。他的言词颇为激昂慷慨,一下子便调动起与会者的情绪。林院长讲完话,便由吴思湘将长江流域全面的规划部署,在会上详细讲解了一番。吴思湘初谈时，声音平和，只是一种机械的陈述。但说着说着，他仿佛看到了一幅清晰而辽阔的图景，身不由己地沉浸其中，声音里便尽是抑制不住的亢奋和向往。丁子恒很少见到吴思湘的职业兴奋，他有些惊讶，随后也跟着兴奋了起来。

整个长江流域的规划被吴思湘归纳成十三个要点，全面而周详。丁子恒飞快地作着记录，他几乎不记得此刻他所在的总工室仍然开着那些没完没了的批判会，不记得人人皆绷紧着心弦，生怕不小心也变成遭人唾弃的右派，甚至连李琛明带给他的阴影也隐没了下去。他的脑子被长江以及它蜿蜒于辽阔土地上的支流所布满。他所记录的每一个字都散发着无与伦比的魅力，一条条优美的河水亦流淌其间。他的指尖在纸上一触而过，河水便从那里一直流进他的血管。丁子恒顿觉神清气爽。

吴思湘所讲十三个要点如下：

1. 荆江防洪排涝问题；

2. 太湖区开发问题，由淮委来搞，巢湖出口放东西梁山以下，安徽从皖河考虑也对；

3. 平原防排标准；

4. 太湖规划，水位不能太死；

5. 长江河道观测，河口观测能力要加强；

6. 湘中干旱地区的引水问题；

7. 四川盆地灌溉问题；

8. 昆湖区规划；

9. 乌江开发问题——乌江洪水还是机会很多，现正在查勘；

10. 嘉陵江规划问题，甘肃省要求开发白龙江；

11. 几个水库枢纽移民问题，柑橘上山问题；

12. 唐白河灌溉规划，引水、排水、回归水、地下水问题以及有无盐渍化问题，要做些典型的灌溉试验；

79

13. 赣北地区规划问题，苏安枢纽与赣粤运河配合的问题……

会议散时，吴思湘叫住丁子恒，并把他介绍给林院长。林院长朝他点点头，说："我知道丁子恒，业务水平是一流的。好好干，工作像水一样连绵不断，江河的治理就靠你们了。"

丁子恒说："我会尽力的。"

林院长笑道："不要只尽半力，要尽全力。"

丁子恒也笑了，说："那自然。"

林院长说笑一番走后，丁子恒问吴思湘："吴总，你没事了吧？"

吴思湘的愁云又堆到脸上，他一声苦笑，说："不知道呀，今天晚上批判我的会议并没有取消。丁工，得辛苦你了，我今天讲的这十三点规划主要是林院长勾勒的，大部分总工室也做过安排部署，请你把平素我们做的部署和今天提出的这些问题综合一下，明天室里好全面地进行讨论。"

丁子恒说："那……今天晚上的会议……"

吴思湘说："你不用去了。我替你说明，你的任务是林院长交代的。"

丁子恒说："好吧。"

这天夜里，丁子恒便在办公室，将过去制定的所有规划和生产会议记录，统统细查一遍，然后对照着吴思湘的十三条规划内容，拟出了详细的纲要。隔着几扇窗子，他能听见严厉的批判和呵斥的声音。然而此时，这些声音有如来自另一世界，与他无关。

1. 荆江防洪排涝，合作查勘，本院主持，湘省派人合作；
2. 太湖、巢湖二区合并，淮河以南统一考虑。有人提出绕过东西梁山方案，似可考虑。根据苏非聪发言可知，得胜河出口坡降并不大；

3. 防排标准,要中央定,我们只能提注意事项;

4. 太湖水位确需定得活一些,通、扬区请领导。提示:太湖区有840万亩田,诸暨可引水溯江南运河灌溉;

5. 问题不大;

6. 湘中干旱区、赣粤运河、湘粤运河规划,1958年当列入;

7. 嘉陵江灌溉规划由蜀省做,我们提要求并派人配合;

8. 昆湖区,原规划拟定,亦以其省为主,本院配合;

9. 乌江开发,1959年提要点,现正由综合室查勘,灌溉问题则由黔省自搞;

10. 白龙江灌溉亦由省里自搞,但水土保持的问题得考虑;

11. 暂时不谈;

12. 唐白河规划,选择地区,提出要求,请地方搞,鸭河口1959年设计,需做几套方案进行比较,过河建筑物拟定不搞,设计该坝的水文资料和地质资料要全;

13. 赣江平原规划,待做。

整整一夜,丁子恒从一条河流跳入另一条河流。他将每一问题都草拟出大纲,并作出简要说明,附上原始资料。待他做完这一切,最后将全部材料放进资料盒时,天已大亮。白色的光片,挂在办公室的两个窗口,远远地有公共汽车急驰的声音越墙而来。丁子恒伸伸懒腰,扩了扩胸,竟觉得自己毫无倦意。整整一个秋天,这是他最为充实最为愉快的一个夜晚。

十三

一个惊人的消息传到总工室。

王志福先前所在的水文站有几个工人联名写了份材料交到总

院,其中揭发了许多王志福的言论。最重要一条是:王志福有一次同他老婆打架,他老婆找到队部,向队长和政委哭诉,政委批评了王志福,令王志福做检讨。王志福不服气,说:就连毛主席家里都闹矛盾,我有什么闹不得的?他这完全是恶毒攻击毛主席。其次一条是,王志福一心想往上爬,每次搞完一项革新,都要跟人吹嘘说:人要升得快,就必须得有真本事,光晓得开会讲几句空道理,读几本派不上用场的书,有什么用?他这宣扬的是什么观点?开会时什么道理是空道理?什么书是派不上用场的书?

总院对这封信非常重视,据说已找王志福谈过话了。总工室的人从王志福垂头丧气的脸上,可以看出这个传说的真实性。

这天召开的室务会议是由总工程师吴思湘主持的。吴思湘的脸在秋阳映照下显得洁净而明朗。吴思湘说下月初,他将同林院长一起去北京参加部里的会议。会上,将讨论长江流域规划的要点报告。他的脸上不时露出一些笑容。接着又将业务工作做了些新部署:土壤化学室合并过来由总工室兼管;明年准备聘请灌溉专家,上半年人要到位;总工室两个副总工程师,一个负责唐白河,一个负责长江流域规划,等等。说完所有这一切,吴思湘把声音提高了,他说:"在反右斗争中,谢谢大家给我提了许多宝贵的意见。这段时间,我每天晚上七点到九点都在学习马列和毛主席的书。有人说这是些派不上用场的书,我觉得这个说法完全错误。我学了之后,大受启发,深深感到真理的伟大。我很希望在学的过程中,能同在座各位进行交流。"

吴思湘说完便含笑离去。丁子恒无意中看了一眼王志福,他的脸色灰暗,头垂得很低,一只脚在地上无聊地画过来画过去,样子分外可怜。

苏非聪捅捅丁子恒,说:"那小子蔫多了。"

丁子恒说:"他也算尝着了滋味。"

苏非聪叹一口气,说:"虽然这家伙先前批判起别人来,没说一句公平话。可现在,真把他打成右派,也实在太不公平。"

丁子恒想了想,说:"你说得也是。连他都成了右派,我就越发搞不清定右派是个什么标准了。"

丁子恒和苏非聪正说话,那边柴启燕对着王志福叫喊起来:"我说王志福,你光是坐在这里动也不动,挡着我正常走路了。"

王志福跳起来,说:"你有什么好神气的?不就是没轮上你当右派吗?喊喊叫叫干什么?"

柴启燕说:"你是什么意思?你挡了我的路,我还不能说,扯什么右派不右派的?你是反右积极分子,还能让你当右派不成?"

王志福"呜"的一声哭了,且哭且说:"你没见吴总的脸色,这不明摆着右派轮上我了?"

丁子恒有些不解,说:"这是什么话?吴总脸色好,与你有什么关系?"

王志福仍然哭道:"根据我们室的人数,右派指标是三个,除了邱传志和张云庭外,第三个本来应该是吴思湘的。现在……现在……吴思湘没事了,那……那个指标,还不到我头上了?我奋斗这么多年,没想到会有今天!"

王志福的话令室里人都大为惊讶。柴启燕说:"会是这样?"

王志福说:"怎么不会?那你说,一共三个指标,我们室里除了我,还会有谁?"

苏非聪有些愤然,说:"哪有这样打右派的?又不是搞工程拉计算尺,拉个比例出来,尺这边是右派,尺那边是左派。数不够还得硬派上几个,这岂不是笑话?"

王志福止住哭泣,怔怔地望着苏非聪,半天没有说话。

更惊人的消息传了出来:王志福把苏非聪说的关于拉计算尺的话,写了份揭发材料交上去。这是直接攻击反右斗争,比其他任何言论都更为反动。总工室的第三个右派便迅速敲定:苏非聪。

丁子恒闻知此消息瞠目结舌。他只会张着大嘴,却一个字也吐不出来,大脑在瞬间完全空白。苏非聪跌坐在自己的椅子上,两眼发直,傻瓜一样,两只手在桌面上来来回回空抓着,什么也没有抓住。

丁子恒清醒过来,见苏非聪如此这般,吓了一跳,忙说:"苏工,镇定点,镇定点,说不定是误传。"

苏非聪完全失去了平常的潇洒和睿智。他的表情一会儿焦急,一会儿愤慨。同所有右派的紧张、凄惶以及胆怯不同,苏非聪表现出他的激烈和暴躁。他不时用强硬的口气说:"我不是右派。我坚决不能承认我是右派。这是人为的陷害。"

董凡和孙昱等人便驳他,说人家王志福揭发的话,的确是你亲口说的呀!

苏非聪便吼叫道:"我说我不是就是不是!"因为他的态度,在批判他的会议上,人们发言用词亦越来越严厉,苏非聪同揭发批判他的人不断地发生争执。

这天下班,吴思湘叫丁子恒去他的办公室。丁子恒进门后,吴思湘走到门口朝走廊方向张望一下,见无人,便赶紧把门关紧,且将门销插上。

丁子恒颇觉怪异,说:"什么事?"

吴思湘拉他到窗边,低声道:"苏非聪住你隔壁,是吧?"

丁子恒心跳了一下,说:"是呀。不过,这些日子我们并没有什么来往。"

吴思湘说:"我知道你是个谨慎的人。不过,你一定找个机会跟苏非聪说一下,不要用这种方式。要屈服,要认命,要为妻儿老小着想。否则,最后被送到劳改农场去就好吗?或者,枪毙掉……"

丁子恒吓得腿一软,顿时生出魂飞魄散的感觉。好半天方颤声道:"难道……难道……会这样?"

吴思湘说:"我不知道会不会。但是我比你们年长,我知道政治斗争的残酷。右派就是敌人,对敌斗争就是你死我活。我对你说这些话,也是凭着我个人对你的了解和对苏非聪的了解,请你一定规劝他。"丁子恒使劲地点点头。

这天回家的路上,丁子恒神思散乱,几次差点叫车撞上。行至蒲家桑园路边小店,他买了一盒香烟。他第一次感觉到自己的无助;感觉到作为一个人,他是多么孱弱;感觉到命运就像潜伏于四周的野兽,随时随地都有可能朝你扑来,将你变成垃圾。他的心更加迷茫,以至需要借助一支香烟来帮助自己镇定。

这些日子,苏非聪下了班便把自己关在屋里。苏家成天死寂一片,连孩子们都知道家里遭有变故,平日大吵小闹的尖叫声也一律消失。丁子恒总是只能见到愁苦着面孔,从厨房到家里忙进忙出的魏婉娴。

夜里,孩子们皆睡去,丁子恒慢慢地踱到苏家门口。魏婉娴端了一盆水从屋里出来。

丁子恒轻声道:"苏太太,能不能叫苏工出来一下,我有要紧事跟他讲。"魏婉娴露一副受惊吓的样子。丁子恒苦笑了一下,说:"我必须跟他讲。"

魏婉娴放下脸盆,折回房间。几秒钟后,苏非聪走了出来。丁子恒拉了他进到厨房。

苏非聪无精打采的,说:"什么事?丁工,你还是避嫌为好。"

丁子恒说:"这我知道。只是吴总要我无论如何跟你说一下。"

苏非聪有些惊异:"吴思湘?"

于是,丁子恒把吴思湘对他所说的一切原封不动地告诉了苏非聪。苏非聪脸色大变,呼吸急促得可让丁子恒看见他胸脯的起伏。头上电灯散发着昏黄的光,煤炉已用煤泥封闭,只有一个小孔透露出一点红光,煤气味道缭绕在这个小小的空间。

突然,苏非聪剧烈地咳嗽起来。他仿佛被呛着了,咳得涕泪横流。魏婉娴立即冲出房间,她尖声叫着:"阿苏,你怎么啦?你怎么啦?右派就右派,别气坏了身子。"

面对备受磨难的苏非聪,丁子恒心里百味俱生。他呆望着魏婉娴为苏非聪捶背,又呆望着魏婉娴将苏非聪手臂搭于己肩,扶着苏非聪缓缓走向屋里。丁子恒的眼泪禁不住快要流出。

被搀扶着往外走的苏非聪突然止步,他回过头,深深地看了丁子恒一眼,苍白如纸的脸上露出一丝苦笑,他低声说:"谢你了,丁工。"

次日早上,丁子恒看到苏非聪时,他的头发已经全白了。批判会上,苏非聪一反往日的强硬,变得唯唯诺诺起来。无论人们怎么批判,无论人们采用了什么样过分的言词,他都一律接受,一律认罪。

丁子恒的心更加痛苦。他突然觉得,亲眼看到一个人灵魂的崩溃,比亲眼看到一座大坝的崩溃,更让他胆战心惊。

批判苏非聪的时候,丁子恒发过一次言。他重复了一番别人都说过的话,显得贫乏而空洞。依然有人批判他的"温情主义",但这一回丁子恒不再重蹈旧辙。他沉默着,听着人们在批判苏非聪的同时,也批判着他。他想,虽然我承担不起"右派"这顶帽子,可是我同样也承担不起自己良心的折磨。

领导亦同丁子恒作了谈话,批评他的右倾同情思想。便有议论传来,说因为总工室只有三个指标,丁子恒才当了个"漏网右派"。这议论令丁子恒出了一身冷汗。

十四

这一年,乌泥湖有六家出了右派。他们是:

甲字楼上右舍吉迪成家；
丁字楼上右舍苏非聪家；
己字楼下左舍林嘉禾家；
庚字楼下右舍李琛明家；
辛字楼上右舍沈佳士家；
壬字楼上左舍王唯康家。

十五

　　一九五七年的最后一天，也将被冷飕飕的寒风吹刮而去。这日下午，丁子恒走在回家的路上，看到了蹒跚在前的苏非聪。他的身影在阵阵扑面而来的风中，如飘如摇，而他的每一个步伐却又显得那么沉重。丁子恒远远地走在后面，同他保持着一定的距离。年初他们一起顶着风雪看房子的情景一次次浮在眼前，甚至仍能听到"咦？一座寺庙；哦！两个和尚"的说笑。

　　如此，丁子恒心里涌出哀伤。他想，一九五七年瞬间将成往事。往事随风而去，永不复返。而人们却永远只会对着面前的日子说：新的一年来临了。

1958 年

百紫千红花正乱，
已失春风一半。

——北宋·李元膺《洞仙歌》

一

一个下雪的早晨，苏非聪全家仓皇地离开了乌泥湖。这是离春节并不太远的日子。

总院的意思原本是让苏非聪下放到三斗坪工地，这其实是一个最轻的处理。同室的张云庭已送去了劳改农场，邱传志下放到外业队伙房。但苏非聪仍然无法接受这个事实。生活中没有了自尊和骄傲，对他来说，犹如没有了水和空气。他用了自己最后一点勇气，向院里递交了一份辞职报告，然后，决定带着他的全家五口人和一顶右派分子的帽子，返回老家。

苏非聪一家人走的时候，丁子恒已去上班。丁子恒不知应该如何处理这样的局面，也不知送他和不送他会有怎样的结果。他只能麻木着自己，采取一种听凭自然的方式。他想如果他在家，他就送一送，如果正好他必须上班，他就只能去上班。但是当魏婉娴告诉雯颖他们定好了上午十点钟的船票时，丁子恒还是松了一口气。

雯颖头天冒着风雪去头道街给静雅静宜静沁一人买了一件衣

服,还买了几种点心让他们在船上吃。雯颖把这些东西交给魏婉娴时,魏婉娴哭了起来,雯颖亦泪水涟涟。她想起几个月前两人还倚着房门讲着关于石评梅的诗,而转眼间却要互道别离。世事的变幻,竟全然不给她们半点预示。雯颖本是不信菩萨的,这一忽儿,她突然想,那天魏婉娴斥责了菩萨几句,难道报应便应在今日?想罢她有些毛骨悚然。

魏婉娴哭完后,回到房间,拿出一本封面已泛黄的书,递给雯颖,说:"这是石评梅的诗集,我以前好喜欢的。送给你作个纪念。我们走时,你一定不要送我们,连送到走廊上都不必。这辈子也许我们再也见不着了,可是我心里会记得你们一家的。"

雯颖接过书,哽咽道:"我也会记得你们。"

三轮车抵达丁字楼门洞口时,雪下得很大。地面已经变白,北风卷着雪花呜呜地叫着。雯颖听见苏家人丁零哐啷抬物下楼的声音,脚步十分杂乱。她没有出去,一手抱着嘟嘟,一手搂着三毛,三个人站在窗口,隔着玻璃看着三辆三轮车载着他们一家人悄然而去。

三毛说:"苏妈妈他们还会回来吗?"

雯颖说:"不知道。"

三毛说:"是不是我跟静沁吵架,苏妈妈生气了?"

雯颖说:"不是的,不关三毛的事。"

三毛说:"那为什么要走呢?其实我还是很喜欢静雅姐姐和静宜姐姐的。就是静沁有点讨厌,可是她有时候对我也很好呀。我不想他们走。"

雯颖说:"妈妈也不想他们走,可是没办法呀。"

三毛说:"爸爸有办法的,我知道。我们叫爸爸把他们留下好不好?"

雯颖说:"爸爸也帮不了,谁也帮不了。你长大了就会明白了。"

三毛不高兴地嘀咕了一句:"我还是不明白。"

玻璃窗便因雯颖的哈气而变得水汽蒙蒙。雯颖用衣袖拭去水汽,但三辆三轮车已经全部从甲字楼后消失,眼前只剩下雪片在风中轻盈飞舞。

整个上午,雯颖都郁郁不乐。她无心做事,亦无心看书。中午,她草草地下了点面条,然后打发三毛和嘟嘟午睡,自己则趴在桌上,写下了她平生的第一组诗。

一

当年化雪我南来,今朝落雪君东去。
从此雪化雪落日,便忧君家平安否。

二

人间多少伤心事,君知我知天不知。
却将泪雨凝成雪,且歌且舞到几时。

三

千里长路待君行,烟水茫茫居无定。
我命君命皆如雪,在天在地总是轻。

写完后,雯颖心里更多几分惆怅,她将诗夹在魏婉娴送给她的石评梅诗集里。她想,不知魏婉娴在乡下能做什么,她那双纤纤细手可以养蚕采桑吗?可以插秧割稻吗?可以锄地担土吗?可以砍柴烧灶吗?可以应对乡下的冷风冷雨和烈日酷暑吗?倘若那些变故落在自己头上,自己是否可以承担得了呢?如此想着,雯颖有些毛骨悚然,淤积于心的惆怅便又浓缩成深深的忧伤。

丁子恒晚上回家,见了雯颖,第一句话便问:"苏家走了?"

雯颖说:"走了。"

三毛说:"我看见苏妈妈和静雅姐姐还哭了的。"

丁子恒心里一抖,放下手上的包,走到右舍,推开虚掩的房门。里面空无一人,唯屋中央有两只大网篮,网篮里整整齐齐地放着苏非聪的书。丁子恒仿佛听见那些厚厚的精装本在这空寂的房间里诉说孤单。嗜书如命的苏非聪把什么都带走了,却唯独扔下了书。丁子恒一阵茫然。他走到网篮跟前,发现最上层的书上放了张纸条。丁子恒拿起纸条,打了开来。

纸条是苏非聪留给丁子恒的。上面说,因为三轮车少来了一辆,所以两只盛书的网篮暂时先放你处,有机会我会派人来取,如果没机会就随便处理了吧。"多书者多输也,书也不是什么好东西。"这是苏非聪最后的一句话。

丁子恒怅然环顾四壁空空的房间,将手中纸条撕成碎片。他推开窗,顺手一扬,碎纸片立即跟飞扬的雪花融为一体。

乌泥湖六户右派,除去丁字楼苏非聪家辞职返乡外,还有三户被命令限期搬出乌泥湖楼房。

甲字楼吉迪成全家搬去陆水工地;

庚字楼李琛明举家迁至湖南安乡水文站;

辛字楼沈佳士搬到他太太任教的水电学院。

王唯康和林嘉禾两家,因王太太肖芝亦是本院工程师,林太太邢紫汀是俱乐部的艺术指导,故经再三交涉,又经院办批准,得以留下。

当最后几户右派在乌泥湖居民关注的目光下,陆续离开时,春天已经悄然来临。

二

春节刚过,天气还是冷飕飕的。器材室工程师吴松杰一家搬到了乌泥湖丁字楼上右舍。

搬家的那天,吴松杰的太太李乐云款款地走到左舍。雯颖见之,忙上前问,是不是需要帮助。李乐云没有答话,只是将左舍的两个房间以及厨房和卫生间望了望。斯时正是下午,太阳光越过卫生间的窗口,落在大便池通往小便池的台阶上。

李乐云自语道:"唔,我们右边要好一些,这边西晒。"说罢又款款返回,依然没有理会雯颖。

雯颖便有些不悦,扭头进了自己的屋子。想起才刚几天,苏家的屋子便换了主人,而且来的这家给她的感觉一点也不好,便颇觉怅然。

吴松杰有两个儿子,一个叫吴安林,比二毛小一岁,一个叫吴安森,比三毛大一岁。吴安林上楼来便找了支粉笔,刷一下在走廊中间画了一道白线,然后高声宣布道:"线右边是我家的地盘,除了我家的人,谁也不许越过。"

看着他们搬家的二毛赶紧说:"那如果我弟弟玩皮球,球滚过去了呢?"

吴安林说:"那正好呀,球滚过来就算我们家的了。"

二毛说:"你怎么能这么霸道?"

吴安林说:"嫌我霸道,就别让你家的球过来。"

二毛还想说些什么,雯颖立即让大毛把他叫了回来。晚上雯颖对几个孩子交代:邻居那家孩子跟苏家姐妹不一样,玩的时候,一定要注意,不要打架,不让过线就不过好了。

二毛不服气,说:"凭什么让他们那么霸道?"

大毛说:"二毛你啰唆个什么嘛!不理他们就是了,有什么了不起的?"

晚上,雯颖心里有些烦。对丁子恒说起新来的邻居,丁子恒说:"你觉得不顺眼就别走得太近。吴松杰我不认识,但我知道他。他父母都去了台湾,只他一人留在国内。这个人是出名的不爱说话,经常是闷闷的。他太太是干什么的,我也不清楚。"

雯颖叹息道:"唉,再要有一个像魏婉娴那么投合的邻居就好了。"

丁子恒笑了,说:"高山流水,俞伯牙也只碰到一个钟子期,知音哪能有许多呢?"

雯颖没有答话,她笑不出来。一想到以后常常要面对这么一家人,她心里就不自在。她知道,摊上一个不合适的邻居,以后的日子一定不会平静。

三

青草再一次覆盖了野地上的泥泞。冬日所有的枯黄都已脆弱不堪,仿佛只是被春风的袖子拂了一拂,便在突然间褪尽。风也变得不那么刺骨,于是因寒而匿的绿意,又开始悄然返回枝头,燕子也从南方飞了回来。

当第一只燕子在屋檐上做窝时,最先发现的竟是嘟嘟。嘟嘟那时正在窗口边同三毛玩拍拍手。突然她听到了叽叽的声音,循声望去,她便看见了正衔泥筑窝的燕子。嘟嘟说:"鸟鸟,有个鸟鸟。"

三毛忙爬上桌子,打开窗子,把头伸了出去。他叫道:"是燕子!妈妈,小燕子到我们家来了!"

在厨房干活的雯颖听得屋里大喊大叫,不知出了何事,忙跑进来,说:"怎么啦?出什么事了?"

三毛说:"出了很大很大的事,小燕子要住在我们家了。"

雯颖顺着他手指之处望去,果然见屋檐下新泥点点,燕子正在搭窝。雯颖也高兴了,说:"真的呀,小燕子要住到我们窗子下了。"

三毛说:"妈妈,嘟嘟好笨哦,她连燕子都不认识。她说'有个鸟鸟',真好玩呀。"

嘟嘟批评三毛,且仿着他的音调。嘟嘟说:"笨笨。哥哥笨笨。"

雯颖说:"哥哥不是笨笨,嘟嘟也不是。嘟嘟还小,长大一点就认识燕子了,对不对?看,小鸟鸟穿着黑衣裳,尾巴像把小剪刀的,就是燕子。知道了吗?"

嘟嘟点点头,奶声奶气地说:"知道了,小剪刀。"

雯颖说:"一定是小燕子特别喜欢我们家的三毛和嘟嘟,所以呀,它不想上别人家去,专门找到我家窗口来。"

三毛说:"对了,一定是它听见我唱拍手歌了。这个歌是我唱的,不是嘟嘟唱的,嘟嘟还不会唱。你拍一,我拍一,一只小猫坐飞机;你拍二,我拍二,两只小猫梳小辫;你拍三,我拍三,三只小猫爬雪山;你拍四,我拍四,四只小猫吃鱼刺……"

三毛正拍着手高声歌唱时,一只燕子又衔了新泥回来。三毛尖声叫道:"妈妈,你看,它又听见我的歌了。"

雯颖笑了起来。笑完心想,愿这燕子给我们带来好兆头。

蒲家桑园村驼背他老婆带着小儿子蒲海清来丁子恒家拿脏衣物回去洗。蒲海清长得瘦瘦小小,两条长长的鼻涕一直淌到唇边,他不时用衣袖在脸上擦一下。雯颖见之不禁皱了下眉头。三毛却兴高采烈地冲过去,问道:"你是谁呀?"

驼背他老婆忙说:"是我家老幺,小名叫苕货。三毛,他特地来跟你玩的,想跟你学聪明一点。"

三毛大口大气地说:"好吧,我来教你。要是妈妈打你,你就闭上眼睛使劲想,这不是我的屁股,是哥哥的屁股,这样就不疼了。这就是聪明。"

雯颖和驼背他老婆都忍不住笑了。驼背他老婆大声说:"看看看,我说吧,三毛就是聪明。"

蒲海清抹了一下鼻涕,吭哧半天,方说:"要是……揪耳朵呢?"

三毛从未被妈妈揪过耳朵,便有些奇怪,说:"妈妈揪耳朵干什么?"

蒲海清摇摇头,说:"不……不晓得呀。"

雯颖听他俩对话,心里只觉好笑。便问驼背他老婆:"你儿子几岁了?"

驼背他老婆说:"五岁了。"

雯颖说:"那跟三毛一般大呢。"

驼背他老婆说:"我家苕货哪里能跟三毛比?半天说不了一句整话。"

雯颖笑了笑,她喜欢听别人夸她的孩子。她想我们家孩子哪一个不聪明呢?我们是什么样的人家呀,这一点别人又如何能理解。这么想着,她心里生出许多自豪。

驼背他老婆说:"趁今天太阳好,多洗几床被子吧。"

雯颖说:"我也这么想。看大毛睡的这床,被头太脏了,要多打点肥皂好好搓搓才是。"

驼背他老婆便说:"不用加肥皂,我在塘边石头上,多捶几下就行了。"

雯颖突然想起什么,问:"你在哪里洗衣服?"

驼背他老婆说:"就在水塘里洗呀!"

雯颖问:"哪个水塘呀?"

驼背他老婆说:"还有哪个?村西头那个,村里就这一个哩。"

雯颖问:"那……那……浇地呢?"

驼背他老婆笑了起来,说:"我说丁妈妈,你说话真好玩,浇地不用塘里的水用哪里的?"

雯颖问:"那你们是怎么舀水呢?"

驼背他老婆深觉雯颖的问题幼稚之极,便使劲笑,声音嘎嘎嘎

95

的,像只老公鸭。笑过方说:"你这个话要笑掉我们一村人的大牙哩。怎么舀水?把粪桶往塘里一沁,拎上来不就是一桶水?"

雯颖问:"那……不是很脏吗?"

驼背他老婆说:"怎么会脏?塘那么大,什么脏也化掉了。一村人吃的都是塘里的水哩。"

雯颖不觉蹙起眉头。驼背他老婆觉得有点不对劲,忙问:"怎么了呀?"

雯颖吞吞吐吐道:"这个……这个……衣服在那里洗不太卫生吧。"

驼背他老婆说:"怎么不卫生?我们全村的衣服都在那里洗呀。"

雯颖说:"可是……我家三毛他爸爸知道会不高兴的。"

驼背他老婆说:"那怎么搞?村里就那个塘呀。"

雯颖说:"这样好不好,你干脆每个星期一都上我家来洗,行不?"

驼背他老婆说:"我在家还要喂猪,烧火。"

雯颖说:"如果你不在这里洗,我就不想要你洗了。我家小孩子都小,万一传染上什么病,就麻烦了。"

驼背他老婆说:"莫瞎说,他们一个个小肥狗一样,哪里会得病?"

雯颖说:"反正我家衣服不能在你们那个水塘里洗。这样,你到我家来洗,我每个月加给你一块钱,行不行?"

驼背他老婆说:"行不行,我得回去跟我家驼子商量一下再说。"

雯颖说:"好的。你下午给我回个话,如果不行,我好再找别人。"

驼背他老婆忙不迭地说:"你千万莫忙着找人,我家驼子肯定会同意的。我喜欢洗你家的衣服,你家的大人小孩都体面哟,衣服一点都不脏。"

驼背他老婆这天便没拿衣服回家,而是坐在走廊上,一件一件在木盆里用搓板搓洗,边洗边跟雯颖发牢骚说:"不用棒槌捶,怎么能洗干净呢?这衣领也不会白,这被头也不会白,这才是真正的不卫生哩。城里人总说乡下人不卫生,你不知道,我们在塘边洗衣服时,大家都说城里人洗衣服连棒槌都不用,哪里能洗卫生?"

雯颖听她唠叨得好笑,懒得睬她。

四

逢驼背的老婆来洗衣时,三毛便拉了蒲海清去野地里玩。春天里野地绿了,有细细的小蜻蜓飞来飞去,累时便歇在也是细细的草茎上。因为三毛的聪明,蒲海清便十分顺从三毛,三毛说东,他便不说西。三毛玩得热了,他便替三毛抱衣服,三毛玩得累了,他就赶紧替三毛找地方坐。这使得三毛大为快意,觉得蒲海清比哥哥大毛二毛和妹妹嘟嘟要强上一千倍。三毛万分遗憾地对蒲海清说:"你要是我妈妈生的就好了,这样你就可以天天跟我住在一起了。"

蒲海清连连点头,说:"是呀,我也喜欢你们家。我姆妈说你们家有肉吃。"

常去野地玩耍的小孩,有一个是乙字楼上的沈丁丁。同胖乎乎的三毛比,沈丁丁尤显清秀。三毛同沈丁丁要好是因为沈丁丁也说南京话,两人常常坐在勘测标识的水泥台上,用南京话高声唱道:"上海小瘪三,身穿毛蓝衫,来到南京紫金山,一头栽下山!"

三毛喜欢沈丁丁,却十分讨厌沈丁丁的妈妈,一看见她掉头便跑。雯颖对此十分奇怪,问三毛:"沈妈妈蛮喜欢你的,你为什么跑呢?"

三毛说:"我烦死她了。一看我就说,三毛呀,你吃什么东西吃得这么胖呀？三毛呀，你一定把哥哥和妹妹的一份全都吃掉了是不是？还揪我的脸。"

雯颖觉得这理由有趣，就告诉了沈丁丁的妈妈。沈丁丁的妈妈亦觉有趣，再见三毛，便又说："三毛呀，怎么瘦了？是不是妈妈把好东西全给妹妹吃了，没给你吃呀？"

三毛听了更烦，拔腿跑得更远。沈丁丁的妈妈便望着仓皇逃去的三毛哈哈大笑。

沈丁丁的妈妈姓张，叫张雅娟。小小的个子，生得清秀白净。开口即一腔软软的上海普通话，很是好听。张雅娟的丈夫沈慎之是规划室工程师，沈慎之是个头高大的北方人，皮肤很黑，同张雅娟走在一起，格外黑白分明。沈慎之毕业于上海交大，学的是土建专业。张雅娟的父亲在交大附近开了家小书店，沈慎之常去那里翻书。闲聊时张雅娟曾笑说，那时她和她的姐姐总是暗中叫他黑大个。黑大个在那个小小书店里，翻书多，买书少，张雅娟的父亲张老板心里便颇不悦。有一次，几个瘪三追逐张雅娟的姐姐张丽娟，一直追到书店，恰逢沈慎之在那里翻书，路见不平，便出面吼之。沈慎之人高马大，更兼黑脸有威，只吼了几声，便吓得几个瘪三屁滚尿流。这事化解了张老板心中所有不悦，他开始赏识起沈慎之来，意欲将大女儿张丽娟许配给他。其时张丽娟正在师范学校就读，自称俊人雅士见过多多，嫌沈慎之太黑，不肯与之交往。而二女儿张雅娟不好读书，辍学在家帮助父亲守店，张老板便又把主意打在二女儿身上。张雅娟想，姐姐嫌他黑，难道我就不嫌？母亲便对她说，一个人日子过得幸福不幸福与脸黑脸白无关，关键在于这个人可靠不可靠，本分不本分。张雅娟觉得母亲之言有理，便对沈慎之殷勤相待。黑大个沈慎之初始并不知张老板用意，只道自己帮了他家女儿，彼此亦相处日久，故而张老板分外热情。后来见小姑娘张雅娟常同他说笑，甚至去学校寻他玩，便心有所知。其时沈慎之正对班上一女生有几分迷恋，可对方待他冷若冰霜，不免令他心中怅然。张雅娟活活泼泼地出现,恰好将这份怅然冲得了无踪影。沈慎之觉得张雅娟小巧美丽,伶俐可爱,虽然读书不多,可做太太也不需太多学问,便放弃单相思而移情于张雅娟。毕业后,沈慎之便带了张雅娟回家结婚。正如张家母亲所言,婚姻幸福与否不在脸面的色彩。张雅娟婚后一直过着平静日子,虽几经乔迁,且已生下三个孩子,但终能过得富富足足。而她的姐姐张丽娟毕业后嫁与一青年军官,婚礼倒是风风光光,俊男美女,人人羡慕,却未能过上几年好日子。上海解放,解放军挥师进城,军官所在的国民党军队兵溃旗倒,作鸟兽散。军官便携妻带子返回河南老家,从此成为乡下农民,张丽娟自然亦成为农民的老婆,只有在田间劳作喘息时分,偶尔会想起当年上海有过的繁华。

张雅娟每谈此事,都长叹不已。雯颖听罢也颇有感受,觉得人有时就是被瞬间的念头左右一生。命运这个东西很是无常,几乎没人知道可以在什么时候恰到好处地把握住它。于是只好由它摆布,被它牵引,至多是在被摆布和牵引的过程中寻机调控一下自己。

张雅娟有两个女儿,一个儿子。两个女儿均已上了小学,大的叫沈芊芊,上四年级,小的叫沈柔柔,刚读一年级。儿子便是沈丁丁,五岁,是家中最小,处于如此地位,自然是备受宠爱。雯颖在家里常透过窗口看见沈丁丁坐在沈慎之的肩上,指挥爸爸从走廊一头跑到另一头。当然也常看到沈丁丁对两个姐姐大发脾气,怒气冲冲地把碗筷往楼下扔。沈慎之的母亲同他们住在一起。沈奶奶每见丁丁发脾气,便一面慈爱着声音呵护丁丁,一面又严厉着嗓门呵斥芊芊或柔柔。三毛每见此,都会趴在窗台长叹说:"我要有个奶奶就好了,大毛二毛哥哥就再也不敢欺负我了。"

雯颖暗笑,说:"你要有奶奶,你顶多就是个柔柔姐姐。奶奶要么喜欢大毛哥哥,要么喜欢妹妹,总之是轮不上你。"

三毛说:"为什么?"

雯颖说:"老人就是这样想的,讲了你也不懂。"
三毛便赶紧说:"那我还是不要奶奶好了。"

每天的中午,沈奶奶都会朝着野地方向喊沈丁丁回家吃饭。雯颖一听到这声音,便知三毛也该回来了。有一天,三毛玩得口渴,未到中午,便回家来找水喝。喝完水雯颖说:"别下楼了,跟妹妹玩玩。"三毛便只好留在了家里。

三毛只在最没人玩的时候,才觉得可以同嘟嘟玩玩。三毛跟所有人都叫苦道:"你们根本不知道嘟嘟有多笨,她什么都不会,她拍球一下都拍不好,跳绳也不会,一看书就倒着拿,我真不知道她将来怎么办。"

二毛多半会护着妹妹,说:"你小时候比嘟嘟笨得多,走路都比嘟嘟晚学会。"

雯颖每听三毛唉声叹气评价嘟嘟时便暗自好笑。

嘟嘟见有三毛陪玩,高兴得手舞足蹈,拉着三毛在家里捉迷藏。两人床上床下,玩得一塌糊涂。雯颖忙于厨房做饭,也懒得顾及他们。沈家奶奶在走廊长一声短一声地叫沈丁丁回家吃饭时,雯颖已经把饭菜都做好了。

雯颖折进房间把三毛和嘟嘟赶到走廊玩耍,对面沈奶奶又喊雯颖,问三毛有没有回家。雯颖说早就回了。沈奶奶便问三毛有没有见到丁丁。雯颖喊三毛进屋问他,三毛正急着躲避嘟嘟的寻找,便答说没有。

雯颖转告于沈奶奶,然后问:"丁丁不在野地?"

沈奶奶说:"这小子大概玩疯了,奶奶叫也不听。"说罢扯开嗓门喊道:"雅娟,你下楼去找他回吧,该吃饭了。"

大毛二毛放学回家,雯颖便开了饭。饭间,三毛突然说:"妈妈,今天有个叔叔拿了糖问我吃不吃,我说不吃不吃,妈妈要骂的。后来丁丁就吃了,丁丁说好甜哩。那个叔叔又说,他家里还有很多很多的糖,问我们去不去他家里吃。我说不去,他就抱着丁丁去了。妈妈,我是不是很乖?"

雯颖正喂着嘟嘟的饭,随意地答了一句:"三毛是很乖。"

三毛说:"那个糖的糖纸上还有金线哩,一定很甜。"

二毛白他一眼,说:"就知道馋嘴。"

三毛说:"说说也不行呀,我又没叫妈妈买。"

大毛说:"算了算了,二毛,你跟他争个什么,他什么也不懂。"

三毛说:"错!我什么都懂,嘟嘟才是什么都不懂。"

二毛嘲笑道:"你懂?三加四等于多少?你懂吗?"

三毛噘噘嘴,说:"不就是七嘛!"

二毛有些惊异,说:"咦,对了!那五加六呢?"

三毛满不在乎,说:"十一呗。"

大毛亦有些惊异,说:"那……七加八呢?"

三毛说:"十五呀。"

二毛说:"九加九?"

三毛说:"十八。"

大毛又说:"十三加五?"

三毛说:"又是个十八。"

雯颖先未在意,后听三毛回答得不假思索,便也惊奇起来,说:"十五加八,算得出吗?"

三毛翻翻眼睛,仿佛是想了想,然后说:"二十三。"

雯颖简直不敢相信这就是她五岁的三毛,她兴奋起来。大毛二毛亦被三毛震住,脸上扫尽平常小视三毛的神气。三毛便得意起来,说:"我说我懂吧?"

二毛仿佛不服,说:"那那那……二十八加九呢?"

雯颖说:"这太难了。他还小。"

三毛却歪着头想了想,眼睛眨巴眨巴了几下,说:"就让它得三十七吧。"

大毛二毛几乎异口同声道:"对啦!"

雯颖大为意外,心想,这孩子似乎是有些与众不同哩。于是她问三毛:"三毛,告诉妈妈,你是怎么想出来的?"

三毛说:"很好想呀。"

雯颖说:"你说说看。"

三毛把十个手指头一伸,然后屈起大拇指,说:"把这九个手指头送到二十八个手指头的家里去,不就行了!"

大毛和二毛都哈哈大笑起来。

午饭后,雯颖尚未从三毛做算术的兴奋中平静下来。突然沈奶奶苍老的声音满宿舍响起:"丁丁——""丁丁,回来吃饭了——"声音长一声短一声,充满着焦急。雯颖听得心里扑腾了一下。接着,张雅娟尖细的声音亦穿越而来。

及至黄昏,一个消息传遍了乌泥湖:乙字楼上左舍沈丁丁被人拐走了!

二毛放学回来告诉雯颖时,雯颖正在炒菜。她突然想起三毛中午说过的话,不禁浑身一哆嗦,失声叫道:"三毛!三毛!你在哪里?"

三毛从房间里颠颠地跑出,说:"妈妈,我在这里。是不是还要我算算术?"

雯颖蹲了下来,严肃地望着他,说:"要跟妈妈讲实话,早上是不是有个叔叔给你们吃糖了?"

三毛说:"是呀!我没有要,我真的没有要。撒谎是小狗。"

雯颖说:"丁丁要了?"

三毛说:"是呀。丁丁最馋了,他要了还想要,那个叔叔说他们家还有好多糖,就抱着丁丁上他们家去了。"

雯颖说:"那个叔叔是不是住在我们宿舍?"

三毛说:"才不是呢,我看见他们往外面走了。他还牵着我的手,要我一起去。我说我不去,我口渴了,要回家喝水,我就回家了。"

雯颖一把搂住三毛,把脸贴在三毛的头上,喃喃道:"我的天,我的天哪……"

三毛说:"妈妈,你怎么啦?"他的话音刚落,便听到"哗啦"一声响。他立刻叫着挣脱雯颖的怀抱,奔进房间发脾气:"臭嘟嘟,你又把我搭的房子碰垮了!"

屋里转眼传出嘟嘟的哭声,雯颖无心前去劝解,她脑子里空白一片。厨房锅中的炒菜已经煳成黑饼,青烟冒得到处都是。二毛惊呼着"妈妈!菜煳了!"冲入厨房,将铁锅端下来。

雯颖仍然没有动,她无力地倚着墙。心想,上帝呀,是你保护了我的三毛。想着想着,眼泪不禁流了出来。

没顾得上吃晚饭,雯颖便手牵三毛去对面乙字楼上沈家。沈家坐着两个警察,家属委员会的明主任也坐在那里。张雅娟哭得两眼红肿,沈奶奶更是不时呼天抢地。沈慎之黑着脸一支一支地吸烟,三毛见了他便吓得往雯颖身后躲藏。雯颖推着三毛,让他复述一下上午的事情,两个警察也反反复复地询问。三毛毕竟太小,他只知道那个"叔叔"的一个眼睛有点大一个眼睛有点小,穿件像爸爸一样的蓝衣服。这是仅有的线索。

沈家的哭声在丁子恒家窗外响了一夜。这虽是个春风柔顺的夜晚,从肃杀之冬走出来的万物皆在这春风抚慰之下蓬勃着自己全新的生命,但那凄厉的呼唤之声却割破了这个春夜的宁静,每一声都如刀如锯,从雯颖心头划过。

清早,天刚亮时,一辆救护车响着更加尖锐的叫声开进乌泥湖,屋顶上的麻雀被惊骇得四处纷飞,家家窗口都能听到它们翅膀的扇动。沈家奶奶伤心过度,心力交瘁,心脏病突然发作了。

五

丁子恒被派去洞庭湖做土壤调查时已近春末。这次调查,是同农学院老师以及四年级土壤化学系学生一起组成的一支土壤调查队。准备用三个月时间,把那个地区的土壤情况摸清楚。洞庭湖土壤调查一直是空白点,所以这次调查的路线和分区都不知道从何处下手。

组队开会时,大家都谈到这个情况。丁子恒想了想,便建议说:"农学院学生还有十几天才结束考试。不如我们同老师们组织一个查勘小组,先行一步,把路线查勘清楚。"

大家都觉得这个方案不错,便进行了具体商议。洞庭湖区面积广大,查勘小组分成南、北两组。南组由长沙出发,经安乡、南县、华容等地,由南向北推进;北组则由汉口出发,经沙市过江而抵长江南岸,再沿松滋、公安由北向南。两个小组预定在藕池口会合并总结,而学生主力亦在那时结队赶来,听取查勘小组意见后,再制定行动计划。

方案既定,次日便走。丁子恒参加了北组,他们乘汽车到沙市,在那里换上小船,继续前行。小船溯江而上,速度缓慢。及至深夜,方抵达预定地点宛市。次日由宛市出发,前往松滋展开查勘。

春天的原野上,满目翠绿。和风一吹,香气袭人。油菜花黄灿灿的,一层一层向远处铺展。桃树亦开了花,花色艳丽夺目。蓝天白云丽日,以及绿色田原、红色花朵、黄色波浪,再加路边那些摇头曳尾的各色无名花草,使得天地间有如一幅天然画图。行走其中,令人格外心旷神怡。

与此同时,所有乡村都忙于农活,四处几乎看不到闲人,走到哪里都有热气腾腾的感觉,这将去年秋天以来因反右而滞留在丁子恒心中的阴影驱散得干干净净。丁子恒想,外面的一切多好啊,这才是真正的建设社会主义的场面呀。

一连数日,丁子恒的心情都特别好。每天晚上,无论住旅馆,还是临时借住农民家中,他都十分详细地记下他的工作笔记。

在洞庭湖北岸

我们采用了路线查勘方式,沿着一条路线挖坑打钻并结合访问调查来开展我们的工作。农村正处在大跃进中,到处都在搞水利、修道路、积肥料。田畔都插上了"一见早知道"的木牌,上面写着作物名称、亩产量和耕作施肥方法。这些都给我们的工作带来了极大的方便。首先是很多农业资料用不着去一一询问,牌子上已经写得很清楚了。农作物生长的好坏,就是土壤的集中反映。只要把农业情况摸清了,土壤情况也就差不多清楚了。修道路建水库挖渠道造成无数人工剖面,亦使我们不用到处挖土坑。其实挖坑远不如这样一目了然。我们利用这些人工剖面观察和记录,土壤的来龙去脉都袒露在我们眼前。

这里的土壤真是肥美。是滚滚长江给这片大地铺上了厚厚的一层肥沃冲积物。土质疏松,又多磷和钾,农民称它为油砂土,乃是产棉的好地方。有名的松滋八宝棉花,就出在这里。去年曾达到大面积亩产皮棉三百斤,每株结棉桃九十二个。今年试验田木牌上要求每亩达到两千斤籽棉,我们看了都有些不相信。曾向一当地老乡询问。他回答说:没问题。他把土壤施肥情况及各种农业措施都说了一遍,根据棉株结桃数一计算,的确是可以达到木牌上的要求。这天晚上,我们小组一直在讨论,是不是我们的思想太落后了一点?我们的科学是不是也太保守了一点?

沿江平原景色最是迷人。大地上遍布着青碧的麦苗,中间夹杂着金黄色油菜花,如同一片片织锦。河流穿插,村庄处处,更如美妙画图。天公作美,日暖风轻,令我们感到这时光在野外工作,不啻一次愉快的旅行。然而,最令人感动兴奋的还是农村中积肥与兴修水利的运动了。我们经过一些村庄,差不多家家都锁了门,男女老少都上田间忙碌去了。大路上换了新土,老土拿去当了肥料。塘水车干了,妇女都卷起裤脚管去挖塘泥,塘泥是一种富于有机质和氮磷钾肥料。旧屋基被推倒,土坯墙被搬去当肥料(只有一家,有一老太太在墙角落泪,说是晚上她该怎么住)。人们还把炉灶的烟道接出来,通入土堆中,叫做牛尾灶,也可以得到肥料。到了晚上,田野中挂上了汽灯,通宵奋战,或开渠道,或松土上肥。农民们用自己的无穷智慧和忘我劳动来向大自然索取丰收的果实。

在千军万马声势中,大自然也迅速改变着面貌。我们带去的是1953年所测的地形图,现在竟不管用了。一次我们按图找路,图上是大道可通之地,脚下却蓦然出现一条灌溉渠。渠宽水深,无路可行,幸亏找到一只小船,请老乡把我们渡了过去。事后我们要给他钱,他很不高兴地拒绝了。说你们隔了山隔了水来这里,我怎么能要你们的钱?这就是我们朴实可爱的农民。

我们所经过的大小村镇都颇清洁。尤其是沙道观(松滋县最大镇),镇上街道真是一尘不染,两旁新栽上了树木,用土培好。村庄里的稻场很整洁,屋前屋后都打扫得十分干净,令人看后觉得舒坦。这里的乡村本来处处绿色,十分可爱,田野亦像个大花园。经过人工整治,就更如锦上添花。同我去年下乡时相比,实可用天翻地覆形容之。这种史无前例的全民热火朝天地积肥、兴水利、搞清洁卫生,也只有在党的领导下方有可能。

我们在冲积平原里观察访问,步行整两天,方到达松滋县城。县城所在地叫新江口,坐落于松滋河西岸,背山临水,有广阔平坦的洋灰路,有电灯,市面也很热闹,是一个小型的新城市。我们一到就去县委找有关同志介绍农业、土壤、水利的情况。这几天适逢湖北省技术报告团在此作报告,于是我们见到了华中农学院土壤化学系主任、国内有名的土壤微生物专家陈华癸教授。陈教授将他搜集的松滋县后山的冰碛石标本拿来给我们看。于是我们立即去后山查勘了一番。在那里,我们的确看到了厚厚的冰碛层,中间还夹着黄色的黏土层,如同夹心饼干一样。起伏的丘陵像大海中波涛似的,高度都差不多,很显然,这儿在第四纪经过几次冰川期。冰川的屡进屡退、冰川沉积与冰水沉积交替进行,便积淀成了冰碛层与黏土间层。大地经过冰川铲削,成一倾斜平面,以后再沉积了第四纪黄土,又经过多年水流侵蚀,才形成今日丘陵之等高起伏的壮观景象。

由平原到丘陵,土壤也发生剧烈变化。冲积平原上是浅色冲积草甸土,而到了丘陵,就是黄褐土了。前者是疏松的,微碱性的,来源是长江冲积物;而后者是紧密的,酸性的,来源是古老的第四纪沉积;前者肥沃,大部已被利用,而后者瘦瘠,多为荒地。只有在丘陵间冲积田内土质较肥,水源亦较丰,方才有耕地。在土壤工作者看来,土壤是劳动的产物,经过改良措施,一样能长出好庄稼。

由松滋折向南行,大致沿丘陵与平原的过渡地区行走,我们似乎左右逢源,能清楚地看到土壤与农业相互间丰富多彩的变化。我们采集了一些标本,准备带回去试验。在土壤工作者面前,大地像生动的画册一般有规律地展了开来。大地本来就是生动的图画啊。

这里千山万水都奔向洞庭湖。几乎每一个山谷都修了一个小水库,大一点的河流就计划综合利用,发电、防洪、灌溉,开辟耕地。不只是我们,其他许多调查人员也都在这里紧张地工作。越过了纸厂河,经过申津渡,到达公安旧城南坪时,旱作区的景色逐渐为稻作区所替代,土壤也出现潜育化状态,防洪排水问题便显得重要起来。人们很自然地谈到将来的三峡枢纽,谈到四水上的水库。诚然,三峡水库完成了,进湖四口就可以控制,泄蓄由人。现在由四口进来的泥沙淤积,使得洞庭湖湖底渐渐淤高,降低了湖身蓄水能力,抬高了水位,使沿湖各个垸子排水困难,土壤不能发挥潜力,这是个必须解决的问题。我们所做的一切,就是为了控制住四水,化水害为水利,使洞庭湖成为一个水旱无忧岁岁丰收的地方。

在跋涉十五天后,我们终于到达藕池口。南面一组的同志已经先期到达。我们南北两路会师后,彼此交谈了各自查勘的情况,研究了在途中遇到的问题,整个洞庭湖区土壤的面貌大致呈现了出来。在此基础上,我们拟出了详细的调查方案。明日,调查的主力军即将抵达这里,新的工作就要开始了。

六

沈丁丁始终没能找到,雯颖几乎难以见到张雅娟。从雯颖家望去,似乎能看见笼罩在沈家的重重阴影。那阴影仿佛要跨过两栋楼房间的距离,一直伸向丁家。这天夜里雯颖做了噩梦,梦见有人抱走了三毛。她在野地里四下叫喊,而那个抱走三毛的人却身藏暗处,睁着一只大眼一只小眼,狰狞地笑着。雯颖惊叫了一声便醒了过来。

次日一早,雯颖把嘟嘟托在许素珍家。自己牵了三毛去幼儿园。雯颖想,无论如何,三毛应该进幼儿园了。倘若他在屋外玩耍时也遭人拐去,我们怎么承受得了?

幼儿园园长姜心敏住在乌泥湖的庚字楼,她的丈夫陈杞是对外处的俄语翻译。为三毛上幼儿园的事,雯颖曾去过她家。那时三毛未满四岁,姜心敏说幼儿园必须年满四岁方可入托,这是规定。而现在三毛已经五岁,不再存在年龄障碍。

幼儿园设在惠宁路。它的隔壁是昔日大军阀杨森的花园,红墙环绕,绿树葱茏。一群一群的鸟飞来飞去,歇在树上,便如树冠上盛开着白色花朵。这座花园现已被市府接管。惠宁路是一条极为安静的小路,没有汽车往来,只偶尔有几辆自行车沿着街边飞快骑过。一排排低矮房屋朝郊外荒野延伸,荒野之后,是一片碧绿的菜地。再往后走,就可见黄孝河了。这是汉口历来的污水排出口,河岸零星地泊着几座茅棚,茅棚的屋檐边几乎贴着了地面。行走在岸边,一低头便能闻到河里的腥臭。

但被法国梧桐环绕的惠宁路却感觉不到它身后的气息。

幼儿园操场上,孩子们正做游戏。每个孩子都罩着白色兜兜裙,胸口绣着"长院幼儿园"五个通红的字。三毛一见这么多小朋友,立即兴奋起来,松开雯颖的手,一下子便汇入其间。

雯颖找到姜心敏的办公室,姜心敏正同一女老师模样人谈话。雯颖轻叫一声,她眉头皱了皱,示意雯颖在外等候一下。雯颖只好站在了门外。姜心敏是一个颧骨高高的女人,令人感觉她的眼睛是搁在颧骨上。她人很瘦,一口北方话亦说得很有瘦硬之感。雯颖在乌泥湖见过她多次,每次路遇,总是同她打声招呼,但却从没见过她的笑脸。雯颖有时想,如此刚硬的性格怎么适合在幼儿园工作呢?她这副样子,怎么会是一个俄国贵族的女儿呢?

半个小时等过去了,姜心敏的话仍未打住。雯颖心里便有点焦急。不光是嘟嘟搁在别人家中,大毛二毛放学回家还得吃中饭呀,再等下去,回家恐迟。雯颖想了想,再次走进办公室。同姜心敏谈话的女老师正抹眼泪。雯颖说:"姜园长,我能不能先跟你谈几句?"

姜心敏的面孔板了下来,说:"你怎么这么没礼貌?我不是让你等等吗?"

雯颖说:"实在是对不起,我还得赶回家。我怕晚了……"

姜心敏说:"你既然怕晚了,怎么不早点来呢?"

雯颖解释道:"我们住得离这里比较远,家里还有小孩……"

姜心敏再一次打断她,说:"我这也是工作,请你尊重我的工作。"说着,她做了个请出的手势。

雯颖面孔通红,退出后便站在办公室外生气,心想你当个园长有什么了不起的?都在一个院子里住着,有什么必要这么生硬呢?

游戏中的孩子,有两个打了起来。几个老师忙叫喊着奔过去。雯颖一看,其中之一是三毛,吃了一惊,便也颠颠地跑到操场。架已被拉开了,那孩子哇哇地哭着。三毛说:"没脸皮耶,还哭呢。"

雯颖见三毛脸上被抓出一道长长的血痕,心里抖了一下。但仍用责怪的语气对三毛说:"三毛,你怎么能跟小朋友打架呢?"

三毛睁大眼睛望着雯颖,委屈不过的样子。望着望着,见雯颖脸色仍然严厉,嘴便扁起,然后"哇"一声大哭起来,且哭且说:"是他先打我的,妈妈不讲理。"

三毛声音很大,游戏的孩子都围过来,几个老师不停地叫集合。雯颖见状不好,忙对老师们说"对不起对不起",拉了三毛便往外走。这时,已同女老师谈完话的园长姜心敏从办公室走了出来。她看也不看雯颖一眼,严肃着面孔向老师们询问。

一个年轻的老师说:"没什么没什么,不过两个小孩子打架而已。"

姜心敏说:"你怎么能这么讲?孩子受伤了吗?"

另一个中年老师说:"都有一点。"

姜心敏说:"我们的孩子呢?"

中年老师把适才同三毛打架的孩子找过来,那孩子又开始玩新的游戏,他似乎已经忘了打架事件。中年老师把他的手背亮开,说:"就是被那孩子咬了一下。"那只胖乎乎的小手背上有两个浅浅的牙印。

姜心敏说:"家长把孩子交给我们,可我们却让他受了伤,我们怎么向他的家长交代?"

年轻老师说:"那孩子也受了伤,比他的还重哩。而且,的确是我们的孩子先动的手。"

姜心敏说:"那孩子本来就不是本园的,他混进来就是个错误。怎么还能让他欺负我们的孩子？为什么他没来时我们的孩子不打架,他一来就打架了？像这样没有受到过良好教育的孩子来这里,必然会使我们的孩子受伤,你们几个做老师的都有责任。"

雯颖生气了,说:"姜园长,你怎么能这么讲呢？都是小孩,也都受了伤……"

姜心敏打断雯颖的话,说:"我在批评教育我的职工,有你插话的必要吗？"

雯颖说:"你不公平,我就要说。孩子不分园里园外,都是大家的孩子,我们都要爱护他们。小孩子打架,本来也不是什么大事,你为什么要这样出口伤人呢？"

姜心敏并不看雯颖,而朝另两个老师说:"李老师,张老师,请你们让这个女人出去,不要影响我们园里的工作。"

雯颖的脸一下红了,仿佛浑身的血瞬间都冲到头上。

三毛藏在她背后,偷看着姜心敏,突然他拉着雯颖的衣服,说:"妈妈,我要回家。我不要上这个幼儿园了。这个阿姨好凶,三毛怕。"

雯颖让自己镇静下来,她用非常蔑视的语气说:"你以为你当了园长,就可以任意对想要孩子入托的家长耍威风么？你太愚蠢了。这里每一个读过幼师的老师们,都知道怎么对待一个孩子,也知道怎么对待一个母亲。她们没有一个人会认为你是称职的,是配得上做一个园长的。而我的孩子,只要是你当园长,我根本都不会送他们来这里。因为,你根本不懂得爱孩子。"雯颖说完,拉着三毛扬长而去。

回到家中,雯颖越想越气,禁不住趴在被子上大哭一场。许素珍闻知忙跑上来,待问明情况,说:"就是那个姜大脚呀,她天生一个恶鸡婆哩。她连她家老倌子,就是那个当翻译的小白脸蛋陈杞,都是想打就打呢。我家老刘说,那个陈杞脖子上的伤疤从来没断过线,大夏天也用丝巾围着,不晓得的人还以为他讲漂亮。娶到这种老婆,人还有什么活头?你可千万别跟她生气,生气也是白生了。"

雯颖气鼓鼓道:"那我就不明白了,为什么这样的人就让她去当幼儿园园长?"

许素珍压低了嗓子,说:"哎,我说了你可别乱传啊。她跟后勤处那个大个子处长是拐了弯的亲戚哩,说是什么远房的堂妹子呀什么的,反正都是他们北方人。"

雯颖说:"就算沾亲带故,那也得看她够不够格做这事呀。"

许素珍说:"哎呀呀,我怎么跟你说不清呢?比方说,等你以后当了一个大官,有个幼儿园差个园长,我求你给我当,你还不就顺手给了?"

雯颖说:"那可真不一定,我得看你行不行呀。"

许素珍急了,说:"阿弥陀佛,你还读过书,怎么是这么一副死脑筋?"

丁子恒下班回来,雯颖告诉他自己白天的遭遇。丁子恒大为生气,说:"她凭什么这样讲?得找她评理去。"

雯颖忙说:"算了算了,大不了我家三毛和嘟嘟都不上幼儿园好了。许素珍告诉我,说她隔天就把她丈夫打一顿哩,打得脖子上都看得见伤疤。"

丁子恒有些惊讶,说:"打她丈夫?陈杞?他是个很不错的俄文翻译呀。"

雯颖说:"那又怎么样?素珍说,他脖子上的伤疤从来没断过线哩。"

丁子恒方记起陈杞脖子上常常扎着的丝巾。本以为他是赶洋时髦,现在看来,丁子恒想,原来如此。再想到经常站在苏联专家旁边,儒雅而风度翩然的陈杞,丁子恒不禁失声而笑。

这件事就算过去了。三毛终是没去幼儿园,但雯颖断然取消他自由下楼的权利。三毛为此而大哭了几场,哭后并无收效,也就罢了,只好天天陪着他眼里的笨孩子嘟嘟玩耍。

不几天,便传来沈家奶奶去世的消息。乌泥湖这天下了一夜的雨,淅淅沥沥的雨点,给人平添几分凄惶。苍天仿佛也在为这可怜的一家人哭泣。

七

连续晴了几天,热风便将春天的气息一吹而去。三个小伙子来到乌泥湖宿舍,他们用一天半时间在操场的两头竖起了两个篮球架。起先人们并未在意这两个篮球架,只是小孩们有时吊在上面拿它们当单杠耍,主妇们则顺手将绳子拴在上面,晒起了被单或其他衣物。

一天黄昏,天还很明亮。热风带着夏天的气味习习吹来,拂在脸上,有一种潮湿暧昧的感觉。夕阳把橙红色霞光洒得漫天都是,凝望片刻,便会禁不住心旌摇荡。

一声长哨突然从乌泥湖上空划过,然后便隔一阵响上一下,像一只飞鸟欢悦地叫着在空中盘旋。这是乌泥湖从未有过的声音。人们惊讶后,立刻判断出哨声来自操场,于是纷纷开窗出门,循声望去。

操场上聚集了一群小伙子,他们穿着白色和红色的背心,露出一条条健壮的胳膊。其中一个把两只手掌合成喇叭,转着圈高喊着:"乌泥湖的乡亲们,水文站和物勘总队即将在这里进行篮球比赛,请各位乡亲前来助阵!"

走廊对着操场的丙字楼、丁字楼和戊字楼上,一下子就站出许多的人,一个挨一个地趴在栏杆上,而窗口对着操场的己字楼、庚字楼、辛字楼、壬字楼和癸字楼,各个窗前亦几乎被人头塞满。笑闹声立即将整个操场环绕起来。

水文站和物勘总队的职工差不多倾巢出动,在操场边上围成一圈。水文站队员穿着白色背心出场,物勘总队队员穿着红色背心出场。吹哨的裁判原本是水文室的工程师张者也,这是连物勘总队的队员们都认可了的事。可是他一出场便遭到物勘总队观众强烈的抗议,他们一个个大声叫喊着:不行!水文站属于水文室,他们自己人会包庇自己人!

张者也便笑道:"我完全同意你们意见,想让我不向着自己的人是不可能的。你们赶紧找个合适的人吧,我爱人今天不在家,我正要回家给孩子做饭哩。"

张者也的话令围观的人们大笑不止。这时,恰好住在壬字楼上右舍的杜心原下班回家。杜心原是总院医院的内科大夫,几乎被所有人认识。便有人叫道:"杜大夫!请杜大夫当裁判!"

张者也赶紧伸手拉住杜大夫,将手上的哨子塞给他,且说:"群众意见不能不听,请你代劳吧。"

杜大夫莫名其妙地四下望望,见场上人们都注视着他,并且发出阵阵笑声,于是恍然,说:"我这是受命于危难之时吗?"

物勘总队的人便高叫着:"是——的——"

杜大夫高兴了,他对一个小孩叫道:"王可可,帮我把包拿回家。"然后接过哨子,将衬衣袖一挽,往操场中间走去,且说:"好,算你们慧眼识英雄,我今天一定给你们吹好这场球。我在医学院时就是篮球队的。"物勘总队的观众便又发出欢呼。

随着杜大夫的哨子一响,乌泥湖有史以来第一场篮球赛开始了。

场上队员们虽很年轻,但动作却颇笨拙。或是双方球技都尚生疏,或是彼此互不适应,或是其中有人本来就是"拉郎配",所以操场上一会儿有人跌跤,一会儿有人抱着球四下乱窜,一会儿有人跑掉了鞋子。急得豪情满怀来当裁判的杜大夫追着队员不停地喊叫,哨子便有时一吹几分钟不停,整个操场像在演喜剧,场内场外笑声不断。

丁子恒刚从洞庭湖土壤调查回来,手边诸多资料亟待整理,故而回家颇晚。他上楼后,见操场有人打球,惊异了一下,然后立即站进走廊的观众队伍里。此时的球赛已近尾声,裁判杜大夫坐在场边一张椅子上,呼呼地喘气,场上更是乱作一团。

丁子恒有些诧异,说:"怎么这样打球?裁判呢?"

大毛说:"喏,坐在场外喘气的那个,就是壬字楼上的杜大夫,他累得跑不动了。"

二毛说:"刚才还要好玩哩。水文站那个高个子叔叔跑几步鞋就掉,真是把我的肚子都笑疼了。"

正说时,物勘总队一个队员跑动抢球时被水文站队员抱住了腿。没曾想他的裤带不结实,这突然一抱,竟把他的长裤拉了下来,他猛然摔倒在地不说,且将一条大花的裤衩暴露在众目睽睽之下。裤衩为天蓝底色夹着大红花朵,分外醒目。没等物勘总队队员弄清怎么回事,场上场下均已笑成一团。那队员慌忙把裤子提起,爬起来,但已无法寻得裤带,便顾不得责骂水文站队员,提着裤子就往场外跑。他的仓皇统一了适才杂乱的笑声,仿佛把笑汇集成了一股,冲天而起,持续数分钟不停。连平常颇为严肃的丁子恒亦笑得岔了气,呛咳不止。

杜大夫在跟着大家一起捧腹大笑时,竟然忘记了比赛时间。他旁边一个妖妖娆娆的女人提醒说:"看看时间到了没有?"杜大夫这时方看看手表,然后吹响了比赛结束的哨音。

比赛结果是水文站以八分的优势成为乌泥湖首场球赛的胜利者。水文站队员们欢呼起来,并煞有介事地向周围观众鞠躬致谢。而物勘总队的队员们则颇为沮丧,一个队员愤愤道:"这不公平!把我们队员的裤子都拉掉了,这还不算犯规?"

听他这么一说,尚未离场的观众们又笑起来。杜大夫边笑边对物勘总队表示歉意,且说:"这次只能算做试赛,相互摸底。我也没吹好,最好在星期六重新赛一次。行不行?"

水文站和物勘总队两方当场做出决定,这次只是友谊赛,星期六再来一场正式的。围观的小孩子们便立即四散开来,四处传播消息:"今天只算友谊赛,星期六打正式的!"

杜大夫朝人们扬扬手,转身上了壬字楼。一会儿,操场上的观众亦散了。

雯颖一直在厨房里做菜,她的厨房窗口正对操场,所以她在做菜的同时,也不时地看看球赛的场面。以居高临下的角度和女人特有的敏感,她注意到一个引人注目且十分妖娆的女人总是追随在杜大夫左右,不时地笑着同杜大夫说点什么,甚至飞舞媚眼。雯颖想,这是杜大夫的太太吗?

丁子恒走进厨房询问何时开饭。雯颖笑笑,说:"回来就找吃,跟大毛二毛差不多哩。"说完,抬头又见操场上妖娆女人朝杜大夫递了条毛巾,便一扬下巴,问:"那个女的是谁呀?"

丁子恒说:"咦,这不是我们甲灶食堂的管理员吗?听说叫秦小玫,她在这里干什么?"

雯颖笑着说道:"我见她在跟杜大夫眉来眼去哩。"

丁子恒说:"你可千万不要乱说人家呀。她是外业队姬宗伟的太太。"

雯颖说:"我才懒得说这些哩。她也住在乌泥湖吗?"

丁子恒说:"就住庚字楼上右舍。喏,你厨房斜对过那间。"

雯颖抬头望去,见庚字楼上右舍窗子两边垂着白底粉花的窗帘,在风吹动下,时而飘起一角。她想,这秦小玫倒蛮会打扮生活的。

八

星期天清晨,太阳还没有升起来,家属委员会的明主任便手拿喇叭在乌泥湖屋前屋后高声喊叫,让大家出来赶麻雀。说是全市消灭四害统一行动。明主任叫明如玉,从上游局搬来汉口,一口重庆话说得清清脆脆。明主任的丈夫叫王达,在总院所办的《长江流域报》当编辑,文章写得如花似朵的好看。王达在重庆报馆当记者时认识的明如玉。王达常跟人说他家明如玉在重庆跟张瑞芳和白杨同台演过戏,为此明主任走到哪里,总有人打听有关张瑞芳以及白杨的事,明主任便用她那口清脆的重庆话为大家讲张瑞芳白杨以及另一些明星的故事。明主任还有一件最令大家羡慕的事,便是她还跟郭沫若握过手。明主任说这事时总是笑说她家王达恨不能把她那只手割下来换到他身上去。

太阳明亮刺眼地挂在天空时,乌泥湖各条路口上都站上了人。就连习惯星期天睡懒觉的丁子恒也急急忙忙起床,草草吃几口泡饭,便拿了脸盆随雯颖下楼去。三毛亦手举嘟嘟唱歌跳舞的小铃鼓,屁颠屁颠跟在他的身后。

乌泥湖楼房顶上有许多麻雀窝。戊字楼一个叫洪泽海的男孩领着几个中学生从气窗口爬上屋顶。丁字楼的吴安林虽然只是小学生,却因爬高上梯惯了,身子尤显灵活敏捷,他跟在洪泽海身后,嗖嗖几下便上了屋顶。即将升入中学的大毛不甘示弱,也跟着爬了上去。上到房顶后,大毛在仰头望天的刹那间,突然头晕起来。白云在蓝天上悄然扭动,那柔软的摆动一直在大毛眼前闪晃。大毛便只敢骑坐在屋脊,见麻雀飞来,便紧张而无序地敲打盆底。而胆大的洪泽海顺着瓦道一直滑向屋檐边,他且敲且喊,兴奋的声音在空中嗡嗡作响。更为胆大的吴安林竟在屋顶上跑来跑去,站在下面的大人一个个吓得脸色灰白。轰赶麻雀的金属撞击声压倒了一切,他们的喊叫完全淹没其间。

天很蓝,云很淡,刮在脸上的风也很轻。平常这样的日子,倚在窗口,可以看见房顶上的麻雀歇在屋脊上叽叽喳喳地聒噪,时而飞来或飞去几只。飞来的落在屋脊上加入吵闹,飞去的拖着叽叽尾音在天空盘旋。特别是午睡之时,这世界便安静得似乎只有麻雀的存在。

然而这天,点缀人们宁静生活的麻雀却无处落脚,它们仓皇乱飞,飞到哪里,哪里便响起一片刺耳的金属撞击声和人的喊叫声。

第一只疲惫之极的麻雀从天上掉下时正是中午。麻雀落在昂然立于屋顶的洪泽海脚下。洪泽海发出一声欢悦的大叫,他拎起那只麻雀,向地上的人们高声宣布:"看呀,我们的胜利成果!掉下来一只了!"

人们都仰起了头,看清他手上麻雀后,禁不住地沸腾了一阵。洪泽海举着麻雀对空高喊:"今天我是如来佛,麻雀麻雀你休想逃!"

大人们见他如此举动,便笑开了。小孩子们却十分激动,一齐学了他的节奏喊道:"今天我是如来佛,麻雀麻雀你休想逃!"

站在丁子恒旁边的三毛激动得小脸通红,他手舞足蹈不知忙些什么。最后,他终于对着屋顶喊了起来:"洪泽海哥哥,让我看一下小麻雀好不好?"

洪泽海说:"好咧!"说话间,手臂一扬,那只小麻雀在空中划了条弧线,然后"啪"地落在了三毛脚下,吓得三毛情不自禁地把头往丁子恒怀里一扎。

小麻雀没有死,侧身躺在地上,微微地抽动着。丁子恒低下头,看见地上这只奄奄一息的小东西,心里有些不忍,便把头抬起来。在淡蓝色的天空中,飞着一群群惊慌失措的麻雀,这些麻栗色的小鸟飞翔得绝望而凄惶。

蹲下身看麻雀的三毛突然扯了一下丁子恒的衣服,可怜巴巴地说:"爸爸,这只小麻雀好可怜呀,它恐怕飞不动了。我能不能把它带回家去养着?我会把它的身体养好的。"

丁子恒说:"那可不行。麻雀是害虫,我们得消灭它。"

三毛说:"小麻雀怎么会是害虫呢?"

丁子恒说:"因为它吃粮食。"

三毛说:"我们这里没有粮食吃呀?"

丁子恒说:"可是它会飞到农民的地里去偷吃粮食。"

丁子恒回答完,又觉得似乎答得不太对,但三毛已经发出了一声长长的"哦——。"

天空中,越来越多的麻雀开始下掉,每掉下一只,便会听到一阵惊喜叫喊。及至黄昏将临,明主任收兵的哨音从远处传来时,丁子恒再次抬头看天。在天空飞翔的麻雀仿佛已经不多了,只有几只特别顽强的,一边继续盘旋,一边发出哀哀的叫声。

这一天赶麻雀的成绩据说是十分辉煌。而对于戊字楼上右舍的洪泽海来说,则更是难忘的日子,他几乎成为乌泥湖所有小孩的偶像。丁子恒家晚餐的饭桌上,大毛二毛以及小小的三毛所谈论的话题始终没有离开过洪泽海。

九

夏天终于迈着它的步子,如期到来。乌泥湖宿舍东头的野地上开始修建一座仓库,工地的高音喇叭成天播放着热情高昂的歌曲,中午时便转播全国各地频传的捷报。这个连续不断的声音仿佛把外面沸腾的生活摊开在乌泥湖宿舍面前。乌泥湖的家属大多都闲居在家做家庭主妇,做饭、看护孩子以及伺候丈夫,而那只天天高音叫响的喇叭煽动得她们只感到自己一生的空虚。

一天,明主任召开家属会,明主任摇着一把大芭蕉扇说:"大跃进的浪潮席卷全国,不能把我们乌泥湖落下。我们也得做点事情,跟着浪潮前进才是。"乌泥湖的家属都觉得明主任讲得简直太好了。于是她们决定做几件大事。

最先是开办扫盲识字班,动员家属学习认字。癸字楼下右舍的荣心怡和戊字楼上右舍的董玉洁被请去做了识字班老师。乌泥湖宿舍楼房的家属大多有学历,故扫盲重点主要在简易宿舍。荣心怡和董玉洁均是高等师范毕业,教课经验十分丰富。明主任高兴地说,就连古德寺中学的老师也不一定比我们的强哩。

许素珍是乌泥湖楼房少数几个不识字的家属,但她却没有报名参加识字班。雯颖问她为什么不去,她说:"我一辈子只识得'许素珍'三个字不也过来了,现在拖着五个孩子还读什么书?我婆婆说过,女子无才便是德。女人那么多,需要有人有才,也需要有人有德。荣心怡和董玉洁,还有你,就算是有才的吧,而我就算个有德的不也很好吗?"

雯颖听罢大笑一场,说你这是什么理?许素珍自己便也笑。

雯颖说:"我劝你还是认点字好。你们刘工出差再给你写信,你也可以自己看了。要不,刘工总是只能写得公事公办的,一句亲热话也不敢写,还不是怕你拿出去请人看了让人好笑。"

许素珍说:"你说得倒也是哦。我看电影里,人家两口子写信总是写得有情有意的,我家老刘每次都只三两句话。我骂他,他就说写了你认得不?"

雯颖说:"看看,我说对了吧?"

许素珍大笑,说:"你还当个真呀,老夫老妻了,哪还有那么多亲热话说!"

话虽是如此说,但许素珍还是去了识字班,是她的丈夫刘景清专门把她送去报名的。报名时,恰好《长江流域报》记者王达在场。王达果然是妙笔生花,顺手便写了篇小文章,登上了报纸,题目叫:"刘工送妻学文化",且配了一张刘工正和许素珍说话的照片。照片虽然模糊,但认识他们的人都能从轮廓上看出他们的脸型。许素珍第一天上课便高兴地把报纸拿给大家传看,且说:"想不到这辈子还能登个报纸。"

总院为支持家属委员会的行动,专门让工会送来一批桌椅。林院长在俱乐部里为大家作周总理视察三峡的报告,报告完后,还专门拿了这张报纸,指着照片说,希望院里有更多的刘工,积极响应号召,支持和帮助自己的家属参加扫盲学习。许素珍听说这事,竟激动得手舞足蹈,不知如何是好。她觉得自己总算为丈夫挣了一回面子。

开课的第一个星期天,许素珍把自己关在家里一整天。她剪出一摞窗花,带着一狮二豹三熊三个儿子到识字班教室,给每扇玻璃窗贴上了一张。窗花剪的是一只红喜鹊,喜鹊伸开翅膀,小嘴尖尖,翘得老高,尖嘴上衔着一张纸,纸上写了个红五分。简单而清冷的教室,经这么几只喜鹊围绕,便多出一股特别的气氛。

星期一上课时,大家一进教室都兴奋坏了,都说想不到许素珍竟有这样一手好本事。做老师的荣心怡和董玉洁亦高兴异常,她们一商量,说许素珍这么做,表现出她对学文化有一种特别的积极,对识字班也有一种特别的热爱,应该选她当班长。识字班的家属们便都鼓掌通过了。

最初的日子,家属们热情高涨,学习亦努力。老师布置的作业都完成得不错。许素珍白天还不时手牵小虎,跑到雯颖楼上,询问某字笔画如何如何。但接下去,新鲜感消失,所识生字一日日复杂,热情便有如被盐腌制,蔫了下来。

第一个旷课的竟是班长许素珍。那天晚上她丈夫刘景清开会未回,二豹在外玩耍,被蒲家桑园村一个叫蒲哈巴的中学生打了。二豹捂着头往家跑时,恰遇准备去上课的许素珍。许素珍见儿子头被打破,血流满脸,一口恶气便从胸中直往外涌。她二话没说,拉了二豹的手,一阵风便冲到蒲家桑园村。许素珍在蒲家桑园同蒲哈巴一家人一架吵到晚上九点,吵得蒲家桑园一时人山人海地围着观看。直到明主任闻讯赶到,才算把这场恶架扯劝开来。

次日雯颖问许素珍两个孩子何故打架。许素珍眼睛一瞪,说:"不知道呀,我也没问。有什么问头?总而言之,我家二豹的头被打破了,我就不能放过他们。"说得雯颖哑然失笑。

自这天起,识字班学员们纷然逃课。隔三岔五总有几人不来。

有一天,未到人数竟超过一半。教师荣心怡和董玉洁都生气了,找了明主任说这课还有什么教头?

班长许素珍因自己未能以身作则,不便管教他人,内心懊恼,却也有几分庆幸:如此下去,解散识字班不也蛮好?

但明主任却没有同意散伙,反倒是把许素珍批评了一顿,要求她:既是班长,就要以身作则。批评得许素珍委委屈屈的,只想把自己这个班长给辞掉。

许素珍第二次旷课是在丈夫刘景清出差前夕。刘景清要去乌江渡查勘。刘景清出差对于许素珍来说也是常事,每次出差前,许素珍都要为刘景清做一瓶辣椒豆豉,既可开胃,亦可在无菜吃时顶一样菜。恰逢这天是识字班上课时间,许素珍心说,我家老倌明日就出门去,我还不能在家陪陪他,给他收拾行李做点菜?这么一想,便也懒得请假,自得其乐地在厨房里忙乎。

这晚讲课的是荣心怡。学员只去了七八个,荣心怡当即板下脸来,门都没进,掉头而去。荣心怡也是湖南人,原本是长沙一官家的大小姐。为逃婚弃家出走,在汉口读了师范,毕业后做过中学校长。只因结婚生下大儿子张楚文后,又生下一对双胞胎女孩,她丈夫张者也在水文室工作,常年在外奔波,无力顾家,她才不得已而退职回家。荣心怡做校长时便以严厉闻名,对于扫盲班,虽然她已经抱以"既是家属,不必苛求"为由强迫自己宽容了许多,但是听课之人半数不到,她还是忍无可忍了。

荣心怡径直去找明主任,明主任不在。荣心怡便又闯到许素珍家。许素珍正将辣椒炒得满厨房皆是辛辣气味,见荣心怡弃课不上,专来找她,便也有几分内疚,忙说:"荣老师呀,对不起得很。我家老刘明天出差,我实在是没时间去上课了。"

荣心怡说:"刘工出差,你忙,可以理解,可是一共才两个小时的课,你回来再做不也可以?你是班长,连你都动不动就带头旷课,叫我们做老师的怎么想?"

许素珍说:"做班长我是不合适,要不,明天跟董老师说,换一个?"

荣心怡说:"你这是什么话?我来这里是为了换班长吗?"

许素珍说:"那你来做什么?"

荣心怡一怔,不知如何回答。

许素珍说:"我连这回才两次没上课,怎么就说我动不动旷课呢?"

荣心怡说:"倒好像有错的是我了。"

许素珍说:"你冲上门来训我,我连回两句嘴也不行吗?"

荣心怡冷笑一声,说:"怪不得蒲家桑园人人都晓得我们乌泥湖有个婆娘是刀片片嘴,撒起泼来比他们村里的母夜叉还要厉害。"

许素珍嗓门提高了,说:"哎,你说话要说明白哟!"

荣心怡嗓门也高了,说:"我说得还不明白吗?"

屋里的刘景清听见厨房吵闹,忙出门来看,却见许素珍拉开嗓子跟人吵得正欢。刘景清火了,厉声吼道:"许素珍,你这是吵什么?"

许素珍吓了一跳,立即闭了嘴。荣心怡见刘景清出来,颇有几分尴尬,但却一时拉不下脸来,便冷冷道:"刘工,对不起了。我是识字班老师,我教不起你家这个学生。"说完,便掉头而去。

刘景清兀地被荣心怡这么戗了几句,心中颇是不悦。但他毕竟素有涵养,平静地听完荣心怡的话,且在她掉头走时,说:"慢走。我会批评素珍的。"

这天晚上,刘景清将许素珍大骂了一顿。刘景清说,院里谁都晓得我刘工亲自送了老婆去扫盲班认字,现在倒好,老婆去过几次就开始逃学了,叫我脸上有什么光?你就是不为自己学,也得让我有点面子,就算为我学学不行么?

许素珍在外一张利嘴,在家却弱如羔羊,事事依从刘景清。听着刘景清骂声连连，不敢回嘴，心里却颇觉愤然。她想，好你个荣心怡，害我挨骂，我怎么能饶你。又想，你刘景清那点面子又算什么？早怎么不叫我识字，只让我在家伺候公婆？等我年纪一大把了，再让我学，我又如何学得进去？

许素珍本想在刘景清出差前好好伺候他，却因荣心怡一搅，心情全被败坏。晚间上床，刘景清也只草草几分钟，把自己的问题解决了一下，便倒头睡去，并不曾跟许素珍多说一句话，气得许素珍一夜未眠。

第二日许素珍便见人就说，我非退出识字班不可。

十

一天晚上，被称为总院一号右派的皇甫白沙，从总院的小洋楼搬进乌泥湖的庚字楼。

恰那天，乌泥湖家属委员会的第一座小高炉在操场上立了起来。简易宿舍一个叫荷香的家属说："呸呸呸，怎么刚好在这天搬进个右派呢，真是晦气。这炉子没准炼不出钢来了。"

明主任厉声地喝她一句："你少胡说八道。出现一个右派就能影响得了我们的炼钢质量吗？我们大办钢铁的事业就这么不经事？"说得那荷香不敢再发一言。

庚字楼下右舍原先右派李琛明所住的两间房屋，灯光一直亮到深夜。一些乘凉的人从那个窗下走来走去，纷纷指着窗口说些什么。灯光有些发黄，从窗外看不清里面晃动的人中哪一个是皇甫白沙。

次日天刚亮时，几个在外露宿的孩子见一个小个子的人伛偻着腰背着行李从庚字楼走出来。他斜插过操场，站在新修的小高炉跟前看了看，仿佛是摇了摇头，然后从丙字楼和丁字楼中间的小路穿过，左转经甲字楼与丙字楼的夹道，踏上满是石子的小路。他就顺着那小路走出了乌泥湖宿舍。

几天后,大家就都听说皇甫白沙已在宜昌 505 工地的一支勘测队报了到。他现在是那支勘测队的炊事员。

皇甫白沙那个头发有些微白的老婆,带着她的两个上学的儿子静静地在乌泥湖悄然进出,过着平平淡淡的日子。

十一

乌泥湖小高炉炼出的第一炉钢失败了。从炉里出来的并非大家所期待的钢锭,而是黑糊糊乱渣般的东西。这给乌泥湖宿舍家属们心里蒙上了一层阴影。

明主任召集大家开会。会上乱纷纷的,许素珍认为是技术员的技术有问题。荷香却说高炉一修好就搬来个右派,本来就没个好兆头。雯颖批评荷香,说什么时代了,还讲这些迷信。荣心怡则说听技术员发过牢骚,说矿石质量太差,能炼成这样已不容易。荷香说这样的东西谁不会炼?还要他技术员干什么?整个下午,都是争来吵去。最后明主任说:"如果矿石质量有问题,我们就不用矿石好了,我们直接用废铁。我去惠宁路宿舍参观,见她们就是这样炼的。"

这个意见得到大家的一致拥护。但哪有那么多的废铁呢?明主任坚决地说:"两个法子。捡!捐!"

传说铁路边废弃的铁块很多,于是便决定次日大家即去捡铁。董玉洁想到这正是扫盲识字班上课的时间,便说:"那……识字班还上不上课呢?"

明主任说:"眼下大办钢铁是大事,等小高炉出了铁后再上课吧。"

许素珍说:"这是好主意。让我说呀,我可是情愿去捡废铁,也不愿意坐在桌子跟前像个小伢子似的捉小虫。"

说过她便哈哈大笑。雯颖想着她平常可怜巴巴写字的样子,也不禁笑了起来。明主任说:"识字班只是暂停几天,等我们的钢铁突破一千零七十万吨后,大家还得回到桌子跟前来捉小虫。"

第二日是个阴天,虽然立秋并不多久,风起时,已经有了阵阵凉意。铁路边空旷,风尤其显大。雯颖头上的草帽不时被吹掉。她们一群人顶着风,沿铁路线走了十多里路。路上一茬一茬地遇到不少捡铁者,有男人也有女人,中学生模样的人更多。有时发现一块铁,就有好几个人抢上去捡,于是不时发生一些小小的纠纷。半天下来,看看各自的筐篮,并没有捡到多少。

焦急的神情立即挂在了明主任的脸上。

这天晚上,戊字楼董玉洁的丈夫、枢纽室工程师洪佐沁传出一个信息,说是当年汉阳兵工厂旧址的地底下埋着许多废旧机器。汉阳兵工厂搬迁去了台湾,那些废弃的旧机器便再也无用。他的弟弟洪佑沁是武汉大学教授,研究近代工业发展历史,跟学生们一起到那里去挖了好几次,据说远远没有挖完。上个星期天,枢纽室的人听说后几乎全都去了汉阳,天黑时才回来,据说收获颇丰。次日施工室也悄悄去了一拨人,这天他们挖回来的废铁,比他们几个月里上交的铁锅铁钳以及沿铁路捡回的铁块的总数都要多。

董玉洁晚上找雯颖说:"我们是不是跟明主任讲一讲?也到汉阳去一次?要是老像今天这样去捡,小高炉到什么时候才能吃饱呢?"

雯颖说:"对呀,我们只要去几趟那边,说不定就够了。"

于是她们俩人约了许素珍一起去了明主任家。明主任一听大喜,说:"太好了,太好了。今天技术员看了我们捡回的废铁,还直说太少了太少了。我正为这事发愁哩。"

雯颖说:"那我们什么时候去?"

明主任说:"说干就干,要不去晚了都被人挖光了。一去得一整天,要多去些人。明天我就召开一个动员会,把那些在家闲着没事干的人都动员起来,后天一早就出发。你们说行不?"

许素珍说:"一定要把那些赖在家里不出门的人动员出来。社会主义又不是专门让她们来享受的。"

明主任说:"那我们四个人分头通知一下?"

许素珍快语道:"丁妈妈和洪妈妈就负责通知楼房家属吧。简易宿舍那边我熟一些,我和明主任去通知那边。"

明主任说:"也行。"

晚上雯颖告诉丁子恒她们的行动。丁子恒说:"三毛和嘟嘟怎么办?"

雯颖说:"又不是我一个人有孩子。家属委员会要请几个老人集中照看一天孩子。"

丁子恒说:"那你呢?你吃得消吗?"

雯颖说:"怎么吃不消?大家都去,我不去行吗?"

丁子恒便笑了笑,说:"我是过来人,这事可不是游山逛水。那边的路很远,活也很累,你们一群妇女行不行呀?"

雯颖亦笑道:"我们现在个个都是穆桂英,只要你们男的能干的事,我们也一样能干。"

丁子恒说:"但愿你们披挂上阵,而不落败归来。"

雯颖说:"嗬,你也不要太小看我们了。"

丁子恒笑笑没再说什么。及至晚上睡觉时,丁子恒突然说:"雯颖,有件事我得提醒你,我们总院的小高炉,没一座炼出有用的钢来的。"

雯颖吃了一惊:"真的?"

丁子恒说:"我是说假话的人吗?"

雯颖说:"那你们还炼不炼?"

丁子恒说:"当然还炼。不过大家都知道炼的结果还会和先前一样。"

雯颖说:"既然这样,那还炼什么?"

127

丁子恒说:"因为没有人说不炼,那就得炼下去。"

雯颖说:"我不懂。"

丁子恒说:"我也不懂。不过,到目前为止我还没有看出谁弄懂了。"

雯颖说:"你这么一说,我好灰心。"

丁子恒说:"你还是好好当你的穆桂英吧,千万别跟外人说这些话。当然,也许你们的小高炉比我们的好,技术员的水平也高些。"

雯颖想了想,说:"只愿是这样吧。"

明主任的动员会就在小高炉旁边剩余的操场空地上召开。明主任大谈了"钢铁元帅"升帐的重大意义,然后便表扬大跃进以来表现积极的家属,这里有许素珍、荣心怡、董玉洁,也有雯颖。雯颖心里有几分惭愧,因为她知道她自己远不如许素珍她们参加活动多。明主任也严厉批评了几个闲待家中而不参与家属活动的人,她几乎用了许素珍的原话:社会主义并不是由大多数人去建设,而让少数几个人去享受的。明主任点了几个人的名,雯颖听见其中有张雅娟和甲字楼的金妈妈叶绿莹。雯颖忍不住瞥了张雅娟一眼,见她脸色变得苍白,低头望地,一只手如同少女般撕扯着衣角。雯颖心里便有些不忍。

晚上张雅娟来找雯颖。她脸上的忧伤少了许多,却又多了几分焦急。张雅娟问雯颖,明天她是不是非去不可。雯颖说:"我看你最好还是去。丁丁的事已经好几个月了,你老躲在家里心情更加不好。出门跟大家在一起,说说笑笑的,时间也过得快,也许会让你早日忘记痛苦。再说,大跃进了,人人都积极参与,你却一个人不理不睬,叫明主任当众批评,也是怪难为情的。"

张雅娟想想,说:"你说得也是。只不过……"

雯颖说:"沈工不让你去吗?"

张雅娟说:"他倒是跟我说,既然这样,就去好了,你自己小心点……我……现在,现在和你……不一样。"她言词间似有难言之隐。

雯颖见她如此,便心生怜惜,说:"那……你就别去了,批评就批评吧。"

张雅娟说:"她们话说得那么难听,我真不晓得脸往哪里放。我想……我还是去好了。"

十二

清晨五点不到,乌泥湖的天空还没有放亮,一群妇女便带着筐子扛着锄头扁担之类的工具出发了。铁器叮叮当当的撞击和嚓嚓脚步在昏暗之中响着。这些音响同早晨散发的雾气一起,给人一种特别的刺激。

一个声音低低地说:"咱们这样出发多有趣呀。"这声音撩拨起许多笑声。

明主任也说:"是呀,一个人一生也没几次这样的经历哩。"

有一个粗嗓子说:"我逃难时有几次半夜里起床赶路,不过每次都是鬼哭狼嚎的,从没有今天这样的好心情。"

雯颖夹在人群中,她静静地听着大家交谈,一句话也没说。她想是呀,当年逃难常常也是这样摸着黑外跑,那时心里总是紧张得一片空白,只知道跑呀跑的,何曾有心情体味走黑路的感觉呢?而这会儿,她不禁抬头看看天。

天边一道淡淡的白线进入雯颖的视野。在她的注视下,白线一点点扩张着,眼前的昏黑随着这扩张渐渐地灰白。淡淡的金黄色便浮现在这灰白之上,云亦开始由黄而红起来,道路和路边的树木变得清晰可见。秋天在它自己的季节里往深处走去,由它卷带而来的秋风无情地将树叶一片一片摘下,又一片一片抛落在地。

与秋风顽强抗争的绿色叶片已经不多了。

雯颖的思绪突然进入岔路。她想,哦,天要凉了,该给孩子置冬衣了。大毛的个子长了许多,需得重新做棉袄,二毛可以穿大毛去年那件。二毛的棉袄改改小,三毛还能穿。嘟嘟是小女孩,穿三毛的旧棉衣太难看,也该给她做一件新的吧。雯颖心里盘算着,不知怎么就同大家一起坐上了公共汽车。直到汽车抵达汉水边,同行人们都叫着看汉江时,雯颖的思绪方回到身边。乘船渡过汉水,太阳已经十分明亮,汉江水面樯桅历历在目,龟山亦扑面而来。与别处不同的是,山上的树依然墨绿墨绿,仿佛它们拒绝秋天而坚持洋溢夏季的葱茏。

汉阳同汉口比,显得萧条而荒凉。归元寺翠黄的屋顶和隐约可闻的木鱼声,更增加了几分空寂的气息。一直沉默的张雅娟附在雯颖耳边,说:"上个月我来求过菩萨。"

雯颖惊异地看她一眼,张雅娟忙解释道:"听人说,这里的菩萨最灵。我不为别的,只求菩萨保佑丁丁。不管他现在在哪里,都保佑他好好长大。"她说时,眼圈又红了。

雯颖忙安慰道:"别多想了,我总觉得,丁丁还会回来的。丁丁那么聪明,他会说出爸爸妈妈的名字,长大一点,他说不定自己摸着找回家哩,我好像有这样的预感。"

张雅娟惊喜道:"真的吗?你真有这预感吗?要是丁丁真回来了,我一定送一段上好的衣料谢你。"

雯颖说:"那我就等着你这段衣料。"张雅娟脸上便浮上些笑容。

汉阳兵工厂遗址已是一片破败的荒地。正如丁子恒所说,活儿很累。虽然乌泥湖的家属们有充分思想准备,但她们的气力到底有限。就算地下废铁很多,她们却也无力将这些沉重的铁块弄回去。明主任便不时地跺脚,说:"真可惜,真可惜呀,应该去总院借辆卡车就好了。"

无论怎么说,既然来了,总不能空手而归,大家还是尽可能在筐里多装。先前粗嗓音说话者是简易宿舍的寡妇尹妈妈,她在乌泥湖做清洁工,每日拉着板车,去各家各栋收垃圾。尹妈妈皮肤黧黑,人高马大,嗓音与气力亦都大于旁人。乌泥湖天天都能听到她的粗嗓门:"倒垃圾哟——"尹妈妈大约是想装得更多些,却不想倒把筐子压垮了,于是她索性脱了长裤,把裤脚处一系,将自己挖的几块铁装进去,一条腿前一条腿后地往肩上一扛,倒让人觉得比竹筐更加利索。雯颖见她这么摆弄,都看呆了。尹妈妈只穿一条大花裤衩,大大咧咧,全然不在乎众人的笑声。雯颖想,这就是劳动人民的本色呀,如果轮到自己,有这份勇气吗?想过后便自己回答自己:没有。首先舍不得长裤,其次不敢在公共场合只穿条花裤衩,其三也没有胆量把包装得那么难看的一裤东西扛在肩上。雯颖想,这几条就注定我永远赶不上尹妈妈她们的劳动精神。

许素珍也效仿了尹妈妈。她将装着废铁的裤子扛上肩时,嗓子里滑出一阵欢悦的笑声。许素珍扛着走了几步,说:"这样真好。荷香,张雅娟,谅你们都不敢学尹妈妈这样吧?"

荷香便立即脱着自己的长裤,豪迈地说:"我有什么不敢的?张雅娟才不敢哩,她是上海的资产阶级小姐出身。"说着将铁块装入裤筒中。

张雅娟脸色通红,她犹豫片刻,突然一仰头,也似荷香般豪迈道:"你怎么就以为我不敢呢?"说着亦脱下长裤。张雅娟长裤里还穿了一条浅灰色棉毛裤,这使雯颖莫名其妙地松了一口气。

中途转车在民主路。人并不算多,大家依次上车,且说且笑。不料张雅娟前脚踏上车,后脚正欲跟上时,突然身体向后一仰,从车门跌下来。装着铁块的裤子亦随她一起砸下,裤管裂开,漏出的一块铁正砸在紧跟她身后的雯颖脚上。雯颖顿觉钻心之痛从脚下直射到心里,她没来得及看看自己的脚究竟如何,却被已经昏倒在地的张雅娟吓住了。张雅娟的头已跌破,血一直流到面颊上。她的脸色蜡黄,黄得有如上坟的纸钱。雯颖慌忙蹲在她跟前,高声叫着:"沈妈妈!张雅娟!你怎么了?"

公共汽车前一片混乱。已经上车的明主任把自己肩上东西交给旁边的许素珍,说:"上了车的你先负责带大家回去,这边有我。"说罢便从车上跳下。

明主任在张雅娟身边蹲下,雯颖突然看到鲜血从张雅娟的棉毛裤里渗出。她拉了把明主任,惊骇地朝那里指指。明主任大惊失色,说:"快送医院。"

剩下几个没上车的人将张雅娟抬起。尹妈妈大喊大叫的声音,惊动了一个警察。警察见状,立即拦下一辆三轮车,跟她们一起将张雅娟送进附近一家卫生院。

在医生们急救张雅娟时,明主任留下雯颖在医院守候。她带着其他人把适才搁在车站的铁块先送回家,并通知张雅娟的丈夫沈慎之。望着医院的白墙,雯颖突然想起丁子恒昨天夜晚的话:你们不要早上披挂上阵,下午落败而归。她不禁苦笑了一下。

张雅娟并无大碍,头上只伤了皮肉。但她肚子里的孩子却流产了,据说是个男孩。这个结果使张雅娟双泪长流。同明主任一起急赶而来的沈慎之灰暗着面孔,坐在床边只一支一支地抽烟,什么话都不说。明主任懊恼地谴责自己,说怎么没有弄清张雅娟怀有孩子呢?怎么能让一个有孕在身的人去干这么重的活儿呢?

张雅娟眼里含泪,但却说:"明主任,不怪你,这是我的命。我不想做只会享受社会主义的懒人。"

三天后,张雅娟出了院。雯颖拎了一小篮鸡蛋去看她。只见她面色苍白,精神不振。雯颖说:"算了,别多想了。你还年轻,明年再生一个。"

张雅娟愁苦着脸,说:"是呀,我也这么说,可我家沈慎之到今天都不理我。你说我怎么办?"

132

雯颖不知如何回答。张雅娟说:"你说他会不会为这个事不要我了?"

雯颖说:"怎么会?沈工不是那样的人。"

张雅娟说:"他如果真不要我了,我都不晓得该怎么活。我这两天都在想,我们做女人的怎么这么没用呢?"

雯颖说:"是呀。我家丁子恒虽说对我很好,可我也想过你这样的问题。想过后,就觉得怎么也要出来做做事,要不就这么活一生,那么多轰轰烈烈的事不光没干过,连见也没见过,岂不是太对不起自己了?"

张雅娟说:"唉,小时算命先生说过,我结婚后,会有三灾。我已经过了两灾,过得都快撑不住了。万一再有一灾,比方说沈慎之休掉我,我就完了。"

雯颖说:"你可千万别这么想,沈工这人,一看就不是寻花问柳之辈,不要你,他一个人怎么过日子?"

张雅娟想想,说:"那倒也是。他不会做饭,也不会洗衣服,离开我,他也不会活得好的。"

雯颖笑道:"瞧,这不就行了?谁离了谁都过不好,大家何必不长长久久在一起!"

十三

这年秋季,大毛进了古德寺中学。中学生活令大毛格外兴奋。每天晚饭时,大毛便高谈阔论他们中学的事,叫丁子恒和雯颖都没法插嘴说点别的,两人只有私下暗笑。念着小学五年级的二毛听得蠢蠢欲动,巴不得自己立刻成为中学生。

古德寺中学在古德寺右侧,教学楼有四层,呈"凸"字形,颇有气派。学校有很大的操场,操场东边长着几株老树,树冠浓郁,遮出一大片树荫。老树年轮有几无人知晓,只知道学校没人见过它们年轻的时候。树底下有几副单双杠,这都是小学所没有的。一下课,大毛便跑去那里玩杠子,练完回来就挽起胳膊朝二毛和三毛显示肌肉。雯颖看着他那细细胳膊上了无肌肉的样子,便觉得小孩子就是让人好笑。

这天大毛放学回家特别高兴,上楼还哼着歌儿。雯颖正在走廊上收衣服,见他便说:"大毛,什么事这么高兴?"

大毛说:"中学就是好。我们也要参加大炼钢铁了,为突破一千零七十万吨而奋斗。老师说我们的目的就是要赶上英国,超过美国。"

雯颖笑了笑,说:"你一个小小的人,能炼个什么?"

大毛说:"怎么不能?我们学校操场上修起好几座小高炉,比乌泥湖这座还漂亮。我们低年级负责砸石头,另外还要去捡废铁,好让我们的小高炉炼出钢来。"

雯颖说:"真了不起呀,想不到我家大毛也会炼钢铁了。"

大毛便有点不好意思,说:"我还不会哩,我们先学砸矿石。不过,我会学的,我将来一定要当个炼钢工人。"

雯颖说:"当工人?那爸爸妈妈可不会同意。爸爸说了,我们家的孩子都得上大学。"

大毛想了想,说:"那也可以,我就去上钢铁学院吧。"

雯颖收完衣服回到房间,大毛跟进来,神神秘秘地说:"妈妈,告诉你一件事,我们班上有个叫皇甫浩的同学,是庚字楼下那个右派的儿子。"

雯颖惊异了一下,说:"是吗?"

大毛说:"他原来在子弟小学读书,搬到乌泥湖就考到我们中学来了。他的成绩好得不得了,我看了看,我们班上就他还是我的一个对手。"

雯颖说:"那你就要好好跟他学。不过,你千万不要在班上说他家的事啊。"

大毛一副很有主意的样子，说："这个我当然知道。"

操场东边的老树下堆满了矿石。高年级同学跟老师一起炼钢铁，低年级同学便砸石头。每个班都下达了任务，劳动量很大。头几天，大部分同学的手都砸起了泡，速度一下子慢了许多。老师说这是一个必然过程，所以并没有人因为手上起泡而打退堂鼓。一星期后，泡瘪了，手掌上起了茧子，进度又跟了上来。

初一和初二相互比赛。初二（一）班因有五个同学被学校通知参加市里数学竞赛，人手少了，恐怕落后，便开起了夜车。这个头一开，立即冒出一大批效仿者。

大毛第一天开夜车时，雯颖并不知道。一直到全家人都吃过晚饭，大毛仍不见影，雯颖有些着急。一会儿站到窗口望望，一会儿又跑下楼迎接，神色有些紧张。

丁子恒说："这孩子从来不会乱跑的，一定是学校有什么事绊住了。"

雯颖说："你怎么能那么肯定呢？学校有事回来晚，大毛一向都是会提前告诉我的。上个月，古德寺前的马路上有个学生被汽车轧伤了，他家里就是以为他在学校有事，一直到半夜里才晓得那孩子在医院里已经断了气……"雯颖说着，更加担心了。

丁子恒说："别说得那么恐怖。不过跟乡下一样，你追我赶大跃进，顶多是开开夜车罢了。"

雯颖说："那也不行呀。他小小年纪，天天砸矿石，出那么大劳动力，不吃晚饭，还开夜车，怎么受得了？还想不想长身体呀。"

丁子恒说："这样好了，叫二毛到学校跑一趟，看看大毛在干什么。"

二毛满口答应，说："好的，我去找哥哥。妈妈，我顺便带两块面包，万一哥哥饿了，正好有东西吃。"雯颖想了想，同意了。

晚上十点钟已过，大毛和二毛才一起回来，两人脸上身上都脏兮兮的。二毛显得十分亢奋,他参加了这天晚上的砸矿石劳动,得到许多中学生的表扬。于是他不停地跟丁子恒和雯颖讲述大毛和他们班同学的故事。操场上有几座小高炉,周围插着多少面红旗,大毛他们今天砸了多少矿石,在全年级排第几名,诸如此类。丁子恒和雯颖饶有兴趣地听他讲述,大毛却在二毛大谈特谈时,歪在桌上睡着了。

　　从那天起,大毛不回家吃晚饭便成正常。非但如此,他回家的时间也越来越晚,大多数都超过了十二点。回来后,草草地吃几口,简单地洗个澡,便倒在床上呼呼大睡。虽然精神状态尚好,可人却越来越黑瘦。

　　一个月下来,连丁子恒也担心起来,私下里同雯颖说:"这样下去怎么行?小孩子是应该上学的,怎么能成为劳动力呢?"雯颖更急,她的孩子一直是娇生惯养的,从小没做过什么事,不料一上中学竟如此这般。孩子体力有限,这样下去难免不影响发育。雯颖想要到学校去反映一下,却让丁子恒阻止了。丁子恒:"算了吧,现在这是潮流。你去反映了,万一学校不理你,你看人家脸色不说,大毛的老师和同学也难说不给大毛难堪。"雯颖觉得丁子恒说得在理,也就作罢。

　　星期六这天,丁子恒尚未下班,大毛倒先回来了。雯颖高兴地问:"大毛,今天怎么这么早?"

　　大毛说:"皇甫浩今天砸矿石昏过去了,老师让我把他送回家来。"

　　雯颖大惊,说:"怎么会昏过去呢?"

　　大毛说:"他已经好几天没有回家了。他个子小,又很瘦,他们小组老是得最后一名,大家都说一定是他给拉的后腿。皇甫浩就连家也不回,拼命地干,几天几夜没休息,结果今天就昏倒了。"

　　雯颖心里抽搐了一下。她不再说什么,眼前却老是晃动一个瘦弱孩子的身影。

晚饭时,雯颖对大毛说:"大毛,今天星期六,妈妈正好煨了一罐鸡汤,你给皇甫浩端一碗过去好不好?"

丁子恒下班回来,听见雯颖对大毛的交代,突然踱到雯颖跟前,说:"皇甫白沙是右派,送鸡汤到他们家不太合适吧?"

雯颖听此一说,犹豫起来。大毛说:"我本来也想让妈妈给他做点饭吃的。他好可怜,他妈妈在工厂里炼钢铁,经常不回家,他哥哥在一中读高中,住校了。我送他回家以后,他只有一个人躺在床上,孤零零的,连饭都没有得吃。"

雯颖说:"他爸爸是右派,可他是我们大毛的同学。老师让大毛送他回家,也就是要大毛照顾他是不是?他没有饭吃,我们大毛难道不能送一口饭给他吃吗?这都是老师安排的,对不对,大毛?"

大毛说:"对呀对呀,老师送我们上三轮车时,还跟我说你要好好照顾皇甫浩同学。"

丁子恒听雯颖和大毛这么一说,便也无言。心想跟大毛二毛几个比,那孩子也真太可怜了。而皇甫白沙分明是个很有水平很有良知的领导,怎么就会成了右派呢?丁子恒想着,便不再多言,踱到桌前翻起自己的书来。

雯颖见丁子恒如此,便用搪瓷碗盛了一碗鸡汤,又用饭盒盛了一些饭,另外又煎了两个荷包蛋。煎荷包蛋时,油在锅里沙沙响,香气一直飘出厨房。三毛立即绕着雯颖的腿,高声宣布道:"我也要吃荷包蛋。我还要替嘟嘟要一个。"

二毛亦闻着香气进到厨房,听到三毛的宣言,不再以哥哥的身份教训他,而是顺着三毛的话说:"三毛和嘟嘟如果吃的话,哥哥也应该吃。哥哥天天砸矿石,很辛苦的。"

雯颖笑了笑,说:"他们三个都有了,二毛也会有的,是不是呀?"

二毛有些不好意思了,说:"妈妈给我,我就吃,妈妈不给我,

137

我也没意见。"

这天的晚餐,连丁子恒在内,每人都吃了一个荷包蛋。大毛吃着,突然说:"皇甫浩吃荷包蛋时说,他从来没有吃过这么好吃的荷包蛋。他嗅着香气连连说好香呀,好香呀。他还说,他很恨他爸爸。说他爸爸一年到头总是出差出差,从来没有关心过他们,现在还害得他们处处被人瞧不起。"

雯颖吃了一惊,说:"是吗?"她说时望望丁子恒。丁子恒的脸上没有任何表情,他无言地吃着饭,只是在突然间长叹了一口气。

谁也不知道他叹出的那口气有着什么样的内容。

十四

许素珍的婆婆病了,刘景清人在乌江渡未归,许素珍便把几个大孩子托给雯颖照看,自己抱着小儿子五虎回了老家,一去便是半个月。回来那天,恰逢明主任组织开家属会,许素珍一向积极,放下行李便参加了会。许素珍奔忙一场,人却又黑又红,也胖了,脸上一副喜气洋洋的样子。明主任便请她介绍一下乡村情况。

许素珍说:"嘿,乡下比城里开心得多。公社和大队都办了食堂,家家户户都不用做饭,光吃食堂,真正是共产主义哩。我婆家几口烧灶的大铁锅,都闲了,干脆就捐到公社小高炉里支持钢铁元帅升帐。农民干活热情好高,我在乡下时从来也没有看见过的,田里的产量是我想都不敢想的数。那么高的粮垛哟,垸里老人说是队干部的主意,粮垛上面是粮食,下面是稻草,专门用来哄哄县里干部。不过,要是能哄得让人都相信也不容易对不对?依我看呀,照这么搞,共产主义要不了几天就会实现了。"

雯颖有些惊讶,说:"真的呀!那……哄人怎么行?要是粮食不够吃了怎么办?"

许素珍嘎嘎地大笑,说:"你真是操闲心哩!我们国家这么大,钢铁一炼好,马上就要赶上英国了。全世界的人都会找我们借粮食,我们自己还会饿着?"

明主任笑了,然后说:"听这番话才真叫心旷神怡呀。乡下的形势这么喜人,我们也得加把劲儿才是。"

许素珍说:"对呀。你听我说个事,乡下现在都办了食堂,我们怎么还不办呢?"

明主任眼睛一亮,说:"我们也可以办食堂,对不对?我们不在家里吃闲饭,要成为于国于民有利的人,就得先把捆我们手脚的绳子解开来。每天三顿饭,可不就是那根捆我们的绳子?"

许素珍一拍大腿,说:"可不?我家那个老倌子的肠子和胃就是捆我的绳子呀。"

一句话说得大家大笑。说笑间雯颖看着蹲在一边玩耍的三毛和嘟嘟,心想,可不是,四个孩子加上丁子恒,哪个不是一根结结实实的绳子?其中任何一根都可以把我捆在家里动弹不得。倘若有一天,三毛和嘟嘟进了幼儿园,大毛二毛和子恒都能在食堂吃饭,自己岂不就完完全全自由了吗?这么一想,雯颖每一根神经都兴奋起来。

一阵繁忙的筹办,食堂终于在年底开张。开门大吉,明主任便领着几个人放了挂鞭炮。鞭炮声把冬天的风声压了下去,响得十分悦耳和喜庆。中午时分,放学的中学生和小学生把食堂的空间挤得满满的,一个个都把手中碗筷敲得叮叮当当响,嘈杂声几乎掀掉屋顶。

食堂是在先前识字班教室基础上改造的。因眼下大办钢铁是首要事情,办食堂是为了腾出人手上高炉,所以也是首要大事,扫盲便只好等到钢铁产量超过英美之后再说。明主任虽也表示这样办并不十分合适,可因为再也找不到更好的地方来办食堂,便只能如此。课桌于是成了饭桌。

139

食堂共有十个家属参与。楼房这边四个,许素珍、雯颖、荣心怡以及辛字楼谢妈妈。谢妈妈的丈夫谢森宝是南下干部,现在是总院政治处主任。谢妈妈自告奋勇要去食堂,她说她随军时,做过好几年大锅饭。明主任便让她做了食堂的主任。

简易宿舍那边有六人加入,清洁工尹妈妈也在其中。尹妈妈说她倒垃圾是下午四点以后,那么其他时间便可贡献给食堂。明主任觉得食堂总有些粗活,需得力气人,就同意她的加入。开饭时,十个家属扎着白色围裙,堆着一脸笑容迎接众位食客。午间吃饭的人主要是小孩和妇女,食堂里挤得满满当当,几乎无法转身。幸而天气寒冷,大家挤挤只觉得更加热闹,并未觉得不便。

然而要命的还不是空间太小,而是不知有多少人会前来吃饭。尽管已经尽食堂最大能力煮了饭,但去晚的人仍然没有吃着,癸字楼下孙明娥和她六岁的女儿便是其中之二。孙明娥上午出去捡了一背篓废铁,背回家已经累得大汗淋漓。抹了一把脸便赶来食堂吃饭,却不料什么东西都没有了。于是一股火涌上心头,站在食堂窗口便骂了开来。孙明娥是四川人,年轻时跟着在勘测队做工程师的丈夫毛学仁长年在外奔波,一向风风火火,骂起人来亦毫不留情。于是一口脆脆崩崩的四川脏话便从食堂每一个窗口迸射到屋外。只几分钟,来看热闹的人便围得水泄不通。许素珍和尹妈妈等人原本有些愧疚,叫她这么一骂,恼怒便替代了愧疚。心想辛辛苦苦地做了一上午饭,头回开张,就被骂得狗血淋头,今后还有什么搞头?想过也就张嘴对骂起来。许素珍的湖南话、尹妈妈的贵州土话同孙明娥的四川话夹杂在一起,响亮干脆,煞是热闹。

本已吃过饭回了家的明主任闻声赶来,听她们叫骂成这样,气得脸色发紫。她高声劝解也平息不了,直到谢妈妈趁吵架的空儿,急急地赶出一堆面条,又油炸了一碗辣椒。辣椒的香气溢出,孙明娥方停住口舌,生恐面条又没了,便拉了女儿前去盛面。此一刻大家方才发现,吵架其实没有用。

下午,食堂门前便贴出新规定:但凡要在食堂进餐的人,每天晚上必须预定,否则次日无权在食堂进餐。规定贴出后,不少人觉得如此做法太麻烦,高谈阔论地议论了好一阵子,却因无更好的方法替代,便也认可了。

十五

天气一天比一天寒冷。夜里,风从屋顶上刮过,隔着砖瓦,似能听到它呼呼的叫声。一九五八年又走到了尽头。

总院工会在俱乐部三楼开了一天会。会议结束后,便有消息传到了乌泥湖:乌泥湖家属委员会因在该年度中取得突出成绩,被评为先进,其主任明如玉亦被选为劳动模范。在迎接新年的大会上,乌泥湖宿舍须派一名代表上台,宣讲这一年来她们工作的成就。

一夜间乌泥湖宿舍几乎沸腾了,家家饭桌上的话题似乎都是这个。明主任兴奋得脸上洋溢着喜色,早起出门,见到她的人都纷纷向她祝贺。明主任反复说:"这都是大家干的,都是大家干的。"

家属委员会的事迹决定由荣心怡和董玉洁两个文化高的人来写。写完后谁去宣讲呢?明主任开会征求大家意见。许素珍说:"明主任你自己讲好了。"

明主任说:"不不不,我戴了红花坐在台下已经够风光了,不能再上台。"

许素珍便笑道:"我倒想上去风光一下,可惜不认识纸上那些字。"

明主任说:"我的意见从董玉洁和荣心怡两人中挑一个。"

董玉洁说:"千万不要找我。我一口上海话,纵是讲得再美,台下人也听不全懂,这会糟蹋了我们乌泥湖的事迹呀!"

荣心怡说:"我这口湖南话别个又怎么能听得懂哟!"

许素珍说:"叫我说让丁妈妈陈雯颖去讲好了。她也是我们家属委员会的积极分子,再说她的南京话又好懂又好听。"说着便叫道:"陈雯颖,你上去讲最好。"

雯颖吓了一跳,连连摇手道:"我可不行,我一看下面黑压压的全是人,腿就会发软哩。"

简易宿舍的荷香说:"你们要都不讲,就让我讲好了。"

许素珍说:"我都认不全上面的字,你认得?"

荷香说:"我让我家男人一个字一个字地教,我再把它都背下来还不行吗?"

明主任说:"那不行。万一出了差错怎么办?这是我们整个家属委员会的荣誉,我们不能出一点错。"

荷香说:"怎么就会出差错呢?我为家属委员会做了不少事情,哪样都有功劳的,未必不能上台去讲讲话?"

明主任白了她一眼,转向雯颖,说:"只有你去合适,你快答应下来吧。"

雯颖想,万一真让这个刚在识字班学了几个字的荷香去讲,说不准真会影响乌泥湖的形象,倘若如此,就不如自己去了。于是她点点头,说:"好吧,我去讲。"

这样出风头的事情,在雯颖也是平生头一次。一连几天,她都很激动。一想上台的情景,她便不由得腿发软。尽管如此,她还是做了不少准备。她把头发重新烫过,又做了一件新的呢外套。外套是墨绿色的,式样很新颖,也很大方。做好后,她在家里照着镜子试了几次,都很满意。丁子恒见她如此这般,心里暗自发笑,心想女人真有意思,只不过上台讲个话,倒好像是要去进行总统宣誓似的。

开大会那天,雯颖希望丁子恒也能去俱乐部听听,丁子恒满口答应。答应归答应,却并没有往心里去。丁子恒从洞庭湖土壤调查回来后，便由总工室调到了施工设计室。这天因为赶着完成三峡初步设计要点，将此事彻底忘记了。及至下班，街上偶尔响起的鞭炮声越过院墙从紧闭的窗缝中传来，他才猛然想起此事，心里连说糟糟糟。没有看到雯颖在台上讲话的场面，他颇有些失悔。

丁子恒只得赶紧想弥补的办法，决定先去友谊商店买点什么礼物以示祝贺。正出门时，遇到从宜昌回来过元旦的外业队工程师姬宗伟。丁子恒脑子里立刻浮出姬宗伟的太太秦小玫的面孔，总院大夫杜心原的面孔也随之而出。丁子恒心里"扑通"了一下，倒觉得自己有几分不自在。

姬宗伟看见丁子恒，忙迎上前，笑着同他打招呼，说："丁工，想不到你太太这么有风采呀。"

丁子恒连忙同他寒暄了几句，方问："你去参加会了？怎么样？"

姬宗伟说："别人我不说了。你太太上台时，谁能想到她只是个家属？叫我说那气度简直像个教授哩。言词又讲得清楚，脸上的笑容又有分寸。台下大家都在问，这是谁的太太？立即有人说是施工室丁子恒的，还有人补充说，就是原来总工室的那个丁工。"

丁子恒听得心里甜滋滋的，嘴上却说："好家伙，你拿我开心了。"

姬宗伟说："怎么会？真正是这样的，不信你去问枢纽室的洪佐沁。他坐我旁边，我们俩都说丁工好福气。洪工还笑说别人是郎才女貌，你们是郎才女貌还外加女才。"丁子恒被他说得笑起来，笑完不知该说什么好，便问他工地情况如何。

姬宗伟说："用四个字概括：热火朝天。那种气氛是你们坐办公室的人感觉不到的。"

丁子恒说："讽刺我干什么，我又不是没在外业待过。说说美人沱八号情况，平峒打得怎么样了？"

143

姬宗伟说:"平峒是从狮子包山腰打进去的。打了八十多米深,一直伸进山腹中。已经基本完成了,平峒里装上了电灯,岩层情况一清二楚。现在主要是要搞清破碎带的情况,准备在白岩尖山腰里再打一个平峒。三峡是大工程,不把所有的疑点弄清是开不得工的。"

丁子恒说:"对对对。在做下一步的初步设计前,我们要去'美八'和'南三'查勘,要知己知彼才是。"

姬宗伟说:"要我说呀,南津关三号没什么好查头。那里外表不错,但实在是败絮其中。下面溶洞密密麻麻,能在那里修大坝?那里天生就是给白居易他们这些人旅行写诗的!天晓得当初萨凡其是怎么看中了那地方。"

丁子恒说:"萨凡奇是个严谨之人,既然看中了那里,必有他的道理。"

姬宗伟说:"'美八'和'南三'两地,哪个角落我都去了。凭着我做工程师的良心说,再也没有比'美八'更好的坝址了。那真是苍天赐给我们修坝用的地段。"

丁子恒说:"是吗?"

两人说着大坝,进宿舍便分了手。丁子恒直到进了丁字楼门洞,踏上了最后一级台阶,方又想起,原本要为雯颖买礼物的事,也在遇见姬宗伟后又忘记了。丁子恒使劲敲着自己脑袋,骂道:这该死的脑筋!骂完,他不由想到,自己已经进入好忘事的年龄了。他最不喜欢的那个"老"字已一天天向他逼近,它散发出的气息一天天地侵蚀着他的外貌和心灵。他明知被侵犯,却也无力抗拒。丁子恒这么想着,不由轻轻叹了一口气。

热热闹闹的一九五八年便在丁子恒的轻叹之间,悄然从他身后一点一点滑去。

1959 年

山河犹带英雄气。
试上最高闲坐地。
东,也在图画里;
西,也在图画里。

——元·张养浩《山坡羊》

一

　　江面上朔风呼叫。风从峡谷中吹来,仿佛挟带着一股豪气,贴着江水直扑开阔的河滩。波浪被风的手卷带而起,发出哗哗哗的呼应声。泊在江边的小船便在这风与浪的夹击下相互撞击,哐哐作响。

　　长江这条美丽的河流,从图片上看,它是那样充满灵秀之气,宛转于峡谷之间,逶迤于平原之上。太阳的光芒照在水面,两岸绿树拥着一带江流静静地流淌,显得明媚绚丽。然而,当你真实地站在它面前领略它时,你却会强烈地感受到它的浩大气派,它的雄壮声势和它劈山闯海、摧枯拉朽的豪放对你的灵魂的撞击。那一刻,风挟着灰沙从你耳边掠过,涛声拍打山岩发出轰然巨响。这声音,足可以把潜伏于你体内所有悲壮情愫逼迫而出,令你情不自禁地满怀沧桑。

　　苍茫长江,总能让你对它有一份难以抑制的特别怀想。

凌晨四点整,风似乎小了。进峡的船长长地拉响一声汽笛。天空一朵灰云仿佛抖了一下,把下弦月从云层背后抖出,冷冷地挂在天边一角。夜色未退,江面上茫茫一片黑灰,只有几盏指路的红灯标和白灯标在水面不疲倦地闪烁,放射着它们永无穷尽的光明。丁子恒从床铺上坐起,他隔着窗子朝外看看,又侧耳静静地倾听舱外的风声涛声。

这是春节刚过的第四天。三峡水利枢纽初步设计要点报告完成后,总院指示立即做好三峡坝址的初步设计准备。为了确保坝址选择的万无一失,决定组织各处骨干工程师对三斗坪和南津关再进行一次实地查勘,并对两个坝区做全面的比较。连续几个月,三斗坪美人沱八号和南津关三号两个坝段在图纸上已被许多手千百遍地抚摸,每天大家见面不是"美八"便是"南三",仿佛离开这几个字眼,便无话可谈。虽然许多人都去过三斗坪和南津关,但这次的实地查勘仍然令他们激动和向往。

与丁子恒相邻床铺的枢纽室工程师洪佐沁在乘车来宜昌路上便反反复复地说:"长江我是千百遍也看不够的。"

对面床铺水文室工程师张者也表示同感,并且补充道:"哪怕在三峡建成的第二天就死,我也没有半点遗憾。"

刚上船时,丁子恒同张者也都觉得对方有些眼熟,却并不相识。坐下聊起,互道眼熟之感,方知彼此都住乌泥湖,张者也住癸字楼下右舍。乌泥湖宿舍有七人参加这次查勘,长青里和惠宁路其他几个宿舍的人加起来也只有七个。于是大家便笑说如果大坝坝址是在乌泥湖和长青里、惠宁路这几处筛选的话,肯定会是乌泥湖中选,因为他们的人占去了整个成员的半数。副总工程师金显成却说这个结论肯定错误。因为乌泥湖人肯定既不愿自己成为移民,也不愿让自己的地盘沉于水中,为此多半会投长青里或惠宁路的票。一席话说得大家哈哈大笑。金显成住甲字楼上右舍,他和他的太太叶绿莹都是满人。丁子恒同金显成交道打得并不多,但金显成的幽默和处理问题的机智却令他十分欣赏。

汽笛又一次响了,仿佛一个人说话要加重语气,这次汽笛如同吼叫。丁子恒心知,船已经进了三峡的大门:南津关。

对面床铺的张者也醒来了,他翻身坐起,见丁子恒随意躺在床上,眼睛朝外观看,便问:"丁工,没睡?"

丁子恒说:"睡了,也刚起来。"

张者也打个呵欠,说:"我在家经常失眠,可只要一到长江上,听着涛声随船摇晃,失眠症立即治好。"

丁子恒说:"我跟你刚刚相反。我在家睡眠总是很好,可一见到长江,神经就亢奋,失眠症立即附体。"

张者也笑起来,说:"我们是从两个角度证明了一个事实,那就是长江能对我们的睡眠产生影响。"

丁子恒亦笑了,笑完,说:"张工,你父亲可是教古文的?你是不是还有个哥哥叫张之乎?"

张者也笑道:"你说对了一半。我是有个哥哥叫张之乎,可是我父亲却并未教古文。非但教不了古文,他甚至大字不识几个。他在药铺当伙计时常听老板之乎者也地教训他,于是心里便发誓说,我这辈子非得有两个儿子,一个叫之乎,一个叫者也,你老板会的,我家儿子也都会。后来他娶了我妈,我妈一下给他生下双胞胎,这就是我和我哥哥。我父亲果然兑现他的誓言,把我们一个叫了之乎,一个叫了者也。"张者也说完,船舱里笑声轰起,原来大家都醒了。

外面的天还黑着。南津关的江流,有如突然束起,仿佛要把自己削得尖细一点,以便在绝壁千仞的峡谷中自由游走。金显成叹道:"这样超绝的峡谷,实在是作为水利枢纽的优越条件,难怪萨老先生一眼便看中了它。"

一个冷冷的声音从船舱一角传出:"但它却实在是金玉其外,

败絮其中。谁能知道它的绝妙外表下,是数不尽的溶洞呢?"

丁子恒听声音便知道,这是林院长新从北京请来加盟三峡勘探的地质专家孔繁正。

洪佐沁说:"不光是萨凡奇,苏联专家也表示南津关更理想。说实话,南津关处于三峡的瓶颈口,一卡起来,就可以一举拦蓄宜昌以上将近四千五百亿立方米的年水量,从根本上解除长江中下游的洪水灾害,而且也可以彻底解决长江上游的航运问题。如果坝址从南津关上移到三斗坪,就要损失好几百米的水头,这意味着失去了一座四五十万千瓦的水电站。同时从三斗坪到宜昌大概有四十公里的航道也得不到改善,弄不好会成为两千六百公里长的沪渝航线上的一截'盲肠'哩。这理由也不能不说强硬。"

孔繁正说:"强硬?再强硬也强硬不过大自然的条件。前不久勘探队在南津关江心钻洞,钻到吴淞寒点五十米以下时,钻杆上竟然爬上来一只大螃蟹。说明什么?这说明溶洞情况复杂超出我们的想象之外。溶洞彼此洞洞相通,就算我们克服重重困难,将来大坝在南津关修建起来了,水也蓄上了,谁能保证水库中的水不从水底和两侧的溶洞渗漏一尽?同一截盲肠或几千亿立方米的水量相比,哪个后果更为严重?"

洪佐沁说:"那当然是修个漏库的后果更为严重。"

金显成说:"南津关的外形的确不可替代,但它的地质情况太糟糕,而三斗坪虽然地质条件十分理想,其他方面也确有不尽人意之处。苏联专家提出的问题也就是洪工说的并非小事的那几条。总院为了兼顾这两地优势,考虑是否可在大坝下游再修一座副坝。这样既可以收回失去的水头,也可以解决盲肠问题。"

张者也说:"修两座坝,经费问题能解决?"

洪佐沁说:"如果在南津关修坝,为解决溶洞问题,可能会投入比一座坝还要高的费用。"

金显成说:"洪工说得不错,修这样的两座坝,应该比在南津关修一座坝的费用要省一些。同时副坝的建成，还可以解决主坝可能出现的下泄流量不均匀的问题。不过，这个方案还在研究中，到底能不能行，还得论证。"

张者也便笑道："南津关这地方，山河壮丽，却徒有其表，非你我之辈用武之地。让文人墨客吟吟诗，市井小民观观景，它也就够了。"

孔繁正说："这样近距离地修两座大坝？全世界的人都会说中国人是发疯了。"孔繁正的声音依然冷冷，充满傲气。

丁子恒听着来自各处室工程师的高谈阔论，一直没有插话。丁子恒并非木讷寡言之人。在三四个熟友面前，他可以谈笑风生，不乏幽默。一旦超出此范围，他便习惯缄默不语，只静静坐在一边，听人谈论。

对于三斗坪、南津关二者坝址孰优孰劣，丁子恒觉得每个人的话都有一份道理。但如果修建主副两坝的方案能够论证通过，丁子恒以为这恐怕是最理想的，可谓皆大欢喜。设想长江上相距不足五十公里处，连连耸立两道世界级大坝，那该是何等辉煌的景观。正想时，他听到孔繁正关于"发疯"一说。丁子恒心道，是不是发疯得由我们来定。你懂地质，未必连水电你也懂？

丁子恒不喜欢孔繁正。孔繁正眼睛常常向上望，头亦微仰着，神气中满是傲慢。开口说话，腔调亦是冷而无情。这使丁子恒总是情不自禁地往当年南京常见的达官贵人身上想。而一个工程师，丁子恒想，你摆这副派头做什么？你若有本事，何必如此？你若没本事，拿派头也没用。

孔繁正的一句话，令热烈的讨论瞬间冷场。许多人都不好作声，便把眼睛投向舱外。

汽笛不断地吼叫，山鸣谷应。轮船有如在一条狭窄隧道里蛇行。夜色依然浓重，两岸石灰岩陡壁不断变幻形状，显得分外峥嵘可怖。灯标也越来越密，不但在水上，两岸峭壁上、山岬间，亦都布满灯标。丁子恒知道,这是石牌到了。

夜色里的石牌是航行途中一大关口。航道在此突然转了一个比九十度更甚的急弯,一个礁滩由右岸突入江心,这便是著名的石牌珠。石牌珠如同峡谷中突伸的一只胳膊肘,拦住水流,把原本就不宽的航道压缩成一条单行线,弯道半径只剩五百公尺左右。轮船只能循着灯标,怯怯地从山边擦过。引擎吼叫得颇吃力,快车慢车的铃声几乎未曾间断。瞬间,江上灯光更密了,左岸是灯,右岸也是灯。红色白色,相隔相间,在夜色笼罩的江面连成道道光带,形成少见的绮丽景色。

轮船绕过石牌珠这道大弯,便进入灯影峡。来程已在夜色中闭合,只有那几条光带,远远望去,已汇成一道巨大的光芒,刺入万山深处。

丁子恒特别喜欢灯影峡这一名称,他觉得这叫法很是优雅。有人说是因为南岸石鼻山上四块大石形似西天取经的唐僧师徒四人,此四人姿势各异,映在深蓝色天幕上,有如灯影戏,故有此名。丁子恒却不信此说,他想这肯定是未曾夜航过三峡的文人信口编出来的。灯影峡之所以冠以灯影二字,与孙悟空诸人何干?南岸那几块大石头也不过是好事之徒的牵强附会。只有他们这些在夜色茫茫中穿峡而过的人,方能真切体会到灯影峡的真谛:石牌水道,弯急路窄,夹江两岸,灯光密布,天色一暗,便见得山体上江面上的绰绰灯影。往来船只,离开这些灯,便寸步难行。这才是灯影峡名字的由来,连峡谷两岸的震旦纪石灰岩也因之而被称为"灯影灰岩"。

穿过灯影峡,过了南沱,峡谷渐渐开阔。石灰岩的绝壁悄然后退,终于在三斗坪附近消失不见。天开始有一点微亮,丁子恒隔窗看到了朦胧中的三斗坪。

三斗坪乃长江岸边一极小极小的镇子。抗战末期,曾作为一个靠近前线的走私转运中心,有过一度繁荣。许多船只和许多陌生的面孔在这小镇的水域进进出出,店铺里的东西好卖了,破旧而阴暗的客店有客住了,几家女子跟着陌生面孔的人或到重庆或下汉口了,繁荣景象大约也就这些。但无论如何,那只是它历史上的辉煌。抗战结束后,船只和陌生面孔都消失一尽,它便依然回到了冷落而寂寞的过去。直到许久后的一天,一支勘探队仿佛从天而降,这个已被遗忘的小镇才恍如一颗深埋多年的珍珠,被一点一点挖掘出来,一点一点拭尽泥土。突然之间,它有了纯净的光芒,这光芒竟从深深的峡谷一直射到天外。

现在的三斗坪,成了一个大工地。工程师、技术员、钻探手、风镐手、测量员,随处可见,钻探机、开山机、三角点、导线桩、水准基点,满目皆是。珠络似的灯光在沿江两岸由山顶直挂到江心。虽然轮船引擎仍在耳边响个不停,但丁子恒一行仿佛已经听到了来自三斗坪的昼夜不停的钻机轰鸣声。

天完全亮了的时候,丁子恒一行人踏上三斗坪的河滩。

二

早餐是在工地上吃的。一碗粥两个馒头,简单又省事。这种生活,工程师们都习以为常。吃完便将行李扔在工棚,开始查勘。

姬宗伟从河滩上跑步而来。见丁子恒,高兴道:"丁工,你也来了?"

丁子恒说:"姬工,你没回去过年吗?"

丁子恒一叫,便有人笑。姬宗伟只好自己也笑,说:"祖宗没把姓弄好。在工地,我管事一多,他们就说,你哪里是'姬工',分明是个'鸡婆'嘛。"他这么一说,笑声便轰的一下,撒得江滩满是。

姬宗伟说:"先应该向大家道声新年好,我在这里专门等你们哩。我们在工地的人,从没过年的概念,钻机不停,人就得天天守着。金总呢?"

金显成正同孔繁正说着什么,连忙答道:"我在这。"

姬宗伟说:"我奉命听您调度。你们想先去哪里?美人沱八号行吗?"

金显成说:"可以。"

姬宗伟忽然又想起什么,说:"大家半夜里坐船来,很辛苦,要不要歇歇?"

孔繁正说:"不必。时间比什么都重要。"

姬宗伟此时方看到孔繁正,他眼睛一亮,说:"孔工,您也在这里。太好了,这里的地质情况,您讲就比我清楚多了。金总,孔工这一年差不多把三峡的每个角落都跑到了,这一带的地质状况,全都放在孔工的胸中哩。"

张者也便笑了,说:"我的妈耶,那得多大个胸呀。"说得大家又轰的一笑。

美人沱八号坝段就在三斗坪。这一坝段经过几年苦战,面貌渐渐明确,优点随了解的深入愈加突出。许多人从心理上觉得选定这个坝段做三峡大坝坝址可能性颇大。但感觉不能替代科学,所以,勘探工作一直在此紧张进行。

姬宗伟说这个坝段上现在有四部钻机在钻探。两部在江心,两部在河滩。左岸坝肩狮子包山腰上,打了一个八十多公尺深的平峒,一直伸进山腹,这一平峒业已完成。右岸白岩尖山腰还要打一个平峒。为让开山机上山,须得修筑一条临时道路。故而每天有几百人在这里打眼放炮,以便沿陡峭的山坡开出道路。整个三斗坪有四条坝线在平行勘探,可谓钻机处处。光是白庙子坝线上,由山顶到江心便摆下七部钻机。两岸河滩上、冲沟里随时可见三角形的塔架。勘探队都是三班工作,人停机不停。江边仓库堆积的岩心木箱已成千累万。勘测的工作做得非常细,从南津关到美人沱两岸五十公里内,两个坝区,十四个坝段都被勘查一遍。看看那些到处散布的红漆木桩,便可知其工作量。

一行人从一个工地到另一个工地,耳边的轰轰声始终不绝。河谷过了三斗坪,便又收缩,直至转入牛肝马肺峡。这时三斗坪好似西陵峡中一个大肚子,而所以能形成如此大肚,是因为这里是火成岩地区的缘故。整个大三峡七百公里,只有由南沱到美人沱间的三十公里是火成岩区,其余都是沉积岩区,目前勘探已将这点弄得很清楚。姬宗伟且说且叹:"早先孔工说这是大自然一绝,我们还不以为然。现在上上下下看过,觉得这里真是天赐胜地。"

孔繁正踏上一块岩石,居高临下。江风把他脖子上的长围巾吹得飘了起来。他伸手抓起围巾,将之掖在胸前,眼望长江,然后说:"宽阔的河谷地形,抗压强大的火成岩基础,对大型水利枢纽工程十分有利,高二百公尺以上的混凝土大坝有如人造大山,非得这样的岩石做基础,方才安全可靠。尤其是上坝线,江心中堡岛有广阔的河漫滩,给水工布置、施工导流、施工布置都创造了极好条件。此外,这一带,两岸呈十分明显的阶地状。地貌学家已查出有九级阶地,差不多每隔三四十公尺,就有一级阶地。沿江一些村镇,如三斗坪、茅坪、黄陵庙、中堡岛,都是分布在一级阶地上。许多地名叫'坪',也都同阶地有关。阶地的形式和阶地发育比较明显,一方面说明了这一带地层仍在上升,河流仍在下切,因而这一带长江仍处于幼年峡谷期阶段。另一方面,也说明地质过程中,火成岩同沉积岩的石灰岩大不相同。火成岩剥蚀现象的确很严重,因而阶地明显,而石灰岩区阶地现象则不显著,它表面上似乎纹丝不动,内部却受水流溶蚀作用,形成百孔千疮的溶洞,南津关的地质状况便是如此。"

孔繁正一副指点江山的派头。他的目光投向四周群山,脸上竟溢出激情。丁子恒还没有见过他如此激动,心里便有些讶异。孔繁正从三斗坪岩石上晶莹亮闪的黑云母,谈到火成岩区的物理风化剥蚀,由此又谈及南津关石灰岩区的化学风化溶蚀。物理风化剥蚀使三斗坪外貌呈阶地状,内里却坚硬无比;化学风化溶蚀令南津关外貌强硬森严,内里却满是溶洞。坝址应选择何地,答案当显而易见。孔繁正说,坝址若定在三斗坪,大坝有成功和失败两种可能性;但如果定在南津关,那么结果只有一种,就是失败。这是大自然的决定,我们人力难以改变。

金显成笑道:"不管坝址定在哪里,都只能成功,不能失败,可谓华山一条路。我们只有一条路好走。"

孔繁正说:"如果只有一条路,那就走向三斗坪。"

丁子恒说:"从施工角度看,阶地对于施工时布置建筑物十分有利。其一,可以省去不少平整工程;其二,阶地上高程相差少,建筑物平面联系容易;其三,不同高程的混凝土工厂可以选择不同的阶地布置;其四,横切阶地走向的大冲沟,可以用做交通线的展线,把各级阶地连成一体。"

孔繁正说:"丁工是施工室的?"

丁子恒点点头。孔繁正说:"丁工这个阶地有利施工一说,正是对我先前所说阶地地质情况的一个补充,十分有力。"

洪佐沁附在丁子恒耳边,低声道:"发现没有,这个孔繁正喜欢用不容置疑的语气说话。"

丁子恒说:"这大概是强者派头。不过,他看来还是有本事,头脑反应敏捷,思路缜密严谨,陈述事件用词准确,干净利索,一就是一,二就是二。一个工程师应有的素质,他似乎都有了。"

洪佐沁说:"有本事就有本事呗,何必摆一副我比你们全都行的派头?"

丁子恒说:"那倒也是。"

但丁子恒在说这话时,心中对孔繁正的反感已经淡了许多。他想,一个人有本事,就算多一点毛病,也没什么。

爬上三斗坪附近的高峰白岩尖,人们都开始出汗。山顶寒风扑面,冬日阳光传达出来的一点点微弱的温暖,被冷风一吹而尽。纵然如此,还是有人脱下了棉衣。

伫立山顶,峡谷河流皆奔至眼底,与河滩所见迥然不同。长江如带,由西北万山丛中奔流而下。至三斗坪拐一大弯折往东北,又没入那云封雾锁的万山丛中。江北岸如万顷波涛般起伏的群山正是那久经沧桑的黄陵背斜。它像一块盾牌,保护了这一段短短二十公里长江免于遭受震旦海、寒武海等海相沉积,从而给长江留下一块"净土"。丁子恒眺望着穿山而来,又穿山而去的长江,心里漫想着亿万年前,四周海浪滔天,一望无际,仅此一处孤岛,屹然独立于万顷重洋之中。然而亿万年后,长江竟腰斩这一背斜,直奔东海。大海不能吞没,江流竟可截开,大自然真是神秘莫测。

晚上便住在工地。工地将一座旧仓库改造成住所,只一个房间,用木板搭起通铺。自来水在门外,厕所亦只是一个草棚,隔得远远,如欲如厕,须得跨过一条小沟。屋中间吊了一盏灯,灯光很暗,若想看书读报,会很吃力,于是便只好聊天。

工地钻机轰轰的声音压倒江面的风声,成为夜晚的主响。钻塔上的灯在黑夜里尤其显得明亮,它同淡淡月光融为一体,穿过仓库的窗口,把影子投在床铺上。室内没有桌椅,打开随身所带行李铺盖,铺在床上,便既是桌子亦是板凳。许多工程师在家讲究,出了门便一改面目。用丁子恒的话说,在家里,你是自己,也是工程师;到了工地,你就只是工程师而不是自己。在家里,你可以为自己创造条件或改造条件;到了工地,你就只能顺应工地条件。既做了工程师,便得有这些最起码的心理准备。

张者也一边打开行李,一边说:"坝址如果定在三斗坪,咱们现在住的这个仓库,将来会在什么地方?"

金显成说:"在水下。"

张者也说:"当然是在水下,可是在水下什么地方呢?"

姬宗伟笑道:"张工,你弄那么清楚是不是想让后人将来在水下寻找你的遗迹呀?"一句话说得大家都笑。

唯孔繁正脸上依然冷冷冰冰。他盘腿坐在床上,仿佛凝思。金显成低声说:"看孔工,身子虽然休息了,可脑子还在工作。"

孔繁正说:"'扁舟转山曲,未至已先惊。白浪横江起……'下句是什么?"

张者也说:"这不明摆着的吗?'一下掉江底'!"说完自己便先笑起来。

丁子恒说:"是不是'槎牙似雪城'?"

孔繁正说:"对对对,正是这句。'番番从高来,一一投涧坑。大鱼不能上,暴腮滩下横。小鱼散复合,瀺灂如遭烹。鸬鹚不敢下,飞过两翅轻。白鹭夸瘦捷,插脚还欹倾。区区舟上人,薄技安敢呈。只应滩头庙,赖此牛酒盈。'这是苏东坡过新滩时写下的诗。"

洪佐沁说:"我们这里就丁子恒最懂诗,他爸爸是文学教授。"

姬宗伟说:"依着洪工的推论,我爸爸是开小酒店的,难怪我光听到有大鱼小鱼。鱼是好菜,下酒好得很呀。"仓库里立即叫笑声爆满,连孔繁正亦忍俊不住。

笑罢,丁子恒突然想起什么,说:"孔工,新滩自古为崩滑区,距三斗坪不远,如果坝址选在了这里,一旦滑坡,会造成影响吗?"

孔繁正说:"应该不会。新滩在宋代、明代有过两次特大滑坡,两次分别断航二十一年和八十二年。但从那以后,滑坡都不太大。当然这并不表示以后就不会有大规模的滑坡了。不过,大坝修好后,以最低设计蓄水位一百五十米计算,水位至少抬高八十米以上,再有滑坡,入水势能条件必然降低,涌浪的破坏力会非常之小,更大可能是崩滑山体直接泄入江中。"

洪佐沁说:"那会不会因此而造成水库泥沙淤积呢?"

孔繁正说:"这就不是我所能回答的问题了。"

金显成说:"泥沙问题有没有滑坡都是一个关键的问题,我们应该能找到更好的办法解决。"

孔繁正说:"两年前我和皇甫白沙……"说到此,他突然顿住,似想起了什么,但他还是说了下去:"……住在这里,他说总院准备抽几个骨干到全国多沙河流去跑上一圈。他说不光是泥沙,还有卵石问题,以及大坝截断长江的泥沙卵石后,由上游来的泥沙会不会淤积库底,会不会在洪水泛滥时重新进行新的造陆运动等问题。我觉得提出这些问题是本着一种科学精神。大坝我们要修,但每一个可能对大坝产生影响的因素,我们都应该提出来研究。老实说,皇甫白沙还是个干事的人,只可惜……"

金显成打断他的话,说:"孔工说得对。我们做工程的,一笔下去,歪一下,便有可能铸成大错。所以,从防洪到发电,到航运、泥沙、移民以及地震、战争、滑坡,林林总总,全都必须经过详细而又科学的论证。一切做到万无一失,方可真正开始操作。"

姬宗伟说:"那要等到猴年马月呀,这不太符合大跃进的精神吧。"

孔繁正说:"修三峡大坝和做别的不同,不是修几百座小高炉,炼不出铁来就铲平算了的事。我能保证坝址绝无问题,其他方面,我颇多担心。金工,你是总工室老总,不能只顾赶速度而把最重要的东西给赶掉了。"

丁子恒几乎想为孔繁正欢呼。他想,这才是工程师的良知哩。但他什么也没有说。他心里冒出个怪念头,倘若有人把孔繁正这番话拿上去汇报,孔繁正会怎么样呢?苏非聪也不过只是一句话呀!如此想过,他头上汗津津的。

金显成说:"这个问题嘛,总院自会掌握,一切都会按科学态度来办。就是部里和中央,对三峡枢纽的每一步行动也都非常谨慎。"

屋里顿时安静了。屋角突然传来簌簌声,那里放着一只大米缸,显然是一只老鼠在里面发出的声音。丁子恒说:"米缸里有只老鼠。"

157

众人凝神谛听,一致判断,缸里确有一只老鼠。姬宗伟说:"想办法把它弄出来才好,要不米里会尽是老鼠屎。"

张者也说:"那倒可以挑出来。关键是咱们的自尊心受不了,吃老鼠剩下的米,这传出去,名声不好呀。"

金显成说:"我有个办法,去打一桶水来倒进缸里,把它淹死。"

立即有人说:"那怎么行?那缸里的米不都给泡了?"

张者也说:"拿床被子把缸捂得严严的,缸里没空气,老鼠自然就死在里面了。"

又一个声音说:"米里有只死老鼠,谁还敢吃这米呀!"

本来有的人已经躺下,因为这只在米缸里簌簌乱跑的老鼠,又都坐了起来。人人盯着那米缸,高声讨论如何将里面老鼠弄出来。一说:"把缸整个翻过来,让米把它压死。"有人反驳:"不可行,未必能压得死。"一说:"干脆把缸盖打开,我们做一个包围圈,它往外一跑我们就把它打死。"又有人反驳:"老鼠那么小,一个缝就钻走了,我们包围得住吗?"一说:"弄点老鼠药,叫它一吃就死。"反驳便更加激烈:"想制造投毒案呀?老鼠药沾在米上,人吃了不也一样死?"

老鼠并不在乎人们的讨论,依然在缸里簌簌地跑来跑去。一屋人的讨论进行了大半夜也没个结果。

最终,张者也做结论道:"秀才遇到鼠,脑子不清楚。"说得大家哈哈一笑。一行人自下船后即去工地,一直未能好好休息,此时已颇感疲惫,不多时,便伴着老鼠的骚动声,昏昏睡去。

清晨五点,有人"哐当"一声推门而入,所有梦中人都被惊醒。这是工地食堂的炊事员进来打米做早餐。因有昨夜的讨论,此刻大家都屏住气,从被窝里探出头来,看炊事员怎么解决这只老鼠。只见炊事员走到米缸前,打开盖子一看,里面有老鼠,便又关上,转身出门。满床醒来的人们正面面相觑,却见炊事员再度进来,手上拿了只火钳,脸上很平静,走近米缸,又打开盖子,伸火钳进米缸,仿佛只一秒钟,便夹了只老鼠出来,简单容易得似乎根本不必思考。屋里所有的工程师全都看得目瞪口呆。

丁子恒急了,说:"这这这……怎么就这么容易?"

金显成长叹一口气,说:"还是工人师傅有办法。"

张者也说:"真真是应了我说的那句话,秀才遇到鼠,脑子不清楚。"

三

在金显成建议下,查勘分成三个小组进行。丁子恒和张者也、洪佐沁分在了一组。三天后,他们沿途查勘,抵达南津关。

稍近南津关,便能听见一阵阵的金属撞击声响彻在峡谷的幽静之中,开山炮声亦不时轰的一下爆响,以压倒一切的声势覆盖水面。左岸山腰有四个平峒正在掘进,俯瞰江面,可见一只钻探船正在江心做水下钻探。

南津关绝壁千仞,一水中流。江流过此,便似脱缰野马,失锁之龙,奔腾直向东海。张者也说:"说南津关是三峡大门,真也当之无愧。"

丁子恒说:"所以陆游到此,当即写下'三峡至此穷'的句子。"

洪佐沁说:"客观地讲,在很多方面,在南津关建坝的确比三斗坪更为优越。江流瓶颈,峡谷大门,施工场地开阔,宜昌近在眼前。大坝工程小,三峡航道可以得到彻底解决,还有防洪发电效益高等等,的确容易使人一见倾心。"

丁子恒亦说:"是呀,难怪像萨凡奇这样的高人都一见南津关就'OKOK'个没完。只是,外观问题只牵涉施工的难易问题,而地质问题却关系到大坝的成败问题。"

洪佐沁说:"不过说实话,不发现南津关,也就没法发现三斗坪。从这点上说,南津关功不可没。"

张者也笑笑,说:"如此说来,就像读书,靠中学课本读进了大学,可进了大学,有谁还要中学的课本?南津关对于三峡大坝来说,只是一册中学课本而已,丢掉它也是必然。虽然我们心里都有些舍不得。"

丁子恒说:"我也这么想。它在一个最必要的条件上出了问题,其他再好也就枉然了。"

洪佐沁说:"那倒也是。"

南津关乃长江中下游分界之处。激水出关,急剧南折,江面陡然增宽。水流至此,似百米赛跑冲刺后的散步,有了一派悠然从容,关里关外的风景也因水流的变化而迥异。丁子恒三人头两天一直在工地查勘,听说几天之前,左岸一个平硐突然大量涌水,几乎把工人淹死,其水位甚至高于江面。丁子恒三人到现场看后,长叹不已,都说无论如何,这里不能作为坝址,理由显而易见。第三天他们便公私兼顾,去了石龙洞和三游洞。用张者也的话说是考察与游览并行也。

石龙洞在石牌下面约二三公里处,位于长江右岸,洞口高出水面将近百公尺,洞深达七百公尺。外宽内狭,但足可通人。洞深曲折,石钟乳和石笋触目皆是。入内后一个拐弯即伸手不见五指,因此,不带大电筒,便无法入内。石龙洞石灰岩是寒武纪的,它的前面便是不透水的石牌页岩。1956年,苏联专家查勘时,曾经建议在石牌页岩上选一个坝段研究,即南津关一号坝。但峡谷太窄,无论水工和施工布置都极困难,虽然也做了些勘探,但所有指标都明显不及三斗坪坝段,于是便断然弃之。丁子恒说现在看来,当放弃即放弃,才是最符合多快好省的。

丁子恒三人因无充分准备,并不敢走进洞内多远。洪佐沁说:"听说石龙洞可通清江。"

丁子恒说:"这说法恐怕也过分夸大了点。"

洪佐沁说:"我跑外业时,在这里听说的。说是四十年代时,一个美国人进洞去探宝,结果在里面迷了路,走了几天几夜也走不出来。他绝望中在洞壁上留下遗笔,然后坐在那里等死。后来当地老乡见他进洞后一直没出来,便打着火把进去,把他背了出来。"

张者也听罢便笑,说:"这美国佬脑子有病,怎么就会想到这里面有宝呢?要找宝也得闹清有没有才是呀,要不岂不是白白送命?"

丁子恒也笑,说:"真要找到宝,就太有趣了。萨凡奇在外面发现惊人的坝址,他在里面发现更惊人的宝藏。"

张者也说:"这叫国人怎么想?怎么中国的好事全都让美国鬼子赶上了?"

三人便都哈哈大笑,声音在洞中回荡,嗡嗡嗡地响了好半天。

他们没想到洞内还住有人家,生活用品十分简陋。丁子恒上前问:"你们住这里感觉怎么样?"

一个老头含着竹节烟斗吧嗒吧嗒地吸了几口,方说:"好得很!"

洪佐沁说:"怎么个好法?"

老头说:"冬暖夏凉,不透风不透雨。"

老头身边一妇女补充道:"还不要砖瓦钱咧!"

丁子恒叹道:"这里的条件太差了。"

老头说:"比起在山里,这就是天堂了。"

洪佐沁说:"你们从山里出来的?"

妇女说:"四川来的。我们那个村走了一多半人。不出来哪个行?没啥子东西填肚子,不出来就只有等死。"

丁子恒大惊,说:"怎么会?"

老头说:"有啥子不会?我家婆娘已经都饿死了,我隔壁老汉和婆娘也都饿死了。这都是我亲眼看到的。"

161

妇女说:"没啥子说头。你们城里头人,哪里晓得哟!"

丁子恒一行几乎逃也似的离开石龙洞。行在路上,他们尚在交流心中的疑问。丁子恒说:"大跃进以来,农村形势不是一直很好吗?产量都那么高。"

洪佐沁说:"很有可能他们是跑出来的地主富农。本来就对社会主义心怀不满。"

张者也说:"大有可能。是不是向上面汇报一下。"

丁子恒说:"万一他们正是穷人,告错了怎么办?"

一直到三游洞,他们方将这个讨论得没有结果的问题丢下不谈。

三游洞夹在长江与下牢溪之间。宜昌境内,麻家溪和小麻溪于马岩头汇合而成下牢溪。下牢溪两岸峰峦攒峙,溪间流水如鸣琴。溪水流经三游洞,乃入长江。三游洞在峭壁上,却面向下牢溪。洞不深,洞口上盖了座庙宇。从外面望去,庙宇天衣无缝地嵌在石壁中,给人一种拔地耸天高不可攀的感觉。唐时白居易和弟弟白行简路过此地,恰遇诗人元稹,三人便相携同游此洞,且在洞中置酒畅饮,各自赋诗。山洞由此得名"三游"。三游洞的地质年代为寒武纪,洞中岩石褶叠起伏,纵横断裂。三根钟乳石垂直平行排列,将山洞隔为前后二室,一明一暗,很有趣味。白居易三人游此后,三游洞便多了几分风雅,骚人墨客到此便不免徘徊淹留,不舍离去。宋时苏老泉、苏轼和苏辙亦曾到此一游,游后亦未能免俗地写了诗文,被世人称为"后三游"。

然而在如此的大好风景面前,丁子恒这些工程人员却是赞叹少而惋惜多。洪佐沁原本总对南津关做坝址怀有一种期待,这一刻却无奈道:"真乃百孔千疮也。"

丁子恒说:"还是那句老话:金玉其外,败絮其中。"

张者也亦说:"看来这是个规模颇大的溶洞密布地区。洞洞相连,洞中有洞,比我想象得还要厉害。如果在这样一个溶洞密布之地,于深水中筑起一座二百公尺以上的大坝,去拦蓄几百亿立米的洪水,发出几千万千瓦的电力,其后果的确不堪设想。"

丁子恒说:"所以孔繁正才用断然的口气说,在此建坝,必败无疑。而像三峡枢纽这样具有巨大的政治意义和经济意义的枢纽,无论如何是不能失败的。"

四

乌泥湖的小高炉始终没有炼出大家心目中的钢铁来。屡战屡败后,人心便疲了。明主任召开过几次会,众人一致认为技术员有问题。同样从汉阳捡回的废铁,怎么人家的炼得出钢铁来而乌泥湖的就炼不出来呢?技术员满怀委屈说:"这样的炉子就只能炼到这种地步,别处的也跟这里差不多。"

这话自然没人相信,开会讨论的结果,决定重新请高水平的技术员。简易宿舍的荷香自告奋勇地揽下这个任务,她说她有个表哥是真正的炼钢工人。在新技术员到来之前,小高炉便停火待在那里。从丁字楼上看过去,停了火的小高炉仿佛已奄奄一息。

开会还做了个重大决议,便是开办幼儿园。这个主意也是明主任提出的。明主任刚一提出,雯颖顿觉得眼睛一亮。她情不自禁地拍起巴掌,连声说太好了。其他人也跟着一起鼓起掌来,结果是未经讨论,便得到全体拥护,这使明主任兴奋得脸颊通红。

明主任找物勘总队借得一层楼共四大间房子,又将甲字楼下右舍的金妈妈请出山。金妈妈本名叶绿莹,她丈夫便是总工办副总工程师金显成。相对雯颖这样一批家属,叶绿莹年龄稍大一点,所以大家都叫她金妈妈。金妈妈是幼师毕业,曾在北京做过一家幼儿园的园长。她一向对家属活动无甚兴致,一九五八年大跃进时批评过她好几次,她依然无动于衷。但这回听说做幼儿园园长,便欣然应承下来。金妈妈看过园址后,觉得唯一遗憾的是没有院子,这对孩子们十分不利。但好在孩子不算太多,可以带到房后野地里玩耍。野地在春天的时候会开满野花,夏天里则有许多蜻蜓飞来飞去。

明主任原希望金妈妈走马上任头一个星期便开始接收孩子,但金妈妈没有同意。金妈妈说:"你怎么会认为有了房间和小床就可以办幼儿园呢?"

明主任不解道:"那还需要什么?"

金妈妈没有回答她,只是笑了一笑,说:"再等一个礼拜吧。"

一连几天,人们都不知道金妈妈在忙什么。明主任生怕此事有变,便连去她家三次,她竟全都没在家里。明主任有些焦急,又颇觉奇怪。问楼上左舍的宋妈妈知不知金妈妈在忙什么,宋妈妈说只知道她老是上街,买了花纸头和花布回来,其他的都不晓得。明主任无奈,只得耐心等着。

一个星期过去后,星期六的时候,金妈妈来到辛字楼上明主任家。金妈妈说:"星期一可以接收孩子了。你安排了哪些人做保育员? 我明天想先给她们上堂课。"

明主任心里一块石头落下地,忙说:"这个我通知,明天一早我同她们一起到园里来。"

明主任次日早上领了四个家属到幼儿园去。她们都没有想过幼儿园应该是什么样子,可是一踏进幼儿园,一个个全都惊得目瞪口呆。

幼儿园四个房间的门上分别挂了标牌,上写了游戏室、睡眠室、进餐室和厨房的字样。游戏室一整面白墙画上了鲜艳明亮的图画,有火车汽车飞机和缤纷的花朵,花朵上歇着和飞着小蜜蜂,花丛中有蝴蝶和小鸟。睡眠室的天花板上画着星星月亮,月亮被画成了一个老婆婆,咧着嘴,眯缝着眼睛,十分慈祥地笑着。小星星全都是胖乎乎的小娃娃,个个鼓着腮帮闭着眼睛甜甜地睡着。每一张小床架上都系了一只花布小动物。墙角有一柜,柜上置一大盒,盒子里堆放着小红花。明主任问这些红花做什么用,金妈妈说这是用来奖励那些睡觉睡得乖的小孩的,谁的小床架上红花系得多,谁就是最乖的一个。进餐室的墙上贴了好几幅画,东墙两幅一是两个小胖孩掰手腕,另一是一个农民伯伯顶着太阳种地。西墙两幅一是一个胖女孩把掉在桌上的饭捡起来正往嘴里放,另一幅是两个小孩比着看碗底,看谁吃得干净。让明主任最为惊异的是进餐室竟有两张很大的并且铺了红色方格桌布的餐桌。明主任说:"这两张餐桌是哪里来的?"金妈妈笑道:"物勘总队俱乐部的那张旧乒乓球台呀。一九五四年发大水,把腿泡烂了,打球老晃动。那天我带儿子来帮忙布置房间,我问他们说你们还不扔?他们说早准备扔掉,可是没个地方好扔,我说那就扔给我们的小朋友好了。这不,他们就给了。我让我家老二,就是在美术学院学画画的那个,把腿锯了。瞧,变成了两张矮矮的大方桌,正好给我们的小朋友用。不过得通知所有入园的孩子自己备一只小板凳才行。"

明主任连连赞叹道:"金妈妈呀金妈妈,你可真正是了不得呀!这才叫能工巧匠哩。"

住在戊字楼的严三姑对来幼儿园做阿姨一直犹犹豫豫,几十分钟前明主任叫她时她还说带孩子带厌了,不想再跟小孩子打交道,宁愿去做做力气活。明主任因为她替哥哥带大了六个小孩子,颇有经验,死活硬要把她拉了来。这一刻严三姑见金妈妈把这小小的幼儿园布置得这么漂亮整洁,富有情趣,便一下子喜欢上了这里。严三姑说:"哦哟哟,真正是好哎,在这里看护小娃儿心里会蛮舒服的。"

明主任显得有些兴奋,说:"是呀,金妈妈给我们创造了一个奇迹哩。"

金妈妈淡淡一笑,说:"这有什么?我尽了好大的努力,也只弄得这样简简单单。如果活动室能再大一点,里面放架钢琴,屋子

165

前面再有一块草坪和一个小花园,就好了。"

明主任笑了起来,说:"那就资产阶级了。"

严三姑亦笑道,说:"金妈妈说的是共产主义的事哩。"

金妈妈说:"怎么会？我以前在北京办的幼儿园还立了秋千架哩。"

明主任说:"以前是什么时候？旧社会的事是不？把小孩子弄得一个个娇滴滴的。现在不一样,我们的孩子只要能长得壮壮的,像小牛犊一样,将来能劳动能干活,就顶好顶好了。"

金妈妈想了想,说:"哎呀,还是你说得对。"

星期一早上,许素珍约雯颖带孩子去幼儿园报名。雯颖想起在总院幼儿园被姜心敏羞辱的事,心里颇犹豫。她想这个园长金妈妈平常看上去更加高傲,送孩子去那儿是否也会看她脸色呢？她把这想法说与许素珍听,许素珍说:"怎么会？姜心敏这种夹生货,一百年也就出一个,哪里还会到处都是？"说得雯颖忍不住好笑。

金妈妈很是客气,看见三毛,便说:"哟,跟画上的小人儿似的,真是可爱哩。"

三毛很高兴,一下子就喜欢上了金妈妈。金妈妈领着雯颖几个人参观幼儿园。像明主任她们一样,雯颖和许素珍也都不时惊讶和赞叹。雯颖心想,这个金妈妈,看上去那么傲气,可办起事来又是何等的了不起呀。把三毛和嘟嘟放在这里有什么不放心的呢？

进了幼儿园便在各个屋里跑来跑去的三毛和刘四龙不时发出欢叫:"这里真好玩呀！我们不要回去了。"

嘟嘟和刘五虎亦蹒跚地跟着他们,且跑且喊:"好玩呀,好玩！"

金妈妈说:"小朋友,愿意留在这里吗？"

四个小孩子抢着回答说:"愿意！"

三毛补充道："比家里好玩多了,我可以永远都不回去。"

说得大家都笑,许素珍笑骂道:"你这个小三毛呀,真是个没良心的!"

五

夏季转眼即临。武昌的东湖在日日暖和的风中,变得浓绿起来。总院邀各方神仙一百多人,在东湖边召开会议,会期十天。对"三峡水利枢纽初步设计要点报告"进行讨论,着重讨论了坝址选择、正常高水位选择、装机容量、临时通航以及施工准备五大问题。最关键的坝址问题亦敲定下来:放弃南津关,先用三斗坪。

决定做出时,丁子恒正在现场,他心里大大松了一口气。坐在丁子恒旁边的洪佐沁轻碰他一下,说:"你看孔工。"

丁子恒顺着他的目光望去,见孔繁正脸上竟无一丝笑意,依然冰冷如霜。丁子恒有些诧异,说:"他这是怎么了?"

洪佐沁说:"我以为他会高兴得一蹦三尺哩。"

丁子恒说:"不可理解。"

会议刚结束,洪佐沁收到办公室同事转送来的一封电报。电文上说是母亲生病,火速赶回。洪佐沁的母亲在老家,拍一次电报要走很远的路,故不到万不得已,不会轻易拍电报。洪佐沁读罢电报,脸色瞬间苍白。请假时,声音都在发抖。

洪佐沁父亲早逝,是其寡母一手将他和弟弟洪佑沁养大。母亲在他心目中地位很重。在南京,他们三代同堂住在一起,但洪佐沁由下游局调至汉口后,母亲便固执地要回老家,说是无论如何也住不惯汉口。洪佐沁无奈,只能送她回去,并托了乡下堂姐照料。母亲孤身独居,洪佐沁牵挂深重,有时竟觉得是块心病。

洪佐沁当即通知他的弟弟洪佑沁。两人连夜坐小火轮直奔安庆,再由安庆转汽车转马车地不停赶路,及至赶到老家洪家湾时,已用去了三天时间。

　　洪家湾的景象同洪佐沁三年前送母亲回去时全然不同。村前村后,满目荒凉。山脚下空旷的场地里立着几座破损不堪的小高炉,仿佛废墟。一只乌鸦在树上呀呀地叫着,让洪佐沁心中顿生不祥之感。他无心惊讶眼前的变化,连奔带跑地往他母亲住处赶去。跑到门口见到他的堂外甥,堂外甥浮肿着脸庞,两眼如桃子般,见洪佐沁二人便哭道:"舅呀,三婆已经死了!"

　　洪佐沁立即晕眩,恍惚地跟着堂外甥进屋,行至母亲床前,却见一床蓝格土布单子蒙住了母亲面孔。那蓝格布洪佐沁十分熟悉,那是他母亲亲手织的。洪佐沁扑上去,没来得及号哭一声,便昏了过去。

　　一连几天,洪佐沁像木头一样,每天呆坐在母亲床边。心里却在一千遍一万遍地责骂自己。他的眼泪已经流干,眼眶干涩得仿佛转动眼珠都困难。死的不仅是他的母亲,还有他的姑姑,他的堂姐,他最小的一个堂外甥。他的堂姐夫年前便出门要饭,一直未归,生死不明。唯剩两个十来岁的堂外甥,瘦得皮包骨头,说话有气无力。

　　洪佑沁说:"没有饭吃,怎么不告诉我们?"

　　堂外甥说:"三婆说大家都没饭吃,你们在城里又不种地,照样会没饭吃的。她反正是要死的人了,少吃点没关系……就没跟你们说……后来,她老人家身上肿了……"

　　洪佐沁说:"你妈妈怎么也这么糊涂呢?她应该告诉我们呀!"

　　外甥哭道:"大舅呀,你就别骂我妈了,她也死了。"

　　洪佐沁心如刀绞。村里已没多少人,青壮年都出门逃荒了,老人死得没剩下几个。村后山坡上新坟点点,萋萋荒草中的哭声都绵软无力。乌鸦每天盘桓在那里,不时发出声声号叫,叫声穿过清冷空间,传达于人耳中,令人胆寒。

洪家的所谓丧事,无非是在新坟的旁边再添一坟。洪佐沁站在母亲的坟前,痛心疾首。他想不通,他的母亲怎么会因为饥饿而丧命。葬罢母亲,他和弟弟洪佑沁一起村里村外走了一遭。他反反复复地念叨着一句话:"怎么会这样?怎么会这样?"

村里的地都荒了,就连自留地也是荒着,外甥说村干部不让种自留地。太阳照在洪家祠堂的大门上,门楣上"洪家湾食堂"五字清晰可见。洪佐沁走进去,见到里面东倒西歪的桌凳。许多桌上皆因潮湿而长着霉层,只有青石的台阶在初夏的阳光下反射着辉光。

洪佐沁从里面走出来,嘴里依然说着怎么会这样。洪佑沁说:"真是想不到啊!可能很多地方都跟这里一样。"

洪佐沁有些茫然,说:"一人一天三两半粮食,这日子叫人怎么过?大跃进的形势不是很好吗?产量不是很高吗?去年夏天妈妈让人写信还说日子还过得去呀。"

洪佑沁说:"产量有假,肯定有假。我一个学生从四川放假回来,忧心忡忡,说上面要是不给粮食的话,农村的日子就会没法过了,农民差不多都没口粮了。"

洪佐沁说:"粮食呢?"

洪佑沁说:"粮食有可能就只是一些数字,而不是真有粮食。"

洪佐沁说:"为什么要这么做?"

洪佑沁说:"因为大家都这么做。"

洪佐沁说:"难道不怕自己饿死?"

洪佑沁说:"我想,一是昏了头,二是相信国家这么大,哪能没粮食给大家吃?每个人都这么想,便有了今天。说来还是昏了头。"

洪佐沁说:"就这么简单吗?"

洪佑沁说:"或许就这么简单,或许并不简单。"

他们行至村外,站在荒芜的田野里,满脸困惑和伤感。风很暖,风中的景致却让人心寒。地里依稀可见一些挖野菜的人。干硬的地上,野菜也不多见,只有一些未长成的青苗在风中摇摆。看着看着,洪佐沁的泪水又涌出眼眶,流得满脸都是。

洪佐沁回家后大病一场,高烧三天不退。几乎休息了半个月,人才能下地行走。第一天上班,走在阳光下,心里仍然发虚。嘴里仍是在老家吃红薯饼红薯藤的味道,脑子装满了荒凉的田园和饥饿的面容以及山坡上的坟包。第二日他请了假,同妻子董玉洁一起去粮店买粮食,两人分头排了好几次队,买了二百斤。用三轮车拖回来后,又去买了两口大缸。

董玉洁说:"这又是何必呢?"

洪佐沁说:"你以后就晓得了。"

有很长时间,洪佐沁都一心盘算着怎么储存粮食。壁橱是最佳储粮之处,但里面能储存多少呢?倘若储存满了,他一家五口人能吃多长时间?家里还有哪些空间可以存放粮食?会不会有老鼠循味而来?如此等等,洪佐沁被这些念头折磨得无心看书,亦睡不着觉。暗夜里,他想,那个日子一定会到来的。

丁子恒听大毛说洪泽海的爸爸回来了,一天晚上,便去了洪家。当时洪佐沁接到电报走得匆忙,将会议上一些资料托给丁子恒。但他回来后,竟仿佛忘记了这些资料,迟迟不去找丁子恒取回。丁子恒想,施工计划又要开始做了,缺少这些资料,洪佐沁怎么工作?想着,就觉得自己送过去也无妨。

丁子恒和洪佐沁曾经同在皖北无为凤凰颈大闸共过事,彼此较熟。洪佐沁人长得颇胖,他的太太董玉洁也是胖子。有一回梅雨期,连连下雨。大家在工棚里待得无聊,情绪低落,没人想说话,仿佛连嘴也被霉住。丁子恒便对洪佐沁说:"洪工,你和你太太都是合肥人吧?"

洪佐沁说:"咦,你怎么知道的?"

丁子恒说:"这还不简单吗?有条谜语说'两个胖子结婚',猜一地名:合肥。这不正合适你家?"

沉闷的工棚中一下子爆出大笑。笑完大家都说,没想到丁工平常话不多,好容易说一次就成佳话。那天,大家便在工棚里根据各自姓名和长相特点,编谜语猜。连总院的几个领导也都被编织进去。说着笑着,便愉快起来。晚上睡觉时,有人说今天好快乐。洪佐沁说:"你们是快乐了,可我的英俊形象却被牺牲得不成样子。"说完自己便先笑了起来。

洪佐沁在勘探队时曾经写了申请想入党。但却意外地发生了一桩桃色事件,使他永失机会。那是一个雨后的日子,天有些闷热。洪佐沁从钻机上下来,到河里洗澡。洗了一半,忽听有人喊救命,便只着一条短裤循声而去,见一女子正在河湾中挣扎,洪佐沁忙跳入水中施救。洪佐沁自小在水边长大,水性不错,救人出水对他只是小菜一碟。没几分钟他便游至女人跟前,三下两下拖她上了岸。女子被水呛得几近昏迷,洪佐沁把她背到树荫下,忙碌大半小时,那女子终于清醒,醒来便跪在地上叫恩人。

这件事情到此,洪佐沁还不失为一个英雄。勘探队接到那女子父母送来的感谢信,着实将洪佐沁表扬了一顿。一个会写文章的技术员还把此事写成文章发表在总院《长江流域报》上。但洪佐沁却没能将这个英雄形象保持下去。被救女子叫水兰,就住附近村庄,未满二十,人长得清秀白净,细腰圆臀,走路时扭扭的,纯朴得招人怜爱。落水事件后,便常来勘探队找洪佐沁。或说奉父母之命请洪佐沁去家里吃饭,或是把洪佐沁的脏被子脏衣服一并抱回洗干净再送来,甚至给洪佐沁千针万线地做鞋缝衣,令勘探队一帮单身们羡慕得要死,纷纷跌脚后悔那天怎么没有去河边洗澡。一个叫王铁的技术员说:"我比洪工年轻,相貌又帅,倘若那天是撞上了我,我现在会比洪工更舒服,她每天给我送晚饭来吃也说不定。道是何故?想让咱做她家女婿呗。"

洪佐沁便笑,说:"凭你王铁,旱鸭子一个,你救谁呀?做个陪葬女婿差不多。"

洪佐沁说过女婿这话后,心里便也有些犯怵,心想该不是也拿他当做女婿人选了吧。洪佐沁便在应邀去水兰家吃饭时,大谈他的太太和孩子的故事。水兰一家亦跟着他开怀说笑,毫无介意之色,对他依然热情不减。这倒使洪佐沁反骂自己多疑,来来往往便放松了好多。

不料这种轻松的来往,竟使洪佐沁有一天突然发现自己已经很喜欢水兰了,几天不见便眼巴巴地盼望。洪佐沁的太太董玉洁体型肥胖,自小在城市长大,性情爽直,从不会羞羞答答看人眼色,少了一种小户人家女子的乖巧和柔顺。而这些,水兰都有。一次周末从水兰家吃饭归来,水兰送他至村口小路。小路边草深树密,洪佐沁同水兰说得高兴,情不自禁中把水兰抱进怀里。水兰很顺从,任他抚摸和亲吻。亲热到兴头上,在勘探队过了好几个月光棍生活的洪佐沁自然也控制不住自己的激情和欲望,把外衣就地一铺,把该做的便都做了。完后,搂着水兰躺在地上,望着满天繁星,洪佐沁有些怨自己太冲动,未免对不起水兰,也对不起董玉洁。但回味适才水兰的温柔,觉得所获快乐同董玉洁的全然不同。便又想,一生能有一个水兰,多上一种体验,真也实在值得。

事情就这样开了头,有如此的思想基础,洪佐沁便一发不可收拾,常邀了水兰去到无人处共享片刻的欢愉,欲望强烈得忘却了后果。

事情发展到此,自是瞒不住人。勘探队很快便有风言风语,人们私下言谈,对洪佐沁十分不齿。上级自然也知道了,总院派人来工地,严肃地找洪佐沁谈话,言及其错误严重性。洪佐沁方如大梦初醒,意识到自己的局面已不可收拾,一时十分狼狈。当夜便找了水兰,痛哭流涕认错,说自己如此这般又无法娶她,真乃禽兽不如。水兰很平静,温婉依然如平日,伸手替他抹着泪说:"我没有要你娶我呀。"

洪佐沁说:"那你为什么对我这么好呢?"

水兰说:"我欠你的。老话说欠债还钱,欠恩还情。我用我的情还你的恩呀。"

洪佐沁一时听得发呆。水兰说:"领导骂你,我去找他们论理。这是我愿意的。"

洪佐沁听罢更是泪水涟涟。不久,他便被调回总院,走前连同水兰道别一声都没来得及。入党自然不被通过,档案上倒多了个大处分,且在董玉洁面前从此抬不起头来。

丁子恒原本对洪佐沁印象颇好,自有此事后,亦对他心生鄙视。丁子恒心说,你洪佐沁能做这种龌龊事吗?你是什么人?既非社会下层之流氓地痞,亦非富贵豪门之浪荡子弟。他们或下有根基,或上有背景,乱七八糟的事本来就在他们的分内。你是工程技术人员,靠自己吃本事饭行走天下。脚下有扎扎实实的地,头上有前景无边的天。你命中就该安安分分做好自己的事,这就是你来到此世界的使命。你不守住本分,却心生妄想,岂不是作践自己?

洪佐沁亦知丁子恒对他的反感,心叹世上无人知他内心之苦,便也自疏远了。如此这般,他们虽同住乌泥湖,且洪家东窗对着丁家西窗,却来往不多。只是洪家长子洪泽海常常同大毛两人隔着窗子高声谈话。

丁子恒敲洪佐沁房门时,洪佐沁正忙着把壁橱腾空,预备陆续地买些粮食储藏其中。开门见丁子恒前来找他,不禁有些迷茫。丁子恒拿出资料递给他,他方恍然,一边说谢谢,一边又说:"三峡还上得了吗?"

丁子恒说:"怎么上不了?"

洪佐沁说:"我好像有什么预感,总觉得这工程一下上不去。"

丁子恒有些诧异,说:"不会吧,我见林院长信心很足的。巴克塞也夫专家也说可以大力做施工准备了,科委三峡组也马上要召开三峡科研会议,交通部也将召开三峡航运问题讨论会。以我的观察,国家是在紧锣密鼓地上三峡哩。"

洪佐沁苦笑一声,说:"但愿如此吧,也许我是多虑了。"

丁子恒说:"你母亲怎样?"

洪佐沁脸色一暗,说:"已经去世了。"

丁子恒便有些抱歉,说:"对不起,让你伤心了。人老了,总会有这一天,你也要节哀顺变才是。"

洪佐沁说:"也只能这样。"

丁子恒说:"那我就不打扰你了。"

丁子恒和洪佐沁始终是一个站在门里,一个站在门外。洪佐沁没有让丁子恒进屋一坐的意思,而丁子恒亦没想到应该进他家门。直到走出戊字楼,丁子恒方想,洪佐沁怎么连门也不让进?如此也未免过分了吧?想着便有些不悦,心里对洪佐沁便更不喜欢。

六

吴松杰家自搬到丁字楼上以后,同邻居丁子恒家的交往淡到几乎没有往来的地步。吴松杰原本在荆江工程处工作,因为性格内向,家庭成分又不太好,一直到三十岁都没有成家。当地有个女中学生,常去处里找人玩耍,并且露出口风不想在家乡嫁个农民,而想找一个有工作单位的人,便有同事将吴松杰介绍给了她。这个女中学生就是李乐云。吴松杰并不太中意李乐云,可是除她外,也没有其他人选,便也罢了。李乐云亦不觉得吴松杰是她合适的人选,她觉得自己有文化且还眉清目秀,找吴松杰这么个闷葫芦实在是有些亏。但眼前的单身汉只有一个吴松杰,同村里的人比较起来,他当然还是要强得多,也就只有认命。于是两人交往半年后,便申请结了婚。

婚后李乐云的母亲与他们同住一起,两人感情并不很好。吴松杰喜欢的东西,常常恰是李乐云排斥的,反之也一样。吴松杰言词木讷,争执起来,永远也争不过李乐云。李乐云一口沔阳话说得流水一样连贯,有俗语有比喻,话中套话,弄得吴松杰头大。更兼李乐云母亲一听两人语言相撞,立马搭腔帮助女儿,吴松杰一对一尚难取胜,何谈以寡敌众,遇事只好三缄其口。原本就沉默寡言的他,便更加沉默寡言。

　　李乐云跟着吴松杰调进城后,便在子弟小学教算术。她说话时眼睛喜欢向上翻动,仿佛不用眼睛帮助就说不出话来。大毛和二毛便为她起了个绰号叫"白眼翻"。饭桌上说笑起来,被雯颖骂了一顿。雯颖虽然骂了大毛二毛,可自己心里一想,那李乐云可不就是个白眼翻?便也觉得好笑。

　　雯颖从心里不喜欢李乐云,每次相遇只点点头。雯颖很自然地拿她与魏婉娴相比,觉得李乐云实在是缺少魏婉娴的那份雅致,倒是浑身上下散发着一股土腥气,衣装虽然进了城,说话行事却依然按着乡下人的一套法则。雯颖不知的是,在她瞧不起李乐云的同时,李乐云亦从心里充满了对她的鄙夷。李乐云想,你陈雯颖再怎么洋气得像个大家闺秀,也不过一个家属。一个家庭妇女同我这样有自己的事业的人如何相比?

　　吴松杰和李乐云都要上班,家里事情便落在李乐云的母亲李三婆身上,洗衣做饭外加照顾两个外孙。李三婆有三个女儿却没有儿子,对男孩子便有一种偏爱之情。李乐云一生便是两个男孩,李三婆将两个外孙吴安林和吴安森宠爱得不知如何是好。一家五口人,吴松杰表面上是一家之主,其实却是这个家里最没有地位的人。

　　李乐云同癸字楼上右舍何民友是老乡。何民友在计划处工作。早在荆江工程处时,两家就都熟悉。何民友的太太陈丽霞常来陪李乐云的母亲李三婆聊天。陈丽霞同何民友是姑表兄妹通

175

婚,婚后生下两个孩子,一个弱智,一个白毛。现在又怀着第三个。她盼望生一个正常孩子,却不知肚里这个是不是又有问题。同李三婆说起时,陈丽霞每每止不住眼泪往下淌。每次淌泪,那个已经十岁的弱智男孩便伸出肮脏的小手替母亲把泪抹去。

因为陈丽霞常来丁字楼上,同雯颖多少也有点熟,见了面彼此也少不了有几句说笑。雯颖因不喜欢李乐云,连带着对陈丽霞也有点淡淡的,只是每每见到弱智的小儿替妈妈抹泪,心里便生出许多怜惜和感动。

一个星期六,三毛从幼儿园回来得很早,神秘兮兮地伏在雯颖耳边,说:"妈妈,吴安森跟我说,那个何多多是个傻瓜哩。"

雯颖说:"可不许这么说。他是个很乖的小孩,他心地很善良。"

三毛说:"那他为什么长这么高也不上学?"

雯颖说:"那是因为他有病。"

三毛说:"他很笨哦,什么都不懂。大毛哥哥有病的时候,就什么都懂。"

雯颖说:"他生的是一种特殊的病,你可不能欺负他哟。"

三毛说:"那……吴安森说星期天要把他带到野地那边去玩,叫他趴在地上给我们当小马,算不算欺负?"

雯颖吓了一跳,说:"当然算。身体好的人欺负有病的人,是很丢人的事。三毛,你可不能干这样的事。"

三毛想了想,说:"好吧。那……我教他算算术行不行?"

雯颖说:"这个可以。"

陈丽霞再来吴家小坐时,三毛便缠着常年跟在妈妈身后的何多多要教他算算术。为了这事,吴安森不依,竟挽了袖子,跟三毛打了一架。三毛打不过吴安森,但他身边有蒲海清,所以他获得最后胜利。但是胜利者三毛在教了何多多三次后,便对着雯颖连连长叹:"我教何多多一加一等于二,教了十八次,他还是不会。他这个病真是怪病。"说得雯颖忍不住好笑。

七

国庆十周年,乌泥湖宿舍许多人都出去游行。家属们全都打扮得漂漂亮亮,一时间,操场上来来去去的人们一片鲜亮。丁子恒和雯颖也带着孩子们出去看游行,看完游行,又上长江大桥上玩。

长江大桥飞越南北,南搭蛇山,北架龟山,气势如虹。只是它小巧玲珑的桥头堡,用丁子恒的话说,太小气了,如同一个又高又壮的大人,戴了一顶儿童式的瓜皮帽。

家里其他人却全然不理会丁子恒的不满。尤其三毛和嘟嘟,在人行道上小跑着,很开心地争着数桥栏上的雕花图案。嘟嘟不敢站在栏杆边,更不敢向桥下望江水,三毛便捧着肚子笑她比老鼠的胆子更小,笑个要死。

长江在脚下流动得无声无息。

二毛说:"哎呀,坏了。我写作文是说长江水,哗哗流。"

大毛说:"这也没错呀。"

二毛说:"但实际上长江是静静地在流。"

大毛说:"站这里望长江,它当然是无声的,可是你走近它的身边就能听到它的声音了。"

二毛说:"但是溪水却在很远的地方就能听到声音。"

大毛说:"这很简单。长江因为它博大反而无声,溪水因为它细小反而喧嚣。"

二毛说:"爸爸以前说过,大自然和人世间许多道理都一样,这个是不是也一样?本事大的人都不爱作声,本事小的人就喜欢乱叫一气。是不是呀?"

丁子恒听他两兄弟谈论,突然感悟:孩子们已经长大。大毛的个子已和雯颖一般高,二毛出门亦不再愿意和父母牵手。两人讨论的问题,也不再是家中的鸡毛蒜皮,却是在朝着成年人所关心的东西接近。岁月仿佛加快了步伐,一天追着一天地从身边疾步而去。

在桥下纪念碑休息时,二毛开始考三毛做算术。考过几题,三毛烦了,说:"光考算术有什么用嘛。"

二毛说:"考别的你会吗?"

三毛说:"怎么不会?我都会写我自己的名字了。"

大毛二毛笑得弯下腰。丁子恒和雯颖也笑,丁子恒说:"光会写自己的名字就这么大口气?"

三毛得意道:"当然。嘟嘟连一个字都不会写哩!我还会写嘟嘟名字上的那个'丁'字。"

大毛二毛刚止住笑,叫他这一说,又大笑起来。二毛说:"你连爸爸名字上的那个'丁'也会写对不对?"

三毛一听,高兴了,说:"对呀!你不说我都忘记了,爸爸名字上的那个'丁'字我也会写。"

大毛二毛笑得跺脚。雯颖道:"好了好了,三毛,你别再出洋相了。"

三毛说:"妈妈,我真的会写。"

大毛说:"了不起,三毛,除了你自己名字外,全家人的名字你都会写一半。"

三毛说:"错啦。爸爸名字是三个字,我不会写'子'也不会写'恒'。妈妈的名字我一个字也不会写,不是一半。"

丁子恒不禁脱口道:"回答得好!三毛。"

三毛听到丁子恒的夸奖,小脸笑成了一朵花。

二毛说:"好吧,你这么了不起,我考你一个。北京十大建筑是哪十个?"

三毛说:"你连这都不知道?人民大会堂呀。"

二毛说:"对的,一个。"

三毛说:"革命博博馆。"

大毛二毛又嘎嘎地跺着脚笑起来。三毛分辩道:"笑什么?李三婆听收音机时我也听到了,里面说的就是革命博博馆。一共有三个博博馆,一个历史博博馆,还有一个解放军博博馆。嗯,还有一个火车站,一个吃饭的店。"

一家人便在纪念碑下笑得走不动路,说不了话。三毛眼睛一翻,不悦道:"这有什么好笑的?你们又不听收音机,你们真是什么也不懂!"

八

冬天似乎突然而至。一夜风起,次日便遍地严霜。

粮食一天天紧张起来。食堂悄无声息地垮了,门口贴的大标语"放开肚皮吃饭,鼓足干劲生产",也不知被哪一场风雨吹得破碎不堪。操场上的小高炉炼不出像样的钢铁,立在那里,如同废墟,水文站和物勘总队的青年们便在一次大扫除中将它拆除。拆除那天,家属们呆望着小高炉在青年们的说笑中成为垃圾。为参与大办钢铁,她们曾投入了莫大的热情和精力,然而这一切都随垃圾车的远去而远去了。

操场又恢复如初。每日黄昏时分,便有水文站和物勘总队的青年们在此练球。一些中学生也参与其间,跑动的脚步声中总是夹杂着喊叫和笑闹,这是乌泥湖一天中最有生气的时候。

一天,雯颖去邮局,路过简易宿舍,见明主任站在食堂门前,面带惆怅。雯颖想起开张时这里热烈的鞭炮和被人围观的吵闹声,刹那间仿佛全都涌在耳边。雯颖走到明主任身边,叫了一声:"明主任。"

明主任回头见雯颖,嘴角露一丝笑,说:"真想不到。"

雯颖说:"是呀,想不到粮食一下子这么紧张。"

明主任苦笑道：“你看，去年我们那么红红火火，今年呢，小高炉炼不出好钢，食堂又垮了。我都不知道是怎么搞的，我做事从来没有这么失败过。”

雯颖说：“快别这么想。你真是很了不起，没有你来号召，我们都不晓得该做什么。”

明主任说：“我总想证明我们女人也跟他们男人一样能成功，但是我们做成了什么呢？”

雯颖说：“这个……也不能这么说吧？我家丁子恒说他们炼的钢也不行哩。”

明主任说：“你是说他们男人也没成功？”

雯颖说：“我不知道应该怎么讲。”

明主任说：“那……我们有这么高的钢铁产量，是谁成功了呢？怎么他们能成功，我们却没能呢？还是我们没做好。”

雯颖想想明主任的话，觉得她说得似乎有理，但同时又很有问题。于是她说：“不过我们的幼儿园还是挺好的。”

明主任说：“幸亏幼儿园还能撑着。但是，”她顿了一下，还是说了出来：“不知道为什么，我觉得也长不了。”

雯颖从没见明主任这么沮丧过，惊异道：“为什么？”

明主任说：“我说不出为什么，总觉得心里慌慌的。”

雯颖叫明主任这么一说，自己心里亦生出慌慌的感觉。

明主任见她如此，忙缓过口气，问：“怎么，你出门？”

雯颖说：“我姐姐在乡下，来信说没有钱买口粮了，我给她寄点钱去。”

明主任说：“乡下也不知道现在怎么搞的。我弟弟也从四川来信说没粮食吃，村里好多人都出去逃荒了。”

雯颖说：“农村真都这样呀？”

明主任说：“他信上这么讲，我也不晓得是不是。”

雯颖望望两边，压低嗓音在明主任耳边说：“董玉洁告诉我，她婆婆在安徽饿死了。"

明主任吓了一跳,说:"真的?!"

雯颖说:"她亲口说的。她家洪工为这事大病一场。"

明主任的眉头攒在了一起,她想说什么,又吞了回去。

雯颖忙说:"我走了。你忙吧。"

乌泥湖家属委员会从这天起,便停止了开会和学习。附近工地高音喇叭里的音乐依然响得欢。有一天,乙字楼下左舍的胡爷爷被突然而起的激昂的歌声惊了一下,此后一听昂扬歌声便心里发慌。发作时,浑身颤抖,气喘不赢。歌一停,便立即缓解。送去医院检查,说是心脏病。胡爷爷的儿子胡常安是总院工会副主席,立即找了明主任一起上工地,要求喇叭播音必须限时,否则乌泥湖宿舍的居民受不了。起先工地不同意,胡常安便拿出胡爷爷的病历,且说一旦出了人命,概由工地方面负责。如此威胁后,工地方妥协,表示每日只上午下午各播音两小时。

幼儿园孩子们每天皆有唱歌课,乌泥湖几乎无人听过他们的歌声,他们纤细的声音一直被工地的高音喇叭覆盖着。一天清早,离工地喇叭的播音时间尚有一个小时,乌泥湖上空突然飘起了清脆而稚嫩的歌声。那天很冷,但许多人家都把窗子打开了。歌声有如来自天堂的铃音,摇碎寒流,一直温暖到人们的心灵。

其实只是一首十分普通的儿歌。

> 大肥猪,大如牛;
> 大肥猪,一身肉。
> 有多长,七尺七;
> 有多重,一千一。
> 谁家的肥猪这么大?
> 我们社里的。
> 你们社里谁喂的?

我不告诉你。
为什么?为什么?
爷爷告诉我,
要我替他守秘密,
不能说是他喂的!
哦,我得替他保守秘密!

充满天真的歌声久久地回荡在乌泥湖上空,那纯净的童声令蓝天干净,绿野清新。

九

丁子恒在一个很冷的日子去了丹江口,那边正进行截流。丹江口工程的质量问题令人担忧,虽然在一年之中经过了几次质量检查,可右部河床混凝土仍然出现裂缝。浇铸手段简陋,一味图快图省,其结果终将惊心动魄。丁子恒怀着一份忧心,原想截流完后在那里待上几天,做点施工调查,但不料院里一封电报将他催回。电报说部领导元月一日即到汉,让他陪去宜昌视察。丁子恒便立即登车回程。

丁子恒满脑子都是裂缝的痕迹,因为它们,整个途中他的心情十分低落。

汽车颠簸在满是泥土的路上。大风在自己一阵一阵扬起的灰尘中吼叫,路边的树叶已经凋落殆尽。两边田园一派荒凉,几乎无人耕作。不时有衣衫褴褛的行人张皇地躲避汽车。

有一个行人在他们的汽车开过时突然栽倒。丁子恒吓了一跳,说:"他怎么了?"

司机说:"死了呗。"

丁子恒大惊,说:"就这样死了?"

司机说:"这几个月,我一直在跑这条线。头一回见,还下车看看怎么回事。后来见多了,也管不了了。一路都可以见到倒尸,没饭吃,饿死的。"

一番话,说得丁子恒全身发毛,他想起石龙洞口四川老头的话,一股深深的悲哀袭击了他,却不敢再多问。

接近黄昏时,风中满是寒意,强劲地从车缝里挤进来,然后设法钻入人的骨缝。丁子恒将大衣掖得紧紧,心忧如焚。他想,这风又将吹倒多少路边行人呢?那一条条生命就这么无声无息地跟着即将结束的年头随风而逝?我们的这个世界怎么啦?

许多的人,在一九五九年结束之际,无声地倒在那条荒凉的小路上。

1960 年

山映斜阳天接水,
芳草无情,
更在斜阳外。

——北宋·范仲淹《苏幕遮》

一

饥饿铺天盖地而来。人们对浮肿病的恐惧,在民间悄然流传。

春节间,乌泥湖癸字楼上右舍何民友的老婆陈丽霞在总院职工医院生下一个女儿。女儿满脸皱褶,像个萎缩的小老头。何民友站在产房门外,极力想知道这孩子是否正常。他实在太想要一个正常的孩子了。

护士把婴儿抱过来,他第一眼便看到那个小老头的脸上生着一张兔唇。心中顿时有如刀刺,忍不住一声长啸,一头撞向墙壁。鲜血立即从他的额上流出,经过眼睛,流下面颊。抱着孩子的护士吓了一跳,她尖叫道:"同志,你怎么啦?"何民友掏出手绢,慢慢地揩脸,低声说:"没什么。"

陈丽霞躺在床上泪水涟涟,哭得连奶水也没了,何民友便只好头顶着白纱布到处买奶粉。市场上已买不到鸡,猪肉亦很少很少。上粮店买米面,不是休息便是盘存。好容易碰上一天开门,若不赶早,便卖完了。何民友想给陈丽霞买块蛋糕,竟是遍寻各个商店而未得见。

三天后,陈丽霞出了医院。她在家坐完了月子还不敢出门,怕人问起孩子。满月那天,何民友托丁字楼李三婆设法从蒲家桑园买只鸡,不管多贵都行。李三婆便带了他去郗婆婆家,郗婆婆长吁短叹,说现在哪里还有鸡?有鸡不自己留着吃了活命,还舍得卖?

何民友忙说:"我出五块钱,不管多小都五块钱。"

郗婆婆认真想了想,说:"那我问问去吧。"

下午,郗婆婆把一只瘦小的母鸡送到癸字楼,陈丽霞见到鸡高兴得眼泪都淌了出来。晚饭的时候,这只鸡便变成一锅汤。鸡汤在碗里冒着热气,有稀稀几星油浮在面上。何多多和何白毛都两眼直直地望着鸡汤,鼻子不停地抽耸。

何民友说:"想喝吗?"

何白毛说:"想。"

何多多却连话都没说,端起碗便往嘴里倒。何民友还未来得及阻止,何多多已经将汤倒进嘴里。

只一秒钟,鸡汤从何多多手上"哐"地摔下,汤洒得一地,碗亦粉碎。何民友脸色顿变,他吼道:"你这是干什么你?"

何多多却只是用手指着嘴哇哇哇乱叫,他的嘴唇已被烫得通红。何民友伸出手打了他一巴掌,何多多便放声大哭,哭声如嚎。

陈丽霞说:"你打他干什么?"

何民友说:"这么大了,还总是闯祸。"

陈丽霞说:"他是个傻子,你又不是不知道。"

何民友说:"知道又怎么样?我烦!"

陈丽霞说:"你烦有什么用呢?你烦他也是你的儿子。"

陈丽霞说着,便搂着何多多哭了起来。何多多见陈丽霞哭,便一如往昔,伸出手替陈丽霞抹眼泪。这一抹,陈丽霞哭得更厉害了。

何民友说:"老天爷!我上辈子造了什么孽,竟让我有三个这样的孩子。将来他们长大了该怎么活啊!"

因何多多的缘故,这顿晚餐何民友几乎一口没吃。何多多哭罢,倒是同弟弟何白毛一起一连喝下两碗汤,喝得小脸泛起红色。

夜里何民友躺上床上对陈丽霞说:"把小三送到乡下去好不好?多多和白毛已经让我够受了,再加上小三,我有点受不了这个压力。"

陈丽霞说:"也好。把小三交给我妈,我们每月多寄点钱去。"

何民友说:"如果小三智力上没有问题,将来我们存点钱,把她送到上海做手术,也许会跟正常人一样。"

陈丽霞长叹一声,说:"生三个孩子,没一个像样的,当初你不娶我就好了。"

何民友说:"你后悔了?"

陈丽霞说:"你不后悔?"

何民友说:"后悔又有什么用?我明天就去买车票。"

因为打了何多多,何民友心里颇内疚,第二日中午去买火车票时,便答应给何多多买几粒糖果回来。何多多脸上浮出笑容,说:"爸爸,糖,甜。"何民友下楼时,何多多便跟在他身后。

何民友说:"多多在楼下玩一下就回去,啊!"说罢匆匆而去。

下午何民友买罢车票回家,掏出糖果找何多多。陈丽霞说:"多多不是跟你一起走的吗?"

何民友说:"我让他在楼下玩一会儿就回家呀!"

陈丽霞说:"你没带他走?"

何民友说:"没有呀。"

陈丽霞立即傻了,说:"那他到哪去了?"

何民友说:"我走后他一直没回来?"

陈丽霞说:"没有呀!"

何民友拔腿便往楼下跑。陈丽霞亦放下怀里的小三,交与白毛看着,跟着何民友下了楼。两人屋前屋后地喊多多,喊得乌泥湖宿舍一片惊惶。

许多人都从家里出来,帮忙询问。戊字楼上洪佐沁的二儿子洪泽江说:"我看见多多跟在他爸爸后面走的。"

何民友说:"我怎么不知道?我在乙字楼还碰到过金总,还站在那里同金总说了话的,多多并没有在我身后呀。"

乙字楼下刘景清家的刘三熊说:"我在操场上玩,也看到多多跟在他爸爸后面走。我还……还在他屁股上打了一下。"

许素珍找三熊回家吃饭,见何民友夫妇找多多,也站在一边听。听着听着,她突然想起什么,心一紧,说:"糟了!"说罢,拔腿跑到丁字楼和戊字楼之间的窨井处。

窨井盖正开着,这是早晨农民掏粪时打开的。为图方便,他们常常打开后便懒得关上。许素珍俯身往下一望,一顶孩子的小帽子正漂在粪水上面。她失声惊叫起来:"何工啊,你快来看呀!"

所有帮忙找何多多的人皆闻声而至。陈丽霞一见帽子便昏厥在地。何民友脸色煞白,他扶着陈丽霞颤声叫道:"来……人呀,帮帮我……"叫完,自己也两腿一软,跪坐在地。

许素珍对三熊说:"快,叫爸爸来!"

几分钟后,刘景清赶到。许素珍脱下棉衣,把卫生衣袖一挽,说:"你拖住我的腿,我来捞捞看。"

说着便趴在地上,几乎半个身子伸进窨井里。她伸出手,先将帽子捡上来,然后又伸臂在粪水中抓摸。只一会儿,她便说:"抓到了。"

许素珍手上抓住一团衣服,她使了一把力,将之拉出水面。蹲在一边的三熊说:"真的是何多多的棉袄耶。"

许素珍说:"少废话,快来几个人,帮忙弄上来。太重了,我拖他不动。"

已经镇定下来的何民友和丁字楼上右舍闻讯而来的吴松杰一起俯下身,几个人下力一拽,一具尸体被拽了出来。

何多多满身粪便,臭气呛得围观者连连后退。夕阳的余光落在何多多浮肿的脸上,他嘴角挂着污物,微微上翘着,仿佛含着几丝笑意。何民友蹲地上,双手捂头,呜呜地哭起来。一时间四周静悄悄的,已经远离了生命的何多多令所有注视他的目光发呆。

站在何民友身后的一个孩子,以更大的声音放声号哭起来,一边哭一边说:"多多哥哥好可怜呀。呜……呜……我教他算一加一,他还没有学会呢。呜……呜……他死了,以后怎么学得会呢?呜……呜……"

这个孩子是三毛。

何多多的死让乌泥湖的人伤感了许多日子。人们感伤完后总是要说到三毛,说时都笑:"这个三毛真有意思。"

二

三峡设计一日日紧张起来,但每周五的政治学习却雷打不动,最近的内容便是反右倾。施工室不似总工室,那边老式工程师多,发言讲话相对委婉,内容每每都涉及自己,检讨复检讨。施工室却不,新来大学生和党员甚多,他们颇富激情,一发言便有慷慨激昂之状,批判言词远多于其他。有时点名,有时虽未点名,但谁都知道指向所在。这使丁子恒常感恐惧,不得不在心里分析,哪些是讲他,而另一些又是指谁。分析出来后,联系批判言词一想,浑身大汗即出。在大家眼里,丁子恒是很"右倾"的,可丁子恒自思,怎样才能不"右倾"呢?往左倾一点应该怎么做呢?想后便既觉自己无能,又觉自己无奈,心里便时有悲哀之情。悲哀过后,更有一份是警惕:切不可将此情绪流露出来,否则下场将更可怕。于是只有冷淡着面孔,越来越少地说话。

丁子恒开始吸烟。初吸时,稍一深吸便被呛得咳嗽,吸过几次,就好了。青烟从唇边冉冉地升起,然后悄无声息地四下散开。

望着烟雾由浓变淡,丁子恒仿佛觉得自己压抑的情绪也随之散去,堵在胸口的东西仿佛得到了化解。

雯颖有些不悦,说:"好好的,为什么要抽烟呢?"

丁子恒说:"心里很闷。抽了烟后,闷气就好像跟着烟一起走了似的。"

雯颖说:"哪有这样的事?你这是给自己找借口哩。"

丁子恒说:"是真的。我抽过烟,心里就好过多了。"

雯颖叹息道:"要这样,你就抽好了。反正我不信你的话。"

丁子恒苦苦一笑,想,信不信又有什么关系呢?

一个星期天,丁字楼上来一个陌生人。他带了一封信交给丁子恒,然后说他是魏婉娴的哥哥也是苏非聪的同学魏以,受苏非聪之托,前来拿书。丁子恒和雯颖忙让座沏茶。大毛二毛以及三毛听说是静宜静雅她们的大舅舅来了,便都一起围上来,问声不绝。

魏以叹说她们可没有你们好。静雅静宜都已经休学了,全靠妈妈在家教她们认认字。二毛问她们休学在家干什么,魏家大舅说采桑养蚕,下地插秧,割谷子看场,要做的事多得很。几个孩子便都很惊异,不信静雅静宜会这么能干。魏以便说:"事情轮到谁头上,谁都会变得能干。"

信是苏非聪笔迹。其中什么也没谈,只说见信将书交与来人。丁子恒便问苏非聪的情况,魏以说苏非聪情况很不好,主要是情绪不稳定。农活不会干,出门又受人气,一口气咽不下,便在家发脾气,见杯子摔杯子,见碗砸碗,就连扔热水瓶都干过。暴躁起来,老婆孩子都吓得哭。

丁子恒听罢,心直往下沉,雯颖却是连眼泪都掉了出来。雯颖问婉娴是不是很辛苦,魏以说何止是辛苦?她的苦一言难尽。我们都以为她会撑不住的,可她竟比苏非聪要坚强得多。魏以话到此便不再多说,雯颖眼泪更收不住了。

魏以拖走一网篮书,说是另一篮以后有便车再来拖。他刚下楼,雯颖想起自己新买了一段裤料,便追在他后面请他带给魏婉娴。

这天夜里丁子恒和雯颖都辗转着睡不着觉。雯颖不断心有余悸地说着可怕恐怖以及幸而丁子恒侥幸漏网。

丁子恒说:"苏非聪不该回乡。在这边下到工地,怎么也比在乡下干农活要强呀!而且也不至于耽误了孩子。"

雯颖亦说:"我真不敢替魏婉娴想,一想就觉得生活好可怕呀。"

丁子恒说:"这是个教训。我以后必须慎之又慎,每句话每个行动,都得三思而后行。否则真是牵一发而动全身,孩子们的一生和你的一生就会坏在我手上。"

雯颖说:"是呀是呀。你千千万万小心。叫你干什么就干什么,就算是有意见,也千万别提。心里若有气,回家找我发都可以。想想咱们四个小孩子,就是有天大的气,你也不能生。"

丁子恒说:"是呀,你和我,加上四个小孩的命运,就是有天大的意见,我也不敢提了;就是有天大的气,我也不敢生了。"

三

开春以后,乌泥湖宿舍东边野地突然人多了起来。许多人都在那里寻找马齿苋。二毛放学后,也去过几次。雯颖将马齿苋同青椒炒在一起,里面少少地放上点肉,一家人竟都说想不到野菜也这么好吃。忽然有一天有人在野地平整出一小块地来,种上了菜,这个举动令所有人眼睛一亮。于是,一夜之间,野地全部被瓜分,次日清早竟变成一小块一小块颇有规则的小菜园,令早起上班的人们大吃一惊。

雯颖原本并不知此事,是放学的二毛见甲字楼上左舍的同学金晓雪在野地里划地盘,便也赶紧为自家划了一块。二毛划好地,又捡了四块砖,摆在四角,且在地中央压了张纸条,上写:"这是丁字楼上左舍丁家的地",然后才兴冲冲跑回家。

雯颖听二毛说后,先是惊异,然后想,种一块小菜园,吃上自家种的菜,该多么好。于是便高兴起来。吃过晚饭,雯颖带了大毛二毛去挖地。丁子恒看书到九点多,见他们还未回来,便也过去看。看罢笑道:"人家兄妹开荒,你们是母子开荒呀。"说话间还帮忙着捡了几块石头。

雯颖从来没有种过地,一方面新奇,一方面又束手无策。驼背他老婆来洗衣时,便跟着雯颖去菜园,手把手地教雯颖应该怎么做。

驼背他老婆说:"种菜不浇粪,菜怎么能长得好?"

雯颖说:"我去哪找粪?"

驼背他老婆说:"你们房后窨井里不全是粪?"

雯颖说:"那我怎么把它弄到地里来呢?"

驼背他老婆便嘎嘎地高声笑起来。笑过,说:"算了算了,我回去说给我家驼子听,他又该笑死了,还是等我洗衣时来帮你浇粪吧。你家肯定没有粪桶,我担我家的来。"

雯颖笑道:"那就太好了。种了菜,就算我们两家的。你家要吃时,也来挖。"

驼背他老婆说:"我家哪里缺菜?我家只缺米钱。"

雯颖说:"那……我每个月再给你加五毛,行不行?"

驼背他老婆脸上立即笑开了,说:"那我就谢你了。我还给你带菜种来。"

首次种上的菜是小白菜。等待小白菜发芽的时间实在是太漫长了,大毛二毛每天上学放学都要去菜园把眼睛凑到地皮上细看。驼背他老婆见了便笑道:"看地哪能像看书,凑得那样近?小心把鼻子臭脱了。"大毛二毛想想,方觉得地里的确是很臭很臭。

仿佛是过了很久很久,一天早上,大毛二毛终于看见地里冒出一些淡淡的绿色。惊喜中,两人连奔带跑回到丁字楼下惊声大叫妈妈。雯颖吓了一跳,以为出了什么事,跌跌撞撞地从厨房跑到房间窗口,紧张地伸出头。

二毛叫道:"妈妈快去看啊,小白菜发芽了!"

大毛亦说:"小绿芽很漂亮。"

雯颖方松下一口气,说:"好啦,我知道了,你们快上学去吧。"

大毛二毛走后,雯颖想想觉得有趣,禁不住自己也有几分激动,便赶紧到菜园观看。

果然就看到了菜园里嫩嫩的小苗,菜叶只有绿豆大,菜苗一株挨着一株,密密的,极其可爱。旁边其他菜园里都还只见土色,没一块泛出绿意,于是雯颖心里就很有了几分成就感。吃过早饭,她特地跑到蒲家桑园,兴高采烈地告诉驼背他老婆这个惊人的消息。

驼背他老婆说:"白菜出苗,这不跟吃饭拉屎一样容易,怎么弄得像过节?"说得雯颖也跟着她笑了起来。

四

大麦糊越吃越难吃,玉米窝头也难以下咽,红薯饼和红薯藤吃得人直作呕。大毛二毛每天一放学,便进厨房,伸着脖子,想发现点什么可吃的。大毛十四岁,二毛十二岁,两人正发育,馋嘴也是自然。雯颖每见他们如此,便心疼不已,可是她实在也找不出什么更好的东西给他们吃。

一天,雯颖决定去一趟高价商店给孩子们买点吃的。临出门前,幼儿园金妈妈让人来告诉雯颖,说三毛有点咳嗽,是不是带他去医院看看。雯颖从幼儿园接了三毛出来,先去了医院,完后,又去了江汉路高价商店。商店里的东西是凭优待券购买的。上面给高级知识分子都发了优待券,凭券可以买白糖麻油什么的。虽有优待,在此购物,却仍然贵得惊人。原本只要几分钱一个的饼子,在这里全都要几毛钱。雯颖站在柜台前,犹豫再三,还是咬咬牙,给每个孩子买了一个发饼。又买了一斤饼干和半斤糖果。三毛盯着柜台里的蛋糕两眼发直,仿佛双脚被钉住,动弹不得。雯颖叫了好几声,他都不理不睬。雯颖只好扯他出门。三毛硬硬地挺住自己企图耍赖,但终究力气小,顶不住雯颖的拉扯,被拖出店外。

　　店外的阳光很好,照耀在来来往往的行人脸上。一张张面孔浮肿着,让雯颖看了心惊。三毛委屈地跟在雯颖身后走了几步,终于忍不住停下来放声大哭。一边哭一边说:"那个蛋糕很香嘛。我没有想吃,可是我肚子里的虫子很想吃,它们都在肚子里动来动去的。"

　　雯颖又好气又好笑,却更有怜惜。便只好折回去,为三毛买了一块蛋糕。

　　三毛立即破涕为笑,伸手接过蛋糕。谁料还没来得及放进嘴里,一只横插而来的小黑手一把将蛋糕夺了过去。那是一个脏兮兮的孩子。雯颖和三毛全都怔住,待反应过来,那孩子已经将蛋糕啃去了一半。

　　雯颖抓住他,呵斥道:"你干什么?怎么抢人家东西?"

　　那孩子抬起头,嘴里塞满了蛋糕渣,说:"我好饿。"

　　雯颖说:"你饿他不饿吗?他比你还小得多哩。"

　　那孩子眼里露出几分胆怯,便将剩下半个蛋糕递给三毛。三毛正欲接,突然发现那只小手黑乎乎的脏极了,伸出一半的手便悬在空中。

　　雯颖板着脸,说:"你手这么脏,他还怎么能吃?去去去。"

　　那孩子便缩回手,继续把蛋糕往嘴里塞去。雯颖拉走了三毛,三毛一边走一边回头望那孩子。雯颖说:"就是你好吃!害得妈妈白花了好几毛钱。"

　　三毛说:"我觉得那个小哥哥好可怜呀。他那么脏,一定是没有妈妈给他洗澡,也没有妈妈给他做饭吃。他比我饿多了。"

雯颖说:"嗯,你良心还挺好的。"

吃晚饭时,雯颖给大家讲述今天遇到的事情。她讲完后,三毛说:"妈妈生气了,说'去去去',我心里一点没生气。我愿意给那个小哥哥吃,我肚子里的虫子也都愿意。他太可怜了。"

丁子恒说:"嗯,我家三毛不错嘛,挺有同情心的。不过,以后也别乱同情人,知道不?"

三毛说:"为什么?"

丁子恒说:"因为有些人是没有必要去同情的。"

三毛说:"那是什么人呢?"

丁子恒被问住了。他暗想,是呀,那是什么人呢?跟三毛又如何能说得清呢?雯颖笑道:"把自己也考住了是不是?三毛,是什么人跟你一时也讲不清,等你长大就明白了。"

三毛便长叹了一口气,说:"唉,什么事情都要等长大。我长了这么久,还没有长大。真烦人呀。"

　　早上,雯颖把家务做完,准备把丁子恒的一件旧毛衣拆掉,她想用这件旧毛线给大毛织一条毛裤。雯颖自小没有学过女红,缝衣绣花织毛线之类,她都不太会。以往孩子小,忙忙碌碌的也没时间织,拿了钱上街买就是了。现在一则日子一天天过得紧,二则三毛和嘟嘟都去了幼儿园,雯颖的时间宽松了许多。雯颖便想,反正自己闲在家里,能节约一点,岂不更好?

对面乙字楼上张雅娟表示可以教她,雯颖便鼓足勇气来学学织毛衣。张雅娟说,可以先从毛裤开始织起,毛裤比较简单,学起来容易。此外,可以将旧毛衣拆了来改织裤子,既省去了买新毛线,又可以练手。比方你把你家丁工的旧毛衣拆了,给大毛或者二毛织条毛裤,然后,再拿钱给丁工买件新的毛衣。这样,丁工不必穿旧毛衣,而小孩子的毛裤无所谓新旧,暖和就行。

雯颖听罢,对张雅娟佩服得五体投地。说:"你们上海人过日子就是精细,一点一点算得恰到好处。南京虽说离你们那里并不远,可就是缺少这份仔细,真是怪怪的。"

雯颖受此点拨,立即有一种学习上海人精心理家的冲动。从壁橱翻出丁子恒的旧毛衣,马上就动手拆洗。拆毛衣对雯颖来说,也颇陌生,为了找出线头,她不知道花了多长时间。已经将两只袖子从衣身上卸了下来,却依然找不到线头何在,急得她浑身冒汗。

正这时,简易宿舍尹妈妈来找雯颖。尹妈妈说:"咦,想不到你也做这活儿?"

雯颖说:"我做这活儿时,才晓得自己好笨。"

尹妈妈说:"来,我来帮你。"说着她拿起一只衣袖,只三下两下便将线头从袖口扯了出来,令雯颖看得两眼发直。

尹妈妈笑了,说:"我做这事觉得容易,可有些事,打死我也做不出。今天我找你,就是想请你帮我。"

雯颖忙说:"什么事呀?"

尹妈妈说:"帮我写封信好不好?我原来总是到邮局门口请那个摆摊写信的老头儿写,写一回一毛钱。可是我今天去时,摊子没有了。邮局隔壁一个老太婆告诉我说,那个老头子得肿病死了。我只好来找你,我晓得你人好,肯帮人,又不爱多嘴。不像董玉洁,知道人家一点事就喜欢到处说。"

雯颖不愿意听人背后说他人的坏话,忙打岔说:"没有问题的,我帮你写。只是我的字写得不好看,你不要在意就行了。"

尹妈妈说:"哪会呢?写出来能认得就行了。我们没文化的人真是可怜呀。"

两年前一个测工在三峡工地测量时,一脚踏空,从山崖上摔下,落在崖下的乱石上,满头是血地死去。这个测工便是尹妈妈的丈夫。那时尹妈妈尚带着他们的独生儿子住在贵州乡下。总院在安葬完测工后,便将年近四十的尹妈妈安置在了乌泥湖简易宿舍做清洁工,以抚养她正上小学的儿子。雯颖曾经去过尹妈妈家,她住在简易宿舍最小的一个房间里,室内窄小简陋,房间是土地,未铺水泥,淋下几滴水,便湿滑湿滑的。菜罩下总是只有一盘咸菜。在乡下吃惯苦头的尹妈妈却对此感到满足。尹妈妈常说,一个人有一个人的命。老天爷九千年前就把你的命规定下来了,定成你是这样的,你就没法变成那样。你就是把天斗成个窟窿,也斗不过你的命。尹妈妈的理论常被明主任批评,但尹妈妈却坚持自己的观点不改。

让尹妈妈坚持自己观点的另一个原因,便是她正上小学的儿子尹金龙。尹妈妈是个骨骼粗大,皮肤黧黑的女人,据说她的丈夫亦是个黑粗大个儿。然而他们的儿子尹金龙却细皮嫩肉,眉目清秀,稍微粗一点的饭菜就咽不下去。尹妈妈说,任谁看了她儿子,都说他天生少爷命。这是老天爷定的,要不他们两个粗人怎么就生出这么个精致人来?而她之所以要到城里来,就是要顺她儿子的命,他既有少爷命就该有少爷的日子过。

雯颖曾同丁子恒笑谈过尹妈妈的这个说法。丁子恒说乡下人日子苦成那样,她只有这样想了才能活得下去。雯颖觉得丁子恒讲得很有道理。

尹妈妈是给尹金龙的三伯写信。尹妈妈说时,眼泪水便往外流。说是当年他们住乡下时,几个伯伯从来也没有照顾她母子二人。现在乡下没饭吃了,倒写信来要钱。尹妈妈说,我一个月才十四块钱,还要养龙龙,龙龙还要上学,上学还要交学费,我怎么有钱给他们寄?

雯颖便照尹妈妈的意思写,雯颖措辞自然比尹妈妈说的委婉客气。写完念给尹妈妈听,尹妈妈说:"其实不用对他们客气。不过这样写了也可以。"

写好信封,封上口后,尹妈妈要掏钱给雯颖。雯颖急了,说:"你这样就是看不起我了。以后你要回信我都可以帮你写,但你要给钱,我就一个字都不写了。"

尹妈妈说:"那我怎么谢你?我怎么谢你呢?"说着她看见那件拆了一半的毛衣,一把将之抓到手上,说:"好了好了,这件毛衣我帮你拆帮你洗,我也帮你织好了。我只要一个星期就可以帮你织完。"说罢,便起身一阵风似的下了楼。

雯颖的学织毛衣的计划也就搁浅了。说与张雅娟听,张雅娟哈哈大笑,说:"你这辈子学不会织毛衣,也是你的命。你斗天斗地,也斗不过尹妈妈说的命。"

五

没进七月,天便开始热起来。每至黄昏,街道上便摆满了床,令汽车和自行车行走艰难。汉口的天气就是这样,冷时北方人受它不住,热时南方人亦吃它不消。丁子恒热得顾不了斯文,每晚坐在书桌前光着膀子且不说,手里还拿着一把大蒲扇噼里啪啦地扇着。乌泥湖靠近郊区,蚊子多而凶猛。家里的纱窗早被三毛和嘟嘟抠来抠去地抠出些窟窿,蚊子便成群结队地从那些窟窿飞进屋来。蚊香已不顶事,丁子恒被叮得无可奈何,弄来两只桶,桶中盛满了水,他将双脚各放一只桶里,蚊虫咬不着,且全身有幽凉之感。二毛三毛笑得要死,纷纷领一些小孩子前来观看。小孩子们参观过后,也都笑得前仰后合。丁子恒只有干笑,说这是土法上马的自制空调机。

倒是一些老汉口人一副怡然自得的样子。郄婆婆说:"人要身体好,就得热个透。要是没热得浑身上下汗毛孔都冒汗,那还叫什么过夏天?"

雯颖回家把这话对丁子恒说。丁子恒听了一笑,然后说他们粗人做起总结来,老是给人一种说不出来的幽默。

三峡设计正紧锣密鼓地进行。尽管办公室配有电扇,但头上大汗仍然不时地掉在图纸上,一洇便是一片。总院见此,便由总工室老总吴思湘带队,将整个三峡设计小组拉上庐山。

总院的休养所在牯岭附近。牯岭的风光令人惬意,黄昏时分,凉风从山谷习习而来,带着夜的宁静,一点点地将白日的浮躁排挤出去。在牯岭看山,是丁子恒最喜欢的事。丁子恒年轻时喜动,虽然常年在山野里奔波,却并不曾留意于山。一次休养来到庐山,每天无事,便坐在石阶上看山。看山的忽晴忽阴,云聚云散。看山间绿色明明暗暗,灯火若有若无。看着,便似有所悟。但究竟悟到什么,却也说不出来。只觉得,面山而坐,可使人心境由乱渐顺,由躁渐静,最后平和有如黄昏时的轻风。于是便想,高士之所以喜欢隐居山林,寺庙之所以多建在深山之中,乃是因为山体本身散发着天然禅意。这禅意与人心境沟通,可使人悟,可使人通,可使人空,可使人透。其实无须书本,无须经卷,无须菩萨,无须庙宇,只要有山便足矣。

三峡工程准备一九六一年开工。设计小组为抢时间,把晚上也利用上了,因此,意欲消闲一下便只有黄昏散步的时候。晚饭后丁子恒独自踱出门,他依然以自己的习惯步伐和习惯路径,行至崖边,倚栏看山。设计小组自上庐山后,很少政治学习。即使开会,也多是为了设计中的问题进行讨论。如此工作氛围,使丁子恒感到格外愉快。伙食也因林院长的再三强调,比在总院甲灶吃得还要好。山下民间正是饥饿连天,哀鸿遍野,而他们却餐餐有肉。每当吃饭时,丁子恒也会心有所动,但因工作紧张也顾不得许多。对于丁子恒来讲,让他紧张工作比让他赋闲更令他愉快。倘若工作条件和伙食又都令他满意,他便觉得人生至乐也不过如此。所以自上山后,丁子恒的心情便一日日轻松起来,不自觉中,烟也抽得少了,一盒烟抽了三天竟没过半。

姬宗伟是丁子恒等人上山半个月后上山的。这天饭后散步,他与丁子恒不期而遇,两人便一起走到崖边。夕阳已经沉落,被红光笼罩的山顶也在褪色。姬宗伟说起刘少奇主席五月实地视察三峡的事,丁子恒便问:"去了哪几个地方?"

姬宗伟说:"看了三斗坪坝段,也去了中堡岛。对我们已将洪水资料查到四百年前,很是夸奖。林院长听得眉开眼笑。"

丁子恒说:"国家领导都这么重视,看起来这次真要上了。只是……不知道眼下国家经济这么困难,会不会对建坝有影响。"

姬宗伟说:"既然国家决定修建三峡大坝,就一定会有办法。"

丁子恒叹了口气,说:"那倒也是。原本以为如果我们有困难,苏联会支持一把的,现在看来,是绝无可能了。"

姬宗伟说:"国际歌唱得就是好,'从来就没有什么救世主,也不靠神仙皇帝,要创造人类的幸福,全靠我们自己'。"

丁子恒说:"我只是担心,如果饥饿再这么继续下去,修大坝时连挖土的农工都请不到了。据说农村肿病很厉害。"

姬宗伟说:"何止是肿病?前不久我陪孔繁正到川东走了走,看到乡下死人已经不是一个一个地死,而是一个村一个村地死了。孔工一路连叹'哀鸿遍野',吓得我只想捂住他的嘴巴。"

丁子恒说:"有这么严重?"

姬宗伟说:"至少我看到的是这样。"

丁子恒说:"怎么就没人管呢?"

姬宗伟说:"谁敢反映呢?孔工回来后,便说三峡现在不宜上,原因是国家目前尚不具备上马的经济条件。他举出许多例子,其中最主要的就是老百姓没有饭吃,因饥饿而死者不计其数,既然连人的生存都是问题,又何来财力修建大坝。结果怎么样?说他危言耸听,右倾保守主义,比右派更反动,被批得狗血淋头。"

丁子恒大惊:"真的呀?有这事?"

姬宗伟说:"孔工也是,说话不看场合。信得过的朋友间私下议议倒也没什么,去会上讲个什么呢?我早料定不会有人听他的,他却把自己的前途给断送了。"

丁子恒沉默片刻,然后说:"想不到孔工……"他说了一半停下了,把剩下的半句话吞进了心里。那半句话是:"……这么了不起。"

丁子恒这天夜里失眠,这是他上山后第一次失眠。那种在机关上班的压抑再一次回到他的身心。他躺在床上,思绪万千,将剩下的半盒香烟一夜抽光。

设计工作尚未做完,丁子恒八月中旬被召下山。

一下山便有如掉进蒸笼里,酷热几乎使人透不过气。第一天去办公室,丁子恒便得到两个惊人消息:一是苏联专家即将全部撤走。二是孔繁正已被定为历史反革命加现行反革命,送到陆水工地劳动改造。

丁子恒在如此消息面前手脚发凉。头一个消息令他想到三峡大坝有可能在一九六一年无法开工,后一个消息令他痛感人生之残酷。丁子恒在自己的办公桌前呆坐了几乎半天,他一支接一支地点烟,大口大口地吸着。他想,为了工作,为了家庭,为了孩子,我必须克制自己,我必须尽可能沉默。工程以外的事情,无论如何,不去想,不去说,不去议。这个世界何等庞大复杂,纵是我说了我议了,也无济于事,但我却有可能葬送我自己的一生以及雯颖和孩子们的一生。我若要对得起良心,就会对不起我的妻儿。像苏非聪,像林嘉禾,像孔繁正,等等等等,都是些多么可怕的例子呀。

总院召开了紧急会议。林院长亲自做报告,就国内经济形势和国际形势谈了许多问题。丁子恒开始一直捉摸不透会议的目的是什么。听到最后,方弄清,由于国际形势的变化,对坝址又有新的要求。要加重对战争因素的考虑,必须选择有利人防的坝址。三斗坪河谷宽缓,显然不具备条件。

丁子恒心里一沉,他知道,刚刚走出去的一步,现在又退了回来。坝址的问题,再一次摆上了桌面。

六

九月开学的时候,乌泥湖楼房宿舍有六个孩子考进了中学,八个小孩进入小学一年级。乙字楼下刘景清家的老四刘四龙和丁字楼上的三毛分在了一个班。

上学的头一天,三毛穿上了新做的白衬衣和蓝长裤,只是鞋仍然是旧的,鞋面是飘着小白花点的蓝布,已经叫驼背他老婆洗得发白了。右脚鞋的大趾头处还破了个小洞,幸而小洞也是白色,混杂在小白点中不太显眼。三毛曾经提出希望换双鞋子,雯颖说已托了尹妈妈在做新的。只是因为尹妈妈的儿子龙龙生了病,尹妈妈来不及赶在三毛上学前做好,只有让三毛委屈几天。尹妈妈常来雯颖家,有时带几根酸萝卜来给三毛吃,尹妈妈的酸萝卜酸脆酸脆,咬起来嘎嘎地响,特别好吃。尹妈妈的儿子尹金龙有时也跟着妈妈一起来,尹金龙是一个腼腆的男孩子,见人便低头不语,却对三毛非常好,常常用蜡笔给三毛画大狼狗。三毛一来爱吃尹妈妈泡制的酸萝卜,二来觉得龙龙哥哥给了他不少大狼狗,所以,尹妈妈晚几天让他穿新鞋,他也没话好说。

三毛神气活现地下楼去上学,一路见人便说:"我上学了!"宿舍里许多人都认识三毛,见他如此,便都打趣,说:"哟,三毛,这么漂亮?啧啧啧,就是鞋破了。"

三毛便赶紧低下头,把右脚藏在左脚后面,说:"尹妈妈正在给我做新鞋哩,过几天我就有得穿。"

乌泥湖宿舍和蒲家桑园的新生都分在一个班,驼背的儿子蒲海清也就很自然地跟三毛成了同学,这使得蒲海清十分兴奋。第二天蒲海清一大清早来约三毛一同去学校时,三毛看到他的两只鞋都破着窟窿,便长长地吐了一口气。

201

开学第三天,老师说班上要选一个班主席,请大家想想选谁。蒲海清立即一吸鼻涕,大着嗓子叫道:"选三毛!"

这一声喊令三毛的心咚咚咚地跳,脸上一下子发起烧来。他想,蒲海清喊得太好了。

刘四龙听蒲海清这么叫,也叫了起来:"我也选三毛!"

老师却说:"谁叫三毛?"蒲海清一时语塞,用手指头挖着鼻孔不知应该怎么回答。

刘四龙慌慌张张道:"三毛叫三毛。"

其他同学都笑了起来。三毛心说真笨呀,一着急,便自己高声答道:"丁简叫三毛。"

老师说:"哪位同学叫丁简?"

蒲海清清醒了,说:"三毛就叫丁简。"

老师说:"这个我知道。那么请丁简同学站起来。"

三毛便站了起来。老师有些惊异,说:"噢,原来你就是丁简!你这三毛,是不是《三毛流浪记》里面的那个三毛?"

三毛说:"不是的。那个三毛头上只有三根毛,我头上有很多毛。我叫三毛,是因为我大哥叫大毛,二哥叫二毛,妈妈又生下我,就把我叫三毛。我们老家叫男娃娃都叫小毛头,我们家用的是这个里面的毛,不是头发的那个毛。"

老师听完三毛的解释,做一副恍然大悟的样子,笑着说:"哦,原来你的毛不是头发的那个毛。"

就这样,三毛被老师任命为班主席。当天的三毛,几乎是从学校一路狂奔到家。他冲上楼,喊着妈妈直奔厨房,站到雯颖面前时两颊通红,气喘吁吁地说不出话来。

雯颖说:"又跟小朋友打架了?"

三毛缓过气来,说:"才……才……不是哩。是……是……我当班主席了。"

雯颖有些惊奇,说:"你当班主席?"

三毛说:"是呀,你不信问蒲海清。嗯,还有……刘四龙,你不信去问他们。"

雯颖见三毛神情认真,便也高兴起来,说:"我信,我信。我只是没有想到老师怎么会选你。"

三毛大声说:"是呀,我也没想到。不过我特别喜欢当班主席。"

当了班主席的三毛,每天放学回家都要先进厨房,然后便站在那里跟忙着炒菜的雯颖讲述学校里听来的故事。他讲得绘声绘色,眼睛眉毛一齐动,令雯颖听得十分有趣。第一天他讲的是刘文学同偷海椒的地主作斗争的故事,第二天讲的是向秀丽阿姨救火的故事,第三天又变成中国登山队的叔叔们爬珠珠玛玛峰的故事。

雯颖笑着纠正他:"是珠穆朗玛峰。"第四天讲的是容国团叔叔乒乓球得冠军的故事。到了第五天,三毛走进厨房便站在他每天讲故事的地方放声大哭,直哭得天昏地暗。弄得雯颖不知所措,再三问之,他只哭不说。

雯颖无奈,便派二毛去对面乙字楼找刘四龙询问原因。刘四龙说了半天也没说出个所以然,只知道跟蒲海清有关。二毛便又跑到蒲家桑园找蒲海清询问,蒲海清吞吞吐吐地说了个大概,说过后自己也哭了起来。原来,前两天放学,三毛因要上厕所,便把自己的书包交给蒲海清拿着。从厕所出来后,蒲海清并未将书包还给三毛。于是没有背书包的三毛一路蹦蹦跳跳,有说有笑,觉得真是轻松得很。这之后,三毛每天上学放学都把书包交给蒲海清。一连三天过去了,第四天,有人告诉了老师。老师十分生气,在班上点名批评了三毛,然后就拿下了三毛的班主席,换上了与三毛同住乌泥湖宿舍的女孩子姬小莲。三毛脸面扫地,整个上午在学校都低头不语,连蒲海清也不搭理,一直忍到家里才大哭出声。

雯颖得知哭笑不得。二毛批评三毛说:"你还好意思哭。像个地主一样,自己不背书包,叫人家蒲海清背?"

三毛说:"他愿意背嘛。"

二毛说:"他愿意也不行。"

三毛哭得呜呜的,说:"可是老师又没有说叫别人背书包就不准当班主席。"

二毛说:"那还用说？自己的书包不背,就跟战士上战场自己不拿枪一样。"

三毛说:"书包又不是枪。要是枪我才不会要他拿哩,我最喜欢拿枪了。"

二毛说:"我是比喻。跟你讲道理真是狗屁不通。"

三毛哽咽道:"这是什么臭比喻嘛。我属蛇,我的屁是蛇屁。大哥属狗,他才是狗屁哩。"

二毛说:"笨死你了。关大哥什么事？"

雯颖笑道:"好了好了,二毛,别跟他吵了。三毛,老师是对的。这是个教训,以后可要记住,自己的书包一定要自己背。"

三毛大声说:"知道了,以后蒲海清再要给我背书包,我理也不要理他。"

二毛说:"自己懒,还赖别人。"

这件事虽然是三毛人生中的大事,但也很快就过去了。第二天蒲海清来约三毛上学时,三毛依然欢快地从楼上下来,然后两人连蹦带跳地往学校走去。放学回家时,依然还是先进厨房,讲那些从学校里听来的故事。

七

秋天来了,饥饿依然折磨着肚子。红薯片吃得人肚皮发胀,玉米饼吞下去如鲠在心口,大麦糊糊则令人吞都吞不下去。秋阳下,来来去去的人们都有气无力,说话的声气也低了许多。学生们的生长速度明显地降了下来,上学放学时,只见一根根小麻秆从各楼前面的小路晃晃地走向大路,又从大路分散着晃晃地拐入小路。只有幼儿园依然每日有欢乐的歌声从窗口飞出。国家对幼儿园的供应一直有特殊保障,除去早餐一顿杂粮外,其余两顿均是细粮。乌泥湖的胖子都在幼儿园里。

有一天,凉风起后,二七路上突然摆出许多小煤炉,一直摆到乌泥湖简易宿舍路口。所有的小煤炉上都架了口锅,里面煮着藕块。煤炉主人边煮藕块边长一声短一声地叫喊:"香藕呀!又甜又粉的香藕呀!小块三毛,大块五毛,可以当饭呀!"

过路行人,无不为之吸引,从而驻足停留。尤其每天放学时分,学生们几乎包围着这些小煤炉。因手上无钱,买的人很少,吮着自家手指偷闻香气的却大有人在。

简易宿舍的荷香也架着小煤炉出现在这群人中。荷香炉子上的黑铁锅十分醒目。她的声音尖脆响亮,见到乌泥湖的孩子,便点着名叫他回家拿钱买藕。这一招很是见效,乌泥湖的孩子们如果买藕吃,便一定是买荷香的。三毛也是天天伫立在荷香小煤炉跟前的人员之一,每每被荷香点过名后,便回家来同雯颖吵闹。雯颖叫二毛去买过好几次,但三毛天天站在锅边看煮藕,天天都被荷香点名也是必然。气得雯颖同许素珍私下一起骂了荷香好多回,却拿馋嘴但也确实饥饿的三毛无奈。

荷香的丈夫肖得亮是房管处的水电工。四十岁不到,却已同荷香养了五个孩子,第六个孩子又在荷香腹中。荷香十九岁嫁给他,现在不过三十出头,十几年中所做的事便是生孩子养孩子,把自己养得容颜苍老。从农村出来,住进乌泥湖后,见到楼房工程师的太太们打扮得妖妖娆娆,活得舒舒服服,方知世界上的女人还可以有另一种活法。心里一下子受不住了,晚上关上门时,便常同肖得亮吵闹。有时肖得亮懒得作声,任由她说,有时被吵得不耐烦,便拳脚相加。挨了打的荷香便会号哭到半夜,且哭且诉。荷香是荆州人,她妈妈是乡下哭丧的好手。荷香小时候听惯了哭丧的腔调,自己哭时便不免仿了哭丧,哭得如歌如诉。开始,邻居几家听得睡不着觉,有如偷听大戏。次数多了,词总是那些词,调也总是那个调,便不免厌倦,更兼影响睡眠,摩擦也就自然生出。有一回,隔了三个门的徐家,因老母人在病中,受不了荷香的哭声,便过来提抗议。不料哭得委委婉婉的荷香见有人来,正中下怀,立即有如打了兴奋剂,满脸亢奋,亮开嗓子便同徐家来人大吵。这一吵便至天亮,简易宿舍几乎有二十户人家因为荷香的缘故没能睡着觉。于是荷香的邻居总在换,换走一家,又搬来一家,搬来一家,隔不多久,又设法搬走。荷香由此而成为乌泥湖无家不知的人物。水电工肖得亮去宿舍修理水管或电路时,几乎家家人都对他格外客气,不知是害怕无意中惹了荷香,还是对肖得亮抱有深深的同情。

　　肖得亮是个洒脱的人,对众人如何看待荷香毫不在乎。肖得亮说:"女人嘛,不就是喜欢吵吵闹闹?要不怎么叫女人?给你做饭,替你生小孩子,让你睡她就行了。"这话传到楼房,令楼房的工程师和他们的太太个个嗤之以鼻。他们纷纷说,没文化的人就是粗野下流。

　　荷香锅里卖的藕,都是肖得亮去后湖挖回来的。下午时分,肖得亮常常借口下宿舍进行水电维修,悄悄溜出机关,带上胶皮筒裤和几件工具直奔后湖。肖得亮亦是荆州人,自小在湖边长大,挖藕对他来说并非难事。黄昏时分,便能见他满载而归。

　　自荷香卖藕之后,她家里的吵声便少了许多。每天看着一群饥饿的大人小孩围在炉前,无论他们买与不买,荷香都有一种无法言说的快意,就仿佛那是对她的朝拜。有时候,她自己的孩子也会在炉前出现。每逢那时,她便爽利地捞出一块藕,递给他们,然后大声地说:"来,吃得饱饱的。"

　　听着自家孩子的咀嚼声,荷香总是情不自禁地朝着围观的孩子们笑,得意地倾听吞咽口水的声音。尤其是楼房的孩子们,每当他们有人咂嘴时,荷香就大笑出声,觉得自己总算活出了一些脸面。

　　冬天来得十分迅速。一场风雨卷带而过,便觉得寒意扑上身来。寒冷中的饥饿,如扑面而来的狼群,令人胆寒。一天早上,送信的邮递员还没有离开,丙字楼下左舍李昆吾的老婆陈霞之便发出一声尖厉的惨叫。声音划过重重寒气,传达到附近几栋楼上。许多人都过去观看出了什么事,陈霞之却只是伏在床上,双手捶打着床,痛哭不已,什么也不说。几天后,才有消息悄然传开。说是陈霞之远在山东的父母都饿死了,死后无棺埋葬,只用席子卷了草草埋在了乱岗上。

　　死,这个字,本来仿佛远在天边,突然之间,它就跨着大步走进了乌泥湖。人们胆怯而又隐忍不住地议论着它,就连小孩子们有时候也会插上几句嘴,说是班上谁谁谁的爷爷或是外婆饿死掉了。

　　压抑便是必然。幸而仓库工地的喇叭每日唱着昂扬的歌曲,旋律同早晨微弱的霞光一道扩散,有力而欢快地击碎寒冷制造的沉闷,给饥饿的生活带来些希望。

　　已近年底的一个周末下午,因为卖藕而变得格外快乐的荷香早早便将一锅藕卖得精光。这天,她把每一块藕的价钱都提了一毛钱。丁字楼上的二毛领着他的弟弟三毛一下子就买去了六大块。捏着手上的三块六毛钱,荷香想着丈夫肖得亮近来挖藕辛苦,便咬咬牙跑去蒲家桑园,跟驼背他老婆讨价还价半个多小时,买了三个鸡蛋和一棵卷心菜,心想晚上要好好地打个牙祭。

　　然而,饭菜烧好后,肖得亮却久等不归。五个孩子饿得小脸发青,个个盯着桌子。小的乘人不备,伸手便抓了一块鸡蛋,大的略微懂事,伸手便打小的手心,家里闹得一团糟。荷香无奈,只有安排小孩子们先吃饭,用小碗装起一部分菜肴,留给肖得亮回来吃。

　　及至近十点,屋外起了风,风中夹带着细细的雨。肖得亮依然未归,荷香便有些急了。她戴上顶草帽,想去后湖寻找。走到路口,却不知道应该往哪边走才能寻到。黑沉沉的夜里,风呼叫着直往骨头里钻,荷香冷得心慌,便折回了家。想找个邻居一同想想法子,掐指一算,发现几乎所有人都被她吵到了。想来想去,除了在家死等,她又能如何？等到半夜,四周静无人声,只有风在空中鸣响,还有自家屋里和隔壁屋里的鼾声一起传到耳朵里。荷香等得累了,眼睛一酸,不觉中竟流出了眼泪。

次日一清早,有人敲门。此刻的荷香已迷糊着睡了过去。听见门响,她几乎跳起来奔到门口,打开门,却见是明主任领了两个农民模样的人。

荷香脸色顿变,说:"是不是我家得亮出事了?"

明主任说:"你别急,也许不是肖师傅。"

荷香说:"怎么了?"

年轻的农民说:"我一清早起来,想去塘里挖点野藕,赶个早去街上卖。结果一去就看见塘里趴着个人,我拉他一下,发现他一脸的泥,人已经冻硬了。我报告给队里,队里派人把他弄了起来。有人认得他,说是常来这里挖藕的,好像是住你们乌泥湖宿舍。"

荷香声音哆嗦着,说:"怕不一定是我家得亮,乌泥湖还有别家人也在那里挖藕。"

明主任说:"是呀,我也这么想。"

年长的农民说:"我们也是怕弄错,就拿了他的一件上衣和一双鞋,想让你们认认。"

农民说着,便将手上的一个包裹打了开来。荷香一看,晃了两晃,便晕了过去。

明主任和两农民眼疾手快,一下扶住了荷香。明主任说:"快,去找辆三轮车。她是个大肚子,别又出人命。"

年轻农民慌慌张张地往门外奔,没看清脚下,竟被门槛绊了个大跟头。

荷香醒来时,已在医院。眼睛一睁,便想起那个包裹。一脸淤泥,全身冻硬了的肖得亮突然就浮在了眼前。她"哇"的一声嚎了起来,撑起身子便将脑袋往墙上撞。正守在旁边的明主任吓了一跳,赶紧抓住了她。

明主任说:"你冷静一点,事情已经出了。想想孩子,肚子里的,还有家里的,你可千万要保重呀。"

荷香说:"他人都死了,我还活着做什么呀。就算我保重了,他们一个个还不是迟早要饿死的。"她拍打着自己的腿,且哭且诉,仍如她以往同肖得亮吵架的腔调。哭得其他病房的病人都围过来看热闹,以为是有人在演戏。

明主任、医生、护士外加肖得亮水电组的组长轮番劝解荷香,都毫无用处。荷香拍腿击床,闹得劝解的人们都心里发烦,医生连连叫护士打镇定针也不顶事。哭到中午时,荷香的肚子开始疼了起来。她双腿一挺,嗷嗷地叫着,人一下子就昏倒了。医生料到会有事出,早做了抢救准备,立刻把她推进了急救室。

黄昏时分,明主任和许素珍一起,带了荷香的五个孩子出现在荷香的床头。荷香睁开眼睛,摸摸自己的肚子,知道孩子已经没了。心一酸,嗓子里痒痒的,意欲放声再嚎,却见几个孩子眼泪汪汪地围着她,一个个小脸脏兮兮的,脸上充满恐惧。荷香不禁怔了怔,把嚎声吞了回去。

大女儿肖菊花说:"妈妈,你不要死。"

二女儿肖梅花说:"妈妈,我好怕。"

儿子肖松树是老三,说:"妈,回家跟我们住一起好不好?"

两个小的尚糊涂,只管拉着她的手,叫着:"妈妈,我要回家!""妈妈,不要住这里!"

荷香此时方觉得,她是既没死的权利,也没哭闹的权利的了,于是含在眼睛里的泪水无声地淌下来。她拉着儿子松树的手,半天才说出一句话:"好吧,我们回家。"

八

  会议终于开完了。丁子恒离开办公室,时间尚早,他便没有径直回家。丁子恒出门至黄埔路,由那里搭车到了江汉路,下车便拐进了交通路口的古籍书店。

  上个星期天,丁子恒拿了书在厕所里久蹲不出。嘟嘟要撒尿,急得在门外跺着脚哭。雯颖无奈,便让她到房间里坐痰盂。坐在痰盂上的嘟嘟,一边撒尿,一边顺手拿起雯颖放在床头的《红楼梦》,嘴里咿咿呀呀地唱着歌,一本正经地翻阅"红楼"。

  丁子恒从厕所出来,回到房间,见她如此,便觉好笑。说:"嘟嘟,这本书好不好看呀?"

  嘟嘟说:"很好看哩。"

  丁子恒说:"讲的是什么故事呢?"

  嘟嘟说:"这我知道,妈妈说过,里面有个姥姥放屁很臭。"

  丁子恒忍俊不住,大笑了起来。嘟嘟叫丁子恒这一笑,便把书放在地上,自己猛地从痰盂上起身,想要申辩什么。不料她的动作太大,小棉裤将痰盂沿兜住,痰盂一下翻了。嘟嘟刚才撒的尿一下洒到了地上,湿了嘟嘟的棉鞋,也湿了嘟嘟放在地板上的《红楼梦》。

  雯颖闻声而来,拖了地,洗了痰盂,替嘟嘟换上了干净的鞋,然后便坐在床边长吁短叹她的《红楼梦》。嘟嘟眼泪汪汪地望着雯颖,拿了自己的一本《大胡子和长耳朵》的画书,递给雯颖,可怜巴巴地说:"妈妈,我赔你的书好不好?"

  丁子恒见状,笑道:"妈妈是泪洒红楼,我们嘟嘟是尿洒红楼。"说完,丁子恒想,新年就要来了,送一套《红楼梦》给雯颖不是挺好?

  丁子恒在古籍书店沿着书架找了许久,才找到一套《红楼梦》,书的纸质颇差,翻翻内文,一股陈旧气息扑鼻而来。丁子恒犹豫了一下,还是买下了。他想,无论如何,雯颖会开心的。

回家的时候,天已昏暗下来。走到碉堡边,有人叫他。丁子恒抬眼看去,见是总工室副总金显成。

金显成说:"怎么才回来?"

丁子恒笑笑,说:"出去买了套书。"

金显成说:"有什么好书看?"

丁子恒说:"替我太太买的,她要看《红楼梦》。"

金显成笑道:"她们女人怎么都这么爱看《红楼梦》呢?我太太也是,每次看,都得拿块手绢,好抹眼泪。"

丁子恒想起雯颖亦如此这般,便也笑了,说:"都一样。这宝哥哥林妹妹也不知赚了多少女人的泪珠子。"

金显成说:"我就不明白,明明只是本小说,不过写一些小男子小女子谈恋爱,有的谈成了,有的没谈成。这有什么好哭的呢?"

丁子恒笑道:"正是因为你我都不明白,所以我们就只有去修大坝。"

金显成哈哈大笑起来,连连说:"说得是。说得是。"

两人并肩而行,话题立即转到这几日的会议上。为防御战争,加强人防,重新对狭窄河谷的坝段进行了反复研究,会议开了好几轮,初步决定以石牌坝段作为下一步勘测设计的重点对象,这个方案已经上报国家科委。金显成说对于石牌坝址方案,马上就要进行勘测设计工作。元旦一过,他就要带队去石牌,为研究定向爆破筑坝和大规模巨型地下建筑物提供有力的技术数据。他已经通知了施工室,调丁子恒去石牌组,并且一同下去。

丁子恒说:"工作我可以做,但是石牌是否是坝址的理想之地,我尚存疑。三斗坪就这么被放弃,是否草率了一点?"

金显成说:"仅就坝址而言,石牌自然不如三斗坪,但战争的因素不能不考虑。"

丁子恒想说,战争真要打起来,大坝在三斗坪保不住的话,在石牌就能保住吗?甚至,战争真要打起来,规模必是超过以往,美国也好,苏联也好,一旦扔下原子弹,大坝放在哪里也挡不住。丁子恒想着,却没有说出口来。

金显成望了他一眼,说:"我知道你想说什么。我也不觉得石牌是个好地方,它的地质条件很值得怀疑。不过,局势如此,必须一试。三斗坪那边,我们自然也不会轻言放弃。前期阶段,把什么都研究透,总归没错。"

丁子恒点了点头,他觉得金显成说得有理。金显成说:"过了元旦就走,没问题吧?"

丁子恒说:"没问题。"

一支小小的队伍出现在他们身后,这是送葬归来的荷香一家。

荷香已疲惫不堪,被人安置在一辆板车上坐着。她的腿边还坐着两个孩子,三个大的夹杂在亲朋之中,一队人头上都缠着白色的布条。无人说话,只有沉重缓慢的脚步一声声响在耳边。白布条被冷风吹得簌簌抖动。

丁子恒和金显成闪在路边,让这支小小的队伍先行而去。仿佛感受雷同,两个人都不禁长长地叹了口气。

一九六〇年,丁子恒眼里最后一道风景,便是看着头缠白布的一群人远去的身影。头上的白布条像幡旗,不时被风吹扬起来,仿佛不停地在空中写着一个"一"字。丁子恒想,那飘扬在灰色天空中的白布条,写出的就是一九六一年的那个"一"吗?

1961 年

> 雨横风狂三月暮,
> 门掩黄昏,
> 无计留春住。
> 泪眼问花花不语,
> 乱红飞过秋千去。

——北宋·欧阳修《蝶恋花》

一

丁子恒到石牌一去便是一个多月。金显成带去各处骨干工程师二十来人,从各个角度对石牌进行论证和考察。石牌峡谷纵是深窄,可是它的状况却不容乐观。夜里投宿石牌村,一干人围炉而坐,说着地质情况,说着造价,说着工期,说着技术处理的复杂和麻烦,亦说着战争,说着自然灾害,说着苏联。说着说着,就有些不太好说的意思,于是便把目光投向江上。江上朔风阵阵,岸边有几粒星星渔火。水面无船,黑雾沉沉中,人人皆觉得心情亦如夜色一般。

丁子恒耳里听到的最后一句话,不知道是谁说的:无论如何,沿着左岸布置一千米甚至更长的勘探平硐是必须的。丁子恒想,一千多米,光是这个平硐,又将耗去多少时间? 一年还是两年? 打完后,倘若结论是否定的,那么这两年的光阴和劳动岂不又是白白浪费?两年后若又否掉石牌,还是只有宽河谷的三斗坪,那么坝址又选在何处?人的一生,有多少年头可以在这样的选择中度过呢?丁子恒想着,便在心里叹息。他知道,这些话,不能说,一句也不能说。

春节前夕,丁子恒回到了家。孩子们已经穿上了过年的新衣,见到丁子恒,一起追逐在身后,东张西望地想要礼物。丁子恒为大毛二毛三毛分别带回几本日记本,日记本的纸质非常低劣,页面粗糙发黄,钢笔一写,连洇几页,其中的插图亦很难看。大毛二毛一人得了两本,虽不十分称心,但也表示满足。三毛拿了一本,却依然靠在丁子恒腿边磨磨蹭蹭。嘟嘟没有得到礼物,瞪着眼睛望了丁子恒一眼,扭头跑到了隔壁房间。只一分钟,二毛从隔壁跑过来说,嘟嘟坐在角落里哭呢。

丁子恒立即心生愧疚。赶紧跑过去,蹲在嘟嘟旁边,说:"嘟嘟,生爸爸气了?"

嘟嘟一扭身体,不理丁子恒。雯颖亦走过来,用手绢抹着嘟嘟脸上的泪水,说:"别怪爸爸。爸爸一直在工地工作,很辛苦,没有空上街给嘟嘟买礼物嘛。嘟嘟在幼儿园得的红花是最多的,一定会原谅爸爸。"

嘟嘟呜呜哭着,说:"那为什么哥哥他们都有礼物呢?"

丁子恒忙说:"我买回来的日记本,也算了嘟嘟一份的。到家才想起来,我们嘟嘟现在还小,不需要日记本。"

嘟嘟说:"那我就什么都没有了。"

雯颖说:"以后让爸爸补给嘟嘟行不行?"

嘟嘟说:"除非现在就补。"

雯颖说:"嘟嘟要讲道理哟,爸爸刚回来,很辛苦的。"

丁子恒说:"没关系没关系,现在就现在。走,我们就去商店。"

嘟嘟伸手一抹眼泪,说:"我要买花生,还有蛋糕,还要糖果。"

早已闻声而来的三毛跟着大声说:"我也要花生,还要蛋糕,我也要糖果。我不要日记本。"

雯颖呵斥三毛:"你都上学了,怎么还跟妹妹一样?"

三毛翻翻白眼,似是想了想,低声道:"可是我很想吃花生嘛。"

丁子恒笑着拍了拍三毛的头,高声说:"买买买。爸爸请客,每个人都有份。当然喽,嘟嘟最多。"

四个孩子都高兴起来,一起跟着丁子恒去了商店。商店的货架上,几乎都是空的,可选择的食物极少极少,一眼望去,便知质量低劣。花生和蛋糕也都没有,最后只一人买了几粒糖果回家。嘟嘟口里含着糖果,可小嘴仍然噘得高高。丁子恒便又承诺,明天一早带全家人上大街,去大商店买花生和蛋糕,另外还加补一场电影。大毛二毛都是电影迷,兴奋得摩拳擦掌。

次日丁子恒果然领了全家出门,在高价店里买了他们想要的食品,然后看了场《五朵金花》。当阿鹏一再错认金花,且被人一盆水泼在头上时,几个孩子笑得前仰后合,连雯颖都笑得咯咯的。丁子恒想,纵是再苦再穷,心情再不好,只要与家人在一起,一切都会慢慢地化解。孩子们多么可爱,雯颖多么可爱,有了他们,便是我丁子恒一生莫大的幸福。要改坝址就改吧,要打平峒就打吧。事情总要有人去做,要怎么做就怎么做好了。就算今生看不到大坝修建起来,可是能看到孩子们成长起来,不也没有枉过?

出了电影院,丁子恒在石牌村的夜晚被拧紧的心结,仿佛已经松了开来。

丁子恒休假一直到春节结束。这期间,他带着全家人看了好几场电影。有《鸡毛信》《林则徐》《女篮五号》和《董存瑞》。看《林则徐》的那天是晚上,嘟嘟看了一半便在电影院里睡着了。电影散场,雯颖将嘟嘟摇醒,嘟嘟走起来却是一摇三晃,丁子恒只好把她背在了背上。电影是在总院俱乐部里放映的,回家的路程不短,丁子恒背着嘟嘟走到古德寺,便感到气喘吁吁。

雯颖说:"换我来背一背吧。"

丁子恒将嘟嘟转到雯颖背上,说:"看来我是有些老了。"

雯颖背了一段路后,也颇觉吃力。丁子恒说:"还是我来。"

大毛说:"我来背妹妹。"

于是嘟嘟被转到了大毛背上。大毛背着嘟嘟走到大茅屎坑时,二毛又换了上来。

回到家里,嘟嘟醒了过来,坐在床上奇怪地看了看,说:"我不是在看电影吗?怎么在这里了?"

三毛说:"嗨,你真是什么都不懂呀。你睡着了,一共坐了四路公共汽车才到家的。"

嘟嘟眼睛瞪得溜圆,疑惑地望望这个,望望那个。

丁子恒说:"三毛,你又哄妹妹干什么?"

三毛说:"怎么不是? 喏,爸爸是一路汽车,妈妈是二路汽车,大哥是三路汽车,二哥是四路汽车。嘟嘟呢,就趴在汽车背上,回家啦。"

丁子恒恍然而笑,说:"哦,原来我是一路汽车,真不错。"

这个春节过得非常愉快。虽然吃得十分简单,但丁子恒想,同我在外奔波时见到的那些饥饿人群比,我应该感到满足了。

春节后一上班,国家科委便有通知:北京香山即将开一个关于三峡科研的扩大会议。林院长将亲自率队参加,吴思湘、金显成以及丁子恒、张者也、洪佐沁等十几个工程师都在参加者之列。

次日他们便登上了北上的火车,火车哐哐地向北方行驶。春日的气息尚未随季节抵达人间,火车两边依然是冬日荒凉的土地。坐在车上,大家谈的仍是大坝问题,言语间似有兴奋之情,觉得国家这么困难,仍有决心上三峡,可见重视。丁子恒随意地点着头,心不在焉地唔唔几声,私下却想,一个天天都在饿死人的国家,一个人人都吃不饱的国家,有能力支撑起这座世界首级大坝吗?这么一想,便又想出许多的忧郁,浓浓的化解不开。

二

早晨起床,雯颖熬好大麦糊糊,安置几个孩子吃了好上学。大毛的外套掉了个扣子,雯颖忙找针线,替他缝上。缝时,方发现站在自己眼前的这个大毛,个子已比自己高出一点了。雯颖有些惊喜,说:"大毛,你比我高了呀。"

大毛说:"那当然。要是吃饱了,我还能比妈妈高得多一些。"

二毛正艰难地吞咽大麦糊,听见这话,亦搭腔道:"我要是吃饱了,也会长得比妈妈高的。"

三毛说:"我也会。"

大毛说:"你们俩吹什么牛?"

雯颖笑道:"好好好好好,只要吃得饱,都比妈妈高。"

二毛说:"哈,妈妈,原来你也会写诗呀。"

雯颖说:"这就叫诗?"

二毛说:"当然。我们在学校念的诗,就跟妈妈写的差不多。'稻粒赶黄豆,黄豆像地瓜,芝麻赛玉米,玉米有人大,花生像山芋,山芋赶冬瓜,一幅丰收图,走进农民家。'"

雯颖说:"这不就是打油诗吗?以前有个人叫张打油,有一天下雪,他写了一首诗,说'江山一笼统,井上黑窟窿,黄狗身上白,白狗身上肿。'后来人们就管这种诗叫'打油诗',因为是张打油写的。"

二毛说:"那是哪一百年的事了?新社会叫这是新诗。你听这首:'天上没有玉皇,地上没有龙王。我就是玉皇,我就是龙王。喝令三山五岳开道,我——来——了——'"

雯颖说:"嗯,这不能叫打油诗,这应该叫打架诗,凶巴巴的。"

二毛说:"妈妈你怎么什么也不懂?这是一首很有名的新诗哩。"

雯颖说:"如果这也叫诗,那李白杜甫写的那些叫什么?"

二毛说:"那就叫古诗嘛。"

雯颖说:"那……石评梅写的诗算什么诗?"

二毛说:"什么石评梅?"

三毛说:"我知道,就是话梅,我吃过的。"

雯颖大笑起来。大毛整一整外套,扣上纽扣,说:"两个二百五。"

二毛说:"石评梅是个人?而且是个诗人?"

雯颖说:"对,是个很有名的女诗人。"

二毛说:"那……我们老师怎么没有讲过?"

雯颖说:"她是很久以前的一个女诗人,我很喜欢她的诗。"

二毛说:"是吗?不过我还是觉得郭沫若的诗写得比较好。"

大毛说:"哪跟哪呀?你们小学生懂什么诗?妈妈,我走了。"

大毛说着,头发一甩,吹着口哨下楼去了。二毛和三毛呆望着他出门。三毛说:"大哥真神气。"

二毛说:"我今年就上中学了,我也会跟大哥一样神气。"

三毛说:"现在我跟你一样神气。"

二毛说:"你别扯我了,还是跟嘟嘟去比吧。"

三毛立即做出一副即将昏倒的架势,说:"天哪!我跟嘟嘟比?"

雯颖笑了起来,二毛却严肃着面孔没有笑。

中午的时候,雯颖正炒菜。二毛放学,书包没放下便径直去厨房找雯颖。二毛说:"妈妈,我找老师问过了,老师说她从来都没有听说过石评梅这个女诗人。所以,我们认为一定是妈妈记错了。"

雯颖说:"是吗?如果你们这样下判断,我也就不跟你们辩了。等你长大就晓得是妈妈记错了,还是你和你们老师不知道有这么个诗人。"

二毛紧皱着眉头,想了想,没说话,走出厨房。雯颖望他一眼,心想,唉,居然连老师也说没有石评梅这个人。

下午放学,一般情况下,都是二毛最先回家,大毛次之,三毛最末。三毛之所以回来得晚,是放学后,要在外面玩个够,最后迫不得已,才磨磨蹭蹭地往家走。为了这个,雯颖骂过他多次,却依然不见他改。

每次挨骂,三毛都委委屈屈,说:"我的心很想改正这个缺点,可是我的脚他就是不肯改嘛。"

雯颖说:"那你就要用心去帮助脚来改正。"

三毛说:"可是我的心很小,我的脚很大呀,大的就是不肯听小的的话。"

一番话说得雯颖不知道怎么答才好,最终只能又好气又好笑地收场。

然而这天,连三毛都回来了,二毛却仍然没有踪影。雯颖让大毛去甲字楼二毛同学金晓茹家问问,大毛去后转眼便跑了回来,喘着气说:"妈妈,这事好像有点不对劲了,金晓茹说二毛下午只上了一节课就请假走了。"

雯颖大惊,说:"她有没有说二毛去哪了?"

大毛说:"她说她听见二毛跟老师说家里有事,要提前回家。"

雯颖说:"家里有什么事?二毛为什么要说谎?"

大毛说:"妈妈你别急,二毛一向做事很稳当的,他一定有什么事要办。"

雯颖说:"他小小一个人,能有什么事要办呢?"

大毛说:"妈妈,我再去他同学家里找找,你一定不要着急。"说着又转身下了楼。

天渐渐地黑了,已经烧好的饭菜亦渐渐地凉了。丁子恒出差在外未回,一旦二毛出了什么事该怎么办呢?雯颖六神无主,焦急地在屋里来来回回地踱着步子,不知如何是好。几近八点,大毛再次返回,说是二毛的同学都不知道二毛去了哪里。

雯颖的心开始扑扑地乱跳起来,所有民间流传的坏消息,泉水般一下子涌上雯颖的脑海。雯颖说:"大毛,你想想,二毛还会去哪里?"

大毛摇摇头,说:"我想不出来他会去哪里。不过,我了解二毛,他不会无缘无故回来晚的,他肯定有要紧的事,而且他肯定不会出什么事。"

雯颖说:"大毛,你真的能这么肯定吗?"

大毛坚定地说:"我能肯定。"

雯颖望着大毛坚定的目光,情绪稳定了许多,心里仿佛有了依靠。

快九点时,二毛终于回来了。他脸色兴奋得有些红润,一进门就叫道:"妈妈!我……"

雯颖板下面孔,打断他的话,厉声道:"你还知道回来?说,为什么在学校说谎?你跑到哪里去了?"

二毛从来没有见过雯颖如此严厉,怔了一怔,望着雯颖,眼里露出惊慌。雯颖说:"家里有什么事要你请假不上课了?你如果真有事要办,为什么不能托同学捎个口信回来?"

大毛说:"二毛,你今天太不对了,你知道妈妈多担心呀?"

三毛说:"妈妈在房间里走来走去,都快哭了,我看见的。你比我不乖多了。"

二毛这才觉得自己的错误严重,低下了头。

雯颖说:"你还没有说,你到哪里去了?"

二毛嗫嚅道:"我到图书馆去了,我想查查有没有石评梅这个诗人……"

雯颖大为惊讶,说:"哪里的图书馆?"

二毛说:"南京路图书馆。"

雯颖更为震惊,说:"你哪来的钱搭车?"

二毛说:"我走去的。以前爸爸带我们坐车去时,我觉得不太远,没想到……有那么远。"

雯颖一时无语,望着二毛,不知说什么好。

大毛说:"好了好了,我知道二毛不会出事的。三毛,给二哥拿碗添饭。"三毛脆声脆气地答应着,跑进厨房。

二毛望着雯颖,胆怯道:"妈妈你没有生气吧?"

雯颖想了想,说:"你是一个小孩子,以后再有这样的事,要先跟妈妈说一声。查的结果怎么样?"

二毛脸上浮出笑容,说:"妈妈说对了,真是有这样一个诗人,我们老师她居然不知道。不过,我并不觉得她的诗写得怎么好。"

雯颖想了想,说:"你有这样的看法,也不错。"

这天夜里,雯颖久久难眠。她想,从学校到南京路图书馆是何等远的一段路,二毛凭着怎样的毅力和信心才徒步走到那里去的呢?而大毛,居然已经可以成为她精神上的一个依靠。时间是多么快啊,自己仿佛什么事情都没有开始做,而孩子们竟都不知不觉地长大了。

次日清早,雯颖起床对镜梳理,发现了自己头上的一根白发。她扯下这根白发,站到窗前,对着晨光看了半天。心想,孩子们都大了,而我就这么老了。

三

林嘉禾从陆水工地回到乌泥湖,没想到在宿舍大门口碰到的第一个熟人竟是丁子恒。丁子恒刚从北京开会回来,背着行李,脚步匆匆。见到林嘉禾,丁子恒怔了一下,没有立即叫出名字。林嘉禾一九五八年底被下放到五三农场劳动改造,一年后,又转到蒲圻

221

陆水工地,从此便很少归家。虽是同住一个宿舍,却没有人再见过他,不觉间已过了三年。

林嘉禾微一点头,说:"丁工,好。"

丁子恒在愣怔中正叹惋经历是一双魔术般的手,它既悄无声息地改变人心,亦大张旗鼓地改变人形。听林嘉禾开了口,他迅速镇定住自己,说:"林……林工?是你?你还好吧?"

林嘉禾说:"怎么说呢?回来看病的。"

丁子恒说:"怎么了?"

林嘉禾说:"怀疑黄疸性肝炎。"

丁子恒说:"……陆水枢纽,怎么样?"

林嘉禾说:"我在施工总队被监督劳动,只是那里的一个勤杂工,没办法答你这个问题。"

丁子恒被噎哑了口。林嘉禾说:"听说你在石牌组?坝址是不是要定在那里?"

丁子恒说:"很难说。"

林嘉禾说:"三斗坪不行吗?"

丁子恒说:"现在把重点放在石牌是考虑战争因素。"

林嘉禾说:"石牌我跑遍了。那里怎么能做坝址?清理出一个施工现场都不容易。你们是怎么论证的?"

丁子恒说:"你说的前一个问题确实存在。而后一个问题,我也没法回答你。"

林嘉禾露一丝苦笑,说:"对不起,其实我也知道我不该操这份心。"两人对话到此结束,默然间彼此拉开距离,各自走路。

林嘉禾到家时,妻子邢紫汀尚未下班。为他开门的是儿子林问天。林问天见是林嘉禾,愣了几秒,然后扭头折回房间。

林嘉禾心里顿觉不悦,他板下脸,厉声说:"不管我是什么人,是个好人还是个混蛋,我都是你爸爸,你想改变也改变不了。"

林问天无精打采地坐在沙发上,低声问道:"爸爸,你怎么回来了?"

林嘉禾缓和了语气,说:"我最近身体不太好,工地医务所大夫怀疑我得了黄疸性肝炎,领导批准我回来检查一下。你怎么没上班?"

林问天说:"我三班倒,今天是夜班。"

林嘉禾说:"工作怎么样?"

林问天说:"能怎么样?"

林嘉禾说:"你这是什么意思?"

林问天说:"还在锅炉房。领导让劳动锻炼。"

林嘉禾说:"领导没说让你锻炼多久?"

林问天说:"没有。他不想要你锻炼时,自然会通知你。"

林嘉禾说:"始终就只你一个在锻炼?"

林问天说:"新分去的大学生只有我一个人在锅炉房锻炼。"

林嘉禾说:"这岂不是很不公平?"

林问天说:"我没有觉得不公平。人家的爸爸又不是右派,而我的却是。"

林嘉禾大为吃惊,说:"跟这有关吗? 我是我,你是你呀!"

林问天说:"怎么可能你是你,我是我呢? 用您的话说,你是我爸爸,这一点永远改变不了。"

林嘉禾哑口无言,时间便在这无言中停滞下来。屋里静静的,彼此能听到对方的呼吸之声。直到邢紫汀下班回家,父子之间都再没有交谈一句。

林问天低落消沉的情绪,造成林嘉禾回家第一天的严重失眠。心痛的感觉一次次地折磨着他,这份心痛来自儿子。从小学、中学到大学,林问天从一个活泼的孩子成长为一个富于朝气的青年,从来都只见他的快乐和明朗,并且无时无刻地用他的这份快乐和明朗感染他周围的人。然而,现在他的脸上不仅朝气尽失,而且还显出几分沧桑之感。而他什么也没有做错,错的是他的父亲,因为他父亲是个右派。林嘉禾想,做父亲的其实又有何错?右派本不是自己的选择,而是别人强加。单人匹马,如何能抵挡得住四面八方的巨大压力?

这一天或许注定是林问天倒霉的日子。

大学毕业后的林问天被分配到近郊的化工厂。一同分去的大学生,几乎都被安排在化验室、技术科等部门。唯独林问天,被派到锅炉房。林问天于惊愕中不解其故,便去问领导。领导说,也没什么嘛,锅炉房恰恰缺人,放在这里也只是暂时的,权当锻炼锻炼吧。林问天觉得此言不无道理,便认真地在锅炉房烧起了锅炉。锅炉房三班倒,很是辛苦。带林问天的刘师傅只比林问天大几岁,是厂里的劳动模范,平常跟林问天讲述当年工人的劳苦以及人生道理,林问天倒也觉得颇有收益,心想自己这样家庭出身的人,也应该知道劳动人民是怎么生活怎么工作的。大半年便这么锻炼过去了,直到林嘉禾回来。

林嘉禾的不公平之说,似乎是点拨了一下林问天。虽然他当时没说什么,次日却去了厂办,就锻炼时间提出询问。领导批评道:年轻人,不要着急。连一年都不到,叫什么锻炼?尤其你这样家庭出身的人,更得树立正确思想,革命工作不分贵贱,需要你干什么就干什么才是。只有安心工作,才能达到锻炼的目的。林问天还想表白一番,但厂领导却已经没了同他说话的兴致。这使林问天的自尊心大受伤害,整整一天,他都郁郁不乐。

这日轮到林问天上夜班。按通常习惯,他和刘师傅两人一组,刘师傅负责上半夜,他负责下半夜。这天刘师傅说他家里有事,须晚点来,欲同林问天换班。这种调剂十分平常,往日两人亦调过多次,林问天当即同意了。他值完上半夜,刘师傅匆匆而来,林问天便交班睡觉。夜班休息室是搭在锅炉房外的一个小窝棚。林问天心情不好,几近凌晨方沉沉睡去。仿佛刚刚入梦,便听"轰"的一声巨响。林问天惊骇而醒,衣服未披,便夺门而出。爆炸声来自锅炉房,房顶已被炸穿,房子开始燃烧。林问天想起刘师傅,焦急地喊着他的名字,却无人应。林问天心里紧张得咚咚乱跳。他高声喊道:"来人啦!来人啦!"车间上夜班的人们听见爆炸声已从各路赶来,人多势大,很快切断了企图蔓延的火头。

林问天望着锅炉房被烧为灰烬,一时发呆。他在混乱的人群中发现了刘师傅的面孔,心想,刘师傅没事,这太好了!想过竟高兴得泪流满面。

事故调查从清早上班便开始了。

林问天如实描述了当时的情况。在调查组的记录上签下了自己的名字。签过之后他想,怎么会突然发生爆炸呢?想着不禁为刘师傅的命运担起心来。但在下午,调查组第二轮询问林问天时,他便感到事情似乎有些不对劲了。

调查人说:"坦白从宽,抗拒从严,我们希望你能讲真话。"

林问天说:"我可以保证我的每一句话都是真实的。"

调查人说:"你一直是值下半夜的班?"

林问天说:"是的。可昨天刘师傅说他家有事,要跟我换。"

调查人说:"你这句话也是真话?"

林问天说:"你们不信可以去问刘师傅。"

调查人说:"我们当然会去问的。另外,听说你昨天找过厂领导?"

林问天莫名其妙,心想这跟锅炉房爆炸有什么相干呢?他说:"是的。"

调查人说:"为什么?"

林问天说:"我是去问我要锻炼到什么时候。"

调查人说:"你不安心锅炉房的工作?"

林问天说:"不能这么说吧。我大学毕业分来这里,不是分来烧锅炉的。我们同时分来的大学生,没有一个干工人的活儿。"

调查人淡然一笑,竟笑得林问天毛骨悚然。

调查人说:"领导驳斥了你的这个观点,所以你昨天一天情绪不高,是不是?"

林问天说:"你这是什么意思?难道你们……"

调查人说:"我们只是在做调查。我们有理由认为这起事故与你有关。"

林问天跳了起来,说:"凭什么?下半夜我根本都不在锅炉房,有什么根据怀疑我?"

调查人板起面孔,说:"这就是根据。明明是你当班,你却说跟别人换了。"

林问天说:"是刘师傅要跟我换的。你难道没问过他?"

调查人冷冷一笑,说:"我没问过他,敢确定事故与你有关吗?"

林问天愕然道:"刘师傅怎么说?"

调查人说:"他当然会说出事实。事实就是你们根本就没有换班。"

林问天目瞪口呆。调查人说:"我本想让你自己坦白出来,但没想到,还是由我替你说出来了。你年纪轻轻的,应该有勇气承担自己的过错。"

林问天高吼一声:"不!我要跟刘师傅对质。"

调查人说:"对不对质并不重要。不过你既然提出来了,我们可以满足你的要求。"

几分钟后,林问天见到刘师傅。林问天急切道:"刘师傅,这是怎么回事?明明是我们两个换了班嘛。"

刘师傅说:"小林,你是不是记错了?我们还是上个月换过一次班,到现在还没有换过班呀!"

一句话噎倒了林问天。林问天用异样的眼神望着他曾经十分尊敬的刘师傅,脸上慢慢呈现出异样的悲愤。林问天说:"刘师傅,我一向尊敬你,你为什么要害我?"

刘师傅说:"怎么是我害你?我实事求是呀。"

林问天说:"你好卑鄙。我今天才算看清你的灵魂。"

刘师傅显得很生气的样子,说:"你怎么能这样骂我?"

刘师傅走后,林问天对调查组的人说:"我只想说一句,这次事故与我毫无关系。我确确实实与姓刘的换了班,交班记录是我签的名。可惜记录本已经被烧了,死无对证。所以我除了请组织好好调查外,别的无话可说。"

调查的结果,事故责任人定为林问天。结论是操作不当,麻痹大意,引起突发事故,排除故意行为。理由为:一、林问天是当班人;二、林问天不安心工作,情绪不好;三、林问天业务不熟,无独立值班能力;四、林问天的父亲是右派。

接到这个结论的林问天狂暴地将结论书扔到地上,然后对着调查组暴躁地吼叫。调查组的三个人都不说话,只是冷冷地望着他,露出一脸鄙夷的神气。最后说:"没有追究你是否有意而为,已经是党的政策宽大,觉得你还年轻,还有好好做人的机会。你不要得寸进尺。"说罢,一干人扬长而去。林问天一个人留在办公室内发呆,想想自己的委屈,不由痛哭一场。哭完便想:我这辈子,完了。

次日厂办便通知他,上炼胶车间干活,继续锻炼。

林嘉禾一家都被林问天的事所震撼。林嘉禾愤怒道:"这还有没有王法?这事不能这样算了,问天不能背这个黑锅。顶多闹他个鱼死网破。"

邢紫汀说:"为什么要鱼死网破?有理说理,哪有这么嫁祸于人的?"

林问天说:"没有用了,已经做了结论。"

林嘉禾说:"没有好好调查,这结论怎么作数?"

林问天说:"你说他没有好好调查,他说他好好调查了,这又

227

怎么说得清呢?"

林嘉禾说:"怎么就说不清呢?你怎么这么没出息?难道你就认了?"

林问天说:"您认为可以说清吗?那么,你说你是听从号召提意见,可别人说你是恶毒攻击党,你说得清吗?就算你说清了,能有人信你吗?既然不信你,你还能指望自己有什么出息?事情到这一步,没说我是故意的已经是网开一面了,是党的政策宽大。我一个右派的儿子,还能要求怎样?"

林嘉禾瞠目结舌。他坐了下来,神色也如林问天似的颓然。他回答不了林问天的问题。俄顷,邢紫汀开始低泣。林问天没有表情的脸上,浮现出懒懒的神色。一种看破红尘的淡然之气将他内心的忧伤化解得干干净净。林嘉禾想,我的天!我的天!这世界怎么会是这个样子?我的孩子怎么会是这个样子?

四

夏天在人们的期待之中到来。三峡大坝给人一种停停走走的感觉。将坝址定在石牌的希望随着勘探的深入,也越来越渺茫。丁子恒觉得自己有了些倦意,但又劝慰着自己:做着再说吧。

林院长常来询问工作进展,丁子恒不理解林院长为何总是激情飞扬,一说起三峡两只小眼睛便炯炯发光。有一次大家吃饭闲聊,话题便是林院长的激情。吴思湘说:"像林院长这样的老革命,他们永远都充满乐观主义精神。不管成功还是失败,他们总有理由让自己一往无前,和我们这些人比,还是有所不同。或许正是有了这种气质,他才能放弃科学而投身革命。"

金显成说:"这种永不言败的精神也可以说是一种革命的浪漫主义,我们这些搞工程的人多少有些缺乏这个。"

丁子恒觉得他们说得对,但转念又想,搞工程的人能允许有如此的浪漫主义吗？不能呀。一味浪漫而忽略务实，结果将不堪设想。所以，有些人天生不能浪漫，只能一笔一画地完成人生，比方搞科研的和他们这些做工程的。

这些天一直学习《农村人民公社六十条》，人人都要参加，人人都要发言。丁子恒恐怕自己发言时讲错话，便在笔记本上做着详细的记录：

公社性质：

一、是政社合一的组织，是社会主义社会在农村中的基层单位，也是政权在农村中的基层单位；

二、是社会主义的集体经济组织；

三、是以生产大队所有制为基础的三级所有制；

四、公社在经济上是生产大队的联合组织，生产大队是基本核算单位，生产队是直接组织社员生产和生活的单位。

公社三级组织：

公社——管理单位；

生产大队——基本核算单位；

生产队——组织劳动的基本单位。

特点：

强调一切服从农业生产；

强调民主生活；

强调家庭副业重要性；

强调手工业作用。

丁子恒发现自己记忆这些东西时脑子特别迟钝，有些术语和概念令他深感拗口。纵是记录得很详细，发言时他仍然感到障碍重重。他其实知道原因何在。理智上他明白必须学习和弄懂这些东西，可在他的内心深处对此却无时无刻不在强烈排斥。他常常反问自己的一句话便是：我弄懂这些有什么用？有一天，他遇到金显成,忍不住便说了这句话。金显成说:"上级和形势要求你弄懂它,你最好就去弄懂它。"他的话说得意味深长,让丁子恒无话可说。

这一天,仍然是学习"六十条"。学习内容归结成八个专题:

1. 国民经济以农业为基础,以工业为主导;
2. 大跃进和波浪式发展;
3. 不断革命论和革命发展阶段论;
4. 马克思列宁主义者如何克服困难;
5. 如何正确处理人民内部矛盾;
6. 领导的责任在于了解情况和掌握政策;
7. 党的群众观点和群众路线;
8. 关于民主集中制。

学习要求:

1. 认清大好革命形势,正确对待暂时困难,坚定无产阶级革命信心;
2. 进一步领会毛泽东同志关于国民经济以农业为基础、以工业为主导这一伟大思想和大办农业、大办粮食的伟大意义;
3. 正确认识党的各项方针政策,正确理解现阶段人民公社的根本制度、社会主义和共产主义的区别、社会主义集体所有制和社会主义全民所有制的区别;
4. 发扬实事求是、调查研究、艰苦朴素、贯彻群众路线的作风,克服主观片面、浮夸、脱离群众的作风。

学习方法:

阅读文件,鸣放讨论,听报告,参观访问。

学习中要实事求是,敞开思想,并和风细雨,讲道理,不扣帽子,不记账,强调自我分析批判,自我教育。

丁子恒不知不觉间密密地记录了一大本。散会时,他前后翻翻,觉得似自己这等从不过问世事之人,竟也如同政治家一样了,便有万千的感慨。一个念头随感慨而突然冒出:为什么不能让我成为一个简单一点的人呢?为什么不能让我永远不懂这些东西呢?这个念头虽只是从脑海间一闪而过,丁子恒却已被它吓得心跳不止。

下班时,他在路上遇到张者也。本想同他打声招呼,却见他也是一脸愁容,便咽了回去。张者也却叫了他一声:"丁工,下班呀?"

丁子恒答道:"下班。"

张者也说:"最近,忙?"

丁子恒说:"主要在学习。"然后便闲说了几句关于大坝的一二三以及"六十条"的学习进度。

张者也说:"我们处也在学。那些术语好难记,你倒能记住。"

丁子恒说:"哪里记得住?记了笔记,强迫自己记清楚,免得发言时讲错。真比记俄文单词还困难。"

张者也叹道:"你我这些人,成天学这些永远也学不懂的东西,倒把三峡当成副业了。长江长江,真是一条姓长的江啊。三峡是长江的儿子,姓长;三峡大坝是三峡的儿子,还是姓长。都是长久修不成的一个长字。"

丁子恒觉得张者也这一说法颇有新意,且不无道理。便笑了笑,心道,什么年月了,你张者也竟什么话都敢说。却没有附和他。

张者也说:"吴总要我下星期再带几个人去石牌考察,我没答应。家里一团糟,没法走得开。"

丁子恒说:"哦?"

张者也苦笑笑,说:"让城镇多余人口返乡,宿舍的明主任隔天就领一两个人来我家做思想工作,让我母亲回去。我母亲不耐烦了,说是城里人撵咱走,咱再不走倒显得赖在这里。我只好下星

231

期把她送回老家。"

丁子恒微微惊异了一下,说:"是吗?"

张者也说:"我父亲早去世了,乡下只有我那个双胞胎哥哥。我母亲同我嫂嫂相处不好,见面就吵架,回去后怎么办?乡下连饭都没有的吃,在我这里好歹还可以过。可事情到了这份上,我那老娘说是宁可死也不住这里,免得人家三天两头来撵。我简直不知道怎么办才好。这半个多月,案头上什么事都没做。"

丁子恒想想,心里也替他急,嘴上却说:"这样的事,撞上门来,也只能顺其自然。"

张者也说:"只好这么想。只不过,有时我也会想,我们顺的自然是一种什么样的自然呢?"

丁子恒心里"突突"地跳了几下,没回答这句话,因为他回答不出来。丁子恒的父母双双死在日本人的飞机之下,以往他一想起来便为之伤痛,这一刻,他却突然生出一种侥幸。

回家时,三毛和嘟嘟坐在楼梯口,高声念着一首儿歌:"红灯绿灯,爹爹婆婆下农村。"周而复始。

丁子恒起先并未听清,听清后便有些烦。没进家门,便掉头对着两个孩子吼道:"唱些什么乌七八糟的东西!还不闭嘴?"

唱在兴头上的三毛和嘟嘟遭此一吼,有如挨一闷棍,脸色大变。嘟嘟委屈地扁扁嘴,哭了起来。

雯颖闻声而出,搂着嘟嘟哄了哄她,然后对丁子恒道:"你这是干什么?哪有这样吼小孩子的?"

丁子恒说:"你平常也不管管他们,唱些什么歌?那是正经歌吗?"

雯颖说:"就算他们唱的歌不好,你也不能这么吼他们呀。他们才多大?"

丁子恒说:"你就是会宠着他们。小孩子吼吼有什么关系?"

雯颖说:"你要吼小孩子,也得吼得有道理,你不能自己心情不好,就找碴吼小孩。"

丁子恒说:"你凭什么说我是有意找碴?孩子唱那些无聊的歌谣,我难道不能管?"

雯颖说:"你完全可以管,但是要好好地同他们说,大可不必对他们暴吼。你如果嫌我教育得不好,你就吼我好了。"雯颖说着气得眼泪水盈满了眼眶。

三毛和嘟嘟见爸爸妈妈吵了起来,都吓得躲进大毛二毛房间,把门关得只剩一条缝,两人悄悄从缝里向外张望。丁子恒见雯颖如此,便不再作声,心里的火气却并未消解。他想,吼两声小孩子算是多大个事,用得着这样吗?他进到房间,闷头坐在桌前,烦乱地拿起一本书,翻了两翻,无心阅读。

丁子恒几乎没有怎么同雯颖吵过架,这次就算是很厉害的一次了。晚饭时,雯颖不理丁子恒,三毛和嘟嘟也是一副害怕的神情,怯怯地朝丁子恒瞄上一眼,不敢近他跟前。丁子恒便有些愧疚,心想吼两个毫无反击能力的孩子,的确是很不像样,何况他们实在也没错到哪里去。这么想过,丁子恒便拼命地给三毛和嘟嘟夹菜,且主动表示晚上要举三毛和嘟嘟,每个人举十次。三毛得寸进尺,说要举十五次。丁子恒也慷慨答应了。

但雯颖依然板着面孔,没有理他。

这个小小的风波延续到第三天才算有了转机。那天下大雨,丁子恒回家时浑身上下都淋得透湿。雯颖递给他干毛巾揩拭时,突然同他说了话。雯颖说:"我去买菜时,看见张工送张奶奶走了。张奶奶脸色发乌,眼睛木木地望着人,一转不转。你猜我第一眼看见她时觉得她像什么?"

丁子恒漫不经心地说:"像什么?还像个巫婆不成?"

雯颖说:"像巫婆倒好,她可真像是一具活动尸体。"

丁子恒的心惊了一下。雯颖说罢又自语道:"我小时候听外婆说,人要死之前,会有死气从脸上透露出来。"

233

丁子恒说:"会是这样?"

五

大毛考上了高中,是市立二中。市立二中在三元里,是一所很好的学校,在全市的排名颇靠前。乌泥湖只有三个人考进了这所学校,除了大毛,还有他的同班同学皇甫浩,另一个则是癸字楼下右舍张者也的大儿子张楚文。丁子恒和雯颖很高兴,在家里便常常唠叨,大哥做了个好榜样,弟妹都要向大哥学习。

二毛亦考上中学,便是大毛刚刚毕业离开的古德寺中学。二毛第一天上学回来,兴奋异常,不停地说:"中学太好了,中学比小学好多了,我喜欢中学,我今天才晓得哥哥真的很了不起呀。"

丁子恒便问怎么回事。二毛说,他的班主任就是原先大毛的班主任。第一节课点名,他点到"丁朴",便问:"你叫丁朴?是不是住在乌泥湖?"二毛说是。老师又问:"丁淳是你什么人?"二毛说:"丁淳是我哥哥。"老师便说:"很好,很好。丁淳是我最好的学生,样样功课都出色,希望你不比他差。"二毛说,老师讲这些话时,所有同学都羡慕地望着他,都知道他有个成绩厉害的哥哥,他感到特别自豪。

雯颖听罢大为开心,说:"真的吗?我家大毛这样有本事?"

丁子恒心里亦觉得意,说:"看,大哥的榜样做在前面了,二毛三毛,你们都要向大哥好好学习。"

二毛响亮地答道:"知道了,爸爸。"

三毛却一撇嘴,说:"才不哩,我们老师说要向刘文学哥哥学习,从来都没有提过大毛哥哥的名字。"

大毛说:"算啦算啦,还是别说这些吧。我脸都红了,再说我就骄傲了。"

丁子恒说:"我下一句要说的就是:大毛不能骄傲。"

大毛就读的二中是住宿制。从乌泥湖走到学校要将近一个小时,途中必经丁子恒所在机关。所以每星期一早上,丁子恒都和大毛一道步行,途中听大毛说一些学校的事情。大毛常常就一些他不明白的事向丁子恒询问,有时他们还探讨些关于宇宙,关于自然,关于生命之类的话题。每当这时,丁子恒都深怀欣喜,他的儿子虽然还是一脸稚气,却已经可以像一个成年人一样同他对话了。丁子恒想,纵是饥饿,也挡不住生命的蓬勃生长呀。

六

石牌的地质勘探正紧锣密鼓地进行。左岸布置了长一千多米的勘探平峒,估计到年底可以打出五百多米来。情况虽不容乐观,但三峡大坝上马的可能性便穿行在这狭窄的河谷里。从河谷前方透出的一点点光亮,让劳动的人们心下尚存几分安慰。

只是更令人始料未及的事情出现了:为响应大办农业的号召,整个总院的工作重点转移到农业战线。三峡设计人员仅留四十人继续工作。

这就是说:三峡工程全线停摆!

听到传达,丁子恒并没有感到特别的震惊,仿佛他早已料到这一天的到来。他花去好几天时间,默默地将几年来所有关于三峡大坝的资料封存好,然后锁进柜子里。在锁头"嗒"一声关紧时,那声音刺激了他的心。他想,事已至此,我又能怎样?

走在归家的路上,刚过古德寺,突然一首词跳出脑海:

万事云烟忽过,百年蒲柳先衰。而今何事最相宜?宜醉宜游宜睡。　　早趁催科了纳,更量出入收支。乃翁依旧管些儿:管竹管山管水。

想过,他不禁叹道:真乃好词也。然后又想作者为谁。及至走到碉堡处才想起这是"醉里挑灯看剑"的辛弃疾所作。丁子恒想,我怎么会突然记起这首词呢?我的情绪是不是太颓唐了一点?眼下国力不足,停上或缓上三峡无论如何也是应该,我有什么理由心情黯淡呢?而农村是那样贫困,贫困面积和人群又是那样广大,农业生产的基本条件那样简陋和原始,文化落后,医疗落后,不先去发展那里,不帮他们站稳生存之足,整个国力又谈何发展?

这样一想,丁子恒便把自己的情绪调整了过来,脚下步子也轻了许多。小路一拐弯,他便看见站在篱笆墙下眼巴巴地迎接他的三毛和嘟嘟。丁子恒摸摸口袋,里面什么吃的也没有,连一粒糖果也未备,他心道:糟了。

七

林嘉禾只在家住了半个月,便只身重返陆水工地。临行前,他见林问天仍萎靡不振,心口一阵阵发疼。他不知道有什么办法可以帮助这个孩子。明知他深受冤枉,却无法替他洗清自己。夜里,他来到林问天的床边,坐下来凝视他深爱的儿子。

林问天本已睡了,此刻懒懒地睁开眼皮,说:"你有什么事?"

林嘉禾没有计较他不客气的问话,长叹一口气,说:"问天,我很抱歉,我没想到我的右派问题会给你带来这么大的灾难。事已如此,我不知道怎么才能表达我对你的愧疚。虽然并不是我情愿要做右派的,可事情的缘由毕竟出自于我。回家这些天,爸爸除了愧疚,又多了一份担心。你还年轻,今后的路还很长。这样颓废下去怎么行呢?这最终只能伤害自己。"

林问天说:"那你说我该怎么办?"

林嘉禾:"振作起来,好好工作,用行动来表明你的清白,证明你是一个有用之人。你要为建设社会主义做出自己的贡献。"

林问天说:"我的清白还能还给我吗?我看不出有这种可能

性。我表现再积极,只会被人说成改造好了。"

林嘉禾说:"事到如今,只能从最坏的情况中争取最好的结果。"

林问天说:"怎么讲?"

林嘉禾说:"好好工作,积极表现。不要把你这些不满的情绪露在脸上,改为想通了,决定重新做人的样子。"

林问天说:"从小你就教我们要做一个正直的人,不要说谎,不要做阴阳人、两面派。现在为什么你又改变这种教导了呢?"

林嘉禾没料到林问天会如此发问,一时无言以对。

林问天说:"爸,你要是没什么话说,我要睡觉了,我明天上早班。"

林嘉禾默然离去。次日早上,他拿了行李出门,林问天早已上班去了。林嘉禾站在林问天的桌前,心中惆怅万千,想了想,留了张纸条在他桌上。

林问天下班回家,一眼便见到林嘉禾留在他桌上的纸条。上面是鲍照所作的《拟行路难》诗:

　　泻水置平地,
　　各自东西南北流。
　　人生亦有命,
　　安能行叹复坐愁!
　　酌酒以自宽,
　　举杯断绝歌路难。
　　心非木石岂无感,
　　吞声踯躅不敢言!

林问天拿着纸条看了许久。他努力使自己平静和理智。林嘉禾一笔一画的工程字体林问天再熟悉不过,他是看着这些字长大的,甚至自己的字也是这种风格。清晰文雅而颇为刚劲的笔画,使林问天感觉得到父亲的良苦用心。他记起昨天夜里林嘉禾的神情和话语,他想,说得也是,我这样下去最后会有怎样的结果呢?"人生亦有命,安能行叹复坐愁。"

这天夜里,林问天将他参加工作以来所有的感受,都写在了笔记本里。他将这些感受列为三个部分,第一部分:分配不公,能忍则忍;第二部分:被冤受屈,心怀愤怒;第三部分:前景无望,消极颓废。然后他写了个尾声,表明如此这般下去,终将一事无成,他决意选择在逆境中勇往直前的方式。他是一个中国青年,他要为建设社会主义而奋斗,他要创造出自己的业绩。林问天为自己这篇长长的文字起了个标题:《一个青年的苦闷和清醒》。

写完这些,天已发白。林问天长长吁了一口气,仿佛收拾好一份心情,把肩头上一千斤的担子放了下来。虽然一夜未眠,他倒觉得精神颇好,脸色亦开朗了起来。他将父亲写给他的纸条也夹在了笔记本里。

一夜风起,万树萧瑟,凉气陡然间占据了天地。林问天努力调整着自己的情绪,渐渐同工人们相处融洽。当班时分,偶听到有趣的说笑,也能把笑意浮到脸上。

一天,他刚进车间,便有人通知他,说是厂领导要他立即去办公室。林问天心里扑扑跳动,心想莫不是看我表现不错,调我去技术科了?这念头闪过只几分钟,一进办公室,见到书记和主任都面孔铁青,他便知适才不过是自己想入非非。

书记不苟言笑,拿出一个笔记本,往桌上"叭"地一甩,说:"林问天,这个笔记本是不是你的?"

林问天吓了一跳,定睛一看,果然是自己的笔记本。前几天他上中班,因下班后已无公共汽车,住在厂里宿舍。他有睡前记点什么的习惯,便将这个笔记本带上了。他不明白,它怎么会在书记手上,而书记又为什么会气势汹汹。林问天说:"是呀,是我的。"

主任说:"想必你不承认也不行。"

林问天有些茫然,说:"我为什么不承认呢?"

书记说:"这篇《一个青年的苦闷》是你写的?"

林问天说:"是《一个青年的苦闷和清醒》吗?是我写的。"

主任说:"我说小林,你写了这种文章,怎么还这么坦然?"

林问天不解道:"怎么?我是写了我自己的心路历程呀!我真的是觉得我必须振作起来,好好工作才对。"

书记说:"想不到你这么年轻,竟然这样会狡辩。分配你锻炼,你强忍在心;处理你的事故,你愤怒不平;调你进车间,你消极怠工;最后觉得这样下去不行,就要自己假装积极。你说你身处逆境,哪里是你的逆境?车间?工厂?还是我们这个社会?你说你要创一番业绩,你要创的是什么业绩?"

林问天瞠目结舌。几秒钟后,他明白事态严重得超出他的想象。于是脸色大变,神情有些惊慌失措。

书记拿出一张纸条,扬了扬问道:"这诗是谁写的?"

林问天说:"是古代一个叫鲍照的诗人写的。"

书记说:"哦,是古人写的。你抄的?"

林问天说:"是我父亲。他希望我能振作起来。"

书记冷笑一声,说:"你父亲?就是你那个右派父亲?那就难怪了,有其父必有其子嘛。他借古人的诗表达什么?又是吞声,又是不敢言!你父亲抄诗借古骂今,你写反动文章密切配合,你们这么做,有什么目的?"

林问天脑袋"嗡"的一下,人便发呆了。下面书记还说了些什么,他一句也没有听清。

林问天的文章以《且看"一个青年的苦闷"是什么样的文章》的题目被张贴在工厂大门前的专栏上。原题后面的"和清醒"三个字被悄然去掉。一篇篇的批判文章亦陆续登在专栏上。从林问天的"忍",到他的"愤怒",从他的"颓废",到他的"逆境",再加上林嘉禾抄写的诗,以及林嘉禾的右派身份,全都在批判文章中反反复复地被分析。至此,林问天才明白,自己读过父亲留下的诗之后,一时冲动写下的感受,竟闯下了如此的弥天大祸,大得几乎没有回头之路。

林问天从此便生活在批判会检讨会以及全厂人鄙夷的目光里,他几乎承受不了这第二次突如其来的风暴。他觉得自己的脑袋每天都是糊里糊涂的,不知别人说了什么,亦不知自己答了些什么。每夜每夜,他都梦见自己在被泥土埋葬。随着黑夜的流逝,泥土在他周围一寸寸一尺尺地上涨。到膝盖,到大腿,到肚脐,到胸口,到脖颈,到……他感到自己既喘不出气,也挣扎不动,渐渐地,湿热而厚重的泥土即将覆顶。

一天早上,他在梦到泥土已经涨过口鼻,埋到自己的眼睛时,霍然而醒。醒后他想,这样下去,不就是一个死吗?难道我就这么等着人们把我埋葬?林问天一直糊里糊涂的脑袋在瞬间变得格外清醒。

林嘉禾在工地被人找回工棚,走在路上,他突然心跳加速,仿佛有种预感,觉得一定是林问天出了什么事。工地的风呼呼地吹在脸上,有如针扎。而林嘉禾的额头却沁出大粒大粒的汗珠。

消息证实了他的预感:林问天失踪了,而他必须回总院交代为儿子抄写古诗的用意。林嘉禾已顾不上自己的下场如何,林问天的安全占据了他的全身心。他忧心如焚,一脸焦灼,在总院政治处干事的监送下,回到乌泥湖。

林嘉禾一进家门,邢紫汀便扑打上来。邢紫汀哭道:"你害得我们还不够吗?你为什么要留那样的诗呢?孩子被弄成那样,人也不见了,是死是活都不知道。怎么办呀?你……你……就是凶手,你知不知道呀……"

林嘉禾同邢紫汀结婚二十多年,从未见邢紫汀如此失态。他双泪长流,一任邢紫汀捶打和责骂,呆站在屋门口木然朝家中四壁巡望。两个女儿林乐天和林笑天哭叫着拉开了邢紫汀。林嘉禾未曾开言,心里突一激荡,一口血喷吐而出,溅在白色的墙壁上,鲜红刺目。

两个女儿吓呆了,连叫着:"爸爸,你怎么了?"

林嘉禾掏出手绢,捂住了自己的嘴。他摇摇晃晃地坐在了沙发上。

化工厂成立了四人小组,专门负责调查林问天失踪事件。公安局一个指导员加盟其中,共是五人。这天夜里,整个小组的人都在林嘉禾家。林嘉禾和邢紫汀把家里亲戚全都列了出来,供专案小组分析林问天的去向。林嘉禾在配合分析时,不停地吐血,但却没有人提出送他去医院,包括同他共同生活多年且感情一直十分融洽的邢紫汀。

次日清晨,林嘉禾在焦急与劳累中,终于昏迷在地。他倒在厕所里,头磕在小便池上,血流满面。

这天清早,乌泥湖的人被急促的救护车声惊醒。于是,一阵风,便将林家发生的事吹到了乌泥湖的每一个人家。一连数日,林家都是乌泥湖饭桌上的话题。有人说,爸爸是右派,儿子会好到哪里去?亦有人说,不过读了个大学,怎么就不能同工人一起劳动呢?还有人说,真是的,社会主义国家,日子过得欣欣向荣,有什么好苦闷的?难道回到旧社会,就不苦闷了?更有人说,说我们这个大跃进时代是逆境,也真是太反动了。

丁子恒被这个沉重的消息压迫得心中发痛。雯颖却为林问天流了泪,说:"我真是觉得问天那孩子天性纯正,心地善良,怎么就会落到这种境地呢?不知道他是不是安全。"

星期六,大毛回家听到这事,一口气便跑到了林家。面对邢紫汀,大毛说:"林妈妈,我知道林大哥一定会平安回来的。我上个星期见到他,他还跟我说,读书不要读死书,要有创造性思维。他讲得太好了,我觉得他是天下最好的人。"

邢紫汀忧伤地望着大毛,停了停,方说:"大毛,谢谢你。可是这些话你在外面一定不要跟别人说,否则会影响你的。万一被人听到了,连你一起批判就不得了了。"

大毛听得发怔,一时不知如何是好。

晚上吃饭时,大毛把他与邢紫汀的对话复述给丁子恒和雯颖听。丁子恒听得心里一阵紧,忙对大毛说:"林妈妈讲得非常有道理,你在外面千万不要议论这件事。"

大毛却坚定地答说:"不管怎样,我都不相信林大哥是反动分子。如果有人问我,我一定要说,林大哥是好人,是我的恩人。"

二毛亦说:"我也觉得林大哥很好。他救哥哥时特别勇敢,而且他平常跟我们讲话,也非常有道理。"

连三毛都说:"是呀,我觉得林大哥是个好人哩,他还给我吃过糖,要我好好念书,将来去上他的那个大学。"

雯颖说:"别人我不敢说,可问天我们实在比较熟悉,我总也想不通怎么轮上他当坏分子。子恒,你说是不是会弄错了?"

丁子恒说:"世事难料。"沉默片刻,他又不禁脱口道:"世路无如人欲险,几人到此误平生。"这是朱熹的诗。丁子恒想,世事如此,真真切切呀。几个孩子都望着他,不知其意。

雯颖忙说:"快别念那些古诗了,没见林工一首古诗遭大祸吗?"

丁子恒吓了一跳,忙说:"你说得是。大毛二毛三毛,家里饭桌上谈的话,都不能到外面跟人家说。不要问为什么,长大你们就知道了。"

八

刚入十二月,乌泥湖遍传林问天被抓住的消息。据说他到了广州,想找人帮他偷越国境,叛国投敌,被当地公安逮捕。审问出他的来处,便通知这边派人前去押回。林家人冷淡着面孔进出,没有人敢上前问些什么。

不久,就听说林问天被送去农场劳教。几乎与此同时,林嘉禾被开除公职,遣返回乡。大病未愈的林嘉禾离开医院回到乌泥湖,以养病为借口,在家里住了半个月,然后同邢紫汀办理了离婚手续,携一个行李卷,只身离家而去。身后三个女人痛苦的哭泣声,在他耳边萦绕了许久许久。

这个家庭的解体,令乌泥湖许多人家在新年将临时,难有欢乐之感。纵是鞭炮响得惊天动地,却挡不住那个无处不在又无声无形的阴影。它悄然蔓延,一直伸向人心,令许多颗心倍感压抑。

夜里,睁着眼睛望着昏黑中的天花板,丁子恒无端地想起一个词:断送。

一个工程师的生命从此断送,一个青年人的前程从此断送。有什么天崩地裂的理由,非得要一个个的鲜活之人用前程和生命来饲养这种"断送"呢?这个断送呈现在我们面前的情景是何等可怖。面对着它,谁能不惊惧战栗?

新年的钟声,便在丁子恒内心颤抖之时发出它清脆的音响,清脆如一声鸟啼。

1962 年

乍雨乍晴花自落,
闲愁闲闷昼偏长,
为谁消瘦损容光。

——北宋·欧阳修《浣溪沙》

一

刮了一夜的大风,清早起来,人们发现围绕着乌泥湖宿舍的竹篱笆被风吹垮了好几米。垮掉的缺口正对戊字楼。戊字楼和乙字楼形成的夹角处种着一片竹子,十来丛竹子在这块不大的三角形土地上长得郁郁葱葱。戊字楼上左舍的严唯正常说,古人云,宁可三日无肉,不可一日无竹。乌泥湖亏得这片小竹林,否则便少了许多雅致。严唯正是航测队工程师,喜欢古典文学,常常伫立窗前,对着这片竹林浅唱低吟。但是这场大风刮歪了好几丛竹子,紧挨篱笆墙的三株已被倒塌的篱笆压倒在地。

篱笆外便是通向蒲家桑园的小路。几个蒲家桑园的学生站在缺口处,东张西望一番,似乎商量了几句,然后一哄而入,把倒在地上的竹篱笆踩得噼噼啪啪响。他们从缺口长驱直入,走过竹林,经丁字楼和戊字楼之间的夹道,斜穿操场,再从己字楼和辛字楼间穿出,便踏上通往二七路的石子路。这样走,较之先前绕乌泥湖宿舍大门,减少了几乎两百米距离。此后,蒲家桑园的人但凡要上二七路,一律选择了这个缺口。

蒲家桑园的男孩们显然比乌泥湖的男孩更带有一些野性。他们从宿舍内嬉戏着穿越而过时,难免没有打打闹闹的动作。有时两下里打起来,抓起石子便扔。石头的落点,十之八九在乌泥湖宿舍的玻璃窗上。夹角处的竹林,更成了顽童们的天然竞技场,折枝挥打、绕树奔跑、拉扯竹竿之类的事时有发生。住在戊字楼上右舍的洪佐沁太太董玉洁和左舍的严唯正太太蒋文清每天一到放学时间,便下楼来制止这种事件的发生。但顽童们有自己的一套记忆法则,今日制止今日诺诺地应承并表示永不再犯,明日却又将昨日誓言丢去爪哇国。竹林便在这无休止的打闹中日见颓败。严唯正天天说,这片竹林一荒,乌泥湖就俗了。他的老婆蒋文清也就天天去明主任家反映这里的情况。

明主任倒是为倒塌的竹篱笆墙去了好多次房管科,房管科科长拍拍肚皮,说:"这年头,这里面都是空的,谁还有精力顾得上那个?人都活不下去,还管树?"

明主任说:"现在为什么就顾不上这个呢?就算是有自然灾害,工作还不是一样得做?三峡大坝都没全停,小小篱笆墙倒做不成了?"

可惜无人理睬明主任的话。明主任无功而返,心里颇有怨意,觉得现在的人越来越不负责任。

明主任的丈夫王达就此撰写一文登在《长江流域报》上,乌泥湖人读罢都说好了好了,总算有办法了。但是房管科的人还是过了好几天才姗姗而来。然而在他们来的前夜,倒在地上多日的竹篱笆竟不翼而飞。房管科的人便说,这回,你们就是登在《人民日报》上也不能怪我们了吧?

乌泥湖的家属们为之愤怒地谈了几天,却也无奈。他们眼睁睁地看着篱笆墙的缺口日益扩大,且并未再见到有竹篱笆散倒在地。看来,夜里有人偷盗是不争的事实。这种行为更令乌泥湖人生气,大家都说,世界上竟然有这样的人,胆敢明目张胆地拆公家的竹篱笆偷盗回家,简直太可耻了。言词犀利,却毫无杀伤力。渐渐地,篱笆墙的破口一直延伸到了大门。过完春节,所有的人都看到这么一个结果:乌泥湖的院子已经名存实亡。

夹角处的竹子也因竹篱笆墙的崩溃而越来越少。好立在窗前浅唱低吟的严唯正便叹道:风吹梅花谢,细雨醒绿苗。春来万物生,唯见青竹少。

春天来临,万物又开始新一轮的复苏,乌泥湖宿舍东头的菜地同青草一起泛出绿色。突然有一天,蒲家桑园大队的人领着公社的人一起来到乌泥湖家属委员会。他们严正指出这块菜地本是蒲家桑园的地,应该交还给蒲家桑园大队。明主任有些发懵,不知对方所云。反复解释方才明白,没有了篱笆墙的乌泥湖宿舍应该把家属们自己开辟出来的这块菜园交给蒲家桑园大队。

明主任当天便去到总院,总院办公室的人说,不就是一块地嘛,有什么大不了的,他们要就给他们好了。咱们院的人又不是菜农,要地也没用。何况现在私人种菜也不符合国家规定,交给他们就是交给人民公社,是支援农业,照说还是好事。

明主任想了想,觉得有道理,回来便召开家属会议,在会上把这番话重复了一遍。许多人都就此表态。雯颖说:"支援农业也是应该的。本来我也是因为从来没种过地,种起来觉得很好玩,当然也觉得可以省一点菜钱。现在要交给蒲家桑园大队,我一点意见也没有。"

丙字楼下左舍李昆吾太太陈霞之亦说:"地嘛,也不值什么,人家要收就收吧,我们种不种都无所谓。"

但许素珍却提出强烈的反对意见。她说:"做什么要给他们?我们做什么就种不得?哪里写明了地是他们的?我家里吃菜还指望这块地呢!"她说话时,火气冲天,唾沫喷得到处是。

张雅娟便笑,说:"许素珍现在文化提高了,一说话就到处打标点。"

一句话让大家乐不可支。雯颖亦笑起来,心想这个比方倒是俏皮。张雅娟因为又有孕在身,自我感觉定是儿子,便日见快乐。

许素珍没听懂,连声问:"你说什么?你说什么?"

董玉洁说:"说你是个知识分子了。"

许素珍笑道:"我知识分子?我'知屎分子'还差不多,我浇菜地全都用的是'屎',没见我那块地长得好?"

笑声便又响起。连明主任也笑了起来,笑完说:"这个许素珍!"又说:"好像好久都没这么笑过了。"

大家都突然感觉到,是呀,真的是好久没这么高声大气地笑过了。

笑完,大家还是同意了把地交给蒲家桑园大队,毕竟这不是什么大不了的事。虽然许素珍一直愤愤不平地说着什么,但总院的意见和集体的决定她不能不听。

只几天工夫,零零碎碎的小块菜地便被蒲家桑园大队的菜农平整成八大整块菜园。驼背他老婆也来这里干活。雯颖买菜路过,驼背他老婆见到她便叫道:"丁妈妈!"

雯颖说:"哦,你也来了。"

驼背他老婆便说:"是呀,原先我帮你浇粪,想不到现在这地成我们队的了。"

雯颖说:"你们一定比我们种得好。"

驼背他老婆说:"那还用说!我们生来就是种地的。你们是干什么的?你们生来就是坐在家里闲着的。"

雯颖回家后,不知怎么耳边一直想着驼背他老婆的话:"你们生来就是坐在家里闲着的。"她想,我凭什么生来就该在家里闲着呢?我有什么理由做一个大闲人呢?

247

二

　　乌泥湖已是一个没有围墙的宿舍了。起初大家不习惯,久之觉得没有院墙其实也很不错。比方,不必事事都走大门,条条小径皆可行。再比方,去蒲家桑园买新鲜小菜也方便得多,走不几步便可踏上通往蒲家桑园村的独木桥,就跟走邻居串门一样。

　　住在篱笆墙根下的郗婆婆更是觉得现在的乌泥湖宿舍比先前要亲近得多,站在屋门口便可同乙字楼或戊字楼的人搭话拉家常。郗婆婆有五男一女。女儿是老二,业已出嫁。老大参军去了。剩下四个小的,两个上了中学,还有两个是双胞胎,也已满了十岁。郗婆婆的丈夫在乌泥湖宿舍建成的前一年因病而死,坟墓就在她家院子后的菜园中央。郗婆婆总在那座孤独的坟前焚香烧纸,过年节时,且要放上一碗一筷,碗里自有好饭好菜。郗婆婆总是说,人死了,魂还在,不能让他离家太远。一个人在外面也不晓得照顾自己。就是死人,逢到年节,你给他倒杯茶送碗饭,他也是晓得的。这样他比别的死人过得好,就会转来梦中谢你。乌泥湖的老人都知道这座坟,坐在一起议时,纷纷羡慕,说是死成这样,该有多好。

　　篱笆墙垮掉后,严唯正的母亲便常去郗婆婆家小坐。一九五六年七月,苏联应我国政府之邀,派出十几架飞机和近百名航测人员前来负责长江流域范围内的测量,学过航测的严唯正便从北京调来这里。与他同来的除了妻子和六个孩子外,还有他的母亲和三妹。严唯正是河北沧州人,父亲是个地主,做过还乡团长,据说杀过土匪,但村里人都说那是两个共产党。土改时严父因此被镇压。枪决那天,严母突然精神崩溃,从此清醒一时,糊涂一时。清醒时,同常人一样,糊涂时,却疯言乱语。在北京工作的严唯正便以替她治病为由,将她接到北京,同时也将三妹严唯姝带了出来,家乡只留下他的弟弟严唯俅替全家人顶戴地主的帽子。严父死时，严唯姝刚刚小学毕业，从此便辍学在家，照顾母亲和侄儿侄女。严唯正与妻子蒋文清自结婚后，用十二年时间为严家生下四男二女共六个孩子。这些孩子几乎全是严唯姝帮助带大，最小的严晓琰也已上了小学一年级。严唯姝除了照顾有病的母亲和幼小的侄儿侄女外，还承担了严家所有的家务。她小时没有机会上学，大了也没有机会谈恋爱。乌泥湖宿舍甚至没人知道她的大名，都跟着严家孩子一道，唤她严三姑。

严老太清醒时，常对人叹息，说是都怪自己得了病，拖累了闺女一生。糊涂时便长一声短一声地叫唤：三女呀，你不能走呀，你一走就有人要杀我呀，把我送到乱葬岗去呀。对严老太这句病中之语，媳妇蒋文清十二分的不悦，每每总要呵斥严唯正，说你娘这话是什么意思？！严唯正只有解释复解释：母亲之言绝没有别的意思，只因父亲是枪决而死，她深怀恐惧，仅此而已。话虽如此，这终究是蒋文清的一块心病。每逢严老太如此叫嚷时，她的长脸便拉得更长，表情冷冷，几天都不会给严三姑浮一个笑脸。

严老太上郗婆婆家常常是为了买她家菜园里的新鲜菜。但严老太绝不敢亲自去菜园，她总是神情不安地坐在郗婆婆的堂屋里或房门口的小竹椅上，等着掐菜的郗婆婆转来。严老太从不敢看一眼郗婆婆菜园中那唯一的坟墓。

刚搬来时严老太不知情，曾经去过菜园。看见坟墓，便问是谁，一听回答，便犯了病。她的丈夫没有坟，甚至没有人为他收尸，他的尸体被工作队扔到村庄后的乱葬岗去了。乱葬岗野狗成群，严老太知道，不等天黑，她丈夫的尸体便会被野狗分食一尽。于是这事成了她的病，一个碰也不能碰的病。在郗婆婆家发病之后，严老太足足调养了几个月，才又缓解过来。再去时，便绝不敢去菜园，甚至不敢朝菜园方向望上一眼。

严老太却很喜欢同郗婆婆聊天，两人一聊起来，竟不觉时光飞逝。严唯正觉得奇怪，她们阅历身份都大不相同，如何有那么多共同的话可说？有一回吃饭时他禁不住问严老太。严老太用严肃的口吻说："我们说的一切都是'死'，这个东西难道还不共同？"听得一桌人毛骨悚然。

严老太并没有胡说。她和郗婆婆一起谈得最多的话题就是死。这话题是因郗婆婆在一个晴天晒寿衣谈起的。严老太不明白郗婆婆为何这么早就把寿衣做好，说这是不是不太吉利。

郗婆婆便说怎么会不吉利？人都是要死的，只不过是个福气问题。有福气的早死，没福气的就得把磨难受尽再死。老早把寿衣做好，免得死到临头再找人做，做不出个好活儿来。何况到那个时候，儿女也不会有心思去寻细布，定是弄些粗土布打发了事。郗婆婆又说，死是自己一个人的活，总归得自己做完它，指望别人远不如指望自己好。如果自己把死前死后应该做的事早早准备好了，死起来会从容得多，而活起来也会万分安心。

郗婆婆的话对于严老太来说，如雷贯耳。严老太茅塞顿开，她不仅照郗婆婆所说准备好自己的寿衣，还学郗婆婆的做法每年开春出太阳时都拿出来翻晒。翻晒时，总是吓得她几个孙子孙女不敢靠近窗边。严老太我行我素，不管家人如何去说。而此后，谈死也就成了她和郗婆婆聊天时的重要话题。

严唯正先前十分担心母亲同郗婆婆一起成天说生谈死，容易诱发旧病，便常常有阻止之念。不料，从此严老太的病反而稳定下来，发病间隔时间也越来越长。严唯正询问医生，医生说，这似乎正是应了中国的一句老话"解铃还须系铃人"，你母亲当初因"死"而得病，现在却在因"死"而疗病。严唯正恍然。便每在严老太心情忧郁时，极力动员她上郗婆婆那里去坐坐。坐过之后的严老太，总能心情轻松地转回家来。

严三姑因母亲常坐郗家，便也总去那里，同郗婆婆也就颇为熟稔。郗婆婆见到严三姑便说，姑娘大了，不能一辈子为哥嫂带孩子，还得嫁人才是。严老太听此言多不作声，严三姑便赶忙说：

"我哪里是为我哥嫂,我是要陪妈妈过哩,我要陪妈妈过一辈子。"话虽这么说,眼睛里却满是难言的忧伤。

五月的一天,天下了雨,严三姑从幼儿园回来,见严老太不在家,知是去了郗家。竹林里的小路满是泥泞,一走一滑,严三姑怕严老太回家时摔跤,便去接她。一进郗家,见堂屋里站着个年轻人。年轻人见了严三姑,笑了笑,赶紧拿张小凳递给她。严三姑一怔,立即红了脸,凳子也没接,一闪身,藏到严老太身后。

郗婆婆忙说:"三姑呀,不用怕,这是我外甥福气,住我娘家后湖公社,是个生产队长,特地送糯米来给我,要在我这里玩几天。"

严三姑虽然已满二十八岁,却从未同兄长以外的男性有过接触。面对这个生产队长的粲然笑容,她心里扑扑乱跳,一句话也不敢说。

严老太忙说:"好了好了,我们三姑认生,我们回家去。"

福气便说:"那你们走好,有空再来玩。"

这天夜里,躺在床上的严三姑眼前老是晃着一个年轻人的影子。那影子晃来晃去,晃得她睡不着觉,于是有些心烦,在床上翻来覆去。同她共一个被子的老四严晓珏被她翻得一会儿一醒,便爬起来发脾气,说三姑你怎么了嘛!你还想不想让我睡觉呀!严三姑被侄女的喊叫吓得蜷曲着身子再不敢动,夜便在她的眼睁睁之中显得无限漫长。严三姑想,怎么平常我睡得着的夜晚都那么短,偏偏我睡不着的这个夜晚就死长死长的呢?又想,这人名字叫得好怪,福气,这也是人名吗?

幼儿园因是全托,需要值夜班,故而是三班倒。严三姑这星期上早班,吃过中饭,小朋友睡觉了,她便交了班。中班是下午两点到晚上十点,十点以后是夜班,夜班事情并不是很多,就是耗时间。这天严三姑交完班已经是下午三点了,她没有回家,而是直接去了郗婆婆家。严三姑一进郗婆婆的院子便叫:"郗婆婆!"

从屋里走出来的是福气。福气说:"我姨到甲字楼洗衣服去了。"

严三姑脸又一红,说:"我以为我妈妈在这里。"

福气说:"你妈妈来过,见我姨不在,就回了。"

严三姑说:"那好,我也回去了。"

福气说:"你要不要坐坐?我还不晓得你叫什么名字。"

严三姑说:"我不坐了。我叫严唯姝。"

福气说:"盐喂猪?怎么叫这个名字?盐怎么能喂猪呢?"

福气说时,一副很认真的模样,不像是在取笑她。严三姑便笑了,说:"哪里是这三个字呢?我是严肃的严,唯唯诺诺的唯,姝就是女字旁一个姓朱的朱,是指美女的意思。"

福气恍然,说:"原来是这样。你那个'喂'是个什么'喂'?"

严三姑便蹲在地上,用石子在郗婆婆院子里的土地上,写了一个大大的"唯"字。

福气说:"哦,是这个'唯'呀,我学过。是'唯物主义'的'唯'。"

严三姑高兴了,有一种遇到知音的快意,说:"是呀是呀,就是这个'唯'。"说完心想,我没笑他的名字,他倒笑起我的名字来了,这事好有趣。

福气说:"你上过学没有?"

严三姑说:"小学毕业了。"

福气说:"比我姐姐强多了,我姐姐连小学都没上。我家就我一个人上过学。"

严三姑说:"那你还是个知识分子呀。"

福气脸上就有点不好意思,说:"我上的学跟你一样多,不过在我们那里算是吧。听我姨说你们乌泥湖的人差不多全都上过大学,都是大知识分子。"

严三姑说:"大概吧,不过我看他们也没有什么了不起的。"

福气说:"我也这么想。没有我们农民种地给他们饭吃,他们屁也不是。"

严三姑觉得他的话有点粗,但还是笑了,说:"是呀是呀。就是给他们饭吃了,我看他们天天跑来跑去地上班,什么事也没做成。我没搬到乌泥湖来就成天听我哥哥说要修一个三峡大坝,这一说就说了好几年,前几天他们还在说,把那个大坝修到什么地方好呢?你说他们好笑不好笑。"

福气说:"有这样的事?要换了我们农民,早修成了。我们村要修条路通到城里,年前说的,现在都快修好了。"

严三姑说:"是吗?你们真行。"

福气说:"早知道你们乌泥湖的人这么没用,还不如让我们村的人来修那个坝哩。听说你们这里人拿钱拿得特别多?"

严三姑说:"是呀,最起码一个月也有一百多块。我哥哥算少的,有人还拿得更多哩。"

福气大惊,说:"有一百多块呀!我们一年分红还分不了这么多哩。"

严三姑说:"可不。我就想不明白,那个发工资的人是怎么给他们发的。我上三班倒的班,累得要死,一个月才拿十二块钱。我哥他们那些人,也没见他们做啥事,倒拿得比我多得多。"

福气说:"这样说来,简直像旧社会一样,太不公平。"

严三姑说:"你说得太对了,就是不公平。"

两人说话间,不知时间飞快。郄婆婆回来时,见这两人聊得如此开心,不觉奇怪,说:"三姑,是你在这里?你妈不在?"

严三姑突然意识到自己在这里待的时间已经不短,立即又红了脸,说:"我下班过来看看我妈在不在这里。我正准备回去。"说完,也未同福气道声别,便掉头而去。

福气追出来喊道:"小严,我这两天还在这里,有空过来聊天。"

严三姑没有回答,她的面孔开始发烧。她想,我今天怎么会跟这个福气说那么多话呢?

三

严三姑同郗婆婆的外甥谈恋爱的事,乙字楼上左舍张雅娟最先发现。张雅娟的房间正可俯瞰郗婆婆家的院子。有一天突然下雨,张雅娟急急忙忙把晒在窗外的被子收回。收完被子,正欲关窗,一眼瞥见郗婆婆院子的树下,有两个年轻人抱在一起接吻。张雅娟怔了怔,觉得奇怪。郗婆婆大儿子参军未回,女儿已经出嫁,下面四个小的还够不上年龄,会是谁呢?便在张雅娟猜测的那一刻,雨大了,男青年拉着女青年往屋里跑,张雅娟一眼认出那女子正是戊字楼上的严三姑。

张雅娟立即把这个消息告诉了雯颖。雯颖很惊异,说:"有这事?男的是谁呢?"

张雅娟说:"看不清楚。"

雯颖说:"怎么会到郗婆婆院子里去呢?"

张雅娟说:"不知道呀。想不到三姑倒蛮会勾人的。"

雯颖说:"三姑是个老实人,怕不会有人欺负她吧?"

张雅娟说:"老实人?女人见了男人,再老实也会有几手。"

雯颖笑了,说:"你这话说得怪难听的。"

张雅娟说:"不过按三姑这年龄,也实在是该出嫁了。"

雯颖说:"蒋文清知不知道这件事呢?"

张雅娟说:"那就不晓得了。不过她要是晓得了,定是不会同意三姑嫁人的。"

雯颖说:"为什么?"

张雅娟说:"你想想,三姑就跟她家保姆似的,什么事都做。她要走了,做饭管孩子伺候婆婆,还不都成了蒋文清的事?"

雯颖说:"那本来也应该是她做的呀。"

张雅娟说:"这你就不明白了。如果一开始就没三姑这个人,蒋文清做了严家媳妇就应该做这些事,她也无话可说。可是有过三姑这个人,蒋文清舒舒服服地当了这么多年太太,再要她去做保姆的事,她放得下来?"

雯颖说:"她不肯也得肯呀,总不能让人家三姑一辈子替她伺候一家老小吧?"

张雅娟笑道:"这是你的想法,人家蒋文清可不见得会这么想呢。"

雯颖说:"我看也不见得。严家孩子渐渐大了,说不定蒋文清并不愿意三姑留在家里哩。"

张雅娟想想,说:"你说得也是。"

事情小议到此,也就打住。张雅娟和雯颖都没再提此事,无论见了蒋文清还是严三姑,都跟什么都不知道一样。严三姑还是按部就班地在幼儿园倒三班,与往日并无不同,只是脸上溢出些光彩,不时哼几句歌子。

蒋文清有些奇怪她的举动,说:"你倒有心情哼歌?"

严三姑忙掩饰道:"幼儿园小朋友教我的,非让我学会。"

星期六雯颖去接嘟嘟,严三姑正领着孩子们一边等候家长一边做游戏。游戏中的孩子们笑得咯咯响,严三姑仿佛被圈在笑声之中。雯颖看了,觉得心里好感动,便对一边的园长金妈妈说:"三姑真会带孩子。"

金妈妈说:"是呀,这三姑天生是做幼儿教师的材料,细致耐心,又心怀仁慈。"

雯颖说:"是呀,我家嘟嘟总说严阿姨最好了。"

嘟嘟在幼儿园已是大班的小朋友了。她最喜欢的阿姨就是严三姑。严三姑很喜欢笑,笑起来声音很脆很脆。帮嘟嘟洗澡时,她总要在嘟嘟屁股上打几巴掌。一边打一边说:"真是一只小白猪的屁股。"嘟嘟对这一说法甚觉有趣,故而每次被打,非但不生气,且会笑得咯咯的。严三姑还教嘟嘟用肥皂吹泡泡,她把大拇指和食指做成圈,再将肥皂沫堆在上面,然后用嘴轻吹。她常常能吹出很大很大的泡泡,泡泡轻轻地飞动,上面有些彩光,十分好看。严三姑帮嘟嘟洗了几回澡后,嘟嘟便把这个技术掌握了。嘟嘟很为自己这个本领自豪,因为这一手连三毛都不会。每逢三毛说嘟嘟笨得什么都不会时,嘟嘟就会说,我会吹泡泡,你会不会?一下便把三毛反击了回去。

星期天的时候,丁子恒突然心血来潮,领着大毛二毛上街抱了台收音机回家。收音机是五灯的,一开旋钮,便有人说话唱歌。所有声音都令嘟嘟大为兴奋,整整一天她都坐在收音机跟前,半步不肯离开,音乐一响,便跟着节奏手舞足蹈。

丁子恒见了心下高兴,便说:"想不到买了台收音机,家里还能培养出个舞蹈家。"

三毛说:"才不哩,人家跳舞的姐姐都很瘦,嘟嘟胖得像个小猪,怎么能跳舞呢?"

丁子恒便笑,说:"哟,三毛的话也不是没道理哦。"

要在往日,嘟嘟定会跟三毛吵闹起来,可眼下,嘟嘟听见他们的嘲笑,却不加理睬。嘟嘟想,我在听收音机呢,我根本没听你们说什么。

次日是星期一,嘟嘟必须上幼儿园。因是全托,一离家便有一个星期之久。虽然嘟嘟早已过惯这种全托生活,但在出门的一刹那,她看见了收音机,便觉得幼儿园是一个最最没有意思的地方。

这天晚上八点,睡觉时间一到,嘟嘟及所有的小朋友都被赶上了床。值班阿姨把帐子放好,高声说:"乖乖们都睡好,小臭脚丫不要乱蹬,蚊子进去了咬死你们。"说完便出去了。

躺在床上的嘟嘟,脑子里始终在想那台收音机。她想,现在收音机是不是还在响着呢?三毛一定会坐在它旁边,一个人听里面的爷爷讲好听的故事,也许,大毛二毛哥哥也围在跟前听。想着想着,嘟嘟便睡不着。四周十分安静,连小虫的叫声和帐外蚊子的嗡嗡声都能听见。睡不着觉的嘟嘟便老想撒尿,爬起来两次后,第三次出门时,她突然发现值班室里竟没有阿姨。嘟嘟心里一激动,便情不自禁地溜到大门口,大门也没上锁。嘟嘟紧张得手心冒汗,她轻手轻脚地打开门,然后飞也似的往家跑。

　　从嘟嘟家走到幼儿园顶多五分钟时间。嘟嘟沿着碎石路,跑到丙字楼和甲字楼之间的通道,一路狂奔到丁字楼下。她站在楼梯口喘息时,方想到这么偷跑回家一定是个错误。她蹑手蹑脚地上了楼梯,扒着北边窗台往屋里窥望。收音机并没像她想象的那样正播着音乐或是讲着故事。爸爸和妈妈一个坐在桌前,一个坐在床边,两人说着话。大毛二毛和三毛都在另一个房间写作业。窗台下正好放着一张竹床,嘟嘟便在床上悄然躺下。爸爸妈妈说话的声音清晰地响在她耳边。爸爸说他要去柳山湖劳动,支援农业。妈妈说要去多久。爸爸说大概一个月。妈妈说怎么正赶上天热去。爸爸说不知道,时间就这么安排的。妈妈说嘟嘟就要上小学了,她上学之前希望你能赶回来。嘟嘟一听说到自己,便用劲地竖起耳朵。爸爸说八月底之前一定能回来。妈妈说过几天我去给嘟嘟买个小书包,想到连小嘟嘟都背书包上学了,真觉得十分开心。爸爸说是呀是呀,嘟嘟上学,是家里的大事,我要送给嘟嘟一点礼物。我抽屉里的那只铅笔盒,是嘟嘟最喜欢的,我就送那个铅笔盒给她。嘟嘟一听,心咚咚地跳了起来,她简直想大喊出声。爸爸抽屉里的那个铁皮铅笔盒,画着北京的风景,有颐和园的桥和白塔,非常漂亮。三毛上学时曾经找爸爸讨要,爸爸没有给他,现在爸爸竟要给自己了。嘟嘟想,原来爸爸妈妈最喜欢的人是我呀。想到这里,嘟嘟一骨碌翻身下床,飞快地下了楼,又往幼儿园跑去。跑时,嘟嘟想,我不能让爸爸妈妈发现我逃跑回家,要不他们会生气的。

所幸幼儿园的大门依然没有关严,并且值班室里依然无人。嘟嘟奔到自己床边,一掀帐子,便钻了进去。她从爸爸妈妈那里得到两个秘密,心里觉得快乐之极,这天的梦里全是欢笑。

但是,早上起来,嘟嘟发现自己浑身上下都被蚊子咬了,痒得她乱抓一气,也还是难受,忍不住便放声哭起来。上早班的阿姨看见,吓了一跳,忙不迭地把园长金妈妈和雯颖找了来。

金妈妈一看大惊,连声叫道:"这是谁当的班?是谁当的班?"

雯颖的眼泪都快流出来了。嘟嘟的小脸又红又肿,胳膊和腿,全是一大片一大片的包块,全身被咬得体无完肤,整个人都肿得变了形。雯颖说:"这这这,你们这是怎么弄的呀?"

嘟嘟见妈妈也要哭了,不由哭声更大,一边哭一边说:"妈妈,我会不会死呀……"

丁子恒尚未上班,亦闻讯而至,见嘟嘟这般模样,心疼万分,顿时大发脾气。丁子恒说:"孩子交给你们,你们就要对她负责任。怎么可以把孩子弄成这样呢?"

金妈妈忙不迭地说:"丁工,丁妈妈,实在对不起,对不起。我是园长,我有责任。我们一定查清楚是怎么回事。我马上派人带孩子去看医生。"

事已至此,又能如何呢?雯颖平静了一下自己,说:"还是我带嘟嘟去吧。从今天开始,我们嘟嘟再不来了。"说罢便让丁子恒去叫三轮车,自己背了嘟嘟走出幼儿园。

雯颖刚从医院回来,金妈妈便上了门。嘟嘟正坐在收音机前,一本正经地听那匣子里面的人说说唱唱。金妈妈看了看嘟嘟身上,红包依然。

金妈妈说:"怎么样?"

雯颖说:"医生说不要抓,怕抓烂了化脓。开了些止痒的药,说如果十天半个月没有后遗症,就没事了。"

金妈妈便叹了口气,说:"幼儿园开办几年了,出这样的事还是头一回。我有责任。"

雯颖说:"主要还是值班阿姨的责任。她们太不负责任了!"

金妈妈说:"我想也没有想到,昨天的值班阿姨是严三姑。"

雯颖惊讶道:"是吗?怎么会是三姑?三姑一向是很负责的呀!"

金妈妈说:"是呀,也不知道她昨天怎么回事。你走后,中班和夜班的阿姨吵了起来,相互指责,吵得天翻地覆。夜班阿姨一个是秦南霞,一个是胡碧蓉,都是从下游局来的,跟你熟,平常也特别喜欢你家嘟嘟,见嘟嘟被咬成这样,都心疼。把个严三姑和跟她一个班的陈霞之骂得狗血淋头,这不就吵起来了。幼儿园一旦出事,就像这样闹法,又怎么办得下去?"

雯颖心里立即有些不安,忙说:"事情已经发生了,下次注意好了,千万别弄得大家伤了和气。"

金妈妈说:"应该说,责任主要在中班。她们负责安置小朋友上床睡觉,要为每一个小朋友掖好帐子。晚上十点交班前,还必须巡查一次,看看有没有人把帐子蹬开。显然她们昨天一样都没有做。"

雯颖说:"夜班不巡查吗?"

金妈妈说:"幼儿园定的规则是很严的。夏天夜里必须四次查床,中班和夜班各两次。夜班接班后,十二点要查一次,清晨五点要查一次。十二点是秦南霞查的,说是见嘟嘟的帐子没掖紧,便把它掖好了。但是她没有料到,里面已经进去了几十个蚊子。为什么说主要是中班的责任呢?如果是短时间蹬开帐子,蚊子不会进去那么多。这说明从嘟嘟睡觉起,帐子就没有关好。"

雯颖说:"好在没出什么大事。我看就算了,以后要她们注意一点。"

金妈妈说:"这并不是小事,一定要严肃处理。丁工说得好,家长把孩子交给我们,我们就要对他们负责。出这样的事,不了了之,叫家长怎么敢信任幼儿园?而那些阿姨们又怎么能明白什么叫责任?"

雯颖说:"你说得太有道理了。既然这样,我们嘟嘟好了,还回幼儿园吧。"

金妈妈说:"谢谢你。"

一边听收音机的嘟嘟不知什么时候也凑过来了,她靠在雯颖的腿上,静静地听金妈妈说话。这一刻,她突然问:"是不是要惩罚三姑呀?"

金妈妈说:"是的,要开会狠狠地批评她。"

嘟嘟说:"我不要批评三姑。三姑最喜欢我了。根本不怪三姑,我的帐子是我自己弄开的。"

雯颖说:"好了好了,大人说话你不要多嘴。"

嘟嘟说:"是真的嘛。又不是三姑的错,三姑昨天根本不在幼儿园。都怪我,我睡不着,爬起来撒尿。后来……后来……见阿姨都不在,就偷跑回家来了。"

金妈妈和雯颖都大吃一惊。雯颖说:"什么?你一个人跑回来了?我怎么不知道?"

嘟嘟说:"是呀。我就躺在走廊的竹床上,听见你和爸爸说话。你说要给我买个新书包,爸爸说要把他那个铁皮铅笔盒送给我。"

雯颖怔住了。

金妈妈说:"真有这事?"

雯颖说:"嘟嘟没说谎,我们昨天的确谈到这些。那你为什么没进屋?"

嘟嘟说:"我怕妈妈看见我生气,不给我买新书包,就又偷偷跑了回去。"

金妈妈说:"大门没有关吗?"

260

嘟嘟说:"没有。"

金妈妈说:"阿姨没看见你?"

嘟嘟说:"没有。一个阿姨都不在。"

金妈妈脸色顿变。

雯颖很是不悦,她后悔刚才说了让嘟嘟回幼儿园的话。心想孩子住在幼儿园里竟连基本安全都没有,这样下去怎么得了。她刚想说点什么,见金妈妈气得脸色发灰,便把要说的话咽了回去。雯颖说:"金妈妈,你别生气,回去问问是怎么回事。"

幼儿园因了嘟嘟的话,再起轩然大波。值中班的陈霞之承认,她这天晚上因家里有客,没去上班,但她同严三姑说好了的,三姑也答应一个人顶没问题。于是所有的目光都指向严三姑。

严三姑坐在墙角嘤嘤地哭个不停,哭得两眼如桃。起先她什么话都不说,可在金妈妈的追问之下,她不得不说了。严三姑说她晚上从来都是认真值班的,可是昨天晚上有人找她,她就出去了。她本来只想说几句话就回来,没想到……

金妈妈严厉地说:"结果呢?你几点钟回的?"

严三姑哭道:"交班前回来的。"

金妈妈说:"这么说从晚上八点到十一点整个幼儿园都没有一个大人?"

夜班的阿姨们便都吼叫了起来,纷纷追问严三姑到底干什么去了。严三姑只是哭,一句话也不说。金妈妈便将她母亲严老太请了来。严老太一听便急了,说:"三姑晚上没有回家呀!她一晚上能到哪里去?"

严老太比金妈妈更为严厉地让严三姑交代夜里的去处。严三姑被逼无奈,只好抽抽搭搭说:"福气来找我,我本来就只想跟他说一会话,可是,可是……"

严老太说:"福气是什么?"

严三姑说:"就是……就是郁婆婆的外甥……"

严老太依稀记起她曾在郗家见过的那个年轻人。不觉惊愕万分,说:"你……你……跟他……"

严三姑"哇"一下放声哭出来,说:"我本来要走的,可,可后来……妈,我说不出口,你就饶了我吧。"

如此的原因和结果,令所有人吃了一惊。

雯颖晚上听说了这事的原委,她觉得三姑真也不容易,心里生出许多对三姑的怜惜,因心疼嘟嘟而憋在心里的气便消了许多。次日她专门上金妈妈家一趟,告诉金妈妈,三姑这次出错,也实在是事出有因。男欢女爱,不觉时间飞快,可以理解。好在没出什么大事,不必太责怪严三姑了。

金妈妈叹道:"幸亏是你,要是换了别人,我还不知道怎么收这个场。"

雯颖说:"当然我也是了解三姑为人。我来时,已经听到她家里吵成了一锅粥,她里里外外的日子都不好过,我怕把她弄狠了。其实,她真是个好人。"

金妈妈说:"你说得也是。只不过,我已经决定了,我要辞去幼儿园园长的职务。"

雯颖大大地吃了一惊,说:"也不必这样嘛。"

金妈妈说:"其实就是没有发生嘟嘟这件事,我也不想干了,我觉得好累。"

雯颖便无话可说。

金妈妈第二天果然便去家属委员会辞职。明主任再三劝说,都挽不回她的去意。明主任只好由她,另让住在己字楼上右舍的秦南霞代理园长。秦南霞毕竟不是金妈妈,对管理幼儿园也无经验,不足一个月,家长们便多有意见。恰这时,物勘总队要求收回借给幼儿园的房子,已经对幼儿园倦意深浓的阿姨和家长们便趁势散架。

张雅娟和雯颖在一起聊天时,总是笑说:"你们家一个小嘟嘟,活活搞垮了一个幼儿园。"

雯颖亦笑,笑过后,竟也有些愧疚和怅然。

四

上午,为了对石牌进行又一轮的论证,总工室金显成又把丁子恒等一些熟悉情况的人找了去参加会议。天已很热了,热得令人烦躁。会议室的两台电扇一直嗡嗡地转着,其中一台颇为老旧,嗡嗡中不时掺杂着"咔咔咔"的声音。

丁子恒同张者也都坐在角落,电扇的风吹不到此,两人都不时地擦着汗水。张者也刚从石牌回来,说平峒打了一段,但地质情况实在是太差。单单这一条,便足可否掉这个坝址。张者也说时不停地叹息:"就这么个防空提议,弄去了两年时间,最终一无所获。"

丁子恒说:"还是有所收获吧?"

张者也说:"收获便是知道了这里不能做坝址!"他的语气十分怪异,丁子恒不禁笑了起来。

讨论的结果在丁子恒的意料之中。多数人都表示石牌除了防空略微有利外,其他无论从哪个方面看,都不宜用来做坝址。工程太艰巨,工期也会十分之长,最重要的还是地质条件太差。放着现成的美人沱坝区内的三斗坪坝段那样好的坝址不用,而逃匿到这深窄的峡谷中来,实在是很荒唐。有人说,坝这么大,藏在哪里都藏不住。战争真要打起来,用上了原子弹,十个石牌也抵挡不住挨炸的命运。与其如此,不如索性按照常规状态来建坝好了。丁子恒觉得这个话说得颇有道理。还有人说,如果这么害怕战争,什么大型建设也不做,那也就等于坐以待毙,等于天天等着人家来打我们。说这话的是老总吴思湘。丁子恒很惊讶他竟然也敢于说出这番话来。

金显成则提出是否可选三斗坪上游的太平溪。太平溪的地质条件同美人沱差不多,但河谷要狭窄些。虽然开挖工程量大,但混凝土工程量小,颇有优势。这个提议引起关注,觉得可以拿它同石牌、三斗坪进行比较。

会议一直开到中午,大家都有了倦意,主持会议的金显成便宣布了散会。出门时,张者也不禁叹说:"大会小会知多少,讨论何时了。"

丁子恒听罢觉得有趣,笑了笑,接上去说:"小楼今日又无风,石牌不堪回首防空中。"

张者也说:"平硐钻机今犹在,只是坝址改。"

丁子恒笑道:"问君能有几多会,"说到此,他顿住了,想下一个合适的句子。张者也接得快,说:"恰似一江热风向东吹。"说罢两人哈哈大笑起来。笑完,都说修坝竟不如作打油词有趣了。

中午丁子恒依然在甲灶食堂吃饭。太阳热辣辣的,直晒头顶,风从阳光下吹来,热气扑面,令人呼吸不畅。走到甲灶门前,丁子恒突然觉得头晕得很,脑子里像糨糊一样,糊里糊涂的。虽然还是困难时期,但甲灶为让高级知识分子们吃好,伙食开得颇为不错。尤其今日,炒包心菜里竟放了几片肉。应该是很好的菜了,丁子恒却有味同嚼蜡之感。这种状态在他似乎从来没有过。他试试摸了摸自己的额头,并无发烧之状。吃完饭从食堂出来,他便径直去了医院。

医生正是住他对面壬字楼上右舍的杜大夫。杜大夫见了他便说:"我认识你,丁工。我同丁太太挺熟的。"

丁子恒便笑笑,说:"我听我太太说过。"

杜大夫听丁子恒叙述他的症状,二话没说,便替他量血压。量完,他说:"丁工,你得好好休息休息,你血压很高,高压都一百八十了。"

丁子恒怔了怔,说:"我血压高?"

杜大夫说:"是呀,你体型偏胖,又人到中年,如果工作量大,休息不好,是很容易血压高的。"

丁子恒说:"那我应该怎么办?"

杜大夫说:"你这是刚开始,问题也不是很大,注意休息就行了。我给你开点药,先把血压降下来。"

杜大夫说着便伏案开药,开时又说:"这些年因为营养不良,急性肝炎流行,得肝炎的人多得让我们发愁。相比起来,得高血压的人倒少了许多。我想你应该在家里休息几天。"

丁子恒没有多说话,他脑子里突然想起甲灶食堂的女管理员。院里曾风传甲灶女管理员秦小玫同医院杜大夫关系异常,而秦小玫的丈夫姬宗伟同丁子恒甚是熟悉。丁子恒念头到此,心里便对眼前这个热情的杜大夫有些厌烦。

走出门诊室,杜大夫笑说:"做医生这行的,从来都不对病人说'再见',更不说'欢迎再来',我喜欢说'就此别过'。"

丁子恒点点头,算是道谢。出门来,又想,看他人还不错,却怎么那样轻浮呢?

丁子恒拿了病假条,欲去处长办公室请病假。走到门口,突然站下。下星期,他即将被派去柳山湖农场劳动,时间长达一个月。在处里他一向身体颇好,现在临到劳动,却冒出病来,虽然是真病,可别人会怎么看?上级会怎么看?那些党团员是不是又会说,早就知道这些资产阶级知识分子最怕劳动,这不是又在设法逃避劳动锻炼?他们一旦这么认定了,我丁子恒又怎能解释清楚?丁子恒想到此,又一步步退了回来,犹豫再三,还是把病假条悄悄放进了抽屉。他想,身体的问题,总归属于自己个人,就算病得严重了,精神上也能承受得起。而劳动的问题,却是政治任务,倘若不去,被人揪住进行批判,自己又如何能吃得消?两害相权,孰重孰轻,显而易见,还有什么可犹豫的呢。如此想过,丁子恒觉得其实自己没有什么选择的余地,只有一条路可以走,就是去柳山湖劳动。"选择"这个词,在他来说,已经是个奢侈品。属于他的除了"服从",别无其他。

下午下班,丁子恒正欲收拾桌面回家,忽见有人在他办公室门口张望。丁子恒觉得此人颇为面熟,却又一时想不出到底是谁。来人望见丁子恒,便径直走过来,一直走到丁子恒桌边,说:"丁工,你好。"

丁子恒微微惊异,忙站起,说:"你好你好,你是……"

来人说:"我是航测队的严唯正,住在戊字楼上左舍,跟洪佐沁洪工是邻居。"

丁子恒便拼命在记忆里搜索,说:"哦——戊字楼上,怪不得我觉得你好眼熟。"

严唯正说:"很不好意思,我是来向你道歉的。"

丁子恒说:"道歉?为什么?"

严唯正说:"我妹妹严唯姝是乌泥湖幼儿园的阿姨,因为她工作失职,令您的小女儿身体受到伤害。"

丁子恒这才明白其中缘故,他默然未语。嘟嘟浑身红肿可怜兮兮的样子,浮在眼前。他心里的确曾对犯错的阿姨万分恼火,但人家的哥哥专门来道歉,他还能多说什么?严唯正说:"这件事实在是舍妹之错。本想专门到您府上谢罪,可我又怕面对孩子的母亲。出了这样的事,做母亲的一定十分伤心。"

丁子恒想了想,笑笑说:"那是当然。不过我太太很大度。她也大致跟我说了你妹妹的事,她说你妹妹是个非常好的人,一向对我女儿非常好,这次只是一时失误。我当时在幼儿园是发了火,我只这一个女儿,见她被咬成那样,心里怎能不心疼?现在她也没多大事,身上的红包也在慢慢消退。没关系,以后小心点就是。"

严唯正说:"我后来知道你太太还上金园长那儿帮我妹妹说

话,心里很感动。但这件事的确是她的错,所以我觉得我必须亲自来跟你道歉。另外,这两盒巧克力,想请你替我送给你女儿,这也算是表示我的一点歉意。"

严唯正说着,从他手上的包里拿出两盒巧克力递给丁子恒。丁子恒手托着巧克力,不知如何是好,连连说:"这……这怎么好意思?"

严唯正说:"请你无论如何代孩子收下。当然,这点东西是补偿不了她所受的痛苦的。"

丁子恒推辞了一下,见严唯正极为认真,便只好收下。已经很多年见不到有巧克力卖了,严唯正送的巧克力是英国所产,盒子的包装色彩极为温馨。丁子恒心想,不知道严唯正从哪里得到这两盒巧克力。这一定是别人送给他家孩子的,而他却拿来送给了嘟嘟。想着,不觉对严唯正深怀好感。

五

丁子恒去柳山湖整整一个月。回来时,人虽晒黑了许多,可精气神倒很不错。乡间劳动自然辛苦,但也并非没有乐趣。有一天割麦子,因为暴晒加劳累,丁子恒的血压突然上升,面色变得赤红,把带队的领导吓了一跳,赶紧让他看医生,并休息了两天。两天后,丁子恒被安排扎草把。草把只是用来烧火,故随便扎扎即可。这个活比较轻,并且不必晒太阳。

和他一同扎草把的还有资料室的刘格非。刘格非亦住乌泥湖,原来也在下游局,他的太太秦云岚是嘟嘟幼儿园的阿姨。丁子恒早与刘格非相识,只是往来很少而已。刘格非被安排在此,乃因他年过五十,且人长得瘦小不堪。刘格非古文功底尤好,丁子恒过去常在报纸上见他写一些古诗文赏析之类的小文。文字干净漂亮,一读便知出手不俗。丁子恒早先总觉得能写漂亮文字的人一定风流倜傥,是刘格非让他改变了这个想法。

坐在一起扎草把,手动嘴闲,于是便聊天。两人并无共同话题,除了嘟嘟和三峡大坝可聊上两句外,再无什么可说。无话可说便有些难堪。

柳山湖的伙食自然不及甲灶食堂,吃杂粮喝稀粥是常事。虽难以下咽,但总比腹中空空要好。有一天早上吃了大麦糊,中午又是玉米粥。丁子恒买了粥,端着碗和刘格非一起往稻场去,脑子里突然跳出两句诗,他不禁脱口而出:"地碓舂粳光似玉,沙瓶煮豆软如酥。"

刘格非立即说:"这是苏东坡的《豆粥》诗。苏东坡是个最爱食粥的人,不光这首,还有好几首,都有趣。"

丁子恒立即记起,这正是苏东坡的诗。刘格非说:"'五日一见花猪肉,十日一遇黄鸡粥',真乃妙不可言之味也。"

刘格非说时摇头晃脑,眼睛微眯,不知是在享受诗意,还是在享受粥味。

丁子恒觉得十分有趣,便说:"人生能如苏东坡,十日一遇黄鸡粥,足矣。"

刘格非眯着的眼睛立即睁大了,说:"何止是足矣,简直是大幸呀。苏东坡是何等人,有几凡人敢说人生如他?我把东坡以前的人看了一遍,又把东坡以后的人看了一遍,发现这世上竟没有一个人比他更有才华和风度。所以我晓得了,像苏子这样的大才一万年才出得一个。没能赶上跟苏东坡同代做人,是我一生之大悲哀呀。"

丁子恒见他如丧考妣,便忍不住失笑出声。刘格非说:"你不要笑。我说没人赶得上苏东坡,是有根有据的。"

丁子恒便说:"你说说看。"

刘格非说:"苏东坡词写得好,你无话说吧?苏东坡的诗写得好,你也无话说吧?苏东坡的文写得好,你还是无话说吧?苏东坡的画画得好,字写得好,你也得承认。当然,你会说人家王羲之、米芾、郑板桥一个个也都是画好字也好的,可是他们的诗词文却是给苏子提鞋打扇也不够的,对不对?苏东坡酒喝得好,能'把酒问青天',苏东坡菜做得好,在《仇池笔记》之《与兄子安》信中写道'常亲自煮猪头',又有《食雉》曰'百钱得一双,新味食所佳',还有'青浮卵碗槐芽饼,红点冰盘藿叶鱼',他真是吃成文章了。你说,除了苏东坡,还有谁能如此?"

丁子恒不服,便拼命在脑子里搜寻。搜了半天,丁子恒说:"那李白呢?"

刘格非哈哈一笑,说:"我就知道你会说李白。还就只有他可与苏子一比,可从没听说过李白会画画哩。李白比苏东坡多一份狂傲,却少了苏子的洒脱和宽宏。"

丁子恒说:"这又怎么讲?"

刘格非说:"这可是最要紧的呀!苏东坡一辈子生活在小人的谗言之中,动不动就被抓去坐牢呀,贬谪呀,流放呀,一生没有好日子过。一般人,一定是忧愤满心胸了。忧愤太重,诗气易戾。而诗文这东西,最要紧的是从容大度。一戾便见紧张,一紧张即现小家子气。只有苏东坡这种天下大才,才能身逢逆境绝地,依然故我,依然'何妨吟啸且徐行',以他的天生豪迈、地生清朗、人生从容来化解命中之劫。一辈子倒霉如此,倒以诗书画以及行为做派乐观自由潇洒飘逸而彪炳百代。你说,是不是前无古人,后无来者?"

丁子恒大叹,说:"真是听君一席话,胜读十年书呀。讲老实话,我也是蛮喜欢苏东坡的,但却从没有听到过你这样让我耳目一新的见解。听过你这话,真可让人三日不俗呀。"

刘格非说:"错错错,应该说是熟读苏东坡,一生不落俗。"

丁子恒说:"言之有理,言之有理。"

经这番对话,丁子恒方知眼前这个瘦小个子不可轻看。因有刘格非,柳山湖的青山绿水便格外地多出一份诗意。晚饭时,两人沿着湖边漫走,双手不停地拍打飞扑过来的蚊虫,聊着数不尽的历史典故。刘格非从未上过大学,但因其父亲教私塾之故,他也跟着读了不少书,甚至一些旁门左道之书,他也读过不少。在总院,因同事皆是理工科出身,大多对文学话题无甚兴趣,所以平常很少有听众耐烦听他如此长聊。好容易在柳山湖有了大量时间,偏还有个丁子恒对古典文学饶有兴致,可谓天时地利人和,刘格非怎会没有滔滔不绝之话涌来嘴边?刘格非的记忆力尤其好,一句诗,左可以引出一个人,右可以牵出一段史,令只将文学作品当做消闲读物的丁子恒大长见识,连连说悔不该当初没有学文,否则便可学苏子以诗文化去命中的劫数。刘格非大乐,连道:"好好好,有了这个认识,也算学苏子摸到了门径。"

离别柳山湖,丁子恒竟有不舍之感。心想,如能长居此地,春水投竿,斜阳晒网,得钱沽酒,寻友论诗,与世无争而活,也未尝不是一种人生也。

六

夏天已是尾声,天不燥了,树却依然张着浓厚的绿冠。阳光似夏之明媚,又似秋之爽朗,洒落一片在地,令人极其快意。风便在阳光下轻柔地吹拂,轻柔得仿佛怕动作大了会吹掉阳光。丁子恒家的收音机一早便被嘟嘟拧开,里面的音乐便拼命充填房间,意欲将屋里装满快乐。

嘟嘟在一家人的关注下,穿上崭新的裙子,把新书包挎在肩膀上,然后对着镜子把自己照来照去,两臂还不时做几个舞蹈的动作。三毛喊喊叫叫地说她是"妖精",嘟嘟并不理睬他。丁子恒和雯颖静观她如此这般,看得饶有兴味。

丁子恒说:"大毛二毛三毛上学,没一个像嘟嘟这样欣赏自己。女孩子就是可爱。"

雯颖说："我看你平常好像更喜欢三毛呀。"

丁子恒说："三毛的可爱跟嘟嘟的不同。"

雯颖笑道："哪里不同？"

丁子恒挠挠头，说："我也说不上来。只觉得，男孩子长大了可以同父亲做朋友，女孩子却永远都只是父亲的心肝宝贝。"

背着新书包的嘟嘟照够了镜子，终于说："爸爸妈妈，我上学去啦。"然后一脸美滋滋的笑容，在爸爸妈妈双双注视下，牵着哥哥三毛的手，一蹦一跳地出了家门。

丁子恒望着她下了楼，又忍不住到窗口张望她远去的背影。一直到看着她走出甲字楼和丙字楼间的通道，踏上碎石路。丁子恒返身回来，对雯颖说："这真是个好日子，我们家最小的孩子也上学念书了。"

整个乌泥湖宿舍有七个孩子同时进了一年级。三个男孩，四个女孩。另外的三个女孩子都是上的总院幼儿园，嘟嘟同她们并不相识。一直到了学校，大家分到了一个班里，嘟嘟看见她们白裙子上绣有"长院幼儿园"五个字，方知她们也住乌泥湖。

她们三人一个是癸字楼下右舍的张静文，一个是庚字楼上右舍的姬小萱，一个是辛字楼下左舍的刘雪茹。刘雪茹的妈妈叫秦云岚，曾是嘟嘟幼儿园的阿姨，所以刘雪茹说："哦，我认识你，你小名叫嘟嘟。"

嘟嘟便高兴了，说："是呀是呀，你怎么知道的？"

刘雪茹便说："我听妈妈说过的。我妈妈叫秦云岚。"

嘟嘟说："是秦阿姨呀，秦阿姨说话最温和了。"

姬小萱说："你怎么没有上我们幼儿园呢？我们都上了。今年我们幼儿园还去庐山休养了，庐山凉快得不得了，晚上还要盖厚被子。"

嘟嘟惊讶道："真的呀？"然后很后悔地说："如果我妈妈没有

271

跟那个园长吵架就好了。"

刘雪茹便说:"是姜园长吧。她就住在我们楼上,特别凶。就连蓓蓓她爸爸都怕她,我也怕她。"

嘟嘟说:"蓓蓓是谁呀?"

刘雪茹说:"就是姜园长的女儿呀,她读三年级了。"

嘟嘟说:"我哥哥也读三年级,他肯定认识她。"

刘雪茹说:"你哥哥叫什么名字?"

嘟嘟说:"他叫三毛。"

三个女孩子都笑了起来,说不知道这个三毛是不是头上也只有三根毛。嘟嘟也笑了起来,忙解释说三毛只不过是个小名,他的大名叫丁简,我的大名就跟在他后面,我叫丁单。和哥哥三毛合在一起就叫简单。

姬小萱就说:"哈,好像是门铃响:'叮——当——'"

嘟嘟听她这么说,也哈哈地笑了起来。

就这样,嘟嘟一下子有了三个朋友。她想,上小学比上幼儿园有趣多了。

严唯正到北京汇报去了。他走后没两天,一个夜晚,戊字楼上他的家里深更半夜突然发生激烈争吵,声音全是女人的。尖细锐利的争辩声割碎了宁静,仿佛把夜的幕布撕扯得稀烂。闹声把附近几栋人家全都吵醒,起先人们还忍着,可忍了一个多小时吵声仍不止息,便忍不住了,楼上楼下都有了些骚动。有人发出喊叫:"不要吵啦!大家都要休息!"亦有人高呼:"注意公德!"喊叫声又惊醒更多的人家。几近凌晨,吵闹之声才渐渐低下来。

次日一早,天刚蒙蒙亮,便有人见严三姑从戊字楼上下来,拎着个小包哭泣着离家而去。

严老太并不知严三姑离家,只以为她买菜去了。及至中午,严三姑未回,她才有些着急,便四下寻找。找来找去找不见,一下子发了病,开始狂呼乱嚎,惊天动地,但却无一人听清她嚎些什么。

蒋文清虽是干练之人,遇上这种事,也慌了手脚。求楼上右舍的董玉洁想办法。董玉洁因体胖而行动笨拙,便又找雯颖和许素珍来帮忙送严老太去医院。严老太听说要送她去医院,便就地一躺死活不走,几个人奈何她不得。

最后董玉洁说:"严奶奶平常跟郗婆婆谈得来的,要不请郗婆婆来劝劝她?"

蒋文清说:"让那个郗婆婆上我家里来?……她那样脏,怎么好……"

许素珍说:"都什么时候了,你还讲这个?"

蒋文清还在犹豫,雯颖说:"要是严奶奶一直闹下去,严工又不在家,万一出了事,你怎么交代呢?"

蒋文清说:"那好吧。"

郗婆婆正在地里拆黄瓜架。许素珍火急火燎地找到她,郗婆婆说:"我见不得严太婆那媳妇,拿我当贱人看,说两句话,像吼畜生。连金妈妈那样的贵人,正宗的皇亲国戚,都对我客客气气,她凭什么那样?我不去,不去。让老太婆整整她。"

许素珍说:"哎呀,我说郗婆婆,你不看僧面看佛面。严奶奶从不跟你见外,现在病了的人是她,不是她媳妇。你就忍心让她闹病,把命闹掉?"

郗婆婆一想,便说:"你说得也是,我得去劝劝严太婆。她媳妇巴不得她死,我得要她千万莫死了。"

郗婆婆一出现在严老太面前,严老太便死死抓住她的手,凄惶地说:"你来了你来了,带我找我闺女去。我要死了,逼走我闺女就是要逼我死。我不去乱葬岗呀,那里野狗正饿哩。它们把闺女她爹吃光了,连骨头都啃啦。我不去那里,叫我三姑带我走呀。三姑哪里去了?千万别去乱葬岗呀。我不敢死我不敢死,严家人要杀我的,我没去收尸。野狗好多呀,吃了三姑她爹,他死得惨呀。

三姑呀,你在哪里呀?你不在妈就要没命了……"严老太滔滔不绝,口齿出奇的清晰,听得雯颖和许素珍皆觉毛骨悚然。

郗婆婆说:"好啦,没有野狗,三姑也好好的。我带你去找她不就是了?你不是说要跟我约着一起死的,你怎么现在一个人要去找死呢?"

严老太仿佛清醒了一点,忙不迭说:"我没有我没有,我要你陪我。我不死,你带我去找三姑。"

蒋文清说:"那怎么行?你在生病,怎么能出门?叫他们把三姑叫回来就是了。"

严老太又喊叫起来:"我不去乱葬岗呀!有人拉我去乱葬岗,三姑你救救我!"

雯颖说:"郗婆婆,你晓得三姑在哪里?"

郗婆婆说:"怎么不晓得?在我家福气那里。"

许素珍说:"我看这样吧,弄辆板车,让严奶奶躺在板车上,把她先送到三姑那里。如果还不好,再往医院送。"

郗婆婆说:"你们陪一个人,跟我一起去,万一严太婆有什么事,也是个证明。"

许素珍忙说:"我跟你一起去好了。"

雯颖忙说:"你家儿子放学回来,我让他们上我这儿来吃饭就是了。"

许素珍说:"那几个小崽子,饿他们一顿也没多大事。"

雯颖说:"你放心,我晓得做的。"

郗婆婆从蒲家桑园借得一辆板车,在车上铺上席子和被子,然后几个人连拖带抱把严老太弄到车上。板车出乌泥湖宿舍往西北方向而去,沿着部队营地外的泥路,横穿二七路,再翻越铁路,走向后湖。

福气的家在湖边。湖水开阔碧绿,给人洁净无尘之感。岸边随意散落着几处茅屋,槐环柳绕,别开静境。近湖的垂柳,枝条一直坠到水面。许素珍看后便连连咂嘴,说这湖边风景活脱地跟她老家一样。来这里看过,都让她忍不住想回老家了。

郗婆婆说:"乡下就是日子过得苦一点,其他什么都比城里好。"

许素珍说:"是呀是呀,我来城里住了几年还住不惯,心里还是觉得乡下好,空气几多新鲜,湖里鲜鱼现抓现烧,园里的青菜现摘现炒,好吃得不想放碗筷。"

板车上的严老太听她们两人如此聊着,脸上竟浮出一点笑意。

许素珍说:"福气这个人怎么样呀?"

郗婆婆说:"福气是个勤快伢。原先订了门亲事,前年那姑娘一家都得肿病死了,就把福气耽搁了。要不,福气哪里会快三十了还打光棍。福气要人有人,要貌有貌,要才有才,还怕找不到老婆?我也搞不懂,福气怎么会看上三姑。三姑倒也是个好人,可她比福气还大几岁呀。再说,三姑她爹……"

郗婆婆说到这里,突然顿住。严老太却已听见,哭了起来,说:"她爹其实也没做什么坏事呀。家里的长工是爷爷在世时用的。她爹是个没用的人,什么本事也没有,是个废物,只会抽几口大烟,骂骂人。家里都是我当家,租子都是我去收,闺女儿子上学都是我做的主,要毙应该是毙我的。"

郗婆婆忙说:"呸呸呸,不说这个了,说多了人晦气。前面就是福气家了。"

福气同他母亲以及一个哑巴弟弟住在一起。福气的爹在铁路刚修起时,一天卖菜回来过铁路,火车一叫,心里一紧张,不敢抬腿,结果叫火车撞死了。福气那时刚刚考进中学,还没来得及上一天课,便办了退学。老师都说真真可惜了一个读书料子。福气回来便挑起养家糊口的担子,生活一直过得很苦,房屋也是半截土坯半截柴板。

郗婆婆一行到福气家时,严三姑正在帮福气修屋顶。严老太在板车上一眼便看见弯腰在屋顶上的三姑,不禁高叫道:"三姑——"

屋顶上的严三姑大为惊讶,忙从上面下来。严三姑说:"妈,你怎么到这里来了?"

严老太生气道:"我怎么能不来?你找婆家住下了,让我去住乱葬岗呀?那里的野狗吃了你爹,你还想让它们吃了你娘?"

严三姑红了脸,说:"妈,嫂子她……她……欺负人。我是实在没地方住,福气说就在这里跟他妈做几天伴。我想等大哥回来再回家。"

严老太说:"哦,你不陪你妈,去陪他妈?你不在,那个乱葬岗我能住吗?野狗吃掉我你开心呀?"

严三姑便不再作声。许素珍笑道:"找到姑娘就好。严奶奶,就别说那些话啦。三姑,照戏文上讲,你这是私奔哩。看不出你丫头有这个胆子。我年轻时也想跟一个相好私奔,到头来硬是没敢,三姑你比我行。"严三姑一张脸便红得像上了颜色。

福气和他母亲见来了这么多人,先是紧张得不知如何是好。现在听到许素珍的说笑,松下一口气,忙不迭地招待来人。

许素珍说:"看看看,这湖水几多美,哪里是什么乱葬岗?简直跟画里一样。"

严老太环顾四周,嘿然笑道:"哎,是真的啊。我们那边乡下可没有这么大的湖,这里是好看。"

郗婆婆说:"这是我妹子家,要是好看,就在这里住几天。反正你儿子出差没回来,等他回来再回家也行呀。"

严三姑说:"是呀,妈妈,这里空气好,很自在。我们在这里住几天好不好?"

严老太说:"我是什么人?怎么能住在这里?我也私奔?"

许素珍便笑:"新社会,不讲那些规矩,哪里能住就住在哪里。

福气早晚不也是你女婿？"

严老太说："我可没答应。三姑她哥也没答应啊。"

严老太说着脸色又变，郗婆婆忙说："不谈女婿这事，算是在我妹妹家玩两天行不行？这里总比你媳妇那张脸好看吧？"

严老太望望郗婆婆，又望望福气和他妈，仿佛是在想媳妇的脸色。片刻方说："我好累。我要睡觉。我不要睡乱葬岗。"

大家便都说对对对，先睡下休息休息。

严老太就这样留在了后湖。郗婆婆和许素珍推着空板车返回时，一路长叹，郗婆婆不停嘴地骂蒋文清。许素珍说也不能光骂她，她也不容易。六个孩子一个婆婆，外加一个小姑子，一大家人，也要操持。郗婆婆认为做媳妇的就是上要服侍老的，下要照顾小的，中间还要护着弟妹，这是天生该做的。许素珍说说是这么说，可媳妇也是人，要把这么多事情都做得那么好，也难。

郗婆婆说："不管难与不难，她骂自家姑子像条癞皮狗赖在她家，说她自己找下了男人，是不是还想在她家多赖点嫁妆。当嫂子的说这种话，怎么叫人受得了？孩子都替她带大了，婆婆也没让她伺候，还说这种话，是个人吗？"

许素珍想这蒋文清的确太过分了，便说："如果这样讲，真就不是个人了。"

严唯正出差回来，发现母亲和妹妹都没住在家里，当即同蒋文清争执起来。争到后来，蒋文清哭得披头散发，杯子也砸了，碗也摔了，几个小孩都吓得脸色发白。乌泥湖好几栋楼的人家又在夜里听到一场恶吵。

次日严唯正匆匆去了后湖，但是他并没有接回他的母亲和妹妹。据说严老太住在那里，气色一下子好了许多，连医生也没看，病便稳定下来了。严老太和三姑都不愿意回去，说是这里的湖水气息养人。严唯正见妹妹的肤色果然红润，母亲也脸带笑容，也就没有强求。再说接了她们回去，家里不能和睦相处，日子又怎么过下去呢？严唯正原本不同意妹妹同福气的这门亲事，他觉得让妹妹嫁给一个农民太委屈她了。然而事已如此，他想挡也挡不住了，妹妹竟自己给自己做主嫁了人。独自返回的严唯正事前事后地想想，觉得心里多出许多哀伤。

一个月以后，就听郗婆婆说严三姑已经怀孕，严家便悄声不响地把婚事办了。蒋文清对雯颖她们说，现在的姑娘，真不得了。婚没结，敢怀孩子，真是伤风败俗呀。要在我们老家，非把她下猪笼丢水塘不可，我们严家的面子叫她给丢得差不多了。好在眼下是自然灾害年头，谁也顾不了谁，算她走运了。姑嫂一场，总还是要送点礼。我们送了三姑一对枕巾，还有一对热水瓶，热水瓶是特地请人从上海带回来的。政府号召勤俭节约，送多了还怕人家讲闲话。

雯颖、许素珍以及董玉洁、张雅娟几个人，背后议论时，都替蒋文清难为情。

七

乙字楼上的张雅娟在年关逼近时，生下一个儿子。儿子的初啼之声清脆响亮，体重有七斤半。沈慎之喜笑颜开，张雅娟却抱着小婴儿满面是泪。三十那天，沈慎之雇了辆三轮车把她从医院接回家来，雯颖闻讯忙买了鸡蛋红糖跑去看她。孩子很白很胖，小鼻子大眼睛，轮廓颇似当年的丁丁，雯颖看时有种心惊肉跳的感觉。张雅娟也说："我总觉得这孩子是丁丁转世。长得像丁丁是不是？体重也跟丁丁当初一样。还有那个哭的声音，我家老沈也奇怪，说一听他哭，就觉得跟当年丁丁哭得一模一样。你看，是不是老天爷可怜我，又把我家丁丁送还回来了？"说着张雅娟哭了起来。

雯颖忙安慰她，说："月子里千万别哭，小心把奶水哭没了。

像丁丁是好事,要笑才对。笑得越多,奶水越好。孩子听多了笑,以后也会是个快乐的人。"

张雅娟一听,忙抹着泪,迫不及待地发出笑声。雯颖见状忍不住也笑了起来。

孩子起名叫忆丁。

那天夜里,丁子恒和雯颖都听到忆丁的哭声。夜很静,那响亮的哭声很轻易地穿过静夜,从乙字楼蔓延到丁字楼来。丁子恒和雯颖还没睡觉,他们原本正说话,听见哭声,便不约而同地静下来,一起聆听着那悦耳的声音。

听了一会儿,雯颖说:"婴儿的啼哭真好听,简直是世界上最动人的声音。"

丁子恒便笑,说:"沈工和张雅娟不知道是不是也这么想。说不定他们正在为制止这个最动人的声音而忙得不亦乐乎。"

雯颖一想,可不是?也不禁笑了起来。

新年的钟声就要响了。丁子恒想,一个新的年头又将到来,不知明年的日子同今年相比,是否会有所改变。一个新的生命又开始生长,不知前面有什么样的风风雨雨正等待着他。一切的一切,仿佛都是既知,又仿佛都是未知。谁也无法把握即将到来的日子,不知道它究竟会以怎样的姿态出现。

忆丁的啼哭终于停止。新年的钟声蓦然响起。一九六三年不动声色地卷带着寒风,走进了这个寂静的冬夜。

1963 年

> 怅望临阶坐,
> 沉吟绕树行。
> 孤琴在幽匣,
> 时进断弦声。
>
> ——唐·元稹《夜闲悼亡》

一

仿佛好久都没有这么热闹过了。春节前夕,丙字楼下突然响起鞭炮。鞭炮声音清脆响亮,蓦地给乌泥湖带来一股喜庆之气。小孩子们都不约而同地围了上去,隔壁丁字楼上的李三婆却被突如其来的鞭炮声吓得脸色发白,跌坐在板凳上站不起来。嘴里连连说:"又要打仗了?大兵又来打仗了?"

她的女儿李乐云哭笑不得,赶紧安慰道:"哪里还有仗打呢?是人家办喜事,放炮仗哩。"

李三婆方抚着胸,说:"哎哟哟,吓死我了,吓死我了。"

办喜事的是丙字楼下左舍李昆吾家,李昆吾的大女儿李书爱出嫁。李昆吾家两个房间的门楣都贴着大大的喜字,鞭炮便在喜字的前面闪着火花。新郎是规划处的技术员陈远南。

乌泥湖好多的妇女和儿童都围着看热闹。李昆吾挂一脸笑容给围观的人们发糖。三毛和嘟嘟也在围观者中把手伸得老长。李昆吾同丁子恒一道去三斗坪踏勘过,彼此熟悉,知道三毛和嘟嘟是他的小儿小女,便在他们手心里多放了几粒,高兴得三毛和嘟嘟小眼都笑得剩了一条缝,甜言蜜语地说:"谢谢李伯伯。"

李昆吾是宜宾人,原先一直在上游局的猫儿峡地质勘测总队,调来总院后,便在勘测处跑外业。李昆吾大学期间,曾由父母包办,在乡下娶过一门亲,生下女儿李书爱。这乡下女子自然不是大学生李昆吾的心中所爱。后来李昆吾参加了抗美援朝,在朝鲜时,因腿负伤认识了来自涪陵的护士陈霞之。两人一来一往地说着四川方言,说着说着便有了感情。陈霞之显然比乡下老婆年轻漂亮,很让有婚姻但却从未恋爱过的李昆吾动心。回国后李昆吾和陈霞之一起转业到水利战线,两人就堂而皇之地住在了一起。一年后,他们生下一个儿子。这时,有人揭发李昆吾有两个老婆。上级机关闻讯欲对李昆吾进行严肃处理,李昆吾吓得屁滚尿流,连夜赶回老家,使出各种伎俩办妥了离婚手续。正是这次回家,李昆吾发现自己读中学的女儿竟出落得聪明漂亮,而且才华横溢,潜藏心中的父爱突然涌了上来。

但女儿李书爱却并不领情。李书爱严厉地责问李昆吾为什么不要妈妈,李昆吾无言以对。临走前,李昆吾还是同女儿好好地谈了一次话,说明他的心情。谈话内容是:一、他的婚姻是父母包办的,是一个封建婚姻。他对她的母亲毫无爱情,而一个人生活在无爱的家庭中是很痛苦的。二、无论他娶谁为妻,她李书爱都是他的女儿,他会全心全意地爱她并为她的成长负责任。三、希望李书爱不要太多顾及家里的农活,要把精力都放在学习上,他要培养她上大学。对李昆吾这番深思熟虑后的谈话,李书爱不置可否。李昆吾终于在前妻的哭泣声中,在女儿李书爱怨恨的目光中,离开老家。

带了离婚证回到单位的李昆吾,再三再四地检讨了一星期后,仍然吃了一个行政处分。

与陈霞之结婚后的李昆吾,心里仍总也抹不去女儿李书爱的影子。放暑假前,他写了一封长信,要李书爱假期中出来玩玩。李昆吾在信里把外面的世界描绘得十分美好,他相信这些足可以征服一个正对世界充满好奇心的女孩子。

　　事实也正是如此。收到信的李书爱放假后没有去帮助农活正紧的母亲,而是赶到父亲这里。李昆吾带李书爱把重庆好玩的地方都玩了一遍,尤其是去了大学。李昆吾说:"如果你不好好念书,你将来就会同你的母亲一样,在乡下劳作一辈子。但如果你好好念书,进了大学,你的命运将发生天大的变化。"

　　李书爱一直没有作声。回到家乡,却给父亲回了信。信中说:我自然是要好好学习并且争取考上大学的。我之所以努力,并非为了改变自己的命运,而是因为国家需要新一代有文化的人来建设。我是为了更好地建设社会主义而读大学。李昆吾读罢暗笑,心道只要你能上大学,管你为了什么?你既可以更好地建设社会主义,亦可以改变命运,这两者何曾有矛盾?于是亦热情洋溢地去信表示女儿的思想觉悟比父亲要高,正似长江后浪推前浪。

　　李书爱果然就考入了重庆大学。她在与李昆吾的通信过程中,对父亲的心态逐渐变得正常,对继母所生的两个弟弟亦十分喜爱,唯独对继母陈霞之仍然耿耿于怀。1957年李昆吾调来总院,搬进了乌泥湖,李书爱于1961年大学毕业,留在了重庆。毕业前夕,李书爱的母亲在乡下因浮肿病撒手西归,死前未留只言片语,亦未见到任何亲人的面孔。像许多的乡下女子一样,死去和活着一样悄无声息。

　　李书爱奔丧故里,抚尸痛哭,哭罢想想母亲这一生,默默地活了一辈子,没有爱情,没有幸福,没有享受,有的只是艰难困苦和孤独无助,现在又死得这么悲惨。而这一切,不都是因为父亲的遗弃吗?就连自己这个唯一的女儿竟也成了父亲的帮凶之一。想过后,哭声愈甚,心里就有些不肯原谅自己。李书爱将母亲安葬在荒芜的山坡,怀着痛苦返回重庆,此后便不再给父亲回信。

李昆吾闻知此讯,哀叹前妻,但更担忧女儿,便连连写信安慰,恐她太过悲痛。信中自然也言及其母的不幸是他造成。如此半年之久,李书爱仍不回信。有一次,处里小青年陈远南出差到渝,李昆吾便托他带给李书爱一件羊毛衫和一块手表,要求她过年时回到这边的家来。

陈远南在李书爱任教的中学找到她,把李昆吾所托东西交给李书爱。李书爱连看也不看,便断然表示她不需要。陈远南很奇怪,说:"你父亲从那么远给你带东西,说明他是多么疼你,你怎么能不要呢?"

李书爱说:"这是我们家的事,你不懂。"

陈远南说:"我是不懂你们家的事,可是我只知道,如果我有一个父亲这么牵挂我,我会幸福得睡不着觉的。"

李书爱有些惊异地望着他,陈远南赶紧说:"对不起,我没有批评你的意思。我从李工手上接过这些东西时,心里只想哭。因为我是孤儿,从小就没有父母。我是在慈善堂长大的,总盼望自己能在这个世界上有一个亲人,而你们这些有亲人的人却可以随便地处置在我来说最珍贵的东西。可见人和人是多么的不同。"

或许是陈远南的话打动了李书爱,李书爱留下了李昆吾带给她的东西。她把手表戴上手腕时,心里有一种特别的情感在涌动。陈远南说:"看,你戴着多好看。"

李书爱带着陈远南在路边的小吃铺吃了碗面条。李书爱欲付钱时,陈远南忙不迭地抢了先,陈远南说:"怎么能让女孩子付钱呢?"

仿佛有些什么共同的东西,使两人觉得彼此相通。星期天时,李书爱便带陈远南去嘉陵江边玩耍。陈远南在重庆待了一个半月,几乎每个星期天都和李书爱一起游逛重庆。临到差事办完,离开重庆时,他觉得自己已经爱上了这个女孩子。回来后便一天一封信地寄往重庆。

直到李书爱写信征求父亲意见时,李昆吾方知道陈远南在追他的女儿,已一天一封情书地追了一年多。李昆吾对陈远南印象不错,小伙子一表人才,清华毕业,在机关也属于好学上进之人。唯独不理想的是,两人不在一地,彼此如何照顾呢?

李昆吾认真地找陈远南谈了一次话,表明他的支持态度,亦提出他的忧虑。陈远南说他将尽全力把李书爱调来身边。李昆吾听得满心欢喜,回家忍不住便将此好消息告诉老婆陈霞之,不料遭到陈霞之强烈的反对。陈霞之说:"你突然弄了这么大的女儿到家来,叫我脸面往哪儿放呀?"

李昆吾有些奇怪,说:"这女儿是我跟你结婚前就有了的,怎么会伤了脸面?"

陈霞之说:"她一来,会有多少人讲闲话?乙字楼的许素珍她们正找不着话茬儿,你这不是送上门了吗?"

李昆吾说:"如果人家知道我有这么个女儿,而你不让她上门,那闲话不是讲得更厉害些吗?"

陈霞之说:"她一来,你就会只想着女儿,哪里会顾我儿子?"

李昆吾说:"你这是什么话?女儿是我的,儿子难道不是我的?"

两人大吵一架,陈霞之哭得两眼红肿了好几天,饭菜都没有好好去做。李昆吾无奈,只好去信说陈远南是个好青年,但你们两人不在一座城市居住,将来生活会非常不方便,最好还是在重庆找一个,以便照顾。李书爱却似知道了李昆吾持这一态度的原因,立即回信说:如果仅仅只有两地问题,那就不是问题了。两情若是久长时,又岂在朝朝暮暮?相信将来生活照顾之类的问题,定会得到解决。但如果是阿姨不同意我来爸爸家,我可以考虑拒绝远南。希望爸爸明说,以便我回绝远南时也有理由。李昆吾看后吓了一跳。心想,倘若李书爱真这么做,陈远南一怒而说开来,我还有什么脸面在机关做人？李昆吾赶忙回信给李书爱,说是绝不是阿姨的意思,仅仅是为你婚后仍然一人在外,无人照顾而担心。

李书爱没有再回信。只在这年的寒假,一路乘船而下,来到汉口。李书爱理所当然地住到她父亲的家里。她不顾陈霞之阴沉的脸色,进门便告诉父亲,她是来这里结婚的。然后微笑着对陈霞之说:"阿姨不会觉得我拿这里当娘家有什么不方便吧?"

李昆吾忙说:"你这说的什么傻话？你是我的女儿,这里当然是你的娘家,你的喜事也是我们家的喜事呀!"

李书爱便很高兴地说:"太好了爸爸。我也不需要爸爸为我准备什么嫁妆,结婚是一辈子的事,我只想风风光光从自己的家里嫁出去。所以只要在远南来接我的时候,爸爸为我放一挂炮仗就行了。我要让他的朋友都知道,我爸爸是特别疼我的。这就是爸爸给我最好的嫁妆。"

李昆吾心里十分感动,心想女儿到底懂事,体谅他的难处,办婚事不事铺张,只要放一挂鞭炮,这炮仗自是用来代表一份情意而已。李昆吾想到此,便满口答应道:"炮仗是无论如何都要放的。我李昆吾嫁女儿,怎么能不放炮仗？"陈霞之气得脸色苍白,却无话可说。

陈远南在机关青年大楼的集体宿舍居住。因为无宿舍房,即使成了家,也还得继续留住集体宿舍。所幸宿舍是两人一室,同室人已另外觅得住所,这间屋子便成了陈远南和李书爱的临时小巢。陈远南因是孤儿,无亲无戚,簇拥他前去迎新娘的人都是处里同事。既是同事,与李昆吾自然也熟,迎娶新娘时,便纷纷打趣说,李工,原以为你家就书奇和书宝两个和尚头哩,没想到竟藏了这么个漂亮女儿。又说,李工,早怎么不让我们知道呢？让陈远南这小子占大便宜了。更有嘴没遮拦者道:李工呀,你怎么会有这么大的女儿呢？肯定做学生时跟人偷情所生是不是？李昆吾知是说笑,便也一笑了之。

陈霞之面上却有些挂不住。她穿一身旗袍，面容妩媚，对着前来接亲的人们，扭着腰肢，笑道："你们李工呀，心肠就是好。不管谁来找他认爹，不管人家心怀什么诡计，他都相认。平常也没见写什么信问安问好的，一到要花钱开销时，就二话不说地闯上门。他这一好心不打紧，人家还真以为自己是这个家的主人了，险些拿我当了李家雇来烧饭做卫生的老妈子。唉，不晓得，今年风风光光嫁一个，明年会不会从北京上海还冒一个出来。"

陈霞之的话夹枪带棒，李昆吾一时下不来台。新娘子李书爱亦气得嘴唇发抖，几欲发作，被陈远南耳语几句，方未多言。陈远南笑道："陈阿姨真会说笑，明年再冒一个更是好事，你们家多几个女婿，以后买米买煤这样的活儿，都交给女婿们来做。"

李昆吾这才松下绷紧的神经，笑说道："是呀是呀，我这里是来者不拒，明年再来一个，打桥牌就可以凑齐一桌了。"众人便都哈哈大笑，新娘便在笑声中，冷淡着神情被迎接而去。

李昆吾望着远去的队伍，想着女儿已成他人之妇，又想到她的母亲生她一场却什么也没有看到，心里有几分怅然。转过脸来，见陈霞之一脸冷笑，便又心生愠怒。

李昆吾说："你又是何苦?! 书爱今天就是陈家的人了，你何必在她临走前，说那些怪话?"

陈霞之说："我知道她这么大张旗鼓地在我家门口办婚事，就是要出我洋相。她让我难堪，我就不能让她难堪?"

李昆吾说："书爱她到底也是我的女儿，是我的亲骨肉。我已经对不起她母亲了，我怎么能再不办好她的婚事? 再说她的要求也并不过分，只不过放放炮仗，增加点喜庆而已。你有什么容不得的?"

陈霞之说："我容不得她? 我不过是要好好地保护我这个家。她那副不动声色的样子，心里还不知道怎么想着替她妈报仇哩。我还看不出她来? 别看她小小年龄，可不是个善辈。"

李昆吾说:"你胡说。她是我女儿,你脑子放清楚点。"

陈霞之说:"等以后她把你这个家弄垮了,你就知道我是不是胡说!"

李昆吾在女儿嫁出门后,竟大动怒火地同老婆陈霞之吵了一架,吵得他自己都不知道这究竟是为了什么。许多好事者,在迎嫁队伍走后,听到吵架声,便继续站在窗下门前听下去。一份热闹有两份内容,并且得以延长,似乎是一件令人快意的事情。

好事之徒三毛和嘟嘟,亦挤在李家窗下偷听,想要知道里面发生了什么事。听完回家跟丁子恒和雯颖说,原来结婚就会让爸爸妈妈吵架,他们两个将来都不准备结婚了。听得丁子恒和雯颖大笑不止。

二

春天的微风再一次吹拂过来。仿佛沉睡了一冬的土地,醒后卸下背负的寒流,长长地嘘出一口暖气。随春而至的日子一天天明丽。人们一觉睡醒,发现原野碧绿,遍地蓬蓬而出的绿芽骄傲地展示着全新的生命。彩蝶也开始在太阳下飞舞,灿烂的翅膀拍打着阳光,自由自在有如精灵。满街曾经无精打采的行人,脸上渐渐呈出健康的红润。于是大家都不约而同地发现,最困难的岁月业已过去。

总院机关里也仿佛在恢复以往的生气。俱乐部楼上又开始有了一阵阵的喧闹之声,歌声夹杂着二胡和笛音,常常和风一起吹入人们的耳朵。青年团在举办学习雷锋的活动,各处团支部亦办了学雷锋墙报。墙报有雷锋事迹介绍也有歌颂文章和诗歌。青年们总是特别有活力,墙报设计得很是鲜艳夺目,上下班时便吸引了许多人。

这天,丁子恒站在一处墙报前很仔细地看有关雷锋的事迹。

这个青年人的善良和无私深深地打动了他。他想,所有的青年人都能像雷锋那样工作学习和为人处世,那该有多好。"对待同志要像春天般的温暖,对待工作要像夏天一样火热,对待个人主义要像秋风扫落叶一样,对待敌人要像严冬一样残酷无情。"这话说得很有意思。

正在这时,一个熟悉的面孔意外地出现在丁子恒面前。丁子恒不禁脱口而出:"皇甫……主任?"

瘦小的皇甫白沙亦在看雷锋的事迹。他听见惊呼,平静地扭过头来,朝丁子恒点点头,低语一声:"叫我皇甫就行了。"

丁子恒顿了顿,觉得直呼其名不合适,便索性省去称呼,说:"你……什么时候回来的?"

皇甫白沙说:"春节前。摘了帽子,就调我回来了。丁工,我好像听说你现在在施工室?"

丁子恒说:"是呀,一九五八年我就离开了总工室。我觉得在施工室更能发挥我所学的专长。"

皇甫白沙说:"那好,今后我们是同事了,还请你多加帮助。"

丁子恒惊讶道:"你调到施工室了?"

皇甫白沙说:"是的。我刚刚摘了帽子,"他苦笑了一下,又接着说:"从此以后,像你一样,专搞技术,或许更好一点。"

丁子恒忙说:"我是只会搞技术,不会其他。这样也不好,觉悟总是比别人提高得慢。"说过这些,丁子恒觉得他还应该为皇甫白沙来施工室说点什么,他想了想,说:"欢迎你。"

皇甫白沙一笑,说:"谢谢。"

皇甫白沙被安排在了施工布置组,恰好同丁子恒一间办公室。皇甫白沙上班的第二天,室里安排丁子恒去乌江渡枢纽出差。下班时,皇甫白沙叫住了丁子恒,说:"丁工,你现在回家吗?"

丁子恒说:"是呀。"

皇甫白沙说:"对不起,我能不能同你一起走?"

丁子恒有些惊异,怔了怔。皇甫白沙便说:"我主要是有些问题想请教你一下。如果你不方便,就算了。"

丁子恒立即脸色发红,他知道自己怔忡一下的原因,忙说:"哪里哪里,没有什么不方便的。同住乌泥湖,一道走也很自然。"

皇甫白沙说:"我离开总院机关好久,过了几年封闭的日子,不知道现在总院的总体规划情况。我想请你给我介绍一下,好让我尽快熟悉和了解工作。将近五年的时间,我几乎是个废人……"

丁子恒听着,心里便有些感动。

两人一起走出了办公大楼。沿着花坛且谈且行,不知不觉间便出了机关大门,踏上了返家的大道。因是上下班时间,大道上路人渐多。乌泥湖距总院机关较远,许多人都骑自行车上下班。骑在车上的人见到丁子恒和皇甫白沙并肩而行,打招呼间,似乎都有惊异之感。丁子恒便觉得自己同皇甫白沙在这样的时间和这样的路上同行,未免失策。倘若有人要找麻烦,又怎么能不把这事当做一件事来说?一直到拐上小路,避开诸多车客,丁子恒满心的紧张和不安方才得到些许缓解。

丁子恒详细地向皇甫白沙介绍了总院这些年的工作走向。关于坝址的确定和变化,关于石牌的提出和否定,关于太平溪和三斗坪的比较选择等。丁子恒说,总院这两年的工作重点有了不少调整。三峡设计只留了极少的工作人员,说是继续做研究,而实际是留守,目的是保存这个项目,以便东山再起。目前为配合大规模的经济建设高潮,工作是以枢纽建设为中心。总工办提出了十三个可以积极准备的大型水利枢纽。有金沙江的白鹤滩枢纽,岷江的偏窗子枢纽,嘉陵江的亭子口枢纽和飞鹅峡枢纽,乌江的乌江渡、武隆枢纽,汉江的丹江口、石泉枢纽,清江的长阳枢纽,洞庭湖四水的柘溪枢纽,鄱阳湖五水的万安、柘林枢纽以及青弋江的陈村枢纽等。这些枢纽工程如果能如期完成,对三峡建成前的防洪和发电将起到极大的作用。丁子恒说,我个人觉得三峡工程规模太大,过早上马,以目前的国力情况,恐怕也是困难重重。同时我们的实际能力也不能说完全胜任,与其将人耗在上面倒不如暂时放下为好,否则白白耗掉时间和人力物力,也不尽合适。如果能同长江流域各省合作规划并治理好主要支流,倒不失为一个上佳的思路。

皇甫白沙笑了笑,说:"看来你挺保守。"

丁子恒说:"或许是多余的担忧。"

皇甫白沙说:"长江的问题远不是治理几条支流可以解决的,必须在干流上大动干戈。我记得荷兰西南部几条河流的三角洲地区也是常常因遭受北海风暴袭击发生水灾,酝酿过不少治理方案,但一直不受政府重视。一九五三年一月二十九日又提出第九个治理方案,结果还没来得及讨论,两天后三角洲地带便遭受特大风暴潮袭击,死了一千八百多人,近三万人无家可归。令荷兰举国震动,方发现行动得太晚,实在是祸国殃民呀。然荷兰三角洲的灾难同长江的相比,可谓小而又小的小弟弟。长江一九三一年、一九三五年和一九五四年任何一次水灾所遭受的损失,都比荷兰要惨烈得多。死亡人数动辄十数万,无家可归者是上千万!一九三五年汉江许多村庄是一扫而光。一九五四年呢?这你亲历过。洪水更大,靠了新中国政府全力以赴,几乎倾国抗洪,家破人亡者仍得以万而计。算下来国家所遭受的损失足可以修几十座三峡大坝。那么与其这么被动地坐等损失,何不主动预支出这些可能损失掉的财力来修建大坝,以求一劳永逸呢?"

丁子恒颇受震动,心想,说得也是。但他经历了反反复复的坝址论证过程,知道说的是一回事,而具体落实却又是另一回事。

皇甫白沙见丁子恒不语,知道他另有看法,也未追问,只是说:"现在坝址的讨论也停下来了?"

丁子恒说:"是的。坝址定不下来,一切都是枉然。现在重点在比较太平溪和三斗坪坝段哪个更合适做坝址。"

皇甫白沙说:"你怎么看呢？尤其从施工布置这个角度。"

丁子恒犹豫了一下,说:"我自然觉得三斗坪是个不可多得之地。从施工角度来看,它处于弯道之处,中间有个中堡岛,左边是主河床,右岸有河汊。施工第一期,可利用中堡岛修建纵向围堰,开挖明渠,施工第二期可把主河床围起来,江水走明渠,第三期则可拆围堰堵明渠了。如果从地质角度考虑,可能理由会更有力一些。"

皇甫白沙不时地点头,然后又问:"泥沙问题怎么解决？"

丁子恒说:"这个我就不清楚了。但听水文处的人说,似乎还没有拿出更有说服力的方法。林院长准备组织力量全力解决这个问题。这是个大问题。"

皇甫白沙说:"这的确是个大问题。但并不是最主要的问题。"

丁子恒想了想,说:"你说得对。"

进了乌泥湖,两人分手。丁子恒想,皇甫白沙右派一场,也算受了不少磨难,还仍然这样富于激情,这样的精神气质真不是我辈所能有的。

这天晚上,丁子恒因与皇甫白沙相遇一事,竟久久不能平息自己的心情。在写日记时,皇甫白沙的面孔便老是在他眼前晃动。于是日记的内容便离不开皇甫白沙了。

丁子恒在日记里将他和皇甫白沙的精神气质进行了分析。分析列为四项:一、性格,二、毅力,三、情绪,四、智力。皇甫白沙可同各种人打交道,并可根据各类型的人采用不同的方式,自己则不行。在性格上,皇甫白沙开朗、爽直、包容性强,自己则偏于孤僻,只喜欢与同自己趣味相投的人来往,见到不喜欢的人,理都不理,亦不看人家长处。加上讷于言词,群众关系总是很淡。在毅力上,皇甫白沙有一种坚忍不拔的性格,而自己却很脆弱,一旦遭受不公,精神上便难以支撑,承受能力颇差。有一点可证实,即自己曾经有这样的念头:一旦有一天被打成右派,送去劳改农场,就自杀。在情绪上,皇甫白沙始终富于激情富于理想,不管处在什么样的环境下,依然不改变一贯的追求,而自己纵有理想,一旦情况变化,便会很容易地放弃理想,取一条平安的路走,说起来也是一种自私自利。在智力上,丁子恒觉得两人都属于高智力者,且自信自己决不输于皇甫白沙。但总的结论是,自己的综合素质和精神气质都不如皇甫白沙。自己只能做一个单纯的具有才能的技术人员,而皇甫白沙则应该是一个可以在社会上叱咤风云的领袖人物。

然而实际的生活却让皇甫白沙无用武之地,而使他丁子恒日复一日地变成一个有话不想说、才能亦无处发挥的庸常之辈。

三

俱乐部决定在乌泥湖宿舍操场放一场露天电影,以庆祝五一劳动节。消息在四月三十日中午传遍了乌泥湖的每一户人家。整个中午,丁字楼上的人都在讨论幕布是挂在对面壬字楼的树上,还是挂在丁字楼阳台的栏杆上。如果是挂在对面树上,丁字楼的人便有如看包厢了。

午饭时,乙字楼的刘二豹和刘三熊都上楼来参与研究这件事。丁字楼上右舍吴松杰的长子吴安林认为幕布应该挂在对面树上。而二毛却觉得从放映队角度考虑,他们多半会挂在丁字楼的栏杆上。一来不用爬树,挂幕布很省事,人们多半会挑选省事的事情做;二来接电源也简单;三来喇叭平放在栏杆台面上很方便。吴安林说方便了他们,却方便不了我们。二毛说一般来讲,放映员肯定只考虑自己的方便,而不会考虑别人的方便。吴安林说让他们学雷锋。二毛说那为什么你不学雷锋呢?

吴安林说:"反正我就是不让他们把幕布挂在我们栏杆上。"

二毛说:"他们怎么会听你的呢?"

两人抬了半天杠,相持不下。刘三熊不耐烦吴安林,便说:"你以为放映员是你爸爸?你要他怎么样他就怎么样?"一句话顶得吴安林不敢吭声。

吴安林搬到丁字楼后,与丁家兄弟的关系一直不十分融洽。起因就是吴安林搬来头一天便在走廊上画隔离线。此后又发生过一些大大小小的摩擦,这种摩擦虽以小孩为主,但也影响两家大人的心情。

吴安林搬来后第一个欺负的人是三毛。那时三毛只有五岁,有一天三毛当着吴安林的面越过了走廊的中线,结果被吴安林狠狠地踢了一脚,三毛的屁股被踢得发青,疼得哇哇大哭。二毛领着弟弟前去吴家告状,吴安林的母亲、小学老师李乐云却连一声道歉都没有,只说小孩子扯皮打架是常有的,其他人不必在意。这件事令雯颖大为不悦,心说你身为教师,怎么连起码的教养和礼貌都没有,至少你也该说一声对不起呀。却因毕竟是新邻居,吴安林也是小孩,雯颖就没说什么。但是两家的关系始终淡淡的没法亲近起来。

吴安林的外婆李三婆不管在任何条件下都是卫护吴安林的,但凡小孩之间有点龃龉,李三婆便要大加挑拨地向李乐云投诉,李乐云便时常冷一句热一句地说雯颖。李乐云是天沔一带的人。天沔人的毛病就是从来不懂得有什么说什么,而喜欢话中藏话,言词夹枪带棒。有时她脸上笑得很是温柔,但句句话都带攻击性。有时她自以为很聪明地耍点小计谋,暗自得意占得几分上风,殊不知旁人早就看破了她的把戏,心里正觉得好笑。雯颖和张雅娟都不喜欢她,私下里聊天都笑她,土成这样,还把自己装成大家闺秀。雯颖对李乐云有一种天然的厌恶,平常尽可能少同她说话。

大毛二毛虽与吴安林年龄相差无几,却嫌吴安林没有教养蛮不讲理不愿与他来往。乙字楼下的刘家几兄弟因同大毛二毛从小一起长大,一直相处亲密,更兼他们的母亲许素珍要求他们同品行学习都好的大毛二毛做朋友,便也都冷落吴安林。这便使得吴安林憋了一肚子气,对丁家兄弟怀有深深的敌意。

有一天,蒲家桑园的蒲海清来找三毛,恰好遇见吴安林。吴安林说:"你这个鼻涕虫到我们楼上来干什么?"

蒲海清吓得一声不敢吭。吴安林说:"你敢不理我?"说完便推了蒲海清一掌,蒲海清呜呜地哭了起来。

三毛闻声而出,见蒲海清被人欺负,立即大声说:"他是我的同学,你不能欺负他。"

吴安林说:"欺负了又怎么样?"

三毛说:"大欺小,不要脸。"

吴安林说:"你这个三根毛敢骂我不要脸?"

三毛说:"你就是不要脸,你是世界上最讨厌的人。"

吴安林说:"你敢骂我就敢打你。"说着便冲到三毛面前,上去便是两拳,将三毛的鼻子打出了血。原本正在哭泣的蒲海清,一见三毛挨了打,又冲上去替三毛帮忙,结果被吴安林一掌推到楼梯口,一骨碌滚了下去,正巧被尚读初中的大毛撞见。大毛扶起了蒲海清,三步两步奔上楼。见三毛鼻子淌着血,一股怒气便涌上心头,扑上去便将吴安林打倒,一下子骑在吴安林身上。任凭吴安林如何挣扎,大毛都不松劲,嘴里却问三毛:"他打了你几下?"

三毛哭道:"两下。"

大毛说:"都打在鼻子上?"

三毛说:"是的。"

大毛说:"吴安林,我告诉你,我要替我弟弟讨个公平。"大毛说完,便朝着吴安林的鼻子狠狠地揍了两拳。揍完,对三毛和蒲海清说:"你们两个赶紧到房间里去。"

大毛对吴安林的秉性颇为了解,他从吴安林身上一跃而起,迅速回到自己房间,以避开他的纠缠。听到喧闹,李三婆走出房门,见吴安林被打,便狂呼乱喊叫救命,惊得四周邻居都来围观。吴安林亦不是一个肯退一步的人,他捂着鼻子站在走廊大骂出声。大毛几次想要出去与他对抗,都叫二毛拦住。

二毛说:"李三婆会撒泼哩,她撒起泼来怎么办?妈妈要骂死我们的。"

大毛想到父母,便忍了。吴安林骂着骂着,见无人应答,便冲下楼,抄起一块砖头,将丁家朝北的玻璃窗全都砸了。

事情就这样闹得天大。晚上,两家大人坐在一起,雯颖先检讨自己管教不严,又批评了三毛大毛,然后再提出希望,希望吴安林以后不要欺负来找三毛玩的孩子,更不能动手打他们。

李乐云说:"既然你也认识到是你家的孩子错了,那我们就高姿态一点,不多说什么了。我家安林一般说来不会无缘无故打人,一定是有人先惹了他,他才会动手。就拿砸玻璃这事来说吧,是你家大毛以大欺小,我们安林才会砸你家玻璃窗。这件事我们不能负责任,我们是不会赔你们的窗子的。"

雯颖说:"我并不需要你们赔玻璃,但我要你们管教你家吴安林,不能再这样继续欺负小孩。"

李乐云说:"你刚才也说了,是你对小孩子管教不严。我对小孩的教育一向很重视。同时我也要求他们,只要有人欺负你,你就奋起还击。"

雯颖说:"你有你的教育方法,我没什么可说的。但今天的事首先是吴安林欺负蒲海清,三毛因帮蒲海清说话,被吴安林打得鼻子出血,大毛是在这样的情况下出手打的吴安林。虽然小孩打架都有不对,但你不可否认是吴安林以大欺小在先,并且是动手在先。"

李乐云说:"这就奇怪了,你先还检讨,认为你们不对,现在又这样说。看你说得头头是道,我倒想问问,你亲眼见到了?你既然没有亲眼见到,怎么就一口咬定是我们安林先欺负那个姓蒲的小孩?"

雯颖气得面孔通红,她说:"如果你采取这样的态度,我们就没有什么好谈的了。"

两个男人丁子恒和吴松杰一直坐在一边没有说话。丁子恒对吴家孩子如此欺负三毛本来极为不满,只是他觉得作为一家之主他最好还是大气一些,不要掺和妇女和小孩子的事。但李乐云的言谈却激起了他满腔愤慨。

丁子恒冷下面孔,转过脸对一边低头不语的吴松杰说:"吴工,如果你也同意你太太这种说法和方式,我们今天就什么都不说了。不过吴工,李老师,你们要记住,我家三个儿子,两个大的都比你家的大。他们以后怎么揍你们的儿子,我们概不负责。我们也用李老师的方式,永远认定他们是在自卫。"丁子恒说罢便扬长而去。吴松杰不作声,只是显得有些无奈地望了李乐云一眼。

雯颖没料到素来忍让、息事宁人的丁子恒竟会发表如此一通观点,大受鼓舞。她放下和颜,一改谦容,用她少有的厉声语气,说:"你们这样纵容小孩最终不知道会害了谁,这是你们自己的事。但是,吴安林,我警告你,你如果再敢欺负三毛,或者是欺负他的同学,我一定不让我家大毛二毛放过你。你不信,就试试。"

吴家人大怔,一时竟无话可说。

这次风波的结果更是出乎意外。乙字楼下刘一狮和刘二豹知道此事后,大为愤怒。刘一狮刘二豹自小和大毛二毛兄弟是玩伴,又因小时在乡下生长,性格便比大毛二毛更具野性,打架生事也是一把好手,且有一种侠义风格。刘一狮说:"看来不教训一下吴安林,他还以为他是这里一霸哩。"次日放学,一狮二豹便找了个碴子把吴安林弄到路边树林里痛揍一顿,打得吴安林喊爹叫娘。他当场答应了三个条件,第一决不再欺负三毛包括他的同学,第二赔偿丁家的玻璃,第三他被刘家兄弟痛揍的事,不准跟任何人说。二豹说,如果你不做到这三条,我们一天打你一顿。吴安林受此一顿教训,一下子老实了许多。尤其在刘一狮和刘二豹上楼来玩时,他的表现简直可以用乖巧二字形容。大毛二毛背后便常跟一狮二豹暗笑不已。从此丁吴两家相安无事。丁子恒和雯颖私下里笑说,看来吴家也不过纸老虎一个,我们口气一强硬,他们也就老实了。

他们哪里知道这乃是刘一狮和刘二豹拳打脚踢的结果。

电影七点放映。可中饭过后,便有人将凳子搬到操场占座位。这天下午小学生不上学,正趴在走廊地上打弹子的三毛,一看有人开始占座,便也忙搬了凳子下楼。三毛叫了嘟嘟,两人上上下下跑了三次,按家中人口一共占了六个座位。位子在操场中间,不前不后,面朝着丁字楼。占好座位后,三毛和嘟嘟两人便坐在凳子上打牌。

楼上的吴安森也搬凳子占座。但因为他比三毛行动得晚一点,并且只有一人跑上跑下,板凳便只好放在了三毛后面。及至下午五点,整个操场都被板凳摆满了。幕布果然如二毛所说,放映员想都没想,就挂在了丁字楼的栏杆上。这下,三毛生恐座位被人挤掉,连晚饭都端到了操场上去吃。二毛很晚才放学,回家时,饭菜已经上桌。

丁子恒说:"二毛,吃过饭去把凳子拿一个回来,我不看电影。"

二毛说:"好的。"

吃罢饭,二毛遵父亲之命下楼搬板凳时,遇到了水文总站的宗梅生正摇着轮椅想要找一个座位。二毛同宗梅生并不熟,但常看到他摇着轮椅在操场上看篮球比赛,并且也知道他是在一场事故中瘫痪的。

二毛说:"宗叔叔,你是不是想找个位子?"

宗梅生说:"是呀,我来晚了,没想到大家这么早就把位子占满了。"

二毛说:"我弟弟在中间占了好几个座位,正好我们多出一个,你要不要坐到那里去?喏,就那里。"

宗梅生说:"在正中间?那太好了。"

二毛在前面为宗梅生的轮椅开道,张罗着帮他挤入中间。好容易在一片喧闹声中挤到三毛所占地盘,二毛搬起最中间的板凳,将宗梅生安置在那里。然后对三毛说爸爸不想看电影,正好腾出来给宗叔叔,三毛忙不迭地点头说行行行。却不料宗梅生的轮椅比板凳要高出许多,后面的吴安森便叫了起来:"不许插位子!"

三毛说:"没有插,我们家多一个位子。你看,我二哥搬回家了一张凳子。"

吴安森说:"搬回家可以,但不许插新的进来。"

三毛说:"我占的位子,怎么不可以?"

两人便吵了起来,被安排在此的宗梅生一时十分尴尬,拼命制止他们不住。想要退出去,可板凳椅子交错一起,一连一大片,退出已不容易,只好听着两个孩子拼着嗓子吵架。

这时吴安林出现了,他带了两个蒲家桑园村的同学来看电影。一见吴安森同三毛吵成一团,便毛焦火辣。想揍三毛,又恐惧刘家兄弟的教训,便将目光放在坐轮椅的宗梅生身上。他知道事情是由他的出现而起,便厉声对宗梅生说:"又不是你占的座,你凭什么在这里?"

宗梅生说:"是这个小朋友的哥哥让给我一个座位。"

吴安林说:"你轮椅这么高,后面的人怎么看?"

宗梅生想想也是,便说:"是呀,我先也没有考虑到这一点。可我现在想出也出不去了。"

吴安林说:"那我不管,反正你现在必须滚开。"

宗梅生说:"小兄弟,你说说我应该怎么个滚法?"

电影场上挤挤攘攘,观众们等着影片开始正没事干,听到吵架便都伸头够脑地张望。听宗梅生这一说,似乎觉得说得颇有水平,轰地笑了起来。

吴安林有些恼羞成怒,大声骂道:"你这个瘫子!想不到这么阴险。"

吴安林的同学之一,个头高大,一看便知不是省油的灯。他拉了吴安林和另一同学,三人低语了几句,然后竟一起抬起宗梅生的轮椅。吴安林说:"我来教你怎么滚。"

悬在空中的宗梅生没有半点能力阻止这几个男孩子的行动,一下子脸色煞白。围观人群顿时炸开了。

这时,一个人突然踩着椅子冲了上来,大声吼道:"放下他!"

这突如其来的干涉,把吴安林三人吓了一跳,他们定下脚来,望着来人。轮椅却因下面都是板凳而放不下去。

来人厉声吼道:"把他放回原来的地方!"

围观群众也有人叫道:"放回他原来的座位!"

吴安林三人不知所措,脸上显出害怕的神情,慌忙地往后退去,一直退到原处,放下了轮椅。

从椅子上跳下来的人是个小个子。许多大人都认出他来,他就是一九五七年被划为右派,最近刚刚摘了帽子的皇甫白沙。皇甫白沙目光炯炯,具有强烈的震慑力。他厉声道:"难道你们没有看到他是一个残疾人?你们这样对待他,良心到哪里去了?告诉你们,他曾经比你们还健康,他是大学生,是我们的技术员。为了建设社会主义,为了争分夺秒地修建大坝,他在丹江口工地连续干了三天三夜,第四天早上因劳累过度,昏厥在工地,从脚手架上摔了下来,成了今天这个样子。他才二十六岁呀!虽然他残废了,可他是英雄。是像雷锋一样的英雄!你们懂不懂?你们不仅不应该把他赶走,而应该把最好的位置留给他。"

皇甫白沙讲话的时候,场上突然安静下来。大家都静静地听着,几个女孩子发出唏嘘之声。皇甫白沙说:"我告诉你们,如果再让我看到像今天这样的事,我第一个不饶你们。"说完,他依然如来时一样,矫健地跨越着板凳,几步便没入人群。

场上继续静了几秒。人们听到宗梅生的声音:"算啦,没事啦。我也不是什么英雄,我的确是个废人了。"他虽然尽可能用一种轻松的语气说话,可声音里却很有几分凄然。

电影开映之后,仍有人在指点着宗梅生,向后来的人述说适才发生的事情。这件事给乌泥湖的中小学生留下极其深刻的印象。在那一学期学校布置的作文《你最难忘的一件事》或《你最难忘的一个人》中,许多人都写了这件事。三年级的三毛的作文还被老师拿到全班念了一遍。就连吴安林自己,也在作文里写下了自己的忏悔。

四

雯颖的旗袍已经旧了,而且有几处也破了小口。雯颖本已不想要了,可是简易宿舍的尹妈妈来找雯颖帮忙写信时看见了,便说:"丢了可惜,不如我拿去帮你家小嘟嘟改条裤子吧。"

旗袍是淡红底色起白花的,图案也很漂亮。雯颖一想,这也不错。就说:"那当然好。只是太麻烦你了。"

尹妈妈便说:"有什么麻烦的?你帮我写信,算我们两个换工好了。"

只一天,尹妈妈便将改好的裤子拿了来,让嘟嘟穿上一试,既合身又好看。雯颖便高兴道:"想不到尹妈妈真有一手。"

嘟嘟次日便兴高采烈地穿了花裤子上学。没想到,第三节体育课时,一个男生突然说:"你们看,丁单穿的是地主婆的裤子。"

这一叫不打紧,男生们立刻哄起来,管嘟嘟叫地主婆。嘟嘟脸涨得通红,一句话也不说,只是低着头装作没听见。她拼命忍着眼泪,一直把它忍到家里。进了家门,她便哭着脱裤子,脱了又找了剪刀,一定要把它剪掉。雯颖手快,把裤子抢了过来,忙不迭地问出了什么事。

嘟嘟说:"都是你要我穿这条花裤子,害得那些男生叫我地主婆。"

雯颖听了哭笑不得。便佯装骂那些小男孩,以安慰伤心不已的嘟嘟。

这条花裤子从此便放在柜子里不再穿了,但花裤子事件却还没完。选三好学生时,本来因为嘟嘟门门功课都是班上最好,选她是理所当然的事。但一个男生竟然提出,丁单不能当三好学生,她还穿地主婆的裤子呢。嘟嘟申辩说那不是地主婆的裤子,是用她妈妈的旧旗袍改的。却不料这一解释,一个女生说,你妈妈还穿这样的花旗袍,那你妈妈是地主婆。

嘟嘟大声抗议,说:"我妈妈不是,你妈妈才是。"

那女生站了起来,说:"我敢说我妈妈是贫农。你敢说你妈妈是什么吗?"

嘟嘟并不知道妈妈是什么,但她在报纸或是书上看见过"中农"两个字,她想也没想,便答道:"我妈妈是中农。"

又一个男生说:"中农是跟地主一伙的,我们村里就这样。"

这句话把嘟嘟的脸都吓白了。

老师既未阻止、亦未加入他们的争执。只在这时说:"大家继续选吧,丁单的这件事先放下来。"大家一共提了五个人的名字,其中有嘟嘟,但五人中只能有三人会被批准为三好学生。嘟嘟感到十分紧张,她不知道她的这条花裤子和关于"中农"的说法,会不会害得她当不了三好学生。

晚饭时,嘟嘟在饭桌上讲了她们班上选三好学生的事。说到花裤子和"中农"时,丁子恒和雯颖笑得几欲喷饭。嘟嘟却哭丧着脸说:"这有什么好笑的?我的三好学生一定会选不上的。"

二毛说:"妈妈,如果因为嘟嘟穿了花裤子就选不上三好学生,那就太不公平了。"

雯颖一想,二毛说得对。她觉得有必要就此事去对嘟嘟的老师解释一下。

嘟嘟的老师姓柳,有四十多岁了,面相很凶。但一开口,便知所有凶意只在脸上,她的言谈十分温和,甚至说话的节奏颇慢。雯颖直奇怪,怎么会有一副凶相长在她的脸上呢?雯颖一说明来意,柳老师便笑了,说:"丁单在班上是个非常乖的孩子,学习成绩也很好,我很喜欢她。这学期,我已经任命她做班主席了。三好学生非她莫属,哪怕只有一个三好生名额,我都会考虑她。请家长放心,她的裤子怎么会对她产生不良影响呢?"

雯颖回来便把柳老师说的话公布于众。二毛三毛都高兴地为嘟嘟拍手。丁子恒连声说:"好好好,想不到我们家嘟嘟在学校表现这么乖,这回爸爸一定要奖励。"嘟嘟听得眼睛都瞪圆了。立即,所有的欣喜都浮现在她的脸上。

晚上睡觉前,嘟嘟蹑手蹑脚走到雯颖跟前,附在雯颖耳边,轻轻说:"妈妈,你是全世界最好最好的妈妈。"然后风一样跑回隔壁房间她的床上。

雯颖回味着嘟嘟的话,心里充满了一股特别的幸福之感。

嘟嘟如愿以偿地当上了三好学生。丁子恒亦兑现承诺,奖给她一个大红色的蝴蝶结和一块巧克力。嘟嘟戴着蝴蝶结对着镜子照来照去,又当着三毛的面拆开锡纸将巧克力掰着吃。

三毛喉头涌动了几次,心里颇不服气,说:"有什么了不起。一年级的奖状最好拿了,我一年级时不是也当过三好学生。"

嘟嘟说:"可是你现在什么也不是。"

三毛说:"有本事二年级三年级都当三好学生。"

嘟嘟说:"我肯定能当上。大哥二哥当三好学生都是当到六年级的。"

三毛说:"我才不信你能当上呢。这一回不是妈妈到学校去,说不定就没你。"

嘟嘟急了,大叫道:"你造谣!你造谣!"

三毛说:"我才没造谣哩。妈妈就是去了学校嘛。"

嘟嘟便大喊大叫了起来:"爸爸,妈妈,你们看三毛造谣!他造谣……"喊着又想要大哭出声。

家里只有这么个小女儿,丁子恒和雯颖一向都宠爱她。一听嘟嘟大叫,立即都上前来批评三毛。气得三毛也叫了起来:"爸爸妈妈偏心!就喜欢妹妹,早知道我还不如生下来先当个大妹妹。"

丁子恒和雯颖批评三毛,本来也没当真,只是想要哄住嘟嘟而已,听三毛这么一说,倒都笑了起来。

雯颖说:"我看三毛嘟嘟也都别为三好生争吵了。你们两个干脆赛一赛,看谁先加入少先队好不好?"

三毛眼睛一转,说:"好吧,我同意。"

嘟嘟想了想,也说:"那好吧。"

二毛说:"妈妈,其实这不太公平。入队要满九岁,可嘟嘟才八岁,起码一年内不能入队。而三毛已经十岁了,他一点也不受年龄限制。"

三毛得意道:"反正嘟嘟已经答应了,说话要算话,不能反悔。"

嘟嘟说:"不反悔就不反悔。"

这场比赛就这么定了下来。

五

平静的生活,日复一日,内容雷同,便过得飞快,日月真像是梭子,三两下便将一天天的光阴编织成昔日之锦,斑斓往事闪现其中。

暑假中乌泥湖出现一个摆书摊的白胡子老头。老头说他姓冯,住在头道街。儿子媳妇都病死了,他替他们养着个孙女。冯老头说一口下江话,很偶然地来到乌泥湖,竟意外地听到许多家乡口音,顿时觉得亲切万分,便将他的小书摊摆在了乌泥湖。每天中午十二点半,冯老头的书摊便出现在物勘总队大门左侧的围墙下。冯老头在地上铺一块塑料布,把一本本的小人书平摊在上面,然后就用他沙哑的嗓子叫道:"看娃娃书呀!看娃娃书!"

冯老头的每一本小人书都用牛皮纸包着书皮,上面写着钱数。大部分的书都是二分钱看一次,厚一点的则要三分钱,最薄的幼儿书,一分钱一本。只许坐在书摊四周看,如果想要借回去,便要交五分钱,并且必须说明是住在哪栋楼,叫什么。冯老头并不用笔去记,只要你一说,他就哦哦两声,表示记住了,然后你就可以拿了书回家去。

几乎与冯老头同时出现的,是两个卖冰棒的妇女。她们两人并不同时来,而是一前一后。一个在一两点钟时出现,另一个则在四五点钟的时候出现。她们在乌泥湖宿舍流动哨似的转悠,嘴里高喊着:"冰棒——奶——油——雪糕——""冰——棒——五分,雪——糕——一毛!"喊声有如歌吟。

暑天沉闷的下午,因为这三个人的到来而变得生气勃勃。

丁子恒和雯颖原本答应假期中带孩子们回南京玩玩,但雯颖突然得了肝炎。流行性的肝炎本已过去,丁子恒正庆幸家人都还安好,却不料雯颖终是没能逃脱,南京之行便只好放弃。三毛和嘟嘟虽沮丧得不行,但想着妈妈的身体是顶顶重要的,便也表示一定要让妈妈养好病,南京去不去都行。

摆书摊的冯老头给嘟嘟带来了莫大的欢乐。嘟嘟从雯颖处得到每天七分钱,其中五分钱吃冰棒,二分钱看娃娃书。倘若丁子恒在家,她得到的会更多一些。嘟嘟会提出想要吃雪糕的要求,丁子恒也会慷慨地给她一毛二分钱。因为丁子恒自己不喜欢吃没有奶油的冰棒,甚至对雪糕的兴趣都不大,他偏爱的是冰淇淋。距汉口火车站不远,临近江边有家名为"美的"的老店,有时候过星期天,丁子恒便不惜行路搭车,带着孩子专门来此吃冰淇淋。只是嘟嘟来了这里,却拒绝吃冰淇淋,仍然还是要她的雪糕冰棒。这令丁子恒颇为不解,三个哥哥也一致认为嘟嘟是个"乡巴佬"。丁子恒为弥补嘟嘟的不足,便常常在他们吃完冰淇淋后,另给嘟嘟添上一块巧克力。

还有一个每天都坚持在冯老头书摊看娃娃书的人是戊字楼上右舍的洪泽湖。他是洪佐沁最小的儿子。洪泽湖读二年级,他并没有在二七小学上学,而是每天跟着读五年级的姐姐洪泽波走到总院子弟小学去上学,中午便在总院乙灶食堂吃饭。洪泽湖戴着一副深度的近视眼镜,一看便知是个小书呆子。嘟嘟奇怪他为什么要走那么远的路去子弟小学上学,洪泽湖说他爸爸妈妈觉得二七小学乡下孩子太多,学习风气不好,所以就把他和姐姐两人都送到了子弟小学。

嘟嘟很是奇怪,说:"为什么呢?我们小学很好呀。有果园,还有大操场,老师也是特别特别好的。"

洪泽湖说:"因为我大哥以前就是上的二七小学,他的学习成绩一直不太好,考高中时差一点没能取到一中。我爸爸说就是小学基础没有打好的缘故。"

嘟嘟说:"可是我的大哥也是二七小学毕业的呀!他学习好得不得了,一下子就考上二中去了。"

洪泽湖说:"那我就不晓得是怎么回事了。"

嘟嘟很佩服洪泽湖,她觉得洪泽湖特别聪明。比方他们各自用二分钱租了一本书,看完之后,趁冯老头不注意,洪泽湖便会使一个眼色,以极快的速度同嘟嘟交换。这样,他们往往能用二分钱看到两本书。还有的时候,洪泽湖悄悄地要嘟嘟去缠着冯老头说话,比方问问有没有什么新书之类。洪泽湖自己则乜着眼,趁冯老头儿认真地同嘟嘟说话时,偷偷地将手上的看完的书放回地摊,飞快地换上另一本。每逢这时,嘟嘟知道洪泽湖一定会有诡计,所以同冯老头说话时心便忍不住怦怦乱跳。

有一天,嘟嘟想要把《白雪公主》这本书借回去看。这是她的一本百看不厌的书。冯老头说没问题。因嘟嘟每天在此看书,冯老头已经认识了她,借给嘟嘟书时,根本不问她住在哪栋。但这回,冯老头却怎么都找不到《白雪公主》这本书。

冯老头奇怪道:"我明明记得刚才还在这里的,怎么会没有了呢?"然后目光便在周围几个看书人的手上逡巡,最后定在了洪泽湖身上。仿佛是想了一想,冯老头走了过去,蹲下来对洪泽湖说:"你站起来。"

洪泽湖脸红了,身体有些发抖,但他还是站了起来。冯老头说:"你跳几下给我看看。"

大家都不知道出了什么事,便都抬起头看洪泽湖。洪泽湖的脸更红了,他在冯老头咄咄目光逼视下,跳了起来。只跳了两下,便有三本书从他身上落了下来。冯老头捡起来一看,全是他的书。一本是《老水牛爷爷》,一本是《阿里巴巴和四十大盗》,还有一本正是《白雪公主》。

冯老头一下子火了,他一把揪住洪泽湖的耳朵,骂道:"看你戴了眼镜,像个读书人的样子,倒干这种龌龊事。你爹娘是怎么教你的?"

洪泽湖歪着脑袋"哎哟哎哟"地连叫带哭。冯老头松开手,大声吼道:"你这个小赤佬,以后你再靠近我的书摊一步,我定要打折你的腿!"

嘟嘟呆呆地望着远远跑走的洪泽湖,心里有一股说不出的滋味。她好为洪泽湖难过,心里使劲骂自己为什么要借《白雪公主》回家看呢?

这件事当晚便传遍了乌泥湖。晚上,洪泽湖被他的爸爸洪佐沁狠狠地揍了一顿。洪泽湖挨揍时,嘟嘟趴在她家的西窗口朝洪家张望。她能听到洪泽湖杀猪般的嚎叫,这嚎叫持续了好久,使嘟嘟觉得这天的夜晚出奇的漫长和酷热。

在这个酷热的夏日里,洪家另有一件事震动了乌泥湖,这便是洪家老大洪泽海没有考上大学。洪泽海在人们眼里一直是个十分优秀的青年,他考上一中时,乌泥湖的家长都要自己的孩子向洪泽海学习。洪泽海在学校里一直当着共青团干部,每逢放暑假,家属委员会一有活动,便找洪泽海协助。洪泽海振臂一呼,诺声震天。谁又能料到洪泽海竟然没能考上大学呢?

正当人们茶余饭后为洪泽海叹惋不已时,他却豪迈地向所有人宣布他将要到新疆去。发出这个宣言时是个夜晚,洪泽海同他的弟妹们正在他家门口的竹林前歇凉。每年夏天,洪家人都要把竹床搬到楼下,手上摇着大蒲扇,一边聊着天,一边打发夏夜如煎如熬的时光。

洪泽海一向是乌泥湖小孩子们的领袖人物,偏他又有着领袖气概。故只要见他家竹床搬出在外,便有许多诸如大毛二毛这样的中学生围坐上去。无论洪泽海有没有考上大学,这道风景总是存在。

洪泽海的情绪仿佛一点未受影响,他一如既往地同大家聊天。宿舍里同洪泽海一样没考上大学的还有林乐天。林乐天情绪十分低落,她把自己关在家里几天不出门,急得她的母亲邢紫汀请洪泽海前去相劝。林乐天同洪泽海曾是中学同学,但在高中时,林乐天读的是十六女中。林乐天在班上学习成绩从来都是前三名,这次考试她也自认为考得不错,却未料到没有被录取。她深知自己未被大学录取的原因是由于父亲林嘉禾的问题,便觉得自己的一生都将在父亲的阴影笼罩之下,没有任何前途可言。忧郁便如这年的暑气,浓重得令她窒息。洪泽海去找林乐天谈了一个下午,谈完后,洪泽海自己心里也觉得豁亮起来。晚上便宣布了他的宏伟计划。

　　当时，大毛二毛一狮加上皇甫浩、张楚文等许多人在场，他们都被洪泽海大气磅礴的理想所震惊。洪泽海讲了三个人的故事。一个是董加耕，一个是侯隽，一个是邢燕子。洪泽海说，董加耕在学校时是品学兼优的三好学生，为了响应党的号召，不考大学，立志耕耘，把自己的名字"嘉庚"改为"加耕"。下乡以后，他在农村做出了了不起的贡献，现在成了全中国青年的标兵。侯隽也是如此，她放弃高考，响应党的"大办农业，大办粮食"的号召，孤身下到河北宝坻农村。报纸上登出她的事迹时，称她为"特别的姑娘"。邢燕子更棒了，她回乡最早，在乡下成立了"燕子队"，战天斗地，改变家乡面貌。他们几个人都没有上大学，一样为社会主义事业做出了贡献，这些贡献比许多读过大学的人要大得多。洪泽海说："他们，就是我的榜样，就是我的偶像。"

　　年龄小一些的人们，都听得热血沸腾。大毛说："那你为什么不回乡，却要去新疆呢？"

　　洪泽海说："问得好！我要向他们学习，但并不想走一条与他们完全相同的道路。我要走一条新的、更有意义的道路。到新疆去，就是我选择的道路。边疆更加艰苦，一穷二白，最需要我们这些有知识有雄心的青年去建设去改造。新疆是中国最大的省份，地广人稀，最适合青年人去干一番大事业。从我们这里到新疆，听说，光是在路上就要走一个多月。我准备搜集一些如何种植葡萄的书，新疆那边的土质和气候，最适合种葡萄。我到那里后，一定要开辟一个一望无边的葡萄园，让它结出最甜的葡萄，酿出最纯的葡萄酒。这是何等有意义的事业，难道上大学比干这样的事业更有意义吗？我爸爸上了大学，大毛二毛，你爸爸也是名牌大学毕业，一狮，楚文，你们的爸爸同样也是，在座的各位，哪个人的爸爸没有上过大学？可是他们上了大学又怎么样呢？一座三峡大坝修到现在，仍然还是图纸，青春却永远不再了。所以，我觉得，一个人能否成就一番事业,完全不在于上不上大学,而在于他能不能响应党的号召,去做那些最有实际意义的事情。而现在,支援边疆就最有实际意义。"

洪泽海的话有如扔在干柴上的一把火,把乌泥湖的整个夏夜都点燃了,也把有着同样青春的人们的心点燃了。这个月北方的海河正发着大水,大水淹没了一百多个县,连京广铁路都被冲断了七十五公里。总院里几乎所有工程师的目光都紧紧地盯着海河那边的动态,但是一回到乌泥湖,话题便被家里人一次一次地拖到新疆。丁子恒每天到家都要赶紧打开收音机,以便了解海河流域的最新动态,却没有一回好好地听清播音。被洪泽海把激情点燃的大毛和二毛无休无止地讨论关于新疆的话题,两人甚至拿着地图,在上面查找去处。

雯颖急得拉扯着丁子恒说:"你得管管他们,他们两个有点鬼迷心窍了。"

丁子恒便教训大毛说:"不要管新疆的什么事,你的任务是考上大学。"

大毛没有正面回答,只说了一句听上去很有哲理的话:"洪泽海的道路就是我的道路。"

洪泽海同他的父亲洪佐沁和母亲董玉洁激烈地争辩了一夜又一夜。洪佐沁夫妇坚决不同意他前往新疆,洪佐沁为此大发脾气,董玉洁甚至流泪哭泣。这些都没有动摇洪泽海的雄心大志,只要有人询问他关于新疆的事,他都会慷慨激昂地陈述一番支援边疆的意义。

隔了几天,人们听说林乐天也准备报名去新疆,简易宿舍也有三个人准备与洪泽海同行。明主任的丈夫王达花了几天工夫采访了洪泽海,并在《长江流域报》上撰文,热情地歌颂了一番青年人的宏图大志,使得洪泽海在总院一下子成了名人。原本极不同意洪泽海去新疆的洪佐沁和董玉洁在无可奈何中,终于点头放行。

六

　　海河的水终于退了,但损失却是十分惨重。于是在办公室里,大家免不了要谈论:如果长江再来一次如同1954年的大洪水该怎么办?谈论的结果是:单靠修堤防是不行的,只有修了三峡,才有可能一劳永逸地解除洪水对两岸人民的威胁。

　　丁子恒在上班的路上遇见张者也,张者也喜气洋洋,见了丁子恒老远便打招呼。丁子恒便笑,说:"有喜事吗?"

　　张者也说:"是呀是呀,困难时期过去了,我让我侄儿把我妈妈送回到我这里来,今天下午就到。"

　　丁子恒说:"太好了,这样你就安心了。"

　　张者也说:"可不是。要不我一天到晚记挂着那边,提心吊胆呀,生怕像洪佐沁一样,把个老娘放在乡下饿死。真那样,这辈子良心怎安?现在好了。"

　　两人闲说两句,便分了手。下午下班,丁子恒已经忘了张者也接他母亲的事。丁子恒属于那种人:与己无关的事,从不往心里去。走至家门,上了楼,见从癸字楼方向陆续地走出一些人,交头接耳,相互说着什么且摇头长叹。丁子恒亦未留心,看了一眼,便径直进屋。

　　刚进门,雯颖便一副心惊肉跳的样子告诉他,说张者也家出事了。张工的母亲和侄儿坐着火车到了江岸火车站,出站时跟着人乱走,没走正门,而是走了后门,与前去相接的张工错过。两个人走出车站,摸不清方向。上了马路,也不知道躲避汽车,结果被一辆开得飞快的大卡车撞死了。张工没接着人,正到处找得着急,听说马路上有车祸,赶紧过去看。一看,就昏倒在地。

　　这真是惊心动魄的一个消息,把丁子恒惊骇得跌坐在床,半天都缓不过气来。想到早上因为母亲即到而眉飞色舞的张工,竟与母亲相见于血泊之中,丁子恒不由得长叹不已。母亲在乡下时,做儿子的担惊受怕,恐其因饥饿而死。好容易熬过紧张的年头,有了机会接她回来,却家门未进,便送命于轮下。这是命运,还是别的什么在捉弄人?张者也怎么能承担得起这份丧母的悲痛?丁子恒甚至记起,雯颖曾经说过,她在张者也母亲的脸上看到过一种气息,死的气息。想到这些,丁子恒越发心惊,他想,未必这一切在冥冥中都早有安排?

丁子恒再见到张者也,已是二十天以后。张者也大病一场,一眼望去,哀毁骨立。走在路上,他仿佛是在风中摇晃,仿佛随时都能随风栽倒。

这次的相遇是在总院的花坛前。花坛中的菊花开得正盛,花朵密集,红黄白紫,一派烂漫。丁子恒被通知去政治处,心里惶然,不知政治处找他有何贵干。正朝政治处走时,见到张者也。丁子恒忙打招呼:"张工,你还好吧?"

张者也说:"当然只能还好。"

丁子恒听他说话的语气,便有点心惊,忙说:"想开点,老话说,生死有命,富贵在天。有些事真是你无法预测也无法左右的。"

张者也说:"是呀,想开点,生死有命,富贵在天。有些事真是你无法预测也无法左右的。"

张者也重复丁子恒的语气,声音怪怪的,令丁子恒心生怯意,不敢多说什么,逃也似的离开了张者也。一路想起他以往的那份爽朗幽默,丁子恒心里有如石梗在胸。

政治处找丁子恒并无什么不利之事。接待他的是政治处副主任谢森宝。谢森宝住在乌泥湖癸字楼下左舍,上下班皆要从操场走过,丁子恒常见到他,只是彼此不相识而已。

谢主任先是强调了技术人员学习政治的重要性,强调社会主义社会的技术人员，尤其是像丁子恒这样来自旧社会、又有很强业务能力的技术人员，应该政治、业务都精通，才能真正做到全心全意为社会主义建设服务。丁子恒听了半天还是摸不着头脑，不知谢主任为何要对他说这些。直到最后，谢主任才说：部里在北京办一个哲学学习班，时间是四个月，总院决定派丁子恒去，现正式通知丁子恒。

丁子恒大为讶异，说："派我去北京学哲学？"

谢主任说："是呀。这次学习主要是学习马列主义和毛泽东的哲学思想，通过学习，正确认识国内外形势，彻底改造世界观。这是一个提高思想觉悟的大好机会，因为部里点明必须派高级知识分子去，所以我们想去还去不了哩。希望你好好学习，取得优秀成绩回来。"

丁子恒没再说什么。出了政治处，他还没有想清楚，怎么让我去学习哲学呢？我学了哲学又有什么用呢？

这时正是秋天。掐指算来，四个月从秋到冬，直到春节前夕方能回家。丁子恒用了一个星期，将手边工作一一暂时结束，又用了两天时间，由雯颖陪着添置秋冬用物，譬如大衣棉靴棉帽之类。雯颖认为，北京的冬天寒冷远甚武汉，出门在外，不能不将这些衣物备齐。雯颖还想让丁子恒带个热水袋去，丁子恒便笑，说北京屋里有暖气，在那里过冬，比在汉口要舒服得多。汉口这地方，南不南，北不北。说它南，它的冬天像北方一样冷，说它北，它的夏天却又比南方还要热。一个人只要在汉口待过，走到哪里都不怕。冷也不怕，热也不怕，就像关汉卿写的那个"铜豌豆"。

其实去北京，丁子恒根本不在乎它的气候，早年在清华读书时，他早已有过领教，非但适应甚至很喜欢它的冬天。因为北京的冬天实际上比南方的冬天要好过，尤其丁子恒这类做室内工作的人，在北京的室内穿件毛衣，一身轻松，做事方便，而在南方，无论是南京还是武汉，都必须如同室外一样，一身笨重如熊。

丁子恒担心的倒是学习。他过去从未读过什么哲学著作，只觉得哲学太深奥，玄机颇多，学起来肯定颇为费力。这两年提倡学哲学，他也响应号召时常拿起一本哲学书来读读，但每逢读时，眼皮便立即下坠。他不知道长达四个月的哲学学习，自己是否能够很好地坚持下来，同时自己的成绩能否让领导满意。想到这些，丁子恒多少有一些心烦。

雯颖便说我还不知道你？你学什么都行。那样多曲里拐弯符号的东西你都能学通，哲学又有什么学不了的？现在乡下农民都学哲学，讲起来都一套一套的，你难道连他们也不如？丁子恒听罢一想，觉得也是。

临进京前，林院长召集学习班人员谈了一次话。丁子恒去后，方发现同去的共有四人，竟全是乌泥湖的。除了丁子恒外，有庚字楼上右舍的姬宗伟，丙字楼下左舍的李昆吾，以及甲字楼下右舍的毛学仁。丁子恒除了同毛学仁不熟外，其余二人都曾是他外业队时的同事。

李昆吾低声道："咦，丁工，怎么是你？"

丁子恒说："是政治处谢主任通知我来的呀。"

李昆吾说："我先听说有张者也哩。"

丁子恒怔了怔，说："是吗？"说过一想，是了，定是因张者也母亲去世，临时换人。

姬宗伟便说："好好好，有丁工在此，不愁没人打桥牌了。"说罢扭头问毛学仁："毛工，你会打桥牌不？"

毛学仁说："会一点，大学里打过。"

姬宗伟便笑道："天公作美也，我们四人正好一桌，不用另外找人了。"

丁子恒说："让你去学习，你还敢打桥牌？"

姬宗伟说："哪能一天到晚学习？"说完又压低声音，说："其实北京部里比在下面机关要宽松得多。"

丁子恒说:"是吗?"

林院长很重视这一次的学习,特地为这四人抽出时间大谈了两个小时毛泽东思想中所包含的哲学意义。强调只有通过认真的学习,才能真正地看清形势,不落伍掉队。丁子恒听过林院长多次谈话,每次谈话,必提三峡何如何如,这次却是个例外。

丁子恒一行次日便动身前往北京。上了火车,姬宗伟便摸出牌来,其他人亦觉车上无聊,打几通牌解闷而已。孰料四人对桥牌皆颇精通,一打起来,竟兴致大发。丁子恒同毛学仁坐了对家,姬宗伟同李昆吾坐了对家,彼此间都合作得天衣无缝。打着牌四人皆叹,过去怎么就没发现,天然牌友就在身边呀。

七

学习班安排在广安门一带。来自全国各地共有一百多个学员,分成了三个班。教室和住所皆设在一幢楼里,两人一个房间,也还舒适。各房间里都订了《人民日报》《光明日报》以及《参考消息》。开学当日并未举办什么仪式,只是全体学员一起听了部领导一个很长的报告。然后便布置了一堆讨论题。

1. 为什么说国内外形势是大好的?

2. 为什么说过渡时期的整个历史阶段始终存在着两个阶级两条路线的斗争,你对这个问题如何认识?

3. 现阶段国际共产主义运动的总路线是什么?这一条总路线是根据什么制定的?出发点是什么?

4. 当代世界基本矛盾是什么?在这一问题上,有哪些错误观点应当受到批判?为什么要对这些观点进行坚决揭露和批判?

5. 无产阶级夺取政权的根本道路是什么?为什么无产阶级政党在革命中要准备两手,为什么说片面强调和平过渡是错误的?

6. 为什么说战争是政治的另一手段的继续?在"战"与"和"问题上,有哪些错误观点应当受到批判?在还存在帝国主义的时代,是否能实现"三无"世界?

7. 社会主义国家对外政策的总路线是什么?为什么把这条总路线片面地归结为"和平共处""和平竞赛"是错误的?列宁提出的和平共处原则是什么?怎样理解不同制度国家之间的和平共处是国际范围"阶级斗争"的一种形式?

8. 在社会主义社会中,存在不存在阶级斗争?为什么在过渡时期内要实行无产阶级专政?世界上有无超阶级的和全民的党?为什么说"全民国家""全民党"是错误的?

9. 苏共领导同我们的分歧实质是什么?分歧从何而来?又是如何发展的?

10. 应当如何正确评价斯大林的一生?

11. 赫鲁晓夫提出反对个人迷信的实质是什么?他的目的和阴谋是什么?

12. 为什么说如何对待南斯拉夫的问题是国际共产主义运动的重大原则问题?在这一问题上,我们同一切现代修正主义者的根本分歧是什么?

13. 为什么说南斯拉夫不是一个社会主义国家,根据是什么?

14. 资本主义在南斯拉夫复辟,给国际共产主义运动提出了什么新的教训?

丁子恒的活页本就这十四个问题整整记了好几页。他一边记一边头皮发麻,不知道自己将如何去回答这样的一些问题。然后深深懊悔平常政治学习没有用心去听人阐述,去理解精神,去吃透内容。这些问题中,丁子恒想,至少有一半以上,他是无论如何也回答不出来的。回答不了出点洋相倒无所谓,怕的是非让你回答,而你一答恰恰答错或是答反了,那个结果就很可怕了。丁子恒想,无论如何,初期的讨论,以听为主,然后,争取在这个学习班中,把所有的政治问题都分辨清楚,免得犯常识性错误,留下辫子让人揪扯。既然他们工程技术人员也必须得懂政治,那就尽可能弄懂好了。老话说,艺多不压身。多懂得一些东西又有什么不好?如此一想,丁子恒倒也觉得心里并不沉重。

晚上,姬宗伟和李昆吾便找上门来打桥牌。丁子恒说:"你们还敢打?那么多讨论题你们都答得出吗?"

姬宗伟便笑,说:"丁工,你总是那样书呆子气。那么多题,哪能让你一个人说呢?你挑你知道的说不就是了?"

李昆吾亦说:"再说,现在也不像前两年那样紧张。业余时间还能连自己的一点娱乐都没有?"

丁子恒一想,可不是。便应邀上了牌场。

牌桌设在姬宗伟房间。房间朝南,比丁子恒朝北的房间暖和明亮。姬宗伟说:"我在工地待了这么多年,从来没有一连数日地享受过明亮的夜晚。工棚里的煤油灯一熏,脸和鼻孔都黑黢黢的,活像阎王殿偷跑出来的小鬼,见不得人。这回好,四个月,不用我奔波,纯属休息整顿,既整顿思想,也整顿身体。各位都在内业,日日不受风吹雨打,这回同我姬某一起进京,须得代表内业人员好好慰问我外业人员,也就是陪我打好四个月的牌,让我思想娱乐都有所收获,方不负尔等的慰劳使命。"

一番话亦庄亦谐,说得丁子恒、李昆吾和毛学仁都大笑不止。毛学仁笑道:"姬工不愧是'鸡公',张嘴一叫,就不同凡响。"

北京的生活,便在白天学习、晚上打牌的规律中开始了,主题便是结合实际学习马列主义哲学。除去讲解基本的马列哲学常识外,主要的课本便是《实践论》和《矛盾论》。因为过去太陌生,丁子恒听课便格外认真。他觉得自己仿佛进入了另一个世界,而这个世界也是那么丰富奇异。只是其中内容太玄,太高深,丁子恒觉得想要吃透它们委实不易。有一天晚上问题解答时间,丁子恒询问前来答疑的老师:存在即物质,那么思想是不是物质?教师说思想依赖物质,但思想只是思想,不是物质。比方孔子的思想不通过书本就不能流传下来,写有孔子语录的书是物质的,但孔子的思想不是物质的。存在与物质是一个意义,但一般"存在"是"有",这并不只是哲学概念,不能以为"有"就是"物质"。老师绕来绕去,丁子恒似懂非懂,几个同学在一旁边听边笑。老师是部里的一个处长,操着一口广东普通话,见丁子恒目光有些茫然,便拼命想解释清楚:脑子产生思想,与肝胆分泌胆汁不同。思想只有变成物质后才算物质,思维活动不是物质。丁子恒"哦、哦"地不断点头,但他心里知道,这些绕来绕去的话题,他是很难把它完全弄明白的。世上的人事和学问,真的都需因人制宜。有人是这块料,无师自通,有用无用,他都兴趣盎然,有人不是这块料,老师讲破嘴皮,他依然糊里糊涂。在哲学上,丁子恒想,他大约属于后一种情况。

姬宗伟在他漫想的空儿,凑在他耳边悄声道:"这个老广,满篇话中,又是脑'鸡'、又是物'鸡'、又是胆'鸡',我听来听去,总算明白了。哲学是个养鸡场,哲学家就是养鸡的。"

一句话,令丁子恒失笑出声。

丁子恒们的牌局在学习班开始的第一天开了张,以后的日子,白天学习,晚上只要没有活动,没有电影,四人便聚在一起打牌,一直打到规定熄灯时间。如此这般,倒把丁子恒对学习的紧张心情冲淡许多,令他有身心一松的愉悦。有时丁子恒也会想,倘在过去,他如此消磨了晚上时间,早上起来便会反省,自己是否在浪费生命。而现在,他居然丝毫不觉夜夜混迹在桥牌桌上是一种浪费。有时,他也会在打牌时提出一些学习中的问题,每逢如此,姬宗伟、李昆吾便笑他,说你天生就是个工程师,能在数据里打打滚儿也就算啦。让你学点哲学,你别指望自己就能成为一个哲学家。丁子恒想，说得也是呀。

北京的秋天，秋高气爽。星期天的时候，丁子恒也常出去转悠，有时是把衣服送到广安门洗衣店去洗。这家洗衣店价钱颇贵，丁子恒曾经迟疑是不是自己洗衣算了。但雯颖来信说，学习紧张，你洗衣服手又笨，贵就贵点吧。平常从别处节俭一点下来（比方少抽点香烟）就行了。家里何曾会因多花一点洗衣费而生活窘迫呢？既不窘迫，就不必省这一点。丁子恒觉得雯颖讲得有理，遂放弃自己洗衣的念头。从洗衣店出来，他便上王府井外文书店。丁子恒来京之后，为自己拟定了一个学日文的计划。他想利用这四个月的时间，把日文攻下来。丁子恒对学外文有一种特殊的兴趣，目前他已学了英文、德文和俄文。英文是他的看家本事，自不必说，而德文和俄文对他来说，阅读已经是件很容易的事了，只是口语他无法过关。丁子恒不在乎口语行不行，他需要的是看资料，而不是说洋话。他预备把日文攻下后，明年开始学法文。上外文书店便因他对语言的兴趣而成为他的爱好。有时候，他也会和别的同学去参观历史博物馆、军事博物馆等。有一回，丁子恒把三毛将博物馆说成"博博馆"一事讲给大家听，从此，学习班里一旦有人要去哪个博物馆参观，便都说是去"博博馆"。丁子恒写信回家提及这则趣事，竟使三毛在家大发雷霆，说爸爸在外面丢他的脸，他再也不理爸爸了。丁子恒读雯颖信时，想起三毛愤怒的样子，便觉得好笑不行。笑罢就觉得自己有些想家了。

八

学习的时间过得很快。快得令丁子恒觉得奇怪，仿佛从来没有觉得光阴是以这样的速度行进的。打牌时丁子恒说出自己的这种感觉。毛学仁说："学习时期嘛，每天的生活内容大同小异。今天重复昨天，明天又重复今天。没什么事让你着急，也没什么事让你操心。听听课,讨论讨论,外加打打牌,一天就过去了,当然觉得时间飞快。"

丁子恒想这话有道理。

一个星期天,他和姬宗伟几个一道去虎坊桥工人俱乐部看电影《年青的一代》,中午便找了家饭馆吃饭。饭间,大家由电影里的地质队员谈到三峡太平溪的地质条件。正在这时,听到有人说,美国总统肯尼迪前两天被人刺死了。一时,大家都颇震惊,不知真假。

饭馆一个跑堂的伙计说:"杀得好呀,解气呀。这就是帝国主义国家,劳动人民都痛恨那些帝国主义头子是不是?不像咱社会主义国家,人人热爱毛主席,毛主席一出来,大伙儿都三呼万岁,争着想跟他握手,想说感谢话儿。毛主席有时自个儿夜里出来上上饭馆,吃吃老百姓的饭。这是咱社会主义的领袖,人民爱都爱不过来。现在帝国主义国家的劳动人民也觉悟了是不是?最好是见一个杀一个,把帝国主义分子都杀光,把帝国主义国家变成跟咱一样的社会主义,劳动人民才有指望。要不,当个美国人,可真是苦呀。"

伙计说得唾沫横飞,丁子恒一行人便连连说是呀是呀。

毛学仁感叹道:"想不到,一个跑堂的伙计都知道这么多的事情,都有这么高的觉悟。世界进步真是快呀,我们看来是有点跟不上趟了。"

转眼又到了年底。这天上午听张劲夫关于"反修"的录音报告,下午便布置测验,各自回房去做。测验只有五题,明日下午交卷。丁子恒见题目很是简单,不觉大喜。吃过中饭,姬宗伟便来找,姬宗伟说:"丁工,这样的测验,你不至于长考吧?"

丁子恒忙笑答道:"不至于,不至于。顶多一个小时就可以做完。"

姬宗伟说:"好啦,要的就是你这句话。我们现在是三缺一,就看你的表现了。"

丁子恒说:"你的意思是?"

姬宗伟说:"1963年就要过完了,还不快快乐乐地把剩下的几天享受掉?"

丁子恒笑了起来,说:"我明白了,好吧,我晚上再做题。"

姬宗伟笑道:"你还晚上?我们就是想今天打一次持久战。明天上午再做题还不一样?"

丁子恒想想,说:"行行行,明天也行。"

丁子恒说罢便同姬宗伟一起去了他的房间。这一场牌打得天昏地暗,一直到晚上十点半才收场。躺在床上,他想看一看书,却一行也看不进去,身心都有一种疲惫不堪的感觉。这种疲惫感在他学习最紧张的时候也未曾出现过,今天,却因打牌打倦了自己。

丁子恒心里突然就有了些内疚,他想起自己年轻时经常说的一句话:最快的失败就是自己把自己打败。现在他不就是在自己打败自己吗?日文搁下不学,大坝有许多可思考的东西也不去思考,就是这里的哲学课,如果多用些心,不也可以学得更深入一些?丁子恒想着,便起了床。他找出一张白纸,用钢笔写上:"业精于勤荒于嬉,行成于思毁于随",写完看了看,又加重了腕力,重新描了一遍,然后将它贴在了自己的床头。贴罢,他看了看,再次拿笔,在上面加了几个字:"子恒谨记"。

从这天起,丁子恒便拒绝牌场。姬宗伟来过几次,李昆吾也来过,丁子恒都没有被劝动。三十日晚餐时,毛学仁也出动了,说:"我跟你坐对家已经坐顺了,换一个人简直打不顺手。眼看就要过元旦了,你还是给自己放放假吧。"

丁子恒几欲动心,突然他想起今晚月食,便说:"今天实在不行,今晚月食,我是要看的。"

毛学仁无奈地笑笑,说:"这是一条好的理由。"然后离去。丁子恒心里竟有些歉意。

月食从六点二十七分开始,八点四十七分结束。丁子恒穿着大衣一直在露天里观看。夜里颇冷,四周亦静,偶尔能听到姬宗伟房间里的笑声。姬宗伟长年在外业队,跟工人打交道极多,便也渐渐地有了工人似的开朗和爽快。他常常能讲出许多笑话,有的甚至带有淫秽色彩,但极能令人发笑。丁子恒想起姬宗伟的种种幽默,便忍不住想笑。于是牌桌上的诱惑有如一根绳子一样,把他的心朝那边拽。丁子恒便同自己作斗争。他在冷风中来来回回地踱着步子,学习班几个外出回来的人见他如此,都不知道出了什么事,忙不迭地过来询问,有一个从东北来的学员问话时神情甚至有些警惕。这使得丁子恒也不由得紧张起来,慌忙解释说:没什么没什么,只是看完月食后散散步而已。

丁子恒这天晚上终于没有去打牌,他从外面回屋后,便趴在桌上给雯颖写信。中午刚刚收到雯颖来信,家长里短地说着孩子们的事情,并没有什么更多的内容。雯颖的信中夹了一张三毛的信,三毛一笔歪歪扭扭的字令丁子恒看了发笑。三毛说他原本元旦可以入少先队的,可是他跟对面的刘三熊为弹子球打了一架,这样就把红领巾打掉了。他表现好了一年,可这一颗小小的弹子球,让他一年都白表现了。他希望爸爸从北京回来时能多买点礼物,安慰安慰他。丁子恒暗笑,想,什么道理,自己打了架,少先队没入成,倒要礼物安慰?

丁子恒先给三毛写了几行字,对他的打架行为进行了批评。然后才给雯颖写。对雯颖,他总有满腹话想要倾诉。雯颖虽然不能为他解决任何问题,却是他的一个最好的听众。每每他倾诉完了,心里也就平和了许多。他在信里将打牌的事以及对自己打牌的懊恼都写了,他信誓旦旦地表示,决不再上牌桌。写完信,已经十点,那边的牌局也已散场。丁子恒从头看了一遍信,发现自己大部分的文字都是关于打牌的。他想这哪里是给雯颖写家信,分明是为了克制自己打牌的欲望而选择文字作为宣泄。这样想过,丁子恒笑了笑,又把写好的信撕掉,只简单地给三毛回了一封信。

1963年的最后一天就这么平平静静地到来了。

上午他们仍然在讨论,本来下午有大报告,但因作报告的领导突然公务缠身没能前来,便改在了晚上。于是下午变成了自由阅读时间,而晚上则在会餐结束后,集中听报告。

但是早在头天,便已发下《红楼梦》的电影票。于是会餐时,大家纷纷提意见,说是年关了,又发了电影票,怎么还要听报告呢?就算我们愿意听,也得让首长好好过除夕呀!饭间,不少人都表示仍然要去看电影,因为看电影也是学习,也是受教育。

丁子恒亦有同感。他想去看电影,却又怕万一不去听报告,会造成什么后果。所以,有人问他听报告和看电影二者如何选择时,他支支吾吾拿不出一个明确答复。姬宗伟却回答得很干脆:"我们在野外时,很少有机会能看一场电影,但报告一点没少听。今天好不容易有这个机会,无论如何我要去看电影,请有志于听报告的同志听仔细一点,明天传达给我听。这样电影报告两不误。"姬宗伟的话让很多人都笑了,就连一起参加会餐的老师也笑得哈哈响。

丁子恒想,姬宗伟有一个外业队的理由,他这么说,人人都可以理解,而我呢?如果我选择了看电影,人们也会如此这般宽容地笑出声吗?如果答案是否定的,又何必非要在这样的时候去看那场电影?倘若因贪看一场可以不看的电影而生出其他事情来,岂不是冤哉枉也?苏非聪不就是因为一句完全可以不说的话招来横祸?

丁子恒盘算了几个来回,都觉得电影可看可不看,而报告得去听。就算不值得一听,也必须去这个会场,这是一个态度。一旦有事,追究起来,他无可挑剔。纵是什么事情都没有,最了不起也就是少看一场电影而已。想到此,丁子恒心里倒也坦然。

会餐结束后,去听报告的人也不少。丁子恒注意了一下,年长者为多。毛学仁也去听报告了,见了丁子恒,他说:"我知道你会来这里的。我们不同呀,我们都是旧式人物,不敢像姬工那样翘尾巴。"

丁子恒点点头,表示了同意。

报告不过半个来小时,讲讲国际国内形势而已,要说也大可不必非放在旧年的最后一夜,但事情就要这么安排。丁子恒想,政治家的意图,我们是永远弄不懂的。

回到房间,丁子恒觉得自己什么也不想干了。书看不进去,日文也读不进去,只觉得人有些恍恍惚惚,恍惚得好像自己不是自己。他和衣躺在床上,眼睛干干地望着天花板。脑子里乱糟糟地想一些毫无意义的事情。

屋外的寒气很重,而屋内却十分暖和,暖和让人喉咙痒痒的,不时地想要咳嗽。咳过几声后,丁子恒想,把这一夜跨过,依照男人"做九不做十"规矩,一九六四年,我就五十岁了。五十而知天命。天命究竟是什么呢?它依然是这样模糊不清。这样想着,丁子恒倍觉伤感。

一九六三年就在这又寒冷又暖和的夜晚,在这个思绪乱糟糟且喉咙痒痒得要咳嗽的夜晚,与伤感的丁子恒擦身而过。没人听见它的足音,仿佛一阵风吹,悄然间,它已成为了历史。

1964 年

秋尽江南叶未凋,
晚云高。
青山隐隐水迢迢。

——北宋·贺铸《太平时》

一

　　北京已很冷了。大风刮起时,飞沙走石,天日昏沉。漫长的学习也终于快要结束,《实践论》和《矛盾论》的精读课一上完,教师便布置写学习总结。布置时特别强调,写这个学习总结应该像写各位的论文一样认真。老师希望大家把玩的时间也利用起来,好好作一篇文章,不枉学了这几个月,且用了"好文章方见真才实学"这样的话。

　　丁子恒便有点紧张,暗想老师此番话可能是针对他们这些常常打牌的人而说的,便决意全力以赴写总结。姬宗伟等人叫了丁子恒好多次,总也动摇不了他戒牌不打的决心,便笑他说,就算是给丁工一年时间天天去写,他也未见得能将这份总结写好。理由只一条,他天生不是做这事的材料。丁子恒听罢此言大为不服,暗想未必我就是这么一副榆木脑袋?更赌气要把总结写好。

　　《实践论》和《矛盾论》在丁子恒看来,真是好文章。不读不知道其好,不精读更不知道其妙。丁子恒自问,这么好的文章以前怎么就没有读过呢？亏得这次学习,才有机会将此二文反反复复读了多遍,自是大受教益。但是,写总结不能只是空谈感受,老师所说的"要有真才实学"深合他丁子恒一向的务实精神,学习体会是应该和自己的实际工作结合起来的。这么想过,丁子恒脑子便有蓦然一亮的感觉,几乎是连夜下床,寻纸捉笔。对于施工实践中的矛盾的分析,在他心里一下子活了起来,变成一块块一条条一段段十分具体的东西。一经下笔,丁子恒竟觉得自己激情喷涌。

题目:施工中的哲学

中心思想:施工就是破坏与建设的矛盾运动,是主观力量与客观力量斗争的运动。

纲要:

1. 水工布置与施工布置的矛盾——在施工程序上根本矛盾是导流,在截流上与汛期的矛盾特别尖锐;

2. 施工布置与城市规划布置的矛盾(一般服从前者);

3. 施工布置与自然条件的矛盾;

4. 施工布置与施工方法的矛盾(视具体情况而定,平展区一般服从前者);

5. 场地中心与对外交通的矛盾(视情况定);

6. 施工附属企业布置与铁路系统的矛盾(一般应服从后者);

7. 铁路布置与公路布置的矛盾(一般应服从前者,铁路处于稳定部分,公路处于灵活部分);

8. 施工作业区与生活福利区布置的矛盾(一般应服从前者);

9. 桥渡与道路系统的矛盾(一般服从前者);

10. 供水供电布置与道路系统布置的矛盾(一般应服从后者);

11. 运输能力与施工运输要求的矛盾(这是施工布置中

贯穿始终的矛盾,它之所以成为始终矛盾,是因为场地内部不断的运动形成的。场地由于各个组成的不断运动使之形成一个统一体,这是由运输交通来表现的。如果场地没有交通运输,没有物料行人往来,那就是停了工的场地。是停工,而不是施工。反之,一个场地运输繁忙,就是一个紧张的施工场地。A. 施工各部门的共同特征是物料移动。没有运输便没有施工。运输是整个施工及各个部门生产的前提;B. 运输能力制约了施工能力;C. 运输发生故障,影响的不是局部而是整体。);

12. 施工企业之间的矛盾(相关的企业也彼此构成矛盾的对立面);

13. 施工总布置与施工总进度的矛盾(二者应是协调的,但总进度是多变的,其主要内容有二:一为施工程序,一为施工强度。二者在施工时多变,尤以施工强度变化最大,而总布置则较稳定。二者的矛盾表现为稳定和多变的矛盾)。

丁子恒顺着思路,几乎笔不加点地写完了这份大纲。他从来没有写过这一类的东西,一口气拉出十三点后,真觉得自己与来京之前思想感受全然不同。仿佛是冲了一个热水澡,把浑身的汗水都蒸发出去了,全身心上上下下有酣畅淋漓的感觉。丁子恒想,洗澡就是好呀。

便是在这份提纲下,丁子恒写出了长达几万字的总结。总结的内容有实践有矛盾亦有实践中如何解决矛盾的思路,甚至还举出他曾经做过的安徽凤凰闸的实例进行剖析。在所有的学员中,丁子恒的总结是最后一个交上去的。

组长接过丁子恒那份沉甸甸的稿子时,毫不掩饰自己讶异的目光。当组长把它交给老师时,老师亦惊讶得搁在手上掂了半天。这天晚上,班上便传出丁子恒把总结写成了一本专著的议论。

丁子恒闻听此言,心里颇觉得意。这天晚上仿佛是慰劳自己,终于忍不住再上牌桌。

毛学仁叹道:"想不到丁工学了几个月哲学真成专家了,可谓有志者事竟成呀。"

李昆吾亦说:"哲学家是很伟大的人,有哲学思想的工程师将会成为一个伟大的工程师。"

丁子恒便笑,说:"我倒愿意借你吉言,真的能够伟大,只可惜我写的尽是施工哲学。"

毛学仁说:"那就成为一名伟大的施工哲学家吧。"

姬宗伟说:"哲学史上恐怕独此一位,丁工该青史留名了。早知如此,我该就桥牌写篇总结,或许能成为一个桥牌哲学家,与你并列享用这份殊荣。"

四人便大笑。因为全都完成了总结,故这天的牌局一直开到深夜。

三天后,老师找丁子恒谈了话。老师说:"亏你想得出来,怎么能把学习总结写成施工分析呢?总结是要你写你通过学习,思想觉悟提高了多少,对马列主义和毛泽东哲学思想有了什么样的深入了解,对阶级斗争路线斗争有着怎样的深刻认识,以及对国际形势和国内形势有了什么样的总体把握。你怎么写成了施工著作呢?这是两回事嘛。这样看来,学来学去,你竟是一点不知道自己应该从哪些方面去提高自己,撇开你的工程就不行吗?"

丁子恒心里"扑通"吓了一跳,忙不迭地分辩着,说:"我通过学习真是有了很大的进步。尤其《矛盾论》和《实践论》,我联系实际一思考,就觉得许多自己过去理不清的东西一下子变得很清楚了。这是很大的收获啊。"

老师脸色淡淡的,说:"但你更应该清楚的是,学哲学是要提高你的思想觉悟,而不是要提高你的施工布置能力。"

丁子恒一下子傻了眼。老师让他拿回总结,重写一份交来。

哲学班的人闻讯都笑破了肚子。丁子恒在他们的笑声中沮丧得几乎是欲哭无泪。丢脸事小,毕竟他不是学这个的。要命的是他必须重新写一份学习总结,而这新的一份总结从何落笔,他真正是觉得茫然。更让他忍受不了的是:姬宗伟他们交完总结,已在打点行李准备回家了,而他却必须留在这里完成这份总结。丁子恒心里一堆乱麻,想家的欲望便在这乱麻中一峰独秀地高耸出来。

中午一吃过饭,丁子恒便坐在桌前,思考着怎么下笔。姬宗伟敲门进来,见丁子恒的愁眉紧锁,没开口便先笑。

丁子恒自嘲道:"这辈子头一回当留级生。"

姬宗伟说:"丁工,我跟你打了这么多年的交道,知道你这辈子就是一个书生。你是太认真了,而这样的事,是不必那么认真的。它不需要创造性,不需要有新意,只要照老师所说的写就行了。我现在给你指一条捷径,如果你敢走,你就走,如果你不敢,我也救不了你。"

丁子恒突然间觉得自己恰如一个溺水者,正等着有人来施救,哪怕是一根稻草,他也必须得紧紧地抓住。丁子恒忙不迭地说:"快说说看。"

姬宗伟说:"我,毛工和李工,三人的总结都留有底稿,你拿来,挑出一些,拼凑一下。只要不完全与我们雷同,老师那里应该通得过。"

丁子恒怔了怔,说:"那……岂不是抄袭?"

姬宗伟说:"不可以这么说,应该说大家成天学的是一样的东西,又师从于同样的老师,学习的体会相同也是自然。如果不相同,那岂不是有问题了?"

丁子恒说:"这个……这个……"

姬宗伟笑笑,说:"丁工的态度果然在我们的预料之中。但是我们还是决定把这三份底稿留在你这里,你看着办。"

姬宗伟走到门口,说:"对了,顺便告诉你,我们定了后天的车票。散学典礼一结束,我们就走。"

姬宗伟最后一句话把丁子恒心里的火一下点燃。春节就在近前,雯颖和孩子们都焦急地盼望着他回家,而他自己,自调入内业队后,已经好久没有这么长时间离家不归。家在他的心目中的位置逐渐地替代了他的事业。吴思湘曾经说过,一旦觉得家比事业更重的时候,便是人老了的信号。丁子恒想,我现在也是老了。

丁子恒终于晚了一天回家。依照姬宗伟的建议,丁子恒参照了他们三人的总结的样式,草草地为自己写完了总结。他没有照抄。丁子恒从无抄袭别人的习惯,他觉得如果他那么做了,将是他的一份耻辱。他不能图一时之轻松,而永远地背着这份耻辱。丁子恒也知道自己这样想很书生气,但本来就是一介书生,多一点书生气又有什么不好呢?

好在这一份总结被通过。老师什么话也没说,丁子恒也不敢多问,心说只要你放我回家就行。

次日丁子恒便上王府井去买了一点东西。他为雯颖买了一条羊毛围巾,为大毛二毛三毛每人买了一双球鞋。在给嘟嘟买东西时,丁子恒动了一下脑子。嘟嘟是女孩,女孩子就该跟男孩子不同。丁子恒想到嘟嘟那个小样儿心里就暖乎乎的,于是他为嘟嘟买了一个粉红色的蝴蝶结,又买了一顶小绒帽。

丁子恒满载而归地回到家。家里因为丁子恒的归来,欢呼声响了好几分钟。然后一群孩子便扑上来翻包,纷纷抢着属于自己的礼物。三毛忙不迭地把鞋套在脚上,而嘟嘟则拉着雯颖让她帮忙扎上蝴蝶结。扎好的蝴蝶结很大,几乎盖在了嘟嘟的头顶上,嘟嘟戴上了蝴蝶结,便没法戴绒帽,急得她在镜子前忙来忙去。那副焦急的神态,令丁子恒不由大笑。

这一笑,便将学习班留在他心里所有的不快驱逐一尽。

二

　　这一年的春天来得早,到四月时,便已经热得要穿衬衣了。嘟嘟还没有满九岁,但却被批准加入少先队。星期六全校春游时举行了入队宣誓,宣誓地点在解放公园的苏军烈士墓前。

　　烈士墓前的草坪都绿了,阳光很明亮地落在上面,星星点点黄色的小花争相开放着。所有的墓碑都在宣誓前被嘟嘟和她的同学们仔细地抹了一遍,汉白玉的石碑在高大而苍绿的龙柏树护卫下,显得特别庄严和肃穆。很多同学希望老师讲讲烈士们的故事,可老师们相互望了望,没有说什么。只是校长淡淡地提了几句,说在抗战期间,苏联空军来帮助中国人民抗日,在武汉发生过几次大的空中战斗,有十五位苏联空军英雄牺牲在了这里。

　　这样精彩的故事用这样简单的陈述,嘟嘟感到很不满足。还有那些男生,一听讲是空军开飞机打仗的故事,都使劲吵着想要老师讲得更多一些。结果校长说时间来不及了,还是开始宣誓吧。

　　墓地正中是高大的纪念塔,宣誓便是在纪念塔前举行。嘟嘟穿着白衬衫,对着纪念塔高高地举起了手臂。她很激动很兴奋,脑子里满是空中飞机打仗的情景,苏联的飞机上一定有红星,嘟嘟想。在念誓词的过程中,她便忍不住一次又一次地仰望蓝天。

　　天很蓝,云淡淡的,如丝如绸一样地飘动,又仿佛一个个的人在海里柔软地游泳。远远的树林里,不时地飞过来几只小鸟,啾啾地叫着飞来,在队旗四周飞旋几圈后,又啾啾地叫着飞走。一个老少先队员上来为嘟嘟戴红领巾,嘟嘟一看原来是六年级的严晓珏。她是嘟嘟的老朋友了,一来她就住在乌泥湖的戊字楼,二来她的姑姑严三姑是嘟嘟上幼儿园时的阿姨。严晓珏一边为嘟嘟戴红领巾一边说:"嘟嘟,你可比三毛强哩。"嘟嘟认真地向她敬了个队礼,然后四下寻找三毛在哪里。嘟嘟心里十分得意,她和三毛的比赛,终于是她赢了。

　　一直到新队员全部都走下台时,嘟嘟才看到三毛。三毛低着头坐在他们班里,他的旁边是蒲海清。三毛显得很不开心,因为所有人都知道,他的妹妹比他还先入队。他觉得这一回他丢大面子了。嘟嘟看到三毛这样,心里有些难过起来,她想,要是三毛能和她一起入队就好了。

　　宣誓完后,各班分开在公园里玩了一个多小时,就整队回校。新队员被集中在了一起,走在全校的最前面。嘟嘟被老师推举为新队员的旗手,从公园走到学校,一路上她都伸直了双臂,高举着队旗。老师几次问她手酸不酸,要不要换人。嘟嘟都响亮地回答:不酸。不用换人。对于嘟嘟来说,这一天使她永生难忘。

　　晚饭时,爸爸妈妈都详细地询问嘟嘟今天宣誓的情景。嘟嘟讲述时,不住地斜着眼看三毛。三毛垂头丧气地埋头吃饭。二毛仿佛是故意要气三毛,拼命地为嘟嘟庆祝,而且说,这一回合是嘟嘟胜利了,相信以后嘟嘟总能取得胜利。气得三毛肺都要炸了。他终于忍无可忍,大声地冲着嘟嘟说:"你这么矮的个子,还举队旗,举得一点也不高,影响了我们学校的队伍美观。你要赔!"

　　嘟嘟怔住了。这是一个严重的问题,她从来也没有想到过。全家人都一起望着她,看她怎么回答。嘟嘟显得很无助。她的确个子很矮,而且她也明白矮个子举队旗当然没有高个子举得高。可她不知道应该怎么解释这个问题。而且如果让她赔偿,她应该怎么赔呢?嘟嘟想了半天也没想出来,她眼泪汪汪,委屈地说:"我一个月才五毛钱,我怎么赔呢?"

　　爸爸妈妈甚至二毛都哈哈地大笑起来。三毛更是笑得逃离饭桌,捧着肚子跑到走廊上,又蹦又跳地喊叫着:"这么笨!亏你还是少先队员哩!"

　　嘟嘟几乎要放声大哭了。雯颖一看势头不对,赶紧说:"三毛是逗你的,他没入成队,故意气你。我们嘟嘟现在是少先队员了,

331

我们要让让三毛这个落后分子。"

嘟嘟的嘴差不多已经张开了,听妈妈这么一说,心想,可不是,我是少先队员,不应该跟三毛这样的落后分子计较。这么想过,就把泪水忍了回去。这一下,连丁子恒都表扬嘟嘟了。丁子恒说:"嘟嘟现在真的是不简单了。当了少先队员,就是不一样。"

嘟嘟立即又神气了起来。嘟嘟说:"我才不理三毛哩,他是个落后分子。"

三毛白跳了半天,也没捞着多少便宜。而桌上的韭菜炒鸡蛋却在他跑到外面乱蹦乱跳的时候,被吃得差不多了。三毛气得把碗往地上一摔,发脾气说:"你们偏心,我不吃了!"

碗"砰"的一声摔在丁子恒的脚边,碎成了好几片,剩在碗里的饭也撒了一地。丁子恒气得一拍桌子:"三毛!你发什么神经病!"

丁子恒吼了一声还不解气。心想这个小孩子,妹妹比你入队还早,你不但不检查自己的行为,倒更加横不讲理。不教训教训你,你将来会成什么样的人呢?丁子恒念头到此,屈起中指,一伸手,便在三毛头上叩了一个"板栗"。

三毛何曾有过这么倒霉的时候?少先队没有加入,好菜也没吃到嘴,结果还挨了一"板栗"。他顿时满心悲愤,不顾一切地放声大哭。连嘟嘟都被丁子恒的脾气吓坏了。

雯颖见丁子恒动了手,大惊。她素来知道丁子恒出手不知轻重,他自以为很轻,而小孩子却根本就承受不起。雯颖赶紧抱着三毛的头,在他挨打的地方摸了摸,一摸竟摸出一个包来。

雯颖生气了,说:"你怎么这样出手打孩子。他这么小,经得起你打吗?看看看,头上起包了。"

丁子恒自觉出手不重,可看见三毛伤心欲绝的样子,想起他的种种可爱,就生出了悔意。叫雯颖这么一说,心里更是悔恨不止。想去抚抚三毛的头,可又拉不下脸来,一时不知如何是好。

三毛见爸爸不敢再打,又见妈妈护着他,越发耍赖起来。边哭边惨叫:"哎哟,我头好疼啊,我的头好疼啊,我要死了!"

雯颖便真急了起来:"哪里疼?要不要紧?"

三毛说:"我的头疼呀!我今天肯定要死的。妈妈呀,你就把我埋在门口的杨树下好了,我在那里可以经常看见家里的人。"

雯颖听三毛这么说,眼泪都快涌出来了。她搂着三毛的头一个劲说:"别哭,三毛。让妈妈仔细看看。"

二毛说:"妈妈,别信他的,哪有那么严重?我又不是没挨过爸爸的板栗。"

三毛哭道:"就有那么严重嘛!你的头大,你不怕疼,可是我今天晚上一定会死的。"

二毛说:"妈妈,这样好了。我们马上把三毛送到医院去,让医生先给他打吊针,然后再送他到手术室里,把脑袋打开,把打坏的地方修好,他今天就不会死了。"

三毛一听,吓住了。天哪,这么一来,就比死还要可怕了。其实他本来也没那么疼,只是想出口气,让家里的人都围着他转。如果妈妈真把他送进了医院,别说把脑袋打开,就是打吊针也够让人受的。三毛的哭声明显地降低了许多。

丁子恒也看出了三毛的把戏,心里先松下一口气,然后又暗自好笑。他故意板起了脸,说:"就照二毛说的办,把他送到医院去。也不用打吊针了,直接给脑袋开刀好了。"

三毛翻着眼睛观察丁子恒,发现他说得很认真,心里立即暗叫不好。于是,他猛然挣脱了雯颖的怀抱,大声说:"我的头疼已经好了,不用去医院了。"

丁子恒忍住笑,说:"说不定过几天又犯了,还是动个手术保险一点。"

三毛用更大的声音说:"我保证,我已经完全好了,绝对不会犯的。不信,爸爸再打打试试,一点也不疼了。"

333

雯颖看着情况突变,也破涕为笑。她轻轻地在三毛屁股上打了一下,说:"就你的名堂多!"

丁子恒说:"今天晚上绝对不会死了吗?"

三毛说:"绝对不会。"

丁子恒说:"那好。把你摔碎的碗捡起来,把地扫干净。"

三毛扫完地,又把桌上的剩菜全部扫进肚里,然后呆坐在桌前想:今天是嘟嘟开心的日子,可却是我最倒霉的日子。他想完,在这天的日历牌上写了五个字:三毛倒霉日。

不过,这天晚上,在三毛的要求下,丁子恒给他讲了苏联空军当年是怎样在空中作战,怎样打下了日本人的飞机的故事。仿佛是为了弥补晚饭时的那个"板栗",丁子恒在讲述的过程中,用嘴巴模拟飞机的声音,用手势比画飞机战斗的姿态,让三毛听得惊心动魄。在丁子恒讲故事之前,嘟嘟已去睡觉了,这个激烈的战斗故事就只属于三毛一个人,这让三毛多少感到有些安慰。三毛在这天的日历牌上又加了一句:三毛听故事日。写完他想,如果爸爸每天敲我一个"板栗",然后晚上再给我讲一个精彩的打仗故事,也挺不错。

三

星期六,简易宿舍中学生和楼房中学生在乌泥湖的操场上进行了一场篮球比赛,围观的人比哪天的都多。刘二豹是楼房中学生的队长,简易宿舍的队长叫袁继辉。袁继辉的爸爸是勘测室外业队的测工,常年奔波在山里。他的母亲三年前已经病逝,他和妹妹跟继母和继母带来的儿子吴金宝生活在一起。自小父亲不在家,母亲又多病,袁继辉便如一个野孩子,天不怕地不怕。加上他人高马大,很讲义气,简易宿舍的男孩子都服他。这场球赛就是他提出来的,他说,咱们学习不如他们,未必打球也不如他们?

这一说,仿佛是长了简易宿舍中学生的志气,他们便一致欢呼着同意了。而楼房的中学生们,平常往来不多,上的又不是同一所学校,经过刘二豹再三的游说,总算凑齐了人马。计有乙字楼的刘二豹,丁字楼的吴安林,丙字楼的李书奇,庚字楼的陈渝,癸字楼的谢三反等,二毛也参加了。二毛本不会打球,参加只是为了表示支持刘二豹。刘二豹深知二毛的球技,便说,二毛你就算个替补吧,在边上帮我们递个毛巾送个水什么的。

比赛那天,看热闹的人很多。简易宿舍的大人小孩都涌了过来,操场上便有点人山人海的味道。三毛和一群孩子都趴在楼上的栏杆上居高临下地观看。丁子恒下班回来见走廊上到处是人,以为出了什么事,凑上前一问方知是孩子们举行球赛。

三毛见到丁子恒,非常兴奋,大声地指着在场外跑来跑去递毛巾的二毛说:"看,看,那个递毛巾的是二哥,他是教练。"

丁子恒有点奇怪,说:"二毛又不会打球,怎么能当教练呢?"

吴安森便说:"什么呀,二毛根本不会打球,我哥说让他当跑腿的。看,那个抢球的是我哥!"

果然吴安林断下一个球,并果断地把球递给刘二豹。刘二豹扬手投篮,球进了。刘四虎和刘五龙便高声欢呼了起来:"哇,是我二哥投进的!"

吴安森说:"是我哥传球传得好!"

三毛听他们相互争功争了半天,方说:"我二哥不递水给他们喝,他们渴也渴死了,还进什么球呀?"

三毛话音刚落,便遭到刘家兄弟和吴安森三人的共同攻击,几个小孩吵成一团。结果,场上楼房队的比分一落再落,终于败得一塌糊涂。走廊上的小孩子们也不吵了,有点悲壮地望着正在操场上进行垂死挣扎的哥哥们。

丁子恒心里笑了一声,回到屋里。

几个正在紧张复习准备参加高考的高中生也忙里偷闲前来看热闹。先是刘一狮和大毛,后来又来了吴金宝和张楚文。然后皇甫浩从外回来,看到他们几人站在一起边看球边聊天,便也凑了过去。这几个人过去或小学或中学都做过同学,现在除了刘一狮在八中上高中,大毛、张楚文和吴金宝都是二中同学。

　　进入高中后,瘦小的皇甫浩在几年间突然长得人高马大。虽然很难说他已经从父亲皇甫白沙的阴影中走出来,但因年岁的增长,他已成熟了许多。平常因同校而不同班,他同大毛几人很少碰面,眼下高考在即,何去何从,大家也都想相互询问一下。因此,说是看球,却也有"考生之意不在球"的意思。

　　张楚文因在学校团委做宣传委员,言谈中便有一种学生干部的英锐之气。他大谈新疆的军垦农场,对那种一手拿枪,一手拿镐的准军人生活充满向往。甚至就连去新疆要坐七天七夜火车的旅途,在张楚文的嘴里也有一种特别的浪漫。张楚文说话时,因为兴奋,唾沫四下飞扬。大毛不时掏出手帕揩脸。张楚文每见他一揩,便道一声对不起,但依然兴奋而激情飞扬地谈论,唾沫一点也没有减少。最后大毛被他的唾沫惹得不耐烦了,不得不打断他的话,谈起洪泽海从新疆的来信。洪泽海说那边农场的土地四周都环绕着白杨和沙枣树,棉花丰收时,一片银白。西瓜甜极了,锄头叫砍土镘,还常常跳新疆舞。唯一不舒服的就是吃不到米饭,成天吃玉米馍和面食。

　　皇甫浩在他俩说得差不多时,才问他们的去向。并说他今年并不打算参加高考,因为他父亲的问题,他就算考了也不一定能录取。或许辛苦一场,一个"不宜录取"的批示便令所有努力都付之东流。皇甫浩说完又补充一句:我跟你们是不一样的人。

　　皇甫浩最后一句话将张楚文几人心里的酸楚引了出来,他们都知道皇甫白沙。短短的沉默后,张楚文说我也不打算考试,但我的原因跟你不一样,我想去新疆参加社会主义建设。咱们是不是一起去?

皇甫浩摇摇头,他说他在北方待过,他的胃不好,吃不惯面食。他多半会去大别山,他父亲曾经在大别山干过革命,当年的房东跟他父亲关系很好。前不久他写信联系过,那房东很欢迎他去落户。在那里也一样建设社会主义新农村,就像董加耕他们那样。

张楚文和大毛都听直了眼。想不到皇甫浩不吭声气,竟连下乡的地方都联系过了。张楚文一激动,便说对呀,不一定非要去新疆,省内农村一样是干事业的天地。几个人一议论都觉得有理,张楚文又说应该先去那里考察一下,如果是一个贫困而艰苦的地方,他们就应该多组织一些知识青年,去老革命根据地战天斗地,带领当地农民建设起美好的农庄。皇甫浩觉得张楚文虽然容易冲动,但这个建议确有道理。大毛也认为此举可行。于是他们约定了时间,由张楚文、皇甫浩和大毛三人先去考察一番。

场上的篮球赛,楼房队的中学生输惨了。袁继辉挥动着小旗子,领着简易宿舍队的队员们绕着操场跑步。看见大毛、张楚文几个高中生,便得意地朝着他们摇旗呐喊:"勇者无惧!勇者无惧!"

张楚文笑道:"你们这帮小猴子,赢一场球就得意成这样?可见得平常从来也没有赢过什么。"

袁继辉说:"我们又没想什么都赢,我们赢一样是一样。胜仗是一个一个打出来的。"

刘一狮也笑了,说:"咦,你这话还有点水平,怪不得能赢。"

跟在袁继辉后面的一帮中学生都高兴了,袁继辉说:"一狮大哥还是比二豹要有风度得多。"

输了球的刘二豹,正在那里火气冲天地同吴安林吵成一团,不知是为了哪一个球的处理不当还是为了其他什么。

张楚文望着摇旗呐喊而去的简易宿舍中学生队伍,对吴金宝说:"他就是你那个兄弟?"

吴金宝脸红了，点点头，说："是呀，学习成绩差得一塌糊涂，谁也管不了他。不过他也还服我，我胳膊到底比他的粗一点。"说到这时，吴金宝已经很放松了，他捏着拳头，鼓了鼓肌肉，语气中也有了几分潇洒。

　　张楚文说："看他这能力，他将来说不定还是个人物。"

　　吴金宝一笑，抬手指指身边的这几个人，说："连他都是个人物，你们就不晓得是些什么了。整个社会也只是座小庙，坐不下你们几个大和尚。"

　　一席话说得大家都笑了起来。朝气锐气爽气豪气都充盈在笑声中，让远远听到这声音的中年人，心头不禁一震。

四

　　总院突然开始大兴土木，盖了小礼堂不说，又修建了一座游泳池。各处的工程师还没有来得及从这惊讶中清醒，小孩子们便已捷足先登。尤其是在总院食堂搭伙吃饭的学生，几乎每天丢下饭碗就去游泳，安静的午间从此便总有一片喧哗从树丛中传来。天气还没有到最热的时候，总院花园里的草木已经绿得盎然。那些带着水花的笑声，曲曲折折地穿过密集的绿叶，越过炎炎的日光，叩响着办公楼一扇扇死气沉沉的窗口。

　　水文室的张者也一连数日都在写学习心得。处里成立了学习小组，每星期有三天时间都是学习哲学或学习毛主席著作，每学之后，都要写学习心得，这是很费张者也精力的事情。小组长姓王，叫王勇杰，是新来处里不到三年的大学生。他刚刚入党，思想很先进，觉悟也很高，一开口便言词逼人。张者也有些怵他，每一次去交学习心得，心里都发虚。张者也常常铆着吃奶最大的力气来把学习心得写好，可这种努力的结果总是适得其反。

学习哲学与学习主席著作

学哲学,也就是学习辩证唯物主义与历史唯物主义的哲学,也就是马克思主义的哲学,也就是学习毛泽东思想。这都是一回事,不过是几种不同说法而已。

哲学这一名词好像玄之又玄,高不可攀,令人望而生畏,实际上并非如此。我们在日常生活中,工作中,学习中,随时随地都碰得到哲学问题。例如"问题"吧,任何人都会碰到的,而在哲学上,"问题"就是矛盾。而人们认识问题、处理问题,有不同的观点和方法,这就碰到了哲学上的认识论方法论。世界就是一个按辩证唯物规律不断发展变化的世界。人们生活在这世界中,不能回避哲学上的问题,我们不过如同鱼游水中习焉不察罢了。因此它不是玄之又玄也不是高不可攀而是平易近人并同我们息息相关。

过去的一些哲学书难懂,是由于它们结合具体实践少,一方面罗列名词,有些卖关子,另一方面理论抽象,言之无物。毛主席的著作就不是这样,而是结合中国革命实践,既具体又生动,既好懂又有说服力,因此学哲学学毛选是最合适的。学哲学不只是为了了解一些名词、道理而学,而是要有的放矢地学,要用来改造立场观点,树立辩证唯物观点,来搞好工作。

主席著作贯穿着辩证唯物主义与历史唯物主义的哲学观点与方法,而且经过中国的革命丰富实践又大大地发展了。"三论"就是三部光辉的哲学著作。《实践论》就是唯物论,《矛盾论》就是辩证法,而《关于正确处理人民内部矛盾的问题》就是把矛盾论贯彻到底,深入到社会历史的领域中去,也就是历史唯物主义。"三论"是把哲学中最重要的问题,结合中国革命实践加以集中提炼、突出表现,使人们更容易学习和应用。

张者也把这篇学习心得交给小组长王勇杰后，本想马上走开。偏那一刻王勇杰正闲着没事，接过张者也的心得就马上打开来看了。张者也犹豫了一下，觉得自己立即走开好像不太礼貌，便立在一边等他看完。

王勇杰看完，显得有几分不悦地把稿纸往桌上一放，说："我说张工，这次院里派人到北京学哲学，你真应该去，你的心得就不会写成这样了。"

被一个年轻人训斥，张者也几乎有点下不来台。他心里有些愠怒，便道："是呀，本来院里派了我，可是我妈死的不是时候，我也没办法。"

王勇杰说："既然你妈已经死了，那你不是正好可以轻装上阵，进京学习吗？"

张者也被王勇杰这副神态激怒了，他冷冷一笑，说："可是林院长并不这么想。他知道中国人讲一个'孝'字，所以他重新换了人去。你觉得我因为妈死了没有进北京学习是我的过错吗？"

王勇杰怔了怔，他望着张者也，阴下面孔，说："我知道你们这些旧社会过来的知识分子最钻牛角尖，我不上你的圈套，我只想就事论事。单说你这篇心得吧，学哲学和学主席著作非常重要，这是个基本观点，人人都知道，还用得着你现在来写成心得吗？写心得是要写你自己的认识。比方，你过去哪些方面不行，通过学习，提高了。这才叫心得。"王勇杰边说边提高了嗓音："我怎么就搞不明白，你们也是受过高等教育的人，怎么在政治学习上，总显得那么幼稚呢？"

总工室副总金显成拿了一卷图纸来找张者也，听到王勇杰训斥人，走上前说："王勇杰，你来院里也有三年了，怎么到现在还不知道要尊重老工程师呢？"

王勇杰说："我是学习小组长，我对我的工作负责。"

金显成严厉道："对工作负责和你的说话态度是两回事。你们处长胡继伟是我的学生,我会让他教你应该怎么做人。"

王勇杰呆住了,脸上红一阵白一阵,意欲发火,却又无从发起。正不知应该如何收场,张者也见状不对,赶紧说："算了算了,小王也是好心。我确实也没写好。小王,你放心,我回去重写一份交给你。我跟金总商量一下业务上的事。"

张者也拉了金显成走出办公室,瞧瞧四面无人,方说："你跟他们较真是不行的,他们这些人愣起来油盐不进,不小心你倒惹自己一身臊。"

金显成笑道："我都气糊涂了。我在室里写心得写了好多页,可是也没过关,一口恶气正没地方出,就正好撞上你这头了。"

张者也也笑了起来,说："好好好,你这下一箭双雕,把我的那口气也出了。"

金显成说："虽然如此,你那份心得也还得重新写过才是。"

张者也说："那自然。"

金显成说："明天到总工室来开个会,林院长也要参加。他准备秋季亲自带队,组织几个泥沙专家到多沙河流跑跑,一定要把泥沙问题从根本上解决。"

张者也高兴道："太好了。这么说三峡又要上了?"

金显成摇摇头,说："没有的事。现在美国又侵略越南,战争离我们更近了,中央领导几乎无人再提三峡。林院长的意思是不能让这么多工程师全闲着,先把长江上游支流的小水电弄起来再说。四川政府这方面要求也很迫切。另外泥沙问题也应该尽可能早地做出解决方案。"

张者也说："但是我们处里通知我说,让我学习结束就去柳山湖农场劳动。"

金显成说："这事可以交给院里去协调。有林院长顶着,你还怕什么?"

张者也长叹道:"你可不知道,阎王好见,小鬼难缠呀。你们若不交涉好,我干脆径直去柳山湖。讲老实话,我还真想去那里劳动,丁工告诉我,体力上是辛苦一点,可心情倒轻松许多。"

金显成说:"我知道,丁工是遇上了刘格非,那老兄一心想找人谈诗论词,可惜没有对象。有一回我跟他一起到北京出差,火车上一路听他说元曲,听得我睡着了做梦梦到的都是关汉卿的铜豌豆。这次叫他撞上了丁工,丁工偏是个爱听这些古事的人。他两个人走到一起,就跟俞伯牙碰到钟子期一样,他们天天在一起说诗文说掌故,仿佛自己正隐居山林,开心得很。你哪有这份雅兴?就算有了,又哪里还会有刘格非?"

张者也笑了:"这你就错了。没有刘格非,也会有李格非王格非,不谈诗词,总会撞上一个会下围棋的吧?这我就其乐无穷了。"

金显成无奈,说:"就像那个王什么小组长说的,你们这些人呀,读了那么多书,可在政治上为什么总这么幼稚呢?"

反对主观主义,提高自己的思想

主观主义是与唯心观点分不开的。知识分子大多从事脑力劳动,实践少,久而久之,很容易强调个人精神作用,因此很容易产生主观主义。

主观主义同形而上学有联系,我们知识分子搞科技工作,虽说有些唯物主义,但那是"自发"的,而不是"自觉自为"的,因此我们也常有唯心观点。加上我们有不同程度的个人打算,不能客观地看问题,强调书本知识多,受的科技教育本身也有形而上学观点,因此我们常常具有形而上学观点也是不足为奇的。牛顿的大猫钻大洞,小猫钻小洞,是一个很有名的形而上学观点故事。

在我们的工作中,也常有形而上学观点。例如三门峡怎么做,我们也就怎么做的说法(把三门峡方法同三门峡的条件分了开来),缺乏一定的具体的分析,这样看问题,就带有一定的主观片面性,而不是实事求是。

事物是两重性的,又是不断发展的,因此主观看问题,只能看到它的局部或表面现象,或看到它过去发展的某一阶段,而不可能看到问题的全面和本质的发展,因而采取措施也会碰壁或者失败。

如何克服主观主义,从根本上看,也是一个世界观问题。有了辩证唯物观点,扫除了唯心的形而上学观点,才有了认识事物的正确态度,也就是马克思列宁主义的态度。有了这一认识态度,才会在各种情况下自觉地采用调查研究、实事求是的工作方法,这样自然会克服主观主义。

主观主义同"有决断"并不矛盾,同坚持原则坚持真理也不矛盾,只要是在分析研究找出事物发展规律之后下决断,坚持就是对的。相反,人云亦云,毫无主见,也代表一种观点,是一种不负责任的观点,因而也是主观主义。

过去我是常犯有主观主义的,一挖根源,也是由于形而上学观点。而形而上学观点,确同个人打算、缺少实践等分不开。今后要通过学习毛主席著作,树立辩证唯物观点,克服主观主义。

张者也的这一篇心得体会整整花了一晚上时间才写好。夜里躺在床上,因为脑子太累,他反倒失眠。他想,毛主席的著作的确值得一读,可是一遍遍地写这些心得又是何苦呢?我就是有着满心感受,可怎么才能很好地将这些感受写出来呢?不是所有人都能将他心里想的东西变成文字的。我本来就不擅长写这类文字,拼命要我发挥自己的短处,我又如何发挥得了?不知道这一篇费了我好大心血的心得是否得以过关,如果过不了关,我是否还得再写一篇?他有一种啼笑皆非的感觉。

次日张者也将这份重写的心得体会交给王勇杰时,心里虚得厉害。王勇杰仍然是当着他的面就看了,看后叹了一口气,说:"张工,都说您是人才,我也知道您是个人才,外语都会两三国的,怎么一篇本国语言的文章就写不好呢?"

张者也说:"恐怕就是花精力学外语学多了,自己的语言反而不行。这都是洋奴教育给害的。"

王勇杰看了他一眼,用一种恨铁不成钢的语气说:"唉,我看您再写也写不好了,就这样了吧。"

张者也如蒙大赦,一句话也不敢多说,忙不迭地回到自己桌前,有如逃之夭夭。他也不再介意无论年龄还是资历都是晚辈的王勇杰竟敢大声大气教训他了。现在已不是张者也之辈介意的年代,只要能放他一马,只要这一天能让他平安过去,他在心里便已有十分的感激之情。

这一天,张者也心里便有了几分轻松。午间,几丝风吹着窗外的枝条,他临窗吹风,隐约间听到远处传来的笑声。那笑声无拘无束,带着一股湿漉漉的气息,很清新很自由很畅快,突然间就让张者也想起了自己年轻的时候。那时他只要有机会,就会寻水游泳。在外查勘时,几乎所去过的江河湖海,他都曾跳入其间,搏击过一把。每次在水里,张者也都会浮想联翩。他觉得一个人漂浮在江河中,在一滚一滚扑来的浪头追打下,真是渺小得很。然而,也正是因了这种感觉,他又想到,这么一个渺小的人,竟敢挥起一双弱臂同大江大河搏击,那么他内心又是多么的强大和不凡。

张者也仿佛在往事的回想中,振奋起来。连日来沉溺于学习并被那些绕来绕去的词句折腾得几近萧条的心情,似乎也被这欢笑的声音激活,一股愉快之气往脑门上一冲,恍然间就带出来一身松弛,张者也没有犹豫,掉头下楼,便去了游泳池。

游泳池并不大,分深水区和浅水区。深水区人很少,可以来来回回地自由游动,很合张者也的意。游过近半小时,他想上岸休息一下,一抬头看到枢纽室的洪佐沁正跃跃欲试地想往池里跳。张者也不由扬手叫道:"洪工!"

洪佐沁张望一下,看到水中的张者也,"扑通"一声,便跳了下来,三下两下游到张者也处,笑道:"张工,是你呀,没想到你也有如此雅兴。"

张者也亦笑道:"我也是临时动兴。觉得浑身疲惫,不如出来活动一下。"

洪佐沁说:"我这些天每天都来游一小时。你看我胖成这样,再不活动,出差就只能扛自己的这身肉,行李物件一样都拿不动了。"

一席话说得张者也大笑起来,两人便在水里比赛横渡。洪佐沁到底还是胖了,怎么游都跟不上张者也。游了三个来回,洪佐沁气喘吁吁,连声道:"不行了不行了。要在十年前,我肯定不会输给你的。"

张者也说:"十年前我们在下游局时有没有比过?"

洪佐沁说:"不记得了。那时候,游泳比赛我可是进了名次的。"

张者也笑道:"我怎么记得十年前你就很胖了呢?"

洪佐沁说:"微胖而已,恰能增加浮力,哪有现在这样巨胖?"

张者也看着洪佐沁袒露在外的一身肥肉,这些肉确实令他的体形滑稽,不由又一次大笑起来。

张者也笑完,说:"怎么样,听说你们要去四川查勘?"

洪佐沁说:"是呀。用林院长的话说三峡成了一个空城计,眼下美国侵略越南,战争的阴影总在头上。下一步如何走,还要等中央指示。但我们不能闲着,长江上游支流的水电站必须动起来。本来四川查勘是夏天出发的,可是这一段院里安排学习哲学和毛主席著作,很紧张。我们处里传达说,过两天还要学'九评',这样,查勘的时间只能往后拖。"

张者也说:"都一样,我们也是。林院长要亲自带队去全国多沙河流跑一趟,时间有四个月之久,打算从根本上拿出解决泥沙问题的办法来。不过学习也是大事,谁也不敢走,这样就必须拖到秋后动身。算起来,至少得明年初才跑得下来。"

洪佐沁说:"我们这次入川可能最多两个月。"

张者也说:"晚走一点也好。我家老大今年正好考大学,等他的事有了眉目我再走,心里也踏实。"

洪佐沁听张者也说话时,立在水中,用双手划着水,水一波一波地从他肥壮的手臂间漫过。突然他停下手臂问:"你大儿子是不是叫张楚文?跟丁工的老大同学?"

张者也说:"是呀。"

洪佐沁说:"我得透露一个消息给你。你儿子和丁工家的大毛最近同我家洪泽海联系得很密切,洪泽海前不久从新疆来信,还夹了一封信让我小儿子洪泽湖转给他们俩。他们两人在打听新疆的事,会不会也想去?"

张者也大惊:"真的?有这事?"

洪佐沁说:"你可得了解一下。我家洪泽海给家里的信上说,大毛和楚文有可能会来新疆,可以让他们帮忙带点吃的,再带一套厚棉衣去。"

张者也心里有些乱了。他再也没有心情泡在游泳池里,刚刚松弛下来的身心,一下子变得更加紧张。张楚文是张者也的长子,在学校团委当着宣传委员。这些天常在家里谈董加耕、侯隽以及邢燕子的事,引得两个妹妹不停地问长问短。张者也原先以为他讲述这些是因为他是一个共青团干部。现在想来,他那样做自有一番用意。可是,他想不通,儿子怎么会这样?为什么他根本都不跟父母商量?如果他真的坚持要去新疆而不考大学,当父母的应该怎么办?是阻止还是支持?

张者也觉得他必须把这件事告诉丁子恒。丁子恒的大儿子丁淳的成绩比他家张楚文更好，丁子恒一定也不知道两个年轻人的行动，同时，他料定丁子恒绝对不会同意他的儿子去新疆。想到此，张者也速速出水，套上衣服，径往丁子恒办公室而去。

五

吴金宝同张楚文和大毛三个约好，下午去大毛家再谈谈下乡的事情。

吴金宝三年前从黄陂搬来乌泥湖简易宿舍。他的父亲原是个铁匠，1958年大办钢铁时，病累而死。此后他便与母亲两人相依为命，日子过得很苦。吴金宝学习成绩很好，老师都劝他千万不要放弃学业，一定要去考高中，可母亲却实在拿不出钱来供他继续上学。一年春节，一个在外乡当测工的远房舅舅回家探亲，便把吴金宝的母亲介绍给了他的一个同事——测工老袁。老袁死了妻子，丢下一男一女两个小孩无人照顾，正愁得热锅里的蚂蚁似的。吴金宝的母亲犹犹豫豫，不知应该做何选择。吴金宝闻知此事，觉得这也是自己的机会，便劝母亲破除旧思想，为了自己的幸福生活，该改嫁还是改嫁。母亲见吴金宝如此孝顺，高兴得泪水都流了出来，立即回话同意了这事。

这样，吴金宝和母亲便一起住进了乌泥湖简易宿舍——这是测工老袁几年前分配的房子。老袁的一儿一女袁继辉和袁英辉初始有几分不情愿，曾对新来人百般挑剔，继辉甚至扬言要找几个朋友揍扁吴金宝，直到把他揍出他的家门为止。可当吴金宝的母亲把家里收拾得干干净净，饭菜也做得格外可口，尤其新来的哥哥吴金宝为他们讲解算术习题讲得比老师还要清楚之后，他们也就坦然地接受了一切。吴金宝管老袁叫叔叔，继辉和英辉管吴金宝的母亲叫阿姨，但他俩却一致地把吴金宝称做大哥。

吴金宝在这个新家里却并没有温暖的感觉。无论房间还是家具或是人,都不能让他生出亲切之感。然而他明白,他倘若想要和母亲平平安安地在这里生活,他就必须加倍地克制自己。他需要承担家里的体力活儿;屋里的地方小,他只能每天在继辉的床下开地铺睡觉;继辉英辉吵架,他也不能偏袒任何一方;他对继辉和英辉提出的所有问题都必须耐心回答;继辉的算术奇差,他得一道题一道题地为他讲解,实在讲不通时,还得为之代笔;晚上他甚至必须等待他们两个做完作业之后,才能上桌子去完成自己的功课。他曾经在他母亲的宠爱下,十分娇气和任性,现在他却忍受着生活,为了未来努力改变他自己。他的母亲有时用一种悲切的目光望着他,觉得她的儿子在这里的确有几分委屈。但吴金宝私下里却安慰母亲,吴金宝说:"妈,没关系,我现在委屈,也是为了以后有好日子过,我不怕的。"

　　老袁对自己的这门婚事十分满意。最初他十分担心吴金宝,不知这个继子会对他的孩子造成什么样的影响。不料吴金宝懂事听话,非但自己学习成绩门门拔尖,还能辅导弟妹学习,老袁简直是喜出望外,他对吴金宝甚至比对他的母亲还要满意。老袁常常跟邻居笑呵呵地说:"没想到,娶了个老婆,还得了个好儿子,不晓得是哪辈子修来的福。"老袁表示,只要吴金宝自己有本事,他就会一直抚养他上高中甚至上大学。吴金宝对老袁的表态淡淡一笑。他想,如果不是为了这个,我到你家来干什么呢?

　　吴金宝转学时恰好临近初中毕业,他听说二中不错,填报学校时便填了二中。老袁开始不信吴金宝会考上,说你怎么不多掂量掂量再报呢?吴金宝心里冷笑了一下,没理他的话。不料考试成绩下来,吴金宝竟考取了。老袁大喜过望,当天便买了一支钢笔送给吴金宝。

　　吴金宝同大毛分在了一班。初来乍到,吴金宝因为一口乡下话,怕惹同学耻笑,便极少开口。吴金宝虽说进了二中,可这里都是人尖子,更兼城乡学习进度毕竟有异,吴金宝的基础稍弱一点,学习也就颇觉吃力。老师安排成绩最好的学生丁淳也就是大毛负责帮助吴金宝补习。一星期后,大毛告诉老师,吴金宝学习很刻苦,实力也非常强,进度跟上后,他的成绩就会在班上数一数二。老师听罢大为开心,当着全班说出了大毛的评价。老师认为吴金宝在乡下点着煤油灯做功课都能学出这么好的成绩,不是靠自己刻苦又靠什么?说罢又号召全体同学要向吴金宝的刻苦精神看齐。这件事虽小,但却使吴金宝在班上的地位有了彻底的改变。

吴金宝从心里感激大毛,但同时也认识到他在这个班上的真正对手,就是大毛。他觉得他想要赶上大毛,恐怕不易,他唯一可做的是至少不能让大毛把他拉下。于是在学习进度已经跟上之后,吴金宝向大毛提出,希望星期六和星期天还能跟大毛一起学习。吴金宝另外一个理由是,他家太小了,他必须让弟妹做完作业才能有他的一方地盘,这样,很多时间就被浪费了。大毛把吴金宝的身世及想法对雯颖说了,雯颖觉得这个孩子既然这么努力,自己家有条件帮助他,当然不应该拒绝,就同意了。

这样,每到星期六晚上和星期天白天,吴金宝都来丁字楼同大毛一起做作业。大毛与弟弟二毛、三毛同住一间房。房间很大,有二十多平米,放有一张大床和一张小床。大毛单独睡小床,二毛和三毛合睡一张大床。屋里另有一张大方桌,他们便在这张大方桌上做作业。三毛偶尔也过来凑热闹,但他太小了,又能胡闹,便常被大毛二毛驱出门外。二毛正上中学,他是和大毛不同类型的学生,几乎不怎么用功,仅凭聪明就足以对付所有的功课,常常三下两下写完作业,就出去玩儿了。所以更多的时候,只有吴金宝和大毛两人相对而坐各自占领桌子的一边。屋里非常安静,也非常容易集中注意力。有时他和大毛一起讨论更深一点的数学或物理问题,这时候,他们就会向大毛的父亲丁子恒讨教。丁伯伯——吴金宝是这么称呼的——每讲一个难题时,都会讲出更多的内容来,比方这样的算例将来在什么样情况下容易碰到,对做什么事更为有用。每一次的讲解都让吴金宝产生一种开了眼界的感觉。

吴金宝很喜欢丁家人,也喜欢这种平和的氛围。他每来时心里总有一种舒畅之感,而回家后,却常常会在心里涌出一些异样的感受。夜深人静之际,他躺在地铺上,望着黑洞洞的房梁,听蛐蛐从墙角发出曜曜曜曜的轻叫,潮湿的气息从四边包围而来。吴金宝常想,上帝待人是多么不公平啊。它既让丁淳有这么富裕的家庭,这么好的父母,还偏又让他有这么好的智力。他得天独厚,住得好,吃得好,还乐意同情和施恩于人——比方帮助像他这样的穷人。做人该有的好处他差不多都有了。而自己呢,什么都不如丁淳。为了生存,为了前途,他必须忘记自己的父亲,让母亲再嫁,让自己成为母亲的拖油瓶,背井离乡……吴金宝每想这些,心都有些酸楚。后来他想到了一个词:寄人篱下。这个词浮出他的脑子后,便挥之不去。他想,我在老袁家是寄人篱下,在丁淳家也是寄人篱下,我吴金宝要到什么时候才会有自己的生活呢?什么时候我才能够去帮助别人同情别人,而不是被别人帮助和同情呢?

隔着窗子,能看见外面的一片月光。在暗夜里,这片月光总是白得惨然。吴金宝想,自己的心情就如这月光,在每一个夜晚散发出来,它的气息无处不在,倘有名姓,它就应该叫做悲凉。

因为有约,这天吴金宝放下书包,几乎没在家待,便卷了几本书往楼房而去。他最怕撞见继辉和英辉,如果他们又拿了几道算术题让他讲解,他下午的时间就全泡汤了。

吴金宝到大毛家时,那里正忙成一团。

丁字楼前的杨树伸展着长满叶片的枝杈,一直插到屋檐之下。一到夏天,杨树上的毛毛虫便往窗台上落,如果没来得及把它们从窗台上除掉,它们便会顺着窗子爬进屋来。雯颖平生最怕两样东西,一是老鼠,再一个就是这小毛毛虫。每逢夏天晒衣服,雯颖都万分紧张。这次大毛星期六从学校回来,与二毛一商量,两兄弟决定帮妈妈把这些枝杈锯掉。

正当大毛二毛摩拳擦掌意欲一干时,丁子恒从外面回来了。雯颖便说:"算了,大毛二毛,爸爸回来了,让他来锯好了。"

二毛一听就乐,说:"爸爸锯树?他那一副书呆子样,小心把胳膊当成树枝锯下来。"

丁子恒一听二毛如此小瞧他,便有满心不服。心想,虽然平生没有锯过树,可这样简单的事情,又有何难?想罢,便做一副不在话下的样子,说:"我钻井都干过,还做不了这个?今天书呆子一定要当好伐木工。"

三毛和嘟嘟本也在一边看热闹,听丁子恒如此一说,都笑成一团,挤在窗前要看书呆子如何成为伐木工。事已如此,丁子恒只有开始行动。他先派二毛到外面借把锯子回来,然后又要雯颖找件劳动穿的衣服。雯颖翻衣柜时,丁子恒站在窗前凝望树枝,然后从抽屉里拿出计算尺,扯着大毛,一边比画一边计算。

吴金宝来时,正遇上二毛借了锯子回来。吴金宝见二毛手拿锯子,而丁子恒却在窗前拿了计算尺比比画画,然后又接过雯颖递上的衣服忙不迭地换衣换鞋,便问:"二毛,你们家要干什么?"

二毛便笑,说:"我爸爸想亲自动手把这根树枝锯掉。"

吴金宝说:"锯树枝还要计算?"

丁子恒认真道:"既然由工程师亲自来做这个工程,就得把它做好。我算算这根树枝有多长,从哪里锯最合适。"

吴金宝更奇怪了,说:"这事会有那么复杂?"

大毛说:"我也觉得不必这样,可爸爸要这么做,也许他有自己的道理。"

吴金宝说:"二毛,来,把锯子给我。"

吴金宝说着拿过二毛手上的锯子,噔噔噔下了楼。他站在树下,朝手心"呸呸"吐了两口唾沫。然后一抱树干,噌噌几下就爬了上去。他坐在树杈上,大声朝窗内问:"是插到房檐的这枝吗?"

351

二毛说:"是!"

二毛话音一落,吴金宝便"籔籔籔籔"地拉起锯来,只几分钟,树枝便锯断了。随着"哗啦"一声,窗口顿时一派明亮。三毛和嘟嘟立即发出热烈的欢呼声。

这时候的丁子恒,刚刚把解放球鞋穿在脚上,连鞋带都还不曾完全系好。听到欢呼,丁子恒走到窗前,见眼前变得十分开阔,先前遮挡在这里的树枝已经消失。刚刚从树上滑下去的吴金宝,正在拍打着自己的衣裤。

丁子恒惊异道:"这就……完了?"

小孩子们都笑倒了,连雯颖也笑得失常。雯颖说:"一个人读书读多了,常常是什么用也没有的。"

雯颖说这话时,吴金宝正好从楼下上来,他心里仿佛"当"地响了一下,突然就想,是呀,一个人读多了书,就真的会比别人更有用吗?

这天下午,大毛二毛、吴金宝还有张楚文和皇甫浩几个人,就读书读多了到底有多大用处的问题讨论了好长时间。实际上他们已经把这个话题延伸到了人生的价值以及做什么事情才算是一个人真正的事业的层次。

张楚文觉得,他们的事业已经摆在了面前,那就是到农村去,到边疆去,到祖国最需要的地方去。他们已经成年,有权利选择自己的人生。他们正值当年,祖国的农村和边疆需要他们,他们为什么不去?张楚文说,像我父亲那样,为修一座大坝,反反复复,几起几落,十几年过去了,却一事无成。与其这样,不如到广阔天地中一展身手。就算只开了几亩荒地,也至少能有十几年的收成,比起我父亲这样的高级知识分子,难道我的贡献不是更大一些吗?岳飞的词说,莫等闲白了少年头,空悲切。到农村去,到边疆去,就是为了将来我们不再有空悲切的哀叹。

张楚文慷慨陈词,他的话引起大毛二毛以及皇甫浩的共鸣。对于他们的父辈一直看得很神圣的事业,他们已经很有一点不以为然的意思了。他们儿时曾经为之畅想为之激动过的三峡大坝,非但至今未能开工,并且连坝址都还没有着落,而他们却已经从少年长成了青年。

只有吴金宝,在听他们说着生命意义的时刻,内心深处涌出的是另一股渴望。他渴望大毛二毛以及皇甫浩和张楚文都去边疆或者农村,把城里的位置空出来,留给像他一样在农村长大的孩子来占领。吴金宝的这股渴望突然间在他的全身心蔓延开来,他为自己的念头激动不已,因此他的语言就比大毛他们更加热烈和激进。吴金宝说:"我们所有有觉悟有良知的青年,都应该报名去支援边疆和农村,要不然城市和乡村的差别就会越来越大。一边是天堂,一边是地狱,凭什么就该让农民生活在地狱里?"

话虽说得如此冲动,然而他的心里清醒异常。他的想法非常简单:我要上大学。我要成为知识分子。我要成为权威人士。我不能再过我以前过的和现在正在过的贫苦日子。而这一切,新疆和农村都不能给我。

张楚文说:"你这话也不对。边疆和农村需要城乡青年共同去建设,而不是让城市青年下乡去,让农村青年进城来。"

大毛说:"我们团支部昨天开会,我已经表了态。过几天学校就开始报名,我们班好几个同学都决定去农村,但是我考虑了许久,还是准备步洪泽海后尘,到新疆去。我跟洪泽海有过约定。"

张楚文说:"大毛,我和皇甫浩今天就是来劝你的。我们还是一起到农村去吧,我们几个一起,拿出我们自己建设农村的蓝图,自己动手去实现它。学校已经同意我们先行下乡考察,我们想下星期就出发。这有多好啊。"

大毛有点犹豫,说:"可洪泽海已经给我写了好几封信,要我争取去他们那边。对了,洪泽海已经学会开拖拉机了。一想到这,我就有点激动。"

二毛有些担心,一旁插话道:"可是……爸爸妈妈会同意你去新疆吗?"

大毛说:"我准备这几天同他们商量一下。不管他们同不同意,我的决定不变。"

吴金宝说:"那你还不如不告诉他们,等生米煮成熟饭,学校已经批准你走了,你再说出来,他们再反对也来不及了。"

大毛犹豫了一下,说:"这倒是个主意。不过……不行,如果我不说,爸爸妈妈会特别生气。"

二毛说:"是呀,他们不喜欢我们有什么事瞒着他们。"

吴金宝说:"善良的人为达目的,也需要一些善意的欺骗。因为你一旦说出真实的情况,你就可能一无所成,你的表态你的宣言你的决心都是一纸废话。"

大毛说:"你说得好像也挺对。"

二毛:"这样不太好吧。"

张楚文说:"我觉得大毛你的行动还是保密一点好。让大人知道,肯定不会有好结果。但去农村还是去新疆,你最好等我和皇甫浩考察回来再定,我们顶多五六天就回来了。吴金宝,你最好也跟我们一起下乡,这样,我们就可以组成一支强有力的青年突击队。"

二毛还是怀有几分担心,继续坚持着他的话题。二毛说:"爸爸妈妈如果坚决不同意怎么办呢?"

张楚文斩钉截铁地说:"如果是我,父母不同意,我就会同他们斗争到底,哪怕最后断绝父子关系。"

大毛吓了一跳,急忙摆着手道:"那可不行,我不能没有爸爸妈妈。"

吴金宝说:"如果是这样,你就更不能说了。更何况你能不能走成,还关系到二毛将来能否走成的问题。"

二毛忙说:"我还没有想好以后要不要去新疆。"

吴金宝说:"什么?这都什么时代了,你还犹豫什么?"

二毛说:"如果我哥哥走了,我也走了,弟弟妹妹都还小,我爸爸妈妈会很难过的。"

张楚文道:"扯什么二毛的事,他还早着哩。喂,吴金宝,你从农村来,你家里应该不会有意见吧?"

吴金宝摇摇头,说:"我跟你们不一样。你们家庭条件好,无所谓上不上学,到农村到边疆也是一种锻炼。而我从小就苦够了,劳动够了,我应该加入到知识分子队伍中去,成为一个又红又专的知识分子。再说我如果不上大学,我既对不起我自己,也对不起我妈。"

张楚文冷笑了一声,说:"原来如此。"

二毛说:"你说些什么呀。"

吴金宝说:"你们不明白的。"

大毛二毛和皇甫浩的确都不明白他这是什么意思。但是他们还是决定,张楚文、皇甫浩和大毛三人无论下乡还是去边疆的行动作为秘密,不告诉任何大人,等诸事成功,再让他们去大吃一惊。

大毛和二毛从来没有做过隐瞒父母的事,一旦拿定了主意,便觉得激动万分。二毛悄悄对大毛说:"我有一种地下工作者的感觉。"

大毛说:"哎呀,你要坦然一点,要装得像没事一样。"

六

这天晚饭后,雯颖正在厨房洗碗。丁子恒把三毛和嘟嘟赶到楼下去玩,然后叫了雯颖进屋,关起房门,把张者也对他说的大毛可能放弃考大学同张楚文一起去新疆的事告诉了雯颖。

雯颖见丁子恒这么神神秘秘的,先还觉得好笑,可一听完丁子恒的话便呆住了。

大毛在他们眼里一直是本分而温顺的孩子,没有多少奇思怪想,永远一老一实地读书学习,在学校甚至被同学们叫做"书呆子"。在家里他对父母的话言听计从,有事必同父母商量,几乎没有同父母发生过顶撞,对弟妹也是爱护有加,非常有大哥风度。丁子恒和雯颖一直以大毛为骄傲,觉得有大毛给弟妹们带这么一个好头,以后不愁孩子们不好管教。料想不到,这个大毛,竟悄悄地为自己做了这么大的决定。

雯颖说:"这怎么行?这怎么行?他还那么小,我怎么能让他走那么远?"

丁子恒苦笑道:"他已经十八岁了,你认为他小,他可不这么认为。"

雯颖急道:"那应该怎么办?无论如何我是不会让大毛走的。"

丁子恒说:"这件事我们要和他好好谈谈。"

雯颖说:"我不管你用什么办法,你一定不能让他去新疆。他学习成绩那么好,为什么不考大学呢?"

丁子恒叹了一口气,说:"年轻人呀,只顾头脑发热。"后面还有一句话,他没有说出口。丁子恒想说,难道去了新疆就会有更好的前途吗?

雯颖走到隔壁房间,推开门,见大毛二毛以及吴金宝正伏在桌前温习功课。大毛抬起头来,问:"妈妈,什么事?"

雯颖严厉着面孔,说:"大毛,你过来一下,我和爸爸有事找你。"

大毛立即同二毛和吴金宝交换了一下眼色,起身往外走。二毛亦站了起来,跟在他的身后。雯颖说:"二毛,你就要考高中了,你继续复习功课吧。"说完她望望吴金宝,缓和下语气,说:"吴金宝,今天我们家里有点事,你能不能回家做功课?"

吴金宝点点头,说:"好的。"

二毛看了大毛一眼,固执道:"我已经复习完了,我想听爸爸妈妈跟哥哥谈什么。"

雯颖想,让他听听也好,便掉头回自己房间。大毛二毛落后她几步,雯颖听见大毛说:"爸爸妈妈一定知道了。"

二毛说:"那怎么办?"

大毛说:"见机行事吧。"

吴金宝的一声低语也传进了雯颖耳朵里。吴金宝说:"先下手为强。"

雯颖心里顿起反感,心说原本我家大毛老老实实的,这事说不定就是这个吴金宝挑起来的哩。什么叫先下手为强?这是走江湖打群架吗?

大毛一进屋,丁子恒便说:"大毛,我有一件重要的事问你,希望你如实告诉爸爸妈妈。"

大毛又同二毛对视了一下,二毛突然伏在大毛耳边,低语道:"吴金宝说得对,先下手为强。"

雯颖呵斥道:"二毛你搞什么阴谋诡计?"

二毛赶紧分辩:"我没有。"

大毛说:"在爸爸提问之前,我有一个重要的决定要先告诉爸爸妈妈,希望能得到你们的支持。"

丁子恒说:"支持不支持,要看你做出了什么重要决定。"

大毛说:"学校过几天开始动员上山下乡去边疆。今天我们团支部开会,我已经决定,放弃考大学,报名去新疆。"

雯颖见他已经在学校表了态,心里一急,大声说道:"我不准你去!"

二毛说:"妈妈,你听听爸爸的意见好不好?"

丁子恒有些不悦,他板着脸,说:"你是在征求我的意见还是正式通知我你的决定?"

大毛有点语塞,说:"是征求爸爸的意见。"

丁子恒说:"你已经是成年人了,你应该知道征求意见应该是在决定之前还是在决定之后。现在你既然自己已经做出了决定,还要征求什么意见呢?"

大毛一时怔住了,不知道说什么好。二毛说:"爸爸的意思是不是说,既然哥哥已经做了决定,就不用考虑爸爸的意见了?"

雯颖说:"二毛,你住口!这里没你的事。"

丁子恒说:"你征求我们的意见,说明你还认为我和你妈妈是你的父母。如果你根本不征求我们的意见,就说明你已经不认为我们是你的父母亲了。"

大毛急了,忙不迭地说:"我当然认为爸爸妈妈是我的父母,你们是我最亲的人,我不听你们的听谁的呢?"

丁子恒说:"有你这句话就好。这就是说,你现在还没有做最后决定,还可以听听我和你妈妈的意见,是不是?"

大毛顿时哑口无言。如果他说是,他就没有回旋的余地了,因为他已经知道父母是不会同意他的决定的,可如果他说不是,他又怎能承担得起父亲的那番话呢?他怎能不认自己的父母呢?

雯颖说:"大毛,这件事在我这里是没有商量余地的。我绝不同意你报名去新疆。"

大毛说:"妈妈,你怎么能这样不讲道理呢?"

雯颖说:"我辛辛苦苦养了你十几年,我不同意你做的事你就不能做。"

二毛说:"妈妈,你这话跟家庭妇女有什么两样?"

雯颖说:"我就是个家庭妇女。二毛,你瞧不起妈妈这个家庭妇女了?"

二毛急道:"哪里呢!我只是说妈妈应该觉悟高一些。"

大毛说:"我理解妈妈的心情,妈妈养育了我十几年,的确不容易,我心里是很感谢妈妈的。可是我个人并不只属于妈妈,我也属于祖国属于社会,我去新疆就是为了建设祖国服务社会。"

雯颖顿时泪水涟涟。雯颖说:"大毛,我不管你说什么漂亮话,我就是不能答应你。就算你爸爸同意了,我也不会同意。"

雯颖一哭,大毛二毛就乱套了。大毛傻了眼,他望着妈妈发呆。二毛急道:"妈妈妈妈你别哭好不好,你一哭叫我们怎么讲话嘛。"

雯颖哭道:"大毛二毛,你们两个在家里是做哥哥的,你们一直都做得很好,我心里总是为你们骄傲。可是现在你们这样做,实在是太伤害我了。你们两个光想到自己去进步,怎么一点也不考虑妈妈是什么感受呢?"

大毛急道:"妈妈,我一点也不想伤害你。我们做进步的事,怎么会伤害到妈妈呢?"

在外面玩耍的三毛和嘟嘟玩得一身大汗地跑回家喝水,一进门,见雯颖在哭,都吓住了。嘟嘟依在雯颖腿边,有些胆怯地问道:"妈妈,你怎么了?"

雯颖擦着眼泪,说:"大哥要去新疆,妈妈心里难过。"

三毛正喝着水,听雯颖一说,一口水便喷了出来,他顾不得抹去流得满胸的水,高兴地跳了起来:"太好了!大哥要去新疆,我要大哥给我带葡萄回来吃。"

大毛一笑,说:"没问题。"

嘟嘟却哭了起来:"我也要吃葡萄!可是……妈妈哭了,我也要哭。"

二毛说:"三毛,你闹什么?带妹妹出去玩。这是大人的事。"

三毛说:"哼,我就知道,你成天拍大哥的马屁想一个人吃最多的葡萄。没那么好的事,我也要拍大哥的马屁,我要比你吃得还多。"

二毛走过去朝三毛的屁股踢了一脚,气呼呼地说:"滚滚滚,就会瞎吵。"

三毛高叫起来:"爸爸,二毛拿我的屁股当球踢!大欺小,美帝国主义反动派!"

丁子恒一直铁青着脸没说话。大毛看看爸爸的脸色,心里有些烦,他冲着二毛三毛说:"你们能不能闭嘴。"

三毛说:"我闭嘴,可是二哥要闭脚!"

丁子恒说:"二毛,你把弟弟妹妹都带出去,我和妈妈要单独跟你大哥谈。"

二毛不情愿地噘着嘴,一手拉着三毛一手拉着嘟嘟,边说边往外走:"只要有你们两个人,全世界都不会安宁。"

三毛说:"错!应该是只要有美帝国主义,全世界才不会安宁哩。"

房门在三个小孩子的争吵中关上了。

大毛心情有些紧张。虽然他事先有一定的思想准备,可还是没有料到父母的思想工作这么难做。最没有料到的是,一向好脾气并且对他百依百顺的妈妈竟比爸爸态度还强硬,而妈妈的眼泪也令他心烦意乱。他是长子,他从小就深知要孝顺父母,从不违拗父母,这次他却让妈妈这么伤心,让爸爸这么不高兴。在自己的理想和父母的心愿之间,他应该选择什么呢?大毛有些犹豫。

丁子恒说:"大毛,你应该理解妈妈。她把自己的全身心放在了你们兄妹几人身上。你们就是咳嗽一声,脚上擦破一块皮,妈妈也是百般牵挂。而这一次,你事先不给妈妈任何思想准备,突然就决定报名去新疆,你这叫她怎么受得了?甚至,我今天不问你,你还打算隐瞒下去。你是不是想等到木已成舟,再让我和你妈妈知道?你认为你这样做对吗?你对我们还有感情吗?"

大毛低声辩道:"我隐瞒爸爸妈妈是出于善意,我怕你们不同意。这可能是有些不对,可我不是故意要伤害妈妈。我对爸爸妈妈是有很深的感情的。"

雯颖本来已经收住了的眼泪,叫大毛这么一说,又涌了出来。

丁子恒说:"我也知道你的心情。同学们都积极报名支援边疆和农村,你是团员,也应该带头。并且,祖国的边疆也确实需要有知识的青年去建设。甚至我也知道你们有很好的榜样在前面,远的董加耕邢燕子就不说了,近的还有你自己的朋友洪泽海。按理说,我们做父母本应该为你这份雄心壮志感到高兴,也应该支持你的行动。"

大毛听丁子恒说得入情入理,不由得抬起头来,眼睛里充满了希望。雯颖却在一旁紧张万分。丁子恒继续道:"可是,从国家的角度想,国家培养一个高中生容易吗?你以为你读这十二年的书,国家没花大钱吗?这并不是件容易的事。培养你们,是为了你们能继续深造。国家为什么办大学?不就是为了造就人才吗?培根怎么说的,知识就是力量。高中生毕业后,进大学学习更多的知识,有更大的力量,就能更好地为祖国建设出力。你能说到新疆是建设祖国,读完大学做科学研究就不是建设祖国吗?"

大毛很少听丁子恒这样长篇大论地讲这一类的话,突然听到,觉得爸爸讲得真的也很有道理。

丁子恒见大毛凝望着他,知道他的话起了作用,便继续道:"如果你的学习成绩不好,根本没有考上大学的可能,我完全支持你的决定。可是现在的情况并不是这样。你在学校是数一数二的学生,你完全可以考上大学。在大学里完成学业,岂不是可以更好地建设国家?你现在是个成年人了,我就要用成年人的方式同你讲道理。我们可以达成协议:第一,你必须参加高考,如果你考上大学,我认为你还是应该去上学;第二,如果你没有考上,像洪泽海那样落榜,那么我就也像洪伯伯一样,送你去边疆。你看怎么样?"

话说到这样的地步,大毛知道已经没有了回旋余地。但他仍心怀不服,轻声说道:"我考虑一下。"

大毛离开房间后,雯颖抱怨丁子恒:"你怎么能这么说呢?如果他真的没考上大学怎么办？我是不会让他去新疆的。"

丁子恒笑道："你们女人就是这样。大毛在学校里那样出色，他哪里会考不上大学呢？"

七

丁家与大毛正式谈话的同时，癸字楼下右舍的张者也和太太荣心怡也同儿子张楚文进行了严肃的交谈。然而在思想新锐，言词犀利并且态度坚决的张楚文反击下，张者也夫妇竟无论如何也说不服儿子，反倒被儿子教训得一愣一愣的。看着张楚文的样子，张者也想起了学习小组长王勇杰。他不明白，现在年轻人怎么会变成这个样子。而急躁的荣心怡既无法接受张楚文的想法，也无法接受张楚文对父母的态度，一怒之下，便大骂起儿子来。最后谈话成了吵架。

事情一旦吵开，便促使张楚文采用了对抗的方式。当晚他即收拾了自己简单的东西，回到学校。他觉得要成就自己的事业，走自己的道路，只有同他父母这样的旧式人物彻底决裂才有可能成功，否则，他们永远都在拉你的后腿。

面对张楚文的举动，大毛陷入尴尬的境地。他曾在团支部会上表过态，说是坚决报名去新疆，也同张楚文共同商量过是去农村还是去边疆的事情。然而在遭到父母强烈的反对后，他却妥协了，而张楚文却言而有信，坚定不移地走了自己的路。吴金宝为此事特别同他做过长谈，劝他三思，说言而有信是做人之本，否则同学的闲言碎语也不是好对付的。大毛听了吴金宝的话，满心不是滋味，却也承认此言不是没有道理。一连好几天，大毛都觉得自己的心理压力非常之大。

料想不到的是，学校竟为他解了围。校长在全校支援边疆支援农村的动员会上专门谈到，对于学习成绩优秀的学生，校方意见是先参加考试,考不上再决定去向。校长在举例时,点了大毛的名。校长说比方高三(一)班的丁淳,在学校各项竞赛中,屡屡拿得第一名。他就是自己坚决要求去农村和边疆,学校也不会同意。像他这样的同学,必须首先参加高考。上大学是为了更好地建设社会主义。

大毛暗地里松了一口气,但他没有把这件事告诉家里。他对吴金宝说:"校长真是及时雨呀。"

他说这话时一点也没有注意到吴金宝失望的脸色。

吴金宝虽然同往常一样每到星期六和星期天都来同大毛一起复习,可是他的心情已远不如过去。他多么希望出现这样的结局:他考上名牌大学,而大毛去了新疆。他对大毛一下子便败在了父母手下感到深深的遗憾,甚至有一种莫名的痛楚。大毛绝口不提他的父母同他谈了些什么,但吴金宝想,这些旧社会过来的知识分子,真的是很阴险很狡猾的。吴金宝甚至还能感觉到,大毛的父母明显对他冷淡了许多。

虽然大毛已经退出了进山考察的行动,张楚文和皇甫浩两人还是按计划出发了。按以往惯例,校方多不会准假,但这回的理由似乎不可抗拒,学校竟网开一面,点头应允。

带着诸多同学的重托,张楚文和皇甫浩满怀抱负地走进了层层叠叠的深山。他们要去的地方叫但家凹,他们要找的是皇甫白沙过去的房东——一个叫但老爹的人。

山风带着绿荫的清凉和土石的甘甜,细细密密地吹飘过来,无端地让人生出一种爽朗的心情。山里凉意浓重,但脚步匆匆的张楚文却依然满头大汗。同行的皇甫浩几次说,你怎么热成这样?难道大跃进的小高炉被你揣在身上了?说得张楚文大笑不止,笑声一串一串地在山间回荡。

与张楚文神采飞扬和激情勃发的青春气息相比,皇甫浩显得很平静,平静得令人觉得他的眼睛和嘴角总是浮着一层淡淡的忧伤。纵然张楚文不时地指点江山,畅想未来美好的一切,皇甫浩始终只是淡淡地附和,仿佛一捆湿柴,张楚文的激情之火很难将它点燃。张楚文也说他。张楚文说,我也搞不清楚,未必你把那些什么也炼不出来的废高炉揣在怀里了?这话让皇甫浩也忍不住笑了起来。

无论皇甫浩怎样不被张楚文的热情感染,张楚文自己却已经被自己胸中洋溢的热情所感染。他觉得自己能生长在这样一个热火朝天的时代真是太幸运了。这个时代阳光灿烂,这个时代春风和煦,这个时代战天斗地,这个时代劳动创造,这个时代捷报频传,这个时代英雄辈出,这个时代人民当家,这个时代不穿瘦腿裤不穿高跟鞋不烫头发不搞资产阶级那一套,这个时代高举毛泽东思想伟大红旗对阶级敌人毫不留情,这个时代不怕美帝不怕苏修,不怕任何反动派和任何跳梁小丑,这个时代让一切腐朽的肮脏的陈旧的东西都见鬼去吧。

在静寂无人的山路上,天已微黑,而距目的地尚有十几里路。张楚文非但不累,反而越来越有一种按捺不住的冲动。这样的山,这样的路,这样的风声,这样的树啸,这样的寂静无人的夜晚,这样的月明星朗的天空,有些恐惧有些神秘,但更有刺激更有兴奋。

张楚文说:"皇甫,你知道我现在心里想的是些什么?"

皇甫浩说:"不知道,我只知道我想的是赶紧找到但老爹家。"

张楚文说:"我现在满心里都是诗情画意。我想起郭沫若年轻时,半夜躺在床上,因为诗兴大发,激动得牙齿咯咯作响,觉也不睡,爬起来写,一写就是流芳百世之作。'我是一条天狗呀,我把月来吞了,我把日来吞了,我把一切的星球来吞了,我把全宇宙来吞了。我便是我了!……我飞奔,我狂叫,我燃烧。我如烈火一样地燃烧!我如大海一样地狂叫!我如电气一样地飞跑!我飞跑,我飞跑,我飞跑,我剥我的皮,我食我的肉,我吸我的血,我啮我的心肝,我在我的神经上飞跑,我在我的脊髓上飞跑,我在我的脑筋上飞跑。我便是我呀,我的我要爆了!'听,这样的激情,真是轰轰烈烈如火山爆发,汹涌澎湃如钱塘江潮。我现在才真的能体会那时候的郭沫若。"

皇甫浩似乎终于有一点被感染了。在如此空山月夜下,听如此激情万丈的诗歌,仿佛远远离开了烟火满目的尘世,处身于另外的世界,令人不由得不心旌摇荡。

皇甫浩说:"你也想写诗了?"

张楚文说:"是呀,那种冲动很折磨人。"

皇甫浩说:"那你就念出来,我替你记录。"

沿途的樟树,密密匝匝,一路散发着淡淡的清香。张楚文望着远远的已消失在夜幕中的远山的轮廓,望着小径两边随风摇摆的树木和夹在树丛中的弯曲的小溪。他念出了第一句:"在青山的皱褶间……"

皇甫浩虽然不会写诗,但却忍不住高叫了一声"好!"然后忙不迭地在自己的挎包里找出纸笔。张楚文念一句,他便将纸搁在大腿上迅速地记录,记完,又小跑几步追上走在前面的张楚文。于是在这走走停停间,张楚文的一首诗被记录下来:

在青山的皱褶间,
在溪流的弯曲间,
走来了,走来了啊,
两个英姿飒爽的青年。
他们的脸上飞扬着时代的激情,
他们的胸中燃烧着革命的火焰。
他们是两支炽热的火炬,
要把夜晚的天空照亮;
他们是两把有力的铁镐,
要把深山的穷根挖断;

他们是两块坚硬的红砖,
用一腔热血,一副身躯,
把自己砌进深山;
他们是两个不倒的英雄,
捧一颗红心,一身赤胆,
向困难高声宣战。
没有什么能阻碍他们的豪迈,
没有什么能抵挡他们的勇敢。
因为啊因为——
因为他们的志向就像天空一样高远,
所以啊所以——
所以他们的人生会像星光一样灿烂。
青春啊,要燃烧,就燃烧在
伟大的事业中吧!
生命啊,要飞腾,就飞腾在
广阔的天地间吧!
十年之后,
他们的成就将会如日中天;
百年之后,
他们的故事将会流传永远。

张楚文仿佛还能将诗念下去,边跑边记录的皇甫浩却已累得气喘吁吁。正在这时,他突然看到山脚下稀疏地缀着几粒微弱的灯光,他不由惊喜地叫道:"但家凹到了!"

这声喊叫,斩断了张楚文的诗情,他的情绪戛然止住。他不记得自己的诗有多长,只知道自己的激情喷涌到此,业已尽兴。现在比写诗更重要的是:他们的目的地到了。

但家凹比他们想象得还要贫穷。村凹很小,只有七户人家,全村人口和散居在村外的人加起来也不到百人,但村子并不小,方圆几十里的地都是这个村的。张楚文颇有些失望,一是觉得人太少,并不很适宜大干一番事业,二是但老爹竟然不是贫农而是中农。张楚文使劲抱怨皇甫浩说你怎么也不弄清楚他的成分呢?同样的失望感皇甫浩也有,不过,只是他的希望本来也没有多大,所以失望感也就小得多。

这天晚上他们在但老爹家一人吃了一碗红薯饭。或是饿了,或是新鲜,总之两人都没有觉得有什么难吃的。

乡里干部弄不清这两个学生伢跑到山里来干什么,但张楚文热情洋溢而又文绉绉的语言却实实在在地感染了他们,他们觉得十分新鲜有趣。平日的生活多么辛苦呀,如果真的来上一群这样有趣的学生,那日子一定会好过得多。于是,他们在张楚文滔滔不绝的言谈中,渐渐地生出些兴趣,又渐渐地鼓起了热情。干部们连声地说"欢迎欢迎",多余的客气话似乎再也讲不出来了。这令张楚文对皇甫浩感叹了半天,说是山里人多么朴实呀,除了这些简单的话,再也说不出其他的词。在这一点上,皇甫浩倒觉得张楚文没有说错。

张楚文在大谈把青春献给山乡人民的时候,自己仍然被自己的热情感动着,头天夜里的那一点点失望感,很快被驱除一尽。他觉得自己在这里一定是会大有作为的,因为这里贫穷,这里落后,这里的干部木讷而无见识。这样的地方,不靠他这样有知识有热情的青年来改造和建设,又能靠谁?张楚文在同几个干部交谈之后,越发确立了自己对未来的信心。他兴奋地对皇甫浩说:"这里正是我们干事业的地方!"

皇甫浩的心境与张楚文的全然不同,无论干成什么样,对他来说,都是枉然,他只想有一个安静的地方能让他好好生活。为此,他对张楚文的表态只是淡淡地说了一句:"全看你的了。"

张楚文和皇甫浩只在但家凹待了两天,便返回学校。张楚文在向校长汇报时,声音朗朗的。他说,他们去的时候带着满心的疑惑,回来时却带回了山区老乡们的殷殷期待。张楚文就此行向全校同学作了一个报告,报告的最后,张楚文朗诵了他在途中所写的诗歌。待他朗诵完后,雷鸣般的掌声冲天而起。

张楚文从来没有如此地感到自豪和荣耀。他坚信自己所选择的一切,绝没有错。

八

一雨报秋。乌泥湖的竹子在这个秋天来临之前全部死尽。最后一支竹子是刘三熊同郗婆婆的三儿子贵生打架时折断的。刘三熊的脸上被竹枝刷出几十道血痕,气得许素珍当即找到郗婆婆,说小孩子打架也不能这样下毒手呀。郗婆婆说小孩子就是小孩子嘛,下手哪里顾得上轻重?一句话顶得许素珍拉下脸来破口大骂。本来许素珍同郗婆婆关系还处得不错,这一回为了两个小孩子,吵了个昏天黑地,恶气三天都没有消完。许素珍一连几天都去雯颖那里诉说,雯颖不知道应该劝哪边好。听完许素珍告状,又听郗婆婆诉苦。雯颖说:"你们两个都有一千个道理,我也不晓得听谁的。总之吵架骂人都不对,我看你们算了吧。"

张雅娟暗中对雯颖撇撇嘴,低语道:"两个恶鸡婆,都不是好东西。"

雯颖笑笑说:"其实她们俩还都是好人,就是喜欢吵架。"

雯颖这些日子什么也顾不上,心里都被欢喜占据了。

大毛考上了大学,并且是以全省理科第一名的成绩被录取到清华大学——那是丁子恒的母校。丁子恒兴奋得跑到街上去买了一瓶酒。他原本是从来都不喝酒的,可这些天,天天都要来一点。说是太高兴了,不知道应该如何享受自己的这份快乐。

但大毛的快乐可没有他的父母这样彻底,他心里一直有些忐忐不安。他觉得了不起的人应该是张楚文而不是他,可是人们都带着满脸笑容向他祝贺并说了许多许多赞美的话,却将张楚文冷落一边,就仿佛他是不图上进闲极无聊的社会青年似的。张楚文按照自己的誓言去行动,而他大毛却做了逃兵。张楚文跟他家里已彻底闹翻了,他宣布与他的父母决裂,然后住在学校不回家。这样的动作,大毛觉得自己是万万不敢的。他不敢不听父母的话,不敢不听师长的话,不敢不孝不敬,不敢走自己的路,让别人说去。他只是个懦夫。而他所有的不敢,张楚文都英勇地做到了,他义无反顾地投入到自己所追求的事业中去。大毛想,大人们对一个人的人生价值的判断是多么俗气呀。

分手在即,张楚文特地跑回乌泥湖,约了大毛、吴金宝和皇甫浩在外面畅谈。

吴金宝考取的是华中理工学院,他母亲和继父老袁高兴得几乎快疯了,就连袁继辉和袁英辉也得意得不行,在宿舍里到处跟人说我大哥考取大学了!吴金宝虽然对自己有如此结局也颇满意,可每当他见到大毛时,心里便有快快不乐的情绪生出。他为自己永远也超不过大毛而悲哀,他觉得不是自己不努力,自己比大毛更加用功;也不是自己没有才华,自己在许多事情上远比大毛聪明和灵活。那么,怪什么呢?只能怪命运对他特别不公平。

面对满面愧疚的大毛,张楚文一副豁达的样子。他拍拍大毛的肩,笑道:"算了,大毛,这世界上总要有人去读书,你又天生是个读书的料子,你不读谁读呢?再说真让你去了但家凹,我还拿不准你能做些什么呢?"

大毛虽没作声,但心里却也有些不服,心想自己如果真到农村去了,怎么会什么都不行呢?至少按机械原理修修拖拉机是可以的吧?不过大毛什么也没说,他觉得自己已经没有了辩解的资格。

四个人在一盏路灯下大谈未来和前程。这样的时候,张楚文永远是主讲。张楚文富于煽动性的语言,总是能把听讲人的激情调动起来。青春是多么美丽,多么富于魅力。青春的光芒能将黑暗驱散一尽,能够照亮一切,能将一具具凡俗的肉体燃烧起来,凡俗之气烧尽后,便只剩下神圣。

四个人聊得忘了时间。关于理想,关于生命,关于事业,关于爱情,关于社会,关于知识,关于一切的一切,关于所有的所有。在一种特别的兴奋驱动下,他们甚至忘却了自己,亦不知东方之既白。直到丁子恒夜半见儿子不归,急得毛焦火辣,领了二毛四下寻人,一直寻到这路灯柱下时,四个年轻人方才发现天已经在他们的激情飞扬中蒙蒙地亮起来了。

九

一连好几天都在开学习毛主席著作经验交流会。林院长已经领了一拨人前往北方多沙河流做考察去了。在他们走的头一天,原子弹爆炸成功的消息传来,院内的工程师们先是惊愕,接着便是惊喜万分。丁子恒心情十分激动,他知道一个国家没有核武器,是无法在战争中跟强手较量的。而现在,就算美国军事力量强大,面对中国的原子弹,也不能不忌惮几分。丁子恒在惊喜交加间,突然记起不久前见到李昆吾,李昆吾说要出差,却支支吾吾不肯说去何处干什么,只说以后会听到惊人消息的。丁子恒想,莫非就是因为这个?三峡大坝防核袭击等各种试验项目,林院长一直都说自会安排,李昆吾一干人的神秘出差,很可能正是为了收集大坝模型在核爆炸情况下的各种数据。想到这些,丁子恒更觉得有热血沸腾之感。三年自然灾害的结束将中国人最困难日子也结束了,看来,三峡大坝上马的可能性又有端倪可见。丁子恒想,虽然今年我已人生五十,可五十岁是人生经验最丰富的时候,精力也尚未被年龄耗尽,只要有机会大干一番,我就能够大有作为。此一生,我没有其他嗜好,只想好好做点事,做成一两座大坝,造福于国,造福于民。若能如此,老死之时,我也会对自己的一生毫无悔意,就像《钢铁是怎样炼成的》一书中那个保尔所说。

进川查勘的事早已通知了,可出发日期迟迟未定。丁子恒原本坦然地等候着,可原子弹的爆炸成功激发了他做事的欲望,心里便有些着急。这次进川查勘工作量颇大,除了去川西川东,还要抽时间往川北去。因为如果再不行动,寒冬来临,川北进山便不十分方便了。但是交流会没完没了地开着,总工室那边也毫无动静,丁子恒心里有万般无奈的感觉。

这天下班,他走得稍晚,办公室只有他和皇甫白沙两人,丁子恒不由将自己的忧虑对皇甫白沙说了。皇甫白沙说:"这次进川是谁带队?"

丁子恒说:"吴总在会上说是金总带队。"

皇甫白沙说:"那你放心好了。金总这个人,脑子管用,干什么事他心里都自会有数,他不会不想到这些问题的。"

丁子恒将信将疑,但他想皇甫白沙的话总不会错。

果然,次日一早,总工室通知开会,开会人员正是进川查勘的一干人。

丁子恒未能料到此番同去的人竟有十一个之多。除了总工室副总金显成带队外,几个科室如规划室施工室地质所都派出了骨干人员。丁子恒想,看来将工作重点由三峡大电站转移到长江中上游小电站的事,是真的拉开架势了。一想到自己这么多年为了三峡四处奔波,竟落得这么个结局,心里便涌出几分忧伤,嘴上也情不自禁地发出无可奈何的轻叹。

老总吴思湘说此行主要目的是对金沙江进行查勘,金沙江的开发是为了西昌,西昌建设是为了国防,并以苏联卫国战争中乌拉尔的意义举例说明。此外,便是在川北的白水河的峡谷中选点。因为战争的趋势已越来越明显,尽管原子弹的爆炸成功,令我国军事力量增强了不少,但查勘必须要有战备思想指导,故选点必须要考虑战争因素。

不知何故,丁子恒总觉得战争在这里被放在了夸大的位置上。倘若事事把战争因素考虑进去,其实是什么事都做不成的。战争和建设,本就是矛盾。吴思湘是智者,应该想得到这点。但作为老总,他显然对此有意回避,丁子恒们也都只有边点头边记笔记。

查勘组同行的熟人并不多,除了金显成外,只有洪佐沁与丁子恒熟稔一点。其他的人,虽说是彼此相识,但并未打过多少交道。乌泥湖癸字楼上的何民友也在这支队伍中。丁子恒早就听说他有个儿子几年前淹死在楼下的粪窖里,却一直没有机会相识。因为这件事丁子恒对何民友心怀几分同情,又因这同情而或多或少对他有些好感。故在出发前的这次会上,丁子恒见了何民友,便点头示意了一下。

晚上九点多钟,他们在汉口火车站登上了火车。次日一早抵达郑州,等到十点多,换乘33次快车。一行人在郑州竟未买到卧铺票,登车后,直到洛阳方补上卧铺。在车上宿过一夜,又过了几乎一个白天,晚上九点多钟到达成都。下车时,丁子恒正好与何民友前后下车,便搭讪了一句:"一事未做,两天两夜就过去了。"何民友神情淡然,没有回话,这令丁子恒觉得好无趣,便也不再搭理他。

这夜晚上,住在总府街的国际旅行社。房间布置得很舒服,丁子恒立即便生出好感觉。虽然他对工地上艰苦不过的工棚生活也能适应,但更喜欢住在舒适温馨的地方。每当出差,住进雅致舒适的房间时,他都会产生一种通体愉快之感,有了这种感觉,工作做起来也有干劲十足的味道。为什么一个喜欢找苦吃的人总比一个喜欢过舒适生活的人思想境界要高呢?这是丁子恒永远也搞不明白的事。

何民友恰好被安排与丁子恒同住一室。何民友里里外外看了看,叹息一声道:"唉,住这么豪华的地方,想想工地上的工人们,有时觉得是一种罪过。"

这声叹息令丁子恒警惕起来,他突然对何民友的存在生出恐惧。他想他可千万不能把这种因为居住舒适而带来的愉快露在脸上,万一被人抓了辫子才是没事找事。丁子恒忙用一种亦有同感的语调说:"是呀是呀。"

这天夜里,丁子恒没睡好觉。他无端地紧张,担心自己会说梦话,又害怕自己带去的几本书被何民友无端地看出毛病,最怕的是他身穿的府绸睡衣会令何民友反感。因为他上床时,觉得何民友对他的衣服盯了一眼。丁子恒知道何民友出身贫寒人家,日常生活也不讲究,当即便觉得心虚,急忙解释了几句:"我平常是不穿睡衣的,这是我今年满五十岁,我爱人送给我的礼物,所以才穿。"解释完后想,这个何工,怎么让人觉得那么阴沉呢?

在成都的三天,虽然生活舒适,但丁子恒的心情却颇为压抑。他想他的这份压抑或是来自于何民友的存在,或许也不一定。总之无论工作如何顺利,他心里都有些闷闷的。

头一天,他们分头去设计院和公路局了解资料。第二天便参加计委的会议,晚上查勘组又开会作了具体分工。第三天结束成都工作后,还抽出半天去了杜甫草堂。

唐代诗人中,丁子恒最喜欢的人是李白,并不喜欢杜甫。少时学诗,每读李诗,便有一种回肠荡气之感,那种飘逸,那种洒脱,那种轻视权贵的傲慢,那种淋漓酣畅的放纵,都能让丁子恒由衷地产生冲动,产生向往。读之,觉得自己的气焰也高涨了起来。而杜诗,虽然有一些篇章纯净精致工整得令人叫绝,可是更多的篇章让人读起来感到窝囊,感到喘不过气,感到压抑和不安,越读越觉得气闷,结果把自己的心情也读糟了。古人曾云,老杜是圣,学力闳深,准绳俱在,但终是凡人,他的诗是学得来的;而老李是仙,天才纵逸,神秀难踪,仙人不是凡人,他的诗是学不来的。凡人都有穷酸心理,内心的小气,在诗文中昭然可见,而仙人却是满不在乎,独往独来,一种大气便不由自主地在字里行间散发。杜甫是凡,李白是仙,二者高下一目了然。

丁子恒不学写诗,可他喜欢的是李白的精神境界,对那种狂放不羁和那种浪漫情怀心怀向往。只是随着年龄的增长,丁子恒觉得自己同自己所喜欢的李白气息越来越远,倒是愈加地接近了杜甫。那种"仰天大笑出门去,我辈岂是蓬蒿人"的豪情再也激发不起他的敬仰,而杜甫似的战战兢兢杜甫似的克制杜甫似的忍耐却更与他的心境合拍。站在杜甫的草堂前,重读他的《茅屋为秋风所破歌》,一种无奈的心情渐生渐起。想到老杜避乱谋食到蜀地,闲居草堂,生活虽然舒适闲淡,却是怎么也找不到自己的感觉,就跟他丁子恒现在一样。如此想过,丁子恒就觉得自己虽然不是很喜欢老杜的诗,但是已经很有些理解他了。

离开成都后,汽车便一路向西南方向进发。经双流、新津、彭山、眉山。在眉山,丁子恒很想看看苏东坡故居,小时读苏子之《记先夫人不残鸟雀》一文,每逢背诵到"少时所居书堂前,有竹柏杂花丛生满庭,众鸟巢其上"时,便满脑子幻想那个小鸟巢于低枝的庭院。虽然心知苏子故居早已不复旧日景象,而且可能连残垣断壁也未必有了,但总觉得有了机会还是应该前去一观。丁子恒在车近眉山时,便起劲地同旁座洪佐沁大谈苏子之诗文之字画之人事,想要引起人们兴趣,趁机滞留片刻。但费了半天的唇舌,竟无人与他同心同意,连号称欢喜苏东坡的洪佐沁也无意于苏子故居。丁子恒孤掌难鸣,虽心有不甘,却也只得作罢。领队的金显成心知丁子恒用意,便笑道:"遗憾呀遗憾,此行无有刘格非也。"

丁子恒听此一说不禁莞尔。心想,可不是,倘若有刘格非同行,此时眉山便一定到处充满诗情画意了。

一干人在思蒙午餐后,即过夹江往乐山。匆匆看过乐山大佛,晚上便宿在了五通桥。这一天,行程几乎二百公里,看上去并不太远,可山路狭窄弯曲,路面坑洼不平,颠簸之间,人也就被拖累得够呛。好在他们一行人个个皆常年奔波在工地,这样的行程倒也不过小菜一碟。次日离了五通桥,一路奔往沐川。在沐川午餐完,便开始翻山。山上下过一阵小雨,一路稀泥烂土,路更难行。抵达新市镇时,天已经大黑。这天走了约一百五十公里,走得骨架都要散了。

这里就是金沙江边了。金沙江流水的风格同中下游相比,果然大不一样。因为水深,几乎没有江滩。次日早餐后到江边,大家第一个感觉便是,这里几乎没有建坝的天然建材。没有沙,没有卵石,连土层也薄得挖不出多少土。倘若依靠航运,就算将现在未曾通航的河道全部整治好,建材仍将会是问题。

工作即刻展开。新市镇与下游的雷波县之间的溪罗渡和冒水孔两个坝址,以及溪罗渡到新市之间一段八十公里中的腰滩、骚狐滩、大毛滩等有玄武岩露出的河段,都是这次查勘的范围。他们不得不由新市而西宁,由西宁而雷波,在这一带来来回回地考察。

对金沙江上的溪罗渡和冒水孔两点查勘的主要目的,一是要了解玄武岩的构造和风化情况,二是察看现场及坝址施工布置,调查建材,三是研究水工布置、隧洞进出口和围堰布置,了解岸坡以及坝肩。本以为查勘中间总会有喘一口气的时间,可金显成基本上是个工作狂,说这次查勘任务量大,出来得也嫌晚了点,无论如何也要在十二月内全部查勘完。因为时间太紧,便每天都做了大量的工作安排。

对于丁子恒来说,这样的工作速度正合他意,他不怕累,最怕无事可做。但对于洪佐沁来说,因为体胖,便显得特别辛苦。每天一出门便要走几十里的路,洪佐沁只有艰难而笨拙地跟在人后,即使把器械都交给别人,他只是空手而行,也比别人狼狈许多。每次大家坐等他赶上队伍,望见他大汗淋漓,大喘粗气地出现在面前时,都忍不住笑,然后就讲许多关于胖人的笑话。金显成故意无奈地长叹:"看来胖人是没有资格做工程师的。"

洪佐沁自己也哭丧着脸,说:"早知会长这么胖,这辈子就该去当政治家。肥胖是属于他们那些光用说话不用赶路的人的,而且肥胖在他们还是风度是分量。我这做工程师的一肥胖,便只有成为同行们嘴上的下饭菜了。"

一番自嘲说得大家更是哈哈大笑。丁子恒忽然发现何民友没有笑,脸上倒有一股冷冷的神情,心里不觉"咯噔"了一下。他意识到,洪佐沁的话讲得并不妥当,于是情不自禁地倒吸了一口冷气。

溪罗渡坝址最大的优点是地质地形条件好,可抗六度地震,玄武岩厚且完整性好。而最大的缺点是施工场地差,天然建材少,砂、卵石几乎没有,在整个金沙江都找不到,碱性膨胀土料也很少,施工中会有困难。冒水孔的优点是施工条件比较好,但玄武岩较薄,虽然坚硬,可完整性差,有裂缝,且有喀斯特地下水,河谷亦不对称。

白天奔波,晚上即开会讨论。初步认为,溪罗渡的综合条件要比冒水孔的好。

终于弃车行船了。这天乘坐木船离开新市,主要是为了看新开滩坝址。从新市到宜宾,其间有一百零五公里,属于季节性木轮航道。大小滩险有三十七个,其中主要急流险滩有十七个之多。峡谷纵深,两岸峻峭,险要之处,令人望之惊心动魄。这次他们经过了鸡肝石,这一带水急流湍得超出了他们的想象,浪头拍过来,其力道之猛,仿佛随时可将船体粉碎。虽然他们在水上常来常往,早已习惯了风浪,这回却都吓出了一身冷汗。

船靠岸,抵达屏山,脚踏上了实地,金显成依然心惊道:"差点以为今天过不去了。我个人完蛋不打紧,害了你们这些专家,我可就是千古罪人了。"

洪佐沁便笑了,说:"是罪人不错,可光靠我们这几个,你也千古不到哪里去。"

此说法引出笑声。人一出声,神经便松弛下来,适才的紧张一扫而尽。

在屏山就算是休息了。所谓休息,就是各自在房间里写查勘报告,因为他们必须赶到宜宾向当地政府有关部门汇报。

辗转几天,由屏山而宜宾,由宜宾而重庆。在宜宾期间,参观了正在勘测中的偏窗子水电站右岸,又往左岸看平峒,接着仍然匆匆赶路,再由重庆而成都。待他们疲惫不堪地回到总府街国际旅行社,时间已经过去了二十天。

这次回成都,丁子恒莫名其妙地被安排同领队的金显成住进了一屋。当他得知这一消息时,竟不觉有了浑身放松的感觉,仿佛对金显成有一种特别的认同。进到房间,丁子恒想应当先沏一杯茶,然后再美美地泡一个澡,此一路的风霜和疲劳也就可洗得八九不离十了。未曾料到,没等他拿出茶叶,金显成已经进了浴室。出来时油光水滑,一身海蓝起暗圈的软缎睡衣裹在身上,无论质地和色彩都比丁子恒那套白色府绸的华贵得多。丁子恒有些惊异,转而微笑了。金显成看出他的笑意,也笑道:"我爱人买的,她也是讲究了一辈子。非让我带出来,我没敢穿。在溪罗渡,何民友告诉我说你还穿府绸睡衣。我心里暗喜,心想这下好,有臭味相投者,当不必有所顾忌了。所以我假称有业务要与你细谈,安排了你住这里。"金显成说完,脸上露出一种孩子气的狡黠,而后哈哈大笑起来。

丁子恒亦忍俊不住。笑完,自去泡澡,躺在热气氤氲的水里,嗅着肥皂散发出的清香,越发觉得这事有趣,同时也有些令人惊心之处。他想,对这个何民友,可真不能马虎啊。

向西南局和四川省计委汇报是在次日的上午。省里领导在谈及四川电力情况时,表示希望川西能做个大水电站,因为川西要电急,搞火电又没有煤,故盼望偏窗子站能早点做成功。而在川东,则希望武隆这个点能加强一下,集中搞勘测设计。对溪罗渡却只是说,可做工作,不妨继续。

再次由成都出发北上,是在三天之后。早上九点,他们搭了302次列车,往川北的昭化。他们将由昭化到三磊坝,沿白水江查勘几座可能做坝址的峡谷。这一行,又是十来天时间,比之从川西到川东,似乎更加辛苦。一连数日,他们都只能在深山峡谷中奔波。由一个峡谷到另一个峡谷,全靠步行,走得人腰腿酸疼,肥胖的洪佐沁步履之难可想而知。山里偏还一直下着麻风雨,秋日已深,寒风飕飕,有雨衣都不顶事。每日夜归,皆泥水满身,而住地则几乎打一枪换一个地方。恐怕山里突然下雪,金显成抓得特别紧,白天跑外,晚上即讨论。连轴转下来,大家坐在一起,人乏得连聊天的心情都没了,进度自然不快。见此状况,金显成便安排了洪佐沁等体弱者先回成都,一边等候,一边整资料。剩下六人,由他继续带队查勘。丁子恒在众人中年龄算大的,又患有血压高,在如此艰辛的环境中,他自觉颇有些吃不住,便也想返回成都。但金显成却在宣布名单前同他谈了话,金显成说丁工你就别往里凑了,你在总工室待过,业务比较全面,一个人可以做几个人的事情,最好还是坚持到底。丁子恒叫金显成一番话说得心潮起伏。所谓士为知己者死,金显成如此器重自己,我丁子恒还有什么可推辞的?便也慨然应承。倒是年轻好几岁的何民友招架不住每日的风雨和饱一顿饥一顿的生活,说是长年外业得了胃病,每夜都胃疼得抽筋,实在无法坚持下去,故而欢天喜地地踏上了回成都的路程。

一支几乎减去了半数人员的小小查勘队,仍然每日冒着深秋时分的寒意,穿林越涧,翻山走崖。到夜里便点着煤油灯汇总一天的资料,然后进行比较和讨论:观音峡隐蔽条件好,有利备战,但无施工条件;七里蝙地质条件不好,岩层破碎;飞鹅峡两岸陡峻,河道

378

狭窄,既无可用场地,施工导流亦只有隧洞形式,施工太困难;青蝙峡导流困难,只能用隧洞形式,但在石灰岩地区,可能会遇地下水;宝珠寺溶蚀现象较少,可能上下游都有断层,相对起来,比其他几个要好;石罐子施工条件比较有利,但它的隐蔽性略差,并且要考虑白龙江桥的防护问题。

历时五十七天的查勘工作终于在一个冷气逼人的日子结束了。不知是因为人太累,还是气候的缘故,丁子恒们觉得这年的冬天来得比往日早。当他们一个个又黑又瘦,背着肮脏不堪的行李走出汉口车站时,竟引起了行人的讶异。

回到家,丁子恒觉得自己这一生都没有过如此的疲惫和困倦。他顾不得孩子们嬉闹着围上来讨要礼物,亦顾不得雯颖的热情相问,他甚至连雯颖和孩子们的面孔都没来得及看清,便倒在了床上。他说,让我先好好地睡一觉。

这时距一九六五年只剩下不到十天的时间。

十

学习仍然按上级的要求进行着。各室都在开展批评与自我批评。中层领导都在作检查,总工室的老总们也不例外。在丁子恒他们查勘期间,几个老总副老总都分别检查过了,只剩下一个金显成。所以,丁子恒上班的第三天,便是去听金显成作检查。乍听此说时,丁子恒有些愕然,继而又觉不安,更多的却是替金显成不平。回想起几天前,金显成尚和他们一起在白龙江上奔来跑去,任风吹凭雨打,从来也没有因是老总而有什么特殊。整个查勘近两个月时间,他事事都先行在前,考虑全盘工作,和大家一起吃尽苦头。为整个上游的大坝选点取得大批第一手资料,实在是没有功劳也有苦劳的。然而迎接他的不是称赞和表扬,却是不停的检查。丁子恒脑子里蓦然冒出三个字:走狗烹。此三字穿脑而过,令他陡生害怕之感。于是拼命想一些别的事,以将其挤出脑外。

作检查的金显成却没有什么特别的沮丧,也许是因为大家都作了检查,或者是他觉得工作中确有应该检查之处,所以他的声音很平静,也很诚恳。金显成说,他这么多年来,作为副总工程师,长期没有参加实践,坐在办公室里,纯粹事务主义。学习了《矛盾论》和《实践论》后,认识提高了不少,觉得做事应该先抓主要矛盾。比方,要把几个科室的工作协调起来,而不能让各科室各行其是,互不通气,造成极大的浪费。听着听着,丁子恒突然觉得金显成表面上是在检查自己,实际上却并非如此。丁子恒不禁兴趣盎然起来。

金显成说,苏联专家来院里,虽然起了些作用,但对我个人思想上造成的恶果也不可低估。一是我的思想方法越来越死;二是见物不见人,考虑人的因素越来越少;三是工序越来越复杂,专业越来越细,层次也越来越多;四是工作量越来越大,人力更是越来越多;五是图纸说明越来越多,文字也越来越长;六是工作效率越来越低;七是只求合法,不求合理。这些恶果在我身上明显存在,这走的是"技术挂帅"的路,而不是"政治挂帅"的路。

虽然金显成的结论令丁子恒莫名其妙,但他对金显成讲的那七个问题深表同意。会场上窃窃私语声四起。

有人发言道:"我听不出来金总是在检查自己还是在代表总工室检查。"

丁子恒听出这是王志福的声音。王志福被保送读了大学,毕业后仍然回到总工室。丁子恒不明白,他工人出身,刚刚读了那么一点书,在总工室算得了什么?竟敢如此大声大气地发言。丁子恒在表面上虽然不敢流露出对工人的小看,可心理上总是带着几分轻视。学习之中,许多工人都给他提了意见,说他看上去对工人客客气气,不吼不骂,可比那些又吼又骂的人更瞧不起他们。丁子恒嘴上虽然没有承认,但心里却不能不认这个账。他想,他瞧不起的不是工人,而是那些没有知识没有文化的人。丁子恒觉得,只有全社会的人都瞧不起没有知识没有文化的人,迫使他们全都去学文化,这个社会才会有更大的进步。在查勘途中,他同金显成也谈过类似的话,金显成笑了,说:"你让我想起一个年轻人的话,就是张者也的学习组长。他说,你们这些知识分子,学了这么多文化,可在政治上为什么总是这么幼稚?丁工,你以为世界上的人都有钱供孩子读书吗?"

金显成诚恳道:"王志福同志说得有道理。我有许多缺点,而且这些缺点都是在我工作中暴露的,所以,我必须结合工作一起讲。"

总工室的技术员柴启燕说:"我觉得金总的检查是通过认真学习毛主席著作《矛盾论》《实践论》才写出来的。这个检查是真正抓住了主要矛盾,又结合了实际情况。金总不仅检查了自己,也给我们敲响了警钟。"

王志福嘀咕道:"他当过你老师,你当然帮他说话,就跟演双簧似的。"

柴启燕柳眉一竖:"王志福,你把话说清楚一点,要不我可就要跟你翻脸了。"

柴启燕伶牙俐齿,人也漂亮,充满着朝气。俱乐部年节联欢,她总是充当报幕员。几个院领导都喜欢她,而王志福一向不是她的对手。柴启燕这么当众一斥,王志福的气焰闻声即灭,眼睛望着天花板,一声不吭。丁子恒一旁看得开心,暗道,这不是一物降一物吗?难怪好多人都喜欢当看客,原来有时候看别人争斗也怪有乐趣的。

金显成的检查很顺利地通过了。散会时,丁子恒见金显成高兴地同柴启燕点头示意,突然想,难说不是金显成在下面同柴启燕商量好了,演出一场检查过关的双簧。金显成有时就是有一些令人意想不到的智慧。只是,倘若被上级知道了,可也不是什么好玩的呀。

一九六四年的最后一晚,丁子恒过得特别安静。雯颖带孩子们到俱乐部看电影去了,丁子恒独自守家。他给远在北京的大毛写了一封信,然后,郑重其事地为自己写了一份学习计划。他想,此生五十已过,事业却难说有成。虽说是生命的太阳正在下山,可是让山的高度高些再高些,下山的太阳即使不能减速,可它下到山底的时间却会延长。而可以让山增高的唯一办法,便是给自己充实更多的知识。他自知自己这辈子不可能立下不朽之功,但他一直渴望自己能与三峡大坝共同进退——大坝建成他即退休。如此,谁能不说他这一生圆满充实呢?人有各种各样的活法,每个人的活法都自有定数。丁子恒想,我的定数我知道,就是做出一桩事来,自己满意满足,亦于国于民有利。这件事,说得具体一点,就是修成三峡这座大坝。

雯颖带着孩子们回来后,几个人都唠唠叨叨地向他复述电影里的故事。飞刀华如何飞刀,飞刀出手如何惊险。他们的兴奋使屋子里充满了声音,但却没能冲淡丁子恒的思绪。他看上去在听大家闲扯,心里却一直沿着自己的想法往深处走去,似乎越走越远。在他不断的行走中,前面的景色也似乎越来越清晰明朗……

这天,丁子恒睡得很早,竟然也睡得很沉,大约是因为心中颇为踏实的缘故。夜半时分,有几户人家的新年钟声在乌泥湖上空嗡嗡作响,丁子恒竟没有听见。

一九六五年,就这样,在许多人的睡梦中,悄然走进了他们的生活。

1965 年

世路如今已惯,
此心到处悠然。
寒光亭下水连天,
飞起沙鸥一片。

——南宋·张孝祥《西江月》

一

元旦那天,癸字楼下左舍谢家二女儿谢汉英出嫁。起先大家都不知道,谢家的保密也做得好。早上十点不到,突然开来两辆小汽车。小汽车高鸣着喇叭穿过操场,一直开到癸字楼。立即就有小孩子惊喜交加地喊了起来:"小包车!小包车!"没等人们醒悟过来怎么回事,便已听到鞭炮震耳欲聋地炸响。

过节无事,大家都闲待在家,无聊中有热闹看自是快事。好多的大人和小孩都穿过操场往癸字楼跑过去,连雯颖也好奇地站在走廊上张望。

不一会儿,嘟嘟的同学雪茹跑到操场上大喊嘟嘟,叫她去看谢妈妈家的二女儿结婚。嘟嘟本来只想扒着走廊的木栏杆看看热闹,一听说是结婚,立即激动起来,跳起来便往楼下冲。

谢妈妈的丈夫谢森宝是南下干部,现在是总院政治部副主任。传说院里政治学习抓得好,要提他当副院长。谢森宝面孔很黑,又常常是一副不苟言笑的面孔,院里的小孩子望之便有些怕,有淘气的孩子暗地便给他起了一个绰号叫黑豹。谢妈妈对这个绰号很有些生气,曾经想调查是谁给起的,可没能调查出来。其实每个小孩都知道是谁起的,用三毛的话说,那还能有谁?当然是简易宿舍的袁继辉!袁继辉是谢森宝的三女儿谢汉琴的同班同学,谢妈妈猜不到他头上真正是笨。

谢森宝是院里少有的颇带传奇色彩并且又有些神秘的人物。他的神秘之处在于:无论天多热,他总是穿一身长衣长裤,从来没有人见过他穿短装。虽然背后大家议论过原因,但始终没有议论出结果,久而久之也就看惯了。有一天下午家属政治学习,简易宿舍的荷香突然问谢妈妈,谢一枪是不是谢主任的外号?谢妈妈听后笑了起来,便闲扯了几句,说谢森宝当年曾经在大别山打过仗,他的枪法特别准,战斗中,只要一抬手,肯定有一个敌人应声倒地。但他自己也受过不少伤,身上的十六块伤疤使他的身体显得很狰狞。所以,再热他也不敢光膀子,怕别人看了不快。为了这个,当初调他来武汉时,谢妈妈死活都不同意,嫌武汉太热。最后是谢森宝吼了她,说是当年上前线,差不多就是送死,都没人拦得住我,一个热天就把我给拦住了?谢妈妈无奈,只得随了他。人们明白了谢森宝原来是因为这个而穿长衣长裤,不由得心里生出些崇敬之情。不过会后,荷香私下里对人说,谢主任其实还有一个外号,叫谢大眼。是说他好杀人,杀人时眼睛瞪得老大。就是自己人犯了事,也不讲个轻重缓急,常常二话不说便拉出去毙了。他自己就亲手毙过不少人。荷香的话令许多家属倒吸冷气。

荷香去年春节又嫁了,男方姓陈,是个木匠。陈木匠在院子里找活干,荷香热心快语,说看看楼房有没有人家打柜子,便带了他一家家问。结果,还真问着了。乙字楼张雅娟为儿子忆丁做了小桌子,忆丁虽然还没有上学,可已经开始学习写字。戊字楼洪佐沁家做了个书柜,丁字楼丁子恒家做了个碗柜。甲字楼金显成家的沙发腿坏了,陈木匠不到半天就修好了。陈木匠年轻,人也长得蛮精神,干活时闲聊,大家都知道他还没有成家。荷香带他去这家去那家,两人走在一起,倒也显得般配。虽然荷香大他几岁,可这又有什么关系呢?雯颖几个家属背后都说不如让这个陈木匠做上门女婿好了,要不荷香过得也太苦了。可这种说媒的事她们都没做过,也有些不太好意思,便让郗婆婆前去挑明。哪晓得郗婆婆上门时,门也不敲就撞了进去,结果正碰上那陈木匠抱着荷香亲嘴。郗婆婆也有趣,撞上人家如此这般也不赶紧退出,倒是拍起手来大笑,说是我就是想来撮合你们这个事,想不到你们两个自己把自己的媒做了,还是新社会好!一席话说得荷香和陈木匠也都笑了起来。郗婆婆回头说给大家听时,大家先是目瞪口呆,然后也是大笑一阵。到国庆节时,荷香便把事办了。陈木匠比荷香小七八岁,荷香说什么,他就是什么。荷香说城里人晚上上床不是一上来就脱衣服,而是要先亲嘴,亲够了再上身子。亲嘴前呢,要先刷牙,为的就是亲嘴时不臭。于是陈木匠每天晚上九点不到,便拿了牙缸上屋外自来水管刷牙。先前大家不知,心说这个乡下人还蛮讲究。后来有人问,陈木匠便一老一实地说了。结果让简易宿舍的人笑掉了大牙,传到楼房,又让楼房的人们笑破了肚子。转过年时,便看到荷香的肚子又微微地隆了起来。许素珍说,照时间上来算,可能陈木匠没来几天,他们两个就睡过觉了。说得大家面面相觑。这个陈木匠正是大别山的人,自小就听了好多关于谢森宝的故事,夜里躺在床上便一一说给荷香听,且说想不到这辈子竟同这个奇人住在一个地方了。话间尚有不少的兴奋。

　　谢家二女儿谢汉英原来同戊字楼上去了新疆的洪泽海是初中同学,高中没考上,就参军当了护士。谢汉英的未婚夫是谢森宝老战友的儿子。谢森宝的战友现仍在部队里当着一个什么司令,将门虎子,其子也是一个军官。年轻的军官一身戎装地前来迎娶新娘,又英武又威风,引得女孩子们目不转睛地望着他,羡慕之情溢于言表。谢汉英自然自豪,款款出门来时,头上缀着红花,身上亦是绿色军装一套。一路走来,有如一棵绿树移动,头上的红花随步伐而晃动,别有一番情致,让人看得傻眼。上车时她朝围观的女孩子们嫣然一笑,然后,在年轻军官一只手的牵领下,进了小车。鞭炮炸得看客们耳朵都疼,笑声和小车的马达声都被这串漫长的炸响淹没了。

谢森宝把女儿送到台阶处,便没有再往前走,只是面孔有些怅然地看着小车掉头。小车开过操场,向左一拐,消失在屋后。他的眼睛果然睁得很大,让人想起他的那个"谢大眼"的外号。谢妈妈却倚着家门,哭得跟泪人儿似的,不过她的眼泪一点也没有冲淡这样一个喜庆的场面。

整个乌泥湖,这天都在议论谢家的事。尤其是女孩子,每个人都对谢汉英羡慕得欲流口水。连三年级小学生嘟嘟都回家同爸爸妈妈商量说:"我能不能以后也不读高中?我想当个解放军护士,然后穿上绿军装戴上红花跟一个解放军叔叔结婚。"

嘟嘟的话令雯颖和丁子恒几欲喷饭,而三毛却使劲用手指划着自己的脸颊,对嘟嘟说:"不要脸!想结婚,不要脸!"

丁子恒在三毛屁股上轻踢了一下,呵斥道:"你少胡说八道!"

二

谢家的喜庆为这一年的乌泥湖开了个好头。可是没过几天,一个寒冷的早晨,一辆急救车尖锐的叫声瞬间便把洋溢了几天的好气氛撕得粉碎:天天摇着轮椅在院子里转来转去的宗梅生割腕自杀。

自杀的原因简单得令人不可思议:宗梅生想上床睡觉,但他却无法将自己从轮椅上移到床上。

这样的理由令乌泥湖人目瞪口呆。

自宗梅生受伤以后，一直是勤杂工小顾照顾他的起居。宗梅生的下肢虽已瘫痪，但多年来已将双臂练得十分有力，完全可以自己用双手支撑着将身体送到床上。可是这次他失败了，原因在于小顾元旦回了老家。小顾走前把宗梅生交代给住在隔壁的厨工老钱代为照料。以往年节时分，都是这样做的。不料宗梅生在一次倒茶水时不小心将自己的手腕烫伤，虽然伤得并不太重，可他大意了，结果伤口感染溃烂，以至于他在睡觉前撑了几次都无法把自己送到床上去。一时间他百感交集，想想自己这一生，活着有何用处，有何意义，有何乐趣，有何结果？每日如一只无所事事的野狗，猫在车里，摇着车把，在乌泥湖院内闲逛，同几个大妈孩子聊聊天晒晒太阳，一天便过去了。别人看他似是无忧，然而他自己却是寸阴若岁，度日如年。他受伤的原因虽是上级要求抢进度，昼夜加班，但毕竟是他自己体力不支摔断了腰。国家抢救了他，又安置了他，工资照发，还派专人长期照料，他还能多说些什么？纵有满心的痛苦和满心的孤独，他又能对谁去说？一个人有一个人的命，他最终也只能把千般的心事压在心底。

然而，他今天却连床都上不去了！

这样的生命是何等的无能和委琐，一个人连使自己上床睡觉的能力都失去了，他还有什么心劲和力气在这个世界上活下去？最近学习毛主席著作，大家都在谈如何做贡献，如何像张思德一样做一个有益于人民的人。尤其勤杂工小顾，发言说他要做的贡献，就是把宗梅生照顾好。这话令在场的宗梅生无地自容。他本来已是百无一用，没有半点能力去做贡献，却还得让别人花气力来为自己做贡献。以他现在这种情况，学习了毛主席著作应该拿出什么行动呢？他不能为别人做什么，却能让别人不再为他做事。把自己了结掉，不就是他所能做的最大贡献吗？

这个念头一旦闪过，宗梅生便觉不能自已，消灭自己的欲望压迫得他几近窒息。他狂躁不安，觉得自己哪怕多活一天一小时一分钟也是罪过。于是他急剧地摇着助行车,找到一把切菜刀,来不及细想、来不及写遗嘱、来不及回忆自己曾经有过的青春、来不及思念父母、来不及考虑死后别人怎么看他,便断然地下了手。一刀便见血涌,血流得很急,片刻间便漫了一地。此时宗梅生才长长地松了一口气,心里也趋于平静,觉得自己总算是完成了一件大事。他静静地坐在那里,头倚在椅背上,他甚至没有觉得疼,只觉得身体慢慢飘了起来。

说来也巧,隔壁的老钱本来已经上了床,睡下后他老婆又想要喝水。老钱是个疼老婆的人,尽管天冷,他还是爬起来为老婆倒水。不料水瓶空了,炉子也已封好。正琢磨怎么对老婆交代时,听到宗梅生那边车轮急剧滚动的声音。他想起睡觉前曾经为宗梅生烧过一壶水,宗梅生早上多是用这水洗脸。老钱想想,便出了自家房门走过去讨水。

宗梅生的灯还开着,老钱依习惯轻轻敲了几下门。以往这时,宗梅生会问是谁。但这次老钱怎么敲里面都没有声音。老钱心想也许是睡着了,便把敲门声加重了许多,可是仍然得不到宗梅生的回应。他开始大声地喊:"小宗!小宗!"里面仍不回答。老钱这就不明白了,心说你宗梅生不是没睡吗?你腿坏了可嘴并没有坏呀!我老钱天天来照顾你,你再无情也不至于不应个声吧?老钱想着便有些不悦,一不悦,就上来些犟劲,非要把宗梅生的门喊开不可。于是扯开了嗓门使劲喊,喊得邻近几户人家都开了门,以为出了什么事。待问清后,便有人骂老钱神经病,却有一人说:"既然醒着,为什么不答应呢?宗梅生以前不这样呀!"这一提醒,大家都觉得事情有些反常了,便都凑到宗梅生门前,帮着老钱喊门,里面依然没有动静。老钱也奇怪了,说:"就算睡着了,这时候也被叫醒了是不是?莫非真的出了什么事?"这话一说,便令人紧张。于是几人一合力,将门撞了开来。冲进去一看不打紧,立刻尖叫出声。宗梅生歪头垂手坐在轮椅上,鲜血流了一地,一把菜刀扔在血泊中。幸而人多,有人有经验,立即找出绷带将宗梅生的手腕扎住,有人则奔去办公室,打电话叫急救车。半个小时后,急救车赶来,将几乎已经没有气息了的宗梅生送进了医院。

宗梅生到底没有死成。半个月后他出了院,只是他的手又残了。原本还可以自己支撑着上床睡觉,而现在却非得要人帮忙。小顾表面上没说什么,转过脸却满脸的恼怒。在外到处跟人说:"虽说是残了,可有人给钱有人伺候,还有什么不满的?比我们乡下那些不残的人舒服多了,还要想不开。这下好,死不成,还废得更厉害了。这不是给国家找麻烦吗?毛主席著作都白学了。"老钱也觉得小顾说得有道理,可心里仍然觉得宗梅生可怜。

宗梅生从医院回来前,领导找老钱谈了话,说这次救宗梅生老钱有功,以后照顾宗梅生的事就由小顾和老钱两人承担。老钱因是宗梅生的救命恩人,近期内要多同宗梅生谈谈,让他树立正确的人生观,身残心不残,腿残志不残就行了。老钱没文化,记不住那些道理,有一点他倒是明白,就是得让宗梅生不再想死。可是怎么样才能使宗梅生不想死呢?老钱便一心一意地考虑这个问题。晚上躺在床上同老婆说起领导交给的任务,老婆说,你笨啦,男人什么时候最不想死?怀里抱着个女人的时候!你想想,那一刻你恨不得活得比谁都长。老钱想对呀。我搂着老婆的时候,就觉得自己活在世上真是快乐。这人一快乐,谁还想死?可是,老钱又想,宗梅生下身都坏了,他哪有福气享用女人呢?老钱的老婆说,有个女人心贴心地说说话,相互抱抱,不也比没有强?只不过,不晓得哪个女人肯嫁给这样废掉的男人。老钱觉得老婆比自己水平高,看问题深远,便拿定主意要给宗梅生找个老婆。

老钱的老婆跟癸字楼谢妈妈是老乡,没事时,常常过去聊天。宗梅生出事后,她便常说宗梅生的事。说时也长吁短叹,可怜这么英俊漂亮的男人竟成了废人。谢妈妈听罢也随之一起叹惋。这天老钱的老婆又去癸字楼找谢妈妈,说的就是为宗梅生找老婆的事。谢妈妈说:"不是说他下身都废了吗?找了老婆怎么办?"

老钱老婆急道:"有个女人陪着做个伴,说说话,倒个水,相互摸摸,也是一点乐子,起码也算是有个人看着他不让他死呀?"

谢妈妈想想,说:"那倒也是。"

老钱老婆说:"你们宿舍里人多,谁家都有七大姑八大婶的,看能不能给找上一个。"

谢妈妈点点头说:"我来想想办法。"

家属委员会从去年起,每星期都有两个下午时间安排学习。学习会是明主任主持。这次学习读完报纸,谢妈妈便将老钱老婆所说之事在会上讲了出来。她的话音一落,听念报纸听得瞌睡昏昏的女人们一下子都兴奋了起来。这等事情,做女人的谁不感兴趣?连明主任都眼睛一亮。明主任说:"要说宗梅生今天残了,也是为了建设社会主义才残的,他的事应该是我们大家的事,我们应该想办法替他找个老婆。有了伴儿,他的生活安定了,他就会活得好些。"

每天学习都推托自己不会发言的许素珍今天抢着发了言,说:"今天这个言,我会发。我们天天学习毛主席的书,最后还是要落实在行动上。我们帮助宗梅生找老婆,就是落实行动。"

大家都笑了起来,觉得许素珍说得对,发言就顺着许素珍的"落实行动"进行了下去。大家纷纷出主意,有人甚至提出具体的人选。明主任特别强调说:"就算宗梅生残了,也不能给他找一个很差的姑娘。比方对方脑子有问题呀,或者也是个残疾呀。还有,太丑了也不行。"

这句话说得大家又是轰的一笑。这笑声,令明主任想起1958年大跃进时她们的热闹。她仿佛觉得,过去的生活又要回来了,她们又将热血沸腾地投入到社会中去。学习的时间已过,可大家都无去意,仍在那里不断地出主意提方案。职工们都开始有人下班回家了,所提的人选均尚无让人满意的。最后明主任只好说:"散会,一旦发现合适的,立即就上我家来汇报。"

雯颖也觉得这天的学习比哪天都有意思。晚上,她把这天学习的内容告诉了丁子恒。丁子恒哈哈大笑,说原来你们学习毛主席著作落实行动,就是给人找媳妇呀。丁子恒这么一说,雯颖也觉得事情实在是有些有趣。可是她又想,这样有什么不好?学习毛主席著作,光在纸上写一些心得就更好些吗?

经过半个月紧张的"落实行动",终于有两个姑娘得到大家一致的认可。一个姑娘是谢妈妈老家的侄外甥女,姓鲁,刚满二十岁,虽然没读过书,但人很能干,长得也水灵。尤其开口说话,一口川音,悦耳动听。特别让大家满意的是,她还能言会道。许素珍说:"这个女子宗梅生一定喜欢,有文化的人就喜欢小嘴巴抹了蜜的女人。"鲁姑娘便排在了第一位。

另一位是何民友的老婆陈丽霞的表妹,姓万,沔阳人,二十一岁了。小学毕业,人也出落得漂漂亮亮。她家里因为欠债,便做主把她许给了邻村一个瘸子。她一气之下偷跑出来,住在表姐家。听说了宗梅生的故事后,便主动请缨。她说找一个乡下的瘸子还不如跟城里的瘸子过,反正都残了,好歹还落得做个城里人,所以她愿意出来照顾宗梅生。明主任先听她如此思想,有些不太同意,但又觉得沔阳人就是讲实惠,她说的也是实在话,更兼她还有点文化,宗梅生是大学毕业,自会喜欢有文化的人。于是就将她排在了第二位。

正待安排两个姑娘同宗梅生见面时,乙字楼张雅娟也带来一个女子。那是她姐夫的小妹妹,姓罗,叫罗彩秀。二十七了,相貌平平,因为家里是地主成分,一直嫁不出去。前几天正好来给张雅娟送棉絮,张雅娟便拉了她去找明主任。明主任当面没说什么,只说已经找好了两个,如果宗梅生都看不上,再说。待张雅娟一走,明主任便生气道："这个张雅娟也糊涂得可以,再怎么也不能找一个地主的女儿来呀。而且也没有个长相,叫宗梅生知道了还以为把他当成垃圾站了哩。"

许素珍也觉得张雅娟简直可笑,什么人不好找,偏找个地主女儿来。长相倒是次要,要紧的是就算宗梅生是个瘫子,也还是得讲个政治觉悟才对呀。

前去同宗梅生提亲的是明主任和谢妈妈。她在老钱的老婆引领下,来到宗梅生的家里。明主任笑脸盈盈,绕了老大的弯子,才挑明来意。宗梅生先是纳闷明主任为何如此这般,待听完缘由,大大吃了一惊。对女人的向往,宗梅生心里自是早有念头。从前,他亦有过女友,就差最后敲定关系。后来一受伤,未敲定关系的女友便踪影全无。他没有怪什么,他觉得完全可以理解,换了他,或许也会这么做。所以从那以后,他再不敢想象自己有一天会拥有女人,虽然他觉得他生活中多么需要一个伴儿,尤其是一个可以细心照料他的女伴。

明主任告诉宗梅生,已经物色了两个姑娘来,他可以挑选。宗梅生默许了。但他想其实他也没有什么挑选的余地,既然家属委员会的妈妈们都如此地关心他,不如就领情好了。一个人有一个人的命,既然他死不了,他就得活;既然他要活,又有人前来帮助,他就最好接受。能有一个女人相伴总归比一个勤杂工要更贴心。

当天下午,宗梅生便将两个姑娘都相了一遍。相完后,宗梅生突然想,这两个漂亮的女孩子真的就能照顾他吗?真的能够跟他厮守终身吗?她或者她,真的就会比一个勤杂工更贴心吗?她们的话都说得很好听,可她们眼里传达出来的内容呢?那才是她们心中真正所想。谁能保证她们心里想的跟她们嘴上说的一样好听?谁能保证有了女人的宗梅生就会比以前少一些痛苦?想到这些,宗梅生不禁心生胆怯。

晚上乌泥湖便传说宗梅生一个也没有看上。人们都惊异得不行,纷纷说,他一个残废,人家姑娘能看上他,就是他的福气,他还有什么好挑拣的?明主任也不甚明白其中道理,但她知道,婚姻的事只能随缘,不可强求,宗梅生看不中,别人再说好也没有用。

次日一早,雯颖和张雅娟窗口对着走廊说着这事。住在楼下的许素珍听见她俩议论,便走出来仰着头对她们说:"我晓得宗梅生为什么不要那两个姑娘。我问过他了。"

张雅娟忙问:"为什么?"

许素珍说:"宗梅生说,那个鲁姑娘那么年轻漂亮,嘴巴子又甜,守着我一个残废,她哪里耐得住寂寞?陈丽霞那个表妹,本意只想做个城里人,并不想一辈子照顾一个残废,将来她把城里人做成了,又会怎么样?啧啧啧,看不出来,那个宗梅生真的是身残心不残,讲得句句是理。"

雯颖和张雅娟方才恍然:原来如此。恍然过后,也佩服宗梅生考虑得细密。

下午明主任便来找张雅娟了。明主任也是个要强的人,费了好大的劲,却没将事情办成,总是心有不甘。最后便想到张雅娟带来的人,觉得不管怎么样带去试试看。

这次张雅娟却推了。张雅娟说:"人家那两个姑娘都没看中,又怎么会看中我们呢?我说老实话,我们彩秀不聋不哑,人也聪明能干,虽然没有上过学,可在家里跟我姐和我姐夫学了不少文化,什么字都认得,《红楼梦》都读得下来。我们成分不好,让她找宗梅生也是没办法的事,只想她能有个归宿。其实就连我家老沈都觉得真要这样嫁了宗梅生,我们妹妹也太委屈。只是在乡下,姑娘大了,成分又高,嫁人难,我才动了这个心思。宗梅生眼界高,恐怕也看不中她,我看就算了。"

明主任叫张雅娟这一番话说得也没了劲,心想也是,人家宗梅生倘若又没看中,可不又把这个姑娘给伤了?便欲作罢。不料罗彩秀却在一边轻言细语地说了话。罗姑娘说:"不妨的,我去看看那位大哥,就算他看不上我,我今儿替他去洗洗涮涮做点事,也算尽了一点心意。他也是为国家受伤的,日子过得也不容易。"

一席话虽然言不长声不高,却似惊天霹雳,震得明主任和张雅娟一时都说不出话来。张雅娟重新打量这位远房的妹妹,觉得她虽然被田野里的太阳晒得黧黑,可眼睛大大的,眉眼透出来的秀气和温柔令人心动。张雅娟想,她其实长得也不算太差,说话又如此有条有理,真要嫁给一个废掉的男人,一辈子做不成母亲,而且一辈子没有男欢女爱,实实在在也是委屈她了。便说:"妹妹,这事得想好,我看还是算了。"

罗彩秀说:"娟姐,要是俺没来这里,也就不想,可眼下来了,撞上这事,说不定也是个缘。看看那个宗大哥,陪他说说俺村里的事,就当陪他转悠一样,就是不成,也没啥。"

明主任眉眼都笑开了,说:"妹子说得对,说不定就是一个缘哩。"

下午,估计宗梅生午睡已起,明主任和张雅娟带了罗彩秀往宗梅生住处去。宗梅生住的是水文站里的单间宿舍。宿舍是平房,有些潮湿。室内只有一床一桌和一个小小的书架。书架上有一张宗梅生在大学郊游时骑自行车的照片。他头戴着太阳帽,一只脚踏着自行车的踏板,一只脚点在地上。他脸上的笑容十分灿烂,正如照耀在他身上的阳光。那是他曾经有过的青春时代,它是那么短暂,尚未细细体味,便一去不返。每一个到宗梅生房间去的人,都会看到他的这张照片,看过后,再看看眼前的宗梅生,心里都会涌出几分怅然。

明主任她们去时,小顾已经将宗梅生的床铺叠好,宗梅生自己正收拾着桌子。明主任推门自进。宗梅生对于明主任的再次光临感到有些意外,但他的目光很快落在明主任和张雅娟身后的罗彩秀身上。宗梅生明白来者之意,有意无意地皱了一下眉头。

明主任说:"小宗,这是小罗,这是沈工的爱人张雅娟。"

张雅娟忙说:"我们认识,在路上还聊过天。"

明主任说:"那好,这个小罗呢,是张雅娟的亲戚,这两天正好在这里有事,听说了你的事,就要来看看。这姑娘有趣,说来陪你说说话,说说她们村里的事,你听了就只当在她们村里转悠。"

宗梅生淡然一笑,说:"那你就说说你们村吧。"

罗彩秀没想到宗梅生这么直截了当,一下子竟不知说什么好。她嗫嚅道:"我这下子不知咋讲了,我嘴很笨的。我们村很小,村头有棵老槐树,村尾靠近了山脚,有山梁和林子。林子里有许多栎树还有榆树还有槐树还有别的树。我们的柴就都是在林子里拾的。村后面有一条河,河水很清亮,我们就是在河里挑水吃。到了冬天,河水就干了。村里打了井,冬天我们就用井水。我们村有三个学生娃到县里上学去了。我们村还有两户地主三户富农。我家就是……地主……我们在村里要老老实实干活,开会学习有的参加有的不参加。该参加的会要坐在角落里,规定发言时才能发言。毛主席著作也要学,不过,不准我们发言,我们也没能耐发言。我……很笨,我是地主家的女儿,也很落后……宗大哥听了千万别笑话。我还是不说了,我还是帮你扫扫地好了……"

罗彩秀说着说着,声音渐渐小得只有她自己听得见了。屋里很安静,宗梅生似乎听得很用心。说不下去的罗彩秀发现门边有扫帚,低头过去拿起它,很快把屋里扫了一遍。地上有些纸片,的确也该扫扫了。

屋里的另外三个人都没有说话,静静地看着她扫地,直到她扫完。明主任突然有些感动,她想这姑娘真好呀,如果不是地主出身,该是多么可爱。让她嫁给宗梅生,实在是有些可惜了。扫完地后,宗梅生仍然没有开口,张雅娟觉得有几分尴尬,忙笑着调节气氛,说:"她一来我家,见啥做啥,一刻也不停,说是一停下就会生病。前天我硬让她歇着,带她看了场电影,结果怎么样,果然晚上病了,感冒。你说说,这世上哪里还有这么没福的人。"

宗梅生说:"好没好?我这里有阿司匹林,还有银翘片。"

罗彩秀忙说:"好了好了。我生病就一会儿,再大的病都超不过半天就好。我天天要下地,生不起病,都习惯了。"

宗梅生说:"听口音你是河南的?还回去吗?"

罗彩秀说:"当然要回。家里弹了床新棉絮,我给娟姐送来。村里只给了半个月的假,过两天就回。"

宗梅生说:"多留几天吧,你陪我转了你们村,我也陪你在汉口转转。远的我去不了,近的解放公园和古德寺我都能带你去。"

罗彩秀说:"古德寺我去过了。我特地去拜菩萨的,我希望菩萨能保佑我,让我心里能够轻松一点。我在家里,成天心里都发沉,出来到娟姐家才好一点。"

宗梅生说:"那你就常常出来好了。"

罗彩秀说:"哪能呢?我爹他是地主,我哪能常出来?"

宗梅生便不再说话,只是看着她,仿佛想些什么。

明主任和张雅娟对视了一下。两人心里都有些翻腾,不知是高兴这事有希望成功还是担心这事能成。明主任说:"你们俩都没事,聊聊天吧,我和雅娟就先走一步。"

明主任和张雅娟一出门,宗梅生就问:"你是自愿到我这里来的?"

罗彩秀说:"是呀。"

宗梅生冷冷一笑,说:"你是出于什么目的想要同我这个残废过日子?"

罗彩秀没料到他问出这样的话,一时呆了,她张开了嘴,却吐不出词。仿佛是想了一会儿,她小声问:"你有没有火柴?"

宗梅生:"干什么?炉子上有。"

罗彩秀趸身到炉子上拿了盒火柴,从中抽出两根,说:"我哥和我嫂子刚逃回老家头几年,家里闹土改,啥都分没了。我哥以前当过国民党,在村里更抬不起头来。他觉得活着没意思,就想死。我嫂子——就是雅娟姐的嫡亲姐姐,以前是上海来的小姐,也受不了这份累,也想死。两人就约好了,一起死。我哥买了老鼠药,那天晚上,我嫂子拌好了药,两人就准备吃了。刚要吃时,我侄儿哭了起来。那时他才两岁。他一哭,我嫂子就放下药,上前去哄他,我侄儿哭了好久,哭累了,就又睡着了。我嫂子把他放在床上,回到我哥跟前。两人正要把药吃下时,我侄儿又哭了起来,好像知道爹妈要出啥事似的。我嫂子就又去哄他,把他哄睡着了,我嫂嫂又回到我哥跟前。我哥拿起碗,正想喝药,我嫂子哭了起来。我嫂子说:'我们死了,宝宝再要哭,不知道还有谁会哄他睡。'我嫂子这么一说,我哥也哭了起来,油灯都叫他们哭灭了,我嫂子拿了火柴点着灯。盒里只剩下两根火柴,我哥就把它们拿了出来。我哥说:'你是个想死的人,是个负数,我也是个想死的人,也是个负数,我们两个想死的人加起来,负负得正,那就是活下去。'就这句话,我哥和我嫂到底没死掉。宗大哥我为什么想跟你? 也就是这个理。"罗彩秀说着,用火柴比画了起来:"你是这根火柴,我是这根火柴,我们两个苦命的人像这样加起来也是一个负负得正。只有这样的两个人在一起,命才能不那么苦。我们两个人,你能救我,我也能救你。"

宗梅生听罢突然泪水盈眶。他情不自禁,拉起了罗彩秀的手,眼泪一直滴到她的手背上。罗彩秀虽然第一次被男人拉手,可她并没有缩回去。她也哭了起来。两人哭了好久,几乎没有再说什么话。

没有人听到他们的哭声,可他们自己知道,眼泪已经把他们的命运连在了一起。

乌泥湖的人听说宗梅生看中了地主的女儿,惊讶的程度比他头一天没看中两个漂亮姑娘更甚。四川的鲁姑娘和沔阳的万姑娘知道自己落败在一个地主女儿手上,更是气得不行。陈丽霞找到明主任家,质问明主任,说:"宗梅生这么做是什么意思?为什么贫下中农的女儿看不上,倒看上了地主的女儿?"

明主任摊开两手,无奈道:"这样的结果我也没想到。没办法,这个事,它不讲成分讲缘分。"

陈丽霞说:"他宗梅生家搞不好也是地主。地主的儿子见到地主的女儿,才会臭味相投。"

明主任的丈夫王达是机关报记者,听陈丽霞如此说,忙插嘴道:"宗梅生是地道的贫农出身,他负伤那年,我采访过他。"

陈丽霞气恼道:"他简直是忘本了!"

张雅娟因是罗彩秀的亲戚,因而也被好些人鼓眼睛。这使得张雅娟左右为难,便跑到丁字楼上雯颖处诉苦。张雅娟说:"都当彩秀得了个便宜,我倒从心里替她委屈。她好好一个姑娘,找个残废,心里能不苦?"

雯颖便劝张雅娟:"别人的闲话就不管它了,彩秀那里我看你也是顺应自然的好。成就成,不成就不成。虽然彩秀嫁给宗梅生,人生少了许多乐趣。可是离开了村子,离开了她的地主家庭,她不是也会少受许多苦吗?没有乐趣是一种痛苦,可一生苦难比没有乐趣更痛苦。来这里,她生理上会有压抑,可留在村里,她心理上和生理上都压抑,你能保证她留在村里就能嫁个好人家?"

张雅娟听了这话,觉得雯颖说得比她想得透,便说:"是了,只要彩秀觉得好,只要她觉得活着还有些乐趣,就行。别人要说什么就由他们去说好了。"

三

春天又悄然而至,柳树和桃树上开始露出星星点点的绿意。清晨虽还有点凉飕飕的,可太阳一升起,四下里暖暖洋洋,亮亮堂堂。人们的生活与寒冷的冬天时相比，一切都没有改变，可是春天无端地就会让人心里有一股快意和一股激情。踏着春光上班的丁子恒这天走在路上突然想，春天来了，或许复苏的不仅仅是自然，还有其他一些东西。

设计革命运动进入了第二阶段。下午在俱乐部听关于设计革命运动进入第二阶段的传达报告，作报告的人是政治部的谢森宝主任。谢森宝说第二阶段为"解剖麻雀"阶段，大家就各专业特点，选定"麻雀"解剖。比方与陆水枢纽设计有关的，就可以以解剖陆水枢纽这个"麻雀"为主。第二阶段是第一阶段的深化，通过解剖"麻雀"，在设计思想上好好地兴无灭资，在设计方法上破旧立新，最后落实在队伍的建设上。

谢主任的报告要点如下。

设计革命运动第二阶段的主要目的与要求：

一、带着问题学习毛主席著作，以主席思想为武器来检查揭发思想上和工作中的问题。

二、通过解剖，查出各专业中的主要问题。如何贯彻党的方针政策；如何贯彻三结合的群众路线，发扬技术民主；如何对待第一手资料；如何正确组织设计工作。简称为四个如何。

三、通过解剖，看出正在设计和正在施工的项目中的问题，以革命精神加科学态度来审查，提出改革措施，边整边改。

四、全面系统地总结专业中主要成功经验和失败教训。

五、提出对各种规程规范的修改意见。

第二阶段的方法与步骤：

一、两个重点要抓住。（1）对工程质量、工程造价和工期有重大影响，不符合总路线精神的；（2）鸣放中群众意见多并且工程中亟待解决的。

二、选定题目后，要研究工作方法，抓住本单位关键问题，发动群众，讨论解剖。

三、从实到虚,从虚到实,对事不对人,摆事实,讲道理。

四、步骤是:先学习文件,武装思想,解除顾虑,发动群众,有重点有中心地揭深揭透。再是抓紧重点,开展辩论,必要时要深入现场。最后是小结。小结中要算政治、经济、思想账。将正确的设计思想总结出来,把错误的设计思想批判到底。

五、领导干部要深入前线,用无产阶级思想占领阵地。自觉革命,坚持四个第一,把人的工作做好。

此阶段暂定为二十天。二十天内,学习文件要满二十四个小时。

规定为:

一、林院长文章共学十二小时;

二、毛主席著作《人的正确思想是从哪里来的》、《反对本本主义》、《矛盾论》以及毛主席《在中国共产党全国宣传工作会议上的讲话》,共学八小时;

三、国家经委通知和《人民日报》一月二十二日文章《一万二千吨水压机是怎样制造出来的》,用两个晚上学习。

最后的目的是要提高大家的阶级斗争觉悟,解决好红与专的问题。

报告长达三个多小时,丁子恒记录得密密麻麻。会后他将笔记整理了一下,反复看了几遍,觉得设计革命运动,似乎与技术有关系,又似乎没有关系。看来看去,他越发糊涂了。他不知道这场设计革命运动到底要干什么,是要解决工程上的问题呢,还是要解决思想上的问题。他想也想不清楚,便问皇甫白沙。

皇甫白沙听了他的提问,笑了笑,然后说:"我看是要用解决了思想问题的人去解决工程问题。"一句话说得好不拗口,令丁子恒愈加茫然,心想,这就是我盼望的春天吗?

为了解决三峡泥沙问题,调查多沙河流,林正锋院长率泥沙专家跑了三个多月,直到年前才回来,因此听取川西和川东的查勘汇报的事便一直拖到了开春。对川西水电建设,林院长作了讲话,其中说到西南局对偏窗子工程尤感兴趣,希望偏窗子能赶紧拿下来。总工室立即为偏窗子工程成立了核心小组,丁子恒成为组员之一。

连日来,一边紧张地学习和解剖陆水枢纽和丹江口枢纽两个大"麻雀",并批判资产阶级设计思想,一边又对偏窗子的诸多事项进行研究讨论:偏窗子的过河桥位,偏窗子的水运驳运方案,偏窗子的内部布置。又到水工模型室做放水试验以及过江桥过水试验。夹杂其间的还有好多会议传达和报告会。丁子恒在旋风般的忙碌中,觉得身体不支。在带领大桥局同志看放水试验时,他几次感觉到头晕,身体有一种飘忽的感觉。丁子恒想,糟,高血压又犯了。

这天下午,丁子恒找室主任请假去医院看病,恰遇室里学习组长通知下午周则贵副院长传达水电系统政工会议精神。丁子恒嗫嚅道:"我想请假看病,不知行不行。"

学习组长有些狐疑地望着他,片刻方说:"我觉得你们这些老牌知识分子的确有病,可病是生在思想上。这些天搞偏窗子你怎么那么大的劲,从没听说你有病,一说要政治学习或者开会,你就病了。这事情总让人觉得奇怪。"

一番话堵得丁子恒心里万般不适。他想解释这病正是因为偏窗子太忙而生出来的。可是他想越解释越没有用,便赶紧说:"你的意见很正确,我就改日再看吧,下午我还能坚持。"

小组长说:"人定胜天,同样,人定胜病。"

丁子恒心里骂道,这是什么混账逻辑。嘴上却不敢说出口,只是连声答道:"是呀是呀。"

报告两点钟开始,一直传达到五点半。本来四点半就可以讲完,可周则贵副院长讲话喜欢哼哼哈哈,一个"嗯——"字又拖得老长,这样,时间便耗在了这些哼哈嗯中。这天的传达内容有四点:一是谈工农业战线上的形势;二是要求政治挂帅,一切工作应把政治工作放在首位;三是要大学毛主席著作,政治工作又应把学习毛主席思想放在首要地位;四是开展五好运动和比学赶帮超运动。

这个笔记本已经是丁子恒记录各种会议和讨论的第十个笔记本了。他已经记到了最后一页,会议仍未有结束的意思。丁子恒因为头晕,心中的烦闷也就厉害。无论怎么学习和讨论,他也弄不明白这一切对他来说有什么用。政治思想提高了,又怎么样呢?他既不会去当官,也不会去做政治教员,他仍然做他的工程师,去修建他的大坝。他认真把本职工作做好,完成国家交给的任务,这不就很好吗?老是这样学习开会,做一些与专业无关的事,耗去人生精力无限,他又怎么能有气力把其他的事做精细呢?丹江口工程质量一塌糊涂,如此教训难道还不足以叫人警醒吗?

丁子恒思绪有些纷乱,胡思乱想的内容不时地撞击着他,周副院长所讲的内容许多他都没有记下来。最后一页用完后,周副院长的声音突然提高了八度。丁子恒努力振作了一下自己,在笔记本的封底上用歪斜的字,将周则贵提高声音的那一部分记录了下来。

那声音说的是知识分子个人主义的八大邪气:自己有了成绩,神里神气;别人有了成绩,心不服气;碰了个钉子,满肚怨气;挨了批评,垂头丧气;各行一套,互不通气;相互吹捧,假装客气;夸夸其谈,大吹牛气;出了问题,大发脾气。周副院长讲完这些,声音又提高了几度。他说总结得真好呀,我跟你们打了这么多年的交道,太了解你们这些人了。这八大邪气每一条都能跟你们这些人对上号……

后面还说了些什么,丁子恒觉得自己有些恍惚,仿佛有一万根针扎到他的头上来,他摆了几下头,都没有摆脱。他觉得会议似乎是结束了,许多人在朝外走,他亦欲站起身来。可是身体好像不是他的了,他无论怎样挣扎也站不起来,然后他就不知道怎么回事了。

丁子恒清醒过来第一眼便发现自己是在医院,并且是躺在医院的床上。他努力回忆发生了什么事,终于想起来自己在俱乐部头疼的感觉。伴随那种头疼感觉而来的是周副院长陈述八大邪气的声音,那声音如细细的钢丝一道一道地缠在他的脑袋上,令他心惊胆跳。八大邪气的内容一条条蹦出了丁子恒的脑海,他觉得每一种邪气都仿佛针对他而言。他不寒而栗。

雯颖一脸焦急地坐在床边的椅子上,发现他醒了,脸上立即露出欣喜。雯颖叫道:"子恒,你醒了?你知不知道,你在俱乐部里昏倒了?"

丁子恒微微点头。点头之间,他觉得脑袋仍然很疼,浑身的疲惫仿佛嵌在了骨头里。丁子恒想,为什么我会觉得身心都这么疲乏呢?难道我已经变成了一个不能承受压力的人吗?难道我五十岁的体力真的就应付不了现在的学习和工作节奏?难道我真的是老了?难道病痛和死亡开始向我招手了?

因为丁子恒的醒来,雯颖的脸上满是欢喜的笑容,可丁子恒还是看出了她眼睛里的惊慌和焦灼。丁子恒立即满心惭愧,他想,在我这样的年龄,其实是无权生病的。为了我的妻子、我的儿女,还为了我这一生尚未做成的事情,我必须要让病痛和死亡离我远远的。我要为妻儿撑一片天,要为自己创一点业。我一定要打起精神。这么想过,丁子恒仿佛觉得自己的精神开始恢复。他想象着自己可以一撑身体坐直起来,可抬手间,竟是软弱得几乎无力,还没撑起来就又软了下去。

雯颖轻呼一声,说:"你好好躺着吧,医生说你必须休息。你就是好逞强,把自己累成这样。"

丁子恒苦笑一下,心说:我逞强又逞出了什么名堂呢?倒是逞出个八大邪气来了。

403

四

"六一"那天,三毛终于加入了少先队。虽然比妹妹晚了一年多,可三毛仍然兴奋得不行。宣誓完后,他戴着红领巾跑到照相馆照了一张相。自从大毛上了大学,二毛读高中住进了学校,三毛便觉得自己已经成为家里的重要成员。他要求每个月的零花钱,像大哥和二哥一样提高到一块钱。雯颖觉得这个要求可以满足,便在每个月初分别给三毛和嘟嘟一块钱。早餐零食和学习用具,都在这里面开销。嘟嘟节俭,把钱都换成新钞票收了起来,而三毛则每个月都将这笔钱变成零食装进他的肚子。为了这次入队的照片,他忍了又忍,终于拿出了其中的三毛六分钱为了自己留下了一个重要的形象。这件事他是秘密进行的,家里没人知道。三毛一直沉住气不说,直到相片取回来,他才在吃饭时故作玄虚地把相片从口袋里掏出,得意地亮给大家看。

相片上的三毛,眼睛很明亮,胖乎乎的脸上露出灿烂的笑容。胸前的红领巾被拉扯得很大,几乎覆盖了整个前胸。

雯颖看过,立即发出惊喜的声音:"三毛,什么时候照的?子恒,你看,三毛多可爱呀。"

丁子恒拿过三毛的相片,看着相片上神气活现的三毛,觉得这孩子真是十分有趣,也笑了,说:"哟,看不出来,三毛戴了红领巾这么漂亮。"

三毛听到爸爸妈妈如此夸奖,脸上的得意之情立即变成了嚣张。他咧着嘴,眼睛笑得只剩了一条缝。他晃着脑袋,对着嘟嘟,不停地说:"怎么样怎么样怎么样?"

比三毛早入队一年多的嘟嘟此刻倒像是个败将。嘟嘟想,为什么自己入队时没有去照张相呢?为什么这样大的事情她竟然都忘了呢?她越想越气,越想越委屈。而在她正委屈不堪时,三毛却更加得意。三毛斜着眼望着嘟嘟,嘴上则说:"妈妈,我们把它放成大照片,挂在我的房间里好不好?"

雯颖对三毛这张相片确实是满心喜欢,觉得三毛这个提议不错,便应声道:"好呀。"

嘟嘟再也忍受不下去了,"啪"的一下放下饭碗,说了一声:"妈妈偏心。"便哭着跑到隔壁房间去了。

三毛拍手哈哈大笑起来。雯颖此刻才发现,他们因为看三毛的相片看得高兴,都冷淡了嘟嘟。

但是三毛的快乐只持续了三天,一件严峻的事情便发生了。

这是一个星期天,乌泥湖宿舍十分热闹。市里的知识青年一批一批地或下乡或去边疆,终于轮到张楚文这一批了。张楚文、皇甫浩和辛字楼陈杞的女儿陈小兰一起前往大别山的但家凹。张楚文神采飞扬的脸上,不时闪过几分阴影——他的爸爸张者也始终不肯原谅他。

明主任领着一帮人敲起了锣鼓,还召集了人马在操场上搭了一个小小的台子,为他们举行隆重的欢送会。张楚文的妈妈荣心怡虽然对张楚文下乡一事满肚子怨气,但母亲毕竟心疼儿子。张楚文的每一个行动,都令她牵挂,她不想张楚文临行前无人相送,便打起精神参加了这个会。张楚文对每一个表示向他学习的人都热情地说:"欢迎你以后去我们但家凹。"但在说话间,他仍在不断地朝他的家——葵字楼的方向张望,他盼望他的父亲能够在最后一刻走出家门并支持他的行动。可是,张者也的身影始终没有出现。

欢送会上皇甫白沙露了面。他在家中对皇甫浩说,下乡劳动锻炼,建设新农村,也未尝不是一条光明大道。但在操场上时,他却面孔严峻,什么话也没有说,他的心情很复杂。他自然十分希望皇甫浩能进大学深造。他觉得国家要发达,必须要依靠科学的进步。他替皇甫浩感到几分委屈，因为皇甫浩不是没有能力考上大学，而是因自己的右派问题影响了他，皇甫浩即使考上了，多半也会因"不宜录取"而刷下来。以皇甫浩的自尊，肯定无法接受被刷下来的现实。皇甫白沙对此莫可奈何，他除了支持皇甫浩下乡，还有什么选择呢？

陈小兰却纯粹是因为大学没有考上和对张楚文的崇拜而选择了这条路。她同张楚文小学时曾是同学，后来她考取了十六女中，便只是偶尔在上学途中遇到张楚文。高考落败下来，她在家以泪洗面，闻知张楚文的行动，心头不由一颤，立即便跑到张楚文家询问下乡事宜。张楚文一番激情澎湃的描述，令陈小兰的眼泪迅速变成欢笑，她当即决定要同张楚文一道下乡。陈小兰家做主的人是母亲姜心敏，姜心敏马上同意了陈小兰的请求。姜心敏在家里喜欢的是二儿子陈小阳，她觉得女儿读不读书或者是读多少书都无所谓。陈杞舍不得陈小兰离家太远，姜心敏便说小兰在乡下好好干，说不定也能跟侯隽邢燕子一样出名的。陈杞惧内，凡事都听姜心敏的，这天的会上，父母双方到场的便只有陈小兰家。姜心敏代表家长讲了话，姜心敏说，怎么能不支持孩子们下乡建设新农村呢？如果大家都去上大学，都待在城里，迟早有一天，我们都会没有粮食吃！她的话令许多人都鼓了掌。

代表三个青年讲话的当然是张楚文。他的讲话就是把他走在深山中写的那首诗朗诵了一遍，张楚文富于激情，手势音调都控制得恰到好处，一下子便把大家的情绪都感染了。围观的小孩子像三毛、嘟嘟、刘四龙、刘五虎以及吴安林等都跟看演节目一样，朗诵完后，叫叫喊喊地不让他下场。于是张楚文只好拉了他的两个同伴皇甫浩和陈小兰一起唱了支歌：我们年轻人，有颗火热的心，革命时代当尖兵，哪里有困难，哪里有我们，赤胆忠心为人民……

欢送会一直在热烈的气氛中进行，操场上围满了人。被感动了的大人孩子都觉得张楚文他们是英雄。三毛这天戴着他鲜艳的红领巾,一边看热闹,一边跟他的伙伴们说着张楚文的事。三毛说张楚文哥哥跟他的大哥是好朋友,张楚文哥哥到他家去过好多回。他小的时候,张楚文哥哥每次到他家时,都会把他举起来,张楚文哥哥还送给他一支木头手枪。三毛因为自己比其他人跟张楚文更熟悉而分外自豪。但他绝没有想到,与他同住一楼的吴安森同几个孩子耳语几句后,那帮小孩子突然齐声喊了起来:三毛的哥哥是叛徒!三毛的哥哥是叛徒!

正在得意的三毛没料到会有这样的事情发生,一下子呆住了。待他弄清此乃吴安森作怪后,立即扑向了吴安森,两人便在操场上扭打了起来。嘟嘟在一旁吓呆了,她不敢靠近,只是尖声怪叫。待看到三毛渐渐占了上风,便也不作声了。

几个大人在一片混乱中,终于拉开了架。那一刻三毛正骑在吴安森的身上。三毛年龄比吴安森小一岁,个头却比吴安森大许多,打架占有优势。打赢了的三毛拍拍手上的灰,对吴安森吼道:"你再骂我大哥,我还会打掉你的牙,撕破你的嘴。我哥哥是大学生,才不是叛徒哩!"

吴安森骂骂咧咧道:"你哥哥就是叛徒。说好了跟张楚文哥哥一起下乡的,结果一个人跑去上了大学。"

三毛说:"是学校不让我大哥下乡,我大哥成绩全世界第一,怎么样?"

吴安森说:"吹牛,吹牛,吹牛不打草稿。你大哥叛变才是全世界第一。"

三毛懒得跟吴安森吵了,几个大步又冲到他面前,揪住他的领口便动手。吴安森这次挣脱了三毛的手,拼命逃跑。三毛追了几步,没追上,便放弃了追打,重新来看欢送会。

会上正是明主任在讲话。明主任讲话速度很慢,也没有什么听头,三毛便拉了刘四龙准备回家。不料刚走出操场,便迎面碰上手持弹弓的吴安森。刘四龙叫了一声:"三毛,快跑!"

407

三毛一看不对,拔腿便跑,吴安森举着弹弓追他。三毛在人群中钻来钻去,吴安森亦拉着弹弓穷追不舍。眼看吴安森要追上了,三毛一个闪身躲在了刘四龙的身后。糟糕的是,吴安森弹弓里的子弹已经射了出来,正好射中了刘四龙的眼睛。刘四龙一声惨叫,双手立即捂住眼睛,鲜血从他的手指缝里流了出来。吴安森和三毛都吓呆了。吴安森掉头便往家里跑,三毛却一时不知道如何是好。

许素珍正在欢送会的锣鼓队打鼓,听到有人对她喊叫:刘四龙的眼睛被人打瞎了!顿时吓得魂飞魄散,扔了鼓槌便朝刘四龙号叫的地方跑去。许素珍喊道:"谁打的?哪个王八蛋打了我家四龙?"

四龙正被皇甫白沙抱着。皇甫白沙说:"先别追究谁打的,赶紧送医院,要不这孩子的眼睛就完了。"

这个意外的事件,使得欢送会无法开下去了。刘家几乎全部出动。许素珍呼天抢地地搂着四龙,血已经把刘四龙的衣服染红了。刘景清火急火燎地从物勘总队借得一辆三轮车,让许素珍抱着刘四龙坐了上去。皇甫白沙说:"先送到空军医院,就近看了再说。"

许素珍和刘景清坐了三轮走了。刘四龙的二哥刘二豹、三哥刘三熊闻讯而来,望着三轮车走出操场后,一起对着围观的男孩子们吼道:"说!是哪个射的四龙?"

刘二豹见一些小孩望着三毛,便叫道:"是不是你,三毛?"

三毛吓得直往后退,脸都白了。他知道,就算不是他射的,他也难逃罪责,刘二豹不打他才怪。这一刻嘟嘟突然叫了起来:"不是我哥哥,是吴安森。是吴安森射的,我亲眼看到的。我哥哥没有弹弓。"

刘三熊知道四龙一直跟三毛要好,立即说:"不会是三毛,三毛不会射我家四龙的。"

408

旁边亦有小孩证明说:"不是三毛,是吴安森射的。他想射三毛,结果射着四龙了。"

刘二豹和刘三熊闻之,立即便往丁字楼上冲去,一群小孩喊叫着跟在后边跑去看热闹了。

但三毛不敢去,他也不敢回家。他想,万一四龙真的成了独眼龙该怎么办呢?他站在操场上,呆呆地向楼上观望。他知道,自己的这场祸闯大了。

这天吴安森家里没有大人,吴安森也不知道躲到哪里去了,家里只有李三婆。刘二豹兄弟没打到吴安森,一怒之下,把吴家的窗子和门都砸得稀烂。临了还丢下话说:如果四龙的眼睛瞎了,一定要吴安森的两只眼睛来赔。李三婆不知道出了什么事,先是吓得不敢吱声,后来便坐在走廊上哭天抢地地骂人,骂得围观者里三层外三层。

明主任刚回家,听说此事,害怕老人这么一闹又出人命,便找了几个人急急赶去。连拖带抱,将李三婆弄进屋里。

丁子恒和雯颖这天带了二毛一起上街买自行车去了。丁子恒推了一辆崭新的"永久"回家时,发现楼上楼下乱成一团。雯颖忙找人询问,问罢先觉得二豹三熊太不像话,后又听说四龙眼睛被弹弓射中,血流得满脸满身时,脸色就变了。再又听说这事跟三毛有关,便一下子着急起来。没进门便去找三毛,结果找来找去都找不到三毛,就连嘟嘟也不见了。二毛从简易宿舍那边开始,但凡三毛和嘟嘟的同学家,一家一家地找,一直找到楼房,直到天已昏黑,还没有找到这两兄妹。雯颖急得要死,丁子恒也觉得不对头。虽然小孩子吵闹打架的事时有发生,但还从来没有闹到这么严重的地步。而三毛是一个有主意并且倔强的小孩,他犯了这么大的错误,自己会采取什么样的方式呢?嘟嘟一向爱看热闹,发生了这样的事情,她怎么会离开这里往别处去呢?丁子恒心里纷乱不堪,此刻他觉得,他对自己的小孩了解得实在是很少很少。

丁子恒决定报警。二毛说:"爸爸,妈妈,我看再找找。三毛虽然淘气,但他不是一个糊涂小孩。说不定,他正躲在哪里呢。"

丁子恒说:"那为什么嘟嘟也不见了呢?"

二毛说:"可能三毛一个人害怕,嘟嘟跟他在一起,陪着他呢。"

雯颖说:"二毛,你再想想,三毛还会往哪些地方躲藏。"

二毛说:"他们小孩子藏的地方,有时候我们也找不到。"

天开始变黑了。丁子恒承受不了两个孩子失踪的压力,他觉得心里似有锯子架在上面,时间每过一秒,便在他的心头锯过去一下。他推出新自行车,说:"不能再等了,一定要去公安局报警。"

这时,嘟嘟回来了。她显然是跑回来的,小脸红扑扑的,额上满是汗水。丁子恒和雯颖两人几乎一起扑上去搂住了她。雯颖急切地问道:"嘟嘟,你上哪去了?哥哥呢?"

嘟嘟急不可耐地说:"妈妈,赶紧去救三毛!他不得了了!"

丁子恒眼前一阵发黑,他甚至不敢问话。嘟嘟说:"三毛在空军医院里,他被人捆起来了。四龙哥哥做手术,三毛非要把他的眼睛挖一只出来,给四龙安上。他在医院跟医生又打又闹,自己还动手抠眼睛,医生没办法,就把他的手捆了起来,把他关在一个房间里。"

丁子恒听到此时,心里反倒大大松了一口气。雯颖搂着嘟嘟,又哭又笑道:"没事就好。没事就好。"

嘟嘟说:"快呀,你们快救三毛去吧!"

二毛说:"嘟嘟,你怎么知道的?"

嘟嘟说:"二豹他们跑到吴安森家打人,我看见三毛吓呆了,不敢回家,一个人往外面走。我怕他跑丢了,就跟着他。他去了空军医院,我也去了。四龙做手术,刘妈妈坐在那里哭。三毛也哭了,三毛说刘妈妈,我把我的眼睛赔给四龙。他就跑去找医生,非让医生挖下他的眼睛。他又哭又闹，还说如果医生不把他的眼睛拿出来，他就自己抠出来。就这样，我亲眼看到医生把他关起来了，我怕他们会把三毛送到公安局去，就赶紧回家来告诉你们。"

丁子恒拍拍嘟嘟的头，说："真了不起。嘟嘟做得对，爸爸一定会奖励你的。"

嘟嘟这一刻看到了自行车，她惊喜地叫了起来："啊呀！爸爸，这是我们家的自行车吗？好漂亮呀！爸爸，我要学骑自行车！"

丁子恒和雯颖顾不得跟嘟嘟纠缠，交代二毛带好妹妹并做晚饭，然后丁子恒骑车带着雯颖，两人直奔空军医院。

丁子恒和雯颖在医院里先见到了许素珍和刘景清。许素珍正哭得跟泪人似的，刘景清亦闷着头一句话也不说。四龙的手术刚做完，医生说受伤的那只眼睛肯定没救了。面对这样的事情，丁子恒和雯颖一时也不知道如何是好。这个子弹本来是打他们三毛的，结果惨祸却落到四龙的头上。倘若子弹真的打中了三毛呢？如果三毛从此将瞎掉一只眼睛呢？雯颖想到此，不禁浑身战栗，亦不禁为四龙的命运而悲伤起来。她坐在许素珍旁边，拉着她的手，边哭边说："对不起，都是我家三毛惹的祸。"

许素珍哭道："这怪不了哪个呀，这都是命。四龙小时候，跟三熊吵架，三熊总骂他长大会成个独眼龙。现在就被三熊说中了。"

雯颖说："你别这么说，也许还有救。等一段时间，看能不能到上海去治疗。"

刘景清说："还治什么？眼球都碎了。这孩子，以后怎么办呢？"

丁子恒始终无言，他实在不知道自己应该说什么。因为此刻说什么都无济于事。他找到医生，问及适才有个小孩在这里闹事的情况。几个医生都笑，其中之一指着一间办公室，说："在那里面。"

丁子恒和雯颖忙去办公室。大约是因为哭得太累了,三毛的头歪在桌子上,两手下垂,腕上的绳子已被解开。他睡得人事不知,脸上的泪水尚未擦干,而口水则从面颊一直流到了桌面。

丁子恒和雯颖见到他这般模样,两人面面相觑,都露出一副哭笑不得的神情。

这天晚上,三毛完全没有了以往的神气。他那副沮丧无助的神态令雯颖想痛骂他一顿而不忍。丁子恒原本也想好好揍他一顿的,可看到他自己所受的刺激已经超出他的年龄所能承受的限度,也不忍心下手。吃过饭,雯颖让三毛上床睡下,三毛躺下时泪水汪汪地说:"妈妈,四龙眼睛要是瞎了怎么办?我心里好难受。"

雯颖说:"你先睡觉吧,这些事让大人来解决。"

半夜时分,三毛开始说胡话,他大声叫喊:"我的眼睛呀!""四龙!"二毛被三毛的喊叫吵醒,他摸摸三毛的额头,发现烫得吓人,就连滚带爬地跑到隔壁房间叫爸爸妈妈。

丁子恒和雯颖连夜将三毛送进了医院。他们走时,吴松杰家与对面楼下刘景清家,都大亮着电灯,两家人几乎闹到了半夜。

走在黑漆漆的路上,雯颖对丁子恒说:"如果那粒子弹真要打中了我们三毛呢?"

丁子恒说:"太可怕了,我不敢去想。"

雯颖说:"四龙那孩子将来怎么是好?"

丁子恒说:"也许真像许素珍说的,那是命。三毛长大以后要多一份责任,他必须照顾四龙。"

雯颖叹了口气,说:"是呀,这也是命。"

这天夜里,丁子恒和雯颖是在医院的急诊室度过的。在这个无法入眠的漫漫长夜,丁子恒脑子里始终响着许素珍所说的"命"这个字。他想他这一生是无法将这个"命"琢磨透的。

五

学习学习学习。记录记录记录。讨论讨论讨论。设计革命。政治挂帅。四清。五好运动。又红又专。这是一个全新的领域,已经成为比一个人的生命还重要的事情。

丁子恒努力地让自己去熟悉它们,去领会它们,去吃透它们。因为他不想让自己成为院里成天做检查的几个人之一,也不想一讨论就被人点名只专不红,更不想因为这些而使自己失去工作的机会。几天前,金显成已经在四下里做检查了。几次批判会,丁子恒一直没有听出来批判他的根本理由是什么。他现在已经弄懂了的是:一旦决定了要批判你,是不必非得有什么理由的。在这种情况下,除了小心再小心、谨慎再谨慎,除了配合,除了跟上,除了顺从,除了缄默,除了认同,你还能怎样呢?

设计革命要解决的几个问题:

1. 毛泽东思想挂帅。设计革命中起决定作用的不是技术,而是政治与党的方针政策,是毛泽东思想。

2. 设计工作作风。反对照搬本本,照抄照套,要提倡现场设计,下楼出院,深入第一线,掌握第一手资料。广泛运用解剖"麻雀"的方法检查设计工作。

3. 改革不合理的规章制度。现行的都是照抄苏联的,造成了极不良的影响。外国好的东西应该学,但反对囫囵吞枣,生搬硬套,也反对否定一切。要实事求是,破旧立新,对以往的规章制度进行一次清理。

4. 整顿设计队伍问题。设计人员多出身于剥削阶级家庭,对反动分子要展开严肃的斗争,全国有二十多万设计人员,其中少数反动者要清查出来。但对老专家中思想、工作、作风都比较好的,也要发挥其作用。要把又红又专年轻有为的提拔到领导岗位上来,要打破比资格比技术的框框。党中央决定在知识分子中不划阶级,而是重在表现。

5.领导班子问题。不好的领导班子,要调整,反对空头政治家,但对埋头业务而放弃政治的领导要批判,对饱食终日无所用心的官僚主义者要批评。

什么是又红又专?

1.全心全意为人民服务;

2.有过硬的本领;

3.出色地为社会主义建设做贡献。

"红":就是不断提高政治觉悟,忠心耿耿,埋头苦干,把革命干劲用到钻研技术业务上去,自觉地为革命而工作。

"专":就是刻苦钻研技术业务,掌握过硬本领,要为革命为人民去钻,为革命为人民所用。

怎样才能做到又红又专呢?

1.坚定不移地站稳无产阶级立场,以毫无自私自利之心满腔热情地为人民为革命而忘我劳动。

2.带着强烈的阶级感情学习毛主席著作,带着问题学,活学活用,学到手学到家,不断改造思想,改进工作。

3.勤学苦练,练就一身过硬的技术业务本领,为革命而学,为革命而用。

4.下楼出院,到生产现场去,到施工现场去,到科学研究单位去。参加施工,参加劳动,深入实际,深入群众,培养工农感情,实现知识分子工农化。

口号:

设计革命是设计单位的四清运动。

讨论题:

1.如何突出政治挂帅,政治统率业务,在一切工作中坚持毛泽东思想?

2.根据全国设计工作会议精神,如何进一步搞好设计革命运动?

3.如何开展以五好为目标的比学赶帮超、增产节约运动,从而促进生产新高潮?

丁子恒的笔记本上密密匝匝地记录着这些内容。他曾经很勤奋地经常记录的业务笔记,已经离他越来越遥远。

金显成已经检查了六次,依然没有被通过。金显成检查的错误主要有七点:一、认为政治学习过得去就行了,心得体会写得平平不会对社会或工作造成什么影响。而业务工作必须严格对待,丁是丁卯是卯,尤其是设计上,错一点就会造成恶劣的后果。这种对政治轻描淡写,对技术无比慎重的态度,显然是本末倒置。二、认为院里办柳山湖农场完全没有必要,四处散布所谓"要粮不要命"的思想。柳山湖农场虽然有血吸虫,但血吸虫并非不可防治不可医疗的病,更何况广大农民在同样的自然环境下大办农业,怎么没有听金显成为他们说几句"要粮不要命"的话?难道知识分子就不能在艰苦条件下大办农业?三、认为院领导工作方法不对,方案多变。工程师的水平都偏低,眼界不开阔,工作中不敢承担责任,由此而造成几项工程都有失误。如丹江口的裂缝,施工方案未定,何年完工尚不得知,陆水亦是如此。方案重复做,一做好几年,小设计单位都搞出不少东西,我们这么大的单位却没有搞出名堂来。四、认为院领导不务正业,不集中精力搞好本职工作,却去养鱼,开办小工厂,如塑料厂、酒厂、造纸厂之类。甚至用了"非常之可笑"这样的话来进行讽刺。五、认为院、室领导纷纷学外语是赶时髦。说学习不是为了将来可以运用,而是作为自己的一项资本。六、一心想成名成家,大量的业余时间都用在翻译专业书,很少见他学习毛主席著作,学习小组布置的心得体会,他也是写得很勉强,常常最后才交上来。七、认为做工程应该按部就班,而不能搞突击式，不能大兵团作战和在什么资料都没有的情况下平行作业。这是典型的热衷走专家路线而排斥群众路线，对劳动人民的智慧和创造采取否定态度。

丁子恒虽说多次同金显成一起出差，彼此也熟稔，甚至许多话都能说到一起去，但他却从来不知道金显成检讨中谈到的七点问题。他从金显成身上，仿佛看到了当年睿智的苏非聪。与苏非聪相比，金显成只是不及他那样锋芒毕露，可金显成的见地又是何等的切中肯綮。他所谈到的七点问题，每一个都是丁子恒心里想过的，他曾经为了这些而感到内心痛苦，但他却从来没有像金显成那样说出口来。他从来都不说，不是不想说，而是不愿说、不敢说。他宁愿这些想法在心里沤烂沤臭，也不肯把它们说出来。因为他在这个世界上只是弱小而孤单的一个人，因为他说了也没有任何人会去听他的。曾经，苏非聪的经历给了他深刻的教训，现在看来，金显成的经历又一次教训了他。

六

学校暑假组织了夏令营，校门口的红榜上，写着所有被选中的人，其中有嘟嘟，而没有三毛。所以这天嘟嘟是唱着歌回来的，而三毛则进门就把书包往地上一扔，愤愤不平道："有什么了不起，夏令营让你们这些小女生去有什么用？"

嘟嘟却不在乎他的话，自顾自地唱着歌，一副得意的表情。吃饭时，三毛仍然满心不悦。雯颖劝他说："三毛，也没有什么不高兴的。你入队时间不久，是新队员，当然没有你，你争取明年去就是了。"

三毛说："明年我就六年级了。六年级举办完毕业典礼就不是二七小学的人了，肯定不会让我们去的。我连一次夏令营都没有去过。"

嘟嘟显得很开心,她高声道:"我分在三连一排一班,我们的排长是个真正的解放军叔叔。"

三毛说:"有什么了不起!你少在我面前神气。以后我亲自去当解放军,亲自当排长,比你强多了。"

嘟嘟说:"你小时候说你长大了要刷马桶的,你刷马桶怎么当解放军?"

三毛说:"小时候的话不算。你小时候还把尿撒在我衣服上呢,我要你赔!"

嘟嘟立即叫了起来:"妈妈,三毛不讲理!"

三毛说:"你算什么少先队员,不讲礼貌。你应该叫我哥哥!"

嘟嘟说:"我偏不叫,我就要叫你三毛。三根毛!三毛流浪记!"

三毛恼了。他照着嘟嘟的屁股踢了一脚,恨恨地说:"你敢骂我!"

嘟嘟于是放声哭了起来。正在厨房里忙午饭的雯颖直到这时方发现两个小兄妹的战火已经烧得很旺了,忙出来呵斥住三毛,又劝慰嘟嘟。雯颖说:"嘟嘟,你就让哥哥一点。你反正要去夏令营,三毛去不了,他心里不开心嘛。"

嘟嘟说:"反正我是不会赔给他衣服的。"

雯颖说:"好好好,衣服由我来赔,你们两个就都闭嘴好了。"

夏令营的生活真是令嘟嘟永生难忘。虽然只有三天,可这三天的生活内容却是嘟嘟从来都没有过的经历。第一天,他们举行了授枪仪式。一个班虽然只有五杆枪,并且是木头的,但郑重其事的授枪仪式,仍然令他们激动。少先队大队长是夏令营的副营长。副营长从解放军叔叔手上接过枪,带领着全体营员齐呼:我们要像爱护自己的眼睛一样,爱护这支枪!嘟嘟也高举右手,坚定而深情地呼喊着。她的声音细嫩而微弱,汇入在集体的呐喊声中,比在大

417

海里一滴水还要小,可她却觉得自己的自豪感已冲破了云霄。夏令营的活动场地主要在解放公园。授枪仪式完后,上午便在公园的空场上进行军训,下午参观公园。晚上,各班排开始排练节目,为联欢晚会做准备。

第二天的上午,全体营员在听完解放军叔叔讲故事后,又听防空知识介绍,下午则进行防空演习。防空演习是营员们最向往的项目。午饭后一进公园,营长便宣布全体解散。大家以排为单位自觉地集中在一起跳集体舞,跳到所有人都快要忘记空袭警报时,警报响了。这是真正的警报声,尖锐而刺耳,让人不得不心惊。顿时,每个人都疯狂地躲避,寻找可以庇护自己的地方。嘟嘟非常紧张,紧张得一心想要撒尿。她跑着跑着,一脚踏进了一个坑里。坑沿被密密的草遮得很严实,她便就势躲在了里面。一个高年级男生也藏在这里。嘟嘟并不害怕警报,而是担心草丛中会有蛇。她一边躲藏,一边低声问高年级男生这里会不会有蛇。

高年级男生瞪她一眼,说:"战争打起来了,敌人的飞机如果正在头上,你会在乎你的隐蔽地点有没有蛇吗?"

嘟嘟认真地说:"当然会在乎。蛇多可怕呀,我觉得它比炸弹还可怕哩。"

高年级男生只好长叹一口气,用一种轻蔑的语气说:"你们这些小女生呀!"就再也不理嘟嘟了。

警报解除以后,嘟嘟迅速地离开草丛。她突然觉得自己的腿弯处奇痒无比,她不敢往后看,怕真的有蛇附在上面。这么一想,她情不自禁地尖叫起来。排长闻声而来,这是一个五年级的女生。她板着脸,说:"你为什么这么叫?"

嘟嘟说:"我的腿……不知道是不是被蛇咬了……"嘟嘟说时,眼泪都快要冒了出来。

排长弯下腰,看了看她的腿弯处,轻蔑地说:"不就是被一个小虫子咬了一个小包吗!你再这样胆小,我就要进行全排批评了。"

嘟嘟再也不敢作声。她小心翼翼地转身看了看自己的腿弯处,那里已经红肿了一大块。嘟嘟望着红肿处,噙着眼泪想,这哪里是小虫咬的呢?明明是一条大虫咬的嘛。

第三天的经历更是让嘟嘟不堪回首。这天是急行军,全体营员打着背包,绕解放公园急行一圈,然后回到宿营地。连队之间相互进行比赛,时间的快慢,营员的多少以及队伍的整齐程度,都要打分。嘟嘟的背包本来很重,辅导员老师说她个子太小,背不动,便拿出一些东西放在宿营地里。这虽是违规动作,但营长看了看小小的嘟嘟,也就默许了。然而,已经轻装上阵的嘟嘟还是跟不上急速前进的队伍。别人都在急走,而她几乎就是在小跑了。就是小跑,她还有跟不上的趋势。排长急得吼了她好几次,嘟嘟心里更急。她跑得上气不接下气,重重地摔了一跤,膝盖立即破了皮,鲜血从粉色的肉中渗了出来。排长厉声问道:"还能不能跟上?"嘟嘟泪水汪汪,她摇了摇头,表示不行了。排长说:"到收容队去。"说罢迈着大步追赶已经走到前面的队伍去了。嘟嘟只有惨兮兮地被队伍后面的辅导员老师收容。

这天的急行军,嘟嘟的连队得了第二名。他们的速度虽然很快,但他们有人掉了队,这个人就是嘟嘟。而这天整个收容队只收容了一个人,这个人也是嘟嘟。嘟嘟因为这个出了大名。晚饭时,好多人都指点着嘟嘟说这说那,说得嘟嘟觉得自己真是没脸见人。她腿弯处被虫子咬的大包火辣辣地疼,她摔破皮流了许多血的膝盖使她一跛一瘸,但更疼的地方是她的心。晚上开联欢会的时候,嘟嘟没有同大家一起快乐地大笑,而是一个人坐在最后,先是闷闷不乐,后来就悄悄地哭了起来。晚会很热闹,没有人顾及嘟嘟的心情。

这天的晚上,嘟嘟开始想念爸爸和妈妈。她想回家。甚至还想念三毛。在想念三毛时,嘟嘟想,幸亏三毛没到夏令营来,否则,我就更惨了,三毛一定会在每一顿饭的时候嘲笑我是胆小鬼和大笨蛋。

　　嘟嘟一放假就去了夏令营,一去便是三天。三毛在家跟嘟嘟斗惯了,当嘟嘟不在家时,他觉得家里好无趣。虽然二毛已放假回到家里,大毛也从北京回来过暑假,可三毛觉得跟嘟嘟比起来,两个哥哥简直乏味透了。他们除了教训他就是教训他,其他还会什么呢?他三毛既说不过他们,也打不过他们,甚至他知道的东西他们也全知道。人到这一步,还有什么意思呢?三毛深感给人当弟弟是一件最不幸的事情。而嘟嘟却完全不一样,嘟嘟下军棋永远下不过他,嘟嘟打牌也总是下游,给嘟嘟变戏法她永远也猜不到,带嘟嘟出门玩她永远都屁颠颠地紧跟在他身后,嘟嘟经常被他整得又哭又笑,最后还是对他佩服得五体投地。这使他觉得做人有多么快乐。

　　嘟嘟走后的第一天,他去蒲家桑园拉蒲海清出来玩。蒲海清支支吾吾半天才说他要帮他妈妈下地除草。三毛本来也想去,可一看太阳那么烈,心想万一晒中了暑怎么办,便退缩了。吴安林和吴安森都跟着外婆回老家了。三熊四龙成天拿着铁叉去后湖叉青蛙。三毛虽说也想跟着去,可是他的妈妈雯颖却坚决不许。无聊的三毛回家来想找二毛下军棋,二毛却一口不屑的语气道:"我对军棋没兴趣,要下就下围棋。"三毛想听大哥讲讲北京的故事,可大毛也是满脸不耐烦地说:"你小不点一个,懂什么?讲了也白讲。"三毛一肚子火,心里恨恨地说,我偏对军棋有兴趣怎么样?我偏要听北京的故事又怎么样?

　　无可奈何的三毛只好一个人翻军棋。红军的司令姓丁,白军的司令姓淳(就是大毛的名字丁淳那个淳),红军的军长姓简(就是三毛的名字丁简那个简),白军的军长姓朴(就是二毛的名字丁朴那个朴)。三毛按照自己的喜好,给每一个棋子都起了姓。他的情感明显地倾向于红军,于是每当翻棋对红军不利时,他都会用悔棋的方式把这种不利变成有利。丁司令和简军长合起来就是他丁简的名字,这两个人是永远也不会被炸死或者被吃掉的。他们屡战屡胜,永立不败之地。三毛这么下了几盘,越下越来劲,他把每一盘棋当做一场战斗。三毛觉得他应该把他的每一场战斗都写出来,等嘟嘟回来后给她看,一定会特别有趣。于是三毛拿起笔,开始写他的战斗经历。

这盘棋第一个被翻出来的白军的马团长。三毛想,这个马团长应该是个麻子,而且是一个阴险的人。第二个翻出来的还是白军的人,是师长,三毛想这个师长就姓张好了。张师长脾气很坏,经常发火。一拉不出屎来就朝麻团长拍桌子。第三个翻出来的是红军的工兵。三毛想工兵最小,可是很重要,跟嘟嘟差不多,就让他姓嘟吧。为了不让嘟工兵被麻团长吃掉,三毛首先让他住进了大本营。接下去,红军的简军长出来了。简军长威风八面,他长得像飞刀华,他的枪法百分之百的准确,他只要出击,白军就只有一个死字。一盘军棋被三毛下得狼烟四起,也被他写得精彩纷呈。

三毛一连几天都在做这件有趣的事情。他从来也没有想到写字也会有这么快乐,连二毛问他去不去长江玩水,他也表示不去。雯颖很少见到三毛在他的房间里这么安静,更少见他几天不出家门,更更少见他这长时间拿着笔不停地写,竟不知他究竟出了什么事。问大毛二毛,两人也说弄不懂他。

到嘟嘟回来,三毛几乎写满了一个作业本。他看到嘟嘟,松了一口气,仿佛觉得他寂寞的日子终于过完了。一家人听嘟嘟讲述她在夏令营的经历,听到她参加授枪仪式,又军训,又躲警报,最后还急行军。三毛听得不断叹气,直恨自己没能前去。嘟嘟把她被虫咬以及被收容的情节一律贪污掉了,她觉得那都是很丢人的事,千千万万不能让三毛知道。

而这时的三毛并不想知道她更多的细节,倒是迫不及待地要嘟嘟来欣赏他写的《军棋大战演义》——这是三毛给自己的书起的名字。三毛的字写得歪歪倒倒，嘟嘟无法看出他写的是什么。三毛便拿起来，念给嘟嘟听。三毛念得绘声绘色，嘟嘟听得入迷。她想，这么精彩的打仗故事，难道是三毛写的吗？连雯颖都听呆了。她不禁拿过三毛的作业本，细细地看着三毛写的内容。

雯颖说："三毛，你怎么会想到写小说的？"

三毛说："这哪是小说？这是我的《军棋大战演义》！"

雯颖说："有人物有故事，就是小说嘛。"

三毛大惊，说："真的？我写的是小说吗？"

二毛闻听亦拿起三毛的作业本来看，看过说："全都是司令军长什么的，哪有这样的小说？"

三毛说："你又没打过仗，你哪里懂？"

三毛不在乎二毛的看法，他觉得反正二毛从来也没有同他看法相同过，可是三毛很愿意听嘟嘟说点什么。三毛说："嘟嘟，你觉得我写的这个怎么样？"

嘟嘟大声地说："很好呀。我觉得三毛写得比《渔岛怒潮》还要有趣。"

三毛高声地笑了起来，他太开心了，因为他知道，《渔岛怒潮》是嘟嘟最喜欢的一本小说。

三毛最终还是从乌泥湖其他人那里听说了嘟嘟在夏令营的事，三毛大叫了三声"没出息"之后，便在他的《军棋大战演义》中加进了一个小女兵，这个小女兵的名字很怪，叫做"口者耳"。嘟嘟一下子就看出这是她的"嘟"字被拆了开来。军棋中根本就没有这个角色，可是三毛非要把她写进自己的书里。

嘟嘟心里悲哀地想，这下可完了，这些事情一旦进了书里，全世界的人都会知道我那些不光彩的经历，我该怎么办呢？嘟嘟从此便有了自己的心事。

七

　　夏天还没过完,丁子恒奉命去了一趟丹江,院里在丹江进行总结。丹江的问题一直很多,从一开始,就不断地暴露出来。他们住进了丹江的苏家沟,比起汉口,苏家沟一早一晚的风要冷得多,丁子恒一日不慎,患了感冒。吃了几片药,未曾见效,倒又咳嗽起来,直咳得人透不过气。讨论时,自己无法发言不说,还使得会场无端地生出一种不安的气氛。于是,负责这次总结会的吴思湘便让丁子恒提前回去了。说来也怪,丁子恒一进家门,咳嗽便减轻了许多。差不多没怎么吃药,就好了起来。丁子恒很紧张,怕人说他是故意装病,不想待在基层,便专程去医院问杜大夫这是什么缘故。杜大夫听罢笑了,说没什么缘故。要么是你的病到了这时候,就该好了,要么是你不适应苏家沟的空气。

　　丁子恒觉得这话说了跟没说一样,便不再多问。他不喜欢杜大夫,觉得这人虽然是一个医生,可他说话的味道和脸上的神情都透出他骨头里的油滑和肤浅。更何况,丁子恒听说他和姬宗伟的太太关系有一点暧昧,而此事姬宗伟本人始终不知道。丁子恒对姬宗伟印象一直颇好,为了姬宗伟,他也格外地厌恶杜大夫。

　　秋天又不动声色地来到了。丁子恒越来越有一种恹恹无味的感觉。仿佛夏天的离去,把生命的激情也卷带而去。他常常想,是不是因为自己年龄大了,心里就会无缘无故地对什么事都产生厌倦感呢?他甚至觉得以往最能激发他情绪的工作,现在对他也没有多大的吸引力了。因为那些事情做来做去,总难有一种完满的结果。一个人做事,总也看不到结局,他还有什么兴致一直往下做呢?丁子恒这样想时,心里常常独自叹息。

　　机关里的年轻人越来越多,住房的紧张程度也越来越厉害。

人们对乌泥湖楼房的工程师们一家人住两大间房子提出了意见，说是有的人家孩子都上大学和住校了，却仍然占两大间，还有的人家，人口极少，也占着两间住房。而工人和技术员们及其他普通职工却无房可住，许多人家甚至两家所住的面积加起来，还不及乌泥湖楼房一个房间的面积大。大家都是人，为什么有的人房间空着，而有的人却居无定所。这世上的公平二字又从何说起？这同杜甫诗中所说"朱门酒肉臭，路有冻死骨"岂不是一样吗？

这个意见一提出，便引起强烈共鸣。乌泥湖宿舍楼房的人家都开始紧张起来，不知道自己的住房会是个什么结果。院里为此而开了紧急会议，会上对技术员和工人们所提的意见进行了研究。同时也对乌泥湖楼房的住户进行了调查。最后决定，动员工程师自觉退房。

丁子恒本以为这个消息在乌泥湖会引起有如炸雷一样的震动，却不料，他看到的却是水波不兴的场面。几乎没有人提出异议，也没有人为此而感到愤慨，仿佛一下子都对院里的通知采取了认可态度。

这天下班，丁子恒骑车经过古德寺，见到正步行着的张者也。丁子恒叫了一声"张工"，便下车与之同行。丁子恒先问了问张楚文的情况，张者也一副摇头叹息状，叹息完便也打听大毛在学校如何。丁子恒怕引张者也伤心，便淡淡地谈了几句大毛的生活。

张者也说："早知如此，悔不当初呀。"

丁子恒说："这话怎么讲？"

张者也说："楚文这孩子自小在学校当干部，我想这时代看重的也不光是学习，积极要求进步也是非常重要的，就一直鼓励他当好干部，要努力进步。可这小子，进步得也太多了，进步到我已经接受不了的地步。如果像你家大毛那样，平平稳稳的，听父母的话，一步一个脚印地上大学，该有多好。"

丁子恒说："虽然我也觉得孩子应该上大学，可这世事难料，谁晓得他们各自会有什么样的结果呢?"

张者也想了想,说:"那倒也是。楚文给家里来信,说大别山那边对他们这批知青非常重视,要树为典型进行宣传。果真如此,从政治角度上讲,对他这种热衷政治的青年,也不失为一种上佳的选择。"

丁子恒说:"是呀。我家大毛就不同,他不读书,就什么都做不了。他在学校里外号就叫书呆子。"

张者也似乎心情平衡了一点,他笑了笑,说:"这我倒是听楚文说起过。"

丁子恒说:"张工,我想问问你,退房子的事,你们怎么办?"

张者也说:"能怎么办?只有响应号召,退掉呗。如果硬顶,再给你来几条意见,你哪里吃得消?丁工,院领导既然已经开了会,并且做了这样的决定,大势所趋,这不是你我能犟得过去的,我看你也顺从好了。"

丁子恒沉默了几秒,说:"你说得对。只是……将来,我都不知道我们怎么住。"

张者也说:"工人怎么住,你就怎么住。我想这个困难我还能克服,从前逃难时,不是比这里的条件差多了?现在,你我也不要讲究什么了,和大家过得一样,最好了。再说,再怎么也比工地住得好吧?"

丁子恒说:"似乎也只能如此了。"

张者也说:"不是似乎,是肯定只能如此了。"

丁子恒回家同雯颖商量退房一事。雯颖大惊,说:"那怎么行?大毛二毛寒暑假回来怎么住?还有,三毛和嘟嘟都要长大,男孩女孩住在一个房间也不行。我们不是多一个房间而是差一个房间。"

丁子恒苦笑一下,说:"你就不要太讲究了,有一片瓦可以为你遮风挡雨,你就应该满足了,好多人还连这片瓦都没有哩。再

425

说,比起我们逃难的时候,已经强多了。"

雯颖疑惑道:"为什么要和逃难的时候比呢?现在是新社会,日子应该越过越好,房子应该越住越大,怎么能和逃难时相比呢?"

丁子恒长叹一口气,说:"你们女人哪,真是头发长见识短。"

雯颖不高兴了,说:"我见识短还不是因为跟你结了婚,放弃了自己的学业,在家做饭带孩子!你有什么话说好了,何必讥笑我们见识短呢?"

丁子恒见雯颖满脸愠怒,赶紧赔不是。赔完后,他哭丧着脸,说:"你以为是我想退房子吗?这是院里的决定。如果我不主动退房,被人写大字报或者遭人指责岂不是更糟?"

雯颖吓了一跳,说:"会有这么严重?"

丁子恒说:"难说。反正苏非聪被赶回老家也就是一句话惹的祸。"

丁子恒原本只是随口说说,可话已经说到了这里,细想一下,却也觉得汗毛直竖。便又说:"雯颖,我看我们自己就克服一下算了,小不忍则乱大谋,我们没什么谋可乱,可我们小不忍则有可能成大祸。你说是不是?"

雯颖想了想,觉得万一真犟着不退房,追究起来,毕竟不会有什么好结果。再说丁子恒也是一个喜欢住得宽敞一点的人,常常幻想着有一天能有自己的书房,不是万不得已的情况,他又怎么会主动退房呢?望着丁子恒深锁的眉头,雯颖有些懊恼自己对丁子恒的不理解。她想,他在外面工作,压力一定是比我大得多,我应该分担他的压力,怎么能让他回家也为难呢?

想到此,雯颖赶紧说:"你决定好了,退房总归是有你的道理。二毛星期六回家,让嘟嘟挤在我们大床上好了。"

丁子恒说:"再不,打地铺也行。我跑工地时,一没地方住,就打地铺,这个我拿手。"

事情就这么定了,丁子恒决定主动把房间退掉一间。但他还没来得及报名退房,就见《长江流域报》上登出工会对金显成退房的表扬。说是金显成副总家虽然自己住得比较挤,但还是想到更多的同志缺少住房,于是主动把自己的房间让出一间来云云。丁子恒看到这条消息,心里竟是一松。影响他心情的不是因为金显成的退房,而是报上一旦登出表扬金显成的消息,就是说金显成过关了。

一个星期后,院里贴出大红纸的表扬名单,上面对那些主动退房的人动用了大量的赞美之词。名单按报名退房的先后次序来写,第一个便是金显成。丁子恒本以为自己是退得颇早的一个,看名单时方发现,其实自己排在倒数第九位上。院里通知一下,许多人次日便交了退房申请。同宿舍的张者也、李昆吾、洪佐沁、姬宗伟、陈杞等,几乎都在他之前提出了申请。丁子恒算了算,乌泥湖除了三代同堂的严唯正等几户人家外,差不多的人都退掉了一间住房。大红纸上说,知识分子的觉悟通过学习毛主席著作,政治挂帅后,思想有了惊人的进步,这次院里的退房运动可以说是圆满成功。

面对这样的消息,丁子恒不知何故,竟感觉木然。仿佛一切到了此时,于他来说都无所谓了。

八

十二月的一天,因公致残的宗梅生搬进了金显成退掉的那个房间,这是甲字楼下的右舍。宗梅生准备十二月二十六日结婚,这天是毛主席的生日。宗梅生说他负伤后能得到这样的照顾,全靠毛主席,全靠共产党。为了牢记毛主席的恩情,他把婚礼选择在了十二月二十六日,他要让这个日子成为自己一生中最重要最甜蜜最幸福的日子。

本来,宗梅生和罗彩秀的婚礼只想简简单单办一下。宗梅生在此地可谓举目无亲,他的父母因家中穷困,无法前来,罗彩秀是地主的女儿,亲属也不便出席。所以婚礼想热闹也热闹不起来。照顾他的老钱将这个情况透露给了谢妈妈。谢妈妈一听便动了恻隐之心,说就算罗彩秀是地主女儿,可现在讲究重在政治表现。罗彩秀没干过坏事,她主动前来照顾因公负伤的宗梅生,就是为建设社会主义出力,就是一个好的政治表现。为什么就不能把婚礼好好办办呢?为什么就不能让负伤致残的宗梅生感到党的温暖和人民的温暖呢?

谢妈妈的话句句都显示出了高水平,乌泥湖宿舍的家属们心里都一亮,纷纷说,对呀,宗梅生这辈子不容易,为什么我们不能为他把婚礼好好办办呢?许素珍说:"这些年饿得慌,大家好久都没有在一起开开心了,就把给小宗办婚礼当成为我们大家开心好了。"

明主任一想,觉得也是。三年的自然灾害,令日子过得没了气氛,人心都跟冻僵了一般。现在日子一天天又好了起来,大家的热情也都如同被解冻一样燃烧了起来,那么,为什么不就此让这燃烧的火焰更烈一些,更旺一些呢?回想起1958年大跃进时,大家团结一心热火朝天地干事业,该是多么快乐。明主任这么想过,便觉得实在是没有理由让宗梅生的婚礼简简单单办掉,为了因公负伤的宗梅生,也为了她们自己,她们应该好好操办一下。

既然连明主任都这么想了,家属们便都行动起来。为他人张罗婚事,似乎是女人的天性,这件事竟让所有家属都觉得激动。许素珍领了人把房子粉刷一新,张雅娟陪着罗彩秀上街买了几件家具,计有一张床和一张桌子和两把椅子。厨房里的锅碗瓢勺是乌泥湖的家属们凑份子钱买来的。金妈妈剪了几个双喜贴在了窗户和门上。小孩子们更是激动不安,天天跑去新房看热闹。新房尚空着,并无人住,门上总是挂着一把锁。嘟嘟去过几次都没能看到屋里的样子,更没有看到新郎官和新娘子,便有些气愤,每次回来都发牢骚,说为什么就不能先当新娘子再结婚?为什么非要规定到二十六号才能结婚?为什么不能把新房的门打开来让所有的人参观?每每在嘟嘟发牢骚时,一家人都觉得特别好笑。

婚礼终于如期举行。因为新房太小,便把举办婚礼的地方移在了原先扫盲班的教室。头两天,明主任事先领人将这里布置了一番。还特地请书法写得好的刘格非写了王杰的话贴在墙上。

什么是理想,革命到底就是理想。
什么是前途,革命事业就是前途。
什么是幸福,为人民服务就是幸福。

婚礼前一天,宗梅生来看了看这里的布置情况,在这条豪言壮语下,他凝视了许久,不禁暗自感慨。心想,比起王杰的粉身碎骨,我残了半身并且还能娶到老婆,该是多么幸运。宗梅生自受伤后,从来都是满心无名的哀怨,而这时,他突然觉得自己很是满足。

这天的婚礼热闹的程度超过了所有人的想象。不光水文站来了许多人,乌泥湖宿舍的家属也来了一大半,再加上数不清的窜来窜去的小孩子,整个婚礼喧闹成一团。水文站的站长作为男方家长讲话,很是动情地讲述了宗梅生当年受伤的情形。历历往事,令宗梅生情不自禁地双泪长流,婚礼一时气氛低沉。直到有一个小孩子大声喊着:"结婚好开心哦,为什么要哭呢?"方使宗梅生意识到,这个日子他应该快乐。

婚礼在快半夜的时候才结束。张雅娟最后一个离开新房,临走前,她依然有些忧愁,她不知道年轻的罗彩秀将怎样和一个毫无能力的新郎度过这个新婚之夜。她只好一遍一遍叮咛罗彩秀:既然你自己选择了宗梅生做丈夫,今天晚上你就要有心理准备。你不能像别的妻子那样享受男女之事,你只有忍着点。罗彩秀明白

429

其话意,只知道红着脸拼命地点头。

宗梅生在这个夜深人静的晚上,终于第一次看到了女人美丽的胴体。他颤抖着用双手在罗彩秀光滑的肌肤上抚摸着。他将鼻子贴上去嗅着她的芬芳。然后他再一次地落下了眼泪。宗梅生说:"秀,对不起,我没办法让你开心。可是我这辈子都会用心来爱你。"

罗彩秀亦用双手从他的背上一直抚摸到他另外一半毫无知觉的身体,她也哭了。她说:"我知道,可是我不在乎。你帮我离开了我的家,你就是我的恩人,我要用这辈子来报答你。"

这个新婚之夜浸满了两个新人的眼泪。他们相拥而泣,几乎在天快亮时,才昏然睡去。

九

元旦前夕,院里在俱乐部举行了联欢,每个科室都准备了节目。施工室文艺人才不多,要拿出个舞蹈或者独唱,颇有难度。工会组长是湖北人,特别喜欢三句半。便在家里吭吭哧哧地写了几个晚上,写出了他认为一定会在联欢会上一鸣惊人的三句半。可是有了节目,谁去演又是问题。工会组长只好借在学习毛主席著作讨论会上发言的机会,动员大家踊跃报名。大家一想到演出时得拿锣背鼓地上台敲打,便都吃吃地笑个不停,半天都报不出个名来。工会组长又是央求又是号召,总算有三个年轻人跳了出来。他们分别选中了甲乙丙三个角色。剩下的只有"丁"这个位置尚空着。工会组长左挑右挑,不是不肯便是不行,仿佛再也挑不出个人来。便有人笑道:"谁姓丁就谁演吧。"

会上所有人都朝丁子恒望去,因为整个施工室只有丁子恒一人姓丁。丁子恒因对文艺节目毫无兴趣,脑子里的思路也没有与会场同步。突然见大家都望着他,不知道自己哪里出了问题,心里十分紧张,脸上也呈现出几分慌乱。一个年轻人笑道:"看丁工的样子,还以为让他上台挨批判哩。"

这么一说,大家都笑了起来。丁子恒更是莫名其妙地看着他眼前的这些人,他不知道他有什么东西值得大家笑。他甚至颇为不悦,觉得有一种被耍弄的感觉,愠怒之气便从心底腾腾地直往上冒。可丁子恒心里十分清楚,他不能把这种情绪流露出来。这么多年来,压抑自己已成习惯,他尽可能地控制自己,让自己平静。于是他的神情便越发可笑了。

室主任见他如此,忙道:"丁工,还没让你演节目,你就紧张成这个样子?"

丁子恒这才明白,原来大家笑他,是因为有人想要他演节目。他如释重负,也笑了起来,说道:"亏你们想得出来!"

工会组长笑了半天,突然说:"你别说,如果让丁工上台演,可能还真会有效果。"

演甲的人说:"对呀,三句半那半句的效果就是惹人笑的。"

丁子恒说:"开玩笑。我一点幽默感都没有,怎么会叫人笑得起来?"

工会组长说:"诀窍就在这里。一个没有幽默感的人去演一个幽默角色,这本身就是幽默。"

室里其他人见工会组长力推丁子恒上台演"丁"这个角色,先是吃惊,后来想想丁子恒在台上的样子,禁不住又笑了起来。大家一致认为丁子恒如若上台演了,施工室这回的节目一定能大爆冷门,把水文和勘测几个一贯在联欢会上出风头的科室,统统压倒。

这一下,丁子恒发现大家对他来真格的了,急得两手摆得像拨浪鼓。可是这时严肃的学习气氛已然被开心所替代,笑声一阵一阵,根本没有人听他的解释。喧闹之中,人人都认定只有丁子恒上台去演最合适,丁子恒哭笑不得地被孤立在会场。

连着三天的下午,他们都进行了排练。丁子恒虽然只有半句台词,可要把这半句说好也不是易事。他费了九牛二虎之力,才把台词记住,可记了台词还要有动作,这对他更是莫大的困难。他无法将任何一个动作做到位,他举手投足,都缺少协调感,尽管反复被指导,他仍然做不好那些动作。丁子恒央求道:"你们就放过我吧,我不是这块料。你们让我去画图纸,我保证每一张都画得漂漂亮亮。"

可是同台演出的甲乙丙三人都不同意。甲笑道:"我们已经够差了,可有丁工顶着,我们算强一点的。丁工,你存在的意义,就是把我们的丑动作掩盖起来。"

乙和丙也是异口同声。事情到了这一步,丁子恒完全没有退路,他也只能硬着头皮上了。

节目中甲是打鼓,乙是打锣,丙是打钹。轮到丁子恒,已经没有东西了,便交给他一个木鱼。这木鱼无论式样还是声音,都更使丁子恒的角色更加可笑。丁子恒死活不干,可是不干又没有别的东西可敲。工会组长说:"那就拿个脸盆来敲行不行?"

丁子恒一想,拿着脸盆上台胡敲一气,更是惹众人笑话,相比起来木鱼还稍好一点。

联欢会开在一九六五年的最后一天的下午。丁子恒他们的节目安排在第六个。因为从来都没有登过台,丁子恒心里可谓万分紧张,他甚至不知道自己是否记住了台词。雯颖见他如此,心里好笑,可又怕他上台真会出洋相,便将台词按顺序写在一块白布上,又将白布缝在他左手衣袖的内侧,这样,丁子恒只要抬起左手,便一目了然。这个方法,使丁子恒大为快意,他觉得这是彻底解决他易忘台词的特佳方式。

三句半:迎新年!

甲:东风万里红旗飘,
乙:革命形势真正好。

丙:多亏领袖毛主席,
丁:领导好!

甲:英雄时代英雄多,
乙:雷锋王杰了不得。
丙:要以他们为榜样,
丁:忠于党!

甲:毛主席著作闪金光,
乙:光芒照在我心上。
丙:字字句句指方向,
丁:有力量!

甲:阶级斗争很复杂,
乙:敌人没把枪放下。
丙:提高警惕擦亮眼,
丁:莫手软!

甲:美帝苏修是一家,
乙:想要称王又称霸。
丙:世界人民不怕它,
丁:跟它打!

甲:政治挂帅要抓紧,
乙:技术革命当标兵。
丙:永远革命脚不停,
丁:有决心!

甲:转眼不觉又一年,

乙:各族人民笑开颜。

丙:敢教日月换新天,

丁:永向前!

可是丁子恒还是高估了自己的能力。上台之后,他的脑袋里一片空白,纵使只有半句话,并且都写在了衣袖上,他还是要看半天才念得出来。纵使他的动作极其简单,他还是在需要做动作的时候,忘记应该如何去做。这样一来,台上的丁子恒便常常在前三人铿铿锵锵念完台词后,依然眼睛直直地盯着自己的衣袖,愣怔片刻,方能接得上去。而他的动作又跟他的台词不配合,非得念完台词后,方能想起应该做一个什么样的动作,赶紧伸胳膊伸腿地将动作做出来。有几回,他还在做动作时,甲已经在念另一轮的台词了,结果是把台下的人笑得几乎岔了气。

到了这地步丁子恒也拿自己莫可奈何,只得任由人笑。对于他来说,最重要的是:他一句也没有念错。念得慢只是引大家发笑,倘若念错了呢?或许就是另外的情形了。

嘟嘟因为跟雯颖去买过年的新衣服,没能看到这场联欢演出。但三毛去了,三毛本以为爸爸演节目会令他多么自豪,但却没有想到台上的爸爸竟然如此窝囊。在人们一起笑爸爸的三句半时,他一点也笑不起来,他觉得好没面子。没想到爸爸在家里那么严肃,在外面却是被人们如此嘲笑,仿佛一个活宝。丁子恒的形象因为这一次演出在三毛心里打了一个大大的折扣,对此丁子恒完全意想不到。更令丁子恒意料不到的是,他这回演节目使自己出了大名,许多不认识他的人都打听他。以前只有几个搞业务的院级领导知道他,而通过这回的演出,差不多全都认识他了,见了面都笑着打招呼,说:"丁工,你很了不起呀。"这结果令丁子恒心里颇感诧异。

联欢会下午即结束,晚上俱乐部尚有游艺活动。嘟嘟因为没有看成下午的联欢会,便死活吵闹着要看晚上的游艺活动。雯颖也觉得许久没有热闹了,亦意欲前去一观,丁子恒只好带了她们同去。三毛却是坚决地摇头表示不与爸爸同行,三毛说:"要是别人指着爸爸说,这就是演三句半的那个人,我跟着爸爸走脸上都没光。"

一句话把丁子恒呛得半死。丁子恒说:"演一个小小节目,能丢多大的人?院里领导看了我演节目,都说我了不起哩。再说我又不是戏子,我当然不会演!如果我把大坝弄垮了才真正是丢人。"

三毛的话,令丁子恒原本愉快的心里生出一些不愉快。走在路上,他心里想:难道我真的丢了人吗?这种不愉快的情绪一直在丁子恒的心头徘徊不去。在俱乐部,雯颖带了嘟嘟去套圈呀钓鱼呀什么的,丁子恒有些倦意,便独自在一张张写着灯谜的纸条下转悠。

灯谜大多简单,且均是老套子,多少年猜来猜去就是这些名堂,丁子恒也无心去猜。他漫无心绪地转了一圈,突然被一系列诗词灯谜所吸引,他不禁走了过去。

灯谜为:

1. 不是对人说话
2. 特大洪水
3. 坐宇宙飞船绕地球飞行
4. 后背心挨了一拳
5. 连天冰雹
6. 小心迷失方向摔跤
7. 莫等闲白了少年头,冬去春来年复年
8. 太平洋上十二级风暴
9. 他已先走一步
10. 西风里参观平原秋庄稼

11. 天气晚来晴
12. 昆仑压顶
13. 大海封冻
14. 牛鬼蛇神夜总会联欢
15. 欲观秦岭蜂采蜜
16. 螳臂挡车实在难

　　灯谜注明是打毛主席诗词之诗句，丁子恒不觉对这些灯谜生出兴趣。

　　毛主席诗词他读得不少，在已读过的诗词中，他特别喜欢《忆秦娥·娄山关》一首："西风烈，长空雁叫霜晨月。霜晨月，马蹄声碎，喇叭声咽。雄关漫道真如铁，而今迈步从头越。从头越，苍山如海，残阳如血。"他觉得这首诗无论技巧还是气势，都不输于中国最好的诗词。他还喜欢毛主席在重庆所写的《沁园春·雪》，这首词他读得很早，记得当时与他一道的一个老工程师说，看来中共的毛泽东想当皇帝。丁子恒当时并不同意，现在却想，虽说没有明说，其实意思已经到了。待他看完最后一条谜语，发现落款为"资料室刘格非"。丁子恒想，难怪，除了他，谁还会书生气地费那么大劲制造新灯谜呢？

　　很轻易地，丁子恒猜中其中一些诗句。"不是对人说话"乃"问苍茫大地"，"特大洪水"乃"江河横溢"。"坐宇宙飞船绕地球飞行"，丁子恒先猜为"坐地日行八万里"，后又觉得不对，再细想，认为"万水千山只等闲"更合适。再猜"后背心挨了一拳"，丁子恒笑了起来，恰这时，有人拍了一下他的肩头。丁子恒一回头，正是刘格非。

　　刘格非说："丁工，见笑了，我知道难不倒你。"

　　丁子恒笑道："'肩膀被人拍了一下'，打毛主席诗词一句。"

　　刘格非说："与我的'后背心挨了一拳'异曲同工，是谓'惊回首'。"

　　丁子恒说："你怎么想出这些来的？"

刘格非说:"毛主席的诗词写得好哇,可惜好多人并未读过。我就想用这个法子,吊起大家胃口,让大家都去读读。丁工,你是个好诗之人,想必你读了不少,不知最喜欢哪一首?"

丁子恒当即诵道:"西风烈,长空雁叫霜晨月。霜晨月,马蹄声碎,喇叭声咽。"

不等丁子恒继续诵读,刘格非惊喜交加地叫了起来:"真是英雄所见略同。丁工,这也是我最喜欢的一首呀!"

知音相遇,两人的谈兴更浓。丁子恒想起在柳山湖的日子,愉快的心情仿佛又回到了心里。他接着往下猜灯谜。"连天冰雹"即"洒向人间都是怨","小心迷失方向摔跤"即"路隘林深苔滑","莫等闲白了少年头,冬去春来年复年"即"人生易老天难老","太平洋上十二级风暴"即"白浪滔天","他已先走一步"即"莫道君行早"。"西风里参观平原秋庄稼",丁子恒在这一句前踟蹰良久。

刘格非拊掌大笑,说是如果连这一句都猜不出来,便是枉读了毛诗矣。丁子恒说:"难道是'喜看稻菽千重浪'?"

刘格非大笑不止。丁子恒从他的笑声中听出来答案是肯定的,便说:"我是落入你'西风里'三字的误区了,其实这三个字并无意义。"

刘格非说:"言之有理。只是加这三字,谜面便自带诗意,岂不是多了几分韵味。"

丁子恒说:"你是让人猜谜,而非让人赏诗,如此这般,不足取。"说笑间又继续往下猜。"天气晚来晴"乃"雨后复斜阳","昆仑压顶"乃"头上高山","大海封冻"乃"顿失滔滔","牛鬼蛇神夜总会联欢"乃"百年魔怪舞翩跹"。

丁子恒猜出此句后,不禁好笑,说道:"亏你想得出呀。"但下面一句"欲观秦岭蜂采蜜"却再一次难住丁子恒,他想来想去,觉得没有合适的诗句。

刘格非道:"好好好,总算难倒你一回。此为'待到山花烂漫时',如何?"

丁子恒想了想,先觉得这个谜语编得不够高明,后一细想,却又觉得何尝不是如此。便说:"你这句已经不是谜面了,而是联句。'欲观秦岭蜂采蜜,待到山花烂漫时',这诗联得倒也不算差。"

刘格非笑道:"正是正是,与前面相比,此句是有些变化。"

丁子恒说:"那下一句也就容易了。'螳臂挡车实在难'之后当是'蚍蜉撼树谈何易',这绝不会错。"

刘格非说:"当然不会错。灯谜在这里放了一下午,只有你一个人从头到尾猜了出来。丁工,我撞到你,既是撞到了克星,也是撞到了知音呀。"

丁子恒听刘格非如此说,便愈发高兴起来。雯颖和嘟嘟玩够了前来找寻丁子恒时,丁子恒同刘格非早已从灯谜谈到了诗词,从现代谈到了古代。他们所谈的那些散发着典雅气息的诗词,仿佛在片刻间就把丁子恒努力学来的政治术语都挤跑了。

这天晚上,丁子恒偶发童心,一个人翻阅着旧书守岁。窗外起了一些风,把冬日里枯干的树枝吹得呜呜作响,仿佛是即逝的一九六五年无奈的叹息,又似那过往岁月最后的挽歌。

十二点的钟声敲响时,丁子恒恰读到王安石的《元日》:

爆竹声中一岁除,春风送暖入屠苏。
千门万户曈曈日,总把新桃换旧符。

读完时,已身处在一九六六年的时光里。丁子恒望着窗外没有星光的夜空掩卷叹想,我们等来的新桃会是什么呢?它能为我们驱散旧日的妖魔鬼怪吗?

1966 年

昔我往矣,杨柳依依;
今我来思,雨雪霏霏。
行道迟迟,载渴载饥。
我心伤悲,莫知我哀!

——《诗经·小雅·采薇》

一

一连几天都很冷。虽然无雨无雪,可北风如一头刚从笼中放出的野兽,从敞开的走廊扑向门窗。人进出屋时,稍不留神,门便被风"呼"一下撞开来,冷风立即把屋子灌满。窗户虽然紧闭着,但在北风这只巨掌的拍打下,它不得不发出哐哐哐的声音。这声音在更深人静的夜晚格外地扰乱人心。

这天风小一些,一个衣着朴素的中年妇女来到了丁字楼。她走到雯颖家门口,四下张望。雯颖正拖地板,见状忙放下拖把从屋里出来问她找谁。中年妇女说她是来看房子的,总务室通知她说乌泥湖丁字楼上左舍有一间空房,她想看看房子的情况。

虽然早有思想准备,可是雯颖心里还是"咯噔"了一下。一想到将来可能会与眼前这个女人一家为邻,共用厨房和厕所,雯颖便满心不是滋味。可是生活却不管她心里的滋味如何,她注定要同一个陌生的家庭朝夕相处,为此她无论如何也要好好接待她。

雯颖把中年妇女领到西边的房间。这间房虽然还没有完全腾出来,但里面只剩了床与桌子。中年妇女环视了一下房间,然后说:"这间屋西晒得厉害吧?"

雯颖说:"是有一点。"

中年妇女说:"屋里倒蛮明亮。"

雯颖说:"是呀,比我们那间还好一些。"

中年妇女突然就转了话题,说:"你丈夫是不是丁子恒?"

雯颖有些诧异,说:"你怎么知道?"

中年妇女说:"我老早听我丈夫说起过。我也见过你,1958年时你在俱乐部的大会上讲过话。其实我选中的不是这个房间,而是你们这家邻居。"

雯颖更加惊讶,说:"是吗?你丈夫是哪个室的?"

中年妇女脸上掠过一线不易察觉的阴影,立即又恢复了明朗的脸色,她说:"你大概不认识的,他原是勘测室的,叫孔繁正。"

雯颖几乎要惊叫起来了。时光过去了几近十年,但这个名字却深深地刻在雯颖的印象中。五十年代末期丁子恒曾经翻来倒去地在家中谈及孔繁正。谈他的傲慢,谈他的博学,还谈他的正直,获悉孔繁正被赶到工地劳动改造后,言谈中又充满着愤愤不平和同情。雯颖怎么会不认识这个人呢?雯颖差点脱口说出"我太认识他了"。可在瞬间她又想到孔繁正现在的身份——历史反革命加现行反革命,立即觉得自己不能表现得太热诚。于是淡淡地笑了笑,说:"是呀,我一直在家带孩子做饭,丁子恒的同事我都认不得。"

中年妇女说:"那是当然。我叫李维春。我们现在住在长宁街,我想春节前就搬过来。"

雯颖心里很喜欢这个未来的邻居,她带几分高兴地说:"行呀,我马上就把房间清理出来。"

李维春说:"你有几个孩子?"

雯颖说:"有四个。老大在北京上大学,老二在念高中,还有两个小的,一个正读小学六年级,一个读四年级。最小的是个女孩子。"

李维春说:"我的孩子都比你的大。跟着我的是一个女儿,其他的都在外地。我两个儿子都去了云南,他俩是双胞胎,一起报名参加支滇建设兵团的,上个月才走。现在在西双版纳,你说这地方名字怪不怪?听说那里的风光美得很。我还有个女儿,在沙湖,她是老大,1958年就去了,现在是那里的植棉能手。我现在身边就只有小女儿,叫孔薇薇,她已经上初二了。"

雯颖听得心里发沉,却见李维春说话时脸上带着微笑,声音也是朗朗的。雯颖试探着问:"孩子们都走了,你也舍得?"

李维春笑了笑,说:"这不是我舍不舍得的事,是只能如此。再说,都新社会了,干什么不都是干?"

雯颖觉得她说得也对。但是倘若自己的孩子都离家远去,她是做不到这样洒脱的。她觉得她不敢想这一点。

春节前的一个星期日,李维春一家搬到了丁字楼上左舍的西间。在搬东西的喧闹中,丁子恒始终没有走出房间。他坐在窗下桌前,桌上摊放着一本德文书。他努力想让自己了无牵挂地走进书中,但这天他却无论如何也做不到。他的脑子里一直浮动着孔繁正的身影,他站在江滩上,江风吹扬起他的长围巾,他用一种不容置疑的声音讲述三斗坪的地质条件,他的脸上洋溢着激情,眼睛里充满着傲慢。这一切,恍如昨天。然而掐指算来,九年的时光已在不知不觉中过去了。丁子恒听雯颖讲述了孔繁正儿女的情况,亦得知孔繁正现正在陆水工地伙房负责砍柴烧火。从1960年起他就开始干这件事,一直干到现在。想想神采飞扬说话斩钉截铁的工程师孔繁正日日黑着面孔低头偻腰地在炉边烧柴吹火的情景,丁子恒便觉心脏抽搐,心惊肉跳。

晚饭时,隔壁一家收拾得差不多了,丁子恒终于看到了孔繁正

441

的太太李维春。三毛和嘟嘟正帮着李维春和孔薇薇堆码蜂窝煤,两个小家伙脸上手上都弄得黑乎乎的。丁子恒正愁不知道如何同李维春打招呼时,李维春也看见了他。李维春朗声一笑,说:"丁工,你家这两个孩子真是乖,果然教导有方。当年孟母择邻,流芳百世,这回我选邻居,看来是选对了。"

听李维春这么一说,丁子恒一下子自然了许多。丁子恒说:"哪里哪里,这两个孩子一向淘气得很,以后还要请你们多包涵一点。"

嘟嘟立即尖声叫了起来:"爸爸撒谎,三毛才淘气,我根本没淘气过,你昨天还表扬我乖的。"

三毛亦抗议道:"我早就不淘气了,妈妈前几天还说我进步了好多。爸爸讲话不负责任。"

丁子恒一时有些尴尬,心想自己的这番话确也谦虚得不很恰当,三毛和嘟嘟都算不上一向淘气的孩子,自己未免有些夸大其词,尤其嘟嘟,常常是很乖的。想到这些,他便不知说什么好了。嘟嘟的小嘴已经噘得可以挂油瓶,丁子恒怕两个小东西就此胡闹起来,他更难堪,只好忙不迭道:"好好好,算我说错了,冤枉了你们两个。"

李维春见此大笑起来。她的笑声干净明亮,没有一丝杂质,也毫无做作之气,每一声似乎都发自内心。丁子恒不禁暗暗称奇,心道,这位孔太太的风格做派倒不似家庭妇女,她家倒霉如此,她竟然还能这样乐观,真是有些不寻常之处呀。

大年三十的下午,孔繁正回来了。孔繁正上身穿着一件黑色棉袄,下身一条蓝布棉裤,头戴一顶陈旧得已经被虫蛀出无数小窟窿的呢帽。他提着一个小小的旅行包,一路走一路谦恭地向人询问丁字楼是哪一栋。丁子恒骑着自行车下班回家,见有一乡下人问询丁字楼何在,也懒得下车搭理,一溜烟便骑了过去。被问路的人在他的身后说:"跟在这个骑自行车的人后面就行了。"

丁子恒扛了自行车上楼,在走廊放好自行车正欲进屋,却见适才问路的乡下人一步一步地走上楼来。丁子恒突然觉得这人有些面熟,瞬间便意识到,这个有如乡下人的来人竟是孔繁正!一句就要脱口而出的问话"你找谁"便立即吞了回去。丁子恒不知道自己应该同孔繁正说些什么,他甚至不敢与他对视,他对上楼来的孔繁正只是瞥了一眼,便匆匆进了自己的房间。只这一眼,孔繁正的状态也足以令丁子恒心惊。孔繁正面孔黑瘦黑瘦,本该刻在额上的皱纹却刻得满脸都是,像一块被千刀砍万斧剁过的黑木头。他的眼睛仿佛睁不开,一粒眼屎甚至还粘在眼角。他的行动迟缓,表情木讷,背稍稍地佝偻着,令人不敢相信这曾经是何等挺拔而潇洒、何等尖锐而傲慢的孔繁正,更令人不敢相信这样的人会是一个才华横溢的工程师。

丁子恒进到自己的家里,心口如堵。

屋里正包饺子,一片混乱中夹着许多的欢笑。大毛从学校回来过寒假,正神气活现地给弟妹们讲着北京的事情。人太多了,房间太小了,连声音都仿佛被挤得慌。包好的饺子无处摆放,便只好将一张木板床上的垫被掀开来,在上面铺上干净的报纸,然后一排排地将饺子排列好。丁子恒进门时,饺子已经包完大半,全家人正围着方桌忙碌。雯颖擀皮,二毛包,嘟嘟负责把切好的面坨搓圆,三毛则将嘟嘟搓圆的面坨压成饼状交给雯颖擀薄。大毛不会做事,便负责运输,即将二毛包好的饺子搬运到床板上来。丁子恒在北京读书时,跟着同学学会了包饺子,自称是包饺子的高手,家里每次包饺子,他都会兴高采烈地上前去露一手。所以这天丁子恒一进门,三毛便高叫道:"爸爸,快来露一手!我要吃你包的,不吃二哥包的。"

怀揣着满心愉悦回家过年的丁子恒,被蓦然冒出的孔繁正搅得心烦意乱,整个心境仿佛就因了那一瞥而遭到惨重破坏,一股难以言说的感觉在胸中四下翻腾。当年与孔繁正相处的情景至今尚历历在目。从内心里,他不喜欢孔繁正,但却佩服他。既佩服他的执着和认真,亦佩服他的率直和严谨。他曾经讨厌过的孔繁正的傲慢,但是现在,经历了这么多的学习,丁子恒已经不知道何为傲慢了。他除了夹着尾巴而外,不知道自己应该如何做人。他渴望有一天自己能昂着头全身舒展地出现在人群中,可是这样的日子好像永远走不到他的面前。为此他对孔繁正的那份让人讨厌的傲慢也怀念起来,只是……只是现在的孔繁正委琐得几乎让人无法识得。生活对人的磨蚀何其残酷何其无情!他想不通,为什么非要让人忍受这种残酷无情的生活呢?为什么就不能让人生活得顺畅一些?一个人心情愉悦地做一份自己喜欢并且有益于人类的工作为什么就这么难呢?这些问题多少年来常在丁子恒的心中盘桓,他为这些问题也费过不少脑筋,但始终没有想通其中道理。他也知道像他这样头脑简单的人,是无法想明白这些的。包括孔繁正这样的人,纵然让他烧一辈子的灶火他也不会想通的。

丁子恒沉浸在自己的思绪里,他没有理睬三毛。三毛生气地叫道:"爸爸,你不劳动不得食!"

雯颖说:"三毛,不许这样讲爸爸。爸爸累了,要休息一下。"

大毛说:"三毛,别闹,我来讲个故事。"

三毛眼一撇鼻一耸说:"你去年在夏令营讲话,人人都笑你,你一点也不会讲故事。"

大毛立即哑了口。二毛说:"那我来讲个笑话吧。"

嘟嘟立即欢呼起来,她最喜欢听笑话,而且她知道二毛的肚子里有很多笑话,常常讲得她笑得捧着肚子趴在地上爬不起来。嘟嘟说:"二哥的笑话,顶天立地。"

三毛说:"啧啧啧,词都不会用,没知识。"

嘟嘟说:"你才没知识哩,你上次还把'病从口入'说成'病从口出'了哩。"

三毛一拧脖子道:"未必就没有人是'病从口出'吧？妈妈咳嗽的时候,从来都不要我站在她的面前,说是怕把病传染给我了,那不就是'病从口出'吗？真不晓得是谁没知识。"

嘟嘟小脸气得通红,却说不出个所以然来。二毛站出来替妹妹帮腔道:"成语有你这么乱改的吗？好了好了,你们就喜欢吵吵吵,还要不要听我讲笑话？"

嘟嘟说:"要。"

三毛说:"不要。"

二毛质问三毛:"那你要什么？"

三毛又回到了他的老话题上,三毛说:"我就要吃爸爸包的饺子。"丁子恒在小孩子们的吵闹声中,回到现实之中。他说:"三毛,你真是咬定爸爸不放松呀。"

三毛说:"错。妈妈教过这首诗,是'咬定青山不放松'。"

二毛说:"你真的以为你有知识吗？爸爸这叫活用诗词。"

三毛冲着二毛"嘘"了一声,得意道:"那我的'病从口出'也没错吧？我是活用成语。"

二毛也被呛得一句话说不出来。三毛快意地拍着巴掌大笑道:"哈,胜利！三毛胜利！"

高兴之中,他情不自禁地仰身倒在床上,四肢朝天快意地乱蹬着。嘟嘟和雯颖几乎同时发出了惊人的大叫。原来三毛躺倒在排列得整整齐齐的一片饺子上。大毛一巴掌把三毛从床上拎了起来。三毛也傻了眼,床上的饺子全都被他压烂,有的流出汁来,浸在报纸上,整个局面惨不忍睹。

雯颖生气了,厉声道:"三毛,总是你惹事！"

三毛的得意一散而尽,他惊慌失措地伸出手,想把那些烂了的饺子恢复原状,但那显然不可能。三毛沮丧道:"我忘了,我不是故意的。"

丁子恒见床上如此这般,知道晚上的饺子也吃不好了,便也对

445

三毛有些恼火。他板下面孔,正欲痛骂三毛,突然听到隔壁传来尖锐的声音:"我就是讨厌他!他不是我的爸爸!他害得别人都瞧不起我。我没有这样的爸爸!"这声音像锯齿一样,从丁子恒的耳朵上拉过,令他感觉到强烈的疼痛。

这是孔薇薇的声音。随着这几声叫喊,是一声剧烈的门响和一阵急促下楼的脚步声。然后紧接着的是开门声和李维春的高声叫喊:"薇薇,你疯了!你回来!"然后又一阵急促的脚步下了楼。

沉默仿佛同夜色一起一下子落了下来,笼罩在两户人家。

丁子恒在这一瞬间想,同孔繁正相比,我是何等的快乐。孩子们可以任性地吵闹,自由地辩论,可以把包好的饺子压烂,可以非要吃爸爸包的饺子。爸爸对于他们来说,是一个重要人物,与他们的生命紧密地连在一起,我还有什么不满足的呢?这就是幸福。这样的幸福多少人能拥有呢?至少与他一墙之隔的孔繁正是没有的。此刻,他一家人说笑吵闹着包饺子,而孤独的孔繁正又会怀着怎样的心情呢?丁子恒甚至觉得自己看到了在夜幕的阴影下,孔繁正痛苦而哀伤的面容。想到此,他长吐了一口气,他想,我要珍惜自己所有的幸福,我不要责骂我可爱的孩子。

于是他笑了起来,说:"算啦算啦,不就是坐烂了饺子吗?这几个烂饺子由我和三毛吃。来来来,爸爸这个高手亲自上阵,我们再包好的。"

三毛逃脱一顿大骂,又被丁子恒的快乐所感染,满脸的惊慌一扫而尽,他情不自禁地叫了起来:"爸爸万岁!"

三毛这声快乐的喊叫,令全家人都松了一口大气。原本见丁子恒脸色难看,雯颖只担心丁子恒会发火,大毛二毛也都捏了一把汗,就连嘟嘟都在替三毛担心,生怕他会挨打,想不到现在什么事都没有了。嘟嘟开心起来,她高兴地叫道:"过年真好呀!爸爸太好了!"

丁子恒笑了起来,这副笑容凝固在脸上许久。但他知道这笑

446

容并不是来自心里,这笑容是为了他的妻子和他的孩子,这是别人的笑容。他的心里仍然为隔壁的暗影所笼罩。暗影中有一个人目光呆滞,满面忧伤。这个人的存在,令挂着满脸笑容的丁子恒全身发冷,令他心里的颤抖跟窗外的风一样,一阵紧似一阵。

二

春节之后,晴了几天,宛如春天来临。院里层层传达省直属机关毛选学习大会的情况,大会文件一直发到每个人的手上,要求每人必须发言一小时,主题为学习毛选与突出政治。于是接连几天,从下午到晚上,大家都在就此话题学习和讨论。

这一场学习未完,人们尚在诧异这年的春天为何来得如此之早,不料老天陡然变脸,一下子风雪交加,天气又变得奇冷。随着天气的变化,学习内容也发生了变化。

院里召开了全体大会,林院长亲自作报告。他首先给大家讲述了一个人的故事,这个人名叫焦裕禄。他是河南兰考的县委书记,只有四十二岁。他不顾自己身患肝癌,为了解除兰考三十六万人民遭受内涝、风沙和盐碱三害的痛苦,四处奔波,长途跋涉,足迹遍及全县,硬是将全县八十四个风口,一千六百个沙丘以及大小河流全都跑了个遍。他将它们编上号,绘出图,发誓要根治"三害"。他在肝疼难忍时,用藤椅抵着肝区,以致将藤椅顶出一个大洞。他终于在工作中倒下,弥留之际,他只提出了一个要求,要求组织上把他埋在兰考的沙丘上,他说他活着没有治好沙丘,死后要看着兰考人民把沙丘治好。在林院长讲述这些时,会场鸦雀无声。人人都为焦裕禄而感动。于是,这个曾经的陌生人,在这天冒着风雪,以一个英雄姿态走进了人们心里。

林院长讲完这些,又以焦裕禄为榜样检讨自己。然后就总结了院里工作存在的五个问题。一是全面贯彻多快好省不够,注意国防不够,对重大问题研究不够;二是突出政治以及政治挂帅问题做得不够;三是领导作风和领导方法存在问题;四是培养新生力量和革命接班人不够;五是生活福利问题解决得不理想,尤其对外业职工。

会议完后,立即布置了学习任务。一要开展讨论,如何向焦裕禄学习;二要对照焦裕禄写个人的整风检查;三要结合学习焦裕禄和林院长报告,针对院领导干部"下楼洗澡"的问题进行鸣放。时间上规定每周必须有四个下午和三个晚上用来进行学习讨论。

这样的讨论和学习,对于丁子恒来说,已经习惯。那些曾经令他深觉别扭的言词也慢慢地顺眼顺口起来,他可以熟练地操着它们进行发言了。虽然发言的内容是那样空洞缥缈,说完后自己也不知道究竟哪一句是实在的,哪一些可以变成行动。但是,他已经明白,这是一个不需要实实在在行动的年代,需要的只是你的一个态度。这个态度虽不能替代你实际工作中任何一个环节,但是它却大于一切。

这是丁子恒最终搞清楚了的事情。所有的那些没有实际内容的发言和那些没有任何意义的文字,都是他生活中的一个重要部分,与他的命运密切相连。倘若哪天学习少了,或许他还会惶惶不安,不知道又将会发生什么样的事情。他努力使自己融进这个时代,像他所有的同事一样。未来生活的画面,变得越来越不像他年轻时曾经勾画过的那样。他觉得自己也越来越不像自己了。

但这一次,是谈焦裕禄。丁子恒想,焦裕禄之所以成为焦裕禄,是因为他实实在在地做事啊。他做的那些事很具体,目的性很清楚,他对沙丘和风口所做的调查,多像他们的查勘呀。所以,这次的讨论,丁子恒认为一定会就工作中一些很具体的事项进行放谈。

然而,丁子恒对所有事情的预测都不准确。整个讨论几乎都只是空谈一下焦裕禄,话题很快就转到院里现今仍然存在的问题上。年轻人们锐气逼人,言词咄咄,所提意见相当厉害,命中率奇高。丁子恒听时觉得十分振奋,但细想一下,又觉得心惊肉跳。一九五七年的情景不时浮出他的脑海。他想,怕不会又是一个钓饵吧?万一又来反右,眼前又会有几个人当右派呢?他想他还是不说为好。

但是不发言也是不行的。会上不发言的人已经很少了,发过言的人都拿眼睛望着那些不发言的人。那目光意味深长,令人心慌。丁子恒想来想去,觉得还是顺着学习焦裕禄的事迹,就工程中的事说几句或许合适。于是他就丹江口陆水工程作了一个简短的发言。他说丹江口的查勘很潦草,科研为生产服务不足,重主体工程而轻辅助工程。而以陆水这样的小规模来做三峡试验坝也是不够的,即使成功,也不足以说明三峡的问题。这原本就是丁子恒早有的想法,过去开生产会时他也说过几次,现在他觉得说这些人人都心里有数的内容一不会冒犯什么,二不会引起大家对他的过多注意。

但是前来听会的政治部谢森宝主任还是批评了他一句。谢森宝说:"丁工,你总是三句话不离科研。要记住,科研最主要的是要为政治服务,为无产阶级专政服务。我们修三峡为了什么?最终还是为了巩固无产阶级专政,离了这条,什么都是空的。"

丁子恒身上立即出了汗。他马上说:"是是是,谢主任批评得对。我还要加强学习,还要加强学习。"

这个批评令丁子恒一整天都心情抑郁。晚上他便头晕,晕得人有些恍惚。雯颖吓得不轻,立即要陪丁子恒去医院。丁子恒浑身疲惫,懒懒地躺在床上,闭着眼睛,并不想动。他有一种心灰意冷之感,突然就觉得人生好无趣。雯颖左说右说,丁子恒仍不愿去医院。雯颖一急,便跑到壬字楼上找杜大夫。丁子恒听着雯颖碎乱的脚步,觉得自己有些对不起她。于是他想不如起来,依了雯颖去医院好了。他睁开眼睛,不料却见三毛和嘟嘟两人站在他的床边,眼巴巴地望着他。

丁子恒惊讶道:"你们两个干什么?"

嘟嘟说:"爸爸病了,我怕爸爸不小心死掉了,我就站在这里,爸爸一死,我就拉爸爸,再把爸爸拉醒过来。我怕我一个人拉不动,就叫三毛和我一起拉。"

三毛大大咧咧地说:"我知道爸爸不会死。我们还是小孩子,爸爸怎么会死呢?爸爸一般都是要等小孩子长成大人,然后小孩子又生了小孩子,爸爸才会去死。爸爸现在是生病,不过,我觉得爸爸生病的样子很奇怪,脸是灰色的,所以就想观察一下。"

丁子恒被两个孩子的言论弄得笑了起来,这一笑,头上也松快了一点。

雯颖回来,她没能请到杜大夫。雯颖满脸不悦,说她觉得杜大夫家里明明有人,可是她大声叫门,里面就是没人答应。丁子恒说:"算了,别找人家了。我现在稍好了一点,明天早上我一定看病,行不行?"

次日一早,雯颖坚持要陪丁子恒去医院,在内科遇见了杜大夫。杜大夫见了他们,忙热情相问,一副谈笑风生的样子,仿佛根本不知道昨天雯颖去了他家。雯颖低声对丁子恒道:"他越是这样,我越觉得他昨天在家,而且故意不开门。"

丁子恒说:"算了,就算人家不开门,人家也有人家的事,何必介意?"

丁子恒血压升高,高压一百八,低压一百二。杜大夫为他开了三天病假。丁子恒先没有想到休息,拿了休息的病假条,方觉得眼下的学习紧张而乏味,休息一下也好。便同雯颖一起去室主任处交了假条,回家去了。

阴阴雨雨,风风雪雪了几天,突然又变得闷热起来。闷热来得有些突然,于是一连几天,在办公室里大家都议论说这天气怎么有些怪怪的,不知有什么兆头。几乎话音刚落,寒潮又席卷而来,天色灰蒙蒙的,冷风并未在空间呈现它的姿态,而是用一种不动声色的方式尖锐地刺透棉衣,直入骨髓。已经是三月时分了,竟有雪花随冷风飘下,愈加令人觉得奇冷无比。

丁子恒这天早上骑着自行车顶着霏霏雨雪前去上班,捏着自行车的手僵硬得无法控制。他一路在想,大自然如此频繁地翻脸,难道真如人们所说的有什么不祥之兆?丁子恒一向是唯物主义者,但随年岁的增长和经历的丰富,他觉得自己变得越来越无法知晓自己在做什么,将面对什么,以及有可能成为什么样子。他原本一直以为自己活得踏踏实实,现在却明白自己心里已经虚空得有如肥皂泡,几丝风吹草动,便可惊破。

上午,得到通知,全体人员去中苏友好宫参观技术革新展览。中苏友好宫在中山公园对面,主体建筑呈半圆形状,中间有一喷水池。节日时水柱喷射起来,与四周灯光相互映照,显得典雅而气派。丁子恒曾经带三毛和嘟嘟专程来看过灯,两个小东西到此便亢奋,疯玩得不愿回家。丁子恒参观完后,先自出来,围绕着喷水池踱步。虽然已是三月,可因天寒,池里的水面上,漂浮着薄薄的一层冰。丁子恒想起三毛和嘟嘟在此玩耍的情景,心里不觉有几分愉快。

另有一高个男人亦站在池边观看,丁子恒没有在意。他是一个不太注意观察与他无关的事情的人,他的下意识里知道有人站在那里,但他却无意知道此人是谁。直到他走近那人旁边,对方叫了他一声:"丁工,是你呀。"

丁子恒怔了怔,定神一看,方发觉原来站在这里的人是住在自家对面乙字楼上的沈慎之。

丁子恒与沈慎之并不太熟,但因雯颖与沈太太张雅娟关系颇密,常在家里说沈家过去如何如何,现在如何如何,故丁子恒虽与沈慎之本人交往不多,却对他家的事情知道得不少。

丁子恒忙说:"是你呀,沈工。抱歉抱歉,我这个人经常是心不在焉,不太注意观望别人。"

沈慎之笑一笑,说:"我也是一直到你走到跟前才发现。"

丁子恒说:"我们室那些人还没有参观完,我先在这里等等他们。"

沈慎之说:"我也是这样。"说完,他又笑了一笑。

丁子恒觉得他的笑意很熟悉,瞬间他就记起常上他家来玩耍的沈忆丁。沈忆丁是丁子恒印象中最深刻的别家小孩,因为他的哥哥曾经在与三毛一起玩耍时被人拐走,每当看到这个小孩,丁子恒心里便会多出许多怜惜。所以,邻家小孩人人都怕丁子恒,偏沈忆丁不怕,因为丁子恒每次见到他都从自己的抽屉里摸出几片饼干来给他,这事曾令嘟嘟和三毛妒嫉得要命。想到这里,丁子恒说:"你的小儿子常来我家玩,他很可爱。"

沈慎之说:"是呀。丁丁回家也常说丁伯伯最喜欢他,老给东西他吃。真不好意思,丁工,我家小孩馋嘴,给你添麻烦了。"

丁子恒笑了起来,说:"小孩子嘛,他馋嘴的样子给我们大人带来不少快乐哩。"

沈慎之说:"丁工,跟你说话我突然觉得很有意思。你我并没有多少交往,可是我对你家的事情知道得很清楚,就连你女儿什么时候哭了一场差不多都知道。"

丁子恒也笑,说:"正是这样啊。刚才我还想到这点,我对你家也是了如指掌呀。"

两人仿佛都是想起了两个太太嘟嘟囔囔密谈的样子,便忍不住一起笑了起来。这一笑,便觉得彼此都早已熟悉不过了。

沈慎之说:"丁工,这几天你们处讨论得怎么样?"

丁子恒说:"很好呀,大家都提了不少意见,很有意义。"

沈慎之说:"我们处也好尖锐。现在的年轻人很狂妄,他们什么都想过问,对院里这些年花了多少钱,建了多少坝和发了多少电都进行了比较。不听不知道,一听吓一跳呀。"

丁子恒说:"是呀,我们处年轻人也是锋芒毕露,批评院里领导头脑发热,做起大坝来总是要高坝,要大库容,要一次建成,他们认为这是典型的贪大求洋。"

沈慎之说:"不知道院领导听了怎么想。"

丁子恒说:"我看也没有哪个领导坐下来听,很可能这些意见都到不了他们耳朵里,都是白说。就算听进去了,以现在这样的局面,他们也没有办法改正。现在全国都在搞政治,谁还去听生产意见?"

沈慎之说:"不至于吧。首先领导知道哪些人跳得高,有抗上情绪。再说领导们学习毛主席著作学得都很认真,真要是好意见,也不会让他白说。政治搞好了,生产也就上去了嘛,政治学习也就是要达到这个目的。"

丁子恒一时没有明白沈慎之的意思。片刻间,他意识到自己所言欠妥,骨头里立即觉得寒风吹入。他想怎么能在一个他显然缺乏了解的人面前说这些话呢?此念一生,丁子恒便有几分紧张,立即觉得同沈慎之的对话有了障碍。他一时不知道说什么才好。

沈慎之说:"听说各科室马上要选代表直接向党委提意见了。"

丁子恒不知有此事,显得惊讶地问:"真的?怎么选?"

沈慎之说:"不清楚,说是要选一百多个代表,代表各科室,直接与党委对话,或写成书面材料。院党委这个举动很了不起呀,做到这一步真不容易。"

丁子恒有些茫然,说:"为什么要这样呢?"

沈慎之说:"当然是要提高领导的政治觉悟和政治水平。只有这样,我们业务人员的设计工作才好搞。"

丁子恒对如此说法更觉得不顺耳,于是他不想再与沈慎之多谈,便淡然说了一句:"原来是这样。"

丁子恒不再说什么,心里却觉得沈慎之这个人好无趣,同他讲话远没有同张者也金显成他们讲话来得融洽和自在。他想,许是不熟悉的缘故吧。两人的话淡了,对面相站,便有几分尴尬,幸而参观的人都纷纷出来了,丁子恒发现了他们施工室的人,便对沈慎之一示意,告辞而去。

下午总工室老总吴思湘组织召开了生产会议。各科室骨干工程师均参加了,总工室几个老总亦都在场。会议确定,今年的生产重点是四川的宝珠寺和乌江渡。丁子恒被分派参加宝珠寺一组,副总工程师金显成具体负责这组工作。丁子恒朝金显成望了一眼,金显成对他会意地一笑。这笑容令丁子恒心里生出几分快意。他知道他和金显成之间有一种默契,他们在一起工作可以互不设防。对于谨慎而且有些胆小的丁子恒来说,这种默契就显得非常重要。

吴思湘布置完所有工作后说:"今年的生产任务应该是很重的。现在生产与政治运动存在着矛盾,时间调配上有些冲突,工作起来有难度。但我们一定要摆正关系,向焦裕禄同志学习,既要确保参加政治运动的时间,突出政治,以政治任务为主,但也要完成生产任务,认真做好做细每一样具体的工作,大家要想办法各方面都兼顾到。当然,如果生产与政治发生冲突,生产让路,政治工作必须放在一切工作的首位。不过,就是这样,也不能放松生产任务。"

丁子恒听他颠过来倒过去地讲,讲得自己都逻辑不清,心里便有些好笑,又有几分怜惜他。心说老总真不是那么好当的。

散会时遇到张者也,两人便同行。张者也出门即笑说:"很想跟你同行,听你谈诗,可惜,这次我到乌江渡组去了。我倒愿意跟你和金总一起做。"

丁子恒说:"吴总这么安排,总会有他的理由。"

张者也说:"吴总点将,想来也不过是信手为之。看他后来说了半天,恐怕自己都不知道自己应该怎么办才好。"

丁子恒说:"我想他大概是想表示生产的重要,可又怕人说他不突出政治,赶紧强调政治。可强调完又怕大家对生产任务有所松懈,又赶紧来强调生产,说完生产,又担心不突出政治,再回过头去说政治,结果怎么都不行,只好绕来绕去。"

张者也哈哈大笑说:"真也难为他了。不过要我说,所有的政治活动,我们都不能拉下,宁可生产上的事情放一放,要不科室放不过你。"

丁子恒想了想,说:"你讲得对。"

张者也说:"你们室晚上还有讨论吗?"

丁子恒说:"有呀,院里布置的学习讨论任务必须得完成。"

张者也说:"我们晚上也安排了学习。学是学,可我真的是搞不清楚现在我们到底要做什么。理论都很虚,而修大坝样样都是实在事,却没有时间做。"

丁子恒立即欢呼起来,这也正是他心中所想。他几乎想附和张者也了,可是话到嘴边,他还是顿住了。这样的时候这样的政治气氛,所有的言论都当小心才是。一个弯拐下来,从丁子恒嘴里出来的话就变成了这样:"林院长特别强调,眼下学习就是最大的事呀。"

张者也说:"林院长?他今天这样说,明天又那样说,谁知道他想些什么。我现在没有半点预测能力,今年不知道明年会怎么样,明年不知道以后会怎么样。说起来我也要往六十岁去了,真不如早点退休回老家,替家乡做点小水电,造福乡邻,或许会更有意思一点。"

丁子恒脑子里也展现出自己家乡的风景,一股温暖在心间漾了开来。他说:"对呀,我也像这样想过。只是……"丁子恒又想起三峡,想起他们一起在三峡里奔波的情景,便又叹道:"只是,三峡费了那么大的劲,没有去做,心里总有些不甘。"

张者也说:"照现在的局势看,三峡遥遥无期,心里不甘也得认。唉,一切都是定数,该你做的,你跑不了,不该你做的,你就是望穿秋水,也做它不成。我已经想明白了,六个字,顺时势,求平安。"

丁子恒在门口与张者也分手。回到办公室整理自己的文具时,张者也的声音不停地响在他的耳边,他觉得他说得有道理,但却想不明白这道理的道理。

几天后,各科室都开始推选去院党委提意见的代表。当代表是有条件的,院里为此而专门发了文件,规定代表的条件为:1.历史清楚,思想进步,历次运动表现好;2.工作认真负责,学习积极努力,有革命热情;3.作风正派,密切联系群众,能如实反映情况。选举程序为:群众提名,支部或工作组批准,提出候选人进行选举。

室里好几个年轻人都跃跃欲试。丁子恒默不作声,他根本没有当这个代表的念头,并且认为大家也不会选他,因为这三条标准他认定自己一条也不够。丁子恒甚至很有诧异之感,不明白为何推选这样一个代表竟需如此隆重。

但令丁子恒万万料不到的是室主任担心年轻人太冲,提意见提得院党委下不来台倒迁怒于科室。同时,室主任也记得一九五七年的事,不想让自己室里一不小心又多出几个右派之类的人物来,于是他想派稳重可靠的人做这个代表。想来想去,他提了丁子恒的名。他这一声提名不要紧,把丁子恒吓了一跳,心脏立马缩紧。想要推辞,又怕人家说他不积极,不推辞吧,这种差事于他简直是活受罪。他一时不知道自己应该如何是好。

年轻人却都笑了起来,丁子恒也跟着尴尬地笑着。会散后,丁子恒找到室主任,小心翼翼地说:"主任,我看还是让他们思想觉悟比较高的年轻人去吧。"

室主任说:"大家都可以提名,最后由室党支部批准。丁工,我提你的名是觉得我们室再没有比你更合适的人选了。"

丁子恒不解地问:"为什么呢?"

室主任想了想,说:"你是院里的业务骨干,可以趁这个时候,把咱们工作中一些实际存在的问题提出来,这对我们下一步工作有好处,要不有些事情,院领导可能永远也不会晓得。你让年轻人去了,他们除了讲些空话,还能说清什么?"

丁子恒承认室主任说得有道理,但他转念又想,那为什么你自己不去提,为什么不让别的熟悉情况的人去提,偏偏要我去提？如果今后又回头来算账,就像一九五七年那样,你们就会什么事都没有,而我将会落得什么下场呢？丁子恒突然觉得室主任这回是想让他当砧上之肉。刀不来倒也罢,刀一来,头一个被砍着的就是他。丁子恒觉得这样的事不能干,而且他想,让他充当这个角色难说不是一种阴谋。会不会因为上次他漏了网,而这次室里有意让他出面,以便把他补进去呢？丁子恒越想越忐忑不安起来。

次日,室主任通知,室里最后决定的人选正是丁子恒,希望丁子恒能代表室里向党委提出中肯的有价值的意见。丁子恒吭吭哧哧说了几句,想要推辞,却说不出口。只得表态,说是一定不辜负大家的希望。

室里给了丁子恒一天的时间做准备。丁子恒回到家中,呆坐于桌前,心里闷闷不乐。雯颖不知其故,以为他病了,上前问长问短,都叫丁子恒以极不耐烦的语气顶了回去,弄得雯颖不敢开口,只是隔得远远地怀着几分担忧望着他。

丁子恒想来想去,还是觉得不能贸然行事。他不能把室里小青年们提出的一些咄咄逼人的意见反映上去,他不能让院党委觉得他想要同他们过不去,他不能让自己的发言给他们留下深刻印象,他不能把工作中存在的问题都提出来,他不能……他不能当炮灰。于是丁子恒给自己做了个计划,首先,如果不必每一个人发言的话，他就坚决不发言；其次，如果要求所有代表都发言，他就就某一个问题简单地谈谈，以不触及院领导的痛处为准；其三，为防止讲错，他把自己所要提的意见写成文字，到时照着念一遍，以免讲走了题或用错了词句而犯错误。

如此想过，丁子恒心里踏实了许多。很快，他的腹稿便已形成，落在纸上，就成了这样：

我的意见书

我们长江流域规划设计总院是一个大机关，技术力量雄厚，承接项目也多，在这里应该有很远大的发展前景。但是为什么有些人在这里反而不能发挥作用，而调到其他小机关却能发挥作用呢？我以为有五条：

一、我院层次多分工细专业多，每个人只搞一点点，接触很小一部分，分工很死。由于分工太细太专，而人员分配不一定恰当，所分工作或不擅长，或者一时不忙，这样就不能发挥这些人的作用。而别的单位分工不那么细，部门少，每个人接触的范围大，因此不擅长的情况少，人便更能充分发挥作用。

二、分工细，专业多，一个工作接触的人也多，开一个会议召集的开会人也多，很多人就忙于开会，无法搞他本身的工作。而别的单位一个人负担几个专业的问题，会议少，参加的人也少，人就有机会考虑他本身的工作问题。

三、层次多，从小组到院领导，中间有小组长、专业组长、处长、总工程师、主任等五六级，层层请示，拖延不决，工效奇低。另一方面干部有依赖思想，自己可以决定的事有时也要交出去决定，矛盾上交，这样便不能发挥独立作战、个人负责精神，干部水平也难以提高。而别的单位，层次少，矛盾交不出，逼上梁山，非自己搞不可，既提高了干部的水平，又发挥了干部的能力，而且工效也提高了。

　　四、又因我院部门多，分工细，一桩工作包括七八个科室，互相牵扯影响多，有些工作又一时分不清，于是互相扯皮，互相推诿，计划也不安排。而其他单位部门少，扯皮少，工作也好安排。

　　五、层次多，部门多，最易上下不通气，领导也难下来。下不来就只有听汇报，部门多，汇报就多。各部门互不通气便各搞一套，有时要改革，也收效不大，这个动，那个不动，那个不动影响到原来在动的也不动了。有的领导一辈子就是开会和听汇报，成天晕头转向，哪里还能管得了别的事？汇报多会议多，是大机关中的特色，小机关就没有这样的现象。设计院中不少人，三分之二的时间都在忙于汇报和开会。

三

　　春天在人们不知觉间，便将天地换了浓妆。早春时节淡淡的绿色在暖风的吹拂下，一日深似一日，湖岸的柳树突然就连成了一道绿墙。倘从空中俯瞰这道绿墙，便如一条界线，分割着蒲家桑园村和乌泥湖宿舍。

　　但这个浓郁的春天却并不像它所散发的自然气息那样温润和柔顺。欢笑和歌声与平常比，并未减弱，可不知何故，仿佛有一种危险正在四处的暗角潜伏，只待一声令下，随时可能扑出。这种感觉的存在，令人心里揣着一份不安和警惕。

　　警惕却是最没有用的东西，那些想要来临的事情，一点也不在乎人有没有警惕，它往往就踩着警惕的身体大踏步而来。

　　一天早上，天还没亮，驼背的老婆呼天喊地地奔出门，一路狂叫，跑到郗婆婆家。她的声音几乎将乌泥湖所有人家都惊醒了。

　　驼背的老婆早起喂猪，走到猪圈近旁，突然发现地上躺了一个人,借着微光细看,却是她的丈夫驼背。驼背浑身抽搐,满嘴吐白沫,面相变得奇怪无比。见到老婆,他只说了三个字:"好好好。"驼背的老婆从未见过如此场景,立即吓傻了。猪圈里等食吃的猪呼呼呼地挤着圈门,驼背的老婆方清醒,连惊带吓跑出门找郗婆婆。待郗婆婆披了衣裳,叫上几人抬了竹床赶去驼背家时,驼背已经断了气。驼背老婆疯一样地哭叫,虽然她同驼背在一起从来也没有过过舒服日子,她一结婚就成了地主婆,四下受气,可是驼背对她的好处,遇事不打她却同她讲道理的做派,却让她觉得自己比村里那些直背人的老婆都要幸福。驼背有文化,驼背上过大学,驼背当过老师,驼背是运气不好才成了后来的驼背。

公安局一早就来了人。侦察了半天,发现了驼背留下的一张纸条,条上写着:"我晓得,今年难得活过去。"一个警察在看纸条时嘀咕道:"这个地主的字怎么写得这样好?"村支书一边说:"他原先是个大学生。"

驼背显然是自杀。但驼背怎么会自杀呢?驼背的老婆死活都想不通,她对警察的结论坚决不信。她说一个人要死是看得出来的,可她一点也没有看出来驼背想死,肯定是有人谋杀他。她反反复复地说着同样的话。

警察说:"他不是自己写了纸条吗?"

驼背老婆说:"纸条上也没有说他要去死。"

警察不耐烦了,说:"不就是一个地主吗?死了一个地主是好事。"说了这句话,警察又把脸转向村里围着观看的人:"你们村的地主死了,你们应该放鞭炮庆祝一下才是。"警察说完,丢下被他的话惊呆了的驼背老婆,扬长而去。

蒲家桑园村这天晚上果然有人放了鞭炮,虽然声音稀稀的,但却响了十几分钟。似乎从这天起,驼背的老婆就傻掉了。她见人就乐呵呵地说:"他是地主,死了好死了好,要放鞭炮要放鞭炮。"

这消息自然会传到乌泥湖宿舍,认识驼背老婆的人都唏嘘不已。但更多的人都为他那谶语一样的遗言而议论纷纷。"今年难得活过去",这话意味着什么?

蒲海清休学了。这个日子离他小学毕业只差两个多月,可是他实在是没有心思再往下读。他的父亲死了,母亲傻了,他下面还有一弟一妹。他只能像一个成年人一样,担起照顾家庭的责任。三毛为了这事去了他家好几趟,劝他不要休学。蒲海清吸着鼻涕说:"我现在是个地主,怎么能够让地主去上学呢?"

三毛不解,说:"你不是六年级小学生吗?怎么会是地主?"

蒲海清显得很惊奇,说:"你连这都不懂?我爸死了,我是老大,地主的帽子就要交给我接着戴。要是没有人的脑袋顶住它,它空在那里怎么办?贫下中农哪里能没有地主?村支书领着人来村里参观,每回都要走过我家门前,每回都要用手指:这就是地主的家。现在我爸死了,我要不戴他的帽子,再有人来参观,村支村往哪里指?村西头蒲五佬只是个富农,村支书才懒得往他那儿指呢。我爸以前当地主时,还有人开过他的斗争会。等我长大了,可能也会开我的斗争会呢。到时候,要不要我叫你来看看?"

蒲海清从来都不如三毛,但这次他忽然发现,在这件事情上,三毛远不如他懂得多。他不禁兴奋起来,喋喋不休地说了一大通,说话间竟流露出一种得意。

三毛糊涂了,他似懂非懂地"哦——"了一声,心里怎么也不明白,为什么蒲海清还是个小孩,就已经成了地主。而且当地主有什么好开心的?地主偷海椒,还掐死了刘文学,地主就是坏人。现在蒲海清是地主了,那他三毛还要不要跟这个地主来往呢?如果不跟蒲海清来往,三毛会觉得十分可惜,因为蒲海清是三毛的朋友中最忠于他的一个。

三毛想着便忍不住说:"那你当了地主,我还要不要跟你玩呢?"

蒲海清说:"我们一样玩呀,我还是跟你最要好呀。"

461

三毛对蒲海清的回答很满意。转念之间,他又觉得不对劲了。如果他手下最忠于他的那个人是地主,别人将怎么看他?他岂不是比地主更坏了?这么一想,三毛出了一身冷汗,他立即大声说道:"不行。蒲海清,以后你是地主,那你就是阶级敌人,我不能跟阶级敌人一起玩,我要坚决跟你一刀两断。"三毛说完,拔腿便走。走出蒲海清家的门,三毛觉得仿佛有人在他身上挖了一块什么东西走了,心里觉得很委屈,而且还想哭。

尚在得意中的蒲海清被三毛的话震住了。他十分惊愕,对三毛的举动亦感到突然,一时之间不能接受。他跟在三毛后面大声喊着三毛的名字,然而三毛却连头都没有回一下。蒲海清也委屈得几乎要哭,他拉长了自己的声音,狂喊道:"你别走!我不是阶级敌人——"

三毛还是没有理他,蒲海清终于忍不住,高声哭了起来,哭得鼻涕眼泪满脸都是。

四

丁子恒来宝珠寺工地已经半个多月。他在这里的职务是施工水能组的召集人。设计院前前后后来了不少人,丁子恒四月底出发时,便是与姬宗伟同行。

姬宗伟一直是三峡项目的留守人员,但因这边任务量加大,也被抽调了过来。丁子恒与姬宗伟搞三峡时彼此就熟,后来又是北京哲学班的同学,故见面后分外高兴。两人一路感慨三峡停摆,又怀想在北京学习时晚上打桥牌的时光,言谈中便有许多感慨。

工地繁忙在丁子恒意料之中,加上必不可少的政治学习,几乎夜夜加班。丁子恒每天的日记便只能简单再简单了。他将此称为"速记"。

宝珠寺速记

4月28日，晴热。

上午11:30抵昭化。先在一家旅店落脚，再去车站拿行李。之后改住宝临旅馆。晚饭后，与姬吃茶，回来买好去三堆的班车票。9时就寝，躺在床上谈三峡，三斗坪今日之清冷与当年不能比。与姬二人颇多感慨。

4月29日，晴。

5时起上车站搭车。7:15开，8:15即到。安顿行李后，吃早饭。参加汇报大会。下午，我谈了施工打算。晚餐后洗澡。头又疼起来，疑是血压升高。人甚困倦，即和衣上床，睡至11时，方脱衣寝。

4月30日，小雨。

上午土工室何民友来介绍土料情况。他已先行来此。

10:30又开会，听关于红军长征的报告。下午继续介绍长征，至6时。

晚上参加工作组讨论"五一"开会程序。

5月1日，阴晴。

上午开会师大会，下午乘船去三堆，看赛球。上街买了点杂物。夜开晚会，庆"五一"也。

5月2日，晴。

今日休息。上午其他人均去干龙洞旅行，我在家看《水利技术》。读书亦为人生一乐，比之旅行一点不差。

5月3日,晴。

金显成到。与其一道看右岸。地质组王志福亦到,此人原在总工室与我同事,颇有小人气。后进修地质,此次作为地质组成员再次与我共事,须小心提防。下午学习,晚上接着学习。强调政治对我等工作的指导意义。8:30金总召我与姬谈工作。

5月4日,晴。

一行七人看左岸,看宝珠寺,看七里坪料场,看平峒。午饭后,稍息,即去宝珠寺洞,沿山麓至三堆。路不好走,回时便从李桥返。

5月5日,晴。

同水工地质几位看重力坝坝线。初步定下移40米。最后在右岸山头讨论。晚上,金总来谈施工方面的工作。

5月6日,晴。

上午参加领导小组扩大会议。讨论明天建委工作组来工地及大讨论事宜。下午将钻孔移至地形图上,并研究了一下布置。

晚上在球场看电影《南海的早晨》。

5月7日,晴。

上午水工组报告方案,下午分组讨论。我担任施工水能组召集人。先学语录,再讨论。下午讨论完。

5月8日,晴。

上午研究左岸布置方案。下午2时参加卸砖。2:30中心组讨论。5时,建委同志到,即停止讨论,前往迎接。晚餐后,听建委潘工介绍成都会议情况。

5月9日,晴。

与水工组协商资料提供时间。下午学习,并谈工地学习情况。晚上接着谈。

5月10日,阴晴。

今日与建委同志去青川,6时起床,8时动身,车上坐了20余人。至30公里湿龙洞下车入洞,大家看了一下喀斯特溶洞奇迹。10时至白水街,又沿川甘公路看了8公里,折回在4公里处过河登山到垭口看刘家场坝子。再回白水街至区公所,由青川县委书记介绍情况。饭后,即开车去青川,公路为89公里,4:30到。宿县委招待所,县委膳宿招待均好。

5月11日,晴。

早起,早饭后,全体去看地方自建的乔庄水电站工程,自闸首沿引水渠看了1.1公里,回来已10:30。

11:10坐昨日来车返。余坐驾驶室内。12:40抵白水街,在此午饭后稍事休息,即走。至水磨沟喝茶,3:30继续。近5时抵宝珠寺。晚上,参加学习《党委会的工作方法》。金显成称,院里将再来几人。

5月12日,雨。

上午听介绍漂木情况。10时,领导小组又开会研究明日学习问题。下午看日本坝工设计规范,并画进度表。

今日狂风大作,风力猛烈,办公室朝北,门关不住。飞沙走石,灰尘漫天。至晚风更厉。

5月13日，阴风。

上午风大，下午风渐小。成日画530进度表。

5月14日，阴晴。

今日礼拜，7:30起。上午多人过江至三堆赶场，余及少数人在家。看了一会宝成路勘测设计总结，将进度表画完，明日再校核一下。

今日风全息，太阳也不大，是一个温暖好天。

5月15日，晴。

上午安排计划表。530进度表全部做完了。晚上先学习，学习完后开生产会议，并与组里年轻人讲施工各专业工作程序。

5月16日，晴。

向金总及小组其他人汇报导流方案，初步确定用"隧洞导流"。中午很热。下午再次校核530方案。晚学习《党的民主》和《宣传会议讲话》。

5月17日，晴。

上午研究宝轮院料场并试定对外运输线，估算面积。下午开会，要求明日参加割麦劳动。

5月18日，晴。

除少数人外，全体人员都至附近土笼子割麦。回来吃午饭。晚，接到电话，说政治处谢主任将率人前来慰问并传达重要文件。

5月19日,晴。

与金总再次去坝址查勘。除姬外,王志福也一道前往。金似也不喜王,大约苏非聪事件给人印象太深刻。下午改写对外运输。晚主持小组学习,讨论《党委会的工作方法》。

谢主任一行已到。陈杞(原俄语翻译,后调到政治处当科长)也随谢一起来。仿佛有什么事情发生。

5月20日,阴风。

上午全体开会,听陈科长作文化大革命动员报告。散会即学习文件,下午继续学习。晚仍学习。灯屡熄。9时起,各人写大字报。

今日白龙洞涨水,水色偏红。

陈杞"关于无产阶级文化大革命的动员报告"要点记录

这次运动的核心是整党。很多领导都是党员,运动过程即整党整团的过程。在领导下楼后,群众本着自觉自愿、不追不逼原则,顺水洗手放包袱。

文化大革命的认识和意义:

1. 什么性质的斗争?是一场尖锐的严重的你死我活的斗争,是社会主义革命深入发展的关键问题,是捍卫毛泽东思想的问题。

2. 这一斗争的特点是有些人打着红旗反红旗,披着马列主义毛泽东思想的外衣反对马列主义毛泽东思想,极不易识破。还有些人以搞学术为幌子,加以窃据了领导位置,表面上是权威人士,实际上则行反党反社会主义之实,更不易识破。

3. 不要以为"秀才造反,三年不成"。精神对物质的反作用。匈牙利1956年暴乱之前,就有一些文人搞"裴多菲俱乐部"。

怎样参与文化大革命:

1. 抓紧学习;

2. 提高认识;

3. 积极参加战斗;

4. 清理自己的非无产阶级思想。

讨论题:

1. 如何认识这场文化大革命是一场尖锐的阶级斗争?

2. 如何积极行动起来,投入这场文化大革命?

3. 在这场文化大革命中,如何清理自己的非无产阶级思想,加强自己的思想改造?

"文化大革命"就这样在丁子恒眼里展开了。

丁子恒并没有意识到这场革命将会有着怎样的意义。生产任务很重,加上每天的学习,他觉得自己忙得有些马不停蹄。丁子恒不怕忙,他喜欢有事情做,做事情给他带来快感,让他感到自己有价值。而必不可少的政治学习他也习惯了,已经成了他生活中的一个部分。到工地以来,他心情一直很好,比在家里轻松许多。

谢主任的到来和陈杞的动员报告,也没有令丁子恒产生什么异样感觉,因为多少年来,类似的事情发生过多次,他觉得很是正常。只是当要求每人写大字报时,丁子恒心里忽地沉了一下。他不知道为什么非要写大字报,他觉得自己没有什么东西必须要采取大字报的方式来表现。他拿着工地秘书给他的笔墨和纸,一时发呆,不知如何是好,这样的事,他一生还从来没有做过。

月亮在云层中游走,窗外的土地上时明时暗,窗台上的煤油灯灯芯拧得很小。这天晚上不知何故,半小时停一回电,反复了四次。第二次停电时,丁子恒为找火柴花了足有十分钟,刚刚点燃油灯,电便来了。丁子恒索性将灯芯拧到最小,不使其熄灭。到第五次停电时,丁子恒的大字报仍未写出一字。

丁子恒站在窗前,仿佛是看月亮,其实是独自在发呆。姬宗伟过来借火,喊了他一声,他竟未反应过来。

姬宗伟说:"丁工,你在赏月?"

丁子恒苦笑一下,说:"床前明月光,疑是地上霜。"

姬宗伟笑了起来,说:"不至于就想家了吧?借个火,我的火柴没了。今天怎么老停电?莫名其妙。"

丁子恒说:"你的大字报写了?"

姬宗伟说:"写了。有什么不好写?在院里不是提过意见吗,喏,把小字变成大字就行了。听说院里贴出了不少的大字报。"

丁子恒说:"写了些什么?"

姬宗伟说:"不清楚,说是写什么的都有。当领导的日子也不好过。"

丁子恒担心道:"现在使劲写,以后怎么办?"

姬宗伟哈哈大笑,说:"丁工呀丁工,你操的心就是比别人多。"

姬宗伟笑着便出了门。丁子恒仿佛受到点拨,脑子开了一窍,他想了想,便把来宝珠寺前写的那份意见压缩成一百来字,抄成了大字报。所有大字报不准贴在工地,而是由谢主任一行带回去贴在院里。就是这一百来字,丁子恒这天写到半夜两点多。

谢主任一行在工地待了三天,给每一个人发了一本《突出政治》的小册子,晚上大多的时间便组织学习小册子。第四天一清早,谢主任便领着人马转至乌江渡。送行时丁子恒跟在金显成身后,他感觉到金显成明显地松了一口气。

工地的事情多如牛毛,一天一天地积压着。到夏天若有大水下来,许多事情就不好做了,金显成便要求大家加快进度。一连数日,丁子恒等人都是白天查勘,晚上讨论。关于右岸平峒及地质地形,关于分期导流进度及方式,关于现场工作,关于人力安排,关于

469

530方案,关于配合问题,诸如此类。每天讨论前,仍要学习。按谢主任交代,学习"文化大革命",要先学《新民主主义论》十一至十五章。金显成便每天让大家学这个,学了许多天,因为没有新的内容安排,大家反倒弄不清"文化大革命"到底是一场什么样的革命运动了。

六月初,院里通知金显成回去汇报并准备"自我洗手"的材料。出门一个多月,丁子恒也想回去几天,便找到金显成,说是血压高了,想回去看看医生,再开点药来。金显成苦苦一笑,说:"我觉得你还是不回去的好。还记得一九五七年吗?'申生在内而亡,重耳在外而安',这是诸葛亮当年对刘表之子刘琦所言,也适合当今之你我。"

丁子恒闻之大惊失色,想起一九五七年自己逃过一劫,确与不时出门做土壤调查有关。难道"文化大革命"是又一轮一九五七年的到来?丁子恒如此一想,不觉大汗淋漓,内心深处的恐惧便如开了闸的洪水,立即在全身奔腾起来。

二十天以后,金显成回到工地。当晚便开会,宣布院里通知,在工地的丁子恒等七名工程师一周内也要回院写"洗手材料"。丁子恒放眼一看这七人,都是各组的组长以及技术骨干,心里立即生出疑惑。

会一散,丁子恒便去找金显成打听院里的情况。金显成神情淡然,说是运动的规模恐怕比一九五七年更大更猛烈,会搞到什么程度,他也想不出来。现在北京已揪出邓拓吴晗廖沫沙这个"三家村",而武汉大学也揪出了以李达校长为首的"三家村"。院里出现一批造反派,叫着要揪出本院的"三家村"。有人说院里"三家村"是林院长、周副院长和吴老总。他们几个人的日子现在都不太好过。

雯颖让金显成为丁子恒带去一斤白糖、两件白背心和两盒斑马蚊香。丁子恒接过时连声谢都没有说,立即又问:"那……你呢?你没什么事吧?"

金显成说:"也不是完全没事。现在工地忙,我必须得下来。不过,这里的人都得分批回去写'洗手材料'。你们一写完材料,就赶紧回来。相比起来,工地日子虽然苦点,压力却小得多。"

丁子恒还想问一句:我们回去会不会有事?但最终还是没有说出口。于是,一种不知前景如何的忧虑便起劲地折磨着他。

五

无端地,六月的晴晴雨雨中,一种让人万分紧张的气氛陡然升起。无数中学生戴起了红袖章,袖章上用黄颜料醒目地写着"红卫兵"三个字。每天都有好几拨红卫兵敲着锣鼓到乌泥湖宿舍来宣传《五一六通知》。中央出现了反党集团,这是件天大的事情。家属委员会在学习时,纷纷议论,说是幸亏发现得早,把那些装成好人样而且已经当了大官的反党分子彭真罗瑞卿陆定一杨尚昆之流都抓起来了,要不然无产阶级红色江山变了颜色可就不得了了。人人都发了言,平常不爱说话的刘格非太太秦云岚知道现在搞"文化大革命",不发言不行,便说,他们几个都已经当了这么大的官,还反什么党?就算反党成了功,未必就能当比现在还要大的官吗?秦云岚一向糊里糊涂,从她的嘴里不应该说得出这番话来。

谢妈妈警惕性高,便追问道:"这是你家老头子说的吗?"

秦云岚懵头懵脑,说:"是呀。"

这下大家的警惕性都高了起来。一致质问道:这是什么意思?

刘格非的言论很快传开。人们再见到刘格非时,眼睛里便有了别一种内容。刘格非吓得要死,在家里夜夜骂他老婆:吃饱了饭多放几个屁也好,多什么嘴呢?刘格非本是一个斯文人,到这时候,也顾不得斯文了。秦云岚自知犯下大错,不敢再多言,只是每天尽量把饭菜烧好，好让刘格非顺心顺气。

但想要刘格非顺气已然不太可能。只几天工夫，院里关于刘格非的大字报便上了墙。对于刘格非来说，最严重的问题并非他老婆嘴里传出的那几句话，而是去年年底他为毛主席诗词拟的灯谜。一张大字报说，这是利用毛主席诗词反党反社会主义。就这一张大字报便足以使刘格非魂飞魄散。

几乎从这天起，刘格非便成日低着头。走路低头，开会低头，工作低头，谈话亦低头，仿佛颈椎已断，全然支撑不起他那个头颅。刘格非长期伏案工作，原本就有颈椎病，一个礼拜低头下来，颈椎病犯了，压迫神经引起头疼，疼得连牙根都受牵连，一张脸疼得变了形，却不敢去医院。秦云岚急得跪在观音菩萨前哭求保佑。刘格非忍着头疼，抓起老婆的观音便砸，砸完低吼道："你还想给我惹事！"

全院都在批判"黑灯谜"。讨论中对"黑灯谜"的分析也越来越透彻，越来越深刻。透彻深刻到刘格非自己都不敢相信这些灯谜乃自己所作。

毛主席的诗词"问苍茫大地，谁主沉浮"一句，是多么伟大而豪迈，多么雄壮而深沉。而刘格非给的谜面却是"不是对人说话"，这分明污辱和漫骂毛主席诗词。毛主席诗曰："喜看稻菽千重浪"，分明是歌颂中国农村丰收景象，刘格非却说是"西风里参观平原秋庄稼"，刘格非把自己对西方花花世界的向往栽到毛主席身上，是可忍孰不可忍？毛主席词曰："惊回首，离天三尺三"，刘格非却用"后背心挨了一拳"做谜面，从这些字眼上就能看出刘格非反对和嘲笑伟大领袖毛主席的阴暗心理。

刘格非纵然是低着头，天天写检查，一天比一天深刻，把自己骂得一天比一天厉害，却没有人想要饶过他。分析黑灯谜的文章还是接二连三地贴上墙，除此以外，他过去写的一些文章也被翻出来。他的文章许多都是介绍苏东坡诗文的。他盛赞苏东坡《念奴娇·赤壁怀古》一词中"人间如梦,一樽还酹江月"一句。说是苏东坡这首词,虽是大气磅礴,呼啸之声豪迈而起,但若无此句所给予的格调和情怀上的升华,整首词也就流于一般。正是这声"人间如梦"的苍凉长叹,将此词提拔而上,深刻而下,成为永世流传之词。大字报说,刘格非的对苍凉趣味的欣赏和把玩,正来自他自己的内心情感。他对他过去骑在劳动人民头上的资产阶级生活留恋万分,对新中国天翻地覆的变化深怀不满,故长期抱有苍凉之心。刘格非还对元代小令写过诸多赏析文字,其中两篇被诸多大字报揭露。一是张养浩的《山坡羊·潼关怀古》之一:"峰峦如聚,波涛如怒,山河表里潼关路。望西都,意踟蹰,伤心秦汉经行处。宫阙万间都做了土。兴,百姓苦;亡,百姓苦。"另一首是关汉卿的《四块玉·闲适》之一:"南亩耕,东山卧,世态人情经历多。闲将往事思量过:贤的是他,愚的是我,争什么?"前一首是恶毒攻击社会主义。刘格非欣赏此诗,目的是要表达出自己的不满。对1949年新中国建立之后,带给人民的幸福生活,刘格非视而不见。却借赏析古诗之名,攻击伟大的中国共产党,认为无论什么样的政府领导,人民所有的只是痛苦,简直是恶毒之极。而后一首,则是刘格非借关汉卿之口而表达自己的消极和愤世之情。刘格非他愤的是什么世?他因何而消极?他为什么而不平?

刘格非每天晚上都重新写检讨,因为每天出现的大字报会提出些什么新的问题,他无从预料。他的检讨越来越糟践自己,糟践到他不知道还有什么词可以一用的地步。然而最糟糕的是,他的检讨中的句子也开始被人用引号勾出,进行分析和批判了。刘格非再也不知道自己应该怎么做才好。

一天,在全院会议上做检讨时,他哭了起来。这天很热,会上的气氛有些紧张,俱乐部的电扇偏还有几台停转,屋子里闷热难当。刘格非的泪水和汗水混得一脸,它们蒙了眼睛,令他看不清纸上的文字,于是他一边哭一边用手不停抹着脸,弄得脸上白一块黑一块,脏兮兮的。

台下有人喊:"装什么可怜样子!"

"你难道觉得自己委屈了吗?"

"你哭成这样子,是想控诉新社会吗?"

"你作哀兵之状,是想博得人们同情吗? 告诉你,没有人会同情一个反革命分子!"

刘格非在一片叫喊声中,身体一软,便倒了下去。会场上似乎因他的软倒而愣了一下,但只几秒钟,喊叫声再次涌起,会场上嘈杂得听不出人们在喊叫些什么。在这混乱的叫声中,有人上台把刘格非架了出去。

当天下午,院里便贴出了刘格非的《认罪书》。

我的认罪书

东风浩荡红旗扬,亿万人民心向党。毛泽东思想万万岁,前进路上有方向。

革命的同志们,我乃资料室刘格非也。今日犯下滔天之罪行,在此仅借白纸黑字,向诸位革命同志低头认罪。

正如人所共见,非乃一仪容委琐,粗服乱发者,望之便知不是好人。非长期以来,对新兴之中国心怀鬼胎,对伟大之共产党恶眼相向。非为发泄心头仇恨,曾尽心尽力进行颠覆破坏。或以黑灯谜污辱领袖,或借古诗词攻击政府,或假检讨书妖言惑众。非用心之恶毒之阴险之下流之龌龊,人所不齿,畜亦示憎。非一向扮以两面嘴脸,佛口蛇心,人前虽满面笑容,暗地却深藏祸心。非虽如常人之有心有肝,但非之心肝则含污纳垢,粪坑是也;非虽仿雅人之弄文弄字,然非之文字如驴鸣犬吠,聒噪而已。幸革命同志,火眼金睛,口诛笔伐,断然识破非之赤口白舌,两面三刀之阶级敌人嘴脸,使非乘伪行诈、倒行逆施之伎俩,莫能长久。古人云:天作孽,犹可违;自作孽,不可逭。又云:多行不义必自毙。非乃自作孽者也,非必自取灭亡也。今之非已形同狗彘,徒具人形,不打倒非,不批臭非,不将非之毒钉拔将而去,不足以泄众恨,亦不足以平民愤也。非在此求告诸位革命同志:非自即刻起,将延颈举踵,急盼批判之烈火将非熊熊燃烧。非愿被此火焚烧而死,以此而谢罪诸位革命同志也。

丁子恒从工地回到家的当天,便看到了刘格非的这份"认罪书"。他的心咚咚咚地跳得异常猛烈,一种痛彻之感从心口漫向全身。丁子恒不由自主地以手捂胸,仿佛是害怕剧烈跳动中的心脏会破胸而出。所有回家的快感,都被刘格非的认罪书冲没了。丁子恒突然想到四个字:血口喷己。

次日,谢森宝主任再次作关于"文化大革命"的报告,传达省里意见。报告的主要内容是:

一、文化大革命是一场伟大的运动。运动中要活学活用毛主席著作,自始至终要以毛泽东思想为指南,要带着深厚的无产阶级感情去学。

二、精读《宣传工作会议讲话》,放手发动群众,打倒一切牛鬼蛇神,运用大鸣大放大字报,分清知识分子中的左中右派。对中间派要团结批评或斗争,运动不要针对这些人。主要矛头要对准党内反党分子和一小撮反社会主义分子,即右派。他们一遇机会就兴风作浪。

三、成立代表大会,是组织左派力量、团结多数群众的一个好形式。

四、政策和策略是党的生命,各级领导同志务必充分注意,万万不可粗心大意。

五、加强党的领导,文化大革命的胜利,要靠党的领导。

六、无产阶级文化大革命的暴风雨,必将推动各项工作的发展。

七、全省文化大革命运动,要争取有点有面,点面结合,普遍发展。运动要落实在大学毛著,改造世界观,实现人的思想革命化上。

关于写大字报一事,谢森宝特别作了强调:

文化大革命与四清是密切相联系的,是整党内的当权派,鼓励大家用大字报的方式。不过,中央负责同志的大字报不要贴,要转给办公室,不要乱贴在大门口。重大政治问题和男女关系问题的大字报,不要贴,要交办公室。设计革命办公室,现改为文化大革命办公室。斗争锋芒指向反党反社会主义的资产阶级代表人物及党内走资本主义道路的当权派。对其他人要团结改造,不要都戴上反党反革命的帽子。思想意识和反革命行为要区别开来,一贯与一时要区别开来。一律不杀不抓。运动时间暂定三个月。上午办公,下午搞文化大革命。

听报告时,张者也坐在丁子恒后排,他也刚从乌江渡回来参加运动。报告开始前,两人闲说了几句关于宝珠寺和乌江渡的情况,张者也突然凑到丁子恒耳边,压低了嗓子,说:"你知不知道,刘格非疯了?"

丁子恒浑身一惊,他几乎要失声喊叫。但谢森宝业已坐上了报告台,丁子恒的惊呼声终于还是咽了下去。张者也见丁子恒如此惊愕,便赶紧接着说:"昨天我见到他,他不断地用非常诚恳的语气说'今之非已形同狗彘,徒具人形,不打倒非,不批臭非,不将非之毒钉拔将而去,不足以泄众恨,亦不足以平民愤也。'说完就哭,哭得眼泪鼻涕一大把,然后用手背抹来抹去,简直不知道让人说什么才好。"

丁子恒亦不知说什么才好,他心里乱成一片。幸而报告开始,谢森宝开始讲话,张者也匆匆又补充了一句:"院里把他送到六角亭精神病院了。"说完他坐直身体。

丁子恒觉得自己被张者也传达的信息击中了。九年前苏非聪被打成右派时的感觉,又恍若来到身边。命运仿佛埋伏在身边的困兽,一不留神便会扑过来大咬一口,令你遍体鳞伤,永伤元气。刘格非疯了。那个曾经在柳山湖农场与他畅谈苏东坡诗文的刘格非,那个曾经与他笑猜灯谜的刘格非,那个身材瘦小而神态洒脱的刘格非,从此再也不会出现。一个人就这么简单地淡出了你的生活,而你不知道自己会在什么时候淡出别人的生活。悲哀又一次笼罩了丁子恒的心。

"天公尚有妨农过,蚕怕雨寒苗怕火。阴,也是错,晴,也是错。"这是谁写的呢?丁子恒想不起来。但他能想起在柳山湖,刘格非同他谈论此曲时的表情。

刘格非的现状,给丁子恒带来莫大的不安。他在柳山湖农场与刘格非成天谈诗论文的事,许多人都知道。而刘格非的灯谜,他亦曾大加赞扬。这些与刘格非的交往,令丁子恒时时处于不安之中,他不敢想象,倘若有人把他和刘格非联系起来,呼啦啦地给他来一批大字报,他的结果又会怎样。

丁子恒的不安,有如感冒,传染了全家。二毛住校了,家里的两个孩子三毛和嘟嘟,都已学会察言观色,每天吃饭时,看看丁子恒的脸色,便一声也不敢吭。因为心事太重,丁子恒夜夜翻来覆去睡不着觉。雯颖对此既担忧,又紧张。她不由自主地把自己也绷得紧紧的,随时随地看丁子恒脸色行事,生怕自己照顾不周,给丁子恒增加烦乱。

生活如此沉重,雯颖觉得自己未免承受不了。这天晚上,雯颖说:"子恒,我知道你担心什么,我看,你不如要求回到工地上去好了。反正那边的事情也多,而在家里,你什么事也干不成。"

仿佛"啪"的一下拉开了电灯,丁子恒心里蓦然间明亮起来。他想起金显成的"申生在内而亡,重耳在外而安"之说。古人云:三十六计,走为上计。工地正繁忙,我又何不回那边去呢?一九五七年反反复复的出差救过我一回,难道今年不能再救我吗?这么想定,心里立即轻松起来,这夜他竟睡得很好。

次日丁子恒便到总工室找到老总吴思湘,说他想立刻回到宝珠寺工地。吴思湘说:"你不是刚回来吗?"

丁子恒担心自己的动机被吴思湘看破,于是话间就有些忸怩。丁子恒说:"前两天,姬宗伟从工地给我来过一封信,说那边开始下雨,看起来今年的暴雨期可能比较长,白龙江多半会涨大水。所以,我想早点回去,把有些事情抢在洪水到来之前做完。工作一完我就回来参加运动。"

吴思湘笑了笑,意味深长道:"跟一九五七年相比,你已经聪明了许多。"

丁子恒没想到吴思湘会这样说话,怔了一怔,旋即明白,立即答说:"十年时间,通过政治学习,无论怎样,思想上都会有些进步的。"

吴思湘笑了,似是想了一想,然后说:"也好。运动要搞,生产也要抓。我跟金总商量一下,也许这个星期,你们就可以出发。"

五天后,丁子恒再次踏上北去的列车,这次与他同行的是技术员陈远南。一九五七年在做土壤调查时,陈远南曾是他的学生,因此这一路,所有的行李陈远南竟一人担了,使习惯自己动手的丁子恒很不习惯。

他们由郑州而西安而成都,再由成都到昭化,一路走了四天。路上,陈远南不停地询问关于宝珠寺的情况,丁子恒便细细地为他讲解。丁子恒很欣赏陈远南的好学精神,讲解时不厌其烦。结果一路行来,两人倒更像是在上课一般。不问政治只述业务的四个日子，不意间，将丁子恒紧张的心情缓解大半。

从昭化坐上工地派来的汽车，颠颠簸簸地走了一个小时，丁子恒便看到他熟悉的工地，看到他熟悉的宿舍和办公室。突然间他有些激动，那种感觉仿佛自己逃亡成功。

工地正批判刘格非的灯谜，人们并不知道刘格非已经进了精神病院。晚上，丁子恒和陈远南都被通知参加分析和批判黑灯谜的会议。对于刘格非的现状，两人皆只字未提。会间，听着人们依次的发言，丁子恒回味自己的逃亡感觉，自问道：我真的能逃出来吗？

次日，大雨便落下来了，白龙江的水猛涨。正如姬宗伟所料，今年是大水年。工地许多事情都停了下来，抽水站也因水位的高涨而撤退。工地的饮用水都来自抽水站，因此抽水站一停摆，吃水问题就严峻起来。工地指挥部将伙食改为两餐制，凡个人洗衣或洗澡用水，都自去江边。

丁子恒一连两天都带着陈远南冒雨查勘专用铁路线和黑石包料场，然后便赶写施工初设报告。关于水位到底选择583还是575尚需要讨论，施工总概算也要出台。虽然一周三次的政治学习绝不能缺席，间或还安排写大字报，但只要有实实在在的工作做，丁子恒从机关带来的所有不愉快的情绪都渐渐地消失了。

大雨肆意嚣张了几天，终于渐渐小了。这天本该清理工地，但指挥部安排了去后山劳动，劳动的内容是为花生地拔草。山虽只二百米高，可丁子恒一口气爬上去后竟累得喘不过气来。以往在三峡查勘时，爬多高的山都没有这样疲惫的感觉。上山之后，还没开始拔草，雨又下了起来，一干人只好躲在山岩下。躲到近中午，雨仍不见停，劳动负责人便只好宣布下山回家。

下山的路更难行走。雨水已经将山路稀释成泥泞一片，一脚一滑，几次丁子恒都差点摔跤，幸而一直有意走在他旁边的陈远南眼疾手快，几次都扶住了他。后一段路，丁子恒便索性让陈远南搀扶。当他把自己的胳膊交给陈远南的一刹那,他意识到自己确实已经老了。

大雨仿佛只回家喝了杯茶,就又下了起来。下午的劳动既已放弃,指挥部便通知讨论初设报告。这一天对丁子恒来说,是一个心烦的日子。在对场内运输进行讨论时,只有丁子恒一个人认为应该修过江公路桥,其他人全部反对,而丁子恒并没有听到他们反对的有力理由。彼此间争辩了一个小时左右,以少数服从多数做了结论。技术争论说东道西是常事,丁子恒亦心存常态。但是到了晚上,在政治学习之后的讨论中,由于白天的分歧,对丁子恒的意见就一下子多了起来。修不修过江桥,跟政治立场有什么关系呢?跟思想意识有什么关系呢?跟对党的感情有什么关系呢?丁子恒觉得这之间没有必然联系,而许多人都觉得大有关系。几条意见提下来,丁子恒百口莫辩,索性就一言不发。他的心阴郁得如同这里的天气。

半夜里,雨下得更猛更急。雷鸣电闪,整个天地都给人以爆炸的感觉。电也停了,丁子恒起来上厕所时,正遇闪电,哗啦一道又宽又长的白光,将屋外的天空和远处的山头全部照得透亮。瞬间便又黑得伸手不见五指。丁子恒摸索着回房间,适才剧烈的闪电令他惊恐。他想,地有所罪,天有所怒。然而,地上究竟生出何罪,而导致上天如此震怒呢?

这一夜丁子恒都没有睡好。清早,雨再次停息,他独自走到江边。用凉凉的江水洗过脸,精神略爽一点,他便沿着江滩往工地方向走去。

因为夜里的大雨,白龙江的大水又一次猛涨上来。早上一晴,漫天大雾便飘浮在工地上空。从江边能看到对岸黑石包的峰尖突兀在雾海之中,墨色浓郁,犹如一只小小的岛屿。雾气很清凉,深吸一口,仿佛有甜丝丝的味道流入嗓子。山野很美,早晨很美,远山很美,近水很美。大自然给丁子恒最强烈的感受是什么呢?那便是它的单纯,还有它的清静。那种单纯的气韵和清静的状态,都令丁子恒觉得自己的心跳脉动很轻易地便同它合上了节拍。他的躁乱不安他的恐惧紧张他的压抑拘谨,只有在自然中方能一一化解。

丁子恒始终渴望自己能过一种单纯清静有如自然的生活。他想这是因为他的能力有限,实在无力应付那些复杂的事情。他不想关心别人有怎样的生活态度和怎样的政治观点,他也不想有别的人来窥视他的一切。他不想抬起头来放眼张望这个社会究竟插着红旗还是别的什么旗帜,他只想低下头去,做一份他喜欢做和他能够做的事情。但是十几年来,他就是做不到这一点。他永远也没有清静过,永远也没有机会让生活单纯。他一次次被拉出去看风景,一次次被托起下巴抬起头,一次次被拖进各式各样的人事中,然后被指派你必须做这必须做那。你必须读这本书或者那本书。你必须写这份心得或者那份体会。你必须把政治放在首位。你必须用哲学来解决一切问题。你必须开会发言批判某某或某某某。你必须小组讨论检查自己并且把自己骂得狗血淋头。你必须写大字报,不管你有没有可写的内容。你必须提意见,也不管你有没有意见可提。你必须要说这句话,不管你愿不愿说。你必须吞回那句话,不管你认为它有多么重要。你被人放在一个模子里,与此相同的模子有许多许多。你被要求只准这样做人,也只准这样生活。你虽然活着,用自己的鼻孔出气,用自己的嘴巴说话,用自己的眼睛看事,用自己的脑子思考,用自己的心灵企盼,但你的生活却一点也不是自己的,你没有权利拥有自己的生活。不仅是你,其他人也是如此。每个人都没有像自己所希望的那样生活,每个人都不能成为自己,仿佛有一种神秘的力量左右着所有的人。这种神秘力量与空气一起,钻入人的心肺,你若要呼吸,你就得服从。这些天来,丁子恒常常想起两个字:宿命。

行至山脚下,一个衣衫褴褛的老头从山上下来。丁子恒正惊异这么早怎么会有人下山,不料老头却对他生出几分兴趣。在与丁子恒擦肩而过时,老头突然问:"外乡人?"

丁子恒自小生活条件优裕,素来不喜与他眼里的下层百姓打交道。对老头的问话,他有些吃惊,却并不想搭理。老头并不在意,又说:"面色发灰,印堂发暗,眼睛发空,吐气发虚。大哥怕是心事好重。"

丁子恒原本已经与他擦肩而过,听罢此言,心中一动,竟停下了脚步。他从来不信民间有高人之说,此时却不知出于何种心理,很想听听这老头到底想说些什么。丁子恒说:"你凭什么这样说?"

老头说:"哪里需要凭什么?一眼就能看出来嘛。"

丁子恒说:"有些人喜欢信口胡说,其实一点理由都没有。"

老头说:"说不说在我,信不信在你。我几天没开口,今天第一个就撞到你,我想不说都不舒服。大哥,你听我吐十四字真言,你听进了,你这辈子起码能过得平安。"

丁子恒说:"哪十四字?"

老头说:"生老病死都是苦,六根六尘皆为空。"

丁子恒说:"怎么讲?"

老头说:"佛祖成佛前,游历过四座城,在四城门外,他看到一门人活得苦,一门人老得苦,一门人病得苦,一门人死得苦。他就明白了,人生在世,无论生老病死都是苦。顺着佛祖的眼,你望望,世间事是不是正是这样?反正都是苦,前世就是这样,就没啥子事好烦了。这六根呢?是指眼耳鼻舌身意,六尘呢,是指色声香味触法。万事万物一看空,心事就成不了心事。你就是你,事就是事,各各不相干,空空一身轻。这样,你的面色就爽了,你的印堂就亮了,你的眼睛就净了,你的吐气就匀了,你这身皮囊就平安了。"

老头说完,扬长而去。只一会儿工夫,便消失在晨雾中,一时间令丁子恒对自己的存在发生怀疑。他不知自己是梦是醒,几乎动摇了一生的唯物主义的信念。很快,他平静了自己,回到理性上。他想,我丁子恒还不至于如此虚弱吧,我还不至于要靠巫人巫语来保自己的平安吧。

这天下午,院里的电话通知传达下来:丁子恒、姬宗伟、吴坚、鲁朔望四人迅速回机关参加文化大革命。

那一刻丁子恒正在参加施工总概算的讨论。一瞬间,早上那老头诡异的笑容浮出他的脑海。他说的所谓十四字真言如同山上落下的十四块石头,一块一块地砸了下来。

六

天气一日日炎热起来,人们又开始去长江里玩水了,这是每年的夏天带给大家的最大乐趣。有时遇轮船从江心行驶而过,一些胆大的人便游至船边,对着船上喊喊叫叫。喊叫声没有任何意义,就只是快乐的发泄而已。时而有人结伴横渡长江,一个个黑色的脑袋在浑黄的江水里随浪上下,停停走走,恍若漂浮着的西瓜。江上风景因了这些小小西瓜更加有趣好看。

这一年长江上更是传出了令人喜出望外的消息:毛主席也来这里游泳了。

所有的人都在为了捍卫毛主席的革命路线闹革命闹得手忙脚乱,而毛主席竟然不期而至,来到大家的身边,来到大家都常去玩水的长江,并且也和大家一样跳进了长江里。这个消息引起的沸腾可想而知。

二毛把这个惊天动地的消息带回了家,他说话时,兴奋得不能自已。这个消息使得三毛立即激动得脸都红了,他昨天还到长江边上泡了一下午水,今天毛主席就到那里去游泳了。三毛说:"真的呀?毛主席也下水了?"

二毛说:"毛主席在长江里游了一个多小时,真了不起呀!"

雯颖亦有些惊异,她问二毛:"毛主席不是七十几岁了吗?长江水那么大,他不怕被水淹死呀。"

二毛说:"妈妈,你怎么这样说呢?毛主席是人中之龙,怎么会怕水呢?毛主席老早就说过'到中流击水,浪遏飞舟',后来又写'不管风吹浪打,胜似闲庭信步'。有这样的气魄,才是真正的伟大领袖哩。"

雯颖说:"我是担心毛主席年龄大了,万一水冷,感冒生病,那不是影响革命事业吗?"

一旁的三毛哈哈大笑起来,说:"妈妈担心毛主席就跟担心嘟嘟一样。毛主席哪里会生病?"

雯颖说:"毛主席也是人,当然也会生病。"

一直在旁边静听的嘟嘟说:"毛主席也会生病呀?我不晓得毛主席是不是也像我们一样要上厕所还要揩屁股。"

这回连雯颖都大笑了起来,笑完后,关于毛主席的话题没有再讨论下去。

不久二毛就到北京串联去了。毛主席接见了红卫兵,新到的报纸上把接见时的照片登了出来。毛主席臂戴红袖章,高扬着手,脸上露出平静的笑容。

因为大毛二毛都在北京,三毛和嘟嘟便抢着要看报纸。报上另一张照片是一望无涯的红卫兵,他们都戴着红袖章,高扬着红宝书,满脸激情。三毛和嘟嘟认定大毛和二毛都在人群中,便拿了报纸趴在桌上一顿好找。有两个人看上去有点像,三毛便说:"就算他们两个是大哥二哥吧。"

还有一张照片是北京红卫兵宋彬彬为毛主席戴红袖章的。嘟嘟说:"这个宋彬彬真幸福呀,毛主席亲自为她改名字。我也要改个名字,我要叫丁要武。"

三毛说:"毛主席给别人起的名字,你怎么能用呢?"

嘟嘟想想,觉得三毛说得有理,便说:"那……我要叫丁红卫。"

三毛说:"你改我也要改,我要叫丁卫东,就是保卫毛泽东。你不如改成丁卫红好了,卫字都在名字中间,这样比较像我的妹妹。"

嘟嘟考虑了一下,觉得可以接受。考虑完又说:"最好把大哥二哥两个人的也改掉,二哥可以叫丁卫兵。大哥呢……"嘟嘟一时没想好。

三毛眉头一紧,说:"我有个好主意。大哥叫丁卫毛,二哥叫丁卫泽,我叫丁卫东,我们三个男孩子,合起来就是保卫毛泽东。你就还叫丁卫红。"

两人谈得起劲,觉得这是一个大行动,一定要严肃认真地去做,于是激动起来。嘟嘟找纸笔砚台,三毛起草文字,两人花了一下午时间,写了一份《改名宣言》的大字报,并且将这份大字报贴在房门上。

这是三毛和嘟嘟两个人的第一次革命行动,这个行动令他们有些紧张。雯颖从家属委员会学习回来,一走到门口便看到了大字报,就读了一遍。雯颖读时,三毛和嘟嘟都是一副得意的神态听她朗读。

读完,雯颖说:"还算好,只有三个错别字。'封资修'的修字,里面一竖到哪去了?还有'无产阶级文化大革命的风暴',暴字下面是水字吗?'红卫兵小将'的将字,右边是个夕字头,怎么成了久呢?这一定是三毛写的。三毛,你写字怎么也像做事一样偷工减料?都六年级了,错别字还这么厉害。嘟嘟,这三个字你不认识吗?为什么没有看出来呢?"

雯颖对改不改名,没有发表任何意见,却大肆挑剔宣言中的错别字,令满怀期待的三毛和嘟嘟大为沮丧。三毛趁雯颖进厨房时,把嘴一噘,嘟囔道:"女人就是头发长,见识短。"

然而,丁子恒的态度可没有这么温和。丁子恒下班回家,竟在自己的家门口看到大字报,一股怒火顿然而起。这几天丁子恒的心情一直很不好。院里大字报铺天盖地,几天前开会说是有两万多张。在这两万多张中,写丁子恒的只有十来张,但也够他心烦的。大字报的内容不外乎从不关心政治,走白专道路;自鸣清高,看不起工人阶级;经常与反动文人刘格非勾搭一气,对刘的黑灯谜大加赞赏云云。与吴思湘金显成这些老总们相比,他的大字报不仅数量少,言词也温和得多;而与林院长和老右派皇甫白沙的相比,他简直就不值一提。只是,丁子恒的承受能力也是无法与他们相比的。丁子恒因了这些张大字报,心里紧张万分。他想,除了认错退让,别无他路可走。故而丁子恒每天去看大字报,只要看到写他的,他就针对大字报上的内容写检查。别人贴他一张,他就贴上一张检查。院里的造反派便暗中称他为"丁检查"。

　　但是这天,竟有人就他的检查贴了大字报,质问丁子恒如此这般是何意图?丁子恒不知所措,不敢再写检查。可是不写检查他该如何应付呢?他又茫然不知,所以心里烦乱不堪。不料回到家里,劈头盖脸竟看到小儿小女也写起了大字报。没等看完,他便动手一撕,将大字报揉成团,狠狠地往三毛头上扔过去。光是这个动作,就已将三毛和嘟嘟脸都吓白了,连雯颖也没有料到丁子恒会如此恼怒。

　　丁子恒说:"三毛我告诉你,你要想领着妹妹在家里搞文化大革命,你就给我滚出去!你要改名就自己去改名,改了就不要再回来!"

　　三毛翻着白眼望着他,眼泪在眼眶里转了几圈,终于还是忍了回去。嘟嘟却不行,见丁子恒大光其火,立即哭出了声:"不改就不改嘛,爸爸为什么要发脾气呢?"

　　雯颖见嘟嘟吓哭了,便说:"他们还是小孩子,你不能这样骂他们。有什么话不能好好说吗?"

丁子恒见嘟嘟哭了起来,平了一下气,听到雯颖这一番话,便又说:"你就只会宠着他们,有些事情不能由着孩子,你必须要对他们管教严格一点。他们现在都长大了,不能老是宠着,宠大的孩子没有一个有出息的。"

丁子恒的口气颇严厉,雯颖的脸色也灰了下去。她心里很不愉快,但她不想同丁子恒争论。她隐忍着,一声不响地走进厨房。她切菜时,眼泪叭嗒叭嗒地掉了下来。

整个晚上,雯颖都没有跟丁子恒讲话,丁子恒也没有表示和解。三毛和嘟嘟都看出了爸爸妈妈不高兴,两人使劲讨巧,比着赛分别给坐在桌前写字的丁子恒和坐在桌边看书的雯颖打扇,但仍然没有讨到他们想要的脸色。

最后,三毛长叹一口气,说:"革命的烈火还没燃烧起来,就叫爸爸泼熄掉了。"

三毛这一声长叹,缓解了丁子恒心情。他想,自己这般较真,又是何苦来哉,还不如小孩子看得透放得下。再说,两个孩子这般可爱,雯颖宠着他们也是自然。自己心情不好,回家朝老婆孩子撒气,也真不是大丈夫所为。如此想过,睡觉前,他便主动上前,软语温言哄好了一肚子不悦的雯颖。

雯颖深知丁子恒心情不佳的原因,便也谅解了他的烦躁,顺势同丁子恒和解了。三毛和嘟嘟都是挨过骂即忘的人,自是不会将爸爸的脾气往心里去。大字报的风波就这样无声无息地化解掉了。

天更热了。闲置了秋冬春三季而落满灰尘的竹床已经被雯颖用水冲洗得干干净净。竹床在年年的夏季被汗水浸泡,已成深红颜色,躺在上面,有一种特别的凉爽。

三毛提出,天太热,他不想同嘟嘟睡在一张大床上,他要到走廊上的竹床上睡觉。嘟嘟一听这等好事,也立即提出,她也不想睡大床,要睡竹床。雯颖原本正欲同意三毛的要求,一听嘟嘟也来凑热闹,便没有及时表态。三毛生气了,转身吼嘟嘟:"每次都是我要干什么你就要干什么!"

嘟嘟说:"你比我大,你就该让我。"

三毛说:"现在是文化大革命了,要改造思想。你这个思想就要改造,凭什么大的就要让小的?难道你成了反革命,我也要让你?"

嘟嘟尖叫起来:"你才是反革命呢!妈妈!三毛他胡说八道,说我是反革命。"

雯颖本不想理睬他们的吵闹,可是每次两兄妹吵到最后,还是只有她出来摆平。雯颖说:"三毛,你怎么当哥哥的?这样的话怎么能随便乱说?嘟嘟,晚上还是三毛睡在走廊上好了。你是女孩子,睡在外面,妈妈不放心。"

嘟嘟说:"男女平等,男孩子能睡外面,女孩子就能睡外面。"

雯颖说:"可是你睡在外面我就没办法给你扇扇子了。"

这是一个好理由。嘟嘟怕热,每晚睡觉须雯颖替她打扇,一直扇到她睡着为止,丁子恒曾经对此举表示强烈反对。可是看到嘟嘟在床上热得搔耳挠腮,滚来滚去地睡不着觉,雯颖就于心不忍,立刻便拿了芭蕉扇守在她的身边。丁子恒对此便也无奈。

嘟嘟想了想,斜眼望望正横眉怒目的三毛,自己下了台阶,说:"好吧。我一个人睡一张大床好舒服哦,再说我喜欢妈妈扇我。"

三毛说:"不许反悔,要是反悔就是小狗。"

嘟嘟说:"不反悔就不反悔。我才不稀罕竹床哩,睡久了会得关节炎的,连跳舞都跳不动。"

嘟嘟这一阵每天都回来很晚。学校火炬毛泽东思想宣传队编排了许多节目,利用暑假,组织队伍到大街上和农村宣传"十六条"以及"四破四立"。嘟嘟是舞蹈队的主力队员,她要跳好几个舞蹈,要跳《勤俭是咱们的传家宝》,要跳《王杰和雷锋一个样》,要跳《全世界无产者联合起来》,要跳《请到我们山庄来》,还要跳《一代一代往下传》。这个舞蹈满场跑动,像流水一样喧腾不停,非常累。嘟嘟却最喜欢跳这个舞蹈,她对这个舞蹈的偏爱,是因为这个舞蹈是她家对面乙字楼上的高中学生沈芊芊教她的,这支歌也是沈芊芊所教,一共四段词,沈芊芊为她抄在纸上。在宣传队讨论节目时,嘟嘟便将这首歌唱了一遍,又将这个舞蹈跳了一遍,老师认为可以照搬过来,于是,就让嘟嘟教会了其他人。

> 像那大江的流水,
> 一浪一浪向前进。
> 像那高空的长风,
> 一阵一阵吹不断。
> 我们高举革命的火把,
> 一代一代一代一代往下传。

这个舞蹈需要十六个人跳,气势磅礴,一直是宣传队最后的压轴节目。但这两天,老师新排练了另一个舞蹈《工农兵心最红》。

> 工农兵,心最红,
> 革命路上打先锋。
> 拿起笔杆齐上阵,
> 消灭一切害人虫!

嘟嘟不喜欢这首歌,她觉得这首歌的词不漂亮,她跳的时候就没什么劲。宣传队老师一声一声地吼叫着:"这是战斗的舞蹈,要拿出全部精神来!"

这个舞蹈反反复复要跳三遍,它成了嘟嘟心目中最累的舞蹈,每天演完节目回家,嘟嘟总嚷嚷着好累。于是她吃完饭洗过澡,雯颖就早早地把她赶上床。上床后的嘟嘟一旦睡着,打雷都惊不醒。

这天嘟嘟一个人睡一张床,没有三毛臭烘烘的气味,嘟嘟觉得很开心。她一觉睡到大天亮,起来时,却发现一向睡懒觉的三毛连早饭都吃过了。

三毛见嘟嘟醒了,立即说:"你昨天晚上睡得像只猪,叫也叫不醒,昨天简直太激动人心了。"

嘟嘟忙问:"发生了什么事?"

三毛说:"昨天半夜红卫兵紧急通知,挨家挨户搜查反动图画。敲锣打鼓,热闹得不得了。全宿舍人都没睡觉,就你一个人叫也不醒。"

嘟嘟大惊:"真的呀?"

三毛说:"有一张反动图画,把毛主席站在天安门上的样子画得一只胳膊粗,一只胳膊细。这不是歪曲毛主席吗?红卫兵一家一家查这张画,从楼房一直查到简易宿舍。我们都跟着一起查,连你们班上的姬小萱和刘雪茹都去了。"

嘟嘟急了,大声道:"臭三毛,你怎么不叫醒我嘛!"

三毛说:"你问妈妈,我叫了,你根本都不醒。昨晚上特别好玩,我们查到对面忆丁家,他爸爸穿着很花很花的睡衣睡裤,把我们都笑死了。红卫兵说,上海人个个都像资本家,贫下中农谁穿花睡衣呢?"

嘟嘟更急了,说:"哎呀呀,我没看到,今天晚上还查不查?"

三毛说:"到简易宿舍更好玩。那个荷香家,就是他们家小孩子爸爸挖藕冻死的那家,他家怕热,大门也不关。她儿子叫松树,也是红卫兵,领着人查到他家去。他妈妈,就是那个荷香呀,连衣服都没穿,上身光着,把红卫兵都吓得往外跑。笑死我了,哎哟哟,我现在想起来,都要笑得肚子疼。"

嘟嘟开始跌脚起来,她使劲捶着自己脑袋,后悔自己怎么睡得这样死。想不到文化大革命有这样的热闹可以看,更想不到文化大革命会这样令人开心。嘟嘟便再三叮嘱三毛和妈妈,以后只要有热闹,一定要叫她起来。

在小孩子们为"文化大革命"的热闹而兴奋不已时,丁子恒却满心焦灼。他的大字报一天比一天多了起来,他本人也越来越被人注意。

七

乌泥湖大抄家是从金显成家开始。

这是一个下午,大人们都上班去了。前来抄家的是附近中学的红卫兵,由测工老袁的儿子袁继辉带队。自一九六五年退房事件后,简易宿舍许多人家都搬进了楼房,测工老袁一家也随此潮流从简易宿舍搬到了丙字楼上左舍。他家的房间正对着金显成家,透过窗子,可以见到对面甲字楼上金显成家的大半生活。于是,在袁家的饭桌上,金显成的太太金妈妈叶绿莹便成了经常的话题。叶绿莹的鼻子又高又直,那就是满人贵族的样子;叶绿莹一口京腔像唱歌一样;叶绿莹晚间洗澡后穿的衣服是丝绸的;叶绿莹头发总是挽成发髻,也不知道她是怎么挽的。诸如此类的闲话,几乎成了袁家的一道大菜,也使得老袁的儿子袁继辉特别想看看对面金家到底有些什么。

星期天的时候,在武昌读大学的吴金宝常回家来。有一次他在家时,听罢家人议论,站在窗口,无意间说:"他家的四旧肯定特别多。"

一句话似乎提醒了袁继辉。袁继辉现在是红旗中学千钧棒战斗队的司令。第二天,他便领了学校的一群红卫兵来到了甲字楼上。

他们搜查金显成家的理由十分简单:金显成的太太叶绿莹家以前是皇亲国戚。乌泥湖谁都知道,要是满清不垮,金妈妈就是个格格。这是典型的牛鬼蛇神,千钧棒的作用就是专门打击牛鬼蛇神,自己院里放着现成的更是要打。牛鬼蛇神家最多的东西就是四旧,不去抄他们,那还抄谁?

这样的理由,令红卫兵理直气壮。面对张皇失措的金妈妈,红卫兵懒得做什么解释,二话不说便把她家里抄了个底朝天。

金显成隔壁住着新婚不久的宗梅生。宗梅生听到喊里哐啷的响声,忙摇着轮椅出来看情况。见是简易宿舍袁继辉领的头,就说:"你是老袁的儿子吧?金总是院里的领导,不能随便抄他的家。你爸爸老袁我们都熟,袁师傅一向很尊敬金总的。"

袁继辉说:"请你说话注意点,我跟我爸爸是两个人,我是我,他是他,他不能代表我。另外,我们要正告大家:我们没打算抄金总的家,我们只打算抄他的反动老婆的家。我们抄她的家,是为了破四旧,这是革命行动。就算你把我爸爸叫到这里来,他也阻止不了,并且他也不会阻止。因为他是工人出身,是无产阶级革命派,他的阶级与这个牛鬼蛇神的家庭势不两立。"

宗梅生说:"怎么能这样说话?金总的家和他老婆的家,那还不是一回事吗?"

袁继辉说:"你说是一回事?他老婆是封建反动家庭的人,这么说他也是吗?"

宗梅生发现这话有圈套,忙说:"我可没说这话。"

袁继辉说:"你如果说话等于没说,那就请你不要说话。现在是文化大革命,对一切反动分子牛鬼蛇神我们都不能留情。你住在她的隔壁,你不仅不能帮她说话,而且要与她划清界限,随时向党汇报她的反动行为。"

宗梅生这才发现他不仅制止不了这些红卫兵,而且还被他们教训着,当即一口气就堵在胸口。罗彩秀闻声而出,急急忙忙地把他推回房间。罗彩秀发现有几个红卫兵狠狠地盯着她,吓得她忙不迭地关上房门,一个劲地替宗梅生抚胸顺气,自己也长吁着气强令自己平静。

金妈妈早已吓得面如土色,她颤颤抖抖地收拾着红卫兵翻腾过的东西，一边机械地拍打着上面的灰尘，一边胆怯地观察红卫兵的眼色。

这次红卫兵最辉煌的战果是搜出十六只内画的鼻烟壶。十六只鼻烟壶全是淡绿色的和田玉所制，其中有十二个画的是金陵十二钗，另四个却是春宫图案，画的是赤身的男女正以不同的姿势性交。红卫兵们以惊异的神情传看着，看完便彼此议论，最后将十六只鼻烟壶归到袁继辉手上。

袁继辉却没有看，他以一副大义凛然的样子，将这十六只玉壶装在一个布袋里，拎起来说："这样的封资修的东西，又恶心又下流，你们还当个宝贝似的收藏着，是什么用意？"

金妈妈怯声道："没有用意，是祖上传下来的。我就一直留着，当做纪念。"

袁继辉说："你纪念的是什么？你这样的反动祖宗也配纪念？中国有那么多无产阶级革命内容值得纪念，你倒不纪念，你是站在什么样的立场上？"

金妈妈吞吞吐吐地说不出个所以然来，便只好眼睁睁地看着红卫兵把这十六只鼻烟壶拿走。

下午金显成下班回家时，家里还没有完全收拾好。金妈妈一见金显成就哭了起来。金显成问清原委，气得发抖，欲去派出所报案，却叫回家来的儿子拦住。儿子说现在全国的红卫兵都在到处抄家，千万别去惹他们。金显成想想也无可奈何。

乌泥湖的头一场抄家，不仅嘟嘟没有看到，连天天在宿舍包打听似的找热闹看的三毛，也没能看到。这天他恰恰到简易宿舍的露天乒乓球台跟人挑战打乒乓球去了，待他回来时，这场好戏已经收场。晚饭时他把听来的消息一五一十地在饭桌上讲述，丁子恒大惊。当晚便与雯颖商量，要把家里有可能会被当做四旧的东西全部毁掉。雯颖说二毛就要回来了，让二毛回来销毁好了。

第二天,乌泥湖就有了第二场抄家。这次是戊字楼上严唯正的家。红卫兵气势汹汹地到来时,三毛和嘟嘟恰在严家与严家老五严晓文老六严晓琰一起打牌。嘟嘟从未见过这种阵势,吓得扯住三毛的衣服直往他身后躲。

搜查严唯正家的是另一拨红卫兵。他们是严唯正的女儿严晓珏在古德寺中学的同学,有几个人严晓文和严晓琰还都认识。严晓琰傻乎乎地上前问道:"你不是陈铁强哥哥吗?你怎么来抄我家呢?"那个叫陈铁强的红卫兵说:"这是我们红卫兵总部的命令。"严晓琰又指着另外一个红卫兵说:"胡克克大哥,你还教过我画画的,你怎么也来抄我家?"胡克克没有陈铁强客气,硬邦邦地说:"不是告诉你了吗?这是红卫兵总部的命令。你家成分是地主,不抄你家抄谁家呢?"

三毛惊奇道:"严晓文,你家原来是地主呀!"

严晓文一下子愧疚得说不出话来。他低下头,畏畏缩缩地进了厕所,并且锁上了门,再也不肯出来。他是严家四个男孩中最小的一个,三个哥哥与他年龄相差很多,瞧他不起,自顾自玩,他的玩伴便只好是姐姐和妹妹。奶奶爱长孙,爹妈喜欢小女儿,他被吊在中间,没着没落,除了三姑偶然会问及他外,几乎就没什么人过问他,而他的心事也无处去说。渐渐地,他的性格便显得十分内向。

来严晓文家抄家完全是严家老四严晓珏惹出的一场祸。正读初三的严晓珏生得娇小苗条,父母生了三个儿子之后,才有了她这个女儿。虽说后来又添了一弟一妹,可她自小被父母和奶奶姑姑娇惯得什么事也不会做,一只蚊子飞过来都要发出惊叫。上中学后在班上也都是以胆小娇气而出名。学校组织下乡劳动一星期,帮助农民插秧。严晓珏因怕蚂蟥,不敢下水田,便谎称来例假肚子疼,请了三天假。不料被同班女生揭发出来,这下子便犯了众怒。谁不是人?谁不怕蚂蟥?可革命需要下水田,谁又没有争着下?偏你严晓珏就可以用撒谎的方式逃脱这个革命任务?班上红卫兵以怒不可遏的态度开会批判严晓珪的资产阶级小姐作风。在批判的过程中,严晓珪的家底被陆续揭露出来:她爷爷是杀害共产党人的凶手,已被新中国政府镇压;她爸爸是反动学术权威,臭知识分子;她奶奶这个地主婆仍然住在她家里,被养得白白胖胖,有人供养有人侍候。红卫兵们被激怒了,于是一伙人杀到严家。

戊字楼前后的人们闻讯都上楼来围观。幸而严老太长期住在女儿严三姑处,不在家里。严唯正的太太蒋文清从来没有面对过如此事情,紧张慌乱得很,脑子也仿佛在瞬间迟钝,总不能很及时地配合红卫兵。红卫兵每问一声,她都要想半天才能回答出来,结果便被红卫兵厉声地呵斥来呵斥去。蒋文清一辈子从来没有这样当众丢脸,忍不住当场流下了眼泪。

严晓琰一看妈妈哭了,一下子跳了起来。她不管三七二十一地大闹着,哭叫着,撕扯着,对着红卫兵拳打脚踢,且把他们拼命地往外拖。几个红卫兵上来想把她架走都架不动,只得把她按在地上。严晓琰的大声哭喊,令观看的人群起了骚动,不知是谁喊了起来:"红卫兵打严妈妈了!""红卫兵想要强奸严晓琰!"这阵骚乱信息传得很快,连简易宿舍都有人跑过来观看。抄家的红卫兵阵脚有些乱了,眼见得围观人们越来越多,几个红卫兵把头凑在一起低语了一阵,便宣布抄家结束。同时宣布:老地主婆必须在三日内回到这里,否则,他们将去她女儿家把她抓回来。

这次抄家原本有几件东西属于"四旧"应当拿走,尤其是严老太在家时每天要拂拭的白瓷观音。就连蒋文清和严晓琰都巴不得红卫兵把这个带走,可是红卫兵们仓皇撤离,竟没有人顾得上拿。

红卫兵走后,严晓琰一抹眼泪对嘟嘟和三毛说:"你看他们这些红卫兵好笨蛋,连我奶奶的观音是四旧都不晓得。"严晓琰说着拿起那尊观音往地上一砸,只听得"哗啦"一声,观音便碎成无数瓷片。严晓琰转过脸对蒋文清说:"妈,就跟奶奶说观音是红卫兵砸的。"

嘟嘟和三毛在一边都看呆了,而严晓文此刻才从厕所里慢慢腾腾地出来。

蒋文清骂他道:"看你有什么用,家里有事就往厕所躲,还不如妹妹。"

严晓文沮丧道:"我完了,我们家是地主。我肯定这辈子都当不成红卫兵了。"

严唯正请了三天假,把严老太从严三姑家接了回来。可是他不敢去上班,他不知道红卫兵来后会把他的母亲怎么样。严老太已是风烛残年之人,任何一点折磨都会令她一命呜呼。仅一个观音被砸了,严老太便已经呼天抢地了一夜。严唯正忧心忡忡,不知道会有怎样的事情发生。

三天过去了,红卫兵竟没有来。及至第四天晚上,红卫兵方到,来者竟有一百多人,阵势比抄家时大得多,严家人全都吓得不知如何是好。正值夏夜,人们均在屋外乘凉,眼见黑压压来了这么多人,都围上去观看。

这一次红卫兵没有抄家,而是把严老太揪出来批斗。严老太不知所措,任由红卫兵拉着走下楼。严唯正要跟下去,红卫兵拦住了他,说:"今天还轮不到你,你老老实实在屋里待着。"

严唯正说:"我母亲年龄大了,又有病,你们放过她好不好?"

红卫兵义正词严道:"我们放过她?问问她,当初怎么不放过贫下中农?她的臭男人怎么不放过那两个被他杀死的共产党员?"

严唯正急着还想辩解什么,蒋文清一把拉住了他。蒋文清说:"你还说什么呢?现在是文化大革命,小心连你一起批斗了。"

严唯正急道:"可是妈那么大年龄……"

蒋文清说:"你听天由命吧。"

戌字楼下面的竹林已经成了一片空场,批斗大会就开在这里。

严老太似乎傻了,她既不发病,也不反抗,任由红卫兵处置。红卫兵让她低头她就低头,红卫兵揭发批判她,她就说:"我认罪我认罪。"红卫兵轮流发言,一个上场一个下场时,严老太就抬起头来望着围观的人露出笑容。看到她的老朋友郗婆婆,严老太便说:"你今年的寿衣晒没晒呀?"

郗婆婆闻之便哭起来,一边哭一边说:"完了完了,严太婆完了。"

批斗会开了有半个多小时。红卫兵发言完后就喊口号,喊完口号,觉得严老太一副无所谓的样子,便满心愤恨。一个红卫兵跑到严家要了一把剪刀,冲上台便剪严老太的头发。严老太仍不反抗,倒是把头垂得更低了,仿佛是让红卫兵剪起来方便。

严唯正却因为红卫兵进家门要了剪刀,吓得魂飞魄散,跟着冲下楼来,却见几个红卫兵围着严老太剪她的头发。严唯正无法自制,他奔过去,对着这些红卫兵跪了下来。严唯正说:"求求你们饶了她吧,她老了,活不了多久了,求你们饶了她吧。你们可以来剪我的,剪我爱人的,剪我儿子女儿的,都可以。请放过她好不好?"

严唯正眼泪鼻涕一大把,令许多看热闹的小孩子大笑起来。红卫兵毫不理睬严唯正,继续剪着严老太的头发,剪完头发又喊口号。最后,一个红卫兵宣读驱逐令:"天下者,我们的天下。我们号召天下无产阶级联合起来,我们要把一切牛鬼蛇神赶出地球。勒令地主婆严老太两天之内必须滚回老家去,接受那里的贫下中农的批斗。"

驱逐令宣读完后,红卫兵便如潮水一样呼啦啦退去。严唯正哭着把他的母亲背上楼。严老太头上青一块白一块,脸上的表情却仿佛什么事也没有发生一样。严唯正找了一顶白布帽给严老太戴上。严老太伸手抹去他脸上的眼泪,平静地说:"我儿,不哭,这是好事。我在阳间受了罪就不会被拖到乱葬岗被野狗咬死。你爹

497

老早就托梦给我了,我到底等到这天了。"

严唯正听得此语,欲哭无泪。

这天夜里,严老太在睡梦中咕噜了几声,就死了。她的面容十分平静,仿佛还有几丝笑意。睡在她旁边的严晓琰早上起来,推了推她,她不动,又叫了几声,她还是不动。严晓琰拍拍严老太的脸,自语道:"原来地主婆已经死了,原来人死的时候是在笑。"

严唯正和闻讯赶来的严三姑大哭了一场,而严家其他人却没有掉一滴眼泪。严晓琰事后对嘟嘟说:"我搞不明白,地主婆死了应该庆祝才是,为什么还要哭个不停呢?连我奶奶自己脸上都挂着笑,我爸和我三姑的立场就是有点问题。"

严老太的骨灰埋在了扁担山。从扁担山回来的路上,严晓文突然失踪。家里人先以为他找同学玩去了,回到家却看到他留在桌上的纸条,纸条上没署名字,上面写着:"我永远都不想回来。"蒋文清一眼就认出这是严晓文的字,立即哭倒,嗓子都哭出了血。

没有人知道严晓文去了哪里,也没有人知道严晓文为什么要离家出走。严唯正接连遭遇两大痛事,一夜之间头发全部变白。

一连数日,乌泥湖的人都为严家的变故唏嘘不已,但彼此相聚时,却没有人谈论。人人都有一种不知从何说起的感觉。

八

省委工作组由一位姓王的副省长带队,进驻设计总院。欢迎会上,王副省长作了关于设计总院"文化大革命"的报告。

报告的要点有三条:

一、无产阶级文化大革命,是社会主义革命的新阶段,关系重大。革命的中心是政权问题。整个过渡时期都存在两个阶级两条道路两种思想的斗争。反动阶级虽然被打倒了,可是他们人还在,心未死。并且他们人虽少,能量却很大。过去一些年来,我们同他们的斗争从未停止过,如三反五反反右等。党内则1954年高饶反党,1959年一小撮右倾分子反党。资本主义复辟的危险可能来自国内外,也可能来自党内外。资产阶级分子从来不敢正面公开较量,他们总是躲在暗处煽阴风点鬼火,他们在思想意识形态方面进行活动,搞和平演变,打着红旗反红旗。苏联已经给我们提供了惨痛的教训,我们切不可忘记。我们现在主要的危险在"内",在"党内",在"上面"。因而我们的斗争锋芒是针对党内走资本主义道路的当权派,针对反党反社会主义的资产阶级知识分子代表人物,目标与四清一致。

二、近一段时间,长江流域规划设计总院贴出了两万多张大字报,揪出了一批牛鬼蛇神,把暗藏的敌人也揪出来了,形势一片大好。但是在胜利面前,我们更应该注意:

1. 在这场革命的大风大浪中,要活学活用毛主席著作。毛著是最高指示,我们对它是热爱还是仇视,是拥护还是反对,是真假革命的试金石。我们掌握了主席思想,就好像有了望远镜和显微镜,就能辨别真理和谬误。要带着感情学,现在工农兵学用得非常好。知识分子应该了解学习毛主席著作是潮流,不进则退,要带着世界观问题学,要与"我"字作斗争。遇到问题,除了向毛著请教,还是向毛著请教。

2. 要放手发动群众,从群众中来,到群众中去。要引火烧身,敢字当头,敢于揭发,敢于批判自己。有些人怕火烧到自己身上,我劝大家不要怕出乱子,不要划框框,不开秘密会,运动中要充分发扬民主作风。

3. 要正确贯彻党的方针政策。政策和策略是党的生命,要相信群众掌握政策的能力,把政策交给群众。在对待知识分子问题上,矛头要指向他们中的反动代表人物,指向反党反社会主义的知识分子。他们中的左派应该是运动的核心,他们站稳了脚跟,听毛主席的话。运动中要壮大左派。他们中的中间派人数最多,未站稳脚跟,容易动摇,但只要他们政治上不反党反社会主义,业务上尽心尽力,就要去团结他们。而他们中的右派,一向是反党反社会主义的,他们留恋旧社会,反对无产阶级专政,一有条件,就会兴风作浪,试图推翻共产党。他们反对群众运动,对群众运动怕得要死,恨得要命。这些人,一定要斗倒斗臭,要让他们永世不得翻身。在对待本单位领导的问题上,要采取说理斗争的方法,不准打人打架,变相体罚,大字报不准贴到街上,也不准贴到宿舍里,不准把他们弄上街游行批斗。不同意见是允许存在的,可以辩论。不可挑拨群众。

三、省委工作组将同设计总院工作组混合组成新的领导小组,全面领导设计总院的文化大革命运动。

十天之后,谢森宝主任和省委工作组王副省长一起,召开了工程师和科长以上人员的会议。在会上,谢森宝主任作了《如何把党内走资本主义道路的当权派和反党反社会主义反毛泽东思想的资产阶级代表人物揪出来》的报告。

报告大意如下:

今天谈三点。

一、对工作组到来的这十天里的工作回顾。应该说,这一段时间里,运动是有成绩的。前八天的时间里,共贴出五千三百七十九张大字报,揪出了不少牛鬼蛇神。但主要的缺点是:因为强调了两个针对,即针对党内走资本主义道路的当权派和反党反社会主义的资产阶级知识分子代表人物,片面地强调分清内部和外部的区别,比方内部矛盾不写,从而使大字报数量明显受到影响。牛鬼蛇神是到处活动的,一旦有框框限定,便对运动起了阻碍作用。产生这样的局面,主要是我们对主席指示研究不透，自己有怕乱的思想，以致很多问题暴露不出来。领导思想落后于群众。其次是对领导"下楼洗澡"的主动性估计过高。其实他们也在躲避运动。第三是以为文化大革命主要是针对大专院校和文艺界，所以重视程度不够。第四是从来没有这样大型运动的经验，一九五七年的反右运动与它相比，大小之差，天壤之别。正因为以上四点，造成设计总院群众的积极性没有得到应有的爱护和鼓励。

二、当前的形势。虽然已经贴出了五千多张大字报，但其中揭发的多，批判的少。最严重的一点是：工程师和科以上干部贴得不多。同志们呀，你们是对党委最知情的，对哪些人是真正的走资派心中是最有数的，为什么你们反而比那些不知情的职工群众写的大字报还要少呢？看来一是认识不足，二是有私心杂念，怕上纲上错了，怕自己做得不对。还有人觉得现在写大字报是赶浪头，而你们知识分子总觉得赶浪头是不对的。这种观念本身就是一种四旧。

三、文化大革命领导小组号召：干部和知识分子要站在运动的前面，要带头鸣放，要勇敢地向党委成员——尤其是主要领导成员——贴大字报，要带头学好"十六条"，要通过学习，提高自己的认识，要放下顾虑，做彻底的革命派。

谢森宝主任讲完后，提出用热烈的掌声欢迎王副省长讲话。于是王副省长又到台上讲了一通：

谢主任讲得很好。对有些人在运动中只观望不行动，我感到很遗憾。我不明白他们为什么会有这么多的顾虑，这样下去，既落后于形势，也落后于群众。所以在此我要强调地讲几点。

一、无产阶级文化大革命是社会主义革命的新阶段，是兴无灭资的运动，是一场阶级斗争，是复辟与反复辟的斗争。我们的敌人在政治上、经济上、军事上都不敢公开较量,他们企图用旧文化、旧风俗、旧习惯、旧思想来腐蚀我们,以达到复辟的目的,他们是在意识形态上做准备。贪大求洋,重业务,轻政治,都是修正主义的根子。革命的根本问题是政权问题,无论如何也不能忘记阶级斗争,必须斗垮走资本主义道路的当权派,批判反动的资产阶级学术权威,清除腐朽肮脏的东西,从而使我国永远不改变颜色。

二、大家一定要认清形势。全国工农兵和亿万人民都受到严峻的考验。是革命派还是保皇派,敢不敢站在运动前面,当闯将,当毛主席的好学生,就是考验人的一个试金石。有人墨守成规,这也怕,那也怕,总怕天塌下来先把自己压死。中央明确规定了四类人,自己属于哪一类,就看你如何行动。是左派,就要顶,就要站在斗争的最前列,为党的事业、为人民冲锋陷阵、牺牲一切、引火烧身,做不到这一点,是不是左派就难说了。如果被贴了几张大字报,头就抬不起来,那算什么?犯了错误,只要改正,就是好同志。只要认识错误,改正错误,放下包袱,轻装前进,就是经受住了革命的考验。有了你的大字报,不能马上就上前去跟人辩论,否则就是压制民主,那就要立即停职反省。看到自己的大字报,应该做的事是深刻检查自己,对照自己,有则改之,无则加勉。对于那些勇于写大字报的人,我也要说一句,不要怕划右派,这一次与一九五七年反右是完全不同的。这次运动重点是整党内走资本主义道路的当权派,不是整群众。这次运动是毛主席亲自发动亲自领导的,这是一次具有划时代意义的运动。

三、树立自信心。不要怕,要为党和人民利益冲锋陷阵,不能为个人利益畏缩不前。毛主席说:无数革命先烈为了人民的利益牺牲了他们的生命,使我们每个活着的人想起他们就心里难过,难道我们还有什么个人利益不能牺牲,还有什么错误不能抛弃吗？贴大字报是好事，而不是坏事。贴错了也不要紧，要革命，就不怕犯错误。宁可做一个有错误的革命派，也不能做一个不犯错误的胆小鬼。

"文化大革命"运动在一个接一个的报告号召下，如火如荼地开展了起来。办公楼外墙上都贴满了大字报，新写的大字报无处张贴，领导小组便安排工人在院内道路两旁架起了芦席墙。芦席墙很快也被大字报贴满，且许多大字报都注明"保留三天"或"保留一星期"。领导小组一看形势如此大好，又将办公楼内的走廊上钉上芦席。这样一来，除了各办公室的门，整个走廊都被大字报贴满，仿佛成了一条大字报的地道。

大字报栏前永远有人在观看。许多人并非真的关心大字报的内容，而是在看大字报有没有写到自己，丁子恒便是其中之一。施工室的人自是不会放过丁子恒，所幸大字报的内容全都在丁子恒意料之中。无非是白专道路、看不起工人之类的老话。丁子恒知道，这些内容与其他大字报相比，实乃鸡毛蒜皮。

但有一张署名为"向东方"的大字报却令丁子恒大吃了一惊。大字报题为《看丁子恒如何放毒》。其中说丁子恒曾经说过，现在的领导光知道搞政治，谁也不关心生产。认为政治学习中的讨论都是白说，都是空对空等等。丁子恒使劲地回忆自己在什么时候什么地方说过这样的话，半响方记起，几个月前在中苏友好宫看技术革新展览时，曾经碰到过乙字楼上的沈慎之，在与他闲聊时，仿佛这么说过。想不到，这些话竟都被他上纲上线，写进了大字报里。丁子恒想，倘若人人都如此这般，我还能跟什么人讲话呢？一口闷气憋在心里，真是难过得很。

这天上午，丁子恒参加宝珠寺573进度汇报讨论，会议由金显成主持。因未见到吴思湘，丁子恒随口问道："吴总没来？"

金显成左右望了望，以几乎无人可以听见的声音答道："他停职了。"

丁子恒大惊失色,也两边望望,用同样的低声说:"为什么?"

金显成没有直接回答,只是说:"林院长也够呛。说不定我也是最后一次主持生产会议。"说完,有人同金显成打招呼,金显成便离开了。

丁子恒心乱如麻。吴老总停了职,金显成也将靠边,连林院长也可能有事,院里生产计划怎么办呢?正在上马之中的宝珠寺大坝和乌江渡大坝又如何是好呢?整个汇报过程中,丁子恒心情都十分沉重。轮到他发言时,不时地有人要求他大声一点。丁子恒这次的汇报作得没精打采,坐在他旁边的姬宗伟问他是不是病了。丁子恒勉强地笑笑,说:"是吧,我血压有些高。"

下午,便有紧急通知,到俱乐部开会。院文化革命领导小组又一次召集会议,这回主持会议的是周则贵副院长。他传达了两件大事,一是毛主席亲自写了《炮打司令部》的大字报,二是湖南长沙市委打击湖南大学学生的情况。

周则贵传达完文件后,自己也讲了话。说起革命形势,周则贵激情万丈。他要求大家全力以赴搞好文化大革命,他说革命搞不好,生产也别想搞好。搞好了有什么用?如果江山变了色,岂不是把搞好的东西送给别人享受了?所以现在不消搞什么狗屁生产,要一条心把文化大革命搞得轰轰烈烈的,把那些反党反社会主义的牛鬼蛇神都揪出来,让那些真正热爱毛主席热爱共产党全心全意跟党走的人来坐江山,只有他们才能把红色江山坐得永不褪色。

周则贵的讲话令人哭笑不得,但院里人已经习惯了。

整个设计总院的文化大革命运动便是在一次又一次的会议和一场又一场的报告鼓动和催化下,越来越深入,越来越逼近每一个人心灵。

九

皇甫白沙完全能想到,这一场轰轰烈烈的运动,他是在劫难逃。运动一开始,他的大字报就上了墙。大字报措词严厉,语气强硬。虽然他已经摘帽,可在别人眼里,摘帽右派与阶级敌人仍是同义词。他看大字报时,心里虽有几分紧张,更多的却是苦笑。他是一只死老虎,打死老虎自然谁都乐意,他有充分的心理准备去迎接更为艰难的日子。他此刻的心情,竟与当年在国民党监牢里坐牢时一样,觉得自己目前的处境只是暂时的。天将降大任于斯人也,必先苦其心志,劳其筋骨,饿其体肤。乌云终将过去,曙光就在前头,他还有更为重要的大任在后面。

可是有时候,他也会想,这是谁的乌云呢?未来的曙光又是谁的?他的大任将由谁派?是谁非得让他如此苦心志?慢慢地,他竟有些想不清楚了。

纵然思想准备身体准备都做得极为充分,仍然有皇甫白沙根本意料不到的事情。

这天,皇甫白沙挨了斗,戴了高帽子,斗完之后,群众又要将他拉出门游街。这一切,他都料想得到。因为毛主席的著作《湖南农民运动考察报告》他学了许多次。他知道,这些东西迟早会从书上搬到现实中来。游街是要把你最后的一点尊严踩踏在地,让你在乡邻面前无地自容。皇甫白沙满心苦涩,但他觉得以自己的意志力,还是可以承受的。因为他有过一九五七年,他的形象已经在人们的心中有了铺垫,他的尊严已经所剩无几,再把最后那一点都扔掉也就算不了什么了。

但是,批斗会完后,人们正欲拉他上街时,副院长周则贵突然制止了这件事,把皇甫白沙叫到了院长办公室。皇甫白沙与周则贵老早就熟,但两人气质秉性差异太大,关系也就一般。皇甫白沙被打成右派后,周则贵每见他,脸上都有一种说不出的神气活现,这种神态,更让皇甫白沙低看他。然而,这回的周则贵却显得犹豫不安,一副不知道该说什么好的样子。

皇甫白沙不耐烦他这样,便先开口,说:"周院长,有什么话就说吧。"

周则贵搔搔头,仿佛是考虑了一下,方说:"娘的,我真是不晓得怎么讲。我也是为人父母,晓得养个儿子不容易。我家就老三是儿子,他摔个跟头我都心疼。皇甫,斗你批判你,我觉得该,这是政治问题,我不同情你,可是……"

皇甫白沙听他这么绕弯,又提儿子,心里一紧,立即想到会不会是皇甫浩出了什么事。他急问:"你别绕弯好不好?出了什么事?"

周则贵长叹一口气,说:"你儿子,在乡下,唉,唉……"

皇甫白沙更急了,他惊声问:"他到底怎么啦?"

周则贵说:"他……他……得了病,也不是得病吧,他被牛撞伤了,伤口发炎,乡下医生没做皮试,给他打了青霉素,他……他就……"

皇甫白沙心头松了一点,他想撞出伤口,治疗一下总归会好。皇甫浩一向用青霉素并不过敏,就算过敏,人在医院,也不会有什么大事的。想到此他站起来,说:"我希望院里能同意我去把他接回来看病。"周则贵突然瞪大眼睛,用很大的声音喊道:"他死啦!叫乡下医生治死啦!"

皇甫白沙目瞪口呆,似乎没有反应过来。周则贵说:"事情到了这一步,你只能想开点。"

皇甫白沙终于弄明白发生了什么。他一阵晕眩,感到全身发软,颓然坐在椅子上。他落座太重,椅子发出剧烈的嘎嘎声。说他的心里此刻如万箭穿心一点不为过,他把即将到来的一切不幸都想到了,却没有想到他最大的灾难是在远方。他的儿子死了。他原来以为他已经能够承受世界上任何的痛苦,但他在预想这些痛苦时,从来也没有把他的儿子考虑在内。此刻降临到他面前的痛苦,是他过去从未想到过的,他几乎无法承受。这份失子之痛,令他几欲崩溃。他的眼泪夺眶而出,瞬间便流得满脸。

周则贵说:"我不能让你死了儿子,还去游街。这还让不让人活呀。"

皇甫白沙没有说话,他心里号啕着愤怒着疯狂着,然而这一切表现在他的脸上,便只有满脸的泪水。周则贵说:"我让院里的车送你回家。"

皇甫白沙说:"请你帮个忙,先不要告诉我爱人,让我回去以后再慢慢跟她说。还有,我要到但家凹去一趟,我要看看……我的儿子……"

周则贵说:"第一个要求我能答应,第二个要求,我不晓得行不行。"

皇甫白沙说:"你至少让我把他的骨灰拿回来吧?"

周则贵说:"我跟林院长商量一下好不好?因为现在是运动时期,群众如果不同意,我们也没办法。"

皇甫白沙走出院长办公室。办公室楼外的阳光猛烈而明亮。阳光下,四处散发着嘈杂的声音。口号声锣鼓声和热烘烘的空气混合在了一起。皇甫白沙神情木然,然而他的心里却被这明晃晃的阳光照得透亮:是我杀死了自己的儿子,我是杀死儿子的第一凶手。他从来没有像现在这样痛恨自己在一九五七年的表现。为什么要顾及自己的良知呢?良知又是什么呢?倘若在那一年我也像周则贵一样积极地反右,狠狠地把那些说过几句正直话的知识分子打成右派,把他们的行为骂得狗血淋头,那么,我就不会有今天。最重要的是:我的儿子就不会有今天。一九五七年的那份惨痛,到了一九六六年,溃破成了他心头血淋淋的伤口,一生一世都流血不止,一生一世都不会弥合。

507

皇甫白沙对自己的过去痛心疾首。就在这一天,他理解了为何有人对于上面的指示,有理无理,都拼命地加倍地去执行。因为政治斗争铁面无情,因为人人都不想让家里出现皇甫浩,因为你活在世上并非孤零零的一个人。一旦为良知而反抗,大祸殃及的绝不只是你自己。它殃及家人,殃及儿女,殃及子孙后代,甚至一代一代殃及下去,永无止境。你在这世界上,活的不只是你,而是你的整个的宗族。

皇甫浩的惨死,似乎唤起了人们心里的一点同情。在这个严酷的季节里,皇甫白沙没有被游街,以后,他也没有被游过街。纵然如此,皇甫白沙的坚强的意志,却在这个季节中瓦解。

没有任何人料想得到,第一个游街游到乌泥湖来的人会是丙字楼下的李昆吾。

春天以来,李昆吾大多的时间都在乌江渡工地。谢森宝主任率人来进行了文化大革命动员后,工地上的人陆陆续续回总院参加文化大革命了,工作都压在剩下的几个人身上,生产进度一下子慢了下来。李昆吾白天在工地奔波,晚上除了参加学习外,还得写小字报。院里规定工地暂不贴大字报,但必须写成小字报寄回去,然后有专人将它们抄成大字报贴在院里的大字报栏上。革命是每一个人的事。

李昆吾因此而感觉到压力太大,恨不能一个人分成几个人用。正当他因为工作压力太大而颇觉吃不消时,总院一个电话打了过来,叫他立即交接工作返回总院,参加运动。这个电话令李昆吾长吐一口气,他浑身一松。走前他对仍然留在工地的张者也笑道:"先前你成天说你一人顶两人,现在看来你一人得顶三人用了。"

匆匆而归的李昆吾满以为又有重要工作等待他的出马,没料到迎接他的竟是劈头盖脸的层层大字报。批判言词的激烈粗暴以及批判的内容都令他大为惊愕,他几乎怀疑是否有人与他同名。

然而当他看到他的女儿李书爱所写的大字报时,他终于明白了这些大字报的由来。原来最先向他发难的竟是他的女儿。他的愤怒油然而起,他未回自己的办公室,径直跑去找女婿陈远南。李昆吾大声质问着陈远南:"你这是什么意思?为什么怂恿书爱写我的大字报?"

陈远南面色发白,嗫嚅道:"书爱非要写,我劝过她,可是她不听……不是我写的……"

李昆吾大声说:"她为什么要这样做?难道我成了牛鬼蛇神,她作为我的女儿就感到十分愉快了吗?"

李昆吾说罢扬长而去。他想,就算我对不起你的母亲,可我还是你的父亲啊。你为什么要这样对待我呢?想着,便有几分痛苦的感觉。

李昆吾觉得他无法理解女儿李书爱的所作所为。他作为父亲曾经亏欠过她,可是自他认识到这一点后,他就在想尽一切办法弥补他曾有过的亏欠。老婆陈霞之为此与他发生数次争吵,他也从来没有动摇。他深知他已经对前妻犯下了不可补救的错误,那种深深的内疚只有通过对女儿的无限关爱,方能有所弥补。然而,无论他怎样做,女儿在心里始终不肯原谅他。他以为时间长了,他的真心终究可以打动女儿。现在看来,这一天并没有到来,来到面前的却是女儿充满怨恨的大字报。李昆吾此时方明白,因为自己的过去,他必须付出更为惨重的代价。

批判会开过了,检讨作过了,大字报数量也渐渐少了,李昆吾度过了最初的悲观时刻。他想最坏的结果也就是被赶回乡下,他的罪不致坐牢,也不致被抓起来。李昆吾把这张底牌想好,心里也就有了一份任由处理的踏实。

但他却忽略了"文化大革命"是一场与以往任何时候都绝然不同的革命。一天,处里一个年轻人拿了一顶高高的帽子摆到李昆吾面前,白纸糊的高帽上写着"地主+反党分子+流氓李昆吾"。

李昆吾一看顿时惊慌失措。他伸出双手,颤声道:"不,不可以……不……不!随便你们怎么处置我都可以,我不能戴高帽子游街。"

李昆吾的声音虽然很微弱,但也足以令年轻人听到。年轻人没有理睬他的要求,他走上前,将高帽子放在李昆吾的头上,严肃道:"你只有老老实实,才是你唯一的生路。"

李昆吾万分悲哀,他想我这样活得丢尽了脸面,我还要生路干什么呢?

年轻人又递给李昆吾一张锣,说:"你一路走一路敲锣。你的口号是:'我是地主加反党分子加流氓李昆吾!我有罪!我罪该万死!'记住了吗?"

李昆吾抬起头,脸上显出为难的神色,他低声道:"能不能把流氓这个词去掉,我从来都不是流氓。"

造反的年轻人眼睛一瞪,说:"你同时娶两个老婆,你不是流氓谁是呀?你想耍赖吗?你想抗拒造反派吗?"

李昆吾吓得心里一抖,不由自主道:"我不敢。"

年轻人说:"那你就得自觉喊口号。你是一个有罪的人,你犯有人命。你想想被你害死的人,你就应该明白你自己罪孽深重。"

李昆吾想起往事,他几乎要流泪了。他想这或许正是对我的惩罚吧,这或许正是我命中当有的一劫吧。他回答说:"是,我罪孽深重。"

游街的队伍走出办公大楼,穿行在机关的大院里。队伍从青年大楼楼下经过,李书爱的小家正在那里。那扇有着小碎花窗帘的窗口李昆吾再熟悉不过。此刻,窗帘紧拉着,有一点点风,鼓动着帘上的小碎花。游到此处,李昆吾突然敲了一下锣,高声喊出他的第一声:"我是地主加流氓李昆吾!我有罪!我罪该万死呀——"

李昆吾的这声叫喊,沙哑而悲凉,闻者莫不感觉心头一缩。

想想那扇窗子里住着的女儿李书爱和女婿陈远南,李昆吾心说:女儿你听听吧,你爸爸这样打着锣糟践自己,你就会满意了吗?

游街的队伍出了大门一直往乌泥湖走去。路过古德寺时,遇到一群正欲冲进去造反的红卫兵。红卫兵见到游街队伍,暂时停下自己的冲击,在寺门口形成夹队,挥臂高喊起口号。高帽子上清楚地写着李昆吾的罪名,红卫兵就喊:把反党分子地主流氓李昆吾打翻在地,再踏上一只脚!让反党分子地主流氓李昆吾永世不得翻身!一阵阵口号清脆响亮,声声震耳,吓得李昆吾双腿发软,魂飞魄散。

队伍继续朝乌泥湖方向而去。行至空军医院门口,与一群正从机关游泳回来的孩子不期而遇。一个小孩尖叫了起来:"呀,这是李书奇的爸爸!"

另一个小孩大声说:"原来李书奇的爸爸是暗藏的敌人呀。"

"哇,这也是我们班李书宝的爸爸。"

李昆吾知道他遇到的这些孩子正是乌泥湖的。他立即替他的两个儿子惭愧起来,他无法令他们在宿舍里有面子。因为他的缘故,儿子们在他们的朋友中的地位将一落千丈。

不知是哪个孩子带了头,这群半道而遇的孩子紧紧尾随在游街队伍后,自成一支小队伍,高声喊叫起来:

李昆吾呀,
你瘦得像个鬼,
鹰钩的鼻子癞蛤蟆的嘴,
黄瓜的屁股扁担的腿,
你说你长得美,
原来你是一个吊颈鬼!

这不知是以前唱谁的儿歌,小孩子们换上了李昆吾的名字。

押着李昆吾游街的造反派们一边听一边哈哈大笑。听第一遍时，李昆吾深觉污辱，听第二遍时，李昆吾便无所谓了，待第三遍唱下来，李昆吾的心已经麻木。

小孩子跟着游街队伍一直唱到李昆吾的家门口。李昆吾的批斗会就在他家门口召开，丙字楼下的走廊便成了批斗台。因为是下午，乌泥湖家属委员会正学习，见有游街队伍进到宿舍，惊喜万分，马上将学习改成参加批斗会。与枯燥无味的学习相比，看人批斗人倒是有趣得多。陈霞之先不知道游街到宿舍来的是李昆吾，还平静地与丁字楼陈雯颖笑着聊天，聊的就是各人的丈夫在北京学习期间打桥牌的事。待发现人们簇拥而来的正是她的丈夫，而她的丈夫正当着所有乌泥湖宿舍的家属们的面，戴着高帽子手敲铜锣自喊自骂时，她的脸色立即苍白如纸，有如突遭闷棍打击，人也呆掉了。

李昆吾站在了一楼的台阶上，低着头。他很想看到妻子陈霞之，可又怕陈霞之承受不了眼前的事实。他的心跳急促，神慌意乱。批斗会开始后，第一个发言人上了台。陈霞之仿佛是突然醒了，她疯狂地扑了过去，抱住李昆吾，大声喊叫着："他不是反党分子！他不是地主！他不是流氓！你们不能这样对待他呀——"

立即冲上去几个造反派，想把她扯开。可是陈霞之却死死地抱住李昆吾，坚决不松手。她哭喊道："不能呀！他是好人！你们不能这样呀！"

李昆吾正在家里的两个儿子书奇和书宝也都冲上前来，他们护着自己的母亲和父亲，与拉扯陈霞之的造反派推搡着，且推且喊："不准斗我爸爸！"

围观者中有人喊起口号："打倒一切牛鬼蛇神！"

"破坏无产阶级文化大革命绝没有好下场！"

李昆吾被这声口号喊得浑身一震，他急忙对陈霞之说："赶紧把孩子拉到屋里去，别让他们也给扯进来了。"

陈霞之却已经处于迷狂状态,根本就听不到李昆吾说些什么。李昆吾伸出双手,拼命推开她,并嘶声骂道:"你滚呀!"又推开他的儿子,亦骂着:"你们滚回房间去!"

但是他的骂声毫无作用。在一阵混战之后,几个造反派终于扯开了陈霞之和书奇书宝。他们三人背后各有两人站着,他们的手都被身后的两人紧紧抓着,造反的人们强令他们与李昆吾一起低头挨批。

许多家属都被这场大闹吓住了。待这一切结束,批斗台上一个人变成了四个人。家属们开始不安,雯颖低声对明主任说:"陈霞之和小孩子还是不能这样斗吧?"

明主任点点头,然后她走过去。明主任对批斗会的主持人说:"是不是把妇女和小孩关到他们自己的房间去?"

造反的负责人因为适才的大闹以致会场被冲击,一脸的不悦。他想了一下,方说:"把这两个小孩子赶回他们房间,这对狗男狗女必须一起批斗。"

明主任赶紧把李昆吾的两个儿子拉进他们的房间,明主任关门时,严厉地说:"你们不要瞎闹,你们不能这样破坏文化大革命。"

风波过后的批斗会进行得很顺利。此刻的李昆吾心里对妻儿的担忧压倒一切,对自己将面临什么,未来会如何,反倒无所谓了。陈霞之紧挨在李昆吾身边站着,她浑身发抖,但却坚定不移,李昆吾能听得到她急促的呼吸声。他心里对她充满怜惜和感激。他想,有妻如此,与你同生死共患难,以己命护你命,你这一生为她所做的一切,还能有什么不值得?瞬间,他一直以来对前妻所有的内疚感和亏欠心理,一扫而尽。

李书爱结婚以后,原本已经安心地过自己的小家庭生活了。丈夫陈远南对她很好,婚后第三年她生了一个女儿,父亲李昆吾对这个小外孙女也极是喜爱。平静安宁的生活,使她渐渐忘却过去,她对父亲的怨恨也渐渐地冲淡了。这时,"文化大革命"开始了。

像许多人一样,李书爱全身心地投入了"文化大革命"。因为她和陈远南的家就安在机关里,所以她每天下班,进了机关大门,便一路看着大字报回家。看着看着,便想起了自己孤独的童年,想起了自己苦难的母亲,想起母亲一个人孤零零地葬在荒山野岭,连个扫墓之人都没有,于是已经消散而去的悲哀又在心里集结。她想,母亲这样的悲惨命运是谁造成的呢?我的内心永远也摆脱不了的痛苦又是谁之过呢?当然是因为父亲,因为父亲现在的妻子陈霞之。他们舒舒服服地过自己的小日子,却令我的母亲贫病交加,未满四十岁便化为荒山上的一座孤坟。母亲生前曾是何等的孤独,死后又是何等的凄凉。我是母亲的女儿,我有权利让那些曾经使我母亲痛苦过凄凉过悲痛过的人也品尝到同样的痛苦、同样的凄凉、同样的悲痛。

于是李书爱一张大字报贴到了李昆吾的办公室门口。大字报的标题是:《为什么我的母亲躺在荒山?》

这张大字报引起了轰动,人们争相前去一阅,阅后便都很激动,有人甚至流下了眼泪。人们对李书爱和她的母亲充满同情,转而又对李昆吾满怀愤怒。于是,谴责李昆吾的大字报铺天盖地。而在此之前,李昆吾仅有十来张大字报,所谈问题也是只专不红之类。

李书爱得到众人的支持,神经亢奋。在此基础上又写出第二张大字报:《看李昆吾的真实嘴脸》。她将李昆吾过去给她的信中的一些文字摘要出来,逐条分析和批判,最后一一上纲。这就更加注定李昆吾在劫难逃。

李书爱为捍卫毛主席的革命路线而大义灭亲之举,一时间传为佳话。而李昆吾却在猛烈的大字报轰击下,节节败退。批判会一个接着一个,批判言词亦极其尖锐严厉。李昆吾由紧张不安到恐惧万分，最后却只有听之任之。

李书爱一把火烧着了自己的父亲。开始她见李昆吾挨批判，心中暗自得意。及至后来，批判火力越来越猛，猛到李昆吾已经无法招架，李书爱不由也紧张了起来。陈远南抱怨她道："你这不是自找的吗？这是你自己的爸爸，你把他害得这样惨，你有什么好处？"

李书爱嘴上说这是他咎由自取，心里却开始自责：我这么做是不是过分了？于是她退出了这场战斗。但即使李书爱此后不再写李昆吾一个字，批判李昆吾的烈火却再也无法熄灭。

李昆吾的锣声和那一声惨然的叫喊在李书爱的窗下响起时，李书爱怔住了。她急速走到窗口，通过窗帘的缝隙看着游街队伍。那顶高帽子在阳光下明亮照人，帽子上的黑字极其醒目。李书爱大骇，她几乎是跌坐在床边。她的心开始痛苦。关于父亲的记忆，如一本书一样打开在她的面前。一页页翻过，分明满纸都是父亲对她的关爱，是父亲因愧疚而为她的格外付出。她明白自己犯了一个天大的错误，这个错误已经无法改正。她觉得自己仿佛一个刽子手，只是为了自己痛快一下，就把自己的父亲推上了断头台。她不知道李昆吾怎样承受这一切，能否承受这一切。她只知道从此以后，她不会再有父亲。父亲在她窗下的那一声痛苦的喊叫，正是与她的诀别。

这天下午，李书爱有一种痛不欲生的感觉。陈远南也因为李昆吾的遭遇而焦躁不安。陈远南说："看看看，这样的结果你怎么挽回？以后你怎么见爸爸？"李书爱不作声，眼泪却从她的眼眶中滚落出来。李书爱突然觉得此刻自己心中的痛彻之感，比母亲去世时还要强烈。

这天她没有吃晚饭。父亲戴着高帽子，敲着铜锣嘶声喊叫的样子，定格在她的心里。她端着碗，眼睛却盯着菜发呆，脑子里一片空白。这样的空白仿佛要延伸到永远。

陈远南见她如此，又有些不忍，小心问道："要不，我陪你去看看爸爸？不晓得他经历了这样的事，会怎么样。"

李书爱依然呆滞着。好一会儿，她才说："你说爸爸会不会有什么事？如果我去了他会怎么对我？"

陈远南说："不知道。不过他是你爸爸，顶多大骂你一顿，就算他动手揍你，你也要担着。这事是你惹起的，你说呢？"

李书爱长舒了一口气，说："爸爸要是打我，那对我可能是最好的了。"

晚上李书爱和陈远南带了孩子，买了水果，赶去乌泥湖。看到父亲的家门，李书爱两腿发软。她不敢走上前，叫陈远南抱着孩子先去看看。谁料陈远南刚进门不到一分钟，李书爱的两个弟弟书奇和书宝便冲了出来。他们看见李书爱，一句话也不说，扑上去便打。陈远南紧跟在后面跑出来，他手上抱着孩子，想上前拉架，又怕伤了孩子。李书爱没有还手，她只是双手抱着头，往墙角边躲避。陈霞之倚门而立，远远地望着这边的战场，嘴上挂着几丝冷冷的笑意。陈霞之想，我早就晓得你不是个善辈。

屋里的李昆吾躺在床上，他看见两个儿子冲出房门，知道他们会做什么，他甚至想象得出屋外的场面，但他什么也不想管。他觉得自己的心已经死了，觉得自己同埋葬在远方那座荒山上的女人之间最后的一滴血也干涸了，他与她再也没有了任何关系，就仿佛从来也没有见过面一样。

李书爱最终也没有见到她的父亲。她肿胀着头脸回到家里，一头栽倒在床上。她想，我曾经把死去的母亲埋葬在荒山，现在，我又把父亲给活埋了，活埋在沉重的耻辱之下。想着，她不禁哭了起来，声音越哭越大，终于变成了一声声的号叫。那叫声在夏夜的星空下回荡，很凄厉，很惨烈。

十

丁子恒刚从工地回来时,他的大字报颇有些多,这使他每天都处在紧张状态中。尤其是看到李昆吾戴高帽子游街,皇甫白沙连日挨批斗,他更是绷紧了自己的每一根神经。有时候他觉得只需一个小指头轻轻一弹,那些神经便会纷纷断裂。夜里,噩梦也频频光顾,梦境奇怪得无法解释。记得最清楚的是自己书桌上的一滴墨水渍,在梦里突然生长起来,越长越大,越大越黑,最后长成一只巨大的怪兽,走下桌子,伸着手爪直扑而来,吓得他从床上滚落到地下。他大惊而醒,醒后他觉得自己已几乎无力承受眼前的局面。于是他想起不久前疯掉的刘格非,突然之间,他理解了刘格非之所以会精神崩溃,是因为这个崩溃,给他带来了一份安宁。

他把这种感觉说给雯颖听,雯颖听罢吓得把他搂得紧紧,泪水涟涟道:"你可千万不能这样。你只要想着我们娘儿几个,你就没权利像刘格非那样。"

丁子恒很清楚雯颖说得对,他是没有权利学刘格非的。他的雯颖太文弱,弱得无法撑起一个家来,而他的三毛和嘟嘟还太小,他们不能忍受没有父亲的生活。

丁子恒说:"好吧,我顶着。"

书桌上那块墨渍天天落入眼里,每次都令丁子恒心惊,丁子恒每次都对那块墨渍说:"我要顶着。"

正是在丁子恒最紧张的时候,他发现有关他的大字报渐渐少了。仿佛这些内容说完了,再没什么好说的了。这使他暗中松了一口气,他想,也许这一关我已经过去了。

刚进九月,天气突然就阴下来。大雨随阴云而降,哗啦啦一阵阵扑到地面,晴热的天气立即就有些了凉意。晚上,大毛和二毛一起从北京回到家里,令丁子恒和雯颖喜出望外,三毛和嘟嘟更是乐得跳进跳出。

看到儿子,雯颖快乐极了。她好久都没有这样快乐过了,话也比平常多出许多。雯颖说:"我说怎么突然就凉快了呢?原来是你们从北京给我们把凉快带回来了。"

二毛到北京串联,参加完毛主席接见的活动后,找到大毛。大毛正与几个同学约好到外地串联,就决定先到武汉,与二毛一起回到家里。

丁子恒一反往日对政治的漠然态度,整个晚上都在听大毛二毛谈北京的局势。关于聂元梓的大字报,关于"老子英雄儿好汉,老子反动儿混蛋"的对联,关于北京的抄家和批斗,关于破四旧立四新,关于毛主席《炮打司令部》大字报的前前后后,关于毛主席在天安门广场接见红卫兵,等等等等。大毛和二毛讲得眉飞色舞,觉得人生从来就没有如此激动人心,也从来没有如此扬眉吐气。

坐在一边听热闹的嘟嘟突然说:"我知道,我们家就有四旧。"

雯颖说:"嘟嘟,你不要乱扯。"

大毛一听立即警惕起来,他说:"爸爸,我们也真是要检查一下,有哪些东西属于四旧,赶紧烧掉,免得万一有人知道了,添麻烦。"

丁子恒有些茫然,说:"我们家有什么东西?"

二毛说:"爸爸的旧照片呀,旧书什么的。"

丁子恒立即清醒,说:"你们说得是。"

说罢他从柜中翻出一堆旧相册,上面满是灰尘,实在是许久没有翻过了。他翻了几页,顿时出了汗。其中许多,倘要较起真来,也不是小问题。尤其是丁子恒过去与洋人同事的合影,丁子恒的表弟们穿国民党军服的照片,以及丁子恒当年在北京拍摄的一些街景和有女人头像的橱窗照片,甚至有的墙上还有反动标语。

大毛二毛和雯颖亦都看得目瞪口呆。丁子恒让大毛把关,凡觉得可疑的就都撕下来。丁子恒旧照片颇多,几个人几乎清理了一晚上,大毛二毛当即就拿到楼梯口墙角处进行焚烧。已是半夜时分,幽暗的墙角被火光照得通明。

烧完照片,大毛和二毛上楼来,见丁子恒把自己的日记本也清理出一堆来,便问要不要趁夜晚一起烧掉?丁子恒望着那些日记发呆。他想这里面几乎记录了自己大半辈子的历史,一把火烧掉也未免可惜,就说:"还是放一放再说吧。"

可是这天夜里,丁子恒却为了他那一堆日记本彻夜未眠。烧了固然可惜,可是如果不烧呢?前不久皇甫白沙的日记本被抄走之后,让人逐字逐句地引用出来进行批判。甚至将他与妻子过夫妻生活以戏言所做的记载,也被写成大字报。戏言仅仅一句:今日挺进中原。大字报认为皇甫白沙用革命的专用词句来形容其行"下流"之事,简直无异于流氓。就算大字报批判文字过于牵强,可皇甫白沙之自尊亦全然扫地。丁子恒自思,自己的日记里虽无此类私生活文字,但平日里就事论事所发的牢骚却不会少。尤其是一九五七年以前,自己没有一丁点思想觉悟,将所有不悦都径直写在日记上。随便翻出一条,便可写成一张大字报。一九五七年后,牢骚虽然少了,可又如何能保证自己所记文字没有一点看法或是观感呢?倘若被人弄出来一条条逐字逐句地批判,我还有什么活路?丁子恒想着那些有可能出现的场面,心里发抖,禁不住全身冒出大汗。他想,日记无非是个人的历史,在这样一场浩大的运动中,人都算不了什么了,历史又能如何呢?留之又有何益?倒不如一把火烧个干净,免得一旦出事,批判游街戴高帽,令自己人鬼不是不说,还会令四个孩子未来的前程一塌糊涂。与孩子们相比,与自己的尊严相比,那点日记有什么值得珍惜的?

经过一夜苦思细想,丁子恒决定晚上还是叫大毛二毛把这些日记都一把火烧掉了事。决定之后,他的心情轻松了许多。

但丁子恒始料未及的是,抄家的造反派下午两点就来到了丁字楼。领头的人是地质室的文革小组长王志福,他们是为了孔繁正而来。

正睡午觉的李维春一见来人,披衣而起。她还未开口说话,王志福便说:"我们地质室文革小组决定对反革命分子孔繁正家进行抄家。"不等李维春回答,便开始动手。

李维春见势头不对,便赶紧将吓得浑身战栗不止的孔薇薇塞进丁子恒家。李维春对雯颖说:"丁妈妈,烦你帮我照看一下薇薇。"

孔繁正的女儿孔薇薇患着轻度抑郁症。她蜷缩在床角,颤抖着,一任眼泪鼻涕在脸上乱流。雯颖提心吊胆,她时而从门缝窥视隔壁情况,时而又回到床边劝慰孔薇薇。她的劝慰语言是那样干巴巴的,因为她自己也不知道说什么才能真正地安慰眼前这个女孩。

幸而嘟嘟没出去玩,一阵惊慌过后,嘟嘟说:"我们来下五子棋,好不好?"

孔薇薇的五子棋下得很好,三毛和嘟嘟的五子棋都是她搬来后教会的。雯颖立即赞同道:"对呀,嘟嘟和三毛的五子棋大战还没分出胜负。薇薇在这里,正好再教教嘟嘟,好让她赢了三毛。"

一场五子棋大战,将孩子们对抄家的恐惧感消解了不少。但是令雯颖没有想到的是,隔壁的抄家很快结束。其中一个抄家者说:"反革命分子孔繁正家隔壁是施工室丁子恒家,他也是一个反动知识分子。我看过他的大字报,他对社会主义事业从来都不满意,对我党也充满仇恨,我们应该把他家也抄一遍。"

王志福想了一想,说:"那好吧,我们既然来了,就要让这里的每一个牛鬼蛇神都不得安宁。"

没等雯颖来得及反应,抄家的人又冲进了她的家里。两个正坐在床上进行五子棋大战的孩子吓得目瞪口呆。雯颖说:"我家丁子恒没有犯什么事情呀。"

一个抄家者说："你们这样的反动知识分子家庭,难道还需要犯什么事吗?"

雯颖立即被吓住,她战战兢兢,不知如何是好。李维春进来,领走孔薇薇的同时,把嘟嘟也拉了出门。嘟嘟出门之前,突然挣脱李维春的手,跑到自己抽屉旁边,用手按住它,大声说："这是我的抽屉,不准你们打开。"

几个抄家的人一起望着她,雯颖吓得脸色苍白,她几个大步过去,拖着嘟嘟往门外塞。家里所有的箱子和柜子都被打开了,东西掀得一地。每一本外文书都被翻过,一个抄家的年轻人说必须看看有没有与敌台联络的密码。放在壁橱里的相册和丁子恒的日记本很轻易地被搜了出来,王志福说这些都得带走。

丁子恒上班未归,大毛和二毛领着三毛到外边跟人交换毛主席纪念章去了,家里只有雯颖和此刻倚在门角悄悄观望的嘟嘟。雯颖努力地使自己平静,她知道,眼下就是这样局势,反抗和申辩没有任何意义。没有人可以阻止这样的行为,没有人可以救他们。她唯一所能做的,就是听之任之。

一个抄家者用绳子胡乱地捆扎着相册和日记,雯颖突然担心那样捆扎会有所损坏,便从壁橱中找出一个旅行袋,说："还是放在旅行袋里吧,你们好拿。"

正在捆扎的人见她说得有理,便接过了旅行袋。相册和日记塞得满满的,他提起来时,旅行袋的提手立即炸了线。雯颖说："提手要断了,让我缝几针好不好?这样你提起来方便一点。"

王志福示意可以。雯颖便忙不迭地找出针线。正在雯颖穿针引线之时,一个抄家者说:"那边两家人,有一家是吴松杰,就是器材室那个父母都在海外的人。他成天垮着脸,一句话也不说,心理阴暗得很,要不要顺便也把他家抄了。"

王志福一思索,说："还是那句话,既然我们来了,就不放过任何一家牛鬼蛇神。走,那边去。"

雯颖两手发软,大针大线地匆匆缝了几下,赶紧让他们拿去。一伙人转眼就冲进了那边的吴松杰家。

晚上,丁子恒回家时,大毛二毛和三毛也已先行到家。得知日记已被抄去,丁子恒颓然地坐在书桌前,半天不说一句话。大毛叹口气,说:"要是昨天晚上一口气都烧掉就好了。"

三毛说:"要是我今天在家,我非要拿棒子揍他们不可,他们把我的抽屉翻得稀巴烂。"

二毛说:"三毛,你少说几句好不好,爸爸在着急哩。"

着急又有什么用呢?丁子恒想,这都是天意。天要你亡,你想躲都躲不过。雯颖急道:"是不是很要紧?"

丁子恒叹息道:"相片没什么,有问题的昨天都烧了。就怕他们拿日记做文章,那我就完蛋了。"

雯颖急得发抖,她前言不搭后语,说:"那怎么办?我不知道怎么办才好,我要是抢下来就好了。我很害怕,他们那么多人,我只有让他们拿走。我不知道这些东西那么重要,我应该保护它们就好了。我只是怕弄坏了,就让他们装在旅行袋里。我不晓得怎么办。我……"

二毛说:"妈妈,不关你的事。你也没办法保护呀。"

大毛说:"不会有什么事的。我知道爸爸这人一向很谨慎,而且也一直很拥护社会主义拥护党,日记里肯定不会有什么东西可以让人批判。不会有事的。"

丁子恒孱弱的内心正需要大毛的这番安慰。他想,或许会是这样吧。于是他坐直了自己的腰,苦笑一下,说:"大毛说得对,应该不会有什么事。听天由命吧。"

十一

　　夏秋两季之中,乌泥湖有许多人被抄了家。抄家的人有的是机关里的造反派,有的却是宿舍里的红卫兵。红卫兵因学校的不同,分成了好几队人马。最厉害勇猛的一队人马的头头便是袁继辉,尹妈妈的儿子尹金龙是袁继辉的副手。尹金龙过去一向怯懦胆小,因曾与袁继辉为邻,长年得他保护,自然而然便成为袁继辉的跟班。袁继辉说一,他不敢二。这回袁继辉说:"龙龙,你成分硬,是红五类子弟,你得跟我一起闹革命。"尹金龙即使对革命毫无兴趣,袁继辉发了话,他也不敢不冲锋在前。他的母亲尹妈妈对戴了红卫兵袖章而显得一脸英武之气的尹金龙表示出莫大的欣赏。在尹金龙出门时,她不时地拉拉他的衣摆,整整他的袖章,然后把笑容堆得满脸地说:"我儿好威风,替你爹妈长脸了。不过到楼房那边闹革命还是要小心点,那边的妈妈对我们都很不错的,你小时候的好多衣服都是他们给的。"这些话尹金龙特别不爱听,他每次都要在心里愤愤地想,他们给我那些衣服还不是因为他们不想要了,为什么他们从来都不给我新衣服呢?但尹金龙敬畏母亲,心里就算有话也从来不敢说出口。

　　每天都有好几支抄家的小队伍戴着红袖章在乌泥湖宿舍的小路上来来去去,他们兴奋的脸上散发着红光,他们常常高声武气地谈论着在哪家抄家最有成果。比方辛字楼下刘格非家一柜子的线装书,又比方辛字楼上陈杞家一些俄罗斯式的餐具和窗帘,而癸字楼下张者也家一台英文打字机,大有通敌电台之嫌疑,当然被收缴为战利品,诸如此类。大多的人家都对闯入家门的抄家者或不敢多言,或表示支持,唯有这天,一户被抄的人家与抄家者争吵起来。争吵声惊动了许多的人,但除了小孩子外,却没有人前去观看。三毛和嘟嘟一般都不会放过这种热闹,吵架完后,他们回来告诉雯颖说,是嘟嘟的同学姬小萱的爸爸跟抄家的人吵起来了。抄家的头头是袁继辉,他是以前常到家里来复习功课的吴金宝大哥的弟弟,还有尹妈妈家的龙龙哥哥也在那里。小萱的妈妈前天刚从友好商场买了一对帐钩,是金色的,弯着的花儿很漂亮。可是袁继辉硬说是四旧,要把它们给折断。小萱她爸爸说这是刚买的。可尹妈妈家的龙龙哥哥说,文化大革命了,你们还买四旧?小萱她爸爸生气了,就跟他们吵了起来。龙龙哥哥很胆小,吓得往后退,脸都白了。袁继辉很大胆,偏要折断那对帐钩。小萱她爸爸跟他吵了半天,最后还是没办法,眼睁睁地看着他们把帐钩拿走了。袁继辉本来想折断它,可是折不断。后来他在烧四旧书时,把帐钩丢到火里烧了。那对帐钩好漂亮,比我们家的漂亮多了,可惜是四旧。

嘟嘟啰唆半天,倒也把事情前后讲得清清楚楚。丁子恒回来时,雯颖将此事说与他听。丁子恒想,人和人真是不同呀,就算最终没有结果,可他姬宗伟竟敢同抄家的人大声吵闹,也不失为壮举了。姬宗伟一向满不在乎,敢说敢为,最后倒什么事也没有,连他的大字报也没见到几张。而自己成天小心翼翼,却总是难逃一劫,这一次更是如此。

丁子恒的大字报在抄家的第二天又多了起来。他每天上午和下午都要去看,每看一次,都会发现新的内容。他的日记正在被人翻查,不时有日记内容出现在大字报中。丁子恒尽可能使自己在看大字报时保持冷静的心情,但他一回到家里,这种冷静便无法维持。他烦躁他焦虑他坐立不安,他愤懑他压抑他食睡不宁。大毛跟他的同学到井冈山去了,二毛留在学校里闹革命,只有三毛和嘟嘟因停课留在家中玩耍。一天,三毛因为自己积攒了许久的毛主席纪念章被人抢走,在家里大哭大闹,心烦意乱之下丁子恒将他痛打一顿。已经敢于反抗的三毛,一边哭一边引用大字报上批判丁子恒的语言与之对抗。丁子恒更加恼怒,

524

顺手抄了根棍子看也不看便朝三毛打去。打得三毛嗷嗷地趴在地上,连哭都不敢了。

雯颖没有劝他,她面色苍白地坐在一边。只有嘟嘟大声狂叫着:"爸爸!你要把哥哥打死了!"

待丁子恒终于意识到自己已经失去理智时,他扔下了棍子,一屁股坐在床边。雯颖哭道:"你打呀,你把孩子打死了是不是心情就会好一点呢?"哭着,见丁子恒脸色难看,便又骂三毛:"你为什么就不能懂事一点?你怎么敢用大字报上的话来刺激爸爸?你挨打是自找的,你活该。"

丁子恒伸开自己的双手,看着它们。他从来没有这样打过任何人,现在他却用自己的这双手打了他心爱的儿子。丁子恒想,我现在已经成了一个什么样的人啊。我现在过的是一种什么样的生活啊。

雯颖让三毛趴在床上,为他的身上的伤处敷药。三毛的身上红一条紫一条,他翻着白眼望着丁子恒,一副绝不原谅的样子。这眼光令丁子恒的心脏一阵阵收缩,他知道他把自己与这个孩子之间最美好的东西给毁掉了。这一刻,他心里涌出的痛苦超过一切。

一连几天,三毛都没有理睬他的父亲。

丁字楼上抄家的最大成果,不在孔繁正家,也不在丁子恒家,而是在吴松杰家。本来从吴松杰家也没有抄走什么东西,吴松杰既没有摄影的爱好,也没有记日记的习惯,年龄和资历亦远不及他的邻居孔繁正和丁子恒。这一切似乎都在抄家者的意料之中,丁字楼上三家人中,抄孔繁正和丁子恒家都花去了一个多小时,抄吴松杰家时,只用了二十分钟。

抄家结束后,癸字楼上右舍的陈丽霞带着她的小女儿雪儿来吴家问候。她与她的丈夫何民友都是吴松杰太太李乐云的老乡。陈丽霞见满屋狼藉,便帮着李乐云收拾。李乐云不停地抱怨自己

525

的不幸，嫁给了吴松杰这样成分的人，这样一抄家，叫她怎么做人？而且吴家爹妈以前都是国民党反动派，现在人都在国外，历史罪行加海外关系，连她孩子的前途将来都会大受影响，吴安林在学校连红卫兵都加入不了。陈丽霞静静地听她倾诉，心里对李乐云充满了同情。想到自己嫁给何民友，虽然孩子都有生理缺陷，可是他们个个都是根正苗红，政治上永远清清白白。政治生命与肉体生命相比，重要得多，是不能有缺陷的。这样想着，陈丽霞心里感到前所未有的满足。

吴家的杂物也不多，一个小时便收拾得恢复原样。在陈丽霞与李乐云收拾东西时，雪儿在地上捡了一个小本和一支铅笔，乖乖地坐在走廊上胡涂乱抹地画画。陈丽霞带她回家时，丝毫没有注意雪儿把那个小笔记本也带了回来。

晚上，何民友下班回来，雪儿拿出小笔记本，向父亲炫耀她的图画。何民友随意地翻看着女儿的涂鸦，不料却看到笔记本中的一首诗，诗的落款是1966年春。何民友读完诗，大惊，忙问这笔记本从何而来。雪儿被父亲的紧张吓得哭了起来，连连申辩说："我不是偷的，我在李阿姨家的地上捡的，我不是故意偷的。"

陈丽霞闻听，忙解释道："可能是今天我帮乐云收拾房间时，雪儿捡了带回来的。"

何民友沉吟了一下，他拿出一个新的笔记本，递给雪儿。何民友说："雪儿，我没有说是偷呀。不过，这是别人的东西，我们不能要。爸爸拿去还给李阿姨，你用这个本子画画好不好？"

雪儿立即同意了，再次安安静静地去画自己的图画。而手拿这笔记本的何民友却如同被汽油浇泼，又被点上火一样燃烧起来。他感到一种特别的亢奋在周身运行，他知道一个惊人的事件将因为这个意外得来的笔记本而发生，而他自己将会是这个事件中的一个大义凛然的英雄。何民友觉得他一生都在盼望的伟大瞬间，终于来到了他的身边。革命就是让他这样的庸常之辈，在这个难得的瞬间中成为划时代的人物。

何民友当夜就赶到办公室。连夜挥笔，写下了他认为他一生中最有分量的一张大字报。大字报的题目是：《揭开反动家庭之子吴松杰的真实嘴脸》。大字报中把吴松杰那个小笔记本中随意写下的那首诗全文抄了下来。

吴松杰这个在总院十几年默默无闻的人，因在这个不同凡响的春天里写下了一首诗，便注定了他此后将不同凡响。

吴松杰写这首诗是因为自己苦闷。一个苦闷的、性格又偏于内向的人，无法通过向人诉说来排除长年累月堵在自己心口的东西。于是在一个阴雨绵绵的日子里，他把这些苦闷都写在了笔记本上。他写出这些，从来也没有打算给人看，甚至也没有刻意保留。对于他来说，这首诗只如一张药方，他通过它来治疗自己。因为他觉得郁积在心头的苦闷倘若再不排除，他或许会生出病来。他现在为人夫，为人父，手上还做着乌江渡工程的资料，他是没有权利生病的。所以，他就自己来治疗自己。所以，他就写下了这首诗。

吴松杰显然不是文学爱好者，虽然他的文字像诗一样分行，但他却连韵脚都押不好，语言亦缺少节奏感，无法让人读之朗朗上口。何民友把它连抄写带分析夹批判地弄了整整一夜，天微亮时，他将这份十二张纸的大字报贴在了总院最引人注目的墙上。然后，他回到办公室，倚在窗边，注视着那面墙。他渴望看到上班的人们路过那里并阅读这首诗时脸上流露出的震惊的表情。

请好好用我

我只想做一个工具。
做一个有用的工具。

请好好用我。

我可以做一圈皮尺,
去丈量土地也可,
去丈量公路也可,
去丈量大坝也可,
甚至去丈量一个小小的稻场
也可。
但请不要让我做一条绳子,
不要让我去捆绑杂物;
也不要让我做一根皮鞭,
不要让我去抽打皮肉。

我可以做一根标杆,
去测量万丈高山也可,
去测量千里江河也可,
去测量百尺峡谷也可,
甚至去测量一个低矮的土坡
也可。
但请不要让我成为一根棍子,
不要让我挥舞它前往战场;
也不要让我成为一支笔,
不要让我用它书写文章。

我可以做一副电钻,
去打通挡路的山崖也可,
去开凿观察的平峒也可,
去探测地下的岩石也可,

甚至去墙上钻一个挂物的小孔
也可。
但请不要让我去做一挺机枪，
不要让我高举它四处扫射；
也不要让我去做一只长钉，
不要让我用它钉死目标。

我已然没有了做人的欲望，
因为我知道做人太难太难。
做人有太多太多的东西要重新学起，
我深知自己没有能力学会那些。
我应付不了这人世的风云，
所以我知道自己达不到做人的标准。
那么就让我做工具吧，
做一个简单的工具。

请让我尽工具本分来工作，
请按我本来的面目来安排我。
请好好用我，
这样或许我还会有用处。

一个人想做一件工具只是一个
可怜的要求，
这份可怜的要求
在我心里已燃烧许久。
我把这些火焰变成文字，
就仿佛我把这火焰抛出胸膛。
现在，我连这点可怜的要求都没有了，

火焰离去剩下的是冰点。
于是,我连怎样做一个工具
也不知道了。

1966 年春

　　这首诗引起的反响,完全在何民友的意料之中,群众的愤怒有如一颗原子弹爆炸,何民友觉得自己似乎看得到蘑菇云。而这首诗的被公开,却完全在吴松杰的意料之外,当他走过这面贴满大字报的墙壁时,发现又有了新的内容,便像许多人一样驻足一观。不料,他却看到了自己。他甚至没有细看何民友的落款,也没有细看大字报对他如何批判,他第一眼看到的是他的那首诗,他立即呆若木鸡。他呆立了许久许久,周围人的议论和斥责他都没有听到,他已经因这惊吓而变得痴呆。他没有思绪没有想法没有对策没有懊悔,他心里只有三个字:我完了。

　　吴松杰甚至不知道自己是怎样踉跄着进到办公室的,但他知道,办公室所有人都对他投来异样的目光。这目光仿佛将他心里的"我完了"三个字又浓涂重抹了一遍。

　　丁子恒这天因自行车车胎没气,一路慢行,走过总院传达室时,离上班时间只差三分钟。他锁好自行车,一路小跑往办公室赶,却见大字报墙下里三层外三层地围着人,大家仿佛并不在意上班时间已到。丁子恒有些奇怪,又有些紧张,生怕那里的大字报上会冒出与自己相关的事。他鼓足勇气,挤上前去。

　　一遍看下来,丁子恒的眼泪几乎要夺眶而出。他的泪水并非因为吴松杰的可想而知的下场,而是因为吴松杰的诗给他带来的深深震撼。他内心所产生的共鸣几乎与他所受到的震撼一样强烈,他从来没有想到,与他同住一楼、平常相遇仅仅点头示意、既无坏印象也无好印象的吴松杰竟有这样的思想。他刚刚发现,素无交往的吴松杰在某些方面与他竟是那样的相同相通,他甚至懊悔过去没有同他有过放松自在的一聊。他现在才知道一个人的内心世界是多么的复杂和深奥,任何表象都没有曲径通幽之处。

丁子恒把泪水忍了回去,因为他无权落泪。他甚至不能同情吴松杰,更不可能流露出对其诗的半点赞许。他脑子里也只跳出三个字:他完了。

几天后,院里选文革委员,何民友以很高的票数当选。他当选后,应声走上俱乐部的舞台时,脸上散发着胜利者的笑容,那笑容里甚至透射着灿烂的光芒。这个时候的吴松杰,正在办公大楼的地下室里,没完没了地写交代。他已经把自己的罪行交代到里通外国,随时准备叛国投敌的地步,可是人们觉得还不够。他必须把自己的罪行继续深挖下去。

丁子恒也投了何民友一票,因为他觉得何民友就是搞这行的,他投不投票,何民友都会当选。他想,我犯不着得罪何民友这样的人。

十二

国庆刚过,一场秋雨便狂落而下。凉爽的气息随雨而至,秋风终于把夏天剩余的炎热全部赶出自己的季节,乌泥湖的杨树转眼就把落叶飘洒得满地。清洁工尹妈妈病了,没人清理垃圾,也没人打扫落叶。满地黄叶,陡然间带来几分萧瑟,几分落魄,几分怆然。

丁子恒每天匆匆忙忙地赶去上班。他的血压一直偏高,可是他没有请病假。虽然壬字楼的杜大夫表示可以给他开三天病假,但丁子恒谢绝了。一是他从心里一直不喜欢这位杜大夫,二是他觉得眼前要学习的东西实在是太多。倘若拉下,万一要发言要写体会什么的,他将无法应付。好容易因吴松杰的出现,转移了人们斗争的目标,写他的大字报并没有增加。这个关头,还是小心点为好,至少不要贻人口实。

学习的内容仿佛是丢得满地的线团,每一团都被扯出了线头,每一个线头都在学习。学习32111钻井队的英雄事迹,学习洪山区学习毛选标兵的事迹,学习《湖南农民运动考察报告》,学习《红旗》杂志第十三期社论,学习林彪和周恩来讲话,学习尉凤英事迹,学习《纪念鲁迅》一文等等。

学习之中还穿插着无数报告。关于革命大串联的报告,关于丹江口文化大革命情况的报告,关于活学活用毛主席著作的报告,关于何民友与林院长面对面斗争的情况的报告,关于湖北省委检讨书的报告。学习和报告成为生活中的主体内容,丁子恒直觉得自己越学越晕头转向。

宝珠寺的对外运输与人工或天然材料方案的讨论,便挤在这些学习和报告的夹缝中进行。人们已无心争执,只用了半天时间,很轻松地通过了采用天然砂加铁路运输的方案,生产总算有了一点进展。

而林正锋院长的检查也在这时开始了。此前,关于林院长的大字报,只能用层层叠叠一词来形容。几乎各处室都在收集整理他的材料,就连丁子恒,也曾被派到资料室搜寻林院长在各个时期的讲话记录。那些资料经过丁子恒的眼,左看右看也没看出什么名堂来。拿回去,交给室里的积极分子,他们一下子就发现了许多问题。看出问题的人便反问丁子恒:"为什么这么明显的错误你就看不出来呢?"问得丁子恒一声不敢吭,因为他也不知道自己为什么就看不出问题来。

这天俱乐部里座无虚席。其他被停职或打倒的反动权威们作为陪衬亦都到场,他们被安排坐在第一排,丁子恒看到吴思湘和金显成也落座其中。他们个个面色发青,脸上没有一丝表情。俱乐部这个舞台曾经是他们趾高气扬的地方,他们作报告,演讲,发号施令,所有的情绪都从这台上传达到下面的每一个人。现在他们却在同一地方挨整,他们的沮丧和惶恐替代了他们曾经有过的所有光荣。

检查用了三个小时,林院长沉重地一字一顿地读着他的检讨。与他曾经眉飞色舞地大谈三峡的状态相比,丁子恒觉得他也老了。林院长在检查中认为,这么多年来,他的工作确实有错误,有的错误甚至很严重。但他不承认自己执行了资产阶级反动路线,更不承认一些大字报所说他在当年的革命中当过叛徒。他认为他一直是执行毛主席革命路线的,他为革命流过血负过伤,也坐过敌人的监牢,他从来没有当过叛徒。他在检查中,不时讲到自己当年的革命经历,讲到忘情时,脸上竟显出一些激动和得意。这样的神情,很自然地引起在场群众的反感,不时有嘘声四起。

一俟林院长检查结束,立即有人站起来发言,表示他们的不满意。他们认为林正锋是在避重就轻,吞吞吐吐,毫无共产党人的襟怀坦白的品质。丁子恒觉得有的人的发言确有道理,有的人的发言简直是胡说八道。有一个发言的人义愤填膺,演讲般地痛斥了林正锋十几年来的错误领导,列了罪行二十条,每一条都足以将他打成反革命。丁子恒脸都吓白了,他紧张地朝林院长望去,只见林院长面无表情,似听非听地坐在那里。演讲人最后高声呼吁,要求院里即将成立的文革小组上报中央,将林正锋的党内外一切职务都撤干净。

因为话筒失真,丁子恒并未听出是谁的声音。但当演讲人最后做了一个有力的手势,从讲稿上抬起头来向鼓掌的人们示意时,丁子恒惊讶地看到,这个人是王志福。

大字报在检查会后一小时便上了墙。吸引观看者最多的是三张大字报,一张是《是检查还是炫耀还是继续放毒?——质问林正锋之一》,落款是枢纽室革命群众;另一张是《看林正锋执行资产阶级反动路线的真实嘴脸》,落款是王志福;第三张大字报观者更多,题为:《林氏反动司令部和他的黑走卒大画像》,其中点了吴思湘、金显成以及总工室大半老总的名,各处室主任亦有好几个,此外还有一笔带过的业务骨干十几个。丁子恒在一笔带过的这十几人中,看到了自己的名字,他的心顿时怦怦地跳了起来。细看大字报执笔人,又是"向东方"。丁子恒心头顿时便有怒气,想要骂人。不知道雯颖平素与沈慎之的太太聊天时还说过些什么,这样的邻居真不可往来,就算女人与女人之间,也是小心为妙。

下午,丁子恒想请假提前回家,室主任却通知他,让他立即去总工室一趟。丁子恒心中忐忑,不知祸福。总工室正副老总现大半已被停职,不知下面他将听从于谁。孰料接待他的仍然是吴思湘,这使丁子恒有些惊讶。

丁子恒说:"吴总,您找我有事?"

吴思湘摆摆手,说:"千万别叫我吴总,我现在已经停职了。不过,林院长还在职,他要我停职不停工作。但是,以后的事态会发展成什么样,我也不知道。我叫你来,是要赶紧把手上的事情交代给你。乌江渡一直是我主管,现在搞文化大革命,生产进度慢了下来,施工总平面图到现在还没有出来。我跟金总商量好,把你从宝珠寺调过来,你先把施工总平面图做出来。"

丁子恒心里一怔,转而一喜。他喜欢做事,手上有工作做,便是莫大的乐趣。丁子恒说:"那是不是表示我可以用全部时间工作?因为我得做许多资料工作才能动手。"

吴思湘苦笑一下,说:"恐怕我没有权力说这个话。"

丁子恒便有些为难,说:"现在每星期差不多一半的时间都在搞运动,剩下的一半,也没办法全用在生产上,恐怕我……难以胜任……"

吴思湘叹道:"我无能为力,时间只有靠你自己去调剂去争取。"他停了停,又说:"我和金总觉得调你来乌江渡最合适,一是因为你的业务能力和责任心都很强,二是因为你在运动中的处境相对平静。你长期搞业务,出差又多,很多事情都沾不着你的边。虽然大字报有一些,但也不多,你还可以偏安一隅,从容地做点事。"

丁子恒想起自己被抄得满目零乱的家,想起大字报上自己那被写得又粗又黑的名字,不禁苦苦一笑,说:"您觉得我能从容做事?"

吴思湘说:"你要知道,与那些被揪斗被游街被戴高帽子被天天要求写交代被关在地下室以及被殴打的人相比,你真是十分幸福呀。"

丁子恒怔了怔。许多残酷的画面,带着血泪带着耻辱带着伤痕出现在他的脑海,它们迅速地覆盖了他那只是有些零乱的家和他那只是有些粗而黑的名字。丁子恒想了想,说:"您说得是。"

十三

"文化大革命"已经将每一个人卷入这场巨大的风暴里,到处是戴着红袖章的红卫兵。二毛每星期从学校里带回一些消息,每每在讲述这些内容时,二毛总是显得十分振奋。而远在北京的大毛信越来越少,革命忙得无暇念及父母。小学生也正式停课闹革命了,这更是令人欢欣鼓舞。三毛早就发表过高论,说是世界上最幸福的事情就是不上学,现在三毛终于成了一个世界上最幸福的人。

闲下来的三毛,觉得自己也应该参与到革命中去。他让嘟嘟当助手,找来许多红纸,将毛主席语录抄写下来,贴得满屋满墙。他还用硬纸壳做了一些语录牌,有一块"造反有理"的语录牌就嵌在丁子恒的自行车前:"马克思主义的道理千条万绪,归根结底就是一句话,造反有理。"因为这块语录牌,丁子恒夸奖了三毛一句,说三毛为爸爸想得很周到。这句话使一度因挨打而躲避丁子恒的

535

三毛开始重新回到父亲身边。

三毛也怪,他做什么事都仿佛有一种无师自通的能力。他几乎没有练过毛笔字,可他小小的人儿居然也能把字写得像模像样。就连二毛星期天回来,写上几字,都不及三毛的漂亮。于是宿舍里许多人都来找三毛写字,甚至还有一些是请三毛把毛主席诗词写成对联贴在家门口。三毛一下子成了大忙人,成天神气活现地在宿舍里转来转去,希望有人请他前去写字。写完字的三毛,最大的愿望就是希望人们送他一枚毛主席纪念章以示感谢。

三毛曾经收集了许多毛主席纪念章,他将它们别在一块手绢上,经常拿了到江汉路去与人交换。不料有一天,他正在交换时,被几个大孩子盯上了,他们把他逼到水塔下,围着他,从他手上抢走了那块别满毛主席纪念章的手绢。为了这一手绢毛主席纪念章,三毛还挨了父亲的一顿痛打。挨打后的三毛,因热爱这些精致漂亮的像章,疯狂地重新开始收集。

天气越来越凉,这天刮起了北风。三毛决定到武汉大学去一趟,这个主意是乙字楼下的刘四龙出的。刘四龙的眼睛瞎了一只,却并没有因此而与三毛决裂,反倒因为三毛一改以往的霸道,处处谦让于他,而使得两人的关系比以前更铁了。刘四龙说他的大哥刘一狮前天从武汉大学串联回来,送给他几个弟弟每人一个纪念章,纪念章是武汉大学的大学生给的。刘四龙知道三毛一直在收集纪念章,也知道他曾经收集了一手绢的纪念章都叫人抢了。所以他认为三毛应该亲自去武大串联,说不定会要到很多。刘四龙的话令三毛眼睛一亮,他想对呀,小学生不能去外地串联,可是我们在本地串联不也行吗?在本地串联不需要任何人批准,只要妈妈同意就行了。

对于不许小学生外出串联,三毛和嘟嘟都认为这是一件非常不公平的事。难道小学生就不许革命吗?不革命就是反革命,难道你们想让小学生当反革命吗?

对于三毛和嘟嘟每天的抗议和唠叨,雯颖无可奈何。她只是说,你们是小孩子,年龄小,不懂事,如果串联出了事怎么办？她的话总是遭到三毛和嘟嘟更为强烈的反驳：当年海娃送鸡毛信时,不也是小孩子吗？谁说他不懂事？红孩子年龄都比我们小,他们还救大人哩。还有,王二小牺牲时,不也是个小孩子吗？三毛和嘟嘟对少年英雄的熟悉程度远远大于雯颖,他们几乎举出了他们知道的所有小英雄来论证小学生也有权利串联。雯颖被他们驳得无话可说,用三毛的话讲,就是妈妈已经被我们驳斥得体无完肤。雯颖听罢承认他们说得对,但仍然不同意他们出去串联。

不过最终雯颖还是网开了一面,她对三毛到武汉大学串联的要求,给予放行。

于是三毛联络了好几个人,甚至把他本不想再来往的蒲海清也忍不住拉了进来。蒲海清从来没有去过武大,他的驼背父亲原是那里毕业,活着时老跟儿子说他读书的武大如何如何美丽。蒲海清一直想到他父亲读过的大学去看看,于是三毛一拉,他便立即同意。虽然他第二天要去卖菜,还要到园子里浇地,但他还是决定前往。他向生产队长请了假,答应回来时送给生产队长一枚毛主席纪念章。开出这样的条件,生产队长自是慨然准假。

出发时是早上五点,天还没亮。三毛起床时不小心,惊醒了嘟嘟,嘟嘟一骨碌爬起来,坚决要求跟三毛一起去武汉大学。三毛嫌带上一个小女孩太麻烦,当场拒绝。可嘟嘟却不依不饶,立即大吵大闹起来。三毛无奈,只得把她带上。因为带了嘟嘟,刘四龙便也把他的弟弟刘五虎带去了。

他们一行步行到头道街火车站,从那里搭上火车班车,一路呼啸到大东门。然后再从大东门步行到武汉大学,这真是一段漫长的路。武汉大学四周满是湖泊,北风呼呼地吹在脸上,有些冷飕飕的意味。

大学里的风景果真美丽。大学的椅子尤其好玩,椅子的扶手拐着弯,人坐进去仿佛嵌在里面。大学的山上有许多橡树,橡子落得满地。大学里的大字报贴了许多,可被冷风吹得有些零零碎碎。武汉大学出了个"三家村","三家村"的头头是李达,他们都是坏人。这些最简单的道理,三毛四龙嘟嘟五虎全都知道。但是大学里的大学生并没有他们想象的那么多,好容易挨到中午,肚子有些饿了,才看到几个拿着饭碗去食堂打饭的大学生。

他们一窝蜂地冲向这几个大学生,围着他们缠着他们,跟他们要毛主席纪念章。几个大学生呵呵地笑着,相互间不知说些什么。结果纠缠半天,大学生们没奈何,商量几句,其中一个人拿出一枚很小很小的毛主席像章送给了嘟嘟。他说,送给嘟嘟,是因为她年龄小,又是一个女孩子,并且没有这几个男孩子闹人。三毛一看,那纪念章比他的那些最小的还要小,便十分瞧不起这些大学生。他鼻子哼了一声,扬扬手,几个伙伴便甩了那几个大学生,另外寻找目标了。

这天,他们费了很大的劲,却没有战果。唯一有收获的就是嘟嘟。三毛很沮丧,说是早知道武汉大学这么差就不该这么远跑来了。而比三毛更沮丧的是蒲海清,他答应了要给生产队长一枚纪念章的,可是他连一个也没有要到,回去他不知道自己应该怎么交代。为此回程一路,蒲海清都哭丧着脸。三毛见了,便同嘟嘟商量,让她把她的那个送给蒲海清,只当是大学生送给蒲海清的。

对于嘟嘟来说,虽然那只是一枚小小的纪念章,但却是他们远行的这一天中得到的唯一一个。这个独一无二的像章带给她莫大的快乐,她完全沉浸在自己的快乐之中,哪里管得着蒲海清的痛苦?三毛一开口,立即遭到嘟嘟尖声反对。嘟嘟说:"我才这一个,我偏不给。而且蒲海清还是地主的儿子。"气得三毛真恨不得今生今世都不再理睬嘟嘟。

最后还是三毛仗义,他将自己一枚收藏已久的纪念章贡献了出来。虽然这是三毛的收藏中最小并且像章边缘已有些破损的一枚,可三毛在把它放到蒲海清手上时,依然看了又看,十分不舍。三毛说:"这个像章是我在尹妈妈家写了三张语录,龙龙哥哥才送给我的。"

蒲海清对三毛千恩万谢,他甚至有些激动。他说:"三毛,你是我这辈子最好最好的一个朋友。"

这句话令三毛好感动,他立即觉得自己送给蒲海清像章是一个英雄壮举。他心里想,我真的是有些了不起呀。嘴上却说:"不可能。你是地主,我怎么可能是一个地主最好最好的朋友呢?"

三毛嘟嘟一行人到家时,天已黑尽,许多人正围在他们居住的丁字楼下。三毛和嘟嘟没上楼便忙不迭地打听出了什么事,结果被告知,下午在这里开过吴安森的爸爸吴松杰的批斗会。在批斗会上,吴安森的妈妈李老师和他哥哥吴安林都发了言,他们表示一定要同吴松杰划清界限。会上,宿舍里的几个红卫兵看到他的反动诗,十分气愤,用剪刀把吴松杰的头发都剪了。现在,李老师要把吴松杰永远赶出家门,还要离婚。吴松杰不肯,李老师就在家里大吵大闹。吴安森的外婆也帮着他妈妈闹,已经闹了好久了。本来吴安森和吴安林没怎么闹的,可是后来,不知怎么回事,他们也闹起来。吴安林还打了他爸爸几个嘴巴子,说他爸爸是败类。后来吴松杰就一直蹲在窗户下面,两只手抱着头,一声也不吭。

三毛和嘟嘟直跺脚,这样大的一场热闹又没看到。连刘四龙和刘五虎都抱怨道:早知道就不去武大了,一个像章也没有要到,还错过了看批斗会。

对于吴家,三毛第一讨厌的是吴安森的妈妈李老师,这李老师总是阴声阳气地挑他的毛病,弄得他心烦。其次是吴安森的外婆,老太婆成天唠叨他们,又是说他们把楼梯弄脏了呀,又是说中午吵得她没睡好觉呀,动不动就来告状,没一天对他们满意过。第三讨厌吴安森,吴安森特别不讲道理,喜欢跟人打架动粗,特别是伤了刘四龙的眼睛,不可原谅。吴安森搬来这里这么多年,怎么都跟三毛和楼下的刘四龙玩不到一起去。三毛唯一不讨厌的人就是吴安森的爸爸,三毛觉得他看上去心眼挺好。有一回三毛连奔带跑往楼下冲,结果冲猛了,刚跑了一半,就摔了下去。吴安森的爸爸正好下班回来,他扶起三毛,还帮三毛撩开裤腿,看看有没有伤口,然后又把三毛背了回来。因为这个,三毛每次见到吴安森的爸爸都要礼貌地叫一声:"吴叔叔好。"但是,吴家这个唯一让三毛有好感的人,却写了反动诗。这使得三毛格外生气,仿佛有一种受骗的感觉。刹那间他连吴安森的爸爸也讨厌起来,三毛觉得他们家没一个好人。那么,坏人跟坏人吵,也就不是什么坏事情了,这等于让他们自己跟自己斗,斗倒一个少一个。

三毛和嘟嘟迫不及待地穿过围观的人群,回到自己家中,他们兴奋地要将他们一天的经历讲述给爸爸妈妈听。但是雯颖和丁子恒却对他们这一天的故事毫无兴趣,他们一直关注着隔壁的吵闹,悄悄地谈论着蹲在窗下的吴松杰。从他们的谈论中,三毛知道,吴松杰已经一天没有吃饭。可是这有什么了不起的呢?三毛自己不也一天没吃饭吗?难道那个写反动诗的坏人没吃饭比三毛没吃饭更重要些吗?

三毛想着便有些生气,他突然扯开嗓子高声地叫了起来:"革命无罪,造反有理!四海翻腾云水怒,五洲震荡风雷激!我已经一天没有吃——饭——啦——"

这一声突如其来的叫喊,把丁子恒和雯颖吓了一跳,也令楼下围观的人大吃一惊,大家似是怔了片刻,然后醒悟,立刻发出快意的笑声。笑声过后,吴家的吵闹也陡然停止,就像收音机突然间关掉了一样。

这样的效果,出乎三毛意料之外,原本他只想恶作剧一下,不料却结束了一场坏人之战。他对此觉得颇为遗憾。

十四

输送寒意的北风仿佛毛虫,慢慢地,不慌不忙地向前爬行。它先改变掉树的装饰,再改变掉人们的外表,最后,它终于顺着人们的骨头爬进了人们的心里。不知不觉间,萧萧瑟瑟的秋天不知去向,里里外外驻满冬日的苍凉。

轰轰烈烈的运动丝毫没有因为天气的寒冷而降下它的温度。院里各处室已经成立了许多兵团,有消灭帝修反兵团,有红旗飘兵团,有兴无灭资兵团,有心向党兵团,有卫东彪战斗司令部,诸如此类。整个总院内,一共有多少兵团组织,丁子恒始终没有弄清,他只觉得这场面的混乱好像封建割据或是五代十国再或是军阀混战时的样子。

总工室的吴思湘和金显成都作为资产阶级反动学术权威被关进了大楼的地下室。那里阴暗而潮湿,因为没有暖气,里面的寒冷也让人难以忍受。他们每天在那里写交代材料写揭发材料写反省材料。一想到那些黑屋里的人,丁子恒便身不由己地心惊肉跳。

各兵团又开始批判省委工作小组的反动路线。工作小组组长王副省长的历次讲话被一条条列出来,逐字批判。施工室为写批判省委工作小组的反动路线的文章作了专门的分工,丁子恒也要写一个部分。可是为什么批判或是批判前和批判后的观点有什么实质差别,丁子恒并没弄清楚。没有了为他解惑的苏非聪,面对这样的形势他很是茫然,他觉得自己对这些事情总难抓住头绪。有些政治词语他觉得彼此差别很小,可是政治敏感度高的人一分析,便能分析出极大的差别来,这差别常常能把他吓一跳。因此,他平常说话也不太敢引用政治术语,生怕自己一句话用得不对,倒成为反面语言。这段批判文章,难为了他许久,最终拿出来时,他自己都知道一定过不了关。结果正是如此,批判小组的一个成员说:

"算啦算啦,丁工就只有这个水平,也别再难为他了。"为这一句话,丁子恒对这个成员说了至少十声"谢谢"。

这天,终于开了一个词语明朗的会议,丁子恒终于有了自己敢说并且会说的内容。这天的会议是讨论毛主席关于"抓革命,促生产"的指示,这指示令丁子恒长舒一口气,他想,进行这样的讨论,会不会意味着文化大革命即将结束呢?于是他主动地发了言,讲了几句套话以后,很快就转到促生产上。他说了一些宝珠寺和乌江渡的问题,最后强调说,工作如果不抓紧,预期时间一定完不成任务,这样就没法向四川省交代。

他的发言一结束,便有人笑:丁工一讲政治,就找不到词,一讲生产,话就多了起来。再贴他一千张大字报,他也还是这样。这话一说,大家都笑了起来。丁子恒一时有些惶恐,可环视了一下笑他的人,发现这些笑声并无特别的恶意,方将一块石头从喉头放到心底。

乌江渡的总布置平面图是丁子恒的主要工作,丁子恒把自己埋进了乌江渡的资料堆里。虽然他紧张的心情并未松弛,但他在做这些事情时,总还能暂时忘却其他,总是不由自主地产生一份淡淡的愉悦。他先贴好1∶5000的乌江渡地形图,又找来1∶2000的乌江渡地形图,将之晒成四份。他反复研究乌江渡的布置,觉得这里地形复杂,高差大,地位窄,布置起来实在很困难。就算充分利用废渣造滩,仍然难以拉开场地。因为这些难度,工作量陡然加大。关于附属企业占地面积,关于钢管安装场地的位置,关于仓库区的平整工作量,关于右岸桥头平整高度,关于车站附近的填方,关于汽车基地前方仓库,关于运输的费用,关于公路货流,关于运输强度,关于土石平衡,如此如此,大量的工作必然耗用大量的时间。而所有的工作,必须在无数的生产会议开过,大家意见达到统一的情况下,方能一一开始。然而,整个的生产秩序已经被打乱,人们已无心坐在桌前做自己的本职工作。各种会议接踵而至,没有会议的时候,大家又必须进行许多问题的学习和讨论,然后还要去看日新月异的大字报。各兵团人马除了一个接一个地举行学习毛主席著作讲用会和四处揪斗人以外,还安排有兵团自己的系列活动。如此一来,生产会议总难召开。丁子恒心中焦急,却也无可奈何。

无奈中,他只得去找每一个相关的干部,找室主任,找书记,找革命委员会委员,找工会组长,找施工室每一个兵团的负责人。他跟所有人都说,乌江渡的工程时间很紧,工作量非常大,这个工程并不是设计总院单方面的问题,还牵涉到四川省。毛主席说要"抓革命,促生产",毛主席还说"一万年太久,只争朝夕",我们必须每天抽出最少半天时间来完成生产任务。每一个听他说这些的人都不耐烦,生产任务对他们来说显然没有意义,眼下革命才是最要紧的。再说比起生产的辛苦,革命也要有趣得多。丁子恒面对一个个不置可否的回答,显得有些尴尬。最后还是尚未彻底打倒的室主任说话了。

室主任说:"丁工你就做你的去吧,有人批评你,再说。"

丁子恒听得此话,如蒙大赦,此后他便每天上午坐在桌前计算或绘图。开始他还有些忐忑不安,可是一个星期过去了,竟然什么事也没有。他这才意识到,对于他这样的小人物,倘若他自己无意闹革命,革命也未见得非要找到他门上来。他为自己无意间发现一片天地而欣喜若狂。

这天下午,学习《红旗》杂志第十五期社论。学习中,分别属于两个兵团的人争执起来,争执尚在高潮之中,突然外面人声喧哗。有人高声说:"林正锋昨天晚上被人绑架走了,现在下落不明。"

这个惊人的消息令满屋争吵戛然而止。丁子恒正心不在焉地听他们吵来吵去,闻得这声喊叫,惊愕半天,然后是木然。许久,一种莫名的凄凉由心底升起。想到人生在世,命运竟如此变幻莫测,忽而沧海,忽而桑田。就算人有铁腕,也无法把持得住。林院长已是通天人物,却也无法保住自己。他革命革了一辈子,可是人们一旦要革他的命,立刻就可以把他革得去向不知。就算以后有了下落,不也如同砧上之肉,任人割宰吗?一个人活在世上,需要的是什么样的生活呢?这样的革命就是最好的吗?革命的目的,是要保住江山不变颜色,可是一个江山,什么样的颜色才是最好的颜色呢?红色江山是否意味着每个人都不知道自己是不是好人?一个人连自己是不是好人都不知道,他又怎能明白自己是否忠于无产阶级专政呢?无产阶级专政是否需要那么多的兵团,各行其是,而把生产停顿下来呢?工厂停工了,大坝工程下马了,农民不种田了,是不是江山就红透了?那是一种什么红?是人血染的红色吗?丁子恒思绪散漫,想到此时,他被自己所想的吓了一跳。他的心怦怦地跳着,有一种做贼心虚的感觉。好在这一切思绪,都被封闭在脑海中,无人知晓。丁子恒告诫自己,以后连这种胡思乱想都最好不要再有,万一不慎,流露于言行,那连地下室都没得坐,定然要掉脑袋。

仿佛自这天起,丁子恒工作的速度就慢了下来。虽然他每天上午仍然雷打不动地坐在桌前计算,但他觉得自己做这些事情已经不是为了工作,而是为了自己。自己的内心很空,很虚,很茫然,很混乱,乌江渡的工作是他生命中唯一的寄托。他做这些事,就仿佛一个溺水之人紧紧地抓着一根小小的木头漂流在茫茫的大海上,这根细木或能令他在波浪中起起伏伏,渡水抵岸。又仿佛一个深夜的迷路者看见了一线曙光,这一线曙光一头牵着太阳,另一头拉扯着他的生命,让他不致被暗夜吞没。

寒冷的冬天就在有人兴高采烈有人垂头丧气有人迷乱茫然有人惶惶不安中大踏步深入。天色也越发阴冷,冷得让人觉得是不是两个严寒叠在了一起。

这天上午是援越抗美游行活动。游行进行了三个小时,长江流域规划设计总院出动了许多人。他们举着旗帜,从机关一直走到中山公园。行在路上,各兵团之间,一边为各自的观点争吵不休,一边骂美帝国主义。丁子恒几乎分不清那骂声到底是针对美帝还是针对观点不同者。其他单位的游行队伍也从一条条小路汇合到解放大道上,每逢两支游行队伍相遇时,大家便一起高呼口号"打倒美帝国主义!""坚决支持越南人民的抗美救国斗争!"情绪十分热烈。这时还常常会有人领着头唱起歌:"东风吹,战鼓擂,现在世界上究竟谁怕谁?不是人民怕美帝,而是美帝怕人民。得道多助,失道寡助,历史规律不可抗拒,不可抗拒。美帝国主义必然灭亡,全世界人民一定胜利!全世界人民一定胜利!"歌声往往由几个人开始,然后不断有人加入,渐渐地变成巨大的声音,那声音使人产生的幻觉,仿佛凭此呼啸之歌便足以将美帝国主义埋葬。

在群情激昂的气氛中,游行结束,回到总院。一进大门,队伍开始散乱,人们各自找捷径回自己的办公室,亦有人留在大字报栏前观看新贴出的大字报。更多的人则是直接往食堂而去,因为距午餐的时间已没多久。

不知道是谁第一个发出了惊呼:"哎呀!烟囱上有人!"

这呼叫有如惊雷贴着头皮炸开,人们几乎同时朝烟囱上望去。

众多的声音叫着:"是谁呀?是谁呀?"

有人认出了烟囱上的人,大声喊着:"是吴松杰!"

人们纷纷跑到烟囱下面,瞬间,烟囱下黑压压地站了一大片人。尚未被揪出来的院政治部主任谢森宝闻讯而至,革命委员会的领导成员王志福也到了。人声嘈杂中,谁也拿不出个主意。

谢森宝说:"赶紧通知他的家属来。"

有知情者说:"他老婆已经同他离婚了。"

谢森宝说:"他家还有什么人吗?"

545

知情者说:"他有两个儿子,都声明同他断绝父子关系。"

谢森宝还想说些什么,却被王志福的喊话所打断。王志福说:"吴松杰,你赶紧下来,不要走绝路!自绝于党自绝于人民,你更没有好下场!"

许多人也在喊:"下来吧!下来吧!"

烟囱上的吴松杰一声不吭,像他平常一样表情淡然。无论人们如何喊叫,仿佛都与他无关。他时而望着地下,时而又把目光投向天空。天色阴暗,空气也是灰蒙蒙的。云层深浓,仿佛有雨雪将至。

丁子恒本已走进了办公室,听得人声喧嚷,他倚窗而望,立即发现了烟囱上的人。他心头一抖,随着办公室的人一起跑了出去。行到近前,认出那是吴松杰,丁子恒不觉有魂飞魄散之感。他知道吴松杰离婚了,知道他的孩子与他断绝了关系,知道吴松杰什么也没拿,只身离开了他的家,也知道吴松杰割腕自杀未遂,更知道因为他的遗书他被再次关进了地下室,还知道他在遗书中说:"我已不觉自己仍然是人,我已经失去了人的尊严。我的痛苦无词语可形容,无言语可表达。我活着比死还要痛苦,既然如此,就让我去死吧,那将是我生命的一次解放。我对得起所有的人,只是对不起生养我的父母。我与他们割断所有的恩情,留在祖国。我的儿子们用同样的方式惩罚了我。我对父母所欠的一切,只有来世相报。"这是许多批判吴松杰的大字报中都引用过的一段,丁子恒从中看到了吴松杰滴血的心。此刻的丁子恒,满身心都是对吴松杰的同情。他在心里急切地呼喊着:不要啊,不要跳!

谢森宝叫了水电组两个工人往烟囱上爬。吴松杰低头看了一下,面无表情的脸上浮出几丝冷笑。丁子恒脱口而出:"不要上人,他会往下跳的!"

没有人听到他的声音。他却听到另外的声音在大声说:"他这样做,岂不是在威胁文化大革命吗?走资派如果都这样,无产阶级文化大革命还怎么进行?"这一口浓重的沔阳腔,丁子恒听出那是何民友在说话。

吴松杰的脸上,仍然是冷冷的表情。

拿着绳子奋力往烟囱上爬去的工人,已经爬了一半。吴松杰此刻已经不朝下望了,他的眼睛一直望着天空,似在看云,又似在想。烟囱下的人声慢慢静了下来,仿佛在看工人往上爬,又仿佛在等待吴松杰的最后一跃。

最后的时刻终于来到了。两个工人一前一后,爬过了大半,距吴松杰只有几米远。只听他们中的一人对吴松杰说:"吴工,下来吧,有什么事下来再说。"另一人亦说:"是呀,吴工,谁没个难处呀,过一阵就好了。"

吴松杰没有理他们,甚至连看一眼都没有。他一直仰头望天,望着望着,他突然身体一歪,双手一松,栽了下来。

烟囱下几百人同时发出惊呼之声。吴松杰朝着没有站人的煤堆方向落下。只几秒钟,甚至更短一点,"砰"的一声巨响,在煤堆那边响起,乌黑的煤灰蓬了起来,纷纷扬扬,有一些血随之溅起,又散落在四周。

巨响过后是一片寂静。丁子恒惊叫过后,几乎呆掉。然后他看到了混杂在煤灰中的血,他能感觉得到鲜血四溅的情景,他仿佛觉得自己的血也在此时四溅而出。吴松杰跳下的弧线有如一根细索,勒住了他的脖子,他无法呼吸无法吐气无法说话无法求救。他感觉自己的灵魂也随声而碎,他感觉自己的一身筋骨已无法支撑自己的躯体,他感觉自己的躯体只剩下一个装着行尸走肉的空壳,他感觉自己渐渐地恍惚。最后,他晕倒在自己倚靠着的那棵树下。他在倒下时发现这是一棵银杏树,这棵银杏树叶已落尽,只剩下光光的躯干。他记得这是一种十分古老的树。

这天晚上,大雪纷扬而至。

清早的大地,一片纯净而美丽的白色。烟囱下的煤堆已成了一座洁白小坡,吴松杰砸下时溅得满地的鲜血和碎散的骨肉,已被白雪覆盖。烟囱下静静的,仿佛什么事情也没有发生过。一个生命在这里划了一道惊人的弧线,然后永远消失了。白雪在掩盖它的痕迹时,也掩盖了人们的记忆。

几天后,丁子恒走过这里。他的手足发凉。雪地已经泥泞,新的雪片又以它轻盈的姿态一片一片地将泥泞再次覆盖。一层一层的覆盖之后,压在最下面的就成了历史。人们的目光总是落在白雪的上面,根本无法看清历史究竟是什么,也根本无从了解历史曾经有着怎样的过程。那烟囱下的人们和那对绝望者的训斥之声,那一道跳跃的弧线和那仰望天空的神情,甚至那绝望者脸上浮现出的几丝冷笑几丝哀容,都随云而散,随风而逝,随雪水而遁入土中,随忘却而埋进尘埃。草一样的生命,虫一样的生命,烟灰一样的生命,滴水一样的生命,你的存在无人注视,你的消亡无人理睬。你默然存活于世,你努力,你奋斗,你毅然决然,你痛苦挣扎。你甚至渴望自己渺小,渴望自己平凡,渴望自己无足轻重,渴望自己不足挂齿。因为惧怕那些你永远弄不清楚的概念和术语,因为惧怕无数的讨论发言、批判检讨、剖析灵魂、表白立场、思想汇报、学习心得、交代材料、意见书、大字报、报告会、讲用会,因为对政治一无所知,你只想做一个简单的人,简单到只有自己把自己当做生命,而请所有的别人都只把你当做一个工具——并且是一个单纯的工具。然而连这样的微小的目标你都无法达到,迎面向你走来的是无穷无尽的羞辱和全体亲人的背叛。在所有人的眼光里,你只有弓下身低下头,承认自己连狗都不如。

工具原本已无生命,人若如狗般苟活,与死又有什么两样?

丁子恒知道吴松杰是痛彻骨髓了。痛得他无力承受,便有了那纵身的一跃。那一跃,他把自己完成了,却让尚且活着的丁子恒们,感觉自己已经死去。一个不知为何而活、也不知自己会活成怎样的人,一个每日里心下茫然着来来去去的人,一个没有灵魂、没有自己的思想的人,一个没有言论自由,甚至没有了表达自己欲望的欲望的人,与行尸走肉何异?如此这般,他们又怎能比得上远遁而去的吴松杰?怎能如他一般在无影无踪中自由穿行?

雪一直下个不停。这个世界上再也没有了吴松杰的痕迹,可在丁子恒眼里,吴松杰无处不在。

十五

一九六六年在一片喧嚣声中,在沉痛的心情中,蹒蹒跚跚地走到了尽头。

风雪过后,天气依然奇冷无比。乌泥湖一大帮中学生在串联完后,又结伴出去长征了,二毛与他的同学也打着红旗列队向井冈山而去。丁子恒曾想阻拦二毛,他认为这是一个幼稚的行动,后来一想,算了算了,由他去吧。

院里的革命形势更加混乱。周则贵也被揪了出来,批判会开过了好几次,周则贵不服,高声反驳。此举令众人恼羞成怒,不知是谁最先发火,就有人动了手。周则贵被打得鼻青脸肿,眼里满是怒气,却再也不敢叫骂。死在敌人的监牢里是烈士,死在革命群众手上是什么呢?这个结果,他自然想得到。政治部主任谢森宝的大字报亦贴得满墙,大字报的内容一直写到当年打游击时,说谢森宝曾经随意杀人,许多革命战士被他杀害。这个内容来源于乌泥湖。

整个设计院呈现群龙无首的状态。十几个各自为阵的群众组织相互之间吵来吵去,吵闹得经常连批判会都无法进行下去。因为究竟由哪一派主持会议,仿佛是一个永远也解决不了的问题。

在如此的局势下,像丁子恒这样的人,参不参加活动,听不听报告,有没有外出看大字报,便都没人过问了。倘在以往,如此状态,丁子恒自是乐得其所,因为这样他就可以埋头做他自己的事情了。然而现在,丁子恒却无法使自己的心情有一丝的愉悦和轻快。自从亲眼见到吴松杰从烟囱上跳下,他的情绪就十分低落,心情亦备觉压抑。他成天怏怏的,对所有事情的兴趣都减至零点,就是手上乌江渡的工作也无法让他提起精神。

一连数日,办公室里都只有丁子恒一人。他有气无力地坐在办公桌前,他本来是要计算运输强度和运输费用,但更多的时候,却是两眼直直地望着苍白的窗外。

俱乐部里连日开大会,一日揭发批判湖北省委,一日批判院党委的反动路线,一日由专程来汉口的丹江口代表批判院党委。嘈嘈杂杂的声音,与寒流一起环绕在光秃的枝丫间,久久不散。

终于,二十八日下午,很久不知去向的林正锋院长再次被押上了批判台。十几个组织又开始争吵,甚至大打出手。批判会开到三点多钟,开不下去了,群情激奋中,恶气都冲向了林正锋。一群人揪起林正锋,如押犯人一样押着他,把高帽子戴在他的头上,推出门游街去了。

游街的队伍经过办公大楼,丁子恒听到众声喧哗,即到窗前一观。这一眼,正看见头戴高帽,低头偻腰,与罪犯无二的林正锋。丁子恒心头寒彻,悲哀再次泉涌而来。他想,现在的每一个人都不是人了,无论是被游街的还是领着游街的。

然后他想到了自己。他向自己提出了一个问题:倘若有人采用这样的方式,摧残你的尊严和肉体,你将如何呢?

丁子恒问过之后,思量许久,发现这竟是一个他无法回答的问题。他不能死,因为他的身后有柔弱的妻子雯颖和四个孩子,他没有死的权利。但是,他也无法活,因为他的心和他的意志,都承受不了凌辱,做人而没有一点尊严,比死去更为痛苦。

雪再次落下。这已是一九六六年的最后一天了。对林正锋院长的批判紧锣密鼓。北京方面亦举行批判会,对林正锋的罪行进行全面清算。俱乐部里与北京方面的批判会同步播放实况录音,所有的人都被要求去听录音转播,丁子恒也只有前往。

俱乐部里虽然人很多,可依然很冷。批判会上的嘈杂之声夹杂着电流的嗡嗡声,不但震耳,而且扰乱心律。丁子恒只觉得这噪音有如利箭,直刺心脏,刺得他透不过气来。他情不自禁地用手捂住了胸口,他仿佛是在用手掌握住自己几欲炸裂的心脏。纵然如此,他再也无法忍受这一切,于是他离席而起。

屋外冰凉的空气稍稍稳定了丁子恒的心绪。他回到办公室,呆坐在那里,没有工作,也没有开灯,亦没有再起身,就这么一直坐到暮色降临。

暮色中的苍茫冬日,本是最宁静安详的。但那种扰乱人心律的吵闹声,再次冲击着丁子恒的心脏。一个兵团想要占领文革领导小组,另一个兵团正拼命捍卫之。还有几个兵团夹杂其间,或想占领,或想捍卫。丁子恒在吵闹声中,再一次用手捂着心脏,离开大楼。

他踏着泥泞和残雪,走出机关的大院。对这些争吵,他无动于衷。他的心已经麻木,或者说,他的心已经在麻木中归于平静。

这天晚上,嘟嘟在家里表演她在学校庆祝元旦联欢会上的节目。她一个舞一个舞地跳着,又一支歌一支歌地唱着。三毛不会跳舞也不会唱歌,便连比带画高声地朗诵了一首毛主席的诗词:"大雨落幽燕,白浪滔天,秦皇岛外打鱼船。一片汪洋都不见,知向谁边?"

丁子恒静静地坐在一边欣赏,他从来没有花费这么多的时间来欣赏自己的孩子。丁子恒的反常举动,令雯颖感到心中悚然。

晚上,雯颖悄悄问他:"你还好吧?"

丁子恒回答道:"还好。"

然后他再也不说话。只是睁着眼睛,望着天花板。

夜的黑暗便潮水一样从他的眼睛里一直涌向他的心间。动荡的一九六六年就是这样被黑暗裹挟着,从丁子恒的眼里以及心间沉重地走过。

修订后记

一

很多年前,在完成这部小说稿时,我很兴奋。这是我的第一部长篇。我为此专门为它写了一篇自序。但不知什么原因,我最终弃用了它。

时间过去太久了,我连这篇自序的存在都已忘记。春节期间,为了编辑一部散文,我在把以前的旧稿逐一翻看时,突然看到了这个自序。它的内容,让我回忆起很多东西。我想,啊,我居然还写过这个?

虽然这部小说一直在以各种版本印刷发行,但在今年出版社意欲再版时,我主动提出:让我修订一遍。

然后,当我完整地、再一次地重读这部小说时,我自己备感意外:这本书居然比我想象的完整,而且充满激情。我甚至惊讶自己在那么年轻的时候,就把它写了出来。并且,在那么年轻的时候,我就意识到:一些铭刻在我们心中永难忘怀的历史事件,如果我们不记录下来,就会被漫漫时光永远埋葬。

这本书,同我后来的小说一样,我充当的仍然只是一个记录者。

于是,在我修订过程中,除了修正一两个硬伤和几处不顺畅的句子外,我几乎不觉得有什么可以改动的,尽管时间已经过去了二十年。

我在先前放弃的自序里曾经自问过自己:为什么你就从来没

有写过关于乌泥湖的事呢？为什么你的作品中就从来没有乌泥湖的痕迹呢？你那么热衷于虚构小说，可是那些真真切切在你眼前发生过的事情、那些分明比你的虚构更令人惊心的事情，为什么你总是绕过它呢？是你的内心虚弱还是你根本就对乌泥湖的一切无动于衷？

我真的是不能够回答我自己。因为我把我的目光和我的心情一起投向乌泥湖时，我能看到什么呢？

那十栋深红色的小楼（原型宿舍是十六栋，我家住在五栋楼上）共八十扇窗口，都一起展现在面前。每一扇窗口都如同一个张开着的大口，我能清晰地看见它们吞噬过哪些人的青春，嚼碎过哪些人的生命，那些个失去生命和青春的面庞依然在我眼里清晰如图画。

我曾经目瞪口呆地看见过那一切，而现在依然目瞪口呆。

二

那个真实的地名叫黑泥湖。现在它依然还在那里。只是容颜已改。

在一个春天的早晨。

这天我和我的小哥哥突发异想，说是我们带着小孩子去黑泥湖看看吧。

那是我们两个人生长的地方。我们都还记得当年的沼泽地上的茵茵绿草和稀疏地立在路边的碉堡以及坟墓。记得小哥哥鹿一样地从河沟跃过时，半身落进沟里的窘态，以及黄昏时分站在篱笆墙下等候着父亲下班回家并一任太阳把我们的身影拉得又斜又长的景象。还记得许多许多黑泥湖人家的故事。差不多我们是和黑泥湖一起长大的，在黑泥湖的人家开始流散时，我们也几乎最早流散而去。

其实我们知道,在我们离开时,院子里的竹林早已不剩下一株竹子,门前低矮的冬青也早已被踏成尘土。竹篱笆墙被毁弃得一干二净,篱笆外面那条静静的小路上拥挤了许多杂乱的房屋,小路边的池塘已被垃圾填平。常常引我们好奇的近旁村庄里的老婆婆的小茅屋也披上了红色的瓦,婆婆的背驼得更加厉害了。那些曾经在乌泥湖碎石路上穿着整洁的衣衫步履匆匆的人们,仿佛一多半都被风吹而去,在这个世上,连一个淡淡的身影都没能留下。

还有,依然留在那里的人们怎么样了呢?岁月会让那些篮球场上矫健的身影呈现出龙钟之态吗?当他们用凝滞的目光望着黑泥湖时,会想起往日那些热烈而动荡的时光吗?当我们走到他们面前,他们会认出这两个夹杂着白发的中年男女,曾经是在黑泥湖所有的岔道上蹦跳和嬉闹过的孩子吗?

就在这个春天的早晨,敷在黑泥湖上许多许多年的浮土,被莫名地拂去了,然后,它的面目,便如浮雕如镂刻,纹理清晰地展现在我们的眼前。

这样我们就去了。

小哥带着他的儿子,我带着女儿,我们在码头上会合,然后乘上过江的快艇。快艇利刀般剪开了绸缎般涌动的长江,白色的浪花翻了起来,水头有时直扑在我们瞭望的窗口,刹那间拍打几下,又回复原状。它流淌的方式几千年都不曾改变过。

这时候,你就不得不想起孔子所说:"逝者如斯夫,不舍昼夜。"孔子站在黄河的边上,望着日夜不息的流水,回想着一去不再复返的生命,便这么慨叹着。这一声慨叹的尾音穿越了几千个年头,依然在时空中徘徊。

从武昌到汉口,即从江南到江北。我的印象中,黑泥湖距江北的码头非常遥远。但料想不到的是,叫上出租车,几乎起步价刚跳过,我们便到了。

我和小哥站在当年黑泥湖宿舍必经的路口上,一派茫然。我们居然认不出来那条走过几千遍的路口了。我说这里有个商店的。小哥说这里有家煤店。我们都没有发现我们要找的目标。肮脏和混乱的菜市场让我们的心情在阳光下突然黯淡。于是我们都有了几分惭愧。就仿佛一个养了自己几十年的长辈,因为她换了衣服或是增加了皱纹,面孔变得苍老,我们便记不得她一样。

三

终于,我们还是凭着记忆走进了黑泥湖的宿舍区。过去的简易宿舍全部盖成了灰白色的水泥高楼。高楼一幢幢密集地林立着。凉台上的晒衣架一层层地伸展在空中,起风时,各色的衣物随风飘动,把头上的天空变得五彩斑斓。

终于有了一个认识我们的熟人。那是小哥的同学,他显得很惊讶地叫出了我们的名字。我和小哥亦以更为惊讶的声音叫了他一声。然后,我们都无话可说。小哥在小学一年级的时候便同他绝交了,此后似乎就没有再讲过话。料想不到,人到中年,回到老地方第一个见到的竟会是他。小哥说,这事真有些怪怪的。

叫我们的熟人已经是一个头发花白,满脸憔悴的中年人了。他开着一个小卖部,堆着笑脸向顾客们推销着他的货物。他曾经是红卫兵的头目,但我印象中更为深切的仍然是他站在学校的碉堡上,朝我扔石头的样子。我的额头上至今留着他砸上去的疤痕,鲜血曾经从那里流过我的面颊,一直流到嘴角。我的小哥为了这事满操场地追打他,一直追打得他以后看见我小哥便吓得绕道而行。可是现在呢?既无恩仇,也无相逢一笑。中午的时候,小哥特地去他店里买了一些饮料和啤酒。小哥并没有请他一同坐坐,一起喝一会儿酒。

我们居住过的楼房——那些在我们脑海里永远漂亮明媚的红色小楼,拆毁得只剩下三栋,在小说里,它们便是甲字楼、乙字楼和丙字楼。破损的红砖和楼上红漆剥落殆尽的栏杆都似在说着它的沧桑往事。这三栋楼的人家也正在搬迁之中。据说在这块地皮上,又将建立起高层的住宅,就如现在流行的那些高楼一样。

令人最为意外的是,小哥在二栋拱门两边的墙上发现了他当年的墨迹。那些依稀可见的字迹是:"天亮了,解放了,武汉的公鸡下蛋了。"这使得我们惊喜万分。我们念出这些早年的句子给孩子们听。我们哈哈大笑着,几乎不用去回想,当年的故事便喷涌而出。两个小小的孩子却对此十分漠然,他们不明白这些陈旧的字迹有什么值得这么兴奋。他们一直不停地吵闹着:走吧,我要喝可乐!走呀,还要去儿童游乐场哩!

我们在他们尖锐的喊叫中,才发现,那些字迹离我们已很远很远,而孩子们的叫喊同样地远离着我们。这种两头不搭的感觉在我们日常的生活中几乎无处不在。虽然在过去和未来之间,每一个人都不可避免地成为连接的桥梁。可有时候,我们却也会怅然地想:我们是扮演着桥梁呢,还是扮演着拆桥的人?

我们在孩子们蛮不讲理的叫喊中离开那三栋红色的小楼。从此,我们便再也见不到它们真实的存在了。只有循着我们的梦境回到童年时候,它们才会光彩照人地站在我们的面前。

这个春天的下午,我们再一次走出了黑泥湖。阳光照耀着这仅存的三栋残旧不堪、容颜破损的小红楼。在那些灰白色挺着胸脯露一脸暴发户神态的水泥高楼里,它显得那么孱弱和颓败。三十年的漫漫时光,能将它们败落得如此这般,实在令我们感叹万千。于是,在我们的情感中生出难以言说的痛苦和深浓的惆怅,也就十分自然了。就仿佛一个与自己很亲很亲的人,病得无药可救,正在你的眼前慢慢地死去。

四

　　带着这自然而然的痛苦和惆怅回到家里。沙一样散开在几十年时光中的黑泥湖不知不觉间一点点地在我的脑子里聚拢,由远而近。弥漫于这记忆之沙中的那些一星一星的晶体,开始聚合成各式各样的形状。它们放射着奇异光芒,不停地在我的眼前闪烁。光芒越来越强烈而刺眼。

　　一天早上,我从黑暗的梦中醒来,终于发现那些闪亮的光体把黑泥湖凝聚成一本厚重的书。这本书在清晨的空气中散发着微微的温热。阳光从厚厚的窗帘外穿透过来,停滞在这本书的封面上。在它明亮的光照下,黑泥湖的水波和树影都展开了自己的色彩和姿势。于是,我伸出手,颤抖着,开始写下它的名字:《乌泥湖年谱》。

　　这就是你现在看到的这本书。

初写于 1999 年夏

修订于 2017 年夏